北京大學《儒藏》編纂與研究中心 編

《儒藏》精華編選刊

斐然集（上）

〔南宋〕胡寅 撰
陳曉蘭 校點

北京大學出版社
PEKING UNIVERSITY PRESS

圖書在版編目(CIP)數據

斐然集：全二册 /（南宋）胡寅撰；北京大學《儒藏》編纂與研究中心編. ——北京：北京大學出版社，2024.10. ——（《儒藏》精華編選刊）. ——ISBN 978-7-301-35639-5

Ⅰ. I214.422

中國國家版本館CIP數據核字第2024FR6279號

書　　名	斐然集 FEIRANJI
著作責任者	〔南宋〕胡寅 撰 陳曉蘭 校點 北京大學《儒藏》編纂與研究中心 編
策劃統籌	馬辛民
責任編輯	魏奕元
標準書號	ISBN 978-7-301-35639-5
出版發行	北京大學出版社
地　　址	北京市海淀區成府路205號　100871
網　　址	http://www.pup.cn　　新浪微博：@ 北京大學出版社
電子郵箱	編輯部 dj@pup.cn　總編室 zpup@pup.cn
電　　話	郵購部 010-62752015　發行部 010-62750672 編輯部 010-62756449
印 刷 者	三河市北燕印裝有限公司
經 銷 者	新華書店
	650毫米×980毫米　16開本　52.25印張　580千字
	2024年10月第1版　2024年10月第1次印刷
定　　價	198.00元（全二册）

目録

斐然集卷四

律詩

斐然集卷五……一二三

律詩

斐然集卷六……一五五

表

斐然集卷七……一七五

啟

啟

斐然集卷十一……二五五

劄子

斐然集卷十二……二七七

外制

斐然集卷十三……三〇五

外制

斐然集卷十四

外制

斐然集卷二十……四八三

記

斐然集卷二十六……六六三

碑銘

斐然集卷二十七……七一五

祭文

挽詩

斐然集卷二十八

題跋

校點説明

《斐然集》三十卷，宋胡寅撰。胡寅（一〇九八—一一五六），字明仲，號致堂，建州崇安（今福建武夷山市）人。爲胡安國養子。徽宗宣和三年（一一二一）進士。欽宗靖康初，除秘書省校書郎，從楊時受學。高宗建炎三年（一一二九）爲起居郎，上書切直，爲宰相呂頤浩所惡，歸居湘潭家中。紹興五年（一一三五）遷中書舍人，後出知嚴州、永州。八年除禮部侍郎，兼侍講，尋直學士院，丁父憂。十年，除徽猷閣直學士、知永州。十二年致仕，歸居衡州。二十年爲秦檜所忌落職，又被劾，新州安置。二十五年秦檜死後復舊官。次年卒，年五十九。所著有《讀史管見》《崇正辯》《斐然集》傳世，《論語詳説》已佚。生平見於《宋史·儒林傳》。

《斐然集》比較完整系統地收録了胡寅平生所作各類詩文，是全面呈現胡寅生平志趣、創作交遊、政治立場、思想學術的最重要的文獻，也是後人研究其人其學以及這一時期歷史、政治和學術思想發展的珍貴資料。全書三十卷，詩文分體編排，除個別作品（如卷一古詩部分的前五題詩作）之外，各體詩文大致按照年代先後編次，整齊有序，有的詩文題下註以干支年。此集當是由胡寅子侄輩根據家藏舊稿整理編集而成，内容可信。

南宋時期《斐然集》先後兩度刊刻，一爲寧宗嘉定三年（一二一〇）鄭肇之刊本（簡稱嘉定本），一爲理宗端平元年（一二三四）馮邦佐重刊本（簡稱端平本）。嘉定三年八月望日章穎序曰：「三山鄭君肇之持節湖湘，得是文於致堂之猶子大時，遂取而刊之木。」鄭肇之於嘉定元年八月提舉湖南常平，十一月除湖南運判，可知嘉定本是鄭肇之從胡寅弟胡宏之季子胡大時處獲得胡寅詩文稿後在湘中予以刊行，章穎撰序。宋趙希弁《讀書附志》卷下著録「《致堂先生斐然集》三十卷」即爲此本。端平元年春，知敘州馮邦佐重刻《斐然集》於州治之内的東州道院。書名題「致堂胡先生斐然集」，卷首有端平元年九月戊申魏了翁序和章穎原序。此本當據嘉定本重刊而成。《直齋書録解題》卷十八著録「《致堂斐然集》三十卷」，《宋史・藝文志》著録「《斐然集》二十卷」（「二十」當作「三十」），不明爲何種刊本。

入元以後，《斐然集》未見重刻。清時宋板猶存，清前期的《存寸堂書目》著録宋板「《胡致堂斐然集》三十卷，十册」。今宋本不見於各藏書機構的著録，蓋已亡佚。據筆者知見所及，傳世共有十部明清抄本三十卷全帙，可分爲明清舊抄本和清《四庫全書》本兩個系統。另有清存素堂抄本《宋元人詩集八十二種》之《斐然集》三卷，爲法式善借四庫底本令人抄出之本（簡稱存素堂本），抄録别集中卷二至卷四的詩作。

舊抄本系統的明清抄本，題作「致堂胡先生斐然集」，共有四部：

一、明抄本，今藏於日本静嘉堂文庫。二十册。半葉十一行，行二十至二十五字。四周雙邊，三魚尾，黑口。《皕宋樓藏書志》卷八三著録《致堂先生斐然集》：「明抄本，笪江上舊藏。」陸心源所稱「笪江上舊藏」恐有誤。卷中有「重光」白文、「子宣」朱文二方印，此爲康熙、雍正年間蘇州藏書家蔣重光（字子宣）的兩方藏書印，而陸氏可能僅據「重光」一印而誤以爲是清初笪重光（號江上外史）舊藏。據卷中「奕苞」白文、「葉九來」朱文二方印，可知此本曾爲清初崑山藏書家葉奕苞（一六二九—一六八六，字九來）的插架之物。日本國立國會圖書館藏有此本的膠片，京都大學人文科學研究所藏有此本的景照本。

二、清倪氏經鉏堂抄本（簡稱經鉏堂本），今藏於中國國家圖書館。十六册。半葉十一行，行二十二字，緑格。黑口，四周雙闌，闌外有「經鉏堂重録」五字。經鉏堂是清代望江藏書家倪模（一七五〇——一八二五）的室名。先後經徐坊（字梧生）、傅增湘遞藏，有「沅叔」「傅印增湘」「企驎軒」諸印，見於《藏園群書經眼録》卷十四、《藏園訂補郘亭知見傳本書目》卷十三。

三、清抄本（簡稱上圖本），清佚名校補，今藏於上海圖書館。五册。半葉十行，行二十一字。左右雙邊，單魚尾。有「遇者善讀」「知聖道齋藏書」「南昌彭氏」「結一廬藏書印」「仁龢朱復廬校藏書籍」「徐乃昌讀」諸印，可知此本先後爲彭元瑞、朱學勤等人所庋藏。見於彭氏《知聖道齋書目》卷四、朱氏《結一廬書目》卷四。上圖本原抄屬舊抄本系統，此後又有至少三次校補：一是在原抄卷一古詩之前，補抄《原亂賦》《送吴郢賦》；二是零星的墨筆校改、校語；三是朱筆通校，對全書目録、正文三十卷（包括補抄的二賦）的大量訛脱錯亂進行校改、校補。其中，朱筆通校所出字句多與四庫本同，但不避清諱，卷二〇《岳州學記》有天頭校語「宋板無此三行」，而從校補之後仍留有部分闕字和誤字來看，其所據「宋板」可能並非宋本原刻而是源出宋本的抄本，與四庫本的底本面貌相近，與上圖本原抄的祖本或有同源性。上圖本的原抄與校補内容均已不明出於何人之手。

四、清抄本，今藏於吉林大學圖書館。因館内正在整理，未能借閲。

目前可以見到的明抄本、經鉏堂本與上圖本原抄雖在一定程度上猶存宋槧舊式，但多有錯亂、訛誤和脱衍，絶非影寫宋端平本。明抄本卷首爲魏、章二序，魏序無題，章序題「致堂斐然集序」。上圖本同。經鉏堂本章序在前、魏序在後。明抄本目録部分，卷端頂格題「致堂胡先生斐然集目録」，次行低一格題銜「徽猷閣直學士左朝請郎提舉江州太平觀保定縣開國男食邑七百户賜紫金魚袋胡仲寅撰」，再次行低三格題「端平元年春重刊于東州道院」。其一行直下的題銜或更近宋刊原貌，而經鉏堂本與上圖本皆分抄二行。參諸南宋淳熙刻本《致堂先生讀史管見》卷首題銜「徽猷閣直學士左朝請郎提舉江州太平觀保定縣開國男食邑七百户賜紫金魚袋胡寅明仲撰」，舊抄本所題「胡仲寅」疑有誤，當作「胡寅明仲」。其下爲分卷目録，標以文體，卷末尾題「致堂胡先生斐然集目録終」。正文每卷首題「致堂胡先生斐然集卷第幾」。卷中遇「陛下」「皇帝」「太祖」等空格，遇「皇宋」「靖康」等另行起。這三種舊抄本的目録與正文部分存在大量相同的錯亂脱訛，因形近、聲近而誤之例比比皆是，幾不堪卒讀。可見，這三種舊抄本源出同一個端平本系統的多有訛亂的祖本。其中，明抄本和經鉏堂本的文字面貌更爲相近，異文較少，且多涉形近之字，可知二本所據底本相同或相近。而從其脱誤有異之處來看，二本之間並無傳抄關係。

舊抄本系統之外，又有清四庫本系統的抄本，題作「斐然集」，共有六部：文淵閣本、文溯閣本、文津閣本、文瀾閣本，以及皆從文瀾閣本抄出的丁氏八千卷樓藏本（今藏於南京圖書館）與孔氏嶽雪樓影鈔本（今藏於廣東省立中山圖書館）。據《四庫全書總目》的著録，此集底本爲「兩江總督採進本」，《提要》稱其「蓋猶從宋槧繕録也」，可知爲源出宋本的抄本。此本蓋爲《四庫採進書目》中的《兩江第一次書目》所著録的「斐然集（三十卷）宋胡寅著　十二本」。上文所述上圖本朱筆通校所據之本，則與四庫本的底本面貌相近。

《四庫全書總目》以及文淵閣本、文溯閣本、文津閣本和文瀾閣本所附《斐然集》提要的文字内容有出入，然皆有錯訛，如顛倒嘉定本與端平本刊刻的先後順序，且將魏了翁序誤爲樓鑰序，已有學者指出。而文淵閣本、文溯閣本和文津閣本所附提要又謂胡寅另有「仲虎」「仲剛」二字，疑據抄本誤字，並不可信，筆者在《胡寅〈斐然集〉編纂與刊刻略考》（見於《北京大學中國古文獻研究中心集刊》第十五輯）一文中已有辨正。

四庫本由於所據底本原有脱誤，抄録過程中又不免錯漏，加之館臣在抄録、校閲時的諱改、妄改，因此也存在不少訛誤、脱漏之處。然較之目前傳世的舊抄本，四庫本在文字内容方面仍略顯優長。文淵閣本、文津閣本、文瀾閣本面貌相近，各本之間略有異文。文淵閣本、文瀾閣本卷首冠有魏、章二序，文津閣本無魏序；文淵閣本卷十八《寄政府》《寄趙秦二相》共有八葉空白闕文，文津閣本、文瀾閣本不闕。可知諸閣本抄録、校訂所據底本與參校本不盡相同，且各自有所改竄，情况比較複雜。

文淵閣本與文津閣本抄校所據各本之詳情，今已無法完全釐清。二本各卷存在不少相同的訛脱，僅以脱文爲例，如卷十七《寄秦會之》脱「于生民之利病當盡究也」，卷二十《岳州學記》脱「必致」至「可行」五十四字，卷二五《先公行狀》脱「匈奴」至「之威行於」二十字，可見其所據本子情况比較接近。而二本之間的異文，一部分是抄録疏誤或是後經校訂、改竄所致；另一部分則是因爲二本在抄校全書或書中部分内容時參據本子有所不同。如上文所述文淵閣本卷十八空闕八葉、文津閣本卷首無魏序，可見二本抄録各有所據。而卷一《原亂賦》以及卷二至卷四中的二本異文，對於探討二本抄校所據各本情況頗有價值。《原亂賦》中的異文，文淵閣本多與上圖本同，文津閣本多與文瀾閣本同，各有正誤，且文淵閣本中「聲兮廣袖颯以」六字明顯原空五格後據别本增補。卷二至卷四的異文，文淵閣本多與舊抄本同，文津閣本多與存素堂本同，其中大部分是前者有誤、後者不誤，但也有一部分前者不誤、後者有誤，另有一部分異文兩通。顯然，文淵閣本和文津閣本的抄校各有所據。但也有少量例外情況：一是文淵閣本與存素堂本同、文津閣本與舊抄本同，二是四庫本與舊抄本皆誤而存素堂本不誤，三是四庫本與存素堂本皆誤而舊抄本不誤。從中可見，文淵閣本、文津閣本可能都不同程度地參據了至少兩種本子，一種或與舊抄本同源，另一種或即存素堂本所從出的四庫底本。二本其他各卷亦有與舊抄本訛脱相同、相關之例，足見二者的同源關係。

對四庫本的質量損害最爲嚴重的則是館臣的諱改、妄改，其中又以文淵閣本爲甚。胡寅詩文中，凡涉歷代帝王、孔子、周公、關公等人的名諱或缺筆或改字以避諱，凡涉「夷」「狄」「虜」「犬羊」等字以及相關内容皆作删改。至於因形近、聲近而誤以及不明人名、地名、制度、典故、文義而妄改之例，更是不勝枚舉。正因四庫本中存在較多的訛誤、改竄之處，故舊抄本雖多錯訛脱衍，但仍具有非常重要的校勘價值。

後世《斐然集》以文淵閣本最爲通行。一九三五年商務印書館《四庫全書珍本初集》本（簡稱《珍本》）據此本影印，有個别異文，蓋因影印時筆畫模糊缺失所致。一九八六年臺灣商務印書館影印出版文淵閣《四庫全書》，後上海古籍出版社據以重印。一九九三年中華書局出版容肇祖點校的《崇正辯　斐然集》，《點校説明》中並未明言《斐然集》所據底本，但從其文字判斷當爲《珍本》，其中卷二至卷四的詩作參校了存素堂本。二〇〇九年嶽麓書社出版尹文漢校點的《斐然集　崇正辯》（簡體横排本），此集亦以影印文淵閣本爲底本。《全宋詩》《全宋文》收録胡寅詩文，皆以影印文淵閣本爲底本，雖以經鉏堂本和存素堂本爲校本，但未及全面校勘。又有二〇〇五年、二〇一〇年北京商務印書館影印文津閣《四庫全書》本。二〇一五年杭州出版社影印文瀾閣《四庫全書》本。

鑒於上述情況，此次整理以影印文淵閣《四庫全書》本爲底本，其中卷十八《寄政府》《寄趙秦二相》之闕文補以影印文津閣《四庫全書》本（簡稱文津閣本），以京都大學人文科學研究所藏明抄本景照本（簡稱明抄本）、經鉏堂本、文津閣本和存素堂本爲校本，又參校《建炎以來繫年要録》《歷代名臣奏議》《永樂大典》、宋人别集、明代方志等引録詩文材料。其中卷一《原亂賦》《送吴郛賦》，明抄本、經鉏堂本無，則以上圖本、文津閣本和影印文瀾閣《四庫全書》本（簡稱文瀾閣本）對校。凡底本中館臣諱改之處，據明抄本、經鉏堂本和上圖本盡行回改，其中「玄」「燁」「弘」等缺筆諱字逕補爲正字，「夷」「狄」「虜」等改字同例者則在首見處出校説明。凡避宋諱之字，底本已回改者，則不復改。由於底本與舊抄本存在同源關係，且與文津閣本抄校所據本子情況相近，故底本中的訛、脱、衍、倒之處，主要根據與諸校本的對校，結合他校、理校和本校，予以改正，並出校説明。文義兩通而難斷之處，則出校異文。底本不誤、校本有誤之處，例不出校；底本有誤或有疑，校本爲形近、聲近誤字而具有校勘價值之處，則出校説明。有些文字，舊抄本可能保存宋本原貌，而底本則易以通行字，如「擦」作「擦」、「趣」作「趨」、「謾」作「漫」、「蜚」作「飛」、「睅」作「悍」、「襄羊」作「相羊」、「切」作「竊」、「頗類」作「頗類」等，皆於首見處出校説明。希望通過此次整理，一方面儘可能地還原《斐然集》原本文字面貌，爲胡寅其人以及宋代歷史文化的研究提供可靠文本；另一方面也對後世通行的文淵閣本中的訛脱、改竄之處予以揭示和校正。由於所據底本和校本皆爲質量不高的抄本，異文情況非常複雜，《斐然集》的整理難度較大。囿於校點者自身所見與才識，疏誤之處，敬請學界同人與廣大讀者指正。

底本原無目録，舊抄本雖有目録然篇目多有訛脱，故今據底本正文篇題重編目録，並據舊抄本目録標出各卷文體。

廖明飛等人承擔影印文淵閣本與明抄本景照本的對校工作，並不辭煩勞對部分異文材料多次校核，謹致謝意。

校點者　陳曉蘭

斐然集原序

長沙吴德夫間爲予言，胡仲剛氏學業行誼爲世楷則，❶出一編書名《斐然集》以授予，曰：「其爲我廣諸蜀。」予識之弗忘。後守廣漢，將以刻諸梓，未皇然也。❷厥二十又七年，予歸自南，旋起家渡瀘，❸叙州馮侯邦佐已栞之，求一言冠篇。予又取而熟復之。蓋自公遊庠序，已深詆王氏，專尚關、洛諸儒之學。舉宣和三年進士，教授西京國子監，與忠獻張公同被薦，召入校中書。❹靖康改元，金狄入寇，❺與張公爲當路策守禦甚著。❻京師圍解，始得省親荆、潭。建炎再造，首以記注召還，極陳半年

---

❶「剛」，宋魏了翁《重校鶴山先生大全集》（《四部叢刊初編》影宋本）（以下簡稱《鶴山集》）卷五五《致堂先生胡公斐然集序》作「明」。

❷「未皇然也」，《鹤山集》作「或疑其議服一事，久未能決」。

❸「旋」，《鶴山集》作「遷」。

❹「校」，原作「挍」，據明抄本、經鉏堂本、《鶴山集》改。

❺「狄入寇」，原作「人深入」，據明抄本、經鉏堂本、《鶴山集》改。

❻「著」，《鶴山集》作「悉」。

三詔之不同,❶次論七事六條之利害,❷娓娓數萬言。如必罷和議,必用君子,必退小人,必明賞罰,必固本支,必建藩輔,必擇守令,必討盜賊,大抵監耿、李、汪、黄誤國之不可再,引誼劘上,往往有敵己以下所不能堪者。高皇帝雖聽奉祠,而簡注不忘。既狩錢塘,申命記注。首論四維不張,惟利是從。❸利在粘罕,❹則欲釋怨以悦其心;利在劉豫,則欲友邦以通其好。文定亟稱其得敷奏體。張公以右相視師,嘗議遣使,公辯遏懇至,謂堂堂天朝,相率而爲夷虜之陪臣,❺蓋視胡公邦衡後日之疏有過之。尋貳春卿,兼掌書命。如追廢王安石配享孔廟,追謫章、蔡誣謗宣仁后,及褒表諫臣等事,高文大筆,大抵皆公發之。暨趙、張去而檜再相,則公遠徙炎荒,幾陷五十三家羅織之獄。至檜死後,得復官還里。迹其平生,任重道遠,之死不渝,實由文定爲之父、仁仲爲之弟,講之家庭者固如此。❻至其述《崇正辯》以闢異端,纂伊洛緒言以闡正學,著《論語説》以明孔門傳授之心,粹《讀史管見》以抉《資治通

❶「半年」,原脱,明抄本、經鉏堂本闕二字,據《鶴山集》補。
❷「次」,原脱,明抄本、經鉏堂本闕,據《鶴山集》補。
❸「利」,原作「刑」,據明抄本、經鉏堂本、《鶴山集》改。
❹「粘罕」,原作「尼雅滿」,據明抄本、經鉏堂本、《鶴山集》改。下文同例皆逕改,不再出校。
❺「夷虜」,原作「敵國」,據明抄本、經鉏堂本、《鶴山集》改。
❻「講」,原作「謀」,據明抄本、經鉏堂本、《鶴山集》改。

鑑》數千百年褒貶之實，❶最後傳諸葛侯世以寓其討賊興漢之心。❷蓋公自宣、靖、炎、興四十年間，雖顛沛百罹，而終始一說，❸所以扶持三綱者，其不謂大有功於斯世矣乎？因馮侯之請，❹摘其關於世教者著於篇。❺端平元年九月戊申鶴山魏了翁序。❻

天之生聖賢也，豈偶然哉？昔者洪荒之世，❼人物混并，夷夏雜揉，❽賢不肖淆亂，堯、舜、禹、皐、夔、稷、契所以致力於此者，亦云盡矣。叙典秩禮，命德討罪，皆天意也。天之所以命聖賢者，❾孰大於

---

❶「稡」，原作「法」，明抄本、經鉏堂本闕，據《鶴山集》改。「扶」，原作「扶」，據《鶴山集》改。「年」，原作「家」，據明抄本、經鉏堂本、《鶴山集》改。

❷「侯世」，《鶴山集》作「武侯」。「心」上，《鶴山集》有「初」字。

❸「終始」，《鶴山集》作「始終」。

❹「馮侯」，《鶴山集》作「公輔」。

❺「於」，明抄本、經鉏堂本作「于」。下文同例不再出校。

❻「序」，明抄本、經鉏堂本作「書」。《鶴山集》無「端平」至「序」十四字。

❼「洪」，明抄本、經鉏堂本作「鴻」。

❽「夷夏雜揉」四字，原無，據明抄本、經鉏堂本補。

❾「所以」，明抄本、經鉏堂本無。「者」，明抄本、經鉏堂本作「也」。

此！五品之未遜，五教之未敷，五刑之未明，是雖飽食煖衣，果能保其生哉？由唐虞至於商周，天下事事物物凡當正名而辨分者，無一之或闕。及周之季，聖賢之澤微矣。聖如孔子，不得位而無以行其志，於是《春秋》作焉。故曰《春秋》定天下邪正。迹其功用，不特被之當年，實爲萬世法程。由漢迄唐，大亂而後小治，極危而後粗安，飢渴者之於飲食，❶以爲得是不啻足矣。而聖賢用力之地，鮮致意焉。故朝夕之安，不能銷百年必至之患；斯須之快，不能償他日無窮之憂。昧者安之，智者懼焉。皇宋作興，文治燦然，❷百餘年間，賢人君子所以推明乎是者，固已昭昭乎心目之間。遏人欲之横流，彰天理於既泯，士生斯時，抑何幸也！❸夷狄亂華，❹天下學者涣散而莫之統一。文定胡先生始以《春秋》鳴，而其子致堂繼之。見於辭章，著於賦詠，陳於論諫，莫非極治亂之幾，謹華夷之辨，❺黜邪而與正，尊王而賤伯，明義利之分，辨枉直之實。取而誦之，鑿鑿乎五穀之可以療飢，斷斷乎藥石之可以治疾。由其言以推其行事，即其文以究其用心，❻使其功化得盡顯於時，則撥亂而反之正，三光明於上，

❶「者」，明抄本、經鉏堂本無。
❷「燦」，明抄本、經鉏堂本作「粲」。
❸「抑」，明抄本、經鉏堂本作「一」。
❹「夷狄亂華」，原作「兵革紛紜」，據明抄本、經鉏堂本改。
❺「華夷」，原作「名分」，據明抄本、經鉏堂本改。
❻「文」上，明抄本、經鉏堂本有「行事」二字。

民物育於下，猶反掌也。世方交競於利禄之途，角勝負於得失之際，滔滔馳騖，不可救止。古之聖賢所以孳孳焉者，固已與之背馳矣。此愚之所以中夜而起，抱書而嘆也。三山鄭君肇之持節湖湘，得是文於致堂之猶子大時，遂取而刊之木。夫致堂之爲是文，夫豈知後世有揚子雲哉？蓋其露緼奥而寓諸言，發憤懣而形諸書，❶有不得已焉者。鄭君之好尚，亦豈爲文章之美哉？天理之明，人心之正，是書其標的也。嘉定三年八月望日南郡章穎謹序。❷

❶「諸」，明抄本、經鉏堂本作「之」。
❷「謹」，原脱，據明抄本、經鉏堂本、文津閣本補。

斐然集卷一

宋胡寅撰

原亂賦

始予納履于重圍兮，期汗漫而遐征。又眷眷而躊躇兮，觀國光于廣陵。方郊禋之先慶兮，祥雲郁乎帳殿。忽黑幟之連林兮，朔吹激夫虜箭。❶瞻日隕于武林兮，又浴光于秦淮。何羲和之鞭車兮，與吾願以或乖。弔夫差于姑蘇兮，望句踐于會稽。送龍旂之翩翻兮，怒雲氣之淫裔。俯潮海之洋洋兮，蹇吾行之不濟。傷春心乎江南兮，懷《九辨》乎三湘。莽蒼梧之愁予兮，顧洞庭而浩湯。計北歸之幾時兮，誓南征而徊徨。星攸拱必北辰兮，客子懷惟故鄉。雖山川之信美兮，非吾土以安翔。結湘雲以爲廬兮，攬明月而爲袂。賁澗石以考槃兮，樂琴書而卒歲。曷斂迹之遥遥兮，道未昧而孰睹？鯨鯢翻于陸海兮，曠野嘷夫兕虎。掃欃槍于紫清兮，翳黄道以榛莽。蹙四方而靡騁兮，民曷罹此怒也？豈天運抑人事兮，吾未聞其故也。悼厲階之方梗兮，誰不仁而落基？泝頽波以討源兮，我有云君其

---

❶「虜」，原作「鳴」，據上圖本改。

聽之。

監自古與在昔兮，懿哲后之御極。儼動作于威儀兮，起風化于衽席。故妹喜、妲己兮滅夏商之祀，飛燕、太真兮傾漢唐之國。何覆轍之荒忽兮，邇聲色而縱極。曼三十六宮之蛾眉兮，承倩盼而弗懌。慚栢谷之主人兮，託富平之貴客。朝貰酒乎新豐兮，暮更衣乎綺陌。湛露瀼瀼乎草茨兮，孔鸞雍雍乎枳棘。九侯爭寵以迅衆兮，五家競麗于淫泆。靡夜宴而絶纓兮，媿大庭而衷袒。寵光爛以相紛兮，莫敢指乎東霓。入聲。故沫鄉采葑菲于要期兮，溱洧贈芍藥于戲劇。三綱蕩而淪胥兮，此所以變於夷者一也。❶

人才不足以屹柱石兮，法度不足以斥麗敝。崇傾宮與瑶臺兮，鳩班輸與工倕。土貫埒于粟帛兮，木𣏓蔽于河渭。粲珠宫與貝闕兮，耀金塗而玉砌。沙堂方連以蛾緑兮，網户縹緲而朱綴。矗穹窿而交罼兮，界夭邪而鱗次。❷前鍾鼓之未移兮，後繩墨已新制。曾步游之幾何兮，又改圖而更締。眷蒼頭之下陳兮，錫歌兒之外嬖。近皇宫之秀色兮，峙北闕之大第。毁孤鼇之室堵兮，快狐鼠之凴祟。激宏侈以交夸兮，紛渠渠之莫計。嗟赤子之流離兮，或風雨之無庇。竟不得以託處兮，此所以失土宇者二也。

---

❶「變於夷」，原作「啟亂萌」，據上圖本改。

❷「夭邪」，文津閣本、文瀾閣本作「天漢」，上圖本誤作「天却」。

事遠畧于四陲兮，闢疆境而孔貪。收夜郎于已弃兮，指青海而必戡。建石泉于成都兮，置真播于巴灊。策振武于河外兮，開古平于瘴嵐。軍旅動而繹騷兮，民呻吟而弗堪。竊弄兵于潢池兮，繡衣斧以斷斬。又使講于醜夷兮，❶航東海以揚帆。遂渝盟而北師兮，授兵符于老閹。罄大農之陳陳兮，飽虓虎之飢饞。乃計口而調庸兮，吏疾視而欲芟。乖皇祖之仁術兮，換幽薊以帑縑。府廨何知于璧馬兮，稱慶之觴猶未銜。通烽火于甘泉兮，突騎已漫乎關南。隳廟祏其何救兮，獵九土而血染。❷微道德之安强兮，此所以不戢而自焚者三也。

舉籍包于四至兮，闢提封于禁地。視崑閬之規模兮，壯天都之形勢。作崔嵬之艮方兮，六五岳曰萬歲。笑祖龍之驅石兮，憚瑶池之騁轡。❸斲瑰特于太湖兮，浮巉巖于汴泗。役歲星其兩周兮，崇業峩于天際。望峯巒之連娟兮，瞰洞壑之遐邃。跨玉梁于瀑下兮，漾金沙于澗涘。弥林日以劍拔兮，嘉卉藹其雲萃。移西域之蒲萄兮，❹轉南海之丹荔。空檀欒于江湖兮，牛曳輂以道瘁。扛綺檻及雕籠兮，殫文毛與彩翅。豈中貴人之未稱兮，又應奉焉有相使。聳福威以享上兮，十五里而傳置。盡動植

❶「醜夷」，原作「强敵」，據上圖本改。
❷「染」，文津閣本、文瀾閣本作「沾」。
❸「憚」，文津閣本作「蚩」，文瀾閣本作「嗤」。
❹「兮」，原作「分」，據上圖本、文津閣本、文瀾閣本改。

之怪奇兮，夫烏識其稱謂？疇若予之虞衡兮，日千斛爲鳥飼。宜便嬖之自忠兮，忍暴殄之滋熾。或蕩析其家巷兮，咸此物之攸致。胡爲阱于國中兮，失一兔而與死。比彼佞巧之偷樂兮，方腰束夫金賜。通權科于私門兮，竊焕霍以如志。❶邊塵坌其既揚兮，山猶覆乎一簣。予及汝以偕亡兮，此所以不能獨樂者四也。

海上燕齊之士兮，神姦變化之語。投耽肆以易惑兮，遂服行而莫悟。上天安得而矯誣兮，曰李耳乃吾祖。積氣何有于基扃兮，曰神霄其有府。夫孰爲此詼譎兮，幻羽客慧名而姓楮。握符籙之小技兮，駭恍惚于呼吐。神光燁其炳夜兮，❷雷隆隆而在户。赤劍鏗然電焱兮，墮梨棗以如雨。按神變之是則兮，謂天地之神祇亦可覩。降玉皇于圜丘兮，出方澤之后土。接萬靈于明庭兮，紛肹蠁之延佇。惕羣臣之薦恭兮，閔下俗之聾瞽。皇自躋于上帝兮，七廟曷其孔俯？敞千柱之琳宫兮，兩帝君之攸處。騰步虛之希聲兮，廣袖颯以翻舞。遂覃風于八紘兮，黄冠紛其鶴舉。排閶門遊禁内兮，户者莫之敢禦。日再中不可候兮，❸鼎金餌而何補？渺三山之安在兮，奚用神之巨武？豈聞異教之駁雜兮，

❶「焕」，原作「揮」，據上圖本、文津閣本、文瀾閣本改。

❷「燁」，原作「煒」，避清康熙帝名諱，據上圖本改。

❸「候」，文津閣本作「俟」。

正座講于黌宇。六籍危其不焚兮，學士窘而如鼠。痛人紀之俶擾兮，犬羊固宜予侮。❶既彝倫之大斁兮，此將亡而聽于神者五也。

朝既列夫高位兮，國又賦于重禄。聖王所以俟天下之豪傑兮，爲億兆而作牧。彼刀鋸之殘人兮，祗閽寺之役畜。一身而二任兮，達内外而妾僕。資慘刻而厲荏兮，示柔靡而含毒。任巾車而秦敗兮，殿國師而齊辱。仰前古其一律兮，禍必發于所伏。悼崇觀之已還兮，乃卒踐于往躅。班輔國之王爵兮，建承宗之旄纛。踵澄樞師傅于南漢兮，睎令孜總兵于西蜀。根盤據于紫闥兮，奪萬乘之心腹。以小善要君之諗己兮，以巧思逢君之多欲。外攘擅以肆行兮，况奉承而加肅。從媟狎于閨閤兮，事繕營于土木。攬尚方之工技兮，筦靈囿之花竹。司防扞于城闉兮，導津梁于河瀆。籍稻畝于塘水兮，領修宫于洛卜。資文武之二柄兮，將相涵其恩育。稱門生其未厭兮，又申義子以敦篤。口天憲而慘舒兮，脅不附己以赤族。沛恩澤之四漸兮，走貨賂而上黷。逮僭亂之引咎兮，❷勢已迫于指鹿。昭廣陽之雙節兮，飛燕頷以食肉。帷籌蠢其無良兮，百萬挫于一衄。皇匆匆而内禪兮，孽隸凛而頸縮。就斧質于倉卒兮，罪未書于獄牘。雖少紓天下之憤兮，已無益于顛覆。木蠹盡而自及兮，此親小人所以傾頹者六也。

---

❶「犬羊」，原作「强敵」，據上圖本改。

❷「咎」，上圖本闕，文津閣本、文瀾閣本作「長」。

姑置此而勿論兮，敢請循夫厥初。河源可以濫觴兮，下流憂其爲魚。曾議道以持世兮，申商術而施諸。昔願治而更化兮，荆舒秉夫國政。詆先后之持循兮，肇欲新夫邦命。憎鼎鼐之敦古兮，工鑿之而鍛銷。悦鄭衛之利耳兮，罷希夷之咸韶。陳王度以法律兮，興太平于聚斂。惡私藏之削國兮，曰民富爾何僭。日剥割而月朘兮，民岌岌其愁阽。城高危而復隍兮，此損下而爲漸。飾六藝以文姦言兮，假皇威而敷之。示好惡以同俗兮，蒙一世而愚之。標榮利以爲誘兮，敕罰法以爲驅。何中人之敢桀兮，謹迪率而取模。又憯威於西戎兮，拔將軍於利口。俄斬將而軍没兮，終兀擦於羌醜。❶考氓利於畎洫兮，嗣涇漳之古功。茗葅榷而奪商兮，掘五金於地中。璅碎逮於手實兮，❷籍釜甑與尨狗。坐市吏以龍斷兮，列賈肆而寠藪。何下漁之竭悉兮，皇自富以九有。行犖然而弗恤兮，捩萬情而力揉。

夫孰與羽翼斯化兮，裒細德之險巇。斥忤恨之異己兮，羣刺天而高飛。久咸喻乎僻志兮，般新進之合黨。黜諫説之忠辯兮，謂以私智非其上。輔累葉之遺老兮，籲昊穹以血誠。皇中疑而未决兮，雱欲殺而示懲。勢崇成而權一兮，换斗魁而自斡。❸闔闢洶其雷風兮，喬木萎而先拔。鳳知幾而高逝兮，翔梟鵄而來巢。赤麟不屑於好時兮，紛孽狐之在郊。緜七閏而弗績兮，皇晚悟而瘝恫。罷輪臺以

---

❶「擦」，上圖本、文津閣本、文瀾閣本作「攃」。
❷「璅」，上圖本作「嵬」，文津閣本、文瀾閣本作「苛」。
❸「换」，文津閣本、文瀾閣本作「運」。

富民兮，授馬吕於震宫。彼柏充亦何忍兮，迷德意而弗將順。忽龍胡之不可攀兮，紛須厲以吾刃。

雖任姒之黄裳兮，席晏粲於九載。慘鍾山之死屬兮，惎婿卞以無改。卞先登而拔幟兮，京背水而力攻。一戰勝而奪國兮，此蔡方之崇墉。詭丕承之前修兮，謂遂非爲達孝。進興亡之大規兮，曰汝罥夫宗廟。皇不核其損益兮，垂衣裳而聽之。梟與狐其彙昌兮，迄進退而證之。洽韋布之美譽兮，修禮樂之彌文。❶絃誦播於要荒兮，❷殍瘠惠之宰墳。鑄九金以聚粹兮，圖忠良爲魑罔。闢三雍而旌伐兮，植衛輔以自廣。刼特操以犴獄兮，鉗民口以誹謗。哀善類而網舉兮，聯祖孫而流放。襲貂蟬於幄内兮，玩圭組於乳嬰。著籍通於永巷兮，家人紛紜以紫庭。夾城洞以溲流兮，輕舟颺而小輦。角與徵其合奏兮，閟諼慝之非淺。總六害以自躬兮，益蠱疾乎皇衷。阿瞞肝膈之有要兮，巨君肯休乎漢公？冠犬羊於巖廊兮，❸豺狼鬩其相牙。飛廉舞以夷羊兮，白晝號乎鬼車。歌桃李之成陰兮，乃雜族而此等也。迫荒耄而未試兮，韜匕首而心猛也。腥膻薰於岱華兮，❹横彗孛於太微。載頭顱而遽南兮，前星升而闈威。披穴窟於城社兮，逐鮫鱷於潮海。式拂除夫氛曀兮，或碪鑊以俎醢。予以天爲可恃兮，

❶「彌」，文津閣本、文瀾閣本作「靡」。
❷「絃」，原作「兹」，據文津閣本、文瀾閣本改。
❸「犬羊」，原作「沐猴」，據上圖本、文津閣本改。
❹「腥膻薰」，原作「兵氣蘊」，據上圖本改。

網不漏而恢恢。豈霜霰之既零兮，杳陽春之不回。

少皇鋭而致理兮，升陸沉之髦傑。俾投戈於瀚海兮，奠弨笴而未發。士雲興而踴來兮，願爲皇而捐軀。忍城下之盟辱兮，誰出口而矢謨？約質以皇之介弟兮，約盟以朝之台衮。獻服以國之冕輅兮，輪器以廟之圭瓚。周赫赫之南仲兮，實獫狁之於襄。我舊學之老傅兮，何執計之不臧？皇洞監其不任兮，割邦寄於爰立。傅忿懟而愎戾兮，怵自營而增急。終故恩之攣攣兮，❶侍黄門而眷留。荐呼吸其阿好兮，與清議而爲仇。嫉導日之啟明兮，彎大弧而落之。妒止車之金柅兮，騰謗口而鑠之。虜陽張而内恇兮，❷虎臣蹩之以貙貔。傅赧畧之衆詘兮，❸得氣去而弗追。愚自用而何燭兮，禍方隱於旋踵。舒施施而委蛇兮，諛媚態以取寵。么嗣子之讒儇兮，方舞智而矯虔。間乃翁之多猜兮，罔上下而爲後先。斸畝蘭與畹蕙兮，畦藝之以艾蒿。蔭嘉樹以方榮兮，逸殘剥之騰猱。倘受和於三關兮，何并門之淪陷？又割分以大河兮，何京師之環鬬？皇勤恤而旰宵兮，駭顧輔而託疇。何望傅以隆平兮，傅遺台以幽憂。二百年之洪業兮，虜舉之如持葉。沙漠漠以北吹兮，悽孤城之遺堞。妖魃出不惴人兮，張楚坐而受圖。欣藉藉而附攀兮，猶老姦之黨徒。

---

❶「攣攣」，上圖本作「□攣」，文津閣本、文瀾閣本作「係戀」。

❷「虜」，原作「敵」，據上圖本改。下文同例皆逕改，不再出校。

❸「傅赧」，原作「恥籌」，據上圖本、文津閣本、文瀾閣本改。

自熙寧之師臣兮，及淮蔡之維垣。❶迄宫傅之調護兮，咸喪邦於一言。坦周道之如砥兮，今胡鞠爲茂草？過宫闕而禾黍兮，塗黔黎之肝腦。彼臨川之雄才兮，妄仰儔於伊皋。偶睿思之有作兮，沕配合其自遭。若賊京之巨猾兮，尚得輩於林甫。嗟耿耿之庸暗兮，才闒茸而誰數？❷貽大患之既彰兮，曾莫較其重輕。嗟世俗之蒙欺兮，或未歸之罪名。亂與敗孰甚於此兮，蓄萬古之遺憾。往噬臍而奚及兮，吾將爲來者之龜鑑。惟黄茅與白葦兮，日既淹而就摧。習新説之小生兮，亦寂歷於寒灰。握京手而磨足兮，❸紛淫朋之比德。天勦殛而莫逭兮，又多淪於鬼域。❹獨傅黨之肖翹兮，銜卵翼之類我。班陸離其錯綜兮，固幸時之轗軻。膠投漆以締要兮，繘汲井而必隨。指九天而誓日兮，憂一朝而顛隮。

幸少康之纘祀兮，❺又美衛文與燕昭。宣王遇灾而側身兮，漢光四征而勞焦。偉哲王之英達兮，撥亂世而反之正。求豪傑與之馳騁兮，掃舊跡於邪徑。蚤發軔於暘谷兮，行萬里以爲期。選駃騠使伏轅兮，駕玉輿而乘之。建霓旌之千仞兮，五色燿其相章。騰蛟龍之蠖畧兮，駿雲氣而高驤。詔豐隆

❶「及」，原作「反」，據文津閣本、文瀾閣本改。

❷「誰」，文津閣本、文瀾閣本作「詎」，上圖本誤作「謳」。

❸「握京手而磨足」，文瀾閣本作「當身官而磨蝎」。

❹「域」，原作「蜮」，據文津閣本、文瀾閣本改。

❺「幸」，原作「辜」，據文津閣本、文瀾閣本改。

使導路兮，風伯屏夫埃昧。役太歲而隸辰星兮，勇有進而無退。遂弭節於清都兮，登通明而受朝。詄蕩蕩而天門開兮，❶羣仙侍而超遥。樂九奏以萬舞兮，執斗柄而斟酌。調玉燭於四時兮，備太和於九洛。懭下土之虐妖兮，流虹氣與星精。嘯涕爲霾霖兮，噓旱爲螽螟。帝有命以下討兮，集海嶽之百職。建修鋒而乘飛霆兮，洶震蕩而翕砉。威横廓以雷迅兮，❷歘掃滅而無蹤。藐神凝而息癘兮，帝不言而自功。

噫嘻乎！世幽鬱而迫隘兮，黨人曷其猶紛。就重華以嗽詞兮，儻濬哲之予聞。亂曰：天道周如循環兮，❸治與亂必因續。吾端策而潔筳之兮，得七日而來復。

送吴郛賦

宣和四年，江陵吴衛道求師於漳水之濱，因遂稔熟，亦復切偲。逮庚戌秋，脱寇難，來湘澨，叙舊道故，又八年於兹矣。聞湖之北稍稍有城郭村聚，流散幸存者皆思還其故處。一旦束書買馬，慨然告别而去，誦子路之言，曰：「何以贈我？」再而三，而益勤。予應以可，且問之曰：「子裹囊窶貧，行乎凋

---

❶「詄」，原作「眣」，據文津閣本、文瀾閣本改。

❷「雷」，上圖本作「電」。

❸「道」，上圖本作「造」，文津閣本、文瀾閣本作「運」。

殘之千里，山川良是，而無跫然似人之喜，曷遄其行，而又曷以康夫至日之計耶？」衛道愀然曰：「丘壠所以不忍離，❶而先人之敝廬庸葺，而世業之常産所不可不治也。是三者，泝而修之，其必有序。庶幾於苟合以不忘畀付，則生於斯世，又何慕矣。」予應之曰：「是之所志，確乎本務。然子故鄉荒萊蕪没，蓋有年所。❷子將啟而闢之，必有烈薙之勤；墾而畝之，必有斲揉之利；溉而滋之，必有源泉之蓄；播而稼之，必有五種之美。高下肥磽之宜，風雨霜露之齊，滅裂閔力之殊，螟蝗水旱之氣，於是有苗而不秀，秀而不實，稊稗之莫比者矣。幸而登場，舂釋簸揚，炊以釜甑，薦以匕鬯。乃不曰常珍而異饌之嗜，又有不知其味，雖食而弗肥者矣。故凡今人之田，荒萊蕪没，不能自理，至於流離漂轉，仰哺待活，以死於凍餒，蓋不可勝計也。子獨有復業之志，惟本是力；益既乃心，勿中道而畫；泯饑豐於穮蓑，毋輟耒而太息。觀沮溺之避世，察荷蓧之體勤，懲宋人之無益，考陳相之並耕。問大舜於歷山，訪伊尹於有莘，若禹、稷之躬耕，❸與樊遲之小人。孰爲力穡，孰爲曠耘，孰舍其田，孰收其成？用彼之効，爲我之績。固將稻粱蔽疇，稂莠不殖，倉箱既盈，時萬時億，鼓腹行歌，醉於酒而飽於德也。我未能有行焉，敢謂老農之不如。書以遺子。」辭曰：「餽贐倘可以爲開荒之資乎？」

❶「以」，上圖本無此字。
❷「所」，上圖本、文津閣本、文瀾閣本作「數」。
❸「耕」，上圖本作「稼」。

寄張趙二相三首

賢哲不同才，論心則皆仁。去就不同趨，❶惟義乃可親。仁非比周用，推己以逮人。義非楚越疏，顧不私其身。伊誰覺後世，凜凜周先民。旦也徂東山，❷流言起齗齗。召公發金匱，王逆繡裳新。它日奭有疑，不悦旦未逡。❸予往暨汝濟，公語尤諄諄。忠誠共白日，勢利一飛塵。姬家八百祀，盛業兩公因。其人不可見，此意常自真。吁嗟刎頸士，一失爲參辰。我思尚友徒，表此三千臣。

昨朝觀抵戲，千步廣場對。甲也烏獲徒，顧步熊虎態。乙也乘勢來，躑躅進復退。或有敗甲心，弦矢立其背。甲初奮左臂，一箭奮者廢。甲復舉右股，再射舉者墜。坐令乙取勝，或乃一笑快。因思中山趙，秦睨猶拾塊。何爲廉將軍，恥與相如會。不念國之存，以吾兩人在。一朝私仇破，兩虎共穴内。❹他年藺公薨，頗老仍見代。坑兵四十萬，大福遂不再。依然卞莊子，拱手視成敗。

河出崑崙墟，江出岷山底。涵涵受百瀆，滾滾經萬里。水惟準之平，而德鑑之比。離堆與砥柱，何事中流起。坐令平者傾，復使明者滓。臣門雖如市，臣心要如水。勿爲砥柱激，乃作天地紀。在家而

---

❶「趨」，明抄本、經鉏堂本作「趣」。下文同例不再出校。

❷「旦也」，原作「姬公」，避周公名諱，據明抄本、經鉏堂本、文津閣本改。

❸「旦」，原作「公」，亦避周公名諱，據明抄本、經鉏堂本、文津閣本改。

❹「穴」，明抄本、經鉏堂本作「匣」。

有怨，惟舜處父子。在邦而有怨，惟旦憂室毀。夫豈忿慾哉，過是非天理。蕭曹貧賤交，隙自將相起。迄能除芥蔕，至死相推美。彼亦何所監，覆轍有餘耳。同時秦漢人，異趣百代史。

題浯溪

戎馬胡爲踐神京，翠華東巡朝太清。❶乙巳幸東，❷以謁老子爲名。❸扶桑大明湧少海，❹虎符百萬屯雲興。皇威意無窮髮北，老傅坐籌自巾幗。謀臣猛將俄解體，吹入胡笳一蕭瑟。塞南莽莽多穹廬，塞鴈年年不繫書。回首朔雲清淚滿，傷心玉坐碧苔虛。中興聖主宣光類，羣材合沓風雲會。會稽甲楯今幾時，於鑠王師尚時晦。最喜鄴侯開肅宗，不謂晨昏急近功。竟使大唐宏業墜，豐碑有媿昭無窮。徙倚碑前三太息，江水東流豈終極。頌聲諧激不爲難，君王早訪平戎策。

和范元作五絶

馬遷法左氏，實録繫日月。孰傳經世學，儻可論絶筆。

久矣閟大音，無譏鄶以下。一聞入聖處，萬古洗凡馬。

---

❶「巡」，明抄本、經鉏堂本作「狩」。

❷「乙巳」，明抄本、經鉏堂本作「己巳」。據《宋史·徽宗本紀》（中華書局點校本，一九八五年版），靖康元年正月己巳，徽宗詣亳州太清宫。靖康元年爲乙巳年。

❸「謁」，明抄本、經鉏堂本作「朝」。

❹「大明」，原作「日出」，據明抄本、經鉏堂本、文津閣本改。

種學根不深，履道乃郵傳。欲收反約功，必也破萬卷。挾策博塞殊，愚智相千萬。反躬誠且樂，此事要早辦。閱書五行下，未勝百迴讀。至道一念存，請事不遠復。

和韓司諫叔夏樂谷五吟

布　被❶

昔年司馬公，清德如伯夷。簞瓢不改樂，又似吾先師。平生一布被，天地乃吾知。豈比平津侯，挾詐坐受嗤。公今蹈前修，自適性所宜。❷不受寒暑變，炎涼但相推。彼美錦繡温，蒙覆真虎皮。愧非三絶手，何以嗣銘詩。

竹　枕

故鄉清渭濱，一節取君子。相從大江南，展轉秋風裏。❸清慵笑玉便，傲兀勝隱几。屏山煙景媚，醉倒日高起。此君通晝夜，俗士乃輕鄙。願言一奠枕，四海春睡美。硜硜孫子荆，未便洗吾耳。得意大槐宫，古今真夢爾。

❶「被」，明抄本、經鉏堂本作「衾」。
❷「性」，明抄本、經鉏堂本作「得」。
❸「秋」，明抄本、經鉏堂本作「春」。

瓦　爐

靈臺净含光，虚室自生白。縹緲沉水香，瓦篆青羃羃。何用金狻猊，浮動羅綺席。緇黄手秉倿，❶兒女衣篝僻。一從胡塵漲，❷岱華腥膻隔。❸君臣若際會，至治發明德。普熏遍十方，氤氲本埏埴。何人學丘禱，❹鼻觀久已塞。

蒲　團

少年慕簡册，編蒲抄古書。有聞未能行，常恐迷厥初。青氊雪窗夜，卧起卷復舒。歲久亦穿穴，客冷不及渠。知公已坐忘，物我歸如如。黄團穩叠足，繡茵一籧篨。傳聞伏蒲諫，天子懷每虚。出處諒未免，裹輪聯鋒車。

紙　帳

細皺卷寒波，輕明籠白霧。何以相徘徊，歲晚正凝沍。枕欹一尺竹，被展幾幅布。賢哉楮先生，不以貧不顧。夜玉圍紅綃，羞澁强自賦。書生説富貴，志士安貧素。風驚銀海潮，春在明月庫。先生睡

---

❶「秉倿」，原作空格注「闕」，據明抄本、經鉏堂本補。文津閣本作「中持」。
❷「胡」，原作「戰」，據明抄本、經鉏堂本改。
❸「腥膻」，原作「風煙」，據明抄本、經鉏堂本改。
❹「丘」，原作「孔」，避孔子名諱，據明抄本、經鉏堂本改。

方濃，不覺糟床注。

送黃彥達歸建安

漳濱讀書夜復日，十七年間駒過隙。相逢忽認語音存，❶面皺髯張都不識。歲晚懸鶉百結穿，坐寒我亦無青氈。少時意氣今何似，對此猶能吸百川。北風草木傷遲暮，秀嶺長松色如故。須知憂道不憂貧，莫厭儒冠羨紈袴。坐悲四海方横流，長劍未試心未休。寄語幔亭雲外客，他年終約紫霄遊。

題全州礲岩 癸丑

蓋山限華夷，❷夷水不得出。❸澗壑相舂撞，❹竟朽此山骨。想其初洞達，借勢有神物。臂開青石壁，❺黤黮烏龍窟。奔流成長溪，岩洞寒突兀。秉燭千步遊，怪景纔彷彿。華鬘結乳頂，❻空翠誰掃拂。石田耕未熟，石鼓響不没。靈仙眇羽化，古廟凜紆鬱。我來庚伏初，弄水解纓紱。清甘流渴肺，

---

❶「忽認」，明抄本作「忽忽」，經鉏堂本作「忽忽」。「存」，明抄本、經鉏堂本作「認」。

❷「蓋山限華夷」，原作「蓋山峯厜㕒」，據明抄本、經鉏堂本改。明《(嘉靖)廣西通志》(明嘉靖刻本)卷一二作「山限混華夷」。

❸「夷」，原作「灘」，據明抄本、經鉏堂本、《(嘉靖)廣西通志》改。

❹「舂」，原作「奮」，據《(嘉靖)廣西通志》改。

❺「臂」，文津閣本作「擘」，《(嘉靖)廣西通志》作「劈」。「青」，《(嘉靖)廣西通志》作「蒼」。

❻「鬘」，原作「髮」，據明抄本、經鉏堂本、《(嘉靖)廣西通志》改。

妙聽含鍾律。❶兩腋御泠然，回首歎飄忽。

示上封長老洪辯

濯足瀟湘湄，瘦藤拄衡岳。尋山半吴楚，何意得雄邈。青冥幾石級，屐齒響犖确。低昂度翳鬱，軒翥見披剥。下視千萬山，碧海潮初落。❷無風浪自鼓，浮動洶嶽嶽。誰云地南傾，鼇足有踸踔。請看高幾許，天近只一握。高寒變沖融，三伏謝焦灼。羣松何人種，凜立傲冰雹。况彼凡草木，跂望難篋著。❸精廬憑佛力，雲外聊自託。上方連兜率，下界指蝸角。道人洪河辯，❹萬卷歸領畧。湯休以詩鳴，澄觀老禪縛。相從塵垢外，一語符啐啄。愁雲結蒼梧，來雁眇燕朔。鄰侯有舊隱，此興吾數數。不須理牙籤，借問有三學。

示高臺足菴紹印

萬生紛綸墮迷網，誰能自拔起情想。隙塵初傍陰色空，燒草又趁春風長。將身出家參佛祖，此病中作膏肓養。❺足菴道人肯珍重，不與凡流較斤兩。彼方彈雀棄隋珠，我自舍魚取熊掌。高臺平挹石

---

❶「含鍾律」，《（嘉靖）廣西通志》作「隱琴瑟」。
❷「潮」，明抄本、經鉏堂本、文津閣本作「湖」。
❸「跂」，原作「跛」，據明抄本、經鉏堂本、文津閣本改。
❹「洪」，明抄本、經鉏堂本作「懸」。
❺「肓」，原作「盲」，據文津閣本改。

廪翠，古轍下輾雷溪響。粥魚齋鼓不經營，竹月松風静來往。定心古井波浪息，夜氣靈源襟韻爽。憶昔幽尋度雲壑，見投佳句論鄉黨。豈惟高格擅風騷，頗信中扃得平廣。轉頭塵事還匆匆，入夢勝遊真莽莽。山梅有信寄一枝，更欲青鞋快真賞。

記夢

夜夢虚齋整衣冠，客五六輩相揖還。中有一人少留連，叩簷叩齒禱甚虔。❶顧謂吾儕曷傾耳，紅藥叢深鳥聲美。翻枝颭葉縹緲間，俄有珍禽集雕欄。宛然小鶴未省見，羽翮紺碧光斕斑。凝眸一瞬觀對立，忽成四鶴齊飛入。赴予紛泊若投林，藻錦縈帶復動衿。緑毛么鳳只倒掛，翠襟鸜鵒空好音。或將攬取不從手，相視眙愕萌争心。吾殊無言行且睨，與客徐理出户意。徘徊八翼疑驂鸞，雜遝諸儒競連袂。不知剥啄誰扣門，推枕高樹晨光暾。

示能仁長老祖秀

此世未可出，太虚無古今。一塵絶點染，萬象羅蕭森。白雲從何來，舒卷亦無心。流風散遠影，花雨釋重陰。俄然際碧海，倏爾歸遥岑。方來詎可執，已去誰能尋。何人知此意，魚鳥徒高深。道人乃如許，洒落湘之南。❷冥鴻豈避弋，倦鶴亦投林。昔年淮泗間，清譽喧佩簪。石塔縫無際，鹽官鼓無

❶「叩簷」，明抄本、經鉏堂本作「簷巡」，文津閣本作「仰簷」。

❷「南」，明抄本、經鉏堂本作「賓」。

音。衡山亦何有，神廪供爨鬵。十年一紙衲，綵線穿金針。❶上方萬壑外，微笑開我襟。幽懷久自契，俗慮何由侵。攀蘿共明月，流水寫瑶琴。

題能仁照菴紹亨所建

福州多僧天下聞，緇衣在處如雲屯。何人能了一大事，齋魚粥鼓徒紛紛。雲中復表第二月，何異汙渠鑑毛髮。不獨詩人水鏡昏，定知佛祖龕燈滅。道人竭來南山下，蓋頭隨分茅一把。菩薩果地已孤高，石廪峯前更瀟洒。草菴初就來乞名，試往尋之水竹清。莫訝此菴安四壁，大千沙界總分明。觀君所至金碧焕，公才利用如澄觀。鄰僧無賴苦侵疆，何似古人不争畔。從他三毒痴貪嗔，我自元無一點塵。擕菴南北東西住，萬象光中獨露身。

送余澤還義興

挾策漳濱兩韶稚，君後南隨州計吏。❷相逢冠歲璧池頭，頓覺詞華使人惴。謂宜雲路恣騰踏，豈料霜蹄多蹶躓。君才視我十倍加，蓄積那堪五經笥。❸已窮孟軻不動處，得喪窮通歸一致。每懷會合未曾欸，輒復鴻燕春秋異。寸莛才欲撞春容，不盡之音耳空記。去年邂逅得所願，千里過我少停轡。

---

❶「金」，明抄本、經鉏堂本作「綿」。

❷「隨州」，《永樂大典》卷七九六二作「州隨」。

❸「那堪」，明抄本、經鉏堂本作「堪追」。

圍爐燒栗忘夜分，蹙雪訪梅喜春至。❶窺園細看百卉動，陟榭滿挹千峯翠。讀君舊詩黄鍾律，觀君新德清廟器。默求至善不近名，下視羣愚非飾智。常虞涉世傷坦率，見語持行合謹細。❷值君隱憂方食蓼，而我美疹如紾臂。飛觴引滿不復能，戰飲吳門夢中事。采菊聊同茗盌清，丸艾時歸藥婆利。忠言贈公豈肉骨，益友貺予真補劓。浮雲聚散古則爾，人生出處孰無累。聞道雙珠已候門，便乘一葉同插翅。朱樓婉娩托旅夢，❸江樹霏微攪離思。❹一區衡山勿負約，三絶麟經更涵粹。得時而駕諒不免，有使且寄相思字。

送朱翌赴召

青松出澗底，志已棟梁具。平生飽霜雪，歲晚中尋度。屈伸諒有時，窮達係所遇。如君才與學，八面有餘裕。志修文自昌，身阨守愈固。已甘韞匵藏，寧願莫邪鑄。急趨冠蓋林，萬里便跬步。時來則卿相，慎勿負平素。霜繁千嶂晚，❺天闊三江注。倘遇子陵臺，❻爲我一回顧。

---

❶「至」，《永樂大典》作「意」。
❷「持」，原作「躬」，據明抄本、經鉏堂本、《永樂大典》改。
❸「婉娩」，原作「婉婉」，據《永樂大典》改。
❹「江」，《永樂大典》作「紅」。
❺「晚」，明抄本、經鉏堂本作「曉」。
❻「過」，明抄本、經鉏堂本作「過」。

與范信仲及嚴陵同官納凉萬松亭

黄堂無徒真面壁，休暇相招出城北。一云：北城出。千岩窈窕萬松豪，把酒觀棊得終日。❶此邦前修邈難繼，嚴范千古堂堂色。用之折箠笞犬羊，❷否則持竿弄泉石。我才濩落何足道，行藏未有資身策。公當長嘯起家聲，雲臺高敞風塵息。

和信仲酴醿

化工收餘春，不令寂寞回。殷勤三月盡，更放名花開。燦然白雪姿，❸亂洒青雲堆。奇香滿深院，冷艷絶浮埃。弟昆林下蘭，執友嶺上梅。何年蕊珠殿，移根畫堂栽。邂逅得佳客，開窗設尊罍。檀心半未展，❹更著紅燭催。惜無傾城髻，斜插一枝來。賞心不可奈，折取浸瑶醅。可憐清夜闌，叠鼓如輕雷。笙簫發夢想，雲雨下陽臺。櫻廚未羞溢，❺高會意重陪。花魂入詩韻，屬和愧非才。

---

❶「把」，明抄本、經鉏堂本闕，文津閣本作「縱」。
❷「犬羊」，原作「羌戎」，據明抄本、經鉏堂本改。
❸「燦」，明抄本、經鉏堂本作「粲」。
❹「半未」，原作「丰采」，據明抄本、經鉏堂本改。
❺「櫻」，明抄本、經鉏堂本作「賓」，文津閣本作「庖」。

和吴元衡

先生頌酒夸兩豪，使我讀之如飲醪。詩情不遂春光老，❶春在毫端尤婉好。頗聞下堂小不佳，未欲煩公長者車。❷不道芳菲成一夢，滿城寒食藉梨花。便把千峯名擬峴，同撥新醅酬闕典。

和元衡送牡丹

春工知君亦好奇，倚檻山丹開壓枝。山城何人識國艷，中州對此稱花時。新詩秀色摇京洛，詞鋒坐使侵疆拓。❸金明釣賞思見之，貢花驛使來莫遲。

題永州東山西亭辛酉

此亭得名從子厚，琬琰一篇傳不朽。我來相望三百年，誤使承流稱太守。初無施舍慰民心，漫有詩歌諠衆口。❹東山妓女北海尊，歌舞春風醉花柳。欲回面勢直西南，更植脩篁遮培塿。卷舒雲雨襟袖間，濺浣冠纓塵土後。近聞王師頻奏凱，狂虜不復窺廬壽。❺吾君神武光宣上，將相宏畧方召偶。端歸北狩定有期，開拓中原豈無手。顧子疏懶歸意迫，當世功名息心久。寄言悵望獨醒人，欲報厚德

❶「遂」，文津閣本作「逐」。

❷「煩」，原作「頌」，據明抄本、經鉏堂本、文津閣本改。

❸「坐」，原作「生」，據明抄本、經鉏堂本、文津閣本改。

❹「漫」，明抄本、經鉏堂本、文津閣本作「謾」。下文同例不再出校。

❺「狂虜」，原作「勍敵」，據明抄本、經鉏堂本改。「壽」，明抄本、經鉏堂本作「阜」。

乏瓊玖。遥山蹙黛酒如江，勸我日飲無何有。

題朝陽閣

瀟水東來北流去，宛宛山城挾江住。城中萬瓦蔽雄觀，江外千岩自幽趣。朝陽近止瀟之西，❶繫舸捫苔上石蹊。翠壁劃開光黤黮，❷高蘿垂覆緑冥迷。排岩闖水飛欄出，挂插洄潭老蛟脊。❸渾疑海蜃噴珠宫，復訝樓船褰繡帟。鳴鸞佩玉不須論，西雨南雲手覆翻。寄語子牟來獨夜，試看天闕瑞霞暾。

題永倅廳康功堂

政拙催科永陵守，實賴賢僚相可否。❹邦人復嗣海沂歌，倉廩雖空閭里有。功成將去朝日邊，更闢虚堂得晝眠。後圃好花初著土，❺前簷新竹已參天。貔貅未飽軍需急，赤子如魚釜中泣。若知王業在農桑，國勢無勞憂岌岌。酒闌四壁讀前碑，吏隱猶勝五馬隨。千古濂溪周别駕，一篇清獻錦江詩。

---

❶「止」，明抄本、經鉏堂本作「正」，文津閣本作「在」。

❷「黮」，原作「湛」，據明抄本、經鉏堂本、文津閣本改。

❸「挂」，明抄本、經鉏堂本作「柱」。

❹「相」，原作「明」，據明抄本、經鉏堂本、宋祝穆《方輿勝覽》（上海古籍出版社影印宋刻本，一九八六年版）卷二五改。

❺「好花」，原作「花好」，據明抄本、經鉏堂本、文津閣本改。

送茶與陳霆用賈閣老韻

閩湘渺天涯，❶新茗誰與促。對玆火雲候，漫説酒千斛。要須臨水榭，滿啜一甌玉。冷然生兩腋，萬里那更僕。想君坐茅齋，口授汗如沃。飽餐先生饌，睡思莽難逐。玉川亦何有，撑拄文字腹。遣餉良未多，精品端不辱。

用前韻示賈閣老

婺源春未回，已著金鼓促。争先入包匭，價比金盈斛。何人敢僭睨，奉御食惟玉。草莽空有名，氣格臣與僕。緬懷侍凝粹，苦口同啟沃。散仙今得伴，鸞鳳相追逐。雪泛定州甆，澆此飲河腹。飽食慚太倉，那復驚寵辱。

遊雲湖

衡湘久未往，❷眼到山輒對。愛山真自性，久看眼未礙。今朝渡石潭，蘭槳亂青帶。初升岸稍高，忽喜地更大。行行兩垣間，沙路得平快。豁然見良疇，小覽百里外。涵溶趙家汑，千頃疏幾澮。人家隔楊柳，或映桑林背。連連麻麥墟，雞犬達鳴吠。宛如京洛郊，北望一悵慨。古城誰所築，隱隱僅如

---

❶「湘」，原作「相」，據明抄本、經鉏堂本改。
❷「未」，《永樂大典》卷二二六六作「來」。

塊。娉婷九冢藏，❶巧緻六寶在。想其夸壯時，豈念遺迹晦。主人隴西生，懇欵具鮭菜。墅前稼尤美，彌壤黄雲曬。雲湖從此逝，日暖風不噫。循岡透迤登，❷呀口駭澌沛。是名湖西缺，節縮有石埭。舍輿尚盤陀，漸見湖尾派。菰蒲傍籬落，獵獵村沽旆。曳笻大隄長，堤址屹然塞。胡床羅四五，植傘據其會。恍若畫圖張，綵筆窮物界。滿奩開玉鏡，萬象自清汰。浮光散鳧鷖，沉影亂鱗介。紛紛漁舟子，點綴助姿態。其心曾未閒，詎比觀者泰。東頭輸寫處，百丈走霜瀨。滙爲碧泓深，嚙漱垠崿壞。非茲兩雄堨，何以鎮横潰。尚云春水時，雷注聒天聵。田翁亦好事，巨艇遺迎載。山陰興則同，所訪何必戴。招提有豪客，置醴久相待。歸途瞰烏泉，船首滯葭薈。朱樓亦近止，欲往思中敗。❸刺竿小彎碕，迴眺長嶺背。峯巒未可窮，却過陳家滙。❹幽尋何所得，憩倦茂林最。迴船漾中流，枵腹思勇嘬。羽觴凡五舉，銀鯽纔一鱠。山氓争睢盱，窺覘互驚怪。桃源果何似，此地良足愛。要當建亭榭，聊復藝芷芥。賞心浩無涯，羲馭慘欲退。吾儕幸强健，勝踐莫辭再。人生貴歡娛，世俗苦埃壒。黄君早交友，聞善肯相誨。楊君素疏豁，爲善克自裁。李君更清苦，有意飭紉佩。❺彪君知勉勵，不但聞梗

❶「冢」，原作「家」，據明抄本、經鉏堂本、《永樂大典》改。
❷「透」，《永樂大典》作「靡」。
❸「往」，原作「住」，據明抄本、經鉏堂本、《永樂大典》改。
❹「滙」，明抄本、經鉏堂本誤作「注」，上圖本誤作「湮」，文津閣本誤作「瀨」，《永樂大典》作「泾」。
❺「紉」，《永樂大典》作「紐」。

概。惟余真潦倒，道退齒徒邁。從游亦何幸，魚目慚明琲。誓言來年春，景物重華綷。荷花千葉裝，一一青羅蓋。蒼蒹没大浸，❶碧巘檻芳藹。❷遠陪鷗鷺羣，坐笑桔槔械。仍須少留宿，促駕古所戒。❸持鈎不求魚，❹何用五十犗。優哉復悠哉，此樂未爲太。

示龍王長老法讚

東峯峩龍頭，西嶺掉其尾。蜿蜒藏爪鬛，雲卧久未起。誰憑象教力，掛腹千柱啟。重天飛鐵鳳，寶地按金指。於今幾百年，松栢合抱峙。悄無車馬塵，一徑渺雲水。我來亦何事，蠟屐自遊徙。讚公好禪伯，道俗共懽喜。浮雲本無心，錫杖聊壁倚。借問此山名，❺其實安所止。答云蒼岑頂，萬觴湧清泚。伊何司蓄洩，神物宜在此。又言干戈際，流血幾萬里。龍胡爲自珍，岩洞深伏弭。笑挹香松槽，漱盥白玉齒。清風出長嘯，月净天如洗。

❶「蒹」，《永樂大典》作「天」。
❷「檻」，原作「擸」，據明抄本、經鉏堂本、《永樂大典》改。
❸「促」，明抄本、經鉏堂本、《永樂大典》作「倍」。
❹「鈎」，明抄本、經鉏堂本作「釣」。
❺「此」，明抄本、經鉏堂本作「兹」。

示龍王長老法讚用舊韻先公佳城與寺相直

堂堂感麟翁，耿耿跨箕尾。已垂百世芳，何用東山起。平生夢奠處，鬱鬱佳城啟。禪枝附菜葉，❶魚粥常千指。老龍臥頹波，秀木森嶷峙。堆螺沃黛山，瀉玉攙金水。上人一錫拄，❷心寂倦他徙。我亦希子文，仕已忘慍喜。時來語道要，中立旁不倚。而君樂幻空，説定不説止。永懷先覺人，愧發汗流泚。彝倫出筆削，一是無彼此。修程不自勉，九十半百里。相彼齅世芬，所向輒揺弭。未知吾相馬，異質遺毛齒。更須求真龍，萬古資一洗。

賦韓叔夏雪齋

君不見齊王築宫夸孟子，瑶殿珠階千柱啟。只知歌舞暖娥眉，君未能賢寧樂此。又不見玉局文章萬丈光，七年忍凍吟黄岡。忽騎白鳳淩天去，江上空餘一草堂。不如衡山樂谷藏春風，明窗小閤地爐紅。物自涅緇分浄穢，我方漉晛閲窮通。夜驚山竹珊瑚折，起愛溪松濛曉月。蹇驢烏帽去相尋，可但子猷清興發。

和仁仲歸鄉有感癸亥

大堤蜿蜒挾江長，卉木同泛春風香。青青嘉蔬不用買，采擷烹瀹皆堪嘗。羜肥豕腯白黑正，酒美

---

❶「菜」，原作「奕」，據明抄本、經鉏堂本、文津閣本改。

❷「拄」，明抄本、經鉏堂本作「住」。

魚賤吞江鄉。豈惟物産具豐好，地勢固可争雄强。歸來作賦興不淺，一飯美芹心詎央。

登南紀樓

西望巫峽峯，東望洞庭湖。南望大江橫，北望楚王墟。平時十萬户，鴛瓦百賈區。夜半車擊轂，差鱗銜舳艫。麥麻漫沃衍，家家足粳魚。深山雞犬接，誰復識於菟。挺禍者何人，火獵而兵屠。庚戌日南至，賊魁宴宜都。❶一膾八百姬，坐無羊與豬。葛伯殺餉童，湯征自亳徂。恢恢天網漏，莽莽一紀餘。遺民百存一，茨棘伏且逋。有田不敢耕，十倍出賦租。籍户析丁口，奏言民數敷。一縣三十家，一城三百廬。指爲太平象，蒼穹焉可誣。翩翩兩孤鶴，歸自青海隅。長松雖好在，池圃傷榛蕪。邦君能好客，授館高明居。春風摇宇宙，慘澹心盤紆。玉花暗寒食，桑穀凍不蘇。流民渡沔來，曳牛負其孥。似聞犬羊中，❷復有紅巾徒。轇轕隨鄧間，厥意知何如。古來上流地，最重荆州符。形勢在東南，橫跨此其樞。皇文不用武，重閉聞勇夫。要當强楚蜀，莫使窺全吴。滔滔江與漢，晨夜朝宗趨。天聽方四達，廟算有良圖。

題關雲長廟

西方有幻師，以利行幻術。利他乃甘言，自利則其實。曾微證形象，顧喜論恍惚。可憐億兆人，明

---

❶「賊」，原作「渠」，據明抄本、經鉏堂本、文津閣本改。

❷「犬羊」，原作「俶擾」，據明抄本、經鉏堂本改。

智百無一。泯然俱受紿，寧以鬼自怵。疑怖既迫心，祈禱便屈膝。千載浮屠氏，箇箇提一律。❶雲長忠烈士，蜀漢凛三傑。許身初擇義，遇主益秉節。一受先主知，不爲曹公屈。最後圍樊城，許南已無拂。智畧孫吴儔，議徙股膽慄。惜哉片言戾，壯志遂紆鬱。至今想英風，使我竦毛骨。廟祀禮則宜，爲國有典秩。而彼天台僧，相此山水窟。欲繕廬而處，假靈宣鬼物。章鄉城近止，將軍此焉没。斯人兼畏仰，吾計行可必。唱云暴悍魂，岩壑擅營室。從吾受浄戒，父子歸命佛。初猶未赫烜，靈響沉寂謐。奈何無盡翁，作記極詞筆。一毛成萬鈞，財施日盈溢。精藍敞千柱，城旦洶溟渤。捐身養惰游，佛小智之所弗。而况正直神，肯徇智顗汩。❷永懷王迹熄，異説競蠭出。聖言甚微眇，學士迷祖述。佛徒竊其柄，高坐弄拳拂。翕張性命説，自謂了生滅。孤標類清遠，陰趣盡攘奪。凡民何足算，吾黨是可嫉。終始莽如夢，變化暗若漆。矧希有漏因，便怛無常猝。推波而助瀾，司寇莫能詰。豈惟兹一廟，淫祀如髮密。誰將驅緇褐，南畝畀巾幘。幽明無俶擾，夷夏不相昵。❸坐令宇宙間，禮樂興炳蔚。

和仁仲孱陵有感

奸雄乘亂謀稱帝，不暇從容問傳器。荀公死坐蘄殊錫，文舉誅因白畿地。金根曲蓋乘五時，謬以

❶「一」，明抄本、經鉏堂本作「以」。
❷「顗」，原作「顗」，據明抄本、經鉏堂本、文津閣本改。
❸「夷夏」，原作「典祀」，據明抄本、經鉏堂本改。

踞火尤吴兒。懸知以鼠睨漢獻，終欲搏噬如飢狸。吁嗟白日蒙浮雲，豫州奮臂提孤軍。虎熊争先氣烈烈，魚水相契情氲氲。赤壁端如殺二陵，於操猶或稱其能。身在行間一交戰，阿瞞始信河難馮。仲謀亦恃江濤漲，豈憂炎德終淪喪。孱陵自駐遏吴師，要知身繫蒼生望。丈夫蓋棺事方休，未報平生宗國仇。英雄安得無塊土，固令於此分荆州。❶春風吹花不濡滯，緑滿郊原何蔽翳。前漢興隆後漢頽，永懷啓沃臨行際。

和仁仲遊桃源

桃江穩楫蘭舟渡，記得劉郎有仙路。未能趨海訪神仙，❷且欲沿溪看紅樹。釣竿已自懶羈束，平生況得滄州趣。最欣傲吏輕儻來，擬學淵明賦歸去。與君一問桃花宿，豈但行如武陵暮。伯陽八十有一篇，立教清净貴自然。神仙之説何所始，虚怪汗漫無中邊。漁郎迷路去家久，雖踐勝境終迴旋。雕辭飾實好事者，至今千載猶流傳。❸寧聞自古有仙人，茂陵垂老一語真。豈伊冠履薦紳士，惑溺不異蚩蚩民。誠能御氣友造物，陋彼蟬蜕悲埃塵。想見桃源之野花正開，牧兒模管吹出芳林來。不知

❶「令」，明抄本、經鉏堂本作「合」。
❷「仙」，明抄本、經鉏堂本作「山」。
❸「今」，原作「令」，據明抄本、經鉏堂本、文津閣本改。

人家尚幾許，雲屏玉帳空悠哉。霏紅泛緑竟杳杳，我亦乘興山陰迴。不如與君歸種待蕡實成蹊，❶晝永無地生蒼苔。

歸舟濡滯示仁仲

扁舟下荆江，信宿七百里。少縈玉州岸，翠壁紅樓起。提攜桃竹杖，飛步同徙倚。永嘯來長風，極望際天水。登臨興未窮，歸思孰能弭。枕湖駕高浪，萬頃期一葦。飛廉不借便，❷進尺或退咫。莽蒼入葭蘆，❸回環亂洲沚。刺篙力言匱，挽纜路仍圮。物用各有時，奡盪未可鄙。風水亦何心，邂逅乃如此。快意得濡滯，贏縮固其理。子文三已仕，了不見慍喜。斯猶未稱仁，胡不聽行止。南山定非遠，風駛一帆耳。攜壺上翠微，旅瑣爲君洗。

過方廣不遇主僧留示甲子

崎嶇犖确梁復矼，頳肩四力流汗杠。笋輿軋軋三十里，乃值道人遊近邦。倦軀且借禪榻卧，仰睇傑閣丹青龐。泉湍夜挾風雨壯，撼床殷枕如濤江。晴巒空濛染佛髻，❹白月皓皓團僧窗。高杉大松間

---

❶「蕡」，明抄本、經鉏堂本作「結」。

❷「飛」，明抄本、經鉏堂本作「蜚」。下文同例不再出校。

❸「入」，明抄本、經鉏堂本脱，文津閣本作「滿」。

❹「巒」，明抄本、經鉏堂本作「嵐」。「空」，文津閣本作「濛」。

修竹，烟旌霧蓋參雲幢。要須酒壺綴羊羫，哀簫怨笛歌鬟雙。緬懷東岩謝太傅，提攜靚艷凌崆峣。不學香山白居士，只與如滿相敦厐。想君聞之笑且哤，西東分流嶺頭瀧。歸來亦復有何好，方寸坐以鐘魚降。留詩六反皆震動，魚誰考擊鐘誰撞。

和叔夏海棠次東坡韻

久矣心灰形槁木，有爛錦衾誰與獨。殷勤調護得繁枝，抹黛施朱盡凡俗。池上靚粧開曉鏡，露晞嬌潤離湯谷。佳人得意矜絶代，陋彼牽蘿補茅屋。真賞幸逢尊有酒，清玩可使食無肉。十眉彷彿畫難親，百匝徘徊看未足。兩句緑秀承紅嫩，一日籬槿何能淑。朝來但覺花照眼，夜去不夢松生腹。休誇艷杏蔭白鷴，漫説夭桃夾疏竹。固知尤物人共愛，也使先生動心目。老坡有詠記江城，少陵無句慚巴蜀。顧我荒詞陪絶唱，何異斥鷃追黄鵠。夜來風雨太豪横，惆悵遥峯蹙度曲。不如却賦黑牡丹，寄語孔翠防抵觸。

和彦達新居

喜居夏屋成，❶竹樹讙燕雀。門徑眇雲水，亦見輪蹄錯。君本有用才，魏匏自濩落。平生五車勤，歲晏一簞樂。永言青眼舊，每笑春風薄。❷共保貞石心，火炎豈能鑠。激志山岳聳，放懷宇宙廓。過

❶「夏」，明抄本、經鉏堂本作「厦」。

❷「風」，明抄本、經鉏堂本作「雲」。

我雖蹁躚，柱杖得所托。但慚城市遠，兼味止葵藿。方羅玉麈揮，❶忽聽金奏作。薰然陶天和，寧復慕人爵。澹泊道義交，已謝勢利作。遥知尊杓存，❷酒熟待同酌。

寄題義陵吴簿義方堂

萬生天地間，靈者乃知義。何獨於義明，而利心亦熾。兹焉分兩軌，君子小人異。秉義一毛輶，百川利趨亟。紛紛冒貨賄，役役奔勢位。資之以狼貪，攘之以螳臂。深較毫釐差，交攻兵刃剚。大賈五百金，徒蜀死無庇。小偷慚篁篋，褫魄對犴吏。一生幾量屐，身後糞土棄。夫豈無良心，習慣遂殊致。試令呼之跖，悍目艴然視。❸又或號之夷，喜笑亦隨至。也知清譽好，寧自濁汙置。頹波日不反，方跖尚當愧。有美短簿賢，老矣能劼毖。善爲子孫謀，闢堂寘經笥。松筠歲寒色，不種春藻媚。郴山固奇變，其江瀉青翠。❹盤礴以蜿蟺，淑氣宜産粹。是將出秀民，庸稱名堂意。願言承學子，不受流俗漬。雖共雞鳴起，拳拳閔顔志。本原孝而恭，由此充其類。附翼而攀鱗，四科有陞次。或誇詭遇功，固恥與之比。何况浮雲侣，秋露草頭墜。勿忘先師言，亦何必曰利。

---

❶「羅」，文津閣本作「罷」。

❷「杓」，明抄本、經鉏堂本作「足」。

❸「悍」，明抄本、經鉏堂本作「睅」。

❹「青翠」，文津閣本作「清駛」，明抄本、經鉏堂本誤作「青映」。

和仁仲賞梅

萬竅鳴饕風，千秋厄嚴雪。❶花心獨沖融，足以媊愁絶。太和起孤根，枝上見明滅。稍稍占芳辰，時時破苞結。天葩忽晏粲，餘卉盡騷屑。培植幸逢賢主人，平臺翠竹承清薰。要看千樹挂山月，肯把一枝縈髻雲。輕風休吹落繽紛，待我詩成酬繼君。飛觴半酣未忍去，詩情花氣相氤氲。須知魏夫人，元是姑射神。❷咄哉趙飛燕，況乃楊太真。但願華筵對晴昊，年年領袖百花春。

赴德秀海棠之集丙寅

穿山復履塍，忽望翠林杳。漸近一崦環，茅簷浄而小。赴君雞黍約，仍被酒壺繞。爛爛庭下花，迎予遍開了。誰將淡燕脂，染雪團枝裊。枯棊忘勝負，響鐵聽窈眇。煩襟浣一笑，至樂如此少。愛君富才藝，守約自强矯。諸子如松筠，意氣在雲表。幸是田舍鄰，不作離别悄。

❶「秋」，明抄本、經鉏堂本作「林」。

❷「是」，原作「長」，據明抄本、經鉏堂本、文津閣本改。

斐然集卷二

宋胡寅撰

和劉彦沖白髮

避炎掃浄室，卧看浮爐烟。讀君五字詩，鶴髮驚臞仙。緬懷少壯日，意氣横無邊。春風鬱雙髻，緑草争芳妍。酒豪既跌宕，花惱仍狂顛。涉境如刺繡，針行久忘邅。中路一線通，悟彼稱世賢。不知老將至，此道聞尼宣。高山戴雪早，❶從人嘲樂天。青青復種種，榮謝理固然。市翁一彈籥，意眇飛鴻前。何況大丈夫，乃顧兒女憐。爲語偓佺輩，癡心莫攀緣。裹蹏諒可鑄，此物無由玄。

醉步前溪示彦沖

溪南溪西渺雙溪，中有良苗緑千畦。參差人家傍脩竹，隱約負戴通山蹊。南溪先生冰雪胸，虚堂坐詠荷花風。西溪散人晞汗髮，半夜泉頭飲明月。欲賞奇文析疑義，藴隆當路不可越。安得阿香輕著鞭，驅龍噀雨玄雲邊。徑携枕簟就公宿，對床飽聽秋聲懸。

❶「戴雪」，明抄本、經鉏堂本作「頭白」。

和彦沖三日飲

名園直萬金，❶一頃連芳蔭。秀巒千尋矗，石井百尺深。花殘尚聞鶯，林勝不留雋。時來覓清暑，却扇涼沉沉。三盃有道通，萬户無法禁。平生師洙泗，正爾戒已甚。相彼無漏學，亦復忌疏滲。紅顔不肯駐，白髮來寖寖。洗心聆妙語，至味良足飲。常聞麗澤兑，美潤相灌浸。淡交那甘壞，諒直靡讒譖。此歡屬吾輩，端匪異人任。又憐囁嚅子，有口終自噤。不若更歌呼，醉挽溪流枕。

又和早飲

零露溥溥風滿塘，美人不來儼分行。天葩艷然出翠被，倚檻嫋嫋傳秋香。對之索酒飛觴快，浩如一海朝千派。主人絶倒任忘形，接籬便向三花掛。狂夫未是詩酒豪，先生卓爾能禪逃。忽聽雷聲起淵默，坐使萬竅皆呼號。

自開善寺飯已赴彦脩之集新陂初成次其韻

旱氣欲流石，澗溪失盈溶。況逢青田渴，萬鍤決使東。南山思照影，三日雲氣重。玉蜺忽墮地，行君竹林中。潤騰百年樟，翠寫千丈松。澄之新堨横，浄緑涵秋容。是日看雨花，一香萬緣空。歸來趁清約，賞心還此同。桂枝耀三更，裊裊來天風。名觴或可醉，讐讀安得慵。永謝世味醺，敢懷歸意濃。朝權過狎洽，夜氣方沖融。意超滮浪表，伊誰躡斯蹤。獨愧和篇斐，不堪稱兩雄。

---

❶ 「直」，明抄本、經鉏堂本、文津閣本作「值」。下文同例不再出校。

賦吴守友石臺

南圃繚粉牆，幽徑便蠟屐。蒙然遇高蔭，炎景不予赫。天成一高坫，爲印子雲宅。大藤如虯龍，陟降蜿尾脊。青冥搴茂葉，何異張翠帟。想見春風時，紫蕊濃可摘。富哉他山骨，輦致羅鐵碧。或如夔桐斷，或若林筍刺。或如五老拳，或若大華擘。或如虎方踞，或若貙欲躑。或崎難著足，或坦可敷席。或倚以憩憊，或坐以對弈。廣輪兩拓手，叢秀不迫窄。何須狻猊座，方丈出戲劇。況論芥子中，不與須彌隔。有之則似之，知君介如石。石中有良玉，終古不變易。玆遊謝蘭亭，何用嘆陳迹。

示吴守

汲湔明月泉，散襟清風亭。秋陽不能暑，宿酒爽以醒。佳哉此勝原，❶歷覽所未經。一溪曲折白，萬嶂低昂青。上有蟄龍湫，比渭不比涇。天邊建河漢，地底奔雷霆。物産不儲秀，伊誰當炳靈。早負李固笈，夜拾車公螢。古學探奥突，高文掞天庭。善刀隨所遇，❷小試常發硎。胡爲嶺南州，尚屈摩霄翎。人生多離合，泛泛如流萍。忽焉復邂逅，豈辭倒公瓶。著身山水窟，已浣埃壒形。況乃家塾間，美誦盈客聽。頎頎兩孫子，玉立此寧馨。居然五經笥，問歲纔十齡。詩成使之哦，清越公其聆。

---

❶「原」，明抄本、經鉏堂本作「源」，文津閣本作「境」。

❷「刀」，原作「力」，據存素堂本、文津閣本改。

題泉石軒

過橋忽與平疇對，石路鱗鱗蹴蛇背。登堂面勢脩竹林，百疊青瑶襯其外。就中新著小軒奇，湩乳披崖草樹滋。蒼牙砑然如虎飲，一泓寒碧湛琉璃。雪花茗盌浮談席，欲去冷然生兩腋。留詩聊足記歲年，更寫軒題號泉石。

和劉仲固痛飲四疊

舊詩未酬新句新，向來毒醒與死濱。頹然一榻誰料理，子思之側知無人。華筵再開不辭醉，夜碧千鍾慰愁肺。盍簪如霧君不來，豈念清遊後難繼。❶朱唇少罷凌風歌，蓮舟小槳翻青羅。笛聲無哀亦無怨，喚取月色今宵多。狂時駘蕩醒時恥，情景循環亦何已。但愁霜過沾人衣，塒上嘐嘐坐當起。

曉乘大霧訪仲固

稚金不耐老火鑄，有烈秋陽尚驕倨。汗流亭午憶凄風，❷氣應佳辰欣白露。朝來開窗迷眼界，霧色無邊莽回互。誰爲夜半有力者，竊負羣山著何處。却驅滄海白潮來，濤浪初平不成怒。人家慘淡暗漁浦，水墨微茫認烟樹。我行有似江湖雀，❸彼岸應怪浮杯渡。從教弱水三萬里，一棹桃源未迷路。

---

❶「後」，存素堂本作「復」。

❷「亭」，明抄本、經鉏堂本作「當」。

❸「我行有似江湖雀」，明抄本作「我行徒在江湖雀」，經鉏堂本作「我徒行在江湖雀」，存素堂本作「我行徒在江湖間」，文津閣本作「我行如在江湖深」。

忽然五霞漏激射，清飈作陣翻空鶩。渤澥盡輸無極底，祖龍杠被徐生誤。雲屏儼映蓬嶠矗，❶鳳翼騫帶瀛洲嫮。連蒼接翠層疊青，秀色著絢忘初素。前觀象罔非夢迷，後矚離婁豈驚寤。真化自然相隱顯，幻士謬爾生智故。有真無幻信誕分，此境易透亦難覷。要知萬理無不寔，聚散一致此焉悟。常記向時聞劇論，知自少年得真趣。風雲變態襟抱開，山水之樂仁智具。胡爲顰呻不料理，冰炭坐受瘧鬼怖。❷願君讀此一醒然，未負當年少陵句。

題傅氏真意堂

高枏落繁蔭，茂竹疏冷風。小亭尋丈景，❸已冠一畝宫。況復哆北楹，方池渺溶溶。遊儵亦何樂，動影相冲融。卉木羅以差，想見芳菲容。香枝寒月碎，雪架春雲濃。我來秋暮時，山葉般般紅。❹乃眷黄金花，尚閟東籬叢。維君抱材氣，志通身則窮。和璧獻未售，夜半光騰虹。樂歲突尚冷，初筵尊未空。恨我早病衰，不能卷千鍾。喜聞滌塵話，冰壺瑩心胸。又知此勝境，芹溪縈硯峯。昔有遺世士，烟霞眇飛蹤。先生儻邂逅，問訊爲我通。芝苗不足飽，多謝甪里翁。相期玉京路，手把青芙蓉。

---

❶ 「儼」，明抄本、經鉏堂本作「掩」。

❷ 「坐受」，原作「受坐」，據存素堂本、文津閣本改。明抄本、經鉏堂本脱「坐」字。

❸ 「亭」，《永樂大典》卷七二四〇作「堂」。

❹ 「般般」，存素堂本、《永樂大典》作「般殷」，文津閣本作「揺殷」。

和彦沖

七載飛電邁，❶百慮秋水澄。獨餘故鄉念，居然常兢兢。同是幔亭仙，乘風釣湘蒸。魚寄水千里，鴈傳雲萬層。❷十論賜甚腆，一篇蒙未曾。登堂話袞袞，寓寢香凝凝。看君道氣充，可仰誰敢朋。寸陰謝尺璧，默然耀千燈。世路多招呼，掉首未渠膺。幽尋嘆川逝，彼寧記雲騰。但願我輩人，拳拳知服膺。聖門無閡轍，自晝理豈應。君子有所病，没身名莫稱。虚生既何補，浪死誠堪懲。君仍詩律高，愧我酒量能。屬耳風雅頌，因忘斗與升。山林足奇觀，朱闌盍時憑。

和彦沖

詩腑五字城，酒腸九曲灣。興來摧高堅，觴至輸潺湲。眷此山澗曲，素緇邈畿寰。❸人境俱寄陶，陋巷同樂顔。新黍釀初熟，小槽泣微潸。僅堪代湯茗，敢望頽玉山。獨餘要眇音，超然難追攀。所賴見寬假，悲鳴三日閒。❹清風又吹句，玉佩琤瑶環。❺使我發深省，迷蕪自除删。得意言語外，放懷天地間。人生貴知心，願言長往還。

---

❶「邁」，明抄本、經鉏堂本作「過」。

❷「鴈」，原作「歷」，據明抄本、經鉏堂本、文津閣本改。

❸「邈」，原作「邀」，據明抄本、經鉏堂本改。

❹「鳴」，存素堂本作「嗚」。

❺「琤」，原作「峥」，據存素堂本改。

清湖山大火丁卯

青天露坐月斂昏，忽見山燒明溪村。轉移胡床飽寓目，獵獵變態真難論。清湖之山峨帝閣，盤陀四隤如雲屯。千章大材翳山黑，忽作秋樹繁鮮緼。得非祝融張南軍，周騶漢幟雜徼巡。❶葦山奪壁秣且獵，陳皮較獲羣毛騂。又疑棲岩窮道人，鏖砂灶破寶魄淪。丹光飛飛弄明滅，怪氣閃閃騰輪囷。隨風廓爆聲何喧，遇澗緣絶勢復分。金虯赭虺怒鬱律，紫鳳朱鳥驚翔騫。欲尋仙家訪桃源，武陵太守馳雙轓。紛敷絳雪土不濕，近遠蒸霞山正燃。離離點點羅星垣，燦燦爛爛披纈紋。巫陽研朱盡屈曲，盤印繚燼香氤氳。山清宛然大裘尊，藻粉之間繡光焞。侍官服章畫彤韍，❷佩玉環玦皆瓊璊。誰移太華玉井根，開此翠巘芙蓉園。徒勞禪宮詠火傘，豈媿花島歌紅雲。連岡槎牙宣空齦，❸缺壑侈哆呀殷脣。眉峰胡爲變賊赤，頂髻何事從僧髡。翻思元宵遊端門，巨鼇岌載蓬萊蹲。❹蜿蜒雙銜照天炬，十萬油蠟争晨暾。只今留滯磎何盤，❺青熒一燈讀書殘。野人亦解相暖熱，坐使寒谷驚龍鸞。吁嗟此山美崇巒，若動若植方涵春。閩氓力耕地無草，歲歲爇薙供犂犉。火行于寒反行暄，忍使秀緑餘焦痕。爲翻

❶「徼」，原作「邀」，據明抄本、經鉏堂本、文津閣本改。
❷「服章」，明抄本、經鉏堂本作「章服」。
❸「宣」，存素堂本作「亘」。
❹「載」，存素堂本作「戴」。
❺「何」，原作「河」，據明抄本、經鉏堂本、存素堂本、文津閣本改。

銀河一洗濯，回禄雖熾應逃奔。每欽韓公觀陸渾，雄詞險句咻而燉。我猶皇甫燏不息，看君續焰輝無垠。

遊將軍岩

初識後亭山，一賞北岩秀。更聞將軍隱，飛策過雲岫。何爲英烈姿，石壁寄門竇。得非馬力竭，依險聊自救。無乃弃長弓，一念希不漏。餘情尚慳滯，嗔客來徑篕。唏雲翳凡木，涕雨滑峻甃。以君智慧鎧，與我忠信胄。才刃及詩鋒，❶勝客雜前後。懸崖雖仡仡，有進寂寞鬪。山靈方恫悔，斂迹祈恕宥。坐令蒙蔽景，倏變清明晝。前峯霄漢近，矗矗駭猱狖。絶澗雲練明，宛宛出篆籀。奇觀固難值，況復有清酎。不須待重九，菊蕊已堪齅。

觀柳源瀑布

遐歸獲勝踐，風日清廣宙。途巘意未闌，景絶願初副。回巒豁大壑，萬古貯天漏。無人識秋河，此地一源透。鎔銀誰戲劇，擣玉供噴漱。未知三峽橋，與此孰雄陋。却來據盤石，雲氣滿襟袖。指顧組練軍，洶湧出左右。八元坐收功，獨聽九韶奏。摧岩決澗手，笑我泫寒溜。出入更回頭，雲水莽迷覆。歸瓶注小瀑，雪乳尚真鬪。❷

❶「詩」，存素堂本、文津閣本作「詞」。
❷「真」，存素堂本作「争」。

題棲雲閣

青山畫出天台障，溪流宛是桃源漾。❶一菴深著翠微間，高閣更搴雲氣上。道人於此幾經春，七閏不作黄楊屯。孤標如松自磊砢，爽氣映竹長清真。爐中寒灰與心寂，世味只今餘好客。横潭一笑得烹鮮，通道三杯酬蝎屐。願君勿羡飛升天，亦莫面壁沉幽禪。問雲何心不出岫，歸與吾黨相周旋。

題四畫

清湖驟雨

銀竹森空映，湖光莽蒼中。不因風捲去，那得見沖融。

潭溪秋碧

秋容何處佳，淡泊寄寒水。無滓湛遥天，我心正如此。

石峯春靄

騰龍紛野馬，非霧亦非烟。心共春山遠，詩憑淡墨傳。

屏山夜雪

熟醉蓮蕩風，未賞梅溪勝。踏雪訪屏山，今年得乘興。

❶「漾」，存素堂本作「様」。

陪叔夏遊法輪戊辰

不雨度十旬，山行尚清美。兹晨岣嶁南，昔者紫蓋尾。三益伏蒲公，眷我共遊徙。晉時雲龍寺，爗爗千柱啓。❶老禪贍幽思，静室更經始。❷梁橑杉桂馥，窗户水雲洗。況逢月幾望，天宇澹無滓。空庭竹柏影，藻荇漾流水。❸散衣捧皤腹，行食躡細履。不隨羽人夢，當處廣寒裏。❹何須霓裳曲，梵唄亦不起。❺紛紛共塵世，清絶乃有此。又嗟情事隔，不得久棲止。人生誰定閒，吾行未云已。

賦向宣卿有裕堂堂在伊山桓伊舊隱也

仕進行所志，退居適吾情。本無顛瞑患，那有得失驚。想彼貪者狼，❻跋疐不少寧。又哀觸藩羝，兩角掛紫荆。君子但居易，肯與世轍争。彼以戚戚終，我以坦坦生。斯堂誰所築，向公勇且英。百鍊見剛質，千尋抵孤清。藝蘭畹畹滋，栽竹箇箇成。無復笛三弄，只聞絃誦聲。客來引壺觴，客去山峥

---

❶「爗爗」，原作「燀燀」，避康熙帝名諱，據明抄本、經鉏堂本改。存素堂本作「曄曄」。

❷「静」，明抄本、經鉏堂本作「凈」。

❸「漾」，明抄本、經鉏堂本闕，存素堂本作「縈」，文津閣本作「在」。

❹「當」，存素堂本作「常」。

❺「唄」，存素堂本、文津閣本作「音」。

❻「想」，明抄本、經鉏堂本作「相」。

嶸。咄哉狙詐兒，夸眩機巧呈。揶揄復揶揄，鏡空難遁形。天命有通塞，況公負時名。康濟嗣先業，❶選掄待揚庭。一朝看遊刃，光芒發新硎。十步即千里，紫氣無留行。青蠅失榛棘，周道如砥平。

以墨一品餉叔夏❷

人墨兩相磨，此語昔賢嘆。平生幾兩屐，何用積不散。未忘文字耳，四寶且同案。陶泓有潤澤，毛穎稱詞翰。論交楮先生，相厚不相貫。直須造玄默，乃可發三粲。南山太古松，盈盌凌霄漢。❸煤珠貴輕遠，膠結要堅捍。脩圭及圓餅，脱手千金煥。寄君亦何意，往作文房伴。君於萬卷讀，❹胸次春冰泮。翻水即千篇，燁若雲錦爛。❺獵華將食實，以道自澡盥。當年伏蒲疏，慨欲排世難。民瘼今益深，山谷寧可玩。請君携此寶，慎勿比瞖炭。❻恭惟上隆寬，繕寫臣謹按。當從黝然處，凜有光芒觀。繼君諸皇祖，勳德侑清祼。

---

❶「康」，原作「唐」，據存素堂本改。

❷「一」，明抄本、經鉏堂本目録及正文皆作「二」。

❸「盈」，明抄本、經鉏堂本作「盤」。

❹「於」，原作「子」，據明抄本、經鉏堂本、存素堂本、文津閣本改。

❺「燁」，存素堂本作「爍」。

❻「瞖」，原作「翳」，據存素堂本、文津閣本改。

和諸友春雪

蟄蟲恰要雷聲發，❶更聽陽春歌白雪。仙葩亂墜絮繽紛，奇韻相高山嶮絶。筆尖不爲風力退，酒面肯作冰澌冽。千林萬木絢華滋，玉李銀桃幾時結。不將瑶草充大藥，獨愛浮筠凛高節。天公憫世緇塵土，故使萬穢蒙一潔。涵濡之力啓豐登，后稷資爲天下烈。手寒固已懶摶玩，齒病那敢夸嚼齧。清歡悵然懷舊賞，白戰漫爾踵前哲。却欣淑氣掃餘寒，杲日當天不勞揭。

上元寄向令豐之

雪罷梅殘烟柳浮，上元燈火春風柔。紅蓮萬枝開岳縣，比似河陽花定羞。官松有明不敢斫，烏臼作燭供清愁。君能分光到蝸舍，爲遺華星三百毬。

贈邢子友

憶昔筮仕初，典教洛學省。故家多遺俗，往叩冠屨整。得交邢公子，伯仲皆豪穎。湖園萬竿竹，伊水注深静。藤林與花島，轉步即殊景。梅臺更稱奇，雲玉粲寒耿。官閒日從君，❷何宴不酩酊。每聞魁偉論，雖醉灑然醒。尋幽訪古徑，並轡緩無騁。向來春風鬢，忽忽雪飄頸。三川在何處，會合乃潭

---

❶「要」，原作「好」，據明抄本、經鉏堂本、存素堂本、文津閣本改。

❷「日」，明抄本、經鉏堂本、存素堂本作「疑」，文津閣本作「每」。

永。久要見襟抱，❶意態謝炎冷。顧予衰懦質，酬答忘形影。泛舟三百里，念我特相省。酒酣攄劇論，壯氣尚雄猛。樂將高歌發，忠以微語警。豈無一可恨，不肯破空境。石壇夜焚香，岩寺朝供茗。❷相逢多譏評，墨守卒未領。湘流平似席，告別理歸艇。願言頻惠音，庶以代欬謦。它年當扣門，❸此話欲重請。

示法輪宗覺

身如槁木藏春色，眼似澄江映秋碧。洞庭湖上月同圓，石廩峯前人不識。從來説法鬧雲林，❹直指人心定難得。❺豈關佛運有窮通，自是擔肩無膂力。看君古井直浪盡，❻閲世空花等塵寂。雖然獨飯一盂香，争似分甘千百億。

仁仲小圃

白雲不爲輕風起，閒影融融映秋水。静中觀物萬象呈，借問此心何所始。蚊飛蠓過那足問，要識

❶「抱」，明抄本、經鉏堂本作「懷」。
❷「岩」，明抄本、經鉏堂本作「古」。
❸「它」，明抄本、經鉏堂本作「他」。下文同例不再出校。
❹「雲林」，明抄本、經鉏堂本作「雲雨」，存素堂本作「如雲」，文津閣本作「雲海」。
❺「指」，原作「措」，據明抄本、經鉏堂本、存素堂本、文津閣本改。
❻「直」，原作「且」，據明抄本、經鉏堂本、文津閣本改。存素堂本作「真」。

人生行樂耳。君開小圃富幽致，自外而觀如畫裏。陶公高興只柴桑，晏子之居徒近市。春歸森森青竹上，秋盡離離從草靡。歲華流轉只常在，月魄盈虧未嘗死。經綸胸次自開泰，語笑尊前即傾否。君知消息何處來，於穆我師純不已。

人日驚蟄前數日大雪寄孫奇父韓叔夏

臘雪不溉旱，天公念嘉生。稚春乃祁寒，號令如冬行。栗烈鼓噫氣，碎訇動霆聲。初疑雨翻盆，旋覺霰灑甍。❶暫止俄并集，中宵遽開明。衾裯起稜角，屏幌同户楹。淅淅紙窗戰，鏜鏜銅漏驚。雞寒罷曉唱，鴉凍猶晨鳴。驚戒臧獲起，❷吹噓燎爐赬。開關醉魂醒，倚杖詩思清。便欲披鶴氅，豈思飲銀鐺。空濛勢轉盛，飛舞祥争呈。月池方漫汗，潮山正峥嶸。❸詎應柳皆絮，却訝梅始英。荆璞羞自獻，藍田遺誰耕。塵埃争受洗，糞壤叨蒙榮。幸已陴巘崿，若爲投澗坑。分功雨露澤，絢綵冰霜精。良足潤麥麰，未能浹粱秔。經旬苦料峭，三日觀熒晶。恍憶遊汴洛，都忘在湘衡。瑶林鄙王衍，冠玉懷陳平。亦念袁邵公，長安門自撑。更奇李侍中，淮蔡功先成。漸喜雲解駮，頻瞻日舒晴。昂然秀松出，倏爾危檐傾。牆角僅委積，瓦溝那持盈。朝暾破凝沍，淑氣蘇鰥煢。斷決岡隴色，斬餘白蛇横。泮流

---

❶「霰」，原作「散」，據明抄本、經鉏堂本、存素堂本、文津閣本改。

❷「驚」，明抄本、存素堂本作「警」。

❸「潮山」，明抄本、經鉏堂本作「潮出」，存素堂本、文津閣本作「湖山」。

溪谷響，擊碎珊瑚琤。瓶失蚌珠餐，❶庭空獅子獰。粉圖記姿態，不屑供使令。陡覺時序正，❷不令寒温争。冰泥就涸澁，卉木紛勾萌。蒨蒨弄池柳，煌煌然山櫻。了無半面粧，强學六出霙。二老久不覿，千篇諒難評。羌醪忍獨酌，鳳茗宜同烹。或且放筆快，敢言當敵勍。木桃得瓊玖，耳屬長謡賡。

送智京長老智京普融上足也❸

人生如浮雲，片片隨所起。值遇初偶然，解散亦俄爾。識君湘水頭，凝袂衡嶽裏。❹十年去何住，新化五百里。乘興出山來，相對淡無滓。因思相見初，賊幟森未弭。世事幾秋葉，❺壯懷今止水。堂堂普融老，鶴瘦松孤峙。廣舌浩江輸，迅機無箭擬。八請六道場，到處萬人喜。一燈千百焰，高第君得髓。法席既紹隆，詩鳴亦能似。衡門鮮晤語，杖錫盍留止。翩然復告辭，母病急甘旨。故知秉彝性，誰或外此理。爲話本來心，❻聞聞即彈指。

---

❶「失」，原作「去」，據明抄本、經鉏堂本、存素堂本、文津閣本改。
❷「陡」，原作「陟」，據明抄本、經鉏堂本、存素堂本、文津閣本改。
❸「智京長老智」，明抄本、經鉏堂本作「承熙明覺知京」，存素堂本、文津閣本作「承熙明覺智京」。
❹「凝」，存素堂本作「攬」。
❺「幾」，明抄本、經鉏堂本作「已」。
❻「話」，明抄本、經鉏堂本作「語」。

示端推單普辛未

我是瘴嶺跕，誰爲青田真。若使新羽燕，老鷹安得親。君行何方來，袖有三吴雲。訪予墮珠玉，蟄户開青春。無以答嘉贈，深衷宜重陳。❶仲尼且待賈，至寶宜貴珍。

謝楊珣梅栽壬申

南土梅不貴，❷往往薪櫄束。倖然傍寒廳，久亦未見録。牆隈非所恨，自可凌冬發。奈何瑶臺伴，辱近紫姑閫。佳人雖薄命，時運忽來復。一朝蒙閔嘆，移近東家屋。孤根便静深，池上映天碧。我爲渠主人，梅是先生客。且須創幽榭，賸與種脩竹。炎荒無雪片，且對冰花馥。西施佩生麝，姑射步微月。何當見舊官，應使中腸熱。

贈陳生

茅容殺一雞，留半置庋板。奉親須肉味，對客但蔬飯。仲由身負米，豈顧人嗤莞。參乎三釜樂，不羨千金産。古今履誠信，薄俗行苟簡。競敲聲利關，汲汲組綬綰。指兹爲顯榮，于義違復揀。賢如郭林宗，尚負牲牢赧。孝衰百行失，豈特厚賓饌。爲人在我爾，誰以力自限。今君修古道，田土亦未

---

❶「宜」，存素堂本作「聊」。

❷「土梅」，原作「梅土」，據存素堂本、文津閣本改。明抄本、經鉏堂本作「梅士」。

昄。❶帶經已能克，扶耒意無撊。似聞收一稔，銍艾工日孱。茂筠爲載具，泛甓出巉巗。歸家魚菽美，愉婉已在眼。君非沮溺流，文字富編撰。中扃務恬息，外慕正除剗。晚交慰荒蕪，切磋兼瑟僩。何時還過我，望望車有棧。梅花開正繁，飛雪待浮盞。

簡黎生生時旅寓郡庠

雨多杖藜阻，室邇言笑睽。❷示病今如何，起居諒能佳。小市禁宰割，每無魚與蛙。何以侑旅食，頃當羹莧茄。在昔多貧師，況自接東家。藥物有所缺，諭我心莫遐。明日能相過，❸煑茗看荷花。

和蔡生

吾生慚松獨，天賦比樗散。學道纔窺藩，聖門未容欵。老來憂患集，雖草經濕暵。衣帶垂有餘，樗腹無可坦。跫然喜君至，肯就我乎館。一醉老瓦盆，寧用玻璃盌。春風正駘蕩，柳暗月欲滿。蚩蚩萬物類，混化胎與卵。吾儕幸襟靈，詩書足相伴。浩然天宇內，未暇論脩短。揚雄正希顏，曾子豈顧管。❹希聲非折楊，下士每大莞。

---

❶「昄」，存素堂本、文津閣本作「阪」。

❷「笑」，原作「少」，據明抄本、經鉏堂本、存素堂本、文津閣本改。

❸「過」，原作「遇」，據明抄本、經鉏堂本、存素堂本改。

❹「顧」，存素堂本、文津閣本作「願」。

送張倩歸衡嶽癸酉

鄙人麗丹書，分合墮荒杳。玉郎胡爲來，高誼雲共眇。一年常惜日，四序乃過鳥。安能久相留，話别情太悄。離筵亦何有，瘴雨對蠻醥。羞以蛙與蛇，茹以芹及蓼。相將丹荔熟，悵望剥絳皎。愛君温克姿，不被歡伯繞。緬懷君祖烈，德粹學甚窈。乃翁才情富，未試嗟折夭。早交論金蘭，晚契託蘿蔦。顧慚兼金贈，聊用苦語曉。發身在求仁，此理悟者少。人雖處塵世，心盍度塵表。凌霄而俛睨，萬物孰不小。規模要宏廓，聞見忌寡謏。南方君子居，吾敢廢强矯。勿興兒女戀，後會龜已兆。千山空稜層，萬水自漭渺。行行得夷路，長轡策騕褭。

邀朱推單令周尉賞西鄰野人屋前梅花次單令韻

西崦一株梅，在野何清麗。遥知不是雪，香散青林際。肆筵賓沓來，秉炬僕相遞。幸蒙五字詩，妙敵一言蔽。便恐清夜闌，行酒莫濡滯。莓苔何必掃，月地作瑶砌。細蕊護檀心，已帶輕酸味。爲語青裙嫗，斤斧煩叱衛。會有移根人，趁得春風至。顆顆調君羹，年年映塵世。來遊者誰子，此興恐難繼。

周尉不來用單令韻見寄和之

穠李太穠華，夭桃苦夭麗。不如姑射子，仙質淡難際。破寒傳芳信，春意豈迢遞。亭亭映碧霄，茨屋安得蔽。一壺掃花陰，聊散客愁滯。千珠聯萬玉，襞積誰所砌。飛英時落盃，草木吾臭味。頗嫌三弄笛，聲雜鄭和衛。二公何惠然，悵望周郎至。哦詩要何似，孤絶表一世。風吹佳句來，端可使人繼。

示周尉甲戌

官酒不可求，村釀不足酤。似聞糟床注，滴瀝真珠露。載醪欲相過，好語亦已屢。梅花雖零落，殘雪尚可顧。已捉籠中雞，仍擷園中茹。一壺便堪醉，不必更携具。數朝風雨濕，兩日已通路。行樂貴及時，蟋蟀歲云暮。

題單令雙清閣

中扃有天遊，一室四海見。倘無空虛地，六鑿互争戰。琴堂故蕭爽，向也正牆面。棘茨莽蒙蔽，鼷鼠紛旋轉。剗除資豁達，頓覺雲水眩。瞰臨幽閣出，率畧重營繕。從容五六客，尚得摇歌扇。西山隔雉樓，佛髻三兩現。渺然宜北望，深碧湛芳蒨。羣峰湧翠浪，遠邇相明絢。珍禽知幾種，演漾花雪片。有時惠風來，輕皺蹙霜練。最憐明月夜，酒渴光可咽。主人藹優政，不媿宓子賤。撓之莫能濁，聊用青白燕。心澄迹自潔，眼静照還徧。❶他年騰踏去，回觀等郵傳。只今簷前渌，但足注詩硯。予方混泥塗，每媿陪高宴。更書梁棟間，何以賁花縣。

贈朱推

净緑環城亦何有，跳錦潛銀不容取。尚餘翠蓋擁紅粧，兩兩三三早秋後。秋官公廨臨池傍，❷結

---

❶「静」，明抄本、經鉏堂本作「净」。

❷「秋」，明抄本、經鉏堂本作「推」。

筍爲筏開軒窗。落日輕風泛船好，歡呼取笑徒相望。❶忽聞報予酒初熟，亟往從之傾白玉。疏蝉有思曳長繅，寒露無聲洗殘燠。君才豈合州縣勞，前雲後暉家世高。一經不但有遺訓，千古記注談滔滔。新州州土烝嵐瘴，從來只是居流放。於今多住四方人，況復爲官氣條暢。山肴野蔌應時須，真率相期久已渝。君今滿秩稍淹此，牛刀又欲將雞屠。嗟予衰謝人所去，晚交幸作年家遇。浮生聚首安得常，一笑傾懷亦難屢。莫辭瓶罄燭再然，❷異日重逢歌此篇。歲時豈忍無記述，明朝仲朔青龍年。❸

題蔡生竹裏茅簷似野航

誅茅自結林中屋，林密先刪百竿竹。南山獻狀滿南亭，❹北路行歌喧北曲。誰知江海蔡中郎，歲晚栖栖泊嶺陽。未有浄名方丈室，小齋聊寄錦江航。勸君須學逃名隱，題揭徒然絢黛粉。請看鄭圃四十年，妙在不知而不愠。我今亦住茅竹間，身世渾如繫纜船。空洞之中何所有，聖門勳業浩無邊。此君且伴幽人趣，時來豈不茅連茹。瓶罍果醉兩三人，會約伊渠杖藜去。

---

❶「歡」，明抄本、經鉏堂本作「觀」，存素堂本、文津閣本作「吹」。
❷「然」，明抄本、經鉏堂本作「燃」。下文同例不再出校。
❸「龍」，明抄本、存素堂本、文津閣本作「庬」，經鉏堂本作「龎」。
❹「滿」，原作「漏」，據明抄本、經鉏堂本、存素堂本、文津閣本改。

求木碓于周尉

春簸精粗期適口，老夫脱粟艱難久。它山木臼纔百金，四市營求輒無有。願惟仁者試咄嗟，要使赤脚治勝㪷。豈惟軟飯慰無牙，亦冀糠粞及雞狗。

同蔣德施諸人賞簡園梨花

君不見，韓退之，招唤劉師命。醉賞長安西郭梨，青天白日交相映。豈料炎荒中，好事如簡翁。彫冰剪玉春不融，二十五樹高籠鬆。❶風流八仙携草具，輕陰閣雨相隨去。朝同去，暮同歸，回頭翠微，❷明日玉花飛。

畫　馬

曹霸丹青徹馬骨，應師伯樂遺毛物。請看此圖筆外意，萬里人寰定超越。

畫　牛

江上春犂雨，當年力共强。只今對圖畫，臧穀兩亡羊。牧子鞭繩急，❸防渠犯苗稼。人人白水牯，豈必滆山下。

❶「鬆」，原作「松」，據明抄本、經鉏堂本、存素堂本、文津閣本改。
❷「微」下，明抄本、經鉏堂本有「路」字。
❸「牧」，原作「收」，據存素堂本、文津閣本改。

題勝業悅亭

欲結衡山茅，未買脩竹徑。杖藜借危亭，面勢五峯正。何人縱惡木，牆外巧翳映。揮斤快望眼，岳色涵空鏡。連岫忽生雲，又厄登臨興。吹開指顧間，獨立西風勁。天機進人事，衆定兩相勝。不競獨此心，萬象同一瑩。

斐然集卷三

宋胡寅撰

古今豪逸自放之士鮮不嗜酒以其類也雖以此致失者不少而清坐不飲醒眼看醉人亦未必盡得蓋可攷矣予好飲而嘗患不給二頃種秫之念往來於懷世網嬰之未有其會因作五言酒詩一百韻以寄吾意雜記古人陳迹并及酒德之大概以爲開關醉鄉之羽檄參差反復不能論次也同年兄唐仲章聞而悦之因録以寄庶幾兹鄉他日不乏賓鄰爾❶辛亥

美禄無過酒，星泉奠兩儀。端由皆作聖，❷意趣少人知。肇命惟元祀，迎春祝壽祺。功深資藥石，力厚起疲羸。若羨千鍾美，休嫌九醞遲。忘情惟大禹，無量乃宣尼。抔飲觴初濫，留連禍始基。先王防以禮，後世利其資。默識人情異，參稽俗習移。放懷無事矣，開口縱言之。❸惑溺終長夜，奢殘竟作

---

❶「網」，原作「綱」，據存素堂本、文津閣本改。「雜記」，原作「雖寄」，據明抄本、經鉏堂本改。存素堂本、文津閣本作「雜寄」。

❷「作聖」，存素堂本、文津閣本作「聖作」。

❸「開」，原作「問」，據明抄本、經鉏堂本、存素堂本、文津閣本改。

池。包茅齊服楚，奏鼓胤征義。大澤斬虵後，當爐折券時。彭城正高會，睢水已填尸。謫去憂占鵩，歸來喜受釐。餅盆感田父，餔餟念湘纍。壑谷中宵問，糟丘一簣虧。怒排樊噲盾，吐卧允之頤。擊幘籠錢鳳，争權殺魏其。脱靴慚力士，飛燕忤楊妃。司隸要殊切，虞人獵已馳。魏文敦信義，王猛用鈐鎚。有客言雖吃，何人字識奇。裸身荒已甚，滌器事還卑。軟飽深形頌，醒狂屈受譏。雖將齊物我，亦合悼功緦。渭水歌初闋，高陽伴蚤稀。湖船回太白，水殿燕西施。薤露停杯唱，鯨魚入海騎。緬懷七子會，悵望八仙期。瀟灑斜川影，風流曲水湄。日斜休百拜，疊恥便三辭。頭上巾頻漉，腰間鍤自隨。諒難操北斗，且復坐東籬。西海桃垂實，南山豆落萁。無違商士誥，宜葺杜康祠。李脱朱温穽，劉爲石勒縻。死生當有在，王伯豈由斯。❶五斗醒方解，三人影對嬉。高談傾坐聽，痛飲亦吾師。責味曾圍魯，提筒更憶郫。安能洗晏粉，聊復漲黄陂。章子以孝顯，酆舒因俊危。夫妻不成屬，父母或貽罹。詎比華茵污，寧虞窟室隳。壁懸疑角影，車載號鴟夷。口不掛臧否，醯猶和薄醨。立苗諷鋤惡，種秫待充飢。雨落香檀注，春融緑髓脂。雲輕浮蟻子，金嫩寫鵝兒。滴滴葡萄顆，涵涵鸊鵜卮。胸吞九雲夢，筆走萬蛟螭。風月江山好，賓朋笑語宜。繡簾初静捲，銀燭已高垂。❷儼雅神仙坐，紛羅水陸奇。色深迷琥珀，光溢艷琉璃。緑笛翻羅袖，紅潮上玉肌。獻酬俱繾綣，沾洽盡融怡。不問簪花

❶「伯」，明抄本、經鉏堂本作「霸」。下文同例不再出校。

❷「已高」，明抄本、經鉏堂本作「未紅」，存素堂本、文津閣本作「亦紅」。

落，惟愁畫角吹。初筵何抑抑，屢舞忽傲傲。寒食梨花發，重陽菊蕊披。龍山猶可想，洛浦尚能追。月滿倚瓊樹，雨餘攀柳枝。高飛鴻鵠遠，左手蟹螯持。賢聖分清濁，青齊辨等衰。市沽難共食，家釀恐成私。算爵商壺矢，忘杯泥夾棋。資深酣道韻，端的露天倪。翠竹沉雲色，酴醾浸玉蕤。過咽輸浩渺，赴吻動漣漪。❶捲盡青荷葉，顛飄白接籬。野蛙供鼓吹，❷幽鳥奏塤篪。但看朱成碧，那知玉作瓷。長瓶卧荒草，山郭颭青旗。目井欣投轄，窺門悵縶驪。提壺留客住，杜宇勸人歸。碧嶂下紅日，飛霜點黑髭。邴原良自苦，畢卓未爲癡。處士林泉適，騷人景物悲。放臣離國恨，遷客去鄉思。須藉杯中物，聊舒鏡裏眉。暫時澆磊磈，到處吐虹霓。但戒零霜露，無勞灑涕洟。從教禁網密，莫遣醉鄉迷。爲沃塵生肺，應防水尅脾。破除閒病惱，斷送老頭皮。埋玉空煩酹，揮金莫計貲。三行何法制，五齊孰官司。喜怒或交作，陰陽因并毗。達人眇天地，曲士謹毫釐。夜汲文園井，朝亨大谷梨。❸渴心便淥醑，大户怕甘酏。滋味將何比，經綸倘在兹。一尊常準擬，三頃要耘治。吾道久榛莽，世途多虎貔。黄封憶内醞，絺繡念宗彝。傅説膺新命，曹參守舊規。羣生思覆護，寰海厭澆漓。倘負膏肓疾，須憑國手毉。欲傳方法者，把盞詠吾詩。

❶「動」，原作「重」，據明抄本、經鉏堂本、存素堂本、文津閣本改。

❷「蛙」，原作「畦」，據明抄本、經鉏堂本、存素堂本、文津閣本改。

❸「亨」，原作「餮」，據明抄本、經鉏堂本、文津閣本改。存素堂本作「烹」，與「亨」同。

送黎才翁往荆門

聖道原來不易窮，君今何處覓同風。唐虞世遠精神在，鄒魯人歸事業崇。德性未尊須强學，道心纔勝即收功。他時杯酒論暌闊，應有微言激懦衷。

文定題范氏壁次韻

四海兵戈裏，一家風雨中。逢人問消息，策杖去西東。歷數前朝亂，何曾掃地空。山居自有樂，時對主人翁。

初至清湘聞安仁帥司爲曹成所襲四首❶壬子

風急灘聲亂，雲紅雪意酣。❷空庭初霰集，寒硯忽冰涵。天造推移密，人情冷煖諳。江頭聊問訊，❸春到一枝南。

税鞅年華暮，圍爐夜飲酣。雪梅清共映，沙水凍相涵。遠意人誰會，殊方俗未諳。前冬發湖北，❹今日滯湘南。

❶「清」，原作「青」，據明抄本、經鉏堂本、存素堂本、文津閣本、《永樂大典》卷一五一三八改。
❷「紅」，存素堂本作「紛」。
❸「訊」，原作「信」，據明抄本、經鉏堂本、《永樂大典》改。
❹「冬」，原作「令」，據明抄本、經鉏堂本、《永樂大典》改。

有道持危國，無人識素書。屢驚時易失，更覺意難如。莽莽旌旗暗，紛紛組綬紆。白雲一天地，今日又遷居。

結束趨安地，征營報急書。諸軍聞好在，元帥竟何如。歲晏風雲慘，天低嶺海紆。悲歌撫長劍，吾道敢懷居。

題嶽麓西軒三絶

偶向紅塵得此生，歲寒松竹尚多情。道人亦有生前契，幽處開軒巧見迎。

月户風窗悄不扃，静中真樂故難名。山泉未識幽人意，自作穿林寫磬聲。

山雨冥濛久未晴，袖中長笛爲君横。一聲吹破浮雲色，歸去呼船載月明。

題指南軒二絶

老屋蕭疏四五椽，瓦爐香冷斷諸緣。客來若問名軒意，莫似維摩但默然。

軒轅逸駕已旋歸，赤水玄珠却背馳。南去北來何處是，坐令楊子泣多岐。

和鄧友直

坐看嘉樹溢枯流，快作南江汗漫遊。曉岸林巒光寫鏡，夜窗風露冷涵秋。謏聞豈解論三豕，澁思真如曳九牛。但喜維舟時接席，一篇珠玉勝封侯。

示黄岡長老二絶

歸興逢山便解頣，上人多思乞留詩。千岩萬壑經行處，他日煩師覓舊題。

落日溪橋佇立時，溪雲歸盡月生遲。溪聲漏泄真消息，借問溪翁却不知。

題上饒半月岩四絶

何年落月掛蒼山，長似瑶梳插翠鬟。擬琢半輪營魄處，莫教如玦只如環。

瓊樓玉宇匝天開，織女天孫静往來。月姊故應羞老退，❶讁除私館墮岩隈。

每見雲端上下弦，遥憐破鏡兩娟娟。願移此景蟾宫去，日月當令一再圓。❷

非關狡兔月中藏，❸肯與癡蟇飽寸腸。只恐世人嫌冷看，故依雲岫掩寒光。

題郭伯成畫竹月岩寺

夫君自是雪霜姿，落筆風生更不疑。留向岩前弄明月，桂枝相伴影參差。

題郭伯成畫竹道傍人家作雨勢

可但文翁會寫真，典型今見一枝新。含風帶雨蕭然意，共看林宗墊角巾。

過疏山題一覽亭梁谿公所書也二首

手遮西日到疏山，忽得昏鴉斂翅間。未暇拈香參佛祖，且須襆被扣禪關。月林散影參差静，風磬

❶「羞」，原作「差」，據明抄本、經鉏堂本、存素堂本、文津閣本、《永樂大典》卷九七六三改。

❷「日月」，明抄本、經鉏堂本、《永樂大典》作「月月」。

❸「月」，明抄本、經鉏堂本、《永樂大典》作「穴」。

傳音窈渺閒。擬買一廛通水竹，杖藜他日寄疏頑。

林梢斜月墮金盆，接影蒼茫白霧翻。欲倚小欄收逝景，試憑長嘯卷遐昏。寒山濯濯空堆皺，野水瀰瀰不待源。莫道此亭觀覽富，未如賓日上天門。

同余汝霖遊西湖觀天竺觀音永懷林和靖三絶

莫話蔣陵陳迹，青松翠碧躋攀。此别再遊何日，夢魂長遶湖山。

岩前晴日蔭樹，❶林下微風采蘭。臨水更無塵想，望雲時有遐觀。

刼火不燒大士，寒泉誰薦先生。跋馬與君弔古，西風落日淒清。

初歸范伯達弟相會夜歸有成

亂後風塵稍破昏，歸來骨肉喜全存。飲君竹葉醉不惜，映我梅花香正繁。問學據今宜了了，❷唱酬從此定源源。夜寒踏碎灘頭浪，爲篤平生友弟恩。

癸丑元日文定時留豐城今歸清湘唁家❸

去年已向爆聲殘，曉氣絪緼雨不寒。玉佩想聞趨桂殿，綵衣遥祝獻椒盤。千齡帝運方更始，一統

❶「晴」，明抄本、經鉏堂本作「暗」。
❷「據」，明抄本、經鉏堂本作「至」。
❸「清」，原作「青」，據明抄本、經鉏堂本、存素堂本、文津閣本改。

王春正履端。不與時光共流轉，此心那更覓人安。

和仁仲春日十絶

雪後雲收萬里天，春從何處著山川。紅邊緑外無窮思，莫道今年似去年。
氣浹高深物物蘇，問言還有欠春無。桃紅李白猶閒事，麟鳳應來瑞此都。
雨細雲輕隱隱雷，東君行樂正徘徊。欲教遊客留連醉，須放名花次第開。
莫笑遊人冷落時，風光流轉不須疑。去年草色空成恨，今歲花光又滿枝。
燕舞方酣鶯又啼，草堂春睡日平西。枝頭有酒尋花去，小雨冥冥漸作泥。
行春對酒滿壺頻，樂此春風自在身。須信壺中春不老，何人作計强留春。
年年緑水送殘紅，不怨東君只怨風。芳草連雲愁更遠，勸君當醉萬花中。❶
萬卉千葩自不同，吹開只是一般風。對花不見花開處，却恐嬉遊興易窮。
洛陽風俗事栽花，流水園林眇一涯。移得舊根春不老，錯疑蜂蝶過鄰家。
陋巷當年只屢空，于今還詠舞雩風。已推寶瑟鏗然後，莫認青春醉眼中。

將次鍾鄉先寄處厚唐文癸丑

試問雲山數歲華，寒梅吹盡兩年花。倦遊吴楚六千里，幸脱兵戈三四家。那用有田從桀溺，且欣

❶「當」，明抄本、經鉏堂本作「常」。

無疾住毗耶。欲將别後從頭説，滿眼春酤盡更賒。

示阮冠❶

一行作吏擲分陰，世路塵勞滿客襟。三語風流歸夢想，❷十年書問寄浮沉。門前種柳春光好，❸堂上鳴絃古意深。别後新詩都覓取，對哦湘渌醉還斟。

再遊嶽麓示法光其鄰道林人言陶士衡舊居也五絶❹

雄城千雉壓江横，倒影蛟龍十里明。欲倚危欄舒遠眺，東風無力暮雲平。

火宅清涼定幾時，三車門外世終迷。青蓮紺宇憑何住，片雪紅爐只自知。

樓船東下啓扶桑，千古英明日月光。未必此心如古井，且應蒼檜比甘棠。

舊詩不省作何言，新句無奇墨亂翻。要是雲山通宿契，故將文字寄深論。

草堂何日傍雲根，借問鄰家兩足尊。欲買漁舟繫江樹，先憑屐齒記苔痕。

---

❶「示阮」，原作「元院」，據明抄本、經鉏堂本目録、存素堂本、文津閣本、《永樂大典》卷一三三四四改。

❷「歸」，原作「埽」，據明抄本、經鉏堂本、存素堂本、文津閣本、《永樂大典》改。

❸「好」，《永樂大典》作「妙」。

❹「衡」，存素堂本、文津閣本作「行」。按晉陶侃字士衡，一作士行。

題湘西小景

身在山中不見山，山前行客未能閒。何人水墨秋毫外，十里湖西尺寸間。❶

題浯溪小景

卜宅元郎豈偶然，江山千古共流傳。乾坤巨石知多少，待看中興第二篇。

自勝業寺過銓德觀

出岫無心倦即還，悠然信馬望南山。忽驚蓮社青萍合，却到蓬壺白日閒。方士内丹論九轉，導師平地設三關。不知洙泗真消息，誰可相期一解顔。

題銓德秋聲堂

紫極題詩歲月深，秋風懷感重沉吟。殷勤種此一庭玉，回薄依然萬古心。獨有佳名追綵筆，誰將幽思入瑶琴。蕭蕭醉掃華池石，❷水月光中覓至音。

和鍾澧汝强四首

霧豹成文不厭深，喧卑何事競翰音。爲言墨客誇三賦，那似仙翁振八吟。欲繼高蹤其敢後，下看浮世豈須臨。何時蠟屐携笻杖，來撥衡雲一萬尋。

❶「湖」，明抄本、經鉏堂本作「湘」。

❷「華」，原作「筆」，據明抄本、經鉏堂本、存素堂本、文津閣本改。

丈人愛客酒杯深，更和南山白石音。大户不知濡首節，逸才應笑撚髭吟。箴規有過風雷益，儆策無窮地澤臨。每憶向來談讌處，桃花流水路難尋。

風日薰薰草樹深，黄鸝遷木送新音。有懷春服成雩詠，遥想青山伴醉吟。詩老幽棲雖地僻，聖君高拱正天臨。未須静處論方藥，會見蒲輪遠訪尋。

和曾漕吉甫

雲自高閒水自深，此間誰契不傳音。倦飛偶作《歸田賦》，高卧時爲《梁甫吟》。爲己宫牆當獨詣，過門車馬肯相臨。惟公知我迂愚甚，枉直何曾較尺尋。❶

本來秋月映澄潭，牆面猶須學二南。徑路枉尋難直尺，巵言暮四等朝三。文如楮葉何勞刻，道在蒲團恐費參。玉帛雍雍王會處，禹宫惆悵一精藍。

題雲峯齊雲閣示住山思達二絶

舒捲高低晴復陰，澹然無滓亦無心。不知底處相齊得，且倚危欄一散襟。❷

秀色參差千萬端，浩然無礙碧天寬。上人若見相齊處，試與憑欄指似看。

---

❶「枉」，原作「狂」，據明抄本、經鉏堂本、存素堂本、文津閣本改。

❷「倚」，明抄本、經鉏堂本作「凭」。

題浄明觀

長官冰操正飄纓，嘆息東流宰木青。佳句不隨方士化，故應留作換鵝經。

題劉練師屋壁❶

誰言無路出塵氛，丹灶初聞一語真。窗外未堆千嶂玉，坐中先盎一壺春。

題草衣岩

石室流傳一草衣，草衣消息了無違。此山只是如如體，休向山中覓祖師。

臘雷春雪示吉甫甲寅

曉色空明衡嶽南，一塵那復隔仙凡。貫時松竹色自好，破臘雷霆聲未咸。萬里鮫綃開步障，千金火浣試春衫。漁舟不與人供畫，獨駕雲濤月滿帆。

同邢子晉范伯達遊方廣二絶❷

黃梅作雨暗朝曛，山北山南路不分。知我與君非俗駕，曉天收盡五峯雲。

又

瑤堦金殿湧青蓮，此是南山小有天。詩客若爲深避酒，道人無奈不參禪。

---

❶「練」，文津閣本作「鍊」。

❷「晉」，明抄本、經鉏堂本目録及正文皆作「駿」。

仲秋赴伯達浴兒會不見月

準擬清光滿十分，論文那用醉紅裙。天公有意韜陰采，風伯無威掃曳雲。東道浴兒方洗腆，南齋留客更殷勤。朦朧碧澗三更路，衣袂翛然桂子芬。

將遊上封先寄南臺珏老

淅淅風摇玉露秋，尚懷分柿半山不。衆香肯共維摩飯，元亮聊同惠遠遊。薈蔚彫零岩壑露，佩環清越澗泉幽。青鞋本自無泥滓，更約諸峯最上頭。

登上封三絶

仰止高高幾夢思，躋攀乘興遂忘疲。直須駐足青冥上，方信前山次第卑。

山下陰晴只蔽虧，山中烟靄更迷離。天風忽與遊人便，吴楚屯雲萬里披。

北斗回杓正指西，丹梯從此與天齊。爲君挹注銀潢水，一洗人間火宅迷。

和上封洪辯用明察院韻

繡衣御史有前聞，衲子禪師亦好文。❶出稟聖謨蘇瘵俗，坐持詩律戰魔軍。訪尋水石閒招隱，際會風雲偶策勳。喧寂兩忘歸一致，此心何處不超羣。

---

❶「衲子」，明抄本誤作「衲袱」，經鉏堂本作「衲裓」，存素堂本作「破衲」，文津閣本作「補衲」。

同宣卿和仲仲達遊上封值雨而歸時上封辯病南臺珏同行

不到峯頭正一年，兹遊新客更超然。浄名不語元無病，惠滿同行定有緣。❶ 風雨不期相邂逅，雲山未許獨留連。歸途絶景何人見，萬頃銀濤漲楚天。

酬宣卿見和

不向杯中覓聖賢，獨於山水意翛然。相門事業方傳世，官路升沉祇信緣。萬卷圖書資博約，九衢車馬任顛連。翠微卜宅須相近，且住蓬壺小有天。宣卿不飲。❷

謹次家君元日之韻乙卯

薰然和氣爆聲殘，賀客充庭上慶牋。令節共欣元會日，本朝新數中興年。仰觀北斗書王正，合起東山付國權。天祐斯文知有在，稱觴還詠福如川。

和宣風寺壁間韻

客夢到何許，南山桃李園。未能忘蠟屐，何意謁金門。願舉漢三傑，盡戡周陸渾。虎皮包劍戟，農務看村村。

---

❶「滿」，原作「遠」，據明抄本、經鉏堂本、存素堂本、文津閣本改。
❷「宣卿不飲」四字，明抄本、經鉏堂本置於首句之下。

遊三角寺

再遊三角寺，勝踐十人偕。雨後林巒媚，心同笑語諧。碧蘭初秀晼，紅藥漸翻階。若問經行意，春風寫客懷。

酬邦鑑見和

恭誦親征詔，戈矛與子偕。叛徒三鼓竭，凱奏八音諧。上主開宣室，羣公擁泰階。慚無經濟學，感激漫裝懷。

和路樞四首

圖書雖是舊生涯，翰墨那能掞國華。戲綵便甘辭五馬，退朝猶想覆千花。先民事業高三代，將聖《春秋》自一家。他日登門謝佳句，劇談當許岸烏紗。

前籌初見翊元樞，何事扁舟泛五湖。脱屣紅塵誰肯辦，挂冠黑髮世應無。願陪几杖登南阜，遥想氛埃暗北區。晚節功名端不免，雲臺依舊矗天都。

林壑蒼茫渺一涯，辱公詞藻借光華。大聲豈直金投地，清夢懸知筆有花。不似罷兵初度嶺，應同奏疏早名家。❶ 曳裾未愜平生志，常恐追鋒侍絳紗。

---

❶「早」，明抄本、經鉏堂本作「蚤」。下文同例不再出校。

進退行藏合道樞，詎分廊廟與江湖。❶願陪東閣留賓後，定向南山卜宅無。不爲避喧鄰懶瓚，祇緣嘗藥訪臾區。勉搜累句酬高韻，端似無鹽篷子都。

子正生日以黄柑爲壽丙辰

正論風流不辱親，高文還稱掌絲綸。豈惟補衮須詞伯，自是安邦出諍臣。歲晚已回松柏操，時來休愛水雲身。欲爲公壽倡優拙，戲遣商山四老人。

和余汝霖雪七絶

無數天花鬬舞風，迷離玉色映寒空。共誇破臘逾三白，更喜新詩報屢豐。

雖無諧謔去相攜，且乏輿梁濟涉溪。之子惠然須痛飲，醉眠應夢鎮幃犀。

日日東園探早梅，那知一夕萬林開。❷君詩還似揚州句，掃盡因風柳絮才。

周宣闢國號中宗，六月興師灑汗同。莫爲苦寒辭出塞，采薇歸戍亦論功。

燕山大雪暗胡雲，❸將士何人欲賜勳。聞道玉宸温詔出，絶勝純纊被三軍。

---

❶「廊」，原作「廓」，據明抄本、經鉏堂本、存素堂本、文津閣本改。

❷「夕」，原作「席」，據明抄本、經鉏堂本、存素堂本、文津閣本改。「林」，存素堂本作「株」。

❸「胡」，原作「邊」，據明抄本、經鉏堂本、存素堂本改。

低唱誰家有女伶，映窗那用讀書聲。何當翠被同君獵，得獸雄夸得句清。❶
朱老能詩更謹虔，葉公好學亦窮年。飢寒共保凌霜操，未羨重裘食萬錢。

再　和

紛紛狼籍下天風，萬里寒光鏡色空。莫學袁安但高卧，也須斗酒醉新豐。
迴眺層臺酒屢携，千峰攢玉映瑶溪。❷南枝更有東風面，未减争妍燦瓠犀。
今年花是去年梅，又對春風一笑開。不似飛霙能頃刻，香中更有和羹才。
埋玉腰間覓性宗，儒冠謀道有誰同。筆尖凍折新詩就，可但徒收翰墨功。❸
猛將謀臣氣靄雲，興邦雪恥在奇勛。因思衛國瓊瑶報，更憶吴人組練軍。
劍鋒犀利拙優伶，❹果聽淮南奏凱聲。陰慝便隨朝雪盡，❺東風還放曉光清。
自笑兵厨吏不虔，凍醅如蜜只年年。却思踏雪江頭路，屢費詩人一斗錢。

---

❶「清」，原作「新」，據明抄本、經鉏堂本、存素堂本、文津閣本改。
❷「峰」，原作「風」，據存素堂本、文津閣本改。
❸「可但」，原作「但可」，據明抄本、存素堂本、文津閣本改。經鉏堂本誤作「可以但」。
❹「鋒」，原作「峯」，據明抄本、經鉏堂本、存素堂本、文津閣本改。
❺「慝」，原作「翳」，據明抄本、經鉏堂本改。存素堂本、文津閣本誤作「慝」。

歲除示汝霖三絶

柏酒椒花又盍簪，莫將談笑枉光陰。自憐四十無聞者，欲問如何不動心。

邂逅遮留閲歲寒，山肴溪蔌且同盤。不憂絶學商量少，只怕新詩屬和難。

紫蓋峯前萬壑流，長松脩竹與雲浮。欲分一半誰人可，子若能來亦易謀。

和汝霖三首丁巳

客思如春日日深，莫令鶗鴂損芳陰。忽逢佳士能傾蓋，那用高眠有抱衾。陌上正歌歸緩緩，尊前聊酌夜沉沉。君詩也得池塘夢，沈謝風流尚可尋。

聖門功業海同深，大禹猶曾惜寸陰。知有詩書消永日，不將狐貉愧寒衾。定心應已觀川逝，闊步何須歎陸沉。聞道北山蘭正好，果堪紉佩即幽尋。

桃李無言春事深，便看園樹欲交陰。永懷北固吹長笛，一醉春風典破衾。金羽喜從幽谷出，錦鱗貪引翠竿沉。好傳消息晞曾點，莫把平生問李尋。

和朱成伯

坳坳官身未許收，江山到處發詩愁。弃繻西上今將老，襆被東來又欲秋。安得紫簫横鶴背，漫從清釣覓羊裘。黄梅正作冥冥雨，每詠新篇興轉悠。

瀾翻筆墨浩難收，妙處端能浣客愁。落筆千章輕萬户，思君一日勝三秋。持身貴比琥璜爵，得句精如狐白裘。應有二南風骨在，令人輾轉更優悠。

荷　花

夢到南塘翠蓋稠，姹然得意斂然羞。驚鴻遠映朝霞色，白鷺先窺霽雨秋。裊裊芳馨煩折贈，霏霏涼吹想追遊。天花欲試維摩病，衣袂何曾一片留。

酬諸同官見和三首

初看綠淨已紅稠，有艷無情不障羞。依倚鉛華閒寫鏡，霏微風露早涵秋。虎溪香社應難入，玉井長梯未許遊。同賦諸仙語皆妙，坐令芳色句中留。

蘭塘清暑瞰稀稠，早見排房結子羞。照水華燈宜獨夜，薰香翠被欲争秋。潛珍不薦霓裳步，凝佇誰同漢女遊。欲種此花須摘實，自憐踏藕漫淹留。

莫道同時岸卉稠，背萱無態側葵羞。金蓬未實猶韜日，玉節深藏更耐秋。肯把仙姿供鷺悦，故標高致待龜遊。期君秀色蓮峯似，終古名垂華岳留。❶

和信仲喜雨二首

雲漢吁嗟墮杳冥，德音雷動走羣靈。天心自契犧牲禱，田畯先聞黍稷馨。簾捲西山增爽氣，水通南澗漫平汀。一篇可嗣東坡記，北榭今成喜雨亭。

天公知我亦頑冥，不許山川借寵靈。何事民謡爲膏澤，祇因君德薦明馨。梗楠未厭雲迷谷，鷗鷺

❶「垂」，明抄本、經鉏堂本作「隨」。

初便水滿汀。❶試攬秋光澄北榭，❷千峯争翠岌岩亭。

禱雨

久闕天公澤，焦然品彙情。遏雲虹屢飲，擊海電空明。禱祀山川遍，薰修道釋并。帝心終閔物，國力未休兵。帽覆烏龍頂，軍移黑蟻營。乍看雲葉密，遥想浪花平。早熟攙先刈，高荒趁晚耕。歸逋庭少訟，交潤水無争。喜氣連城洽，餘波集澮盈。蕉心重自展，荷葉密相傾。菊映蘭兼茂，松連竹共清。杯觴初料理，書帙尚縱横。欲賦田園樂，猶慚組綬縈。隱淪千古重，名利一絲輕。釣客風流遠，農師局次生。庶幾逃責罰，户户有坻京。

酬信仲見和二首

數篇新雨意，真見古人情。當拜王靈及，非關祀事明。雷聲空自碾，雲氣不相并。試爲驅潛物，安能役鬼兵。曉來聞鵲唶，座上掃蠅營。地脉沾濡遍，天心賦與平。遠慚白水政，坐想有莘耕。各競千峯秀，誰平兩港争。稻花重撲撲，蓮臉更盈盈。但欲禾麻穟，無令棟宇傾。教心蘧叟化，官況伯夷清。霹電金虵掣，晴霞綺鳳横。仙人歸縹緲，詩客思紆縈。句屑餘霏妙，人涵晚吹輕。故園三徑緑，新水半篙生。遂有乘槎興，秋風白玉京。

---

❶「滿」，原作「漏」，據明抄本、經鉏堂本、存素堂本、文津閣本改。

❷「澄」，明抄本、經鉏堂本作「登」。

不作悲秋賦，猶牽夢雨情。人心空懇迫，天聽自昭明。驟豈風能靡，和非雹與并。霤懸廬阜瀑，山映羽林兵。已灑臨菑汗，將漂石勒營。循良慚召父，調燮賴陳平。方士田俱溉，先生道可耕。亂飄絲未理，急點射方爭。願補天無漏，誰占坎不盈。雲披心屢折，雷屬耳常傾。未説千箱滿，聊欣八極清。幸令鵝貫死，那恤虹仍横。銀竹森猶亞，簷花落更縈。昆陽萬矢盡，滄海幾漚輕。反照霞初散，中秋月已生。一杯相屬處，憂慮洗京京。

以崇正辯示新仲

不羨飛仙術，仍修謗佛書。知音鼓琴後，覆瓿草玄餘。龍象空相蹙，鳶魚祇自如。更煩君印可，底處認吾廬。

酬新仲見和二首

自喜逢端友，初蒙賞異書。不譏吾好辯，更請慎其餘。術業須三代，宗風謝一如。與公俱目擊，紙上亦蘧廬。

蓬蒿翳環堵，左右只圖書。面壁知無累，心齋諒有餘。經綸今賈誼，詞賦昔相如。莫廣《離騷》意，行看直禁廬。

賦向伯共五老小山六言五絶

奇石來公几案，參差仙掌規模。遂欲强名五老，逍遥鵬鷃羌廬。

聞説身依蓮社，坐蒙勅賜薌林。五老與公爲六，何須詩酒棋琴。

問法想應得髓，好奇那復忘疲。此石未同瓦礫，耆年直是兒嬉。

山石詎聞變化，蒼顔能復嬰孩。想見輕葱秀色，正如蘭玉陪堦。

文簡風流未泯，公孫節氣誰班。當與臯夔佐舜，莫尋黄綺商山。

和錢孫叔委心亭二絶

交衢塵務祇相煎，❶回首山林去未緣。安得委心無一事，陪公清話許忘年。

寄傲羲皇以上人，❷古今雖隔意常親。聖時方欲詢黄髮，未許公收致主身。

奉家君自勝業遷居書堂久雨乍晴道中口占

五峯收卷萬層雲，一水流通四海春。南極有星天地久，東風無際柳梅均。

謝人惠春陵石山辛酉

何人蹙縮九疑山，叠映公家几硯間。欲識神魚闕凝湛，試看雲氣出孱顔。新蒲已結根千歲，舊蘚猶窺暈一斑。舉餉敢辭歸載重，要將奇絶寄幽閒。

和賈陶二老二首

已愧名邦忝，仍無秀句傳。花光隨處好，草色與愁連。訟少庭常寂，心閒地更偏。先生肯乘輿，一

❶「務」，原作「霧」，據明抄本、經鉏堂本、存素堂本、文津閣本改。

❷「以」，明抄本、經鉏堂本、存素堂本、文津閣本作「已」。下文同例不再出校。

醉賞風烟。

節物忽忽度，邊烽幸不傳。名花空雨墮，秀樹已雲連。孤負杯蓮倒，蕭條燭蕊偏。但欣民小泰，凝寢有爐烟。

和邢子友

可憐喋訟汩華年，賴有神交肯惠然。萬石同登高柳外，一尊相屬晚花前。浮雲空解遮人境，止水何曾染世緣。安得小舟銜尾去，風檣激箭不須鞭。

和趙生二首

偏遊南北與西東，欲訪人間國士風。處世甚疏皆笑我，宅心無累獨奇公。詩才自愧非三上，❶酒聖相從又一中。芍藥待開應且住，莫令清賞轉頭空。

冠月裾雲佩緑霞，百年將此送生涯。愁心别後無詩草，病眼燈前有醉花。落筆擅場聊寫意，背山臨水遂成家。也須南畝多栽秫，休似東陵只種瓜。

遊淡竹岩

岩好城還近，山南路却西。淡交同魯衛，新釀到青齊。桑密家家藹，秧稠處處犂。朱陵更清絶，何必此幽棲。

❶「才」，明抄本、經鉏堂本作「材」。下文同例不再出校。

題賈氏超然堂

超然華榜照新堂，兀爾忘機入醉鄉。城外有山心共遠，壺中無事日偏長。月留粉壁檀欒影，欄俯冰池菡萏香。最愛南窗通北牖，好風時送一襟涼。

又題迎月亭

從來共惜隔年期，剗却東山尚恐遲。欲向塵中先得眼，故應雲表屢揚眉。停杯專待寒光舉，起舞還愁素影移。常與此亭相照耀，更須佳什焕梁榱。

和賈閣老三首

新柳逢秋葉尚陰，晚蓮披露色難禁。坐聽木屑軒犀塵，❶靜對山爐颶水沉。緑酒淺深皆有味，白雲來去本無心。辱公麗藻相留句，且復追隨翰墨林。

來朝杲日破頑陰，❷共指秋成喜不禁。寸碧遥岑供眺望，長空飛鳥自消沉。四時景物千鍾酒，萬古功名一寸心。尚媿先生遊佛海，兩忘軒冕與山林。

西雲十日結重陰，❸葵篁桃笙自不禁。書帙有緣燈耿耿，酒杯無伴雨沉沉。君恩未報空懷禄，民

---

❶「木」，原作「玉」，據明抄本、經鉏堂本、存素堂本、文津閣本改。

❷「來朝」，明抄本、經鉏堂本作「朝來」。

❸「雲」，明抄本、經鉏堂本作「山」。

瘼難醫只媿心。爲問野麋何處好，鷺鳴雕檻隔長林。❶

中秋寄賈閣老

香霧沉秋氣，迷雲捲暮天。金篦擦眼浄，玉斧斲冰圓。無復霓裳舞，空歌水調篇。新亭偏得景，一醉豈無緣。

和彦達九日

滿頭黄菊鬬芳妍，人與秋光兩静便。試把杯觴論舊日，未須筋力較明年。詩慚戲馬臺頭客，目斷歸鴻渚上天。更愧白衣能送酒，坐令彭澤意空傳。

和唐壽隆上元五首壬戌

滿城和氣在春臺，玉漏沉沉鐵鎖開。明月誰知千里共，華燈同照萬人來。市橋漸漲丰容柳，江路猶殘的皪梅。欲與先生拚醉賞，未須歸去隱蒿萊。

二

明月升天鏡上臺，燈如蓮沼萬枝開。恨無立部歌仍舞，空有遊人往更來。續法未能窺佛祖，賡歌聊得繼歐梅。壯心消盡嬉遊興，矧復斑衣悵老萊。

❶ 「鷺鳴」，明抄本、經鉏堂本作「眷焉」。

三

名章絡繹走陪臺，得對春風一笑開。樓外未知明月出，袖中疑有夜光來。秀如王子登門竹，味勝曹公止渴梅。已向歌謡挹和氣，預知豐稔變汙萊。

四

山褰雲色暗陽臺，俄復晨曦萬里開。行雨忽隨新夢斷，春風還似故人來。精神總屬陶潛柳，爕理須歸傅説梅。已共此邦同樂歲，更須躬稼辟田萊。

五

幾年蹤跡遠中臺，夢想傳柑宴笋開。懶擁牙旗穿市去，縱看玉李墮天來。從教獨照青藜炬，莫使輕吹畫角梅。也有江風浮綵巘，坐令形勢卷東萊。

寄題吴郁養素軒

到處風塵染素衣，蜉蝣掘閲尚何知。似聞掃雪開三徑，可但移梅探一枝。分我高山彈舊曲，乞君明月斸新詩。幾時把酒臨窗檻，借問如何涅不淄。

和次山遊朝陽岩

畫船浮客到岩阿，小閣經年又一過。天遠恍如開翠幕，江春渾似遶青羅。雨晴風日山山麗，花發園林處處多。早喜四郊膏澤徧，❶試從堯壤嗣農歌。

和范元作二首

江北風塵静，江南水竹居。世交論契厚，歲晚莫情疏。斸雪重培菊，臨溪易買魚。瀟湘有舊約，相就不投書。

二

仇虜何須殺，調和乃妙機。又聞堅誓約，不用講攻圍。六月鵬南徙，三春鴈北歸。自知同斥鷃，蓬艾且卑飛。

和李子楊題龍源田舍

舊隱今何許，新宫定幾間。紅塵昏北道，青壁睨南山。若擬崧和潁，猶勝蒯與菅。君方二頃得，❷我愛一生閒。蔭石多雲樹，行田有翠灣。客來那更問，門設不須關。世味浮雲薄，顛毛小雪斑。功名當未免，亦念早來還。

又和湘濱卜居

聞道園池各著名，起予歸夢過臨蒸。已開塵外尋山眼，更曲堂中飲水肱。有地且須多種秫，好閒

❶「早」，明抄本、經鉏堂本、《永樂大典》卷九七六三作「最」。

❷「君」，原作「居」，據明抄本、經鉏堂本、存素堂本、文津閣本改。

何必苦邀僧。杖藜他日端來去，但恐公朝正與能。

郭偉求鄙文

少時文墨已非工，漸老才情更覺蒙。空有簿書相汩没，了無朋友共磨礱。功名也只浮雲似，富貴還應逝水同。寄語宅心何處所，❶晚春沂上舞雩風。

思歸八絶

天柱峯前又一區，❷已聞松菊漸荒蕪。近來更草歸田賦，敢以無功戀左符。

昨日春風花滿山，回頭秋葉錦斑斑。終年竊禄慚憂寄，何事遲留久未還。

壯時嘗有意功名，不覺星星白髮生。眼亦漸花心更短，歸與猶可事農耕。

夜夢俞音出帝閽，朝來江雨已生肥。扁舟載酒吹長笛，未減遼東獨鶴歸。

上聖心唯赤子矜，庶邦可以佐軍興。❸自書政拙催科考，今古春陵復永陵。

屢督平反獄易空，深慚龍斷貨誰籠。後來倘念全齊寄，應築虚堂致蓋公。

傳家素業衹圖書，永日沉涵樂有餘。方信此心無所著，山林鐘鼎一蘧廬。

---

❶「所」，明抄本、經鉏堂本作「好」。

❷「又」，明抄本、經鉏堂本作「有」。

❸「可」，明抄本、經鉏堂本作「何」。

畫角聲中欸乃歌，野人應未許雲和。扣舷我欲賡餘唱，更沐西風雨一蓑。

和孫奇父

攬轡丹青久更恬，掛冠高處静尤厭。情田不是年年熟，世味安能種種廉。虎鼠乘時争用舍，鳶魚適意自飛潛。也應及取仙舟下，同向南山看水簾。

留别唐次山

占君州土負沉痾，❶飽聽溪山欸乃歌。季路漫傳能折獄，陽城元自拙催科。苟逃譴域恩波厚，❷更奉真廷廩粟多。❸珍重老人分手意，論文何日再經過。

和次山贈别

牧養惟聞政失中，茇棠深愧召南風。却歸舊隱三家市，回望耆儒一畝宫。蕙帳我今尋怨鶴，蘋洲君復送驚鴻。别懷不得同杯酒，西柄居然挹大東。

❶「君」，存素堂本、文津閣本作「居」。
❷「域」，原作「責」，據明抄本、經鉏堂本、存素堂本、文津閣本改。
❸「奉真廷」，原作「喜逢迎」，據明抄本、經鉏堂本改。此詩作於紹興十二年，胡寅辭知永州，得請，提舉江州太平觀，故云。

留別賈閣老

熙朝侍從老堂堂，和氣如春與物昌。未見峩冠真楚越，思逢傾蓋在瀟湘。❶放懷繾綣情何厚，憂世艱難話更長。果有南山求問意，芷蘭猶冀襲清芳。

和任大夫贈别

未老先衰負疾憂，敢貪榮禄尚爲州。已慚騷客能招隱，更愧疲民欲借留。斤斧且應存夜氣，江湖那得獻辰猷。詩新滿把珠璣重，❷歸艇全勝載石舟。

贈張德餘

平生骯髒孰如君，破屋荒山飯煮芹。不寐耿懷留落月，有時扶杖看浮雲。嚴平推測歸前定，原憲家風飫舊聞。欲挽鮒魚無氣力，須知予是故將軍。❸

觀　棊

平地縱横十九條，古今争向此中消。乾坤二策歸皇極，愚智殊途祖帝堯。競勝鮮能思自活，臨機誰肯暫相饒。旁觀有著如當局，敢道今無國手超。

❶「思」，明抄本、經鉏堂本作「忽」。
❷「詩新」，原作「新詩」，據明抄本、經鉏堂本、存素堂本、文津閣本改。
❸「予」，明抄本、經鉏堂本作「吾」。

溪旁大楮爲水所浸將蹶有感❶

樹引江流得自滋，不虞波浪齧根基。願言捧土加培植，長蔭行人暍暑時。

❶ 「浸」，明抄本、經鉏堂本作「侵」。

斐然集卷四

宋胡寅撰

楊秀才書屋有墨竹一枝爲其添補數葉五絶❶

老榦枯枝傲雪霜，何人寫影向華堂。爲君補綴枝頭葉，坐覺春風細細香。

葉染青雲節抱霜，一枝聊寄墨君堂。故園根撥依然在，會見龍孫脱籜香。

穿壁扶疏稍避霜，❷干霄形勢自堂堂。如何耿介琅玕色，也帶雙鵶寶墨香。

莫驚緑葉襯玄霜，更上幽人白玉堂。爲與蒼官論久要，筆端應借遠烟香。

掃盡鵝溪匹練霜，未知三尺映茅堂。此君不是塵中物，何必區區較色香。

和叔夏歲除

新年節物推排有，舊歲光陰掃蕩無。白髮任教裝鬢换，青春元自與心符。茹芝休慕商山老，舍瑟

---

❶「屋」，明抄本、經鉏堂本目録及正文皆作「室」。

❷「疏」，原作「蘇」，據明抄本、經鉏堂本、存素堂本、文津閣本改。

當睎魯國儒。❶三益況逢天下士，夷途從此得歸愚。

和叔夏水仙時見於宣卿坐上叔夏折一枝以歸八絶 癸亥

玉質檀心翠羽衣，寒梅開後獨當時。一枝折得將誰贈，想見花容出霧帷。

梅後寧知花便無，不從香草寄相如。爲君表出風流冠，❷只有春蘭僅比渠。

葉是青霞剪作衣，花如静女不争時。豈應更浥薔薇露，撩得窺園不下帷。

灑然仙意指虚無，羅襪淩波定不如。織女未忘銀漢會，空煩濁水映清渠。

蓀橈蘭楫芰荷衣，嫋娜愁予二八時。嫁與湘君捐袂褋，玉搔頭映碧羅帷。❸

海岸仙人絶代無，青楊白日坐如如。❹若從妙色光香覓，須信先生未識渠。

萱草盈堦是緑衣，玉簪陪檻敢同時。更餘濺水無聊賴，都向仙姿罰一帷。❺

爲花求偶豈全無，梅與山礬姊弟如。我已冥心薌澤觀，何須江水對軒渠。

---

❶「魯」，存素堂本、文津閣本作「楚」。

❷「出」，明抄本、經鉏堂本作「作」。

❸「碧」，原作「白」，據存素堂本、文津閣本改。明抄本、經鉏堂本作「薜」。

❹「青楊」，原作「清揚」，據明抄本、經鉏堂本、存素堂本、文津閣本改。

❺「罰」，原作「共」，據明抄本、經鉏堂本、存素堂本、文津閣本改。

寄唐堅伯

君詩平昔思如泉，無事尋醫孰使然。禮尚往來思報玖，情深汲引屢抛甎。豈能遽造忘言地，應有沉吟得意聯。待聽鐘聲撼清夜，明朝紙貴萬人傳。

遊元陽觀

矯首元陽觀，崢嶸度十年。忽逢塵外客，因訪洞中仙。横躡脩虵路，低看破衲田。縈紆篁竹嶺，窈窕碧松川。撫石齋壇古，圍棊燒刼遷。諒無翻榼術，安得遠庖烟。擗盡蒼麟脯，彈餘別鶴絃。晴香烘拆蕊，暝色繞歸鞭。太白浮橋上，孤燈炫馬前。黄冠紛雨散，紫蓋杳雲連。鳥爪休爬背，鸞驂漫拍肩。子真隨處隱，何必大羅天。

早梅

何事悲摇落，空林有早春。光輝一笑粲，領畧萬花新。看去疑山雪，攀來效席珍。妙香風送遠，❶秀影月傳真。肌冷冰難斵，妝初粉未匀。商量開瘦蕊，剩得占芳辰。

和堅伯梅六題一孤芳二山間三雪中四水邊五月下六雨後每題二絶禁犯本題及風花雪月天粉玉香山水字十二絶

折綿威力漫相侵，根暖怡然獨秀林。萬紫千紅非我對，爲渠無有歲寒心。

---

❶「送」，《永樂大典》卷二八〇八作「遞」。

間錯浮筠冷更嚴，長松低顧拂蒼髯。清標總是君朋侣，❶桃李相望幾陛廉。
欣逢冷艷破冬温，更待飛霙滌晝昏。剩欲約君移酒處，❷小橋斜過竹邊門。
未開疏蕊著詩催，依約蜂聲欲隱雷。姑射坐中親綽約，嶺頭空有路縈迴。
六出誰人剪刻成，侵淩飄灑正縱横。仙姿不賴相黏綴，浣盡浮埃艷更明。
潑落瓊華作雨濛，迷離高樹映寒空。莫尋雲外瑶臺侣，且對尊前鶴髮翁。
東閣題詩得緒餘，溪頭千樹繞幽居。來禽青李曾何算，底事猶傳逸少書。
清溪練練影全呈，絶勝斜梢出竹横。便是霓裳臨曉鏡，搔頭初插未行行。
意態衝寒不自持，桂華相伴亦多時。未須細覯青春面，且看扶疏寫影宜。
疇昔黄金入漢宫，只今嬌額爲誰容。嫦娥也覓孤棲伴，併照巫陽十二峯。
若道殘冬不是春，洗妝那得一枝新。杏園芳灑真顛頽，争似而今斂路塵。
博山湯氣馥籠寒，裛盡啼痕作醉歡。賞去角巾從小墊，接䍦何惜一生酸。

馬擴作亭湘江之上來求名以飲江名之

疇昔縱横虎豹韜，旆旌悠緬馬蕭蕭。飽聞國士無雙譽，今見將軍第五橋。秀句自堪消永日，壯懷

❶「總」，明抄本、經鉏堂本作「本」。
❷「移」，明抄本、經鉏堂本作「攜」。

仍復在中朝。樓前拍拍湘江緑，安得從公舉一瓢。

中秋雨

待賞今宵定幾人，豈應於畢遽相親。坐令華燭風頭捲，却喜枯簷雨脚勻。拱璧何妨藏韞櫝，湛銅那得蔽遊塵。明年記取瞻銀闕，萬里秋光景更新。

憶端子三首

當年夢賚見清伊，勁氣全歸目與眉。髫齔已能莊語笑，嬉遊元只在書詩。青松不及明堂用，黄壤空餘白玉悲。精爽有無何處去，豈能知我痛心時。

不知埋玉已經年，忽值生朝倍黯然。空向夢魂期遠大，謬於方技覓安全。翩翩翰墨留身後，炯炯精神在目前。桂折蘭摧千古恨，淚痕那得到黄泉。兒解《春秋》，首四段文字已成。

不見佳兒正一年，鍾情難遣故依然。久知朝菌同年壽，終惜童烏早棄捐。篋裹詩書迷白日，堂中珠玉墮黄泉。汝翁去此知多少，安得忘懷未死前。

又題草衣岩

携手童烏三尺强，已知經術勝文章。可憐不見凌雲日，迸灑西風泪幾行。

初冬快晴陪宣卿叔夏遊石頭菴過三生藏窮深極峻遂登上封却下福嚴最愛廓然亭静憩久之乘輿入後洞置酒雲莊榭徘徊方廣閣山行崎嶇不可以馬雖筍輿傲兀小勞尚勝騎從之煩也既歸山前之翌日復會於堅伯兄小閣同步趙澗看北山餘雪披雲映日翠瑩瓏葱殆難模狀因訪季父廟令歡飲而罷集記所見成十五絶❶

石滑梯山祇自疲，誰云此法妙難思。便教元亮荒三徑，也勝楊朱泣兩岐。

衣薪難以大留形，破石空山浪予名。倘信此心無起滅，一身那得有三生。

仰止春風潑黛山，亦應秋色兩難攀。祇嫌痼疾烟霞上，且愛陶鎔水石間。

遊梁屐齒破蒼苔，❷深沼笻枝駭蟄雷。如海亂山争起伏，碧波直欲撼蓬萊。

祝融朝日麗東天，嫋嫋西風紫鴈前。千玉散青攢叠巘，萬雲流白漲晴川。

大明遺甃已荆生，列宿名橋但板横。宅險跨危能幾日，空教狐兔飽經行。

寶樓香殿隘空山，都謝茨亭竹石間。静有客棋真掩映，悄無僧話更清閒。

西嶺回看天柱峯，却行山背蹴蒼龍。雄奇未有詩章寫，深秀惟將顧盼供。

大林深護棟梁材，蔽日韜風萬壑哀。不見斧斤尋谷去，只看薪樵出山來。

---

❶「步」，原作「安」，據明抄本、經鉏堂本改。

❷「遊」，存素堂本、文津閣本作「山」。

茂樾初無一鳥鳴，晴曦參錯晝陰清。楓林霜後未全赤，岩菊冬來方自榮。
大壑谽谺十里寬，雲莊高樹渺雄觀。西天日墮餘霞絢，南嶂猿啼曉月寒。
誰聞玉磬即過門，漫説金燈不破昏。等是此身俱物化，云何五百至今存。❶
山北山南久問津，瘦藤芒屩最相親。況逢日下雲間客，那用驢前馬後人。
涷雨籠山秀木冰，斜陽側鏡遠峯澄。罷粄羣玉褰雲障，寶髻珠花幾萬層。
鞭笞鸞鳳地行仙，變化鵾鵬背負天。他日寓言真十九，只今功行已三千。

題叔夏樂谷

君知至樂本難名，何事猶令谷應聲。植杖自鋤園草緑，掛瓢時浥澗泉清。了無歌吹娛賓從，只有詩書養性情。却恐仁人尚蒿目，又須憑酒破愁城。

和叔夏田舍三絶

尚恨山前塵土侵，去耕山後白雲深。下泉不使莨稂秀，夫子寧忘濟物心。
作堨辛勤雨更遲，桔槔誰語漢陰知。不嫌機事侵純白，一日何妨灌百畦。
日望雲霓手揠苗，何時能和快哉謡。不如且種陶公柳，贏得長飢舞細腰。

---

❶「何」，明抄本、經鉏堂本作「胡」。

又和松碧軒三絶

欲此幽居惜未深，❶時搴長秀浣塵襟。❷ 棟梁自是君材器，鐵石空餘我寸心。

聞説鋤耰手自持，力耕初不願天知。却防有客携壺到，❸杞菊應添一兩畦。

新陂剩水沃良苗，想見當時相杵謡。尚有荒餘須快犢，何須檑具更懸腰。❹

和奇父壁間留題

竹杖輕堅野服寬，歲寒應得見蒼官。世情無限殘霜葉，昨日青青今日丹。

冬至前半月赴季父梅花之集與韓蒲向憲唐幹諸人唱和十首

今年共嘆物華遲，春信孤根獨早知。未到書雲十五日，已看綴雪兩三枝。寒香宛是臨風好，冷艷還於照水宜。莫待江頭千樹暗，只今携酒正當時。

天寒袖薄竹光侵，溪轉橋横草閣深。妃子定應來月窟，寧馨誰説是瑶林。顔開玉色春光滿，香動冰姿冷不禁。漫道江南好詩句，只誇紅蠟與黄金。

---

❶「欲」，原作「欣」，據明抄本、經鉏堂本、存素堂本、文津閣本改。

❷「長」，原作「芳」，據明抄本、經鉏堂本、存素堂本、文津閣本改。

❸「防有」，存素堂本、文津閣本作「妨訶」，明抄本、經鉏堂本誤作「妨訏」。

❹「檑」，原作「塌」，據明抄本、經鉏堂本改。

南人慣識賞來遲，北客相逢勝舊知。何必粉圖爭畫様，更勞錫糝亂粘枝。天饒絶品千花外，人换新粧一笑宜。佳句定非横笛比，温存疏蘂半開時。

不管霜威日夜侵，肯教飛蝶到深深。六花漫爾呈三白，一萼居然映萬林。軟玉香冰空自惱，芳心愁思遣誰禁。市橋江路風流别，枉費千鑻買笑金。

追陪强韻思猶遲，❶寄語疏林恐未知。酒半尋香攀近蘂，夜分然燭照高枝。莫愁花浪翻天遠，且看鮫綃剪玉宜。冠冕衆芳歸獨步，固應桃李不同時。

冰圍風戰雪交侵，方是春工屬意深。緑萼已開栽樂谷，❷一枝那得寄薌林。依然照水如相媚，粲者巡簷也未禁。香白檀心誰解賦，賴公戛玉更摐金。薌林近書云：「病起方能策杖，探梅樂谷。」昔與薌林爲鄰，故云。

好花不恨好詩遲，國色須蒙國士知。豈比玉奴逢丑座，❸空將鷺羽鬬瓊枝。旁無綽約天仙對，中有甘酸鼎味宜。聞説北枝開亦徧，一尊相屬定何時。

愛花從使二毛侵，嘆賞孤高與靚深。調護臘前珠結蘂，蕩摇年後玉成林。莫教三弄飄飄落，剩把

---

❶「猶」，明抄本、經鉏堂本、存素堂本、文津閣本作「尤」。

❷「開」，明抄本、經鉏堂本作「聞」。

❸「豈比玉奴逢丑座」，原作「漫比玉容歌璧月」，據明抄本、經鉏堂本、存素堂本、文津閣本改。

千篇得得禁。姑射肌膚最温潤，夜眠無用辟寒金。

的皪凝情開自遲，風亭微馥許君知。直須藉草傾松葉，絶勝登樓唱竹枝。韓壽香囊難取似，何郎粉面且隨宜。豈知萬顆垂黄實，擢秀前村夜雪時。

不辭開後苦寒侵，爲與騷人托契深。可但風光回歲律，更分華色揬儒林。欲歌白雪詞難和，試挽幽香力尚禁。等是美名無玷染，臘梅何事色如金。

和彦達至日木冰

千林木稼苦低垂，惟有長松不受欺。蘭雪方懷蕭慤句，河冰還讀鮑昭詩。卧聞寫竹驚殘夢，戲折寒枝調小兒。寄語達官不須怕，勉旃戈甲渡淮師。隋蕭慤《冬至應詔詩》曰：「除雪出蘭栽。」鮑昭《至日木冰詩》曰：「長河結闌干，層冰如玉岸。」

寧鄉有感與仁仲彦達同行

太和薰宇宙，王旅不親征。鴈北同吾弟，❶鶯遷得友生。正便春入望，莫厭雨稽程。何限山花發，遥看爲擬名。

---

❶「吾」，原作「兄」，據明抄本、經鉏堂本、存素堂本、文津閣本改。

過益陽

僑寄家連楚，歸遊嶽背衡。❶川原漸舊國，鮭菜愜平生。淮海風雖定，❷江湖浪豈平。春融一杯酒，下馬且同傾。

和仁仲過瀆江

為山未暇往，石磴上雲端。初識清修路，遥憐菡萏寒。野寬耕僅有，民殄政猶殘。總使林泉穩，那能寢飯安。小廬山一名芙蓉，寺曰清修。

遇雨晚宿和彦達

天以春歸野，雲將雨暗山。三人行甚樂，五字句何艱。❸每喜詩償債，還須酒破顔。禽聲接芳樹，和氣亦關關。

出益陽和仁仲

兀夢三山馬，投鞭四壁家。暮天雲潑墨，春樹雪添花。遊宦初無補，歸休漸有涯。渺然江海興，篷笠釣烟沙。

❶「嶽」，原作「鶴」，據明抄本、經鉏堂本、存素堂本、文津閣本改。
❷「雖」，原作「難」，據明抄本、經鉏堂本、存素堂本、文津閣本改。
❸「艱」，明抄本、經鉏堂本作「難」。

夜大風雪次日快晴

造物非難料，寒温本一家。衝風來雨雪，暖日放鶯花。行矣春方嫩，悠哉興未涯。蘆蒿媚烟渚，荻筍破江沙。

過鼎澧

沅澧春風拂馬鞭，客愁何事四無邊。於今榛棘三州地，自昔坻京百姓天。安得鳴雞連比屋，空餘歸鴈落平川。一觴莫酹懷沙魄，且對桃紅李白傳。

和仁仲過五溪

沅水千年非舊波，英風元自振關河。本懷國士知心早，豈念樫函挾恨多。龜固有神寧豫罔，鴻雖高舉畏虞羅。椒蘭從古能如此，何有沉湘作《九歌》。❶

和彦達至公安

未識南陽有卧龍，阿瞞先已畏南風。如何赤壁分三國，不向神州決兩雄。營峽晚圖千慮失，截江初意一丸封。蒼茫漢日西南落，莫道無由却復中。

和仁仲至荆門

虞帝當年闢四門，三苗那更蠢迷昏。茫茫舊楚祇芳草，處處朱樓空斷垣。不願耦耕招素隱，要看

---

❶ 「有」，明抄本、經鉏堂本作「用」。

良耜接深村。韓公守戒誰能用，虎豹難憑折柳樊。

清明風雪小酌莊舍示黎才翁

月厭梨花墜，風扶柳絮新。故園寒食路，回首踏青人。萬竅方號籟，千山忽湧銀。擁衾聽窈眇，舉盞寄經綸。浩蕩寰中意，逍遥物外身。賡歌咸當律，謔浪亦淘真。又理沙邊棹，將浮雪後春。蘭亭非達者，空嘆迹成陳。

拜大父中大塋和彦達

仙翁真氣與神遊，宰樹參天也不樛。悵念青春家塾日，共聞規訓有源流。

和彦達過先公舊居有感

論文斅學兩髫年，訪舊同來雪上巔。我步鯉庭心欲折，公登龍坂足何緣。後凋尚喜無雙士，不韡真慚大少連。桂楫又浮湘水去，家山回首共悽然。

和玉泉達老餉笋

籜龍孤介亦駢闐，不比花嫣與柳眠。雪裏頓超千佛地，風來應上四禪天。飽參玉版頭頭是，秀出薌林箇箇圓。知我遠庖薇蕨少，倒籠登俎共便娟。

留别王元治師中譚純益三首

兒釣童遊幾夢思，春風千里恨歸遲。君今舊隱治三徑，我尚他州寄一枝。載酒猶慚來問字，對花深欲共論詩。不堪又聽陽關曲，想見酴醿噴雪時。

幸不當官也去思，春江風日正舒遲。少留畫鷁呼桃葉，捲盡紅螺看柘枝。三爵勸酬三益友，四并除掃《四愁詩》。渭城景色朝朝是，不用丹青李伯時。

欲步夷途盍近思，行尋捷徑却成遲。大弨不必穿楊葉，古樂何曾唱竹枝。須信孔門無用賦，也知高叟漫爲詩。功名易立書難讀，努力當乘少壯時。

酬師中見和

亂定誰人不土思，如何鄉井尚陵遲。莫嗟釣艇重湖隔，終待書堂一木枝。彼美獨高《鸚鵡賦》，孔懷均契《鶺鴒詩》。願君再起臨流閣，約我花汀柳岸時。兵火後，惟我二家兄弟無故，而師中近日聲律甚工。

酬任正叔見和

莫嗤文子動三思，我亦今來去魯遲。老草荷鋤開菊徑，❶殷勤持酒傳花枝。❷韋編舊服精三《易》，絳帳新開講四《詩》。把釣不須嗟歲久，大魚端有上鈎時。

岳陽樓雜詠十二絕

沅澧濱湘此並行，漲流洄薄又東傾。西南或與天爲際，《禹貢》如何不記名。

---

❶「老」，原作「潦」，據明抄本、經鉏堂本、存素堂本、文津閣本改。按「老草」爲唐宋時口語詞，後寫作「潦草」。

❷「傳」，原作「對」，據明抄本、經鉏堂本、存素堂本、文津閣本改。

朱樓深穩可憑欄，萬頃波光一目間。不見驚鴻偏鳳髻，空餘天鑑寫雲鬟。

黄帝鈞天曲未終，至今烟浪舞魚龍。臨風更欲吹長笛，摇蕩波心碧玉峯。

祖龍遊豫亦荒哉，風折雲颿促駕迴。一怒赭山何所損，依然蒼翠似蓬萊。

虜馬超江又飲湖，❶湖中今有卧龍無。青虵袖手將何用，漫説飛仙膽氣粗。

汨潭桂酒奠三閭，尚想夷猶泛五豬。進退存亡皆有義，懷沙處死是何如。

玄德驍雄世所知，蛟龍寧肯在汙池。館于貳室謀何陋，借與全荆意自奇。

風烈言言滕子京，豈於荒怪未全明。尼姑狡獪遥相幻，雷電那知有姓名。

有時風浪戰城西，何啻漁陽萬鼓鼙。狎水蚩蚩忘墊溺，誰人能續偃虹堤。

大手文章浪得名，佐王功業亦何成。獨餘不證元忠事，努力還因宋廣平。

李杜詞源廣更深，數篇春漲渺雲岑。争如一首修樓記，妙寫仁人出處心。

范公才具濟川舟，翰墨居然第一流。每向遺文窺遠意，願言憂樂繼前修。

泝江濡滯

何處難忘酒，舟行不進時。漫流迷繂道，數日誚篙師。近樹久猶見，遠山都未移。此時無一盞，吾意亦紓遲。

---

❶「虜」，原作「代」，據明抄本、經鉏堂本、存素堂本改。

和仁仲舟中三絶

異代紛争戰伐多，樓船贏負倚蒼波。如今天險如平地，讎虜深謀只用和。❶

支川千百欲歸東，不得江湖不會同。可但中流能擊楫，也知高浪要乘風。

湘君誰識是皇英，占得君山冷淡青。月滿湖平相照處，姮娥應得見娉婷。

歸次湘西元作以詩見迎和之

十載重湖閲使星，坐令疲瘵灑然醒。從來駿足輕千里，豈但詞源蕩四溟。笑我林間投倦翼，辱公江上訪歸舲。南山幸有爲鄰約，何日來分一半青。

賦永寧嚴老幻菴

物理初無妄，云何以幻觀。得非心有礙，坐使肉生瘢。日月當天久，山河著地安。波斯不別寶，學道古來難。

題浄明觀用舊韻簡黎才翁

得酒相逢笑絶纓，而今雙鬢不全青。蓬萊尚説三回淺，❷何況方平與蔡經。

---

❶「讎虜」，原作「敵國」，據明抄本、經鉏堂本、存素堂本改。

❷「回」，原作「四」，據明抄本、經鉏堂本、存素堂本、文津閣本改。

示詩僧了信

伊誰遣了著袈裟，❶幸自同源又一家。尚喜深山閟珍璞，曾看枯枿粲奇葩。空言組繡真無用，實際津途亦易差。衣敝履穿頭欲雪，定於何處作生涯。

春雪甲子

北客南來十五春，今年春雪妙洪鈞。梅花著子無堪比，柳絮藏條未有因。何限萌芽煩蹙縮，幾多峯嶺倦頻伸。紅桃頮面還添粉，翠竹垂頭詎辱身。争似松枝擎蒨絢，恰如桂魄浄埃塵。無人敢琢非牢玉，有客曾歌是爛銀。一夜東風吹地匝，四簷甘雨落堦匀。天公變化誰能測，坐看郊原景物新。

謝諸友見和

飛霙三日太欺春，撲地鵝毛積萬鈞。沙上幾人迷去迹，風前何處問來因。諒非天造夸工巧，當是神機有屈伸。松竹未應寒改操，龍虵有喜蟄存身。❷緑窗朱户偏饒色，瓊樹瑶林不染塵。笑粲争妍人似玉，狂歌先醉髪如銀。方看衣袂天花集，俄見庭除木屑匀。多謝衆詩相映發，筆端六出更尖新。

和李生九日二首

節物休驚木葉催，相逢佳節興悠哉。尊如北海聊同醉，菊傍東籬也自開。烏帽任教吹脱落，紫萸

---

❶「了」，存素堂本、文津閣本作「子」。

❷「有」，明抄本、經鉏堂本作「猶」。

仍得看徘徊。諸君合有登高賦，爲繼當年戲馬臺。

騷客悲秋心易傕，主人醪醴正時哉。登高何必仙家術，酬節聊憑笑口開。鳳嶺勝遊詩自好，龍山高宴首空回。獨餘眇莽梁園念，想見黄花滿吹臺。

過明田寺會楊李二生於碧玉三首

已宅連延紫蓋椒，尋山依舊不辭遥。借床未暇桑三宿，解飯還須水一瓢。風外野雲俱淡蕩，雨餘秋氣亦蕭條。故人適有登高約，又拄枯藤過野橋。

騷人空自怨蘭椒，更遣招辭歎遠遥。争似夷齊飽薇蕨，每同嵇阮醉觚瓢。清歌窈眇成珠貫，仙步虚徐按玉條。最憶向來携手處，雲平溪樹水平橋。

漿酒香浮桂與椒，此間誰惜馬蹄遥。愛君澗壑沉吟樹，笑我江湖濩落瓢。前日好風猶泛座，只今零露已盈條。東山妓女誠何算，頗羨周郎得小橋。❶楊携後房侑酒，李方再醮而深鄙之。

和叔夏視穫三首

閒客何如樂聖時，欣聞威鳳再鳴岐。且將詩筆耕堯壤，寧記書囊集漢帷。日錯碎金歸野菊，風欺危緑戰棠梨。殷勤雲將豐年問，無奈鴻蒙謝不知。

莫嗤公子務農時，后稷生民亦嶷岐。稻割黄金鐮似月，汗揮白雨袂連帷。願趨座上雞和黍，未種

❶「橋」，文津閣本作「喬」。

胸中棗與梨。此樂若嫌兒輩覺，後知何以賴先知。

天賜豐年豈不時，閔公荒度傚徂岐。經丘烈日能焦扇，獨夜秋風已泛帷。❶豈愧石兄推竹弟，聊斟杜酒破張梨。過門若有樊遲問，老子於中正遍知。

和叔夏遊雙峰二首

有佛留深境，無僧闡大音。殷勤五字句，摇蕩衆香林。自適登臨興，誰窺隱顯心。從來多暇日，悔不早追尋。

二

山擁交加翠，風傳瑣碎音。想聞尊有酒，待得月穿林。真樂難陪席，蕪詞漫寫心。要須專一壑，散策每相尋。

阻雪慈雲有懷叔夏

常恨山陽少，籃輿故出郊。玄冥方北騖，屏翳又南交。勁氣將凝海，寒威便折膠。白雲揉盡碎，黑壤勢全包。著袂成花唾，沉波異雨泡。萬方齊穢潔，一潤浹肥磽。比色羞鉛粉，量多誚斗筲。禱神休奠璧，謝佛寢鳴鐃。獨鶴驚羣舞，晨雞誤曉嘐。峯巒蒙似禿，溝隴劃如抓。巧謝鹽相比，甘宜蜜共抄。戾天鳶凍跕，嘯壑虎飢虓。薏苡連車載，珊瑚列樹敲。鮫綃從剪製，火布任焚炮。野漫鱗鱗磧，林攢

❶「秋」，明抄本、經鉏堂本作「淒」。

詈詈巢。頗思馳駿足，快意舍鳴鶴。及遠翻銀鴈，搜潛動玉蛟。出畋瞻翠被，入賀聽紅鞘。瑶席瑚玗器，珠盤璪璨肴。一時簪琲蘂，相與藉瓊茅。莫計消并積，聊平凸與凹。可憐詩繫帶，更有火烘皰。斷手超三界，堅冰上六爻。飛霙終見晛，素饌闕盈庖。叠巘方名假，團毬未忍抛。要看朝日杲，思踏泮泥淆。❶對飲宜空榼，離羣奈繫匏。似聞梅雪在，猶冀挽香梢。

雪中寄黎才翁

寒日已無暉，饕風更擅威。暝山雷虺虺，陰壑雨霏霏。酒緑思同酌，爐紅憶共圍。不辭泥徑遠，要看雪花飛。天與人情契，春從草樹歸。幻成銀世界，偷取日光輝。安得千金舞，來翻六出衣。南枝香破玉，别有好芳菲。

和奇父叔夏雪五首

不須十日照胥敖，且要仙花麗隰皋。集霰果然歸望望，同雲因得蔽高高。輝山玉璞韜虹氣，亂眼烟霄隘羽毛。欲叩小齋拚醉賞，最憐纖玉勸持醪。

誰能逐獸搏于敖，敏捷詩才笑魯皋。桂魄梅花俱自好，❷海山銀闕兩相高。回風最愛翻雙袖，潤物全勝拔一毛。打底和成真少味，空慚清酎映甜醪。

❶「踏」，原作「達」，據明抄本、經鉏堂本、存素堂本、文津閣本改。

❷「魄」，明抄本、經鉏堂本、存素堂本、文津閣本作「白」。

懶把冬雷問告敖，休將玉雪試方皐。但驚梁苑風流在，難繼陽春格調高。宮女妝梅皆妬色，仙山花石總泠毛。❶自慚涸思無多子，糟粕何由更取醪。

乍霽初離房與敖，又看雲氣壓神皐。崑岡屢得因心友，東郭真慚舉趾高。最愛謝兒方柳絮，可憐漢使囓氈毛。水晶鹽是何人得，拜賜曾同御縹醪。

善遊不必慕閻敖，避雨休尋夏后皐。共喜九天羲馭整，要登千仞祝融高。交情自分居龍尾，酒算何妨劚蝟毛。聞道雷池尚殘雪，且携茗盌罷壺醪。

和奇父竹齋小池及遊春五絶乙丑

虛齋要使暑天寒，移得扶疏愜静觀。不但好風生殿角，已應春笋闘春闌。

緑竹叢邊築小塘，❷泉來何處已洸洸。未涵北户星辰影，斗覺南風藻荇香。

不瞻犀柄動經旬，忽報巾車獨輾春。曾作天津歌酒伴，此間誰是識花人。

春事已驚飛柳絮，香醪何日釀松脂。要平萬點風前恨，莫遣千鍾醒後知。

東風不放兩般春，只繫胸懷故與新。爲問漆園蝴蝶夢，何如沂水舞雩人。

---

❶「泠」，存素堂本、文津閣本作「憐」。

❷「築」，明抄本誤作「斵」，經鉏堂本作「斸」。

和叔夏十絶一宿雲峯寺二到韓公莊三飯草衣岩四泊東禪刹五六七八遊碧玉泉九訪楊秀才十叔夏思歸

醉騎生馬却扶輿，雪灑春衫二月初。行樂偶從山寺始，他年重到未成虛。

久聞人境寄陶廬，深約同遊駕小車。文舉舊傳樽有酒，馮驩寧歎食無魚。

前僧已著草茅培，後死猶來瘞骨灰。一醉劇談非爲爾，自澆胸次有崔巍。❶

馬飢人困日西昏，無限歸鴉已著村。記取東禪風雨夕，卧無床薦闔無門。

不惜衝泥步步前，爲聞幽處有明川。峯回路轉酬勞客，一派琉璃春正妍。

跨溪臨岸各清真，上客來臨景更新。幽樹好花脩竹色，相鮮浮動鏡中春。

種竹何時匝兩垠，只今疏翠已情親。會看染合全溪影，照映來遊碧落身。

謔浪瀾翻間詆訶，絶勝歌貫舞婆娑。解頤爲聽談詩妙，脱腕空傳草檄多。

莫笑田翁不任真，好賢留客意殊親。海棠半拆山丹重，京洛何曾遠客身。

重按東皋豈是歸，❷曾聞歸思勇如飛。只因昨夜沉香帳，蟣虱夤緣金縷衣。

---

❶「巍」，明抄本、經鉏堂本、文津閣本作「嵬」。

❷「是」，原作「自」，據明抄本、經鉏堂本、存素堂本、文津閣本改。

赴宣卿牡丹之集和奇父二首

勝業看花暖正繁，玉仙洪福且休論。初筵愛客尊俱盡，落筆成詩水共翻。京洛追遊真似夢，風光流轉絶無言。武林亦有西池否，安得姚黄奉至尊。

移得仙丹手自封，護花雲結秀陰濃。未嫌芍藥争時發，却有酴醾作酒供。❶喜見典型開朶朶，寧須緋紫計重重。定知禾黍勝桃李，何似犁牛問老農。

和子楊雲峯留題

夙有水雲趣，倦遊塵土間。衡山爲誰秀，❷几案我江山。

題能仁竹軒竹皆猫頭也

負崖臨壑幾千竿，掩映虚堂繞曲欄。森矗翠幢參玉槊，毰毸緑鳳戲青鸞。三冬已見龍孫起，六月猶便虎嘯寒。置酒會歌貍首節，要令鼠子不相干。

和彦達

扶藤有興即東西，不用花驄向月啼。閒看浮雲倚危嶠，静臨流水瞰寒溪。過頻幸樂雞豚社，歸暮何憂虎豹蹊。肯似世塵名利客，班荆折柳悵分携。

❶「作」，明抄本、經鉏堂本作「窨」。
❷「衡」，原作「衝」，據明抄本、經鉏堂本改。

上封登高

今朝的的是重陽，獨步崔嵬覓醉鄉。❶ 飽日山楓千樹赤，絢秋岩菊一枝黄。幽禪出應耶城供，倦客來迎宴寢香。閒讀舊題嗟歲月，功名回首鬢毛蒼。

題石頭菴

剥落烟雲秋晚晴，身心無累此閒行。正聽萬壑松風滿，忽見西南新月生。❷

送薑醬與能仁西堂印老能仁韋宙讀書之地❸

韋公挾策漫荆榛，牧子亡羊也未真。百叠亂山秋思杳，半岩脩竹歲寒親。不須招手遊蓮社，且可冥心舍筏津。山芋畦蔬正味好，❹餉君薑醢助芳辛。

和唐堅伯留題莊舍

無端世故若連環，獨未忘懷畎畝間。不問落花隨水遠，最憐脩竹伴人閒。非求垣屋須窮僻，自愛巾車得往還。已諭耕奴多蓺秫，免教華髮變朱顔。

---

❶「嵬」，原作「巍」，據明抄本、經鉏堂本、存素堂本、文津閣本改。

❷「忽」，原作「想」，據明抄本、經鉏堂本、存素堂本、文津閣本改。

❸「薑醬」，原作「姜醫」，據明抄本、經鉏堂本目録及正文改。

❹「味」，明抄本、經鉏堂本作「肥」。

卧看月落半瑶環，起唤清風紫翠間。玩意詩書千古樂，放懷天地一身閒。幾多倦鳥歸何晚，無限浮雲去未還。不向此中真得趣，❶更論盤谷與商顔。

和趙用明梅

浄几寒窗日，翛然萬慮忘。詩筒忽到手，花信已催粧。茅舍斜斜彴，冰溪短短牆。仙膚下姑射，嬌額映昭陽。崔竹翻新畫，❷龍涎出古香。有金攢蘂細，無緑認條長。慰薦騷人寂，挑撩酒態狂。雪遊空泛剡，蘭佩枉沉湘。隔屋吹生麝，盈枝縱夜光。❸詎能煩驛使，聊自占年芳。渡盡鴻飛影，迎開柳帶黄。繁華收拾後，結子又先嘗。

再次前韻

經年與花别，花意不相忘。綽約素情在，掃除時世粧。楚人輕剪伐，北客護垣牆。半樹竹亭亞，幾株溪水陽。可模非絶代，難學是生香。當結珠宫伴，休吹玉笛長。賞心甘爛醉，被惱漫顛狂。正當映喬岳，未應浮碧湘。松筠共瀟灑，雪月佐輝光。自保孤根暖，寧隨百草芳。遠天方絢白，細雨便垂黄。佳實收功地，君羹必可嘗。

---

❶「真得」，存素堂本、文津閣本作「得真」。
❷「竹」，存素堂本、文津閣本作「白」。
❸「縱」，明抄本、經鉏堂本作「綴」。

用明有携酒賞梅之約久而未至復和以督之

美酒名花並，無情即易忘。小槽應注瀑，❶大樹欲殘粧。雖則通達道，❷其如隔繚牆。寄人慚大庾，求伴媿高陽。好傍枝間醉，時聞醆面香。已勤賡唱久，未覩肆筵長。月下疏疏映，風餘片片狂。可憐花似雪，那得酒如湘。夢作瑶林去，斟浮玉斝光。八仙當避席，百卉定羞芳。莫待松醪碧，休尋蜜萼黄。風流貴公子，火急儆原嘗。

和用明梅十三絶

的皪輕臨宋玉牆，世間顔色盡凡粧。病夫欲作天花觀，無奈時時得暗香。

若道南枝春信微，如何開向雪飛時。却堪謝女因風句，休詠楊家膩肉肥。

寧須較短復論長，拖白施朱亦兩忘。❸有羨廣平能草賦，病來無緒不成章。

雲消天氣一番新，水際逢春淑且真。未信長安多麗者，定知空谷有佳人。

緑萼全勝紅萼好，新枝争亞舊枝長。賞心未減春風蝶，傍蘂穿花栩栩狂。

半開何惜恣追遊，最怕風飄萬點愁。倘是仙山有真籍，待憑方士更遲留。

---

❶「小槽應注瀑」，存素堂本、文津閣本作「短簷應挂瀑」。

❷「達」，存素堂本、文津閣本作「逵」。

❸「拖」，明抄本、經鉏堂本作「施」。

要寫横斜臨水枝，應從淡墨見依稀。畫師未必傳天巧，争似西廂月影微。

玉管吹殘滿地霜，去年遺恨不能忘。還來月下呈疏影，先向風前試晚粧。

寒梅應不是甘棠，我輩爲詩豈面牆。便對雪霜矜節操，未妨雲雨下巫陽。

漫説瓊花淮海陽，要知蘭蕙不能香。人間草木如相對，寧遣詩仙引興長。

醉把天葩嚼蘂香，❶筆端翻水趁詩狂。結成却薦和羹鼎，妙手先從錡釜湘。

公子曾遊翰墨場，詩成寒律帶春光。杯中竹葉悠悠夢，句裹梅花字字芳。

指數春回驅歲寒，催令花落鼻先酸。要須晴昊開芳草，亂插繁華足意看。

和趙廟欲携尊賞殘梅二絶❷

爲惜紛紛作雪飛，忍看桃李便芳菲。小瓶留得春風面，尚可携壺一醉歸。

離離疏蘂抱寒條，開晚渾疑雪未消。風雨助君慳且澁，吹將詩句淡相撩。

出門偶成

飯已柴扉手自開，杖藜三徑久徘徊。忽驚無雨溪流漲，遥認他山雪浪來。葉暗青雲環舍竹，樹團香玉繞池梅。春光已近宜行樂，未怕年華冉冉催。

---

❶「把」，明抄本、經鉏堂本作「挽」。

❷「尊」，明抄本、經鉏堂本目録及正文皆作「酒」，存素堂本、文津閣本誤作「車」。

寄奇父

似聞北舍與南鄰，各向西疇答問津。獨使丈人留闃寂，更無佳客奉光塵。思公待泛山陰雪，破悶須携麯米春。往行前言未多識，古來元重老成人。

携酒訪奇父小酌竹齋以詩來謝次其韻

優游林麓避塵沙，杖策巾横一幅紗。却老自燒金鼎藥，醒心時進玉川茶。鈎窗愛日頻遷坐，❶蔭竹流泉屢滿窪。當記此歡同醉處，❷歈歌折柳舞傳巴。❸

和奇父再寄末韻奇父易用❹

酒影何曾有畫蛇，❺燈光不必罩紅紗。幸能真率時添菜，未憶柔纖笑捧茶。世路風波常起伏，醉鄉田地絶隆窪。愛公詩句如清瑟，自比流魚感瓠巴。

❶「鈎」，明抄本、經鉏堂本、《永樂大典》卷二五四〇作「鈎」。

❷「當」，明抄本、經鉏堂本、《永樂大典》作「常」。

❸「巴」，《永樂大典》作「芭」。

❹「末」，原作「首」，據明抄本、經鉏堂本目録及正文、存素堂本、文津閣本、《永樂大典》卷二五四〇改。

❺「曾」，原作「時」，據明抄本、經鉏堂本、存素堂本、文津閣本、《永樂大典》改。

碧泉芍藥四首丙寅

暈紫層紅各自花，翠莖稠葉整還斜。❶有情豈必含春泪，自是殷勤管歲華。

林影溪光風力微，黄鸝隔葉囀還飛。從教萬點飄浮去，賴有庭花願不違。

春事紛綸去，槐陰襞積來。此花方靚麗，待我正徘徊。墮砌晨霞爛，凌波錦帳開。有懷能賦客，把酒獨登臺。

欒水頻頻到，尋花特特來。餘春初自媚，清賞未能回。雨裛仙苞重，❷風扶秀臉開。寶刀移造化，單葉變樓臺。

三月晦和唐人韻詩云三月正當三十日風光别我苦吟身共君今夜不須寐未到五更猶是春❸

一氣沖融轉大鈞，四時舒卷見全身。若云春向晨鐘斷，須信詩人未識春。

和堅伯碧泉留題

欲濯冠纓塵垢侵，梁亭横占一源深。碧紗演漾蒼魚色，黛白因依翠木陰。❹疏沼豈惟三鳳飲，買

---

❶「莖」，原作「痕」，據明抄本、經鉏堂本、存素堂本、文津閣本改。

❷「裛」，原作「裹」，據明抄本、經鉏堂本改。

❸「詩」上，明抄本、經鉏堂本有「唐人」二字。

❹「白」，明抄本、經鉏堂本作「石」。

山初聽一龍吟。請君莫惜來遊屢，耆舊風流尚可尋。

和毛生瑞香

久雨妨園涉，奇芬待客吹。今朝褰翠幄，晴日麗繁枝。一一花相簇，翩翩蝶未知。薰籠蒙紫錦，香過每輕披。

贈劉仲固

恭惟事契逾三紀，一醉昇州十八年。回念壯遊多契闊，欣逢情話重留連。珠庭骨相封侯在，金奏詩章落筆傳。預恐西風送離袂，莫孤南阜好林泉。

謝彦脩携具見過

識字深慚揚子雲，載醪何以塞殷勤。山騰海浪兼天碧，雨薦秋聲映燭聞。秘藏未能窺佛界，劇談聊足張吾軍。浮蛆玉色人間少，判却陶然引十分。

和彦沖晚飲

北澗霜翻浪，南山翠作堆。❶早酣隨夢斷，晚酌傍池開。莫放清歡闋，❷從教急管催。精深與雄健，剩欲見天才。

---

❶「作」，原作「竹」，據明抄本、經鉏堂本、存素堂本、文津閣本改。

❷「闋」，原作「闕」，據明抄本、經鉏堂本改。

和彦沖長汀鋪留題❶

瘦馬鞭猶懶，長亭室正虛。五言留敗壁，一飯飽新蔬。閲世但如許，浮生寧願餘。茅簷與藻棁，等觀是蘧廬。

和彦沖雲際院留題

久聞幽寺渺雲間，且向新詩見一斑。不羨寶華承白足，最憐澄水漾秋山。飛車要度重重嶺，繫艇還思淺淺灣。彈指大千何遠近，却將遊想付無還。

和彦沖茉莉二首

易刻無瑕玉，難勻不汗粧。有誰同素絢，無物比生香。寶曆三年笑，冰肌六月涼。畹蘭何足佩，懷瑾枉沉湘。

二

謫墮天仙子，生憎袨服粧。華雲油潑碧，花雪麝開香。晒喜金鴉熱，洗宜玉井涼。芳根如可乞，携取詑娥湘。

❶「沖」，原作「仲」，據上下文及明抄本、經鉏堂本、存素堂本、文津閣本、《永樂大典》卷一四五七六改。

和彦沖新涼

河朔時堪擬，溟南意懶圖。相羊逢勝地，❶瀟灑似精廬。暝翠千山合，芳紅一雨濡。跳金魚亦樂，爍石暑全無。昨夢睽神女，沉痾問鬼臾。❷無輪生四角，有憤反三隅。方羨溪塘滿，俄趨岸柳疏。共欣甘入稻，仍喜脆歸蔬。歌舞還縈座，盤肴不趁虚。放言庸喋喋，引醑願徐徐。有客敦農圃，多憂出賦租。但教魚菽具，何必囷倉餘。來卷千鍾盡，歸乘萬竅呼。御風非數數，愛酒亦如如。

小飲武夷道士吴之奇竹坡兼示章副觀

福地今身到，玄天舊迹非。溪聲寧有謂，山意了無機。儼立千雲纛，同來二羽衣。酒新良可飲，棋妙不須圍。

遊武夷贈劉生

六曲晞真館，千松奪秀亭。回橈失相值，載酒約重經。小雨裝圖畫，紅塵隔杳冥。更煩横鐵笛，吹與衆仙聆。

---

❶「相羊」，明抄本、經鉏堂本、存素堂本、文津閣本作「襄羊」。

❷「鬼臾」，存素堂本、文津閣本作「臾區」。

十二月二十一日見雪於籍溪

何事圍爐一笑譁，❶窮冬纔許見端花。❷細論剪刻誰能解，欲鬬輕明豈易加。且共落梅紛沼鑑，未須融玉掛簷牙。知君素有陽春句，可但梁園著賦夸。

謝道醇見和

畏隹于喁處處譁，先春吹出萬林花。要看臘瑞三番白，寧許霜威十倍加。瓦隴未平俄淅瀝，冰池難合漫槎牙。莫嫌吾土山川暖，❸蜀客相逢尚可夸。

二十七日立春夜雪高下盡白閩中所謂大雪也

曉來兒女共諠譁，喜見東風颺水花。鶴羽賜衣方一襲，山巔冠玉已三加。❹高眠有客關蓬户，低唱無人拍翠牙。白帝出遊應最樂，月旌蜺旆正豪夸。

二十八日快晴

陰機誰使弄譁譁，摽彼無梅漫有花。銀海夜潮猶未落，火輪朝馭早相加。應慚餘潤歸麰麥，未怯

❶「圍」，原作「團」，據明抄本、經鉏堂本、文津閣本改。
❷「端」，原作「瓊」，據明抄本、經鉏堂本、存素堂本、文津閣本改。
❸「莫」，原作「若」，據明抄本、經鉏堂本、存素堂本、文津閣本改。
❹「山」，原作「小」，據明抄本、經鉏堂本、存素堂本、文津閣本改。

隆寒戰齒牙。莫笑鬢毛輕點綴，龍鍾姦黠兩矜夸。

讀禮至五十始衰有感示彦沖

虚齋永晝玩陳編，千古昭昭尚有傳。昨夢飽經全盛日，此生俄歎始衰年。不須把鏡删鬚雪，且願疏封拓酒泉。咫尺劉郎住仙境，桃溪應許刺魚船。

和仲固

多謝春風吹雨晴，出遨今日計初程。去隨碧澗襹褷上，歸與閒雲澹淹行。順理以觀皆有趣，會心之樂最難名。山間桃柳寧知此，斂笑舒顰亦自情。

春日幽居示仲固彦沖十絶丁卯

映空微雨不成絲，約勒桃花欲動時。争奈東風有情思，曉紅輕笑竹邊枝。

碧沙承水漾嬌春，弱柳縈烟作淺顰。正好追尋沂上侶，未須攀贈灞橋人。

殘梅昨日尚盈盈，一夜溪橋風雨聲。不是微酸注香蒂，箇中幽恨即難平。

人日春愁連上元，薄寒吹雨罩花村。傳柑説道昇平復，夢斷鼇燈放五門。

微茫烟濲見人家，四合青山雨遍遮。畫出江鄉二三月，河豚安得配蘆芽。

花事先從桃李來，海棠紅杏即相催。化工節度重重好，護得山丹最後開。

紅含宿雨兩三枝，浄插銅瓶挹注之。❶不是靈芸初一見，也非迷路武陵時。

晚菘争上碧瑶簪，芥也芳心苦復甘。未見菜頭論白黑，何人携鉢肯同參。

菊本離離趁雨栽，杞根成壠更深培。詩人自古無供給，倘有敲門載酒來。

染溪曾是竹千竿，歲久生鱗化碧灘。賴有龍孫振根撥，且須深蟄捍濤瀾。

❶「挹」，原作「浥」，據明抄本、經鉏堂本、存素堂本、文津閣本改。

斐然集卷五

宋胡寅撰

和仲固春日村居即事十二絶

臨流負巘百年居，手植松楠合抱株。傳寫春光入詩句，味之如對輞川圖。

有興相尋即扣門，不須招致簡書繁。試從大雅歌鶯谷，未羨詞人侈兔園。

欲駐長春學道家，如何白雪是黄芽。聊憑高士五株柳，爲問仙人三朵花。

舊花一一斬新春，慰薦經行自在身。且使緩開常照眼，莫教輕墮恐傷神。

西園聞道徑封苔，落落髯仙去不回。安石中年離索意，吾徒笑口且頻開。

春半曾無决定晴，今朝初上九天明。檻花莞爾窺人意，林鳥嚶然求友聲。

陶公春日事西疇，不是同羣沮溺流。君亦荷鋤貪雨足，誰知幽意在滄洲。

仙居何異武陵溪，泛出殘紅春水肥。擬欲泝流兼載酒，應容艇子傍苔磯。

籊龍本是飛天物，養鱉宜充照席珍。一飯午窗春睡起，羲皇而上更何人。

栽培君子要添丁，護惜龍兒出錦棚。❶莫學當年饞太守，直須脱粟伴藜羹。

正眼如君了了明，未嘗沉醉本來醒。自將《周易》規兒輩，白馬空傳一藏經。

似聞寂寂帶經鋤，老圃何知莫問渠。况是漢陰機事息，豈憂芳草翳嘉蔬。

題翁道人竹軒

寄語東陽翁道人，開軒種竹意何親。❷經春又看龍孫上，晚歲寧憂鳳食貧。風月肯來聊競爽，塵囂不到獨相親。❸何時柱杖敲門去，若比王猷懶更真。

題斯行厚親庵世祀閣二首

軒冕身猶寄，金貲意不存。永懷三釜樂，當把一經繙。❹静室依松栢，❺清規遺子孫。里仁如長者，真使薄夫敦。

不用登臨趣，憑高心重催。龐公勤上冢，束皙更循陔。羊棗終身慕，莪蒿鞠子哀。年年拜寒食，豈但數雲來。

---

❶「棚」，原作「棚」，據文津閣本改。

❷「親」，文津閣本作「新」。

❸「親」，明抄本、經鉏堂本作「新」。

❹「當」，明抄本、經鉏堂本作「常」。

❺「静」，明抄本、經鉏堂本作「净」。

贈李子揚

洛社看花各妙年，那知關塞起狼烟。舊遊只有山川在，佳政時聞嶺嶠傳。對酒鮮歡吾老矣，登高能賦子依然。不忘雞黍平生約，更泛瀟湘下水船。

和彥達落梅戊辰

爲問東風有底忙，吹成疏雪洒林塘。應知剩馥歸香骨，誰拾殘英試粉粧。安得反魂三折臂，漫披能賦九迴腸。枝間賴有青青子，不遣行人折過牆。

簡奇父

累旬不見孫夫子，聞學神農闔户眠。藥物諒能收近效，精神應復類癯仙。欲趨丈室求高論，恐費華池溉下田。指日春風動花柳，也須乘興慕斜川。

從趙廟求菖蒲

欲從蒲澗問安期，仙事茫茫不可知。何許寸根仍概節，解教霜鬢却青絲。風流公子茝蘭伴，憔悴騷人香草詩。乞取蕭疏映窗几，蒼然常揖歲寒姿。

和趙滎州

兵戎暌隔幾春秋，又向南州話北州。一飯識君塵外趣，三川回首夢中游。可堪麗藻相華寵，自斷沉痾合罷休。安得卜鄰如二老，杖藜來往亦風流。

和奇父二首

示病維摩體暫癯，習閒中散禮誠疏。已知道義能相與，故使情交得自如。前日又欣揮麈尾，何時重見命巾車。棲遲甘就衡門下，不見龍章卧草廬。

其　二

丈室虚明了不扃，寸田蕪廢正須耕。容顔坐歎年華改，❶品目猶煩月旦評。洗礪子荆真可慕，中庸伯始竟何成。且將禮節規兒輩，不止文書記姓名。

和洪秀才八首

挾策紛紛是，❷誰能志大猷。犏衣與糲飯，長夏及清秋。辯論輕三耳，齋明見兩眸。聖門多要妙，文藝不須游。

二

自昔超羣者，無非遠大猷。要令心似鏡，莫遣氣横秋。末學多牆面，深窺異瞽眸。君看顔氏子，何以過商游。

---

❶「坐」，原作「半」，據明抄本、經鉏堂本改。
❷「挾」，原作「杖」，據明抄本、經鉏堂本改。

三

愛酒希元亮，❶敲門重子猷。孤松將秀嶺，萬竹已摇秋。懶去手搔髮，興來書映眸。此生當皎皎，毋作夢中游。

四

于今聞議論，自昔際風猷。勁栢君凌雪，衰蒲我望秋。詩書欽滿腹，❷歌舞倦回眸。豈但人稱善，無慚馬少游。

五

栽花爲事業，種秫是謀猷。不羨兩蝸角，從教雙鬢秋。登樓山抹黛，垂釣水澄眸。此樂應誰侶，雩風昔從游。

六

鄙人聞道晚，何以播芳猷。未就三年刻，還驚一葉秋。論交無白足，對客有青眸。之子懷仙趣，相期汗漫游。

---

❶「希」，明抄本、文津閣本作「晞」，經鉏堂本作「晞」。下文同例不再出校。

❷「詩」，原作「讀」，據明抄本、經鉏堂本、文津閣本改。

七

有煩推後覺，未克繼先猷。痼疾資醫緩，心專慕奕秋。遠遊方策足，參倚在凝眸。更仗磋磨力，時時警惰游。

八

聞説頻頻黨，深遵秩秩猷。題評歸月旦，裁鑑比陽秋。❶賦謝雕蟲手，詩通美盼眸。看君多直諒，端似漢朱游。

示法輪長老

人間膏火日烹煎，塵外光陰可判年。路轉峯回能幾許，鳥啼花發故依然。同遊多病空攜酒，相對忘機不話禪。請撤溪橋休送客，却須多種遠公蓮。

題樟源嶺下老嫗井欄嫗百五歲己巳

嘻嘻呀呀三伏中，投鞭拭汗一畝宮。銅瓶汲深響鞺鞳，❷翠綆引重聲瑠東。雪花下咽肌骨醒，風腋泛駕仙靈通。百年老嫗羽化久，名與甘井垂無窮。

❶「裁鑑」，明抄本作「鑑裁」，經鉏堂本誤作「鑑栽」。

❷「汲」，原作「擊」，據文津閣本改。

和楊秀才二首

林下何所樂，放懷天地中。青山供客眼，明月與君同。静聽蕉窗雨，閒披芰沼風。未忘蒿目意，時一夢周公。

其　二

林下何所樂，遊心書史中。時窺言語外，默想聖賢同。沂水有餘詠，舞雩多好風。區區守一介，未肯易三公。

和　仁　仲

岩壑風烟可寫憂，千竿篘玉净脩脩。弟兄無故兼三樂，杯斝相歡第一秋。豈似墨卿夸楚澤，最宜從事到青州。胸中固自春風在，小試安能學太丘。

示延平日者

萬物森然播大鈞，一言鈎訣妙通神。捲簾與客談忠孝，袖手觀時任屈伸。燕石勒名應有日，凌烟圖像果何人。且從冠蓋林中看，莫滯天涯與水濱。

紹興壬子六月先公再被掖垣之命某時侍行自清江登舟經祖印江口趨行在所未幾罷歸還憩豐城之龍澤寺明年初夏歸隱南山己巳歲予偶遊祖印留宿寺僧惠嵩能道昔寓龍澤之梗概兩寺相望蓋五十里時先公没十有二年矣予亦衰病投紱俯仰悲慨因成兩詩以遺嵩❶

雲歸龍澤寺，風引墨池船。誰識行藏妙，空驚歲序遷。從行矜壯齒，撫事嘆華顛。約略人間世，耆僧亦憮然。

二

車騎紛來去，帆檣競泝沿。雲閒天淡淡，江静竹娟娟。恥學飛騰術，慵參寂滅禪。春風常滿意，無處不怡然。

宿餘干臨江高寺題清音寺

閒身何事有塵勞，憩息欣逢一榻高。瀼水轉灣如玉玦，曲洲斜抱寄檀槽。❷凭欄偶見飛鴻翼，對酒仍持紫蟹螯。疇昔未觀東滙澤，片帆聊欲駕洪濤。

題中元觀次黎才翁韻

掛了衣冠却問農，幾回欹枕聽晨鐘。壯懷不與浮雲渺，宿疹猶資大藥功。想像濠梁寧有趣，追尋

---

❶「初夏」，明抄本、經鉏堂本、文津閣本作「夏初」。「偶遊」，明抄本、經鉏堂本作「偶過」。

❷「寄」，原作「記」，據明抄本、經鉏堂本、文津閣本改。

風馭豈無蹤。道人要識春臺樂，須向壺公問所從。

十二月酴醾盛開

不虞集霰與飛霜，可但寒梅度暗香。翠碧重敷秋後葉，玉明争絢曉來粧。應憐高架裊清艷，誰道疏條無妙芳。折向清尊沾膩馥，與君冬日對春陽。

和仁仲治圃三首

扶持嘉樹起條枚，未覺風前齒髮頹。深鑿坐邀千澗水，縱觀如步九層臺。雲間秀巘濃還淡，案上陳編闔又開。莫似昔賢誇獨樂，與人同處首應回。

二

不遺身心同槁灰，化工隨手自量裁。一欄仙藹端倪露，九畹崇蘭次第栽。生意可觀那畫得，暗香難覓偶吹來。柴門漫設何曾閉，❶俗駕經過也未猜。

三

憒瞀年來藥漸須，喜君猶自手抄書。塵冠固合懸圬壁，羽扇何當出草廬。勝景但逢詩發遣，壯懷聊用酒驅除。寄身擾擾膠膠者，奇貨從來不可居。

---

❶「設」，原作「説」，據明抄本、經鉏堂本改。

謫居新昌過黄羆嶺庚午

昔年曾作守，旌騎擁山頭。省己無遺愛，投荒歷舊遊。妻兒相翼衛，風雨漫淹留。力學如何驗，仁人乃不憂。

遊龍山寺六祖故居也

范陽盧以仕南遷，卜宅空山不記年。❶間氣有鍾超象類，美材無匠制方圓。誰能判斷風旛話，等是追隨粥飯緣。攜客同來又同去，浮屠依舊插蒼烟。

次劉坦見和

君以苛留我罪遷，鄉情相值且忘年。歸心莫共孤雲遠，定性當如皓月圓。沂水舞雩方有詠，曹溪尋派即無緣。向來策杖經行地，不礙渾如石壁烟。

喜　雨

聞説頻年旱，先懷併日憂。家書不易到，困米諒難求。一雨連三夕，千倉裕九秋。若爲知帝力，鼓腹聽鑾謳。

治園二首

涉圃親鋤草，分畦賸種蔬。潤通鄰沼近，色映野雲虚。瘴重難求藥，心閒易看書。但令橐有梜，那

❶「記」，原作「計」，據明抄本、經鉏堂本、文津閣本改。

嘆食無魚。

其　二

萊菔瑶英體，蕪菁翠羽叢。壓黄千葉韭，競秀一畦葱。滰滰金莖露，翻翻玉宇風。不忘藏聚力，醯醬有無同。

喜義卿得子端倅攝新守

喜樂民宜甚，平反笑屢春。故應熊夢協，還見鳳毛新。桂籍他年繼，桑弧舊俗因。豈無湯餅會，也合到窮賓。

和郡將勸農

仁政惟敦本，躬行豈好夸。舞停衫颺雪，盤藉綺如霞。童馬争騎竹，村尨息吠花。向來觀饁地，和氣滿家家。

酬黄執禮見和

聞從軺車出，勤農不務夸。歡謡驅宿霧，飛蓋亂晨霞。醉偃風前艸，詩裝錦上花。也將求二頃，輸税補公家。

再美勸農

邦本古攸重，民天辭匪夸。詎能皆辟穀，漫道獨餐霞。一笑爲良繭，力耕無賣花。信知豳七月，于耜起周家。

觀諸人唱和

五言雖窘步，才力競雄夸。釁聳千章木，霄霏五色霞。聲諧金擲地，夢到筆生花。豈謂明珠貫，清輝照蔀家。

和王維三首辛未

老矣羈栖受一廛，❶生涯隨分不求全。一杯那復思身後，❷三爵聊將補食前。

素不能詩復戒吟，辱君笙鶴墮清音。何須風月三千首，已洗塵埃一寸心。

蓬門相直是南山，傍着丹梯尚可攀。野興舊同流水遠，道心今共白雲閒。

和黄執禮六首

税得東家一畝宫，向來喧市馬牛風。誓將尤悔加深省，肯爲飢寒嘆屢空。十里溪山愁眼外，數家梧竹畫屏中。惠然更感無雙子，時有高談發蔽蒙。

二

賜牆那及仲尼宫，妄意堅高立下風。志士有求雖汲汲，鄙夫無得漫空空。詩鳴寡學安能善，酒聖

❶ 「羈」，原作「雞」，據明抄本、經鉏堂本改。「受」，原作「愛」，據明抄本、經鉏堂本改。

❷ 「那」，明抄本、經鉏堂本、文津閣本作「起」。

多愁詎敢中。惟賴有朋相博約，❶過情之譽豈宜蒙。

三

浮生均是大槐宫，永日聊便竹簟風。若向語言求要妙，❷猶將筆墨畫虚空。一區聊寄塵囂外，萬景皆歸眺望中。敢似越雞孚鵠卵，正慚雲將問鴻蒙。

四

律吕旋相六十宫，聲如佳句比南風。自非詩印全提得，難使言瑕一洗空。已向襟靈窺致遠，更從彪炳見珊中。讀書有益非虚語，請看孫權與阿蒙。

五

尚德南宫勇北宫，羡君兼有古人風。無雙自昔稱江夏，第一于今鄙解空。會友更求三以上，策名應簉二之中。須慚類語賡黄絹，❸但可廚人作醬蒙。

六

文才久合步蟾宫，未肯争摶九萬風。賸欲論詩宗典樂，故應憐我隸司空。高山宛在緑琴裏，白髮

❶ 「相」，原作「想」，據明抄本、經鉏堂本改。
❷ 「向」，原作「要」，據明抄本、經鉏堂本改。
❸ 「須」，明抄本作「顧」，經鉏堂本作「傾」。

從多清鏡中。要識起予真賞意，聖門千古望龜蒙。

送茶與執禮以詩來謝和之

簞瓢曾不飽顔回，何事新茶轉海來。八餅尚懷經幄賜，一苞聊對嶺雲開。分君要使澆書腹，待客應須罷酒罍。自笑玉川空兩腋，清風無夢到蓬萊。

黄倅生日送茶壽之

北苑仙芽紫玉方，年年包篚貢甘香。願君飲罷風生腋，飛到蓬萊日月長。

和李靖

三間茅屋陋無宸，❶聊著投荒罪垢身。此地相逢應有數，他年重見復何因。雅騷我豈堪嘉贈，逸足君宜據要津。更把一尊當雨霽，坐看冰鑑拓秋旻。

寄題趙化州清白亭

聞話維城刺史尊，關西夫子是師門。太清不取班超論，堅白寧同惠子言。棐几蕭然心似寄，銀鈎精甚勢如騫。政成歸報蘧廬子，常使甘棠庇本根。

---

❶「宸」，原作「人」，據明抄本、經鉏堂本、文津閣本改。

和黄倅祈求有應

海山和氣四時連，太守賓僚自十仙。明恕而行非苟爾，感通之效固昭然。萌心甘澤雲從地，❶舉意晴暘日麗天。可但南冠瓶有粟，家家酣詠太平年。新州有《十仙圖》，謂州縣官只十員。

又和錦皐登高

久廢危亭也待時，俄然榱棟出鎡基。已應氣象軒城表，更覺登臨冠海湄。萬里秋風宜落帽，四并高會稱傳巵。幽人但把東籬菊，坐看南山久未移。

再和前韻本欲創亭以穫時而止

不因修築廢農時，欲以仁心翊化基。野草從來豐可藉，量陂元自渺無湄。登臨正愜三檛鼓，❷衰病多慚一斗巵。獨喜高秋對黄菊，風吹烏帽看雲移。

和陳生三首

此道存亡仁不仁，遺編所載豈其真。若非象外冥心契，寧向環中得意新。玉麈有文殊讀墨，❸錦

---

❶「從」，明抄本、經鉏堂本作「流」。

❷「正」，原作「有」，據明抄本、經鉏堂本、文津閣本改。

❸「殊讀墨」，原作「堪悟道」，據明抄本、經鉏堂本、文津閣本改。

囊無句不藏春。簞瓢尚可分留客，❶更欲聞君一語親。

二

車塵馬足兩紛綸，談叟渾如谷口真。鬧裏光陰渠不駐，静中滋味我嘗新。高眠展轉三竿日，熟飲頻傾一甕春。請看夏畦勞瘁者，歲寒當與子相親。

三

掛却衣冠把釣綸，那知藏拙未全真。餘生意態無相顧，未死工夫有自新。弦絶誰傳流水曲，瑟希曾對舞雩春。晚交况得陳丘子，不但波瀾子建親。

示程生二首

利域名途較少多，人生那用學燈蛾。如君甘作長貧士，視古寧慚獨行科。雀可羅時煩寵顧，❷鳶嘗跕處重經過。扁舟又指閩山隱，奈此蒼涼别意何。

二

柴桑風度極清真，地位當齊古逸民。不爲兒曹營飽暖，聊將詩句寫經綸。喜君自得超遥趣，與世

---

❶ 「尚」，原作「倘」，據明抄本、經鉏堂本、文津閣本改。

❷ 「雀」，原作「鶴」，據明抄本、經鉏堂本、《永樂大典》卷一三三四四改。

相忘寂寞濱。剩欲細論嗟遽别，❶空慚祖謝響然臻。

和單普二首

能向詞江挹彼清，愛君詩句早知名。百家懸鏡知妍醜，一字提衡有重輕。畫諾豈淹三友益，❷簡才方廓四聰明。肯臨蔀屋相輝映，自愧常談只老生。

二

棄捐孤陋與誰鄰，插棘誅茅漫不淪。❸亂思詩書隨手揭，慰懷風月逐時新。慚無用舍行藏道，有愧東西南北人。久矣筆端塵土暗，因君聊復擬心神。

謝朱推梅栽壬申

南郭雖云有學堂，❹了無松菊徑徒荒。瘴痕元受冰花洗，❺衰鬢聊依玉樹芳。便覺小池招秀影，更令寒月映新粧。從今賸醞萸香酒，指擬春風摘子嘗。

---

❶「剩」，原作「正」，據明抄本、經鉏堂本、《永樂大典》卷一三三四四改。

❷「諾」，原作「話」，據明抄本、經鉏堂本、文津閣本改。

❸「不」，原作「隱」，據明抄本、經鉏堂本、文津閣本改。

❹「郭」，原作「國」，據明抄本、經鉏堂本、文津閣本改。據《斐然集》中詩文，胡寅在新州居於南郭。

❺「受」，原作「愛」，據明抄本、經鉏堂本、文津閣本改。

示臨川曾革

闕里三千盛，參乎一唯優。古來宗德業，誰復繼風猷。晚派南豐衍，賢名内相尤。高文推大手，奧學擅前修。有美清江彦，胡爲瘴嶺陬。宗盟標姓望，海若富源流。侯館甘魚食，賓筵聽鹿呦。會須題雁塔，聊爾敝貂裘。美玉宜深韞，明珠謝暗投。自嗟鳶跕墮，空羨鶴夷猶。三釜古云樂，一簞今漫憂。但令心了了，那畏力仇仇。繫馬竹雲浄，❶飛觴梅雪稠。❷愧君相屬厚，弱水詎勝舟。

寄陳生

窮冬纔得雨梢梢，梅已無餘柳漸包。且把簡編遮病眼，時拖衾絮擁寒骹。譏訶駁雜懷張籍，聯續詩章憶孟郊。歸卧蕭齋諒安穩，可無消息到衡茅。

謝趙戎惠白菘甚腴且再求之

已是居無竹，那堪食一簞。煩君餉園茹，使我助盤餐。秀色春風早，甘肥曉露溥。羹材今又闕，❸小摘更相寬。

---

❶「竹」，原作「行」，據《永樂大典》卷一三三四四改。明抄本、經鉏堂本脱此字。
❷「飛」，《永樂大典》作「流」。
❸「羹」，原作「美」，據明抄本、經鉏堂本改。

送黃熙赴韶推

籯金不取義方嚴，孝友家庭嶺海瞻。力古共推經笥富，决科争看筆鋒銛。才非俗契心難展，清畏人知德尚潛。鵬翼垂天終九萬，固應鳧鳥未能淹。

送黃權守歸八桂三首

展驥官良是，憑熊職未專。中和已成頌，清浄豈無傳。樓艭環新堞，丁黃溢舊編。聖朝方考績，華寵定須宣。

二

樂物羈栖伴，❶筋骸放逐餘。自甘門有雀，寧嘆食無魚。傾蓋情文腆，投醪笑語舒。晚途多感慨，賴此得時祛。

三

雨岸溪紋蹙，風亭柳帶縈。借留無上策，送别有兼程。望杳雲間旆，班餘野外荆。路從簪玉去，增我故山情。

迓黃守再來二首

舊治重臨寵渥新，聖朝因任慰斯民。芾棠不拜陰如幄，騎竹争迎氣似春。金重百斤兼賜爵，車高

❶「樂」，文津閣本作「藥」。

一丈更施茵。能名籍甚宜蒙此，潁水盧溪共演齋。❶

柴扉雖設悄無鄰，聽説君來氣又振。鷗鷺點開愁意思，詩書吟起病精神。也知憔悴嫌杯酒，可尚談諧對席珍。旌旆悠悠將入眼，争除三徑待朱輪。

和黄秀才

羹藜飯糗自無餘，身世蕭條亦自如。十里溪山連枕席，一堂風月伴琴書。畹蘭幸襲騷人佩，❷徑草欣承長者車。四海弟兄非浪語，先生何恨九夷居。

寒食日約蔡生以雨不至

細雨斜風惱弄春，荒郊不見踏青人。傷心湖外松楸域，弔影天涯露電身。楊柳杏花何處好，石泉槐火一時新。舉杯幸有君相屬，更待泥乾步屧匀。

謝蔡生見和

三分已過二分春，尚想綿田一善人。冷食未平千載恨，浮雲何與百年身。❸從教對雨攜壺阻，自愛觀風得句新。芍藥酴醿無復見，花林芳草翠初匀。

---

❶「齋」，原作「深」，據明抄本、經鉏堂本改。

❷「騷」，原作「仙」，據明抄本、經鉏堂本、文津閣本改。

❸「何與」，明抄本、經鉏堂本作「何預」。下文同例不再出校。

二弟在遠經年無書張倩忽來相省蔡生以詩見慶次其韻❶

鴻雁分飛接翼難，稻粱謀隔水雲寒。千山路遠勞魂夢，一紙書來强笑歡。❷東榻人材慚潤玉，西崑詩韻勝芳蘭。從今更勵男兒操，金鐵爲心石作肝。

病中有感

武侯輔世侔伊尹，明道傳心繼孟軻。五十四年而已矣，小儒如此豈非多。

送英州推官

素業平生筆硯交，麄官何事管榜敲。自傷放逐生中熱，時對清風解外膠。掞藻更窺青玉案，分甘常記緑羅袍。扁舟北上英州幕，卜吉應逢泰拔茅。

和單令

炎州暑令比烝炊，茅屋深更未掩扉。倦鵲繞林飛又上，流螢照水亂還稀。寡尤正爾三緘口，新浴又思一振衣。獨怯詩壇把麾將，欲摩堅壘費攻圍。

和周尉遊簡園

敝屣稀行故不穿，荒陬何處賞芳妍。詩人邂逅能乘興，野客勤劬便肆筵。滿壁畫圖俱儼若，一川

---

❶「省」，原作「看」，據明抄本、經鉏堂本目録及正文改。

❷「强」，明抄本、經鉏堂本作「張」。

風物更蕭然。攀翻百樹梨花雪，擬醉春風二月天。❶

簡單令

十月絺無斁，中冬木尚榮。願爲寒玉佩，思濯閬風清。❷之子牛刀暇，尋餘兔徑行。已攜從事至，旋覺大庖盈。荒郡書雲節，虛簷寫雨聲。寂寥無一事，浩蕩有閒情。草樹環居密，雲山極望平。羈愁添繡線，鄉味得金橙。獨酌臨空迥，高歌徹晦明。醉惟凴曲几，窮不念方兄。詩怕吟來拙，書便讀後精。紋楸忘勝負，緑綺混虧成。忽見江梅蕊，如披瑞雪英。旅中相慰薦，箇裏自分明。更待塗茨了，仍看藝竹生。茅柴如可壓，爲吾糝藜羹。

周尉以詩致雪鱠次韻爲謝

新興何事憶吴興，因話鱸魚割素鱗。不是南烹無口實，❸要看西子授廚人。堆盤雪縷開花面，泛艇秋風想釣綸。玉醴浮來爲鄉導，金橙研破助芳辛。老饕難繼蘇公賦，一飽鮮腴敢更頻。

再謝見寄

非關糧盡不能興，自嘆車中蹭蹬鱗。詩客頗能憐逐客，饔人知復受鮫人。爲憐飛箸千條玉，不忘

---

❶「擬醉」，原作「醉擬」，據明抄本、經鉏堂本、文津閣本改。

❷「濯」，原作「灌」，據明抄本、經鉏堂本改。

❸「口」，明抄本、經鉏堂本作「匕」。

牽潭百尺綸。腹似鼓鼙無塌處，詩如薑蒜有餘辛。閩鄉少府新權爾，争比周郎美味頻。

周尉惠丹砂次其韻❶

日鑷蒼浪鬢，還童意未賒。易衰如下阪，難熟似烝砂。不信三峯妄，曾聞九轉誇。刀圭何太少，薏苡舊盈車。

和周尉立春二首

筮易欣逢天地交，送殘寒晷石光敲。化工造物初施手，天仗迎春已在郊。一飯及辰堆細菜，千花從此放香苞。欲賡妙句無餘味，久矣庖人不治庖。

其　二

新年仍復得詩交，和氣排門不待敲。藏谷寒冰猶北陸，應時甘雨背西郊。松筠挺挺浮烟色，桃杏紛紛拆繡苞。準擬尋春多酒肆，芳罇何必費良庖。

用前韻簡單令

斑白欣逢子墨交，懸知琴化息榜敲。不從凍芋窺侯喜，端向長松倚孟郊。竄逐自甘藜不糁，太平還見葦方苞。全牛妙割須君手，笑我鉛刀似族庖。

❶「惠」，原脱，據明抄本、經鉏堂本、文津閣本補。

謝周尉用前韻致丹砂且見勸葆真

寒衾未暖睫先交，曉漏那聞促點敲。非有真丹存下海，詎同和氣滿春郊。王弘頗亦知陶令，❶仲達何勞誚石苞。爲報邇來幽意愜，籜龍拳鱉漸充庖。

李簿攜具用前韻和之❷

春禽遭凍息交交，不及風箏迭遞敲。睡起依然開白屋，客來仍是俯青郊。方兄無勢寧能熱，窮鬼多羞祇自苞。載酒封羊煩厚意，當年莘野尚烹庖。

和單令春日

新歷自披展，故交誰與歡。顔容羞把鏡，菘韭强登盤。袖手籠東老，侵肌料峭寒。大鈞方播物，吾道豈艱難。

金　沙

海棠開後數金沙，誰料炎荒有此花。青玉案頭張重錦，碧雲堆裏漏彤霞。高枝已寫清尊照，嫩蘂猶須翠幕遮。未信東風肯吹謝，且教遊客看繁華。❸

❶「弘」，明抄本、經鉏堂本作「洪」，原避宋太祖之父趙弘殷諱，下文同例不再出校。

❷「攜」，明抄本、經鉏堂本目録及正文作「移」。「和」，明抄本、經鉏堂本目録及正文作「謝」。

❸「且」，明抄本、經鉏堂本作「要」。

簡單周二子

回首清明遠矣哉，和風還挾禊辰來。麗人空憶行歌樂，曲水難追翰墨才。鬢髮飄蕭吾自祓，形骸放蕩孰相開。早知勝集荷塘上，何不飛觴看恥罍。❶

音塵疏闊思悠哉，有底忩忩不我來。陳合鸛鵝須敵手，詩成珠玉要奇才。新荷雨定如蘭馥，曲沼風閒作鏡開。況是涼蟾方半璧，清光應欲照金罍。

簡　單　令

烝炊不奈瘴氛侵，一霎微涼屬晚陰。自軸疏簷掃堦砌，却憑安几看雲林。風中梧竹旌幢亂，雨外江山水墨深。來日小槽篘釃白，眷言騷客肯相臨。

楊尉見招朱推單令與焉月色甚佳

南郭無緣到北城，却因招喚得同行。四郊禾黍未全熟，滿眼雲山何限情。幸有好風能洒袂，況無閒事稱揮觥。藍輿欲去留還住，愛此月涼河漢明。

七月十八日與諸人集真于燕譽堂❷

盍簪相與記春芳，落去争如桂影香。故覓層臺延曠望，可無尊酒泛寒光。交揮玉麈傾懷盡，半仄

---

❶「何不」，明抄本作「徑往」，經鉏堂本作「徑住」。

❷「堂」，明抄本正文與目録、經鉏堂本正文作「臺」。

冰輪耿夜長。坐到銀河分曉色，彤霞金暈更蒼凉。

吴守祈雨有應

延陵宿望冠三吴，又見熙朝老大夫。善政舊聞風偃草，清規今信浦還珠。山川每應精神禱，禾稼全憑潤澤蘇。可但邦人歌五袴，也知還客慰焦枯。

和單令自龍山迎月而歸

招提爐上寶香氳，問訊浮屠作祖人。❶想得妙心同水鏡，故應歸路見冰輪。清輝萬里無窮雪，净覩千山不隔塵。欲和新詩惟累句，❷頗慚曹植與君親。

重九簡單令

殊方令節也堪憐，即詠江涵雁影篇。❸買得紫萸虚市裏，種成黄菊小池邊。相逢便是華胥國，一醉寧慚玳瑁筵。何必登臨追舊俗，南山秋氣自超然。

和　單　令

朝雨催寒細似毛，賓鴻帶影朔雲高。菊萸不分簪華髮，糕酒無因拜赭袍。笑我功名如墮甑，愛君

❶「訊」，原作「信」，據明抄本、經鉏堂本、文津閣本改。

❷「和」，原作「識」，據明抄本、經鉏堂本、文津閣本改。

❸「即」，原作「可」，據文津閣本改，明抄本、經鉏堂本誤作「郎」。

情義比投醪。❶病衰阻趁芙蓉約，木末搴翻獨詠騷。

吴守生朝十月二十二日

梅信初傳冬未深，高門熊夢慶相尋。❷三朝耆舊人皆仰，一德純全衆所欽。難老椿齡方演迤，後凋松色正陰森。願公常記茱萸釀，每歲兹辰細細斟。

和蔡生遷居二首蔡學佛故用杜老與贊公故事蔡常令一嫗持簡來

浮生何處不蘧廬，且喜飄然乍卜居。一室未應忘洒掃，四鄰聊復認親疏。荔蕉餉客還堪飽，笋蕨登盤莫願餘。有意相尋即扶杖，無煩赤足致雙魚。

一壺村酒要同嘗，脯醢葅肴取次將。談話翠微修竹徑，追隨斜照晚風岡。梅花淡淡傳春意，柳色依依作歲陽。只麽往來成樂土，豈知身世落南荒。

和單令除夕二首

又聞幽谷有鶯遷，况復山晴花向然。泥犢戒耕呈歲歲，户靈呵鬼换年年。茅簷膹有三竿日，秫地曾無二頃田。且買東江百花酒，與君同棹十分船。

---

❶「醪」，原作「膠」，據明抄本、經鉏堂本、文津閣本改。

❷「熊」，明抄本、經鉏堂本作「羆」。

坐閱流年同擲梭，未曾聞道合如何。擊壺安用鐵如意，愛酒猶須金叵羅。❶重讀豳詩賡節物，還師魯聖對鄉儺。東風漸次開桃李，之子寧能不我過。

新春即事二首

竹爆臘寒盡，桃符春事來。和風已披拂，暖日便徘徊。曳杖閒挑菜，攀枝趂摘梅。太牢雖有味，豈必勝登臺。

二

恰賦春還柳，俄聞地出雷。雨絲分織作，風籟急喧豗。寂寂爐無火，欣欣甕有醅。臨寒插羔褎，雪觀亦悠哉。

同蔣教授單令訪竹里

遲日芳郊路，寒暄氣已分。共尋茅屋趣，一醉竹光雲。蘊藉潘懷縣，清修鄭廣文。衰遲亦何幸，併得友多聞。

即　事

梧葉經冬不識霜，杞芽蒙潤已宜湯。❷夜除愛日太和境，衣袂輕風單薄裝。盤綰翠絲春意近，盞

---

❶「須」，明抄本、經鉏堂本作「便」，文津閣本作「如」。

❷「芽」，原作「茅」，據明抄本、經鉏堂本改。

浮清艷臘容光。東君又試芳菲手，行樂寧嗟鬢轉蒼。

次德施見和

頭如衰葆更加霜，身似陳荼不奈湯。春服又陪曾點詠，歸心尤美陸生裝。❶山川浮動風雲氣，草木欣榮日月光。賸種雞頭剥温軟，不教無齒愧張蒼。

和　單　令

曾步雩風詠晚春，肯教清鏡受纖塵。詩書漸與心爲一，文字終慚筆有神。奕局不争先後手，醉鄉常值聖賢人。得時花卉千千狀，須倩能詩爲寫真。

送朱推于水東口

送客水東口，散襟城北頭。清風正駘蕩，細雨忽飛浮。荒傳少來燕，平田多乳鳩。何時理歸棹，横笛下滄洲。

和德施賞金沙

籠紗未暗塵，錦幄又經春。有艷曉酣酒，無言時惱人。後先争絢倩，❷開落自仍頻。相對長松樹，香心結蘂新。

❶「美」，明抄本作「羡」。

❷「倩」，文津閣本作「蒨」。

令節即事簡晞仲德施

寒食清明節令佳，禁烟遺俗渺天涯。清醇只向丹田暖，料峭猶煩翠幕遮。長短驟看森雨筍，高低難覓旋風花。小齋寂寂誰爲伴，水底初聞兩部蛙。

同單令遊延明寺

下馬敲門扁蝠飛，亂鴉啼晚客還歸。村江淺可褰裳涉，美酒清宜滿㪷揮。獨樹高花紅啄玉，❶繁叢嫩蘂細編璣。❷追隨冠者皆行樂，借問何人鼓瑟希。

和單令簡園梨花四絶

梅花如夢李成塵，却伴酴醾過晚春。未要烘晴千樹白，且看帶雨一枝新。

野老山園未省開，今朝何事客俱來。炎荒有此清凉地，剪水裝林絶點埃。

共傳嘉樹鎖山陰，冰彩瑶光自一林。未必甘滋追大谷，照人風韻故能深。

清遊當日興怡融，無奈如絲雨映空。聞道只今方爛漫，枉教飛趁路斯風。❸

❶「啄」，文津閣本作「琢」。

❷「嫩」，明抄本、經鉏堂本作「王」。

❸「枉教飛趁路斯風」，原作「莫教飛趁楝花風」，據明抄本、經鉏堂本、文津閣本改。

和單令九日二絶

爽氣深秋徹九霄，憑高眼界迥寥寥。淒風但可開黄菊，零露行應到蓼蕭。

行樂從來貴及辰，况逢節物一番新。病夫久矣捐杯酌，悵望臨風落帽人。

題清遠峽山寺丙子

清遠峽山寺，幾年聞汝名。維舟得眺望，滿目慰經行。壁立巉天秀，溪閒寫鏡清。嶺雲方北上，濤雪漫南傾。罪垢三熏浄，歸風兩腋輕。皇慈天共大，睿知日同明。重起闕廷戀，敢懷山水情。生綃無畫手，聊此寄真形。

歸次義彬老人廖康吉惠靈壽杖以二十八字謝之

緑鬢投荒白髮歸，瘴餘渾欲不勝衣。煩將扶老殷勤贈，未怕登高足力微。

魏漕彦成昔宰弋陽政績上聞召對改秩予適當詞命後自臺郎出守滁墾荒田千二百頃柄國者挾妻家私憾以爲罔功將漕襄陽修築大堤禦水患又以爲妄作與洪興祖爲程伯禹刊論語解至周公謂魯公有太息流涕之言彦成遂被竄于欽州柄國者死例逢赦宥歸道南嶽以大篇侑酒十尊見遺因成七絶以謝之

紹興乙卯選賢時，弋水鳴琴有去思。文石對敭言動聽，演綸無愧改官詞。

滁萊千頃變嘉禾，兩歲之中績效多。賞格雖懸初不用，柄臣何事有偏頗。

漢水縈州北且南，大堤花映府潭潭。若非刺史裨頹缺，鴨緑澆成幾醉酣。

解到周公謂魯公，尚書深見古人風。流傳頓廣誰之力，千古須知魏與洪。

天涯羈枕看三山，一日皇恩詔使還。君子但知爲善樂，豈同餘臭滿人間。

名酒煩將一斛來，瘴餘衰病不勝杯。醉中獨愛春容奏，恰似春潮卷海迴。

聞説仙居窈復寬，湖山全似畫圖看。謫歸正值皇綱整，莫向斯時詠考槃。

簡彦達

別來魚雁半浮湛，一日掀杯酒便深。照水顔容皆欲老，蔭門槐竹盡成陰。驅山塞海成何事，飯糗羹藜只此心。但願歲豐人共樂，扶笻有興即相尋。❶

將歸南嶽黎才翁命蕭復來相迎且以二詩見貺因作一絶謝之

涑水分攜首重回，南山指日可徘徊。殷勤問訊煩甥友，更遣新詩兩詠來。

❶「扶」，明抄本、經鉏堂本作「枝」，文津閣本作「支」。

斐然集卷六

宋 胡寅 撰

除中書舍人謝表

記言文陛，已非傳信之才；承乏詞垣，遽有即真之命。省循負愧，隕越拜嘉。中謝。竊以典掌贊書，爲儒林之妙選；與聞幾務，乃法從之要津。基帝命于省中，闡人文于天下。自非學深往訓，識達今宜，判花協僉論之公，視草擅語言之妙，端方有守，忠信不欺，則何以潤色遠猷，參聯近列？伏念臣降才魯鈍，聞道淹遲。挾策少年，漫習雕鐫之小技；趨庭壯日，方聞經濟之大端。指夷路以騰驤，顧急流而斂退。頃因入侍，嘗請賜休。入則事父兄，初識仲尼之爲政；言必稱堯舜，更聞孟子之欽王。懼素業之未成，悵流光之坐易。荐蒙嚴召，俾即舊班；重入修門，覬當前席。豈謂美芹之獻，而堪華衮之褒？策牘家傳，敢自期于麟角；絲綸世掌，曾何有于鳳毛？惟是教忠，于焉資事。恭承明制，不獲固辭。此蓋伏遇皇帝陛下耆定武功，誕敷文德。謨訓之懿，上配于三王；昭回之章，下飾于萬物。宜有能言之士，出膺給札之榮。顧慚微臣，塵玷盛選。況父子並躋于禁路，在縉紳咸以爲美談。伏惟恩私，何以報塞？補天煉石，雖無五色之文；委質策名，夙有二心之戒。以兹自勉，儻稱所蒙。

除集英殿修撰知邵州謝表

方司帝制，忽剖郡符。戴從欲之慈仁，積違顔之深戀。中謝。伏念臣資才既陋，術業仍疏。未能善己，而疾惡太深；無以逾人，而叨榮已甚。物情夸己，世俗尚諛。凡司毁譽之人，皆惡丁寧之語。至于同省，正爾自疑。出則誦言，謂陛下惡臣之訐直；入而浸潤，指大臣用舊之黨偏。謀欲譖人，如得奇貨。陛下知由來而罔惑，察交鬭以甚明。欲一網而盡者，計未得施；思直道而行者，人姑自保。臣于此日，幸免嚴科，許以便親，坦然去國。比出修門之外，上還次對之除。曲賜矜憐，特形慰諭。雖慈父之于子，不過如斯；惟大恩之所蒙，若爲而報。此蓋伏遇皇帝陛下體天覆幬，並日照臨。稽衆如堯，知巧言之可畏；取人如舜，塈讒説之震師。施及下臣，獲全小節。臣敢不增培學殖，勉勵操修？有社與民，事主何分于内外；移忠以孝，致身終誓于糜捐。

除徽猷閣待制謝表

詞闈請去，初乏年勞；綸命疏榮，遽遷職序。仰銜殊眷，俯激懦衷。中謝。伏念臣聞道不先，效官太早。行致身之義，雖力慕于前修；迷涉世之方，常恐貽于後患。昨預招延之列，浸登機要之司。翰墨非工，言尤已積；褒嘉猥被，朝嫉遂多。終賴保全，俾逃蹸藉。招些忍同于激楚，夢魂空遶于勾陳。

覬奉真祠，少安蹇步。向使有功于演誥，❶猶當累日而拜官。况無東里之稱，濫次西清之對。一蒙拉拭，那復瑕疵？徒愧恩施，未知報所。此蓋伏遇皇帝陛下用人惟己，以道觀能。將博取于衆謀，欲恢張于丕業。絶壑萬牛之重，咸備棟梁；疲駑十駕之凡，亦歸鞭策。遂令遠迹，重簉近班。臣敢不學務知新，行思寡過？循良豈弟，期無負于承宣；獻納論思，豈有分于中外？庶收塵露，❷以答丘山。

嚴州到任謝表

上還濱水之章，不蒙賜可；改畀桐江之紱，更荷親除。已見吏民，具宣德意。拜嘉甚寵，受任奚勝？中謝。伏念臣早以諸生，濫塵黄甲。初典芹宫之教，繼參蓬館之遊。雞省握蘭，螭坳載筆。遂躋法從，專掌贊書。曾未習于治民，乃自期于補外。❸已勵飲冰之操，偶牽嘗藥之情。因請奉祠，反叨易地。内量才力，無以逾人；仰迫恩私，不遑將父。臣今所領，地望尤高。氣象鬱葱，上聖兆興王之迹；溪山瀟洒，前賢遺高世之蹤。近止朝廷，隱然藩輔。豈伊緜薄，所克堪承。此蓋伏遇皇帝陛下擇人任官，愛民猶子。謂臣嘗侍軒陛，必知惻怛之懷；察臣久在里閭，或諳疾苦之狀。付之牧養，責以循良。

❶「誥」，原作「語」，據明抄本、經鉏堂本改。
❷「露」，原作「霧」，據明抄本、經鉏堂本改。
❸「期」，明抄本、經鉏堂本作「祈」。

惟是此邦，本亦無事。政煩賦重，弄兵或至于陸梁；薄斂緩刑，按堵自臻于静治。臣敢不服勤夙夜，少効涓埃？期免後艱，以副保全之意；更申前請，冀從孝養之心。

賀幸建康問起居表

日行天運，四方均被于照臨；雷厲風飛，萬物悉歸于鼓動。中賀。恭惟皇帝陛下孝存九廟，心切兩宫，誓將伐玁狁而出車，豈特鋪淮濆而執虜。❶沉潛剛克，肇敏戎公。上契帝心，下符人欲。當六飛之初駕，宜萬福之是膺。臣限以守符，阻于扈蹕。闕❷

永州到任謝表

瀝懇干威，蒙恩賜可。稍諧色養，亟服官箴。中謝。伏念臣學謝通方，材非適用。與時寡偶，同朝嘗困于齗齗；造事多窮，一介自知其斷斷。幸值聖明之主，嘗叨剴切之褒。遂欲請纓，仰酬知遇；豈甘懷綬，退即便安？屬父年已迫于摧頹，在子職尤先于定省。良藥地偏而莫致，珍羞市遠而缺供。

---

❶「虜」，原作「醜」，據明抄本、經鉏堂本改。

❷「闕」，明抄本、經鉏堂本、文津閣本無。

陟岵遐瞻，共結雲飛之恨；❶循陔相戒，深懷日短之憂。屢瀆天聽，❷果從人欲，俾解桐江之印，復分瀟水之符。因蹙縮于鯉庭，更婆娑于萊戲。朝敦孝治，誠錫類以非難；民偃德風，乃興仁而競勸。顧臣何者，荷眷如斯。此蓋伏遇皇帝陛下性蘊堯天，德昭舜日。至心不匱，推内恕以及人；博施無方，遣近臣而分土。臣敢不益殫夙夜，祗服訓詞？三釜及親，榮已逾于曾、閔；六條宣化，效當勉于龔、黄。仰瞻華闕之賒，彌積丹心之戀。恩雖難報，忠必可移。

代家君除寶文閣直學士賜銀絹謝表

臣某言：昨奉聖旨，以臣解釋《春秋》書成，特除寶文閣直學士，仍賜銀絹三百疋兩。臣尋具辭免，准詔書不允，不得再有陳請者。臣已扶疾望闕謝恩祗受訖。末學荒疏，上瀆高明之聽；異恩濃厚，俯加劬瘁之身。拜賜有光，撫躬增媿。中謝。伏念臣志雖汲古，才不逾人。方太平極盛之時，久甘貧賤；逮神武中興之運，已迫尪殘。獨抱遺經，自從所好。潛思雖篤，涉造弗深。竊美富于宫牆，詎臻彷彿；揀粹精于沙礫，忍弃錙銖？閱歲律以屢更，顧聰明而凋喪。因加紀述，聊備遺忘。私淑諸人，罔繼昔賢之軌；道興乎世，幸承温詔之言。促就簡編，仰塵几御。涓埃自竭，海嶽何裨？頒陸賈之金，獨緣

---

❶「共」，明抄本、經鉏堂本作「久」。

❷「聽」，明抄本、經鉏堂本作「聰」。

《新語》；賜春卿之爵，止爲舊恩。豈如微臣，兼受大賜，褒嘉甚腆，稱塞知難。此蓋伏遇皇帝陛下天授英資，日躋聖德。守經合變，稽筆削以有爲；舍己從人，采葑菲而不棄。肆推德賞，加賁陋儒。臣敢不仰體眷懷，恭承嘉惠？奇蹤自遠，尚陪清切之班；大藥有資，庶獲康寧之福。傾葵莫喻，結草爲期。

代先公遺表

有生必死，乃物理之大常；無德不酬，實人臣之至分。將違聖代，更納善言。中謝。伏念臣奮迹寒鄉，策名熙旦。❶降才甚鄙，造事多窮。功書蔑著于涓塵，仕路漫諳于升黜。晚叨殊眷，復列近班。隆旨閔勞，俾就祠庭之逸；羸軀嬰疹，更慚廩粟之頒。念獨抱于遺經，矧特蒙于優詔。畢精竭慮，庶克祗承；廢寢忘飢，遂臻危殆。日西頹而已迫，川東逝而弗還。生也有涯，夫奚可益；斃而得正，則亦何求？伏望皇帝陛下保合太和，建用皇極。撥亂反正，深明尼父之心；任賢使能，早繼周宣之治。再安神器，永御寶圖。臣已隔清光，空餘忠戀。裹屍效死，雖莫逮于昔人；結草報恩，誓不渝于素志。

賜先公銀絹謝表

昨于紹興八年九月，臣本家准尚書省劄子，三省同奉聖旨，以臣父所進《春秋》義著一王之法，方

❶「旦」，原作「世且」，據明抄本、經鉏堂本、文津閣本改。

欲召用，遽聞淪亡，可特賜銀絹三百疋兩，令湖南轉運司應副葬事，仍賜田十頃以恤其孤，餘人不得援例。除賜田臣先具辭免外，餘已祗受皇恩者。遺忠作聖，具存謹始之書；宸念閔賢，特厚飾終之典。恩併沾于孤息，義深勸于百寮。中謝。伏念先臣早潛大業，願學孔子，故服膺于《春秋》，譬之宫牆，蓋見美于宗廟。壯年發憤，皓首成書。親逢睿智之日躋，況許遠猷之辰告。奏篇迄上，方禆乙夜之觀；召節垂頒，遽作重泉之隔。注懷未憖，錫命有加。將厚意于幣金，給稱財于壤隧。至謂著一王之法，方衮贈以誠踰；更令絶援例之人，示夔章而已足。恭味崇儒之旨，深惟遺老之思。在昔鮮倫，方來是式。豈兹存殁，竊以哀榮？此蓋伏遇皇帝陛下祖述帝謨，憲章王道。敘典秩禮，以承夫天意；命德討罪，以馭夫人羣。慨然撥極亂之絲棼，卓爾被中興之眷佑。麟經不絶，鳳德那衰？臣頃在居廬，弗遑奏牘。書藏石室，嘆古人待後之傳；疏列銀臺，述此日蒙休之異。莫勝殞咽，曷副矜憐！

辭免賜田蒙降詔允謝表

昨蒙聖恩，閔先臣淪亡，賜田十頃，以恤其孤。臣不敢上當異數，即具辭免。伏奉詔書獎諭，依所乞者。賞延于世，欲令永謝于窮愁；父教之忠，將使不墮于清白。懇誠上達，聰聽俯從。蔀家容日月之光，坎水適井蛙之願。中謝。竊以許行去楚，本乏一廛；季子擯秦，因無二頃。急于衣服之奉，是或物情之常。雖斥廣田疇，固非高士；而服勤隴畝，亦有先賢。恩私既軫于談經，寵答遂光于晝壤。族多困弊，人覬温饒，惟揣分以當安，故拜嘉而莫敢。誠仰宅心之訓，必敦處約之仁。不慕執鞭，自窺絶筆，視揠苗而興嘆，觀學稼以知非。既浮雲莫翳于靈臺，乃汗簡克當于賞鑒。顧兹愚嗣，皆曰凡人。出預論思，早竊累鍾之奉；處修孝弟，❶尚均斗粟之舂。比先臣自奮于艱勤，愧諸子已甘于豢養。君羮不洎，負米長悲。理合屬厭，幸蒙賜可。此蓋伏遇皇帝陛下俟賢加賟，勵俗戒貪。錫以膏腴，始推仁而博施；嘉其廉遜，終狥志以曲從。諷誦堯言，激昂參魯。臣謹當益堅素守，祗率義方。修禮以耕，庶不茅于心地；移忠而事，期無忝于德音。

辭徽猷閣直學士知永州恩命蒙降詔不允謝表

祗奉新書，已愧聖知之厚；荐蒙温詔，益知官寵之優。志雖守于匹夫，義難形于再瀆。撫躬兢惕，拜命佪徨。中謝。竊以列聖圖書所藏，非俊乂之臣，孰堪寓直；遠方民社所寄，惟循良之吏，乃克承流。稱一職以爲難，兼二能而豈易？伏念臣學蕪而識陋，智短而才疏。感慨逢時，夙抱捐軀之志；思皇得士，嘗蒙前席之咨。論功蔑繼于時髦，撫迹空縻于歲紀。遂罹釁罰，良自叨逾。洎三釜以長悲，首一丘而待仆。既邈劬勞之報，便頹榮進之心。而況舊苦臂拘，新纏心悸。砭湯未效，付餘燼于寒灰；雨露重沾，出寸萌于顛木。不令避免，更欲激昂。衆耀蒙休，懼深履薄。此蓋伏遇皇帝陛下臨朝願治，以道觀能。念方州之太輕，故分庸近侍；考毁譽之已試，乃因任舊人。曾是奬提，及兹孤瘁。

❶「修」，明抄本、經鉏堂本作「循」。

臣謹當温尋廢忘，勉策疲庸。倘幸到官，誓竭涓埃之効；庶幾寡過，以酬天地之恩。

永州到任謝表

誕敷德意，播告疲民。雖江山千里之遥，如觀闕九重之近。非惟良而共理，斯受寵以若驚。中謝。伏念臣道學弗深，吏能更淺。致身事主，嘗聞大訓于趨庭；中孝顯親，徒負深悲于過隙。餘生雖在，諸念頗頹。敢謂恩私，再加褒用。仕宦至二千石，載籍稱榮；前後纔六七年，除書屢降。矧是永州之古郡，實惟平楚之中流。蜀相受知，社稷早推于重器；唐人謫宦，星芒獨耀于高文。❶雖窮陬乏金谷之饒，顧雅俗有絃歌之盛。輒蒙委寄，何以堪承？此蓋伏遇皇帝陛下保固邦基，簡求師帥。不泄邇而忘遠，同周武之用心；欲訟理而政平，邁漢宣之圖任。俯憐羈瑣，曾侍睟嚴。庶能宣惻怛于遐方，固可責循良于薄技。而臣比緣久役，增重宿痾。巨擘無强，豈有人功之指畫；靈臺易震，未還神觀之精明。少効微勞，再干洪造。黄庭紫府，奉香火以周旋；赤箭青芝，燮筋骸而康濟。遂起將深之疾，進輸無隱之忠。

❶「耀」，明抄本、經鉏堂本作「輝」。

乞宫祠降詔不允謝表

削牘輸誠，願投散局；出綸示寵，尚閟俞音。拜命有光，撫躬增懼。中謝。伏念臣材資甚鄙，智略尤疏。自蒙特達之知，未立殊常之報。銅魚繼佩，獲邇松阡；竹馬再迎，乃慚棠茇。惟竭愚衷于辰夜，❶勉宣德意于疲羸。倘副委令，庶無罪悔。而乃閲方《肘後》，覺身慮之亡聊；趣辦目前，悵聰明之不及。永念專城而竊食，敢云閉閤以偷安？踡地靡遑，籲天有請。此蓋伏遇皇帝陛下建賢以圖外治，累日而責成功。視民如傷，每錫循良之懋賞；使臣以禮，常全進退之大恩。曲軫皇慈，過形温諭。顧苶然之質，被華衮以難勝；而蕞爾之邦，耀宸奎而增重。臣雖貪藥石，尚冀涓埃。終祈從欲之仁，以逭瘝官之譴。

除提舉江州太平觀謝表

不任郡事，久稽曠職之誅；請上印章，再被閔勞之寵。❷洪私所浸，弱植奚勝？中謝。伏念臣術業空疏，智能謭薄。自沐藩宣之寄，亶惟芻牧之求。不善催科，軍興屢乏；所期静治，民瘼小蠲。顧禄

❶「辰」，文津閣本作「晨」。

❷「再」，明抄本、經鉏堂本作「載」。

賜之已豐，緣福基之素薄。陰陽交寇，憂慮積傷。臂運指以不能，疥遂痁而增劇。緑鬢遽裝于白雪，清矑復翳于昏花。對鑑無塵，漫有功名之意；觀雲不駐，敢萌富貴之心？瀝此危衷，瀆于公聽。豈意仍叨于清貫，且令自逸于殊廷。此蓋伏遇皇帝陛下並日照臨，侔天覆幬。支持廈屋，兼收棖梟之材；駕御英雄，不竭駑駘之力。遂令孤躓，尤軫深仁。臣敢不愛惜分陰，訪求大藥？雖辰猷仰告，自隔于江湖；而夜氣默存，均沾于雨露。恩光未答，糜隕爲期。

册立皇后賀表

乾坤合德，日月並明。凡居覆載之間，均被照臨之賜。中賀。竊以塗山啟夏，媯汭興虞，若稽聖帝明王，罔不齊家治國。恭惟皇帝陛下孝思九廟，色養東朝。眷中壺之久虚，考外廷之僉議，樂兹淑德，非以愛登。煒煒椒塗之尊，柔嘉葛施之化。一人有慶，四海是孚。臣竊禄觀祠，馳誠魏闕。獻百男之祝，三復《思齊》；想萬壽之觴，載歌《既醉》。

致仕謝表

剡牘陳情，願乞骨骸之賜；出綸許謝，得安林壑之居。拜命有光，捫心增愧。中謝。伏念臣器同瓠落，材更液樠。少也習文而匪工，壯焉委質而甚驄。讀書涉獵，但傳糟粕于前人；論事荒唐，寧補絲毫于當世？入班二省清嚴之地，出畀三州尊重之權。侍經帷則未能陪日月之明，服詞禁則無以鼓風霆之動。典禮視秩宗而自愧，牧民方循吏以誰如。歲月侵尋，江湖渺緬。駭機屢發，獨賴矜寬；腆禄坐縻，詎忘捐殞？曾是福基之狹，居然氣榦之衰。既困負薪，遑干繼粟？雖則訪求于大藥，未甘憀慄于小山。而乃自覺支離，日臻癯瘁。目花眩蠅翼之翳，耳沸喧蜩聲之啾。跪起痟酸，秉持緩弱。班資故在，殊非厄閏之楊；❶齒髮遽彫，宛是望秋之柳。諒難勝于鞅掌，因決計于棲遲。此蓋伏遇皇帝陛下義不遺遐，仁惟念舊。知士俗喜榮而憎謝，將激勵其廉隅；謂人臣辭位而告歸，必保全其志節。肆頒俞旨，仍進文階。聽違遠于宦途，俾優游于聖日。訓言甚寵，名論莫疵。❷鷃下蓬蒿，顧逍遥而已足；鳧飛渤澥，計多少以何虧？洪造無窮，微軀獲考。雖在陳力不能之際，寔懷感恩未報之忠。臣謹當勉所可修，輔其將弊，期復神明于舊觀，克存道德于初心。慕伯玉之知非，年從屢化；師仲尼之發憤，老亦何憂？用此答酬，庶逃罪悔。

進先公文集表

臣某言：臣弟太常丞寧輪對奏事，伏蒙聖慈宣問：「乃父既解釋《春秋》，尚當有他論著，其具以進者。」宸衷尚舊，故老形思。訓釋典文，夙簡淵深之記；遺餘篇翰，更蒙清燕之求。中謝。伏念先臣，早

---

❶「楊」，原作「揚」，據文津閣本改。

❷「疵」，原作「踰」，據文津閣本改。明抄本、經鉏堂本誤作「疵」。

捐塵事，志希任道，謀不爲身。心遠地偏，寄陶廬于三徑；人憂己樂，甘顔巷于一瓢。吟詠情性，❶而無雕蟲篆刻之爲；交際往來，而乏竿牘苞苴之智。中經俶擾，多所散亡。晚獲奠居，僅成編秩。精忠皎皎，每提撥亂之綱；莊語諄諄，多闡濟時之用。進則傾輸于君父，❷退猶關説于公卿。壯懷投老而益堅，弱齒抱痾而彌勵。自期有補，終冀一伸。丘木成陰，雖鬱《春秋》之志；囊書奏御，何殊旦暮之逢？此蓋伏遇皇帝陛下典學裕身，崇儒化俗。華衮豈惟于一字，緇衣不間于十年。乃因仲息之對揚，錫以温言之清問。斯文不墜，多士流傳。臣謹已校定舛訛，分成門次，爰從傳置，進備覽觀。函劍有光，既徹斗牛之象；蒲珠無纇，合供旒冕之須。

落職謝表

伏奉誥命，臣僚論列，臣坐昨與李光通書落職。職列禁廷，身居里巷，安榮難冒，鐫奪是宜。伏讀訓詞，恍驚方寸。中謝。伏念臣頃分符竹，合畏簡書。乃與罪人，輒敦風義，一講寒温之問，寧存誹謗之心？相聞既類于交私，自保愈慚于明哲。九年宿負，閲寔如新；三褫嚴威，撫躬若厲。此蓋伏遇皇帝陛下操持八柄，駕馭羣工，用刑弗間于隱微，示戒俾知于恭慎。江湖雖遠，震耀惟均。臣敢不言動

❶「情性」，原作「性情」，據明抄本、經鉏堂本、文津閣本、《永樂大典》卷二二五三六改。

❷「輸」，原作「懷」，據明抄本、經鉏堂本、文津閣本、《永樂大典》改。

加恩，公忠是力，庶逃大悔，以答隆恩。

散官安置謝表

准尚書省劄子，備坐臣寮章疏言臣罪惡，奉聖旨責授果州團練副使，新州安置。臣即日奔馳上道，水陸兼程，已到新州，公参訖。重劾批根，期于勿植；皇慈軫舊，貰以有生。❶姑置遐荒，俾知内省。危衷震動，感涕流漣。中謝。伏念臣初乏令猷，誤塵清貫，歲時淹遠，咎戾浸彰。乃致抨彈，謂虧忠孝。罪多擢髮，疵非吹毛。思父慕君，五情隕穫；拕舟踰嶺，六氣并毗。朝典至公，臺評匆僭，皆臣自取，反已誰尤？此蓋伏遇皇帝陛下與物爲春，退人以禮。德同舜大，干舞兩堦；仁類湯寬，網開三面。俯矜墜石，曾侍甘泉，特出隆恩，弗加大譴。臣敢不恪終嗣道，刻勵臣規？❷仰止先民，行乎患難；夙宵觀過，惟務修身。萬一棄瑕，尚圖報所。

❶「貰」，原作「貫」，據文津閣本改。

❷「刻」，明抄本、經鉏堂本作「勉」。

再　表

上二表既行累月，邸院駁下，新州不依條差官點對繳奏，亦以落職。初不見事因，後得大理寺符，方知坐李孟堅供，嘗與其父書，因經界誹謗。不敢自白，再上此表。邸院又打下，云左降官不應上表。❶

批根重劾，論以四凶；祝網隆私，開其三面。驚餘魄悸，感極涕沱。中謝。伏念臣初乏令猷，濫聯清貫，年時浸遠，罪咎滋彰。愓若微軀，虧乎大戒。正推子道，莫重承宗；雖遠仕途，敢忘祗辟？矧復華資難冒，淺局易盈，遂速顛隮，致干呵譴。拕舟踰嶺，行觸蘊蟲；裹藥負餱，居防瘴蠱。皆由自作，夫豈人尤？尚玷散員，仰緊善貸。此蓋伏遇皇帝陛下德侔天大，明並日中。立愛惟親，於昭孝治；使臣以禮，用勸忠規。俯念遺簪，嘗持從橐，❷俾知循省，姑示竄投。臣敢不慎厥身修，行乎患難？雷霆震耀，既肅豐刑；雨露涵濡，猶祈解澤。

自便謝表

恩由獨斷，澤被諸纍。强臣之壅閼雖堅，聖主之聰明無蔽。乃公朝之盛事，非小己之私榮。祗叙

---

❶「上二表」至「上表」七十五字，原作篇題正文，據明抄本、經鉏堂本改。

❷「從」，原作「舊」，據明抄本、經鉏堂本、文津閣本改。

孤衷，❶仰塵淵聽。中謝。伏念臣降才不腆，涉道甚膚，妄有意于壯行，蔑自知其躁進。螭坳載筆，當龍飛天位之三年；鳳掖演綸，實虎變人文之九載。荐更外使，還篚中臺，陪煩幄以談經，❷參玉堂而視草。顓愚冒犯，嘗逭斧誅；剴切論思，更叨衮贈。銜憂去位，從吉爲州。遭逢論道之人，憑恃貪天之力，黨同伐異，瘠國肥家，淪三綱而外交，託一德而上凂。臣受恩再世，雅意本朝，事主有慺慺之誠，輸忠無坦坦之路。輒慕隱居而求志，庶幾遠害以全身。遂掛衣冠，退尋丘壑，少待冰山之泮，還瞻雪晛之光。尚且猜虞，必加中害。臺評受其風旨，誣以不忠不孝之名；詞命出其妻家，當以腹誹反脣之罪。欲辨明而奚敢，具章謝而莫通。一墮黄茅，六看春草。病無醫藥，窮逮饑寒。忍攫抓于衆狙，聽欺凌于百鬼。戴盆伏地，難窺覆幬之高明；傾藿向陽，終預曦輝之臨照。獲脱賤拘之俗，復陶貴肆之風。仰荷矜憐，若爲報塞。此蓋伏遇皇帝陛下收還八柄，陟降羣工。臣作福威，既自罹于殃咎；天爲剛德，初奮發于沉潛。巍乎堂陛之尊崇，惕若風雷之鼓動。遂使赦無留令，昔阻隔而今行；士有非辜，始放投而終宥。❸在顏威邇，銘腑感深。跕鳶已出乎煙嵐，豈忘飛戾；瘦馬倘加之秣飾，尚可驅馳。

---

❶「衷」，原作「忠」，據明抄本、經鉏堂本、文津閣本改。

❷「煩」，原作「講」，據明抄本、經鉏堂本改。

❸「始」，原作「姑」，據明抄本、經鉏堂本、文津閣本改。

復官職謝表

盡滌垢汙，恩波浩蕩，俾還官職，❶綸誥坦明。感切涕沱，喜深拜舞。中謝。伏念臣智謀不足以識時務，文彩不足以爲國華，唯資家學之教忠，仰慕先賢之致主。被遇況早，眷知非輕。雖拱侍北辰，歷光陰者兩紀；而放投南裔，蒙萋菲者六年。葵心密向于重光，蓬首莫知其萬死。白髮飄蕭而老去，黑裘破敝以歸來。苟非睿慈，垂察孤蹤，遺簪墜履，不忍弃捐，片善寸長，尚期采用，則何以首膺赦宥，荐對寵休？此蓋伏遇皇帝陛下廣運聰明，弛張文武。博學造皇王之極摯，沉機收制斷之大權。旋乾轉坤而閶闔機開，雷厲風飛而日月清照。泰通君子之志，夬決小人之柔。有如微臣，亦預大賜。臣謹當激昂衰懦，游泳至仁。顧摧傷疾病之餘，只合嗣農歌于堯壤；念獻納論思之舊，豈能忘雅意于漢朝？自結主知，更從今始。

代劉待制遺表

生也有涯，孰移定命；死而不朽，難跂前修。獨餘垂盡之忠，仰籲蓋高之聽。中謝。伏念臣早憑世賞，浸歷仕途。作屬外臺，入丞卿寺。偶鎮府上扞城之伐，于機司叨秘閣之嚴。繼忝使華，俄丁家難。

❶「俾」，明抄本、經鉏堂本作「併」。

值神武中興于丕祚，而師干初試于邊庭。世屬艱虞，家傳忠義，妄意功名之際會，不虞材智之卑凡。祇赴詔音，亟聞除用。坐談將幕，曾無虎豹之韜；攝事帥藩，那有鸛鵝之陣？盡瘁謬殫于筋力，論功蔑著于絲毫。投竄是宜，甄收未替。出駕軺車而撫士，歸分符竹以臨民。尋從祠館之便安，擢付江壖之要重。疏榮渙汗，還綴甘泉。而臣識昧遠猷，器慚大受，與時寡偶，造事多窮。推擠頻嘖于煩言，❶保庇盡歸于全度。念國恩之未報，豈家食之遑寧？尚冀駑鈆，再堪策礪；詎知蒲柳，頓迫風霜。顧靈劑以何施，悲逝川而莫返。將捐朽質，勉貢善言。伏望皇帝陛下並日照臨，侔天覆幬。持守盈成之治，❷柔能遠邇之情。燮太和于穆清，措羣品于熙晏。任賢勿貳，永隆不拔之基；與時爲春，坐享無疆之歷。臣委身厚夜，絶望穹宸，拖司寇之紳，不能下拜；寢大夫之簀，獲以正終。

代向直閣復職除湖北憲謝表

戴盆絶望，仰洪覆之何私；傾藿當陽，祈容光之必照。丹書已削，紫誥仍頒。直中秘之圖書，付外臺之耳目。恭承擢敘，彌劇震惶。中謝。伏念臣稟資至愚，趨勢甚拙。屢忝分憂之任，惟思共理之忠。

❶「頻」，原作「並」，據明抄本、經鉏堂本及宋魏齊賢、葉棻編《五百家播芳大全文粹》（影印清文淵閣《四庫全書》本）卷七下改。

❷「盈」，原作「盛」，據明抄本、經鉏堂本、《五百家播芳大全文粹》改。

驅虎豹而遠之，善良是保；受牛羊而牧者，蕃息爲期。惟彼合江，最稱凋郡。遺種幸逃于鋒鏑，調庸復困于金湯。仍遭《雲漢》之憂，更急羽書之餉。猾吏豕心而蠆尾，疲氓鮒轍而燕巢。曾是羈單，誤蒙器使。稍鋤巨蠹，漸振頹綱。施行恪奉于詔條，檢率先嚴于寮寀。呻吟少定，流散粗安。庶有袴襦，免自書于下考；忍脩廚傳，以善事于上官。豈期饕餮之徒，敢負澄清之寄，巧爲章奏，公肆詆欺。内省不愆，甘受四年之譴；庶言既繹，初無一事之真。實荷聖明，洞知沉枉，併加湔拂，俾効涓塵。❶具臣慶公道之開，下士免脅權之困。此蓋伏遇皇帝陛下恢張治具，獎勵才猷。遠惡直醜正之人，重守法奉公之吏，愼選不遺于一介，哀矜尤在于五刑。臣敢不欽奉訓詞，❷益修履業？向以責人者今以責己，用不負于隆恩；抑聞守道者是爲守官，更勉圖于來效。

代范漕移湖北漕謝表

使指終更，蔑聞于底績；宸綸易地，仍畀于輸將。仰惟因任之恩，積有冒榮之愧。中謝。伏念臣箕裘替緒，薪櫄荒材。少日趨庭，粗獲聞詩而學禮；長年從宦，惟知守道而向方。當大搜髦彦，以綏寧四方之時；乃累被咨詢，參刺舉一路之寄。憲章具在，何所建明；金穀羨餘，靡勤調度。况乏汝南之清

❶「涓」，原作「捐」，據明抄本、經鉏堂本、文津閣本改。
❷「奉」，明抄本、經鉏堂本作「服」。

裁，寧逃月旦之公評。所懼黜幽，更叨器使。此蓋伏遇皇帝陛下道參天大，治格氣和。思足國而裕民，用寧邦本；肆因能而授職，博盡衆才。致兹已試之罔功，猶辱上流之重地。臣敢不勉殫夙夜，恪守靖共？鞭點錢流，倘稱木牛之運；根盤節錯，敢辭鼯鼠之窮？

斐然集卷七

宋胡寅撰

謝貢啟丙申

論秀鄉邦，深慚庸陋；獻書天府，猥預甄收。初聞姓名之傳，❶頗覺心顔之靦。竊以聖王有作，世道交興。辟雍首善于京師，學校明倫于郡國。氣蒸川泳，雷動雲飛。惟楚國之上游，有荆門之要壘。沼藏珠而媚景，州産玉而得名。峽水西奔，詞源可想；郢樓東峙，曲韻争高。衿佩之侶摩肩，絃誦之聲盈耳。遇良輒取，寧空冀北之羣；待賈而沽，多抱荆山之璞。欲當妙選，宜屬美材。如某者樸遬無庸，踐修尤淺。家庭入侍，早聞詩禮之方；黌舍出遊，幸被師儒之教。究艱窮之事業，驚易往之歲時。黄卷青編，坐消寒日；朱顔緑鬢，獨對春風。未居比數之流，敢有賓興之覬？夫何末技，亦綴後塵。事雖儻來，恩實有自。某官士徒儀表，吾道宗師，澄學海之深瀾，植儒林之美蔭。文高萬丈，煒然星斗之

❶「姓名」，明抄本、經鉏堂本作「名姓」。

光；❶名壓衆流，響若風雷之轉。惟兹後進，❷亦仰前修。遂使愚頑，猥蒙題品。某敢不勉其未至，增所不能？觀絳闕之光，幸齒羣英而入獻；貢丹墀之策，期收薄效于决科。儻素志之未違，庶明恩之可報。過此以往，未知所裁。

問候張相啟庚戌

一違台屏，再閱時行。良史直書，蔑著丹青之效；戇言妄發，合干斧鉞之誅。旋屬家君，累辭朝命。寬仁賜可，已知負疾而無堪；喜懼兼懷，其敢冒榮而不去？罄披誠悃，繼荷俞音，俾寓直于河圖，仍即安于琳館。拜辭文石之陛，歸覲綵衣之庭。狐突教忠，庶無罪悔；蕭生雅意，終誓糜捐。由二浙而問津，及臨川而聞戒。越趨章貢，冀達瀟湘。身遊坱圠之鈞，孰云置散；夢遶熒煌之座，能不侍前？遂忘重趼之勞，思奉片言之誨。發其蒙覆，借以輝光。戀德既深，向風增抃。寒威漸弛，暖律初回。願益毖于鼎饔，用早躋于槐席。

❶「熚」，原作「爍」，避清康熙帝名諱，據明抄本、經鉏堂本改。
❷「惟兹」，明抄本、經鉏堂本闕，注曰「缺二字」，文津閣本作「曲成」。

答湖北趙憲啟丙辰

頃誤簡知，進司三字；❶旋懷洎養，請布六條。維是濱川，介乎湘楚。民淳事簡，本遊宦之樂郊；行悔言尤，亦省愆之静處。適庭幃之久病，方藥石之未開。捧檄固榮，望雲更切。罄輸危悃，仰籲高聰，乞從祠館之安，覬免郡章之付。虔須允旨，尚闕馳書。某官疏派洪源，騰芳夷路。卒浮丘之業，經學有聞；讀元王之詩，風騷甚富。爰念剖符之地，密鄰仗節之方。敦篤襟期，寵貽牋翰。粲然丹雘，施樗櫟以非宜；詠彼木瓜，報瓊瑶而何有？披風尚邈，跂德尤勤。願益保于生經，以茂承于光寵。

賀湖南王漕啟

解虎符之佩，光被詔書；仗龍節之權，肅將使指。先聲所暨，喜氣惟均。某官美德粹夷，高風凌厲。書開萬卷，列科居游、夏之倫；筆掃千軍，摛藻出班、揚之右。談兵將幕，佐計漕臺，久練達于政經，尚鬱堙于賢業。留京子佩，嘗賴表儀；遐徼烏蠻，更煩綏御。本自金閨之彦，合陪玉筭之班。將勤三節之走趨，先試一方之刺舉。眷兹湘俗，困彼軍須，但椎髓而弗矜，既露根而可畏。狡桀有萑苻之

❶「字」，原作「事」，據明抄本、經鉏堂本、文津閣本改。「三字」爲中書舍人之别稱，此前一年即紹興五年，胡寅爲中書舍人，故云。

念，柔良多狴犴之冤。微官惟急于受知，大吏苟祈于免過。頹波如此，遠慮奈何？竊詳聖主之保邦，允藉仁人之種德。士欣除目，民止遐心。某自間風猷，相望楚越。置酒高會，形夢寐于十年；賦詩遠貽，寫殷勤于千里。豈謂剖符之地，密依攬轡之封？先取豺狼，式觀政術；再歌襦袴，當仰吏師。惟幸會之方深，匪敷言之能罄。輕寒在候，遠涉正勞。尚慎節宣，以承光寵。

答沅州王守東卿啟

伊川、洛汭，十年同綏轡之遊；沅水、濱江，千里接分符之壤。瞻言契闊，敢敘悃悰。自昔解攜，尋遭蕩析。共楚天之月，徒有詠思；棲衡嶽之雲，固嘗招隱。學未周于己事，心敢累于世紛？偶被召除，進司書命。吾徒忝竊，深慚子厚之旁觀；公等弃閒，當誚臧文之竊位。竟緣冒昧，恐速推擠。有懷奉檄之榮，自詭專城之寄。問安嘗藥，復難奉于板輿；❶剡奏叫閽，願獲從于琳館。雖幸託兩邦之契，而未遑馳一介之書。某官義比金蘭，契同膠漆，屢枉孟公之尺牘，如披彥輔之青天。梅榭月明，撼雪英而嗺酒；❷竹亭春暗，蔭雲葉以嘗茶。薛華最善于醉歌，李白尤高于長句。三川邈矣，一夢恍然。文老益工，疑得江山之助；才高未展，合依日月之光。臨邊鎖以徒勞，奉詔函而非晚。重欽垂眷，遜枉

❶「復難奉」，原作「情既戀」，據明抄本、經鉏堂本、文津閣本改。

❷「嗺」，原作「命」，據明抄本、經鉏堂本、文津閣本改。

于寵光。

飛文。讀厚報之詩，願敦夙契；修賨鄰之好，莫遂初心。尚阻披承，益深瞻頌。冀妙頤于寢食，以蚤對

謝浙西帥啟

祈從散局，不奉俞音；改畀近藩，復叨優命。顧此臨民之始，適當開府之初。幸會所深，寅緣有自。某官器資英邁，才智通宏。北道觀風，嘗著扞城之畧；南州攬轡，尤高富國之功。久爾踐揚，藹然譽處。果膺宸眷，擢總行畿。發硎之刃常新，坐空盤錯；枹鼓之聲不聳，行被寵褒。某濩落無堪，液樠奚用？久荷出塵之照，兹諧蔭德之方。

謝浙漕啟

祗承綸命，改畀郡符，顧非師帥之良，幸託澄清之庇。自惟多躓，庶獲少安。某官才資絶人，儒雅飾吏。盤根錯節，解牛之刃常新；輓粟飛芻，流馬之功益著。國計有賴，上心所知。别觀詔除，以快輿議。某崎嶔可笑，濩落無堪。荷知素深，睽德浸久。雖趨風之未果，欣託蔭之匪遥。庸以腹心，布之竿牘。方兹凄凛，願慎節宣。

迎吕相啟

伏審被追鋒之召，入覲宸顔；付居守之權，典司宫鑰。制書一出，輿誦四騰。某官茂德格天，精忠貫日。才肩房令，居多應變之功；智比姚崇，允號濟時之相。險阻備嘗，而不改其操；富貴已極，而克勤于邦。起自真廷，遐分帥閫。當《雲漢》嗟吁之後，適羽書調發之時。威肅萑苻，惠先溝壑。仁風所播，坐獲豐年。民瘼既除，遂成樂土。《甘棠》之化南國，寔維羣辟之師；繡衮之來東山，無復大夫之刺。聖君虛左以待，元輔非公而誰？措國步于大安，享天心于一德。某久違台座，❶竊守郡章。屬櫜鞬以修恭，徯瞻旄鉞；託帡幪而庇迹，正荷陶鈞。❷

答王鹽啟

竊審拜恩北闕，仗節南州。問俗觀風，山川改觀；奉公守法，民物知歸。某官白璧持身，青松植操，文學足以飾吏事，器識足以應時須。三尺是循，坐折姦凶之氣；百鍊不變，衆欽剛特之才。固當凌厲雲霄，羽儀臺省。發硎游刃，益攄露于藴藏；煮海摘山，豈勞煩于計畫？未遑馳慶，先枉飛文。欣

❶「台」，明抄本、經鉏堂本作「熒」。
❷「荷」，明抄本、經鉏堂本作「倚」。

悚之私，敷宣罔既。

答秦德儒啟

竊審拜命宸庭，通名京籍。亨衢伊始，清論所期。某官純茂賦資，端良修志。早培學殖，發爲春麗之華；不餽世芬，挺立歲寒之操。沉下僚而自適，藹榮問以甚休。當塗不壅于上聞，逸軌漸看于横鶩。某頃分憂顧，初接風猷，欣楚國之有材，欲周家之多士。比君鵰鶚，慚非薦禰之流；贈我瓊琚，愧辱報齊之意。誓言什襲，寧述四知。

答路樞賀年啟代家君

斗柄回寅，陽聲入律。祓木餞餘寒之氣，❶時朝崇嗣歲之儀。慶禮既陳，頌言斯舉。某官夙推公望，静葆天倪。五福純全，雖脱紅塵之屣；四方傾屬，宜歸紫極之班。肇對嘉辰，必符善祝。某負痾寖劇，修謁無緣，徒切傾祈，莫勝敷述。

---

❶「祓」，原作「若」，據明抄本、經鉏堂本改。其父胡安國《元日》詩有「競裝祓木餞餘寒」之句（舊題宋劉克莊編《分門纂類唐宋時賢千家詩選》卷三，元刊本）。

賀年啟

寳歷更端，陽春交泰。槐烟泛彩，迎天上之和風；栢葉浮杯，絢人間之慶禮。某官忠存廊廟，名動華夷。接武赤松，世服遺榮之勇；歌詩𦵔竹，皇深舊弼之思。宜對令辰，早膺急詔。某初還親右，阻造客間。頌祝徒深，敷陳罔既。

又

新元肇序，上日開祥。柳色槐烟，迓陽春之交泰；椒花栢葉，修獻歲之盛儀。某官緯世傑才，端朝公望。幅巾坐嘯，無煩虎豹之韜；急詔言歸，行慶雲龍之會。式臨穀旦，倍擁繁禧。某職在親闈，望遥賓閤。奉一觴之爵，徒劇傾祈；修咫尺之書，莫伸悃愊。

又

寳歷更端，陽春式序。寅餞餘寒之氣，交脩嗣歲之儀。某官學探本原，文追典雅。宣平反之詔，功既及于一方；展經濟之才，恩佇承于三接。未遑馳慶，先辱惠音。感頌之深，敷宣罔既。

答唐道州啟

比者解印桐江，分符瀟水。初獲便親之欲，仰荷天慈；載欣接壤之仁，遠同河潤。屬乍休于徒馭，仍謹視于簿書。尺牘未修，飛文先及。退惟凉薄，何以堪承？某官才稟疏通，政成肅給。仰分憂寄，依然循吏之風；遠紹家聲，尚矣名卿之胄。行聞顯用，益奮遠猷。某器業非長，官箴未熟。有可師之鄰國，庶免曠瘝；無越境之會期，徒深渴仰。和風扇物，淑景宜人，尚慎節宣，慰兹勤禱。

答鎮江劉待制啟

方安遠郡，遽奉賜環。旋忝近班，仰慚出綍。未敘推先之施，首煩貽問之勤。伏念某才非疏通，❶器惟淺迫。既與時而寡偶，遂造事以多窮。小試勿堪，大迷安用？漸圖丘壑，敢望雲霄？某官風烈匡時，❷謀猷緯國。入持從橐，❸嘗獻納以盡規；出布藩條，更中和而樂職。眷此迂愚之迹，早陪英邁之遊。曲借揄揚，遂令忝冒。悵披風之尚邈，愧染翰之莫宣。但祝保頤，亟聞登拜。

---

❶「非」，明抄本、經鉏堂本作「匪」。下文同例不再出校。

❷「匡」，明抄本、經鉏堂本作「英」。

❸「從」，原作「筆」，據明抄本、經鉏堂本改。

答李校書似表啟❶

伏審光膺宸命，職列書林。凡屬俊遊，共欣榮問。嘗謂西崑册府，東壁星躔，❷集冠冕之名流，實朝廷之妙選。于此養才而育德，俾茂經綸；豈徒較藝以程能，務爲華藻？時雖右武，上急用儒。厭馳馬試劍之言，求説禮敦詩之士。❸肇開秘館，廣集時髦。既富之簡編，使博其聞見，以盡卓約之守；又淹之歲月，使積其進修，而期器業之成。凡風望之所加，寔紀綱之攸賴。進居廊廟，必能熙帝載而亮天工；退處江湖，亦可立懦夫而敦薄俗。搜揚孰稱，英特是宜。某官識度涵宏，器資凝遠。書開黄卷，窮師友之本原；筆掃千軍，見文章之户牖。進當清問，罔伏嘉猷。亟通籍于金閨，遂觀珍于玉海。作史代言之任，寔自此途；❹澤民致主之功，式觀他日。未遑慶牘，遽辱華牋，過形引重之辭，彌仰推先之義。永言感抃，莫罄指陳。

❶「似表」，原脱，據明抄本、經鉏堂本目録及正文補。
❷「東壁」，原作「南極」，據明抄本、經鉏堂本、文津閣本改。
❸「詩」，明抄本、經鉏堂本作「書」。
❹「寔」，明抄本、經鉏堂本、文津閣本作「實」。下文同例不再出校。

答胡校書啟

上言似表。❶某官奥學窮源，英詞掞藻。未經險阻，驊騮何貴于駑駘；既遇雪霜，松栢遂殊于蕭艾。令名莫掩，舊物斯還。楚望九年，不作劉郎之賦；潮陽萬里，應高韓子之文。雖暫屈于校讐，方益觀于制作。亨衢伊始，清議畢歸。未遑修慶之儀，先辱飛文之貺。過形引重，彌仰推先。感抃之深，敷宣罔既。

答錢待制啟

伏審光膺中詔，還直西清。公議稍伸，士流交慶。某官三朝舊德，一世偉人。忠孝王家，矧繼文儒之後；安平泰日，已高法從之名。嶢嶢多困于不全，落落固知其難用。江湖遠迹，屢易歲陰；松栢後凋，方騰月旦。果動達聰之聽，俾歸持橐之班。獻納是資，職不分于中外；典型未泯，人思見于老成。徯聞環召之音，那遂琳庭之逸？念馳牋之未果，辱墜翰之遽先。謙厚俯臨，愧懷交集。

❶「上言似表」，原作正文「上言伏審」，據明抄本、經鉏堂本改。

答張寺丞啟

伏審光膺宸命，分布邦條。在仁人獲濟物之權，于疲俗有樂生之慶。某官賦材肅給，秉志堅剛。權勢者人之所趨，吾獨奉公而弗畏；貨財者衆之所欲，吾能潔己而無求。政惟摩拊之先，吏率廉平之化。何屢書于上考，而久鬱于下僚？天聽雖高，月評難掩。爰從九寺，出將一同。追汲、鄭之風流，奚勞施設；繼龔、黄之績用，行慶寵光。未果修書，先承墜翰。永言感悚，曷既敷宣？

赴永答衡守啟

祇奉誤恩，俾臨舊治。忱辭懇免，蓋虞五技之窮；優旨弗俞，曷慰十行之寵？❶方鳩徒御，將道封墉。未遑竿牘以通誠，遽沐緘縢而敦眷。某官端倪公望，磊砢卿材，擅豈弟之仁聲，受藩宣之重寄。化行時雨，下車早洽于歡謡；刃發新硎，餘地已空于盤錯。顧如頑陋，加以憂衰。欲尋一壑以忘年，豈謂專城而眷禄？况乖洎養，重興去魯之悲；嘗問爲邦，更激希顔之志。遲瞻風度，庶悉悃悰。尚珍葆于天倪，用亟膺于帝寵。

❶「慰」，明抄本、經鉏堂本作「副」。

答任大夫啟

祇奉誤恩，俾臨舊治。露章丐免，寔虞五技之窮；被詔弗俞，仰媿十行之寵。方戒徒御，謹諏日辰。未遑修筦記之儀，已先沐函封之祝。某官德門濟美，道韻垂成。❶以智養恬，弗馳情于時競；用和爲貴，常遠迹于衆紛。茲聞寓止之方，將有披承之便。其爲欣幸，曷罄名言？更冀保調，以綏榮寵。

謝曾漕吉甫啟

叨被除音，俾分憂寄，懇辭弗獲，祗赴云初。竊以學道而愛人，君子之事；既得而患失，鄙夫所爲。方今軍旅之興，惟是貢輸之急。州郡經費，已傾困焉，其所以自支，則必犯詔條之所禁；民氓資用，殆竭澤矣，而至于不已，豈能保根本之無虞？某天稟迂疏，衆嗤方拙，憂傷之後，志意尤衰。欲斂裳遠迹，則未報上恩；將枉己狥時，❷乃大辱家訓。若爲稱塞，尚賴庇庥。某官能宅道心，務尊德性。文章足以鼓吹六藝，業履足以冠冕諸儒。共嗟煩使之久淹，彌歎冲襟之不競。眷茲一道，均仰惠綏；豈特

❶「垂」，明抄本、經鉏堂本作「冲」。

❷「狥」，明抄本、經鉏堂本作「徇」。下文同例不再出校。

孤蹤，獲逃呵譴。瞻承上邈，❶企詠尤深。

答邵守啓

昨甫外除，亟承中命。分符是寵，還尋淡竹之仙；共理非良，那有《甘棠》之愛？貢忱辭而懇免，辱優詔以遄征。憂患餘生，支離病質。雖幸託兩邦之好，而未遑修一介之儀。某官資稟公忠，戎昭整暇。飛聲夷路，功久著于百爲；受寄專城，譽已喧于五袴。顧臨民之伊始，欣託庇之弗遥。首辱惠音，彌欽教眷。莫緣披晤，尤劇瞻馳。

答趙漕啓

某稟資甚拙，處世多奇，但信詩書之言，不閑時習之態。叨塵末第，將二十年；竊廩太倉，纔五六歲。進不能高舉遠引，以希鴻鵠之遊；退不能遠害全身，而取牛羊之踐。常負愧恥，況罹閔憂。悲隙駟之易徂，嗟林烏之孰哺。餘生雖在，諸念益頽。敢謂新恩，俾臨舊鎮。五日遺愛，曾何有于《甘棠》；二江清風，尚依然于淡竹。以孤露支離之質，牧呻吟凋瘵之民。撫封未幾，給日不暇。雖鄉德而甚邇，欲馳書而尚淹。某官宗室茂枝，縉紳高選。刺州總道，推潔廉公正之才；援翰抽毫，富組麗鏗鏘之

❶ 「瞻承上」，原作「追陪尚」，據明抄本改。經鉏堂本誤作「贍承上」。

製。退居云外，公論弗咸。惟是鄙人，夙蒙異顧。首貽音問，報真乏于瓊琚；心佩眷存，篆乃同于鍾鼎。

答李憲啟

禁省出綸，誤蒙寵獎；侯邦綰綬，爰得舊遊。自惟才業之空疏，每愧班資之超越。主恩宜稱，家業空存。駒過隙以難追，烏集林而何哺？僅終憂制，仍負沉痾。覺身慮之亡聊，支離已甚；悵聰明之不及，黽勉奚堪？方圖仰籲于天心，庶獲俯從于人欲。訪求大藥，棲息小山。萬里秋風，眇滄浪之釣影；一犁春雨，嗣臯壤之農歌。弗逮控章，已聞錫命。懇免愓俞音之闕，奉承懷陳力之慚。某官植操端方，抱忠昭徹。妙年槐市，高文獨掃于千軍；廣問桂堂，大策復觀于三道。安行素履，自致清途。以直繩參執憲之聯，由勁節受觀風之寄。貴名愈白，公論攸歸。乃顧鄉情，復通年契。雖山川攸遠，瞻眉宇以闊然；惟臭味所同，借齒牙而多矣。愧馳書之不敏，辱墜問以相先。徒佩好音，豈云厚報？

賀梁潭州啟❶

伏審陞華秘殿，擢畀中權。除命初傳，已聳列城之聽；涓辰既協，同傾一道之瞻。某官術略閎通，

❶「賀」，原作「答」，據明抄本、經鉏堂本目録及正文改。

材猷高邁，考本源而師友，兼文武以弛張。霜凜清秋，肅邦刑于臺憲；泉流平地，裕國計于軍興。挺然公望之端倪，卓爾卿材之磊砢。果膺宸眷，更倚外庸。粲然如列宿之拱太微，屹乎如長城之扞四國。即觀報政，别拜疏榮。某患難餘生，支離病質，謬忝于蕃之寄，正依分閫之庥。趨覿未緣，向風徒切。其爲欣仰，曷罄敷陳？

賀沈潭州啟

伏審帝制誕敭，侯藩選建，物議允推于時傑，威聲已肅于方隅。某官自禀英材，夙追前輩。手披萬卷，心期卓約之歸；筆掃千軍，體絶浮華之尚。三道對廣廷之大問，一鳴驚寰宇之同聲。精思洞徹于幾微，博識周知于治忽。以忠言嘉謨而出入禁闥，以直道勁節而周爰咨詢。疇庸豈後于諸公，詳試每淹于一面。藩宣嶺表，帖華夷遠邇之情；夾輔畿中，作師帥表儀之冠。更屈經綸之手，來蘇凋竭之氓。在國計以甚疏，聽民謡而大慰。下車報政，即趨三節之嚴；參鉉調元，遂應六符之象。某支離負疾，愬欵投閒。尚闕允音，意終期于一壑；獲漸餘潤，今復有于二天。欣幸爲深，敷宣莫既。

答江簽判啟

鼓篋賢關，嘗覘紫芝之面；决科文陛，同攀丹桂之枝。一暌逖于風猷，遂恍迷于歲月。遠勤墜翰，良沃企悰。某官文儒發身，器識致遠，不爲回翔而興歎，行看簡拔而赴時。❶某材術無聞，叨塵過分。控章屢上，祈養疾于山林；接袂猶賒，徒寄懷于鱗羽。願迪氣序，更加保綏。

賀范漕元作啟

伏審被命九宸，觀風一道。再受輸將之寄，益思足國以裕民；屢持刺舉之權，尤欲薦賢而剔蠹。使華增重，物議同歸。某官器識天資，詩書家學，負材能而擇所宜就，守義命而恥夫苟從。劭農政于重湖，事皆有指；轉邦財于五嶺，民不知勞。還對便朝，上孚聰聽。盍振鴻飛之漸，猶煩龍節之行。竊計召除，近在晨夕。某夙聯德契，乃託仁封。雖瀝懇投閒，未獲天從之欲；而養痾藏拙，正叨雲蔭之私。欣幸惟深，敷宣曷罄？

答處州陳倅啟

舊邦摻袂，杳然魂夢之驚；仙里停驂，恍若年光之迅。山川回首，笑語關心。未果尺書以問安，遽承一介而示貺。詞情交腆，欽雅故之未忘；推許太高，豈迂疏之能副？某官靖共秉質，炳蔚摛華。早挹賢科，見譽髦于庠序；久淹才業，良稱屈于薦紳。暫爲別駕之行，即慶廉車之選。某降才甚拙，涉世

❶「簡」，文津閣本作「柬」，明抄本、經鉏堂本誤作「東」。下文同例不再出校。

無裨。瀟水牧民，空有懷于畫諾；縉雲展驥，真不愧于題輿。晤集正賒，傾瞻尤切。願言珍衛，以迪寵除。

賀湖南鈎漕啟 此永州教授黄應南所作，經公潤色，故編之。❶

來自日邊，稱禮樂光華之選；眷兹湖外，獲仁賢剌舉之公。民物知歸，山川改觀。某官禀資明粹，撫事疏通，❷蚤揚歷于煩難，尤飛騰于譽處。郎潛向久，使節尚勤。問俗觀風，展孟博澄清之志；裕民足國，推士安取予之才。諒不俟于匪伊，遂歸瞻于咫尺。某叨居藩翰，幸託部封。欣仰之私，敷言奚究？

答永倅啟

伏承光膺除命，佐刺偏州。亦既食瓜，爰卜戒途之吉；諒惟行李，克蒙坦道之祥。某官圖史發身，廉隅勵操，合鶱翔于膴仕，尚淹恤于遐方。曾是迂愚，謬分憂寄，乃有爲僚之幸，矧兼同里之仁。雖輿或可題，景辟蕃而不就；然驥之初展，亮于統而能知。更慎節宣，即期披奉。

---

❶「此永州」至「編之」十七字，原脱，據明抄本、經鉏堂本補。

❷「撫」，原作「無」，據明抄本、經鉏堂本改。

答交代羅寺丞啟

伏審顯被楓綸，再參竹契。先驅漸邇，合境同歸。某官浣彩詞江，抽奇經笥。賢關奮迅，早登髦士之科；夷路騰驤，益勵膚公之操。遂由九寺，出刺一同。風猷凛凛，而吏得明師；政術優優，而民依嚴父。某忽膺除目，勦繼芳塵。初以小嫌，勢難免赴；遂緣疾病，力懇投閒。逮輸納職之誠，始報奉祠之命。久紆高躅，良負夙心。❶至于局務之留行，且復軍須之滯運。民雖粗息，而帑則乏儲；官有溢員，而軍多缺數。方虞速戾，何以告新？遠辱飛文，重令生愧。炎威鼎盛，徒御頗勤。願毖保綏，以承華渥。

謝湖北王漕東卿啟

頃緣多病，上二千石之印章；每愧無功，叨三百廛之稍廩。仍美名于内閣，分散局于殊庭。某生則冥頑，少而懶惰。承立庭之訓，出赴事功；叨持橐之聯，入無報効。朋友誚往來之屑屑，鬢毛紛黑白之斑斑。固欲濯足滄浪，冥心霄漢。洎再行于剖竹，❷乃益困于負薪。洽慕潁川，❸于得民而何有；政

❶「夙」，明抄本、經鉏堂本作「宿」。下文同例不再出校。

❷「行」，明抄本、經鉏堂本作「膺」。

❸「潁」，原作「穎」，據文津閣本改。

慚東海，徒卧閤以奚爲？屢瀆天聰，幸從人欲。貰其罷軟，養以寬閒。兩棹湘流，若巨魚之縱壑；一枝衡阜，如倦翼之投林。方將繫釣艇于苔磯，聽碁聲于花院。烹不材之鴈，時訪故人；換可愛之鵝，聊從道士。優游樂歲，涵泳聖時。某官比玉純姿，斷金久要。賞奇文而析疑義，過從無俗調之談諧；詠《招隱》而賦《閒居》，述作有詞人之風味。身尚紆于簪佩，志早抗于烟霞。施及迂愚，俾逃顛躓。更辱雙魚之贈，來寧獨鶴之歸。煥若丹青，光于蓬蓽。某官氣冲而行粹，本茂而言昌。考厥源淵，定商、游之可及；追夫雅健，奚崔、蔡之足多？乃留滯于江湖，盍羽儀于臺省？如椽大筆，鏤牒告功；削札細書，演綸出命。是爲稱愜，徯俟褒陞。豈同癯瘁之人，自屏支離之列？北風時厲，南紀望遥。悵詹覿以何緣，敘悃悰而難盡。願言珍嗇，少副傾祈。

答湖北王運判啟

伏審顯被絲綸，再將禮樂，騰歡聲于愁嘆，布皇澤于焦枯。某官德比圭璋，言成黼黻，坦蕩中涵之度，温恭表著之儀。見聞該洽于羣書，器識周通于衆治。使夷途布武，亦何往而不堪；况昭代右文，豈久遺而未録？乃滯江湖之上，數嬰芻粟之間。承羽檄以哺軍師，資毛錐以紀財賦。閔勞大雅，其可再乎？因任舊人，直差易爾。惟君子攸居之職，縈生民有徯之心。矧赤壁之上流，經緑林之大擾。❶

❶「大」，原作「太」，據明抄本、經鉏堂本、文津閣本改。

殘骸暴野，猶聞肉視于遺黎；刲股藥饑，誰喜足音于故國？何止有露根之漸，實當懷撥本之憂。發儲積以振流亡，奚云黯黮；糾愆違而褒忠善，爰俟滂清。即須美績之昭，遂慶寵靈之聚。念兹羈旅，居隸封疆。有宅一區，蕪没詎存于三徑；崇墳四尺，荒凉那置于萬家？望古郢以馳誠，指今天而均庇。和風扇物，淑景對時，願爲光華，精加調衛。

謝趙鹽啟 癸亥

秦淮枳棘，初瞻棲鳳之標；楚地江湖，遠拜緘魚之貺。悵十四年之睽阻，歧六百石之光華。某官挺秀天支，騰芳朝路。好古求是，不傳鴻寶之書；積思受經，早卒浮丘之業。遂由鄉屬，出總使權。維斥鹵以阜商，與摘山而通貨。雖名國計，豈宜淹屈于雅猷；行聽詔音，自此翺翔于清貫。某性資鄙拙，❶謀議迂疏。久塵法從之聯，効無尺寸；叨食殊庭之餼，疾更支離。白髮旋生，壯懷將盡。逐飛凫于渤澥，❷從尺鷃于蓬蒿。❸尚辱記存，過形問勞。相望浩歎，未知披霧之期；獨詠牢愁，徒切向風之想。益祈珍衛，以對寵光。

---

❶「鄙」，明抄本、經鉏堂本作「稟」。

❷「澥」，原作「海」，據明抄本、經鉏堂本、文津閣本改。

❸「尺」，原作「斥」，據明抄本、經鉏堂本、文津閣本改。

答張桂陽啟

廬陵識面，恍閲一星；❶衡臯向風，忽傳雙鯉。獲審竹符之寵，已臨桂水之陽。某官擢秀賢科，蜚聲朝路，尚紓宏業，來試小邦。地錯蠻猺，爰藉安邊之畧；民罹軍賦，更資出牧之仁。復仰體于堯文，亟纘修于商序。子衿無刺，城闕同歸；俟旆有光，藻芹交采。顧此拔豪之拙，何增揭榜之華？竊揆惟良，❷克勤宣化。永念先民之事業，❸必傳至學之本源。問居不吾知，子路未逃于莞爾；稱以其君伯，夷吾猶貶于怫然。惟明道正誼，不萌功利之心；則致君澤民，可格唐虞之治。是乃成均之首善，攄爲稷下之遠猷。某文乏自嬉，教無私淑。獨喜聆于高誼，因寄語于諸生。虎卧龍跳，勿貴臨池之習；金相玉質，徯觀樂泮之風。❹詹覿未緣，傾馳徒切。願言珍衛，以俟寵休。

❶「閲」，原作「若」，據文津閣本改。明抄本、經鉏堂本誤作「闋」。
❷「竊」，明抄本、經鉏堂本作「切」。下文同例不再出校。
❸「念」，原作「言」，據明抄本、經鉏堂本、文津閣本改。
❹「風」，明抄本、經鉏堂本作「成」。

答高參議啟

欽誦旦評，傳聞風旨。未快青天之覩，忽驚明月之投。自省迂愚，何當眷屬？❶某官望高東土，譽重南金，文副質以彬彬，行顧言而慥慥。蓬壺仙籍，方開碧海之津梁；蓮幕賓筵，自適青油之談笑。湛情懷于止水，閲富貴于浮雲。逖傃清規，孰量遠步？某用慚明效，舍負素餐。華髮漸生，寧復倚樓而看鏡；塵纓未濯，方將枕石而漱流。尚餘蒿目之憂，不怠緇衣之好。披瞻正阻，向往良勤。當三陽交泰之昌時，寔五福類升之吉會。願調寢饋，早被詔除。

答朱鹽啟

桐江假守，嘗傾舶趠之風；衡皋僑居，值攬軺軒之轡。披瞻未遂，跂仰爲勞。某官迪德醇明，受材肅給，蜚聲夷路，序績昌時。疇望寔之交孚，付咨詢之重寄。惟五嶺重湖之南北，如三湘九郡之封疆。醝旅縱横，莽商隱屏。比屋但資于食飲，大農深責于緡錢。幾許官僚，徯循公而刺舉；猗嗟閭里，賴賦政以澄清。想使指之敷宣，慰輿情之屬望。功比臨淮之季，❷名參折檻之游。遂被寵靈，益攄器業。

❶「眷屬」，明抄本、經鉏堂本作「眷矚」。

❷「季」，原作「李」，據明抄本、經鉏堂本、文津閣本改。按東漢朱暉字文季，爲臨淮太守。

某迂愚無用，疾病相縈。藏拙投閒，粗適山林之性；通名箋記，未遑竿牘之修。先枉飛文，可量愧汗。亢陽滋久，微雨初殘，願厚寢興，少符頌祝。

答劉帥啟甲子

伏審光膺宸綍，榮畀藩維。除目初傳，已聳士林之觀；軺車既下，大歸民物之心。一面得人，三湘增重。某官圭璋粹質，冠冕勝流。早追吏部之高蹤，❶篤于文行；遠繼曲江之稱首，各有度程。省户羽儀，曲臺緜蕝。議論必期于尊主，持循不苟于隨時。威鳳鳴岡，允彰瑞應；明珠照乘，信曰寶臣。宜升禁密之司，益罄忠嘉之告。❷尚煩詳試，以察外庸。清議畢歸，貴名愈白。某差池一臂，❸俯仰七年。蓬艾卑飛，自適鷃鶉之趣；雲霄高跨，方觀騕褭之遊。幸此僑居，蔭于德宇。敢圖謙厚，先枉賁文。益知久要之未忘，惟是永藏之爲好。

答孫判監啟

伏以荆臺故國，夙聞耆舊之推；衡皐僑居，晚幸光塵之奉。懸衣自結，冷突誰黔？雖達者之能

---

❶「追」，明抄本作「晞」，經鉏堂本作「睎」。

❷「罄」，原作「慶」，據明抄本、經鉏堂本改。

❸「臂」，原作「羽」，據明抄本、經鉏堂本、文津閣本改。

堪，豈善人之宜爾？永懷先子，好賢如緇衣；矧有里仁，赴義若飢渴。因期出力，薄助置錐。作是念言，既彌年所。分華岳之半，真仰愧于希夷；寄草堂之貲，僅免慚于録事。尚虞浼冒，或取麾訶。某官勁氣凌霜，孤操聳壑。❶學練熙朝之典故，行追前輩之風流。小試邊城，譽即騰于襦袴；倦遊末路，身早掛于衣冠。遠不離羣，清而容物。卜陶廬之三徑，甘顔巷于一瓢。恥同攘臂以受薪，寧自曲肱而飲水。義當難處，必辭貨財之金；禮或可從，豈非道交之餽？遂蒙虚受，以詢衆誠。❷顧何力之有焉，辱贈言而過矣。枕流漱石，平生已慕于子荆；爲黍殺雞，繼此願從于荷蓧。

答韓諫罷歲旦往來啟

伏奉誨函，約停苛禮，惟高情之所覺，契卑悃之每懷。良以病質支離，野情疏放。猿狙冠服，掛思効于逢萌；鼷鼠車輿，懸欲睎于廣德。既先後適投閒之願，尚往來講交際之儀。效官曹朴遫于泥塗，比市利登趨于龍斷。覩人且愧，處己何堪？只合藜杖葛巾，弗期而遇；東阡北陌，乘興即行。未妨金玉之寶鄰，雅稱烟霞之道侶。雖會名真率，難追西洛之遺風；而遊曰逍遥，請暢《南華》之高論。三陽交泰，萬寶更新。願綏福以鼎來，亟承恩而晉接。

---

❶「操」，明抄本、經鉏堂本作「標」。

❷「詢」，文津閣本作「徇」。

答崇安詹令啟丙寅

伏審銅章初綰，已擇剛辰；玉軫乍調，深符輿誦。某官茂資天稟，美業世傳，早知從政之方，爰被承流之寄。推心及物，諒期閭里于安平；積善在身，行啟津途于遠大。念有維桑之敬，方圖染楮之儀。先枉飛文，尤深愧抱。

答江令賀冬啟

竹起英風，既驗微陽之應；日迎脩晷，方崇亞歲之儀。某官天賦通才，世推能吏。學該百氏，深窮述作之源；氣蓋萬人，旁達弛張之畧。尚淹驥足，來試牛刀。宜對令辰，亟膺殊奬。時承慶問，❶倍切感悰。

答趙守賀年啟

王春建正，賓歷授民。柳色槐烟，寅餞餘寒之氣；椒花栢葉，欽崇嗣歲之儀。某官天派清流，朝紳

---

❶「時」，明抄本、經鉏堂本作「特」。

雋望。累分憂寄，名簡在于上心；式聽歡謡，德允諧于民望。乘茲穀旦，宜對寵光。某滯迹鄉關，❶馳誠賓阤，辱慶函之俯逮，懷愧頌之交深。

答鄧倅柞啟丁卯

昨者抗章有請，引疾告休。天幬寬宏，畀孱生之後福；山樊闃寂，涵化日之餘輝。某材甚液樠，器惟瓠落。少習詞章之技，徒以干名；壯求忠孝之端，詎能充實？顧叨逾而厚矣，論功效以闕然。矧迫疲羸，❷浸頹榮望。掛衣冠于神武，非慕昔人；狎鷗鷺于滄洲，姑從野性。某官掞文而勵行，履信而資忠。取友必端，自致切磨之益；與人爲善，更推題品之公。遠示好音，有懷歸步。搶榆鷃翼，宜戢伏于一枝；擊海鵬程，盍騫翔于萬里？願慎保頤之節，式膺寵目之頒。

答化州周守啟

某久欽雅望，未緣夙霧之披；正墮炎陬，那有清風之濯？薰慈所軫，華翰見貽。誦味以還，感銘難喻。某涉道蹇淺，蒙榮叨逾。進不能發策吐奇，効忠嘉而致主；退不能知非補過，希明哲以保身。

❶「關」，明抄本、經鉏堂本作「閭」。
❷「疲羸」，明抄本、經鉏堂本作「羸痾」。

終朝之褫奪既行，一紀之愆尤斯信。聖恩寬大，未忍誅夷，要服荒遐，尚容省察。禦魑是職，茹蠱何辭？平日交游，箝口姓名之道；暮年形影，灰心贈答之篇。踽踽晨昏，茫茫寢飯。非徒弃物，允是畸人。敢謂某官高誼鎮浮，至仁敦薄，❶垂愛閔于炎凉之外，通殷勤于隔闊之間。織錦成章，被糞牆而豈稱；和鑾中齊，駕駑蹇以非宜。竊承分符，近比鄰壤。氓庶已嗟于來暮，藩宣尤急于惟良。豈但枯鱗，漸漬九河之潤；要觀逸足，騰驤千里之衢。願厚節宣，以酧瞻祝。❷

自便謝政府及中司啟

青蠅止棘，遠投魑魅之羣；白骨成人，俄戴乾坤之賜。併還資秩，安處丘園。某識昧通方，❸器非受大。雖循途而平進，奈得數之多奇。逢時斯行，豈有心于黨附；不可則止，冀無染于悔尤。焉能貴身而賤名，詎比隱居而求志？回省昨夢，塵勞半生。西掖南宫，持槖摠經于八月；嚴陵灊岸，分符併計于三年。自餘寢飯之辰，皆是退閒之日。逮廩粟之弗繼，知賜環之愈遥。芝草山中，希風綺季；桃花源内，接武劉郎。不虞貴肆之遐蹤，終掛賤拘之密網。飛鳶跕處，秋艸黄時。渴肺生塵，屢跰躚而

❶「薄」，原作「厚」，據明抄本、經鉏堂本改。
❷「祝」，原作「貺」，據明抄本、經鉏堂本改。
❸「某」上，明抄本、經鉏堂本有「伏念」二字。

鑑井；愁城對酒，從酩酊以逃禪。相彼炎荒，允宜罪放。户牖盡蛛螯之世界，枕衾皆螻蟻之經行。鈎吻叢羅，人能采用；蟲蛾翾舞，食輒猜防。大冬或至于袗絺，長夏有時而附火。病須謁鬼，俗不貴醫。俟以歲年之多，淹兹惡弱之氣。不必膏汙于斧鑕，固將反掩于虆梩。❶苟非聖明，輔以耆哲，孰矜憐其冤横，俾盡滌其疵瑕？曾是摧頽，有此僥倖。某官秉心公亮，執德寬宏。既攬時髦，俾咸輸其功用；又矜沉屈，使各遂其飛潛。上臣之勳業方興，多士之歸依初合。致兹丘壑，亦在門闌。某病以衰侵，心隨力退。開結廬之三徑，于以怡顔；甘在巷之一簞，求其樂地。誓堅晚節，少答隆私。

某官中丞秉心端亮，❷迪德公方。奮由直道，以受當陽之知；盡逐羣姦，克勝執法之寄。烏集府而不去，鳳鳴岡而屢聞。傾否有功，既力扶于大厦；得人無競，方兼引于衆材。稍淹風憲之司，遂正鈞衡之拜。益攄素業，永固皇基。上下同前。

❶「虆」，原作「纍」，據文津閣本改。

❷「某官」，明抄本、經鉏堂本、文津閣本無。

斐然集卷八

宋胡寅撰

代范伯達謝及第啟

金扉雷動，辨色造廷；竇幄雲垂，臚傳賜第。慚非出類，何以蒙休？嘗謂聖學失傳，人心就壞。雕蟲篆刻，深有似于俳優；發策決科，初無關于理亂。重以功利之邪說，蔑然道德之遺風。四維不張，六籍僅在。棄毛錐而説劍，自慶遭時；均博塞以亡羊，莫知溺志。上主尊賢重道，匿武覿文。表章撥亂之書，修舉興衰之政。雖羽檄交馳之際，不廢國章；于糊名慎選之餘，更頒制舉。思皇多士，罔伏嘉言。而某學植未敷，詞江弗廣。少時鼓篋，趨世轍以多迷；壯歲摳衣，仰師門而甚峻。顧粗聞于謦欬，煩深發于蔽蒙。獨抱遺經，曾靡一詞之措；有懷至養，尚希三釜之榮。偶與計偕，遂逃省下。懲公孫之阿世，自罄丹衷；非董子之潛心，曷酬清問？忽叨科目，有靦面顏。事雖儻來，恩寔有自。某官忠扶大業，志慕先賢。致君澤民，夙負阿衡之愧恥；吐哺握髮，躬行姬旦之勤勞。言念愚衷，濫躋龍坂。品題不苟，士争覬于一言；眄睞特温，價遂增于十倍。致兹庸懦，亦被采收。某敢不勉所不能，趨其未至？念難窮之實學，誓當人百而己千；戒易惑之虚榮，詎敢枉尋而直尺？庶幾有立，仰副異恩。

代人賀陶帥啟

方隅報政，亟疏出綍之恩；都會疇庸，就易介圭之寵。凡叨庥廕，舉切歡愉。某官惇大而裕和，清明而易直。九流貫學，論必極于持平；六德裕身，行每先于推恕。一昨軒翔膴仕，炳煥羣英，騰美譽以造朝，奮嘉言而動聽。臺郎盛選，方觀表著之儀；宰士要司，繼闡彌綸之緒。聖治惜才而詳試，哲人尊己而遐心。一佩左符，甚淹輿誦；再臨邊瑣，愈茂旦評。果膺西顧之簡求，改畀南邦之楷式。矧江左上流之宏烈，有荆州外屏之前徽。奕世增光，維公濟美，允咸聽矚，全係弛張。大纛高牙，千里初依于良翰；追鋒急召，九遷行陟于泰階。❶某朴遬無堪，斗升是戀。巍巍龍坂，嘗有幸而獲登；踽踽梟趨，乃無因而自進。永言蹤跡，欣在帡幪。

代季父上湖北王帥啟

言念智効一官，將隸旌麾之下；地遥七澤，方親鞍馬之勤。當先布于腹心，爰謹修于竿牘。伏念某箕裘末胄，薪櫄瑣材。挾策讀書，望聖門而蹇步；叨恩筮仕，遵宦路以卑飛。緣伯兄擅儒學之宗，蒙師相敦朋游之好。顧未忘于微賤，乃屢辱于提撕。嶽鎮靈祠，虔奉三年之香火；侯藩盛幕，就更兩路

❶「遷」，原作「重」，據文津閣本改。明抄本、經鉏堂本誤作「還」。

之馳驅。家食未幾，官期甫及。方策磨于駑鈍，罄趨走于嚴明。某官識洞戎韜，智深義府。鑿門制勝，嘗高玉帳之功；卧鼓養威，尚蘊金城之略。輟宿衛徼巡之重寄，資撫循牧養之宏才。授以中權，畀之全楚。萬井並喧于來暮，❶九重方注于惟良。泯俗阜財，載洽南薰之化；邊庭徹警，用寬西顧之憂。遂設壇場，式頒旄鉞。充國練四夷之事，更切倚毗；班超享萬里之封，寔懸瞻頌。某裏糧諏日，襆被首程。兼欣悚以裝懷，仰寬仁而託庇。歸依斯切，敷述奚殫？

代人賀劉鹽啟

伏審光寵制檢，❷陞畀使華。除目初騰，早聳列城之聽；先騶伊邇，益喧載路之謠。矧在庇庥，曷勝瞻抃？某官望隆國寶，名著朝紳。襟寓中和，處剛柔而兼濟；器能開敏，施左右以具宜。况乃冑出名卿，業高濟美。忠心義氣，凛有家傳；直節孤標，藹爲世範。于以識典刑之舊，豈徒稱吏道之師？故牛刀之刃常新，暫煩劇邑；而驥足之才乍展，旋屈輿題。甫及瓜期，已頒芝詔。褰帷問俗，杖節觀風。出心計之緒餘，仰資調度；付臺評之公正，允賴激揚。茂寔既昭，寵靈斯焕。指青雲之布武，登紫闥以奮庸。克瑞聖時，用繩祖烈。某零丁墜緒，宂瑣凡材。奉香火于明祠，僅同蠖屈；候旌麾於達道，

❶「井」，明抄本、經鉏堂本作「里」。
❷「寵」，明抄本、經鉏堂本作「膺」。

徒效黽趨。輒修竿牘之儀，少敘帡幪之願。

代人賀范漕啟

伏審外計告功，中綸涣渥，尚畀輸將之任，益觀剌舉之能。凡託帡幪，實深慶賴。某官疏通而縝密，整肅而裕和。世服簪紳，練達熙朝之典故；家傳詩禮，步趨前輩之風流。飭吏方以儒雅之優，行仁術以政材之敏。早由簡拔，累付澄清。將四路之光華，日新賢業；處十年之烜赫，人誦謙勞。眷此三湘，嘗紆六轡。虎威餘凜，固無待于施爲；龍節再來，重有孚于觀聽。第恐詔除之駛，不容旬序之稽。身在日邊，遂攄宏藴；泉流地上，寧究遠猷。某備數祠官，依棲德宇。喜既常情之倍，禮宜削牘之恭。塵瀆是虞，鑒容爲幸。

代人賀晏憲啟

伏審光奉制除，祗乘使傳。十行甚寵，著惻怛于絲綸；六轡既均，播皇華于原隰。凡在庇庥之内，舉深瞻僂之誠。某官挺秀江山，儲英象緯。簪紳世服，共知前輩之風流；忠孝家傳，❶允是後來之領袖。才刃發硎而無滯，德風偃草而必行。不吐茹于剛柔，惟中是守；能弛張于文武，與道何拘？頃由

❶「家傳」，原作「傳家」，據明抄本、經鉏堂本、文津閣本改。

鶴聞之招，已振鴻飛之漸。握蘭雞省，炳然列宿之光芒；衣繡熊車，焕若二星之符采。顧兹平楚，復畀祥刑。挾温詔以平反，民歌冬日；持公心而刺舉，吏肅秋霜。方旌節之鼎來，快襜帷之乍徹。治道九變，雖云因任于成能；泰階六符，徯看追蹤于前軌。某箕裘末緒，薪樗瑣才。服職明祠，仰有依棲之便；馳誠威著，莫遑趨走之儀。

代人賀方帥自桂移廣啟

八桂維藩，政成初報；五仙謀帥，命出有孚。爰升内閣之華，式壯中權之重。千旌照海，萬目披雲。惟南粤之奥區，屹番禺之巨屏。遼遼更千百載，顯顯纔十數公。士守廉隅，驗歸來之蚌蛤；❶政無俶擾，占飛去之鵩鴟。兵威外讋于雕題，寶貨上充于玉府。如風偃草，則渤澥乂安；自葉流根，則朝廷增重。克當憂顧，允謂才難。某官瑞世傑人，端朝重器。逸民清裔，東吴之聲望素高；昭代名流，北極之班聯已著。前籌借箸，煮海提綱。近剖兩符，豈弟咸歌于襦袴；遠馳六轡，光華克副于咨詢。遂膺分閫之榮，克底殿邦之績。自天錫寵，易地建侯。帶水簪山，徒結去思之恨；馬人龍户，大興來暮之謡。右之有而左之宜，彼無惡而此無斁。先聲甚烜，公論愈歸。四府得師，連十州而控帶；一邊静治，匝千里而迎承。雖云古制之異今，亦見馭輕而居重。久虚隆寄，果獲真材。洽燕喜于神人，徯並流于

❶「驗」，原作「念」，據明抄本、經鉏堂本改。

刑德。高牙大纛，豈戎翰之久淹；赤舄繡裳，佇公歸之信處。某嵩臺冷族，圭竇腐儒。不知天下之大，而姑務正心；未信聖人之遥，而但知汲古。文乖飾物，學昧隨羣。雖嘗賓于鄉大夫，旋見黜于春宗伯。倦遊場屋，寄傲山樊，假黄綬以結要，歎素絲之垂領。昔者甘爲陳孺子，今而幸識韓荆州。潤以斗升，豈獨濟轍中之鮒；借其羽翼，庶幾騫海上之鵬。輒修贄見之儀，併敘歸依之願。

代人謝端州守倅啟

官有等威，仕路敢忘于分守；人無公論，身修或值于嫌猜。方嚴檄之下頒，屬明廷之爰究。❶持權不撓，掛網遂蠲。恩施匪私，感悰爲甚。伏念某抗塵末吏，辨俗短材，竊聞詩禮之餘，幸續箕裘之緒。二十年之造化，自分鼠肝；九萬里之扶摇，敢攀鵬翼？覽景空驚于老去，坐貧未賦于《歸來》。竊禄强顔，隨羣斂板，倘在公而無愧，亦行己之有名。咋所奉承，既相翦拂。轉喉觸諱，固知薄命之奇窮；張目見尤，頗動衆情之嗤怪。况饋餞未由于司屬，而平反自出于長官。必有依憑，潛行浸潤。未蒙相察，訴書幾至于厚誣；不欲自明，公聽必歸于直道。省躬惕若，賜辨昭然。靖念垢蒙之疑，曷勝江漢之濯？丘山至重，頂踵知歸。某官肅括而疏通，寬慈而勁正。北海南溟，以爲之器度；❷長著大

❶「爰」，明抄本、經鉏堂本作「舒」。

❷「器」，原作「氣」，據明抄本、經鉏堂本、文津閣本改。

蔡，以儲其襟靈。步趨前輩之風流，式儀後進；練達熙朝之典故，頻迄外庸。鉦箭之囂訟每虚，襦袴之歡謡鼎洽。甘棠蔽芾，豈久著于南邦；列宿光芒，即近依于北極。顧慚猥瑣，❶已在洪鈞。某敢不益勵壯猷，祈榮晚節。執鞭欣慕，幸叨晏子之解驂；置驛招延，尚覬鄭莊之推轂。

某官儲粹全閩，❷呈祥昭旦。❸學冠九流，而會于卓約；才兼數器，而居以謙冲。自騰省殿之隆名，即藹簪紳之偉望。西崑册府，陪鴛鷺以誠宜；南國貳車，展驊騮而曷稱？稍淹稽于藴蓄，尤咈鬱于僉諧。帝簡日深，郎潛奚害？霸陵獵罷，未歎數奇；宣室釐餘，將聞駿召。見而恨晚，睹則争先。遂假道于玉堂，亟參調于金鉉。顧慚下走，已辱兼收。某上下同前。

代季父上劉帥求薦章啟

處黄綬之卑，心期寸進；位青雲之上，義必分光。揆二理于古今，亶相求于交際。爰伸竿牘，少布悃悰。伏念某禀質甚冥，視躬未植。幼聞詩禮，方趨獨立之庭；長值兵戎，幾墜一經之教。洎再逢于伯氏，乃重獲于師資。聽絃歌則涵泳而醉心，請筆削則區分而授指。倚春風之緑鬢，玩寒日之青編。

❶「猥瑣」，明抄本、經鉏堂本、文津閣本作「嵬瑣」。下文同例不再出校。

❷「粹」，明抄本、經鉏堂本作「精」。

❸「旦」，原作「代」，據經鉏堂本、文津閣本改。明抄本誤作「但」。

忠孝大閑，固欲飛騰于聲寔；文章小技，猶將掇拾于科名。荏苒歲華，蹉跎心事。迄緣友愛，敷奏遺言，式均緩帶之恩，以啟高車之漸。上公置醴，念道義而慨懷；喬岳頒香，俾寅恭而庀職。得無咎無譽之已幸，豈有猷有爲之敢圖？固合望絶攀陞，心遊淡泊。靖共正直，庸克享于明靈；齋戒吉蠲，庶仰崇于丕祚。然念仕貴逢時而後遇，學當及壯而欲行。既非英才穎脱之流，必假先達手援之力。是以長卿被眷，于楊得意而難忘；户牖受封，則魏無知而不背。又况去就者榮辱之本，取舍者得失之原。在下士宜慎所依歸，若大賢固公其采擇。是以張宗有用，陰興不逞于私嫌；王吉立朝，貢禹即萌于雅意。用陳固陋，獨浼高明。某官德比圭璋，文摛藻火。光風霽月，灑然胸臆之奇；玉樹瑶林，瑟彼塵氛之外。奮由直道，自致夷途。羽儀早振于文昌，制作旋參于稷嗣。盍升兩禁，尚畀十連。文武殿邦，兼仗鉞褰帷之盛美；中和樂職，繼投壺散帙之清標。方且好善猶飢，見賢若渴。謂世務舍人材則難濟，如匠師雖居楔以俱收。衆聞推轂之仁，咸起提衡之願。某蔭于德宇，服在官箴。龍坂乍登，睎盧前而有愧；鶚書未剡，從隗始以何慚？聳聽觀于一時，開津途于萬里。惟公之惠，潔己而須。

代范仲達謝孟郡王薦章啟

爨下焦桐，無心于中律；道旁苦李，何益于登盤？豈知遭遇之有時，乃幸采收之誤及。俯躬承命，揣己負慚。竊以宦路九遷，其誰免相先之念；亨衢萬里，要當有自致之才。然非豪傑之流，必借維持之力。如某者降才猥瑣，賦分奇單。幼讀父書，曾未終于詩禮；長依舅學，乃遽忝于簪紳。孤根乏寸土之資，弱羽惟短蓬之托。文不足以擲地金聲，而穿天月脇；武不足以洗劍青海，而勒銘燕山。奉香火于喬岳之旁，竊斗升于太倉之内。至爲散局，何所稱揚？然雖職有重輕，而均于奉上；某亦事無大小，在一于用心。惟律己之自嚴，庶効官之弗忝。若夫平衡之所俛仰，公度之所裁量，拔自塵埃，薦諸旒冕，乃是上臣克盡報君之道，必也奇士乃膺舉類之知。曾此么微，敢形夢想？自非仁能汎愛，善必兼收，不求其備以取人，不以所長而格物，則何以居然冒昧，獲此叨逾？某官茂業格天，精忠貫日。萬籤插架，學尤長于詩書；九德在躬，言必本于堯舜。仰盛德可以扶世運，推至公可以服人心。取威則賢于長城，借重則屹若九鼎。是故疇咨右地，太和無金湯之虞；偃息价藩，列辟有矩矱之則。允合坐論于黄閤，庶幾夾輔于紫宸。傾耳白麻之頌，忭心黔首之慶。再念某寒蹤遠外，勢援孤平。❶譬彼飛蠅，雖欲依于驥尾；其如跛鱉，曾未躡于龍門。遽蒙薦禰之章，使激希顔之志。品題若是，稱塞云何？論貢賢以觀能，于德何有；若遠臣以所主，爲幸已多。某敢不益勵身修，恪居官次？鞭駑十駕，殫鼠五能，戴恩豈止于此時，報德尚期于他日。

代向宣卿知衡州謝當路啟

懇請祠宫，覬安散地；遽叨恩命，復領州符。仍促之官，亟令共理。拜嘉增感，揣分知榮。伏念某

---

❶「平」，原作「單」，據明抄本、經鉏堂本、文津閣本改。

無所取材，未能自信。屢忝牧民之任，但知奉法之忠。❶竟以頑冥，自貽譴黜。歲華荏苒，每惜分陰；學術空虚，終忘寸進。方聖主欲安于黎庶，而清朝慎擇于循良。名在選中，寔繫望外。某官至誠無間，盛德有容，務廣引于時髦，將大釐于邦采。遂令愚顓，亦預陶甄。自顧羈單，徒深悚懼。念衡陽之古郡，列湘水之上游。井邑凋零，值暴客傷殘之後；田疇荒圮，適天時旱暵之餘。俗習衰頹，規程弛紊。殉衆欲則上負分憂之寄，守正理則下爲斂怨之媒。所賴仁賢，斡化權而當軸；克隆相業，承天意以調元。將公道之大開，庶私門之能杜。鄙詞未達，聊輸肺腑之情；横議或興，全仗姘幪之賜。依仁方始，感幸難言。

同前。某官至誠樂善，厚德鎮浮。濟時務急于人材，體國罔分于中外。遂令愚陋，亦預甄收。同前。所賴仁賢，撫列城而作鎮；克隆相業，亮衆采以于藩。有公道之可依，必私門之能杜。行臺在望，阻趨台屏之嚴；官政或疏，全仗鈞慈之庇。

同前。某官至誠樂善，厚德鎮浮。爲國謀不爲身謀，以己立故思人立。遂令愚陋，亦預甄收。同前。所賴仁賢，素有澄清之志；正膺委寄，肅持剌舉之權。有公道之可依，必私門之能杜。治臺在望，近瞻使節之光華；官政或疏，全仗誨言之警飭。

---

❶「法」，明抄本、經鉏堂本作「公」。

代向宣卿復職除湖北憲謝當路啟

久負譴呵，委心丘壑；忽蒙拔拭，仗節江湖。仰荷殊私，俯增危悃。伏念某迂愚而寡與，蹇薄而多違。少也効官，但識吏師之可尚；壯而受業，遂知儒術之有宗。倘用于時，盍行厥志？稽自古考材之要，無重收人；論推心及物之功，孰先試郡？惟守身斯能奉法令，非戢吏何以恤惸嫠？思獎善良，當鋤強梗；欲臻富庶，必務輯綏。值鴈峯偶闕于守臣，付魚竹俾承于人乏。去鋒刃屠殘之未久，加墉隍勞役之尤深。椎髓剥膚，❶以供餉餽；磨牙厲吻，因肆噬吞。自惟短拙之才，妄意循良之最。勉殫筋力，粗振維綱。但知信道而直前，孰敢恃強而犯上？凡賤士苞苴之結納，及小夫竿牘之諂諛，飾廚傳以取遊談，降色詞而求容悦，非正義之所出，豈小心之敢爲？大咈羣凶，遂招積怨。方舟共下，觴豆交歡。飲食之人，論心自契；蚍蜉之援，同氣相求。密爲巧詆之章，上惑辨朝之聽。所謂按停姦釋，黥配猾胥。乖詔旨之平反，見專城而跋扈。厚誣則可，在理何安？驅虎豹而遠之，指爲肆虐；受牛羊而牧者，不許施仁。考亂世以或然，曷聖時之宜有？幸蒙朝命，推核有無，重辱臺評，究窮奸罔。丹書盡削，紫誥仍頒。寵還册府之聯，擢付軺車之任。升沉毀譽，在小己以爲輕；賞罰公私，繫大綱而甚重。事歸至當，榮倍尋常。某官水鑑羣形，權衡多士。慨衰微之末俗，圖丕赫之中興。百揆惟公，蓋

❶「椎」，原作「推」，據明抄本、經鉏堂本、文津閣本改。

自任以天下；一物失所，若己納諸溝中。致此孤蹤，再紆洪造。某謹當益修業履，祗服訓言。萬折必東，誓不渝于素守；五刑有服，期真體于好生。更資奬激之恩，庶効糜捐之報。❶

某官盛德傳家，精忠許國，夙掖宣坦明之制，蘭臺正綿蕝之儀。遂總憲綱，力開公道。凡猥瑣久叨于濡養，及回邪猶道于蘊崇。對仗糾彈，果見霜威之肅；輪懷獻納，不聞風指之承。❷八元之儲望益隆，千里之借留寧久？退惟孤憤，亦累片言。憎羣枉之善讒，閔沉冤之無訴。俾承翦拂，還可激昂。歸依獨在于門闌，銘感寔深于肺腑。

上下同前。某官偉望冠時，精忠許國。入爲侍從，每傾側席之聽；出殿方隅，獨擅長城之譽。以激濁揚清爲己任，以闢邪扶正格君心。望寔久隆，奮庸何晚？徯遂聞于大政，以協濟于中興。言念鯫生，嘗登龍坂，借温言之甚寵，閔沉枉之不伸。坐使湮淪，再蒙翦拂。某上下同前。承流宣化，妄希師帥之良；飾惡廢忠，遽被窮奇之譖。賴皇明之燭隱，繼白簡之摧姦，中憫沉冤，併加湔濯。某稟資固陋，涉世拙疏。但知守法奉公，仰分憂顧；寧敢狥情悦衆，俯爲身謀？異二三子以何傷，雖千萬人而必往。讒或偶就，理焉可誣？縱哆侈之成箕，肆爲鬼蜮；迄瀌浮之見晛，何慮蠻髦？安困厄于三年，動昭融于一日。某官持心尚義，秉志嫉邪。德不孤而有鄰，人小善而必取。餘論已資于月旦，好音更辱

❶「捐」，原作「涓」，據明抄本、經鉏堂本、文津閣本改。

❷「聞」，原作「開」，據明抄本、經鉏堂本改。

于封題。既劇震惶，復深銘佩。瞻承上阻，企頌尤增。益冀節宣，晉承光寵。

代張子期上秦太師啟

不度寒微，敢緣恩紀；輒伸悃欵，凂冒威尊。顧惟螻螘之誠，難覬埏埴之造。再三以瀆，誅譴是宜。伏念某駑蹇下材，❶瓶罍小器，志惟守分，仕則爲貧。奉香火之明祠，寸能莫効；謹夙宵之常職，五斗是資。荐歷歲華，遂終考秩，永惟熙旦，大闢夷途。人懷布武之心，士切競辰之志。❷乃顧卑飛之羽翼，已踰細滿之光陰。❸代者它方，❹杳然來耗。滯留興嘆，痿人不忘于起行；坱圠無垠，頑礦寔思于鈞鑄。況異代居夷之難，有本家先祖之忠。早被賞音，下延族從。萃隆私于門户，銘深感于肺肝。危誠迫切，念此僥求，非無階級。雖降才不腆，如鼯鼠五技而易窮；然所欲甚微，在鷦鷯一枝而已足。恭惟一公聽旁通。某官命世大賢，興邦元佐。蹈危履險，確然金石之不移；守信資忠，炳若星辰之有度。登揆路，大振邦榮。横舟楫于風濤，巨川攸濟；置鹽梅于鼎鼐，衆口稱和。秦漢已還，勳庸莫二。蓋以

❶「伏念」，原脱，據明抄本、經鉏堂本、《永樂大典》卷九一七補。

❷「辰」，原作「長」，據明抄本、經鉏堂本、《永樂大典》改。

❸「細滿」，原作「壯歲」，據明抄本、經鉏堂本、《永樂大典》改。

❹「代」，原作「乃」，據明抄本、經鉏堂本、《永樂大典》改。

伊周之術業，賡陪堯舜之都俞。百揆惟公，蓋自任以天下；一夫不獲，如己推諸溝中。自憐樗散之無庸，未辱匠師之所弃，❶一施斤削，即預桷榱。某誓當勤瘁當官，靖共守位，思糜身而報德，方屏息以祈恩。

代向深之上范漕啟

名山祠事，曾無上考之書；緑水賓筵，誤玷後塵之選。揆才非據，受寵若驚。伏念某艱苦餘生，零丁墜緒，挾策罔窺于閫域，干時尤乏于智能。重惟家國之讐，因息階梯之念。年華荏苒，鬢髮刁騷，爲活妻孥，姑謀釜庾。譬彼溝中之木，何冀青黄；端如爨下之桐，甘心煨燼。重以早親有道，誨使修身。御者且羞，視王良而知戒；先生非僡，于原憲而得師。既無羡于飛揚，即自安于固陋。敢意姓名之賤，忽蒙埏冶之恩。靖揣厥由，敢迷所自？某官風規肅給，德度雍容，素景仰于前修，用表儀于後進。澄清濁俗，振孟博之威聲；綏静方隅，流元年之惠政。顧兹凡鄙，夙被提撕。蓬心已幸于倚麻，鶡翼敢欣于披隼？某敢不益希賢行，增講吏方？行止非人，倘瓜時而可赴；靖共守位，庶肉食而逃譏。過此以還，未知所措。

---

❶「未」，原作「本」，據明抄本、經鉏堂本、文津閣本、《永樂大典》改。

爲大原作上劉帥啟

爨下焦桐，敢希玉軫；溝中斷木，何意犧罇？忽此叨逾，重其愧悚。伏念某禀資孱陋，承學顓蒙。王父提攜，僅識《春秋》之比事；家庭趨過，方聞《詩》、《禮》之名篇。亦嘗試席以自呈，不與賢書之同薦。迄蒙延賞，服在官箴。喬嶽具員，明燎之勤莫展；太倉五斗，素餐之愧難勝。念植德可以修身，非立誠莫能居業。致遠者恥藝文之尚，揚名者惟忠孝之歸。而從事水春，未知米價。窺宫牆于黄卷，寒日坐移；問岐路于青霄，春風漫倚。使在簿領徒勞之地，尚虞斗筲何算之譏。今也重鎮開藩，名卿出牧。南金東箭，才彦朋從；紅芰緑池，芳華森映。豈伊弱植，亦繼後塵。某官五緯天英，千章國棟。光風霽月，灑然胸臆之間；瓊樹瑶林，瑟彼塵氛之外。自得夷途而布武，即騰直氣以干霄。華省羽儀，笑馮唐之漫老；曲臺議論，追稷嗣之前規。屬熙朝倚重于上流，顧寔略可當于一面。士人依表，重獲所圖；閭里借恂，再從其欲。洎此熊車之甫至，闐然竹馬之歡迎。望實愈孚，寵靈斯近。師帥千里，衆猶淹卹之嗟；泰階六符，帝即登庸之召。某頃緣危疾，悵失望塵。兹幸小瘳，勉能削牘。鶡翼將欣于披隼，蓬心尤幸于倚麻。期斂板以歷階，斯揆辰而首路。道古今、譽盛德，雖無授簡之才；聞下風、望餘光，冀遂執鞭之願。

斐然集卷九

宋胡寅撰

辭免起居郎奏狀建炎己酉

准尚書省劄子，奉聖旨，除臣起居郎。聞命震驚，罔知所措。竊以秉筆入侍，日近清光，有舉必書，事存規鑒，欲當妙選，宜屬名流。伏念臣種學弗優，屬辭無法，荐叨器使，未著事功。重念平奏鑾臺，臣父初蒙于嚴召；記言螭陛，臣身復玷于寵光。常情以爲至榮，微分之所深懼。倘仍冒昧，必速顛隮。當瀝悃誠，仰祈聰聽，收還成命，改授異能。臣不勝隕越俟命之至。

辭免起居郎奏狀紹興甲寅

准尚書省劄子，三省同奉聖旨，除臣起居郎，限三日起發。聞命震驚，罔知所措。伏念臣頃緣急養，常丐就閒。一遠天光，六更歲紀。豈圖疏逖，尚沐記存。特涣新恩，俾趨舊列。而臣操修弗勵，學業彌荒，秉筆非才，見于已試。出綸甚寵，疇敢冒居？輒罄悃悰，仰祈洪造，收還成命，改畀異能。

第二狀

昨准尚書省劄子，三省同奉聖旨，除臣起居郎。臣以已試非才，具狀辭免，仍依限起發，迤邐前路，恭候賜可。至潭州醴陵縣，據進奏官報，殿中侍御史常同除起居郎，奉聖旨，胡寅别與差遣。臣更不敢前去。竊念臣愚陋之資，不堪任使。伏望聖慈矜憫，特降睿旨，除臣宫觀差遣一次。

辭免再除起居郎奏狀乙卯

准尚書省劄子，奉聖旨，除臣起居郎，不許辭免者。聞命優隆，撫躬驚惕。恭惟皇帝陛下務戡世難，深軫聖懷。降禹、湯罪己之言，震文、武安民之怒，親臨戎事，廣攬時髦。豈謂疏蹤，再蒙嚴召。方虜賊憑陵之際，❶非人臣避免之時，義合捐軀，禮難俟屨。❷伏念臣智能譾薄，術業空疏。念記注清切之班，不宜冒昧；有冗散驅馳之地，儻幸使令。仰籲聖慈，❸俯矜微悃，收還成命，改付異能。别除臣一閒慢差遣，庶安愚分。

❶「虜賊」，原作「敵騎」，據明抄本、經鉏堂本改。
❷「屨」，原作「履」，據明抄本、經鉏堂本、文津閣本改。
❸「聖」，明抄本、經鉏堂本作「皇」。

第二狀

昨准尚書省劄子，奉聖旨，除臣起居郎。尋具奏狀，以智能淺薄，術業空疏，難躐華途，願從冗局。至今多日，未奉俞音，夙夕以思，進退維谷。竊以通班鑾省，執筆螭坳，君舉必書，用垂規訓，克當妙選，宜得英材。而臣學未成家，屬辭無法，使遂貪于榮寵，寔懼速于顛隮。仰冀睿慈，俯矜愚悃，收還成命，特降指揮。檢會臣前奏，除一閒慢差遣，使得黽勉，自効萬一。臣今來已至信州，迤邐于行在門外，恭聽賜可。

應詔薦監司郡守奏狀

伏覩近降聖旨，寺監長貳、監察御史以上薦舉監司郡守，不限員數者。

一、右朝請大夫直龍圖閣向子諲：

頃任發運使，值張邦昌僭竊僞命下東南者，子諲一切截送所司拘繫，申元帥府。餽給東南勤王之師數十萬，不激怒生變者，子諲之力爲多。後守潭州，值前政姑息，所遣戍兵作亂，子諲夜半登陴，發兵擒捕，逮曉遂定，誅其亂首，卒分遣之。到官未半年，虜騎乘百勝之威，自江西來潭州，欲指顧受降。子諲率勵兵民，盡力守城，累日而後破。子諲又守子城，誓不屈膝。及火攻迫近，兵民不忍，相與扶掖上馬，力戰決圍而出。城雖不守，而二百年涵養，兵民無一人投拜者，節義昭然，不可掩也。再守潭州，孔彦舟、馬友、李宏、曹成百萬之衆，相繼盤據，子譚以數百饑卒，與曹成相持衡州累月，而邦昌之黨方據要路，不遣援師，遂致刼執。比入賊中，正色詛罵，賊卒不敢害。其才氣忠節，大概如此，正是今日可用之人。雖其少年恃氣陵傲，而其晚節更練淹詳，所以帥廣，未幾政聲翕然，至公有去思。委可充帥守之選。

一、右通直郎主管台州崇道觀劉子翼：

頃知建州、南劍州，值范汝爲大亂之後，物力匱乏，民不聊生。子翼晝夜疚心，❶寬以撫民，嚴以治盜，儉以足用。不事廚傳以要虛譽，知民利病，政平訟理。至今二州去思之心，如慕父母。其人治官如治家，愛惜官物，通曉財利。委可以充監司郡守之選。

一、右承議郎主管台州崇道觀向子忞：

頃知真州，值女真焚刼之後，本州有招安賊徒數千屯駐，日夜恣横。子忞用法彈壓，訖不敢妄動。招徠百姓，通惠商旅，課利增羡。朝廷有大支遣，數頼其用。後知明州，設方略，捕强盜，取權臣之怒。知道州，奉公守法。值監司以出巡爲名，住本州半年，子忞申陳小郡窮乏，應副批請不前，又貽監司之怒，誣以罪犯，迎合權臣之意，遂被罷黜，至今道州寃之。子忞才力敏强，遇事立決，持身廉勤，愛惜百姓。可以充監司郡守之選。

---

❶「疚」，原作「究」，據明抄本、經鉏堂本、文津閣本改。

一、右朝奉郎知潭州湘潭縣張承：

頃知崑山縣，值朱勔恣横之日，承與争論圍田爲民害，遂被罷黜。後知岳州之江平、柳州之永興，今見任潭州之湘潭。老于爲吏，夙夜在公，賦斂均平，訟獄明允，公人皂吏，足跡不至鄉里。視民如子，防吏如寇，民感其惠，凡有公家之事，率先辦集。其持身儉約，舍飲食之外，一毫無所取。公廉健決，可以充郡守之選。

一、右朝奉大夫前知通州海門縣張久：

頃任沅州曹官，值溪洞黄安俊反，❶守倅逃遁，牒州事與久。賊遂攻城，久倡率兵丁乘城守，拒出城接戰。數日之間，大敗賊衆，保全一州。朝廷嘉之，先轉四官，驛召赴闕。蔡京以久風貌不揚，止令還任，復爲荆門。方量指教，凡經久所按視，民皆帖服，無有詞訟，遂使一方田税均平，爲長遠之利。後授筠州通判，爲人攘奪，安貧不競，退閒宫祠。賦性耿介，不干進。可以充郡守之選。

一、右宣義郎通判全州軍州事范寅秩：

在范氏中最有智識，有才幹。頃權潭州通判，府事賴之以治。又爲宣司屬官，幕畫藉之亦多。見爲全州通判，郡政調和，發摘縣令贓污，民間忻快。❷可以充郡守之選。

---

❶「溪」，原作「徯」，據經鉏堂本、文津閣本改。明抄本誤作「傒」。

❷「忻」，明抄本、經鉏堂本作「欣」。下文同例不再出校。

舉王蘋自代奏狀

伏見秘書省正字王蘋，早親有道，潛心大業。精深之識，可以備論思；典實之言，可以資獻納。士林推重，臣所不如。舉以代臣，實允公議。

中書舍人乞出奏狀

臣輒瀝危衷，上干聰聽，退惟冒昧，甘俟誅夷。❶伏念臣愚陋不才，分甘遠外。昨蒙陛下曲賜記存，召還左螭，遂司外制。每聞訓獎，常懼弗勝。既潤色之非工，復論思之無補。日月浸久，罪愆遂多。而臣父抱疾晚年，不獲迎侍，人子之志，夙夕靡寧。出而事君，忠嘉蔑著；入則事父，定省久虧。不待人言，臣自宜去。仰祈洪造，俯鑒微誠，除臣湖南小郡一次，既使臣得遂于孝養，又令臣粗習于吏方。他日復有使令，誓將九殞圖報。

乞出第二狀

臣近具奏狀，陳乞湖南便親一郡，至今多日，未奉指揮，須至再干威聽。伏念臣天稟頑固，才出人

---

❶「甘」，原作「敢」，據明抄本、經鉏堂本改。

下。自頃違去清光，歸就色養。意欲講明學問，以備使令。雖屢易于光陰，迄未成其志好。再蒙收召，適當戎車親駕之日；不敢辭避，遂叨禁闥腹心之選。亦惟陛下志在復讐，事先討叛，國論初正，志士思奮。臣不自揆，恐于此時，得以涓埃，仰裨海嶽。而不思智術淺短，何補于論思；辭翰不工，無裨于鼓動。寖歷時序，多積過愆。是臣出事，陛下無所取材；退思親闈，徒虧子職。有臣如此，將安用之？臣非不知貪慕恩榮，强顔就列，而愚戇之性，終不可移。久處要津，悔尤日甚；上辜知遇，厥罪逾深。臣是以悉罄悃悰，冀蒙矜許，早降睿旨，檢會臣前奏所乞施行。庶幾他日猶得奔走陛下左右，❶殞身畢命，别圖報塞。臣不勝祈恩俟命激切屏營之至。

待罪狀

臣于今月日具奏，以潤色不工，論思無補，仰籲天聽，乞除湖南一小郡。至今多日，未奉指揮。竊聞臣僚論臣行詞失當，臣已即時牒職事與在省以次官，見在假俟命。竊念臣文學至陋，謬司帝制，不任所職，上負恩遇。退而自訟，其敢逃刑？伏望聖慈早賜黜責，以爲詞臣之戒。臣不勝惶恐待罪之至。❷

❶「他日」，明抄本、經鉏堂本作「它時」。
❷「勝」，明抄本、經鉏堂本作「任」。

辭免徽猷閣待制奏狀

准尚書省劄子，三省同奉聖旨，除臣徽猷閣待制、知邵州。臣聞命震驚，罔知所措。伏念臣昨以空疏，叨塵詞掖，蔑聞令譽，徒積悔尤。仰荷寬仁，保全終始，非臣捐軀殞首所能報塞。分憂之寄，已懼弗勝；次對之班，豈宜輕授？切緣中書舍人在職一年，不以罪去，乃當此選。故事具存，使臣得非所宜，必致重招物議。臣雖愚甚，敢以死請。伏望聖慈察臣危迫，特指揮寢罷待制恩命，❶以安愚分。

第二狀

臣近蒙聖恩，除徽猷閣待制、知邵州。臣即具狀，乞寢罷待制恩命，以安微分。准尚書省劄子，三省同奉聖旨，不允。竊以中書舍人與待制均爲侍從之臣，自來由詞掖外補，必須在職一年。仍非罪譴，乃膺次對之選。蓋所以昭示恩禮，不輕除授。祖宗故事，不可違也。臣頃學贊書，纔踰半歲，不能請止，以逭刑誅。今叨任邊州，尚虞物議之未允。况西清近列，❷本以待儒學忠賢之士，論臣疵賤，則恩禮非所施。考臣怨仇，則刑誅不可免。上當寵數，無一而宜。雖知聖慈矜察下臣，務存終始，然使

---

❶「特」下，文津閣本有「賜」字。

❷「清近」，原作「近清」，據文津閣本改。

臣受所不當得，以速官謗，又豈陛下保全覆露之本意哉？臣所以不避再瀆，必冀矜許，非獨臣辭受之義，謹自爲謀，蓋名器所加，必惟其稱，乃陛下制賞罰馭人羣之要術也。臣敢冒死上還恩命，❶伏望聖斷，俯憐懇迫，早賜指揮。

第三狀

臣近具奏乞寢罷待制恩命。准尚書省劄子，三省同奉聖旨，不允。臣聞辭受之際，人臣所謹，辭所不當辭則爲僞，受所不當受則爲貪。臣雖凡庸，粗知義訓，豈肯貪僞，❷再辱聖朝？所以懇免誤恩，稽違詔命者，前奏已具陳之矣。分當在譴，不合蒙休。重念臣多積言尤，久蒙間毁。止緣冒昧，上玷簡知。念若躐取顯名，循沿近例，既大違廉恥，又增積罪辜。苟物議之再喧，請天威之果斷。臣何足道，有累賞刑。伏望聖慈矜其懇欵，收還成命，終始保全。

乞宫觀奏狀丙辰

臣昨蒙恩除臣集英殿修撰、知邵州。仰荷聖慈，俾便親養。自去年十二月二十八日發離行在，雨

❶「冒」，明抄本、經鉏堂本作「昧」。
❷「肯」，明抄本、經鉏堂本作「敢」。

雪連月，道途濡緩，于二月六日方至臣父左右。去邵州本任雖止六程，迎侍赴官，可謂近便。而臣父自去冬以來，屢感寒疾，氣血衰損，尚多疲曳，板輿登頓，未任就途。既迎侍之不遑，難委親而獨往。輒披肝膽，仰籲至仁，乞除臣在外宫觀差遣一次，任便居住，庶幾不違菽水之奉，日勤藥石之供。臣父他日安康，臣當别圖糜殞。臣不勝祈恩俟命激切屏營之至。

辭免徽猷閣待制奏狀

准尚書省劄子，勘會胡寅昨除中書舍人已及一年，奉聖旨除徽猷閣待制，改差知嚴州者。伏念臣頃以荒蕪，謬司帝制，禍機一發，❶將速大訶。仰賴陛下日月之明，特加照察，天地之量，曲賜保全，分以州符，俾便親養。適緣嘗藥，猶未到官，少効涓塵，仰酬恩施。豈期慈造，尚爾記憐，雖在江湖，不遺簪履，改畀近郡，次對西清。併示寵榮，若爲稱塞。人臣之義無以有己，東西南北惟命是從。其知嚴州，臣更不敢辭避外，所有待制職名，本以寵遇儒學之士，如臣無取，豈得冒居？況臣昨忝詞掖，未周期月，豈宜外補，通會年勞？雖眷待之隆，念嘗近侍；而叨逾之甚，必致煩言。伏望聖慈矜其踦窘，收還成命，使免傾隮。

❶「禍機」，明抄本、經鉏堂本作「駭幾」，疑當作「駭機」。

永州辭免召命奏狀戊午

准金字牌御封尚書省劄子，正月七日三省同奉聖旨，召臣赴行在所，限三日起發者。伏念臣器能淺薄，學術荒蕪，嘗被使令，未聞報効。比者切于歸養，屢瀆宸聽。便郡疏恩，粗諧定省，即之官所，宣布詔條。曾未淹時，遽蒙收召。賜環甚寵，盡出宸衷。豈臣愚庸，所能稱塞？禮無俟屨，❶夙夕靡遑。臣已恭依嚴命，起發前赴行在所。臣無任感恩惶懼之至。

第二狀

臣昨准召命，已即時具奏，依元降聖旨日限起發赴行在外。伏念臣愚昧頑鄙，實無可用。往者叨冒近班，不聞忠讜之益；假守外郡，又乏異最之效。虛竊餼廩，常負愧心；分合投閒，庶免罪悔。敢謂宸衷，尚記簪屨，再加收召，恩意優渥。豈臣捐軀碎首，能報萬一？退自量度，震懼靡寧。伏望聖慈，憫臣便養之心，憐臣數奇之迹，特降指揮，令臣且依舊知永州，或除在外宫觀差遣一次，庶安愚分。

❶「屨」，原作「履」，據明抄本、經鉏堂本、文津閣本改。

第三狀

准金字牌御封尚書省劄子，二月二十六日三省同奉聖旨，胡寅依已降指揮，疾速起發，仍具已起發日時申尚書省者。臣昨在永州，仰承召命，已依限起發，先具奏知外。臣緣用舟行，遂成濡滯。既至衡山縣，䂓到臣父左右省侍訖，見不住起發。恭奉嚴命，再賜催促，天威咫尺，不遑寧處。顧臣何者，若爲稱副陛下收拾之意。臣只數日間至潭州，一面出陸趲程，前赴行在次。重念臣至愚極陋，無所取材，豈敢仰當異恩如此之寵？已具奏狀，乞依舊知永州，或宫觀差遣一次，且令便養。冒瀆天聰，隕越無地。

第四狀

准金字牌御封尚書省劄子，三月十九日三省同奉聖旨，令臣依已降指揮，疾速起發前來，仍具已起發日月申尚書省者。臣先具起發月日及辭免情實奏聞外，恭以陛下回鑾駐蹕，凡所收召，盡皆俊乂，如臣庸陋無取，亦預招延。恩命稠重，實難稱副。内惟色養，尤所不遑。仰籲聖慈，俯矜誠悃，特降睿旨，檢會臣累奏，追寢召命，以安愚分。

辭免禮部侍郎兼侍講奏狀

准尚書省劄子，三省同奉聖旨，除臣禮部侍郎兼侍講者。竊以文昌貳卿，儀曹爲清選；經席勸講，儒者之榮遇。伏念臣識昧古今，學迷閫奥，召從遠服，賜對便殿。道間里利病之細，何裨聖聽；玷侍從高華之列，遽被親擢。知効一官，猶懼不克；矧能共二，必速顛隮。方今多士並列于朝廷，壽俊皆承于顧問，豈兹庸陋，輒箧其間？敢控悃誠，仰干聰聽，特降指揮，收還成命，除臣一在外宫觀差遣，以侍親疾。他日再被委使，誓當粉骨，上答隆私。冒瀆威嚴，無任戰慄。

辭免徽猷閣直學士知永州奏狀 庚申

准尚書省劄子，閏六月六日三省同奉聖旨，除臣徽猷閣直學士知永州者。寵目維新，俯增愧惕。伏念臣昨丁家難，違去天臺，風木不停，痛深色養。隙駒易過，奄及禫除，慨此餘生，分絶榮進。敢圖洪造，尚爾記存。西序綴行，示不遺于舊物；南邦假守，俾未遠于新丘。汗涣初頒，涕零知感。便當祇受，不合具辭。重念臣緣在服中，禀行先訓，北逾荆渚，修省祖塋；南至甌閩，展親世族。摧心本甚，血氣已凋；緫轡既頻，指筋加緩。豈餘精力克任，顧憂而況？延閣清資，儒林妙選，併令冒處，尤用弗遑。敢籲聖慈，盡收成命。庶獲訪尋藥石，棲息衡茅。倘偷歲月之安，少復神明之觀，使令再及，糜殞

是期。❶

第二狀

昨准尚書省劄子，三省同奉聖旨，除臣徽猷閣直學士知永州，臣尋具奏辭免。竊慮道途濡滯，未獲上徹天聽，須至再有干犯威顏。伏念臣孤露餘生，亟蒙記録，超畀職名，付以便郡，所當奔走官次，少圖報效。實緣累歲憂患，心氣耗傷，臂指舊痾，❷因而加甚。記事多忘，書判又艱，以此承流，定虞曠弛。至于通班内閣，所以待遇賢俊，臣昨忝卿貳，甫閲旬時，遽蒙恩除，尤不當得。今臣既懇免郡寄，有自逸之嫌；更不敢輒丐祠宫，覬無功之禄。只乞聖慈檢會臣前奏及今次所陳，特降指揮，併收成命。具令休息疲瘁，收拾神明。年歲之間，獲就安健，自當請被任使，仰答天恩。冒瀆威嚴，臣無任惶恐戰慄之至。

申尚書省議服狀庚申

禫服人胡寅：右寅輒有私義，仰干朝聽。伏念寅于先父謚文定，爲世適長子，服母李氏、繼母王氏

❶「殞」，原作「捐」，據明抄本、經鉏堂本、文津閣本改。

❷「臂指」，原作「指臂」，據明抄本、經鉏堂本、文津閣本改。

喪，各齊衰；❶服祖父、祖母喪，各期；❷今來服先父喪，見在禫制。昨紹興六年正月，先父得末疾，初委寅以承家主祭之事。于四月内得建州鄉人劉勉之書，責不歸見世母，升堂而拜，以盡融融洩洩之意。世母者，先父同堂三兄之嫂也。先父震怒，所患遂增，作《辯謗》一篇以授寅、二弟寧、宏及三兄之子見任建州教授憲，又授大指令寅答書以曉勉之。❸寅請曰：「升堂而拜，融融洩洩，母子事也。勉之安得此言？」先父曰：「此欲離間吾父子也。汝祖母于汝始生，收而存之，即以付吾。吾時年二十有五，婚娶之初，孰云無子？而洎爾母氏劬勞顧復，以逮長立，遂承宗祀，亦惟不違汝祖母愛憐付託之重。于汝之大義，本末如此。汝他日于世母當厚有以將意而已。」寅自是請問情義曲折，至于再三，先父所告，曾不越此，且曰：「汝于吾言未能一聞而信，則以勉之離間之言爲是乎？」今來寅禫制將畢，遂還建州，省覲世母，以遵遺訓。又聞諸道途，得鄉曲議論，謂寅于此時當爲三伯父追服。此寅所不稟于先父者也。若據而行之，則士大夫謂寅伸其私意，干貳正統，非爲人後之實；若斷而不用，則士大夫謂寅忘其世父，故匿服紀，將加以不孝之名。惟仰奉義方，不敢違背；而參稽衆説，必有折衷。謹具

---

❶「各」，原作「合」，據明抄本、經鉏堂本、宋李心傳《建炎以來繫年要録》（影印清文淵閣《四庫全書》本）卷一三七改。

❷「各」，原作「合」，據明抄本、經鉏堂本、《建炎以來繫年要録》改。

❸「大」，原作「父」，據明抄本、經鉏堂本、文津閣本、《建炎以來繫年要録》改。

申尚書省，伏望參政僕射相公詳酌，特賜敷奏取旨，下禮部太常寺定奪，明降指揮。非特使寅得所遵守，不爲名教罪人，實足垂之四方，詔示後世。伏候鈞旨。謹狀。

斐然集卷十

宋　胡寅　撰

進萬言書劄子 己酉

臣竊考古者人君巡狩，本以省方觀民，黜陟諸侯而考制度，故舜以五載爲節，周以十二歲爲節，蓋有常制。不然，則詰戒戎兵，征討不庭，如高宗伐鬼方，成王伐淮夷，宣王伐玁狁，無非事者。先王之舉動，惟此二端，固不爲苟也。秦漢以來，如始皇、孝武，乃好用兵外夷，間以豫遊，馳騁八荒，國家病矣，亦未有爲狄人迫逐，❶逃避奔潰而無所定止者也。至唐明皇爲安禄山所叛，首以萬乘之君弃宗廟社稷而出奔，如古失國諸侯寓公，爲笑萬世。至其後嗣，習爲故常。代宗、德宗，皆一再出狩，不以爲恥。然猶所據得形勢之利，又有謀臣猛將爲之宣力扞患，雖能克復，不至滅亡，而其剉志忍辱，亦不少矣，豈古所謂巡狩之意哉？

---

❶「狄」，原作「敵」，據明抄本、經鉏堂本、明楊士奇等編《歷代名臣奏議》（明永樂刻本）卷八六改。下文同例皆逕改，不再出校。

本朝受命，太祖、太宗躬擐甲胄，以定大業，無有寧歲，卒平四方，奠宅中土，則與古戒兵戎，討不庭，❶伐鬼方、淮夷、玁狁之事，可無媿矣。至真宗親駕澶州，戡定北狄，功尤俊偉。自是以後，坐致太平，思欲告功神明，昭示得意，遂祠汾陰、封太山，❷則與古省方觀民，黜陟諸侯而考制度之意，雖未盡善，亦庶幾焉。夫此二端，豈不費國勞民？而國以益安、民無怨咨者，以其所舉，凡欲爲民，非苦之也。聖聖相繼，至上皇凡五朝，非以郊祀籍田，未嘗警蹕城外。軍民之情，四方觀聽，皆以爲固當如此。歷百餘年，生長老死，惟京師爲安爾。

靖康之失，既往難悔。陛下嗣位，則正商高宗、周宣王所遇之時，而遽循唐明皇、代、德奔走之跡，遂不力圖興復，抗志有爲，公卿大臣反以省方巡幸之美名而文飾之。自南都至維揚，自維揚至錢塘，自錢塘至建康，自建康至平江，三年之間，國益危，勢益蹙，狄益横，人益恐。回視過日，但有不如。況平江素無江山險固之强，惟以陂澤沮洳數百里自保，譬猶蹄涔坎井，豈足以盤礴神龍？一失波濤，雖螻蟻猶能困之。若又遠駕，縱能緩于追侵，而衆怨必生，定有肘腋之變，不待蓍龜所告，理之必然者也。故播越隱遁，天下之人皆可，惟陛下則不可。

臣自扈從以來，日夜憂懼。欲奮然陳論，慕斷鞅之所爲，竊恐宸心積久多畏，在朝議論，決不僉

❶「討」，原作「征」，據明抄本、經鉏堂本、《歷代名臣奏議》改。
❷「祠」，原作「祀」，據明抄本、經鉏堂本、文津閣本、《歷代名臣奏議》改。

諧，虚浼聽聞，無補于事。欲泯默度日，又念備數近侍，存亡休戚，分義所同。反覆思之，不能自已。輒以愚鄙之見，條成一書，綱舉七策，别爲二十事，論巡幸之失，畫撥亂之計，冒昧塵獻。其間切要，輒用黄紙貼出，以備省覽。至于因議大體而泛及他事者，難以概舉，則亦用紙表見之。非敢自謂無不中者，然今日大謀，恐須如此，乃能振起。伏望陛下懇惻憂思，特賜詳閲。如可施行，即乞降付三省、密院參酌去取，斷爲國論，即日改圖。如或不然，則臣所見亡奇，止于如是，雖備任用，何能有補，願從廢黜，實所甘心。至于狂戆之言，觸犯顔色，私自揣度，理難寬貸，陛下寶慈天覆，❶必能恕之。震慄雖深，恃以無恐。所有臣書，謹具進呈。取進止。

謝御札促召家君劄子御札附

御札：已降詔命召卿父赴行在，于今未到。卿可以朕意催促，俾疾速前來，以副延佇之意。押付胡寅。

臣昨日蒙陛下頒降宸翰，以臣父安國未到行在，令臣宣諭，催促早來。臣已即時差人附書歸家，具宣德意。想惟臣父荷陛下眷記如此，疾病雖久，亦必勉力就道，入覲清光，自陳忠欵。臣退伏思念，臣父處身孤外，實無左右之容，而簡在天心，從臣莫比。豈非堙晦之跡，藴蓄之懷，遂將感會風雲，以

❶「寶」，原作「鴻」，據《歷代名臣奏議》改。明抄本、經鉏堂本誤作「實」。

赴功名之盛際乎？則其平生出處辭受之大致，爲衆所毁，而忌疾隨之，未盡達于聰聽者，臣固不當隱默而不自陳于君父也。

臣父于哲宗皇帝朝第三人賜第，出官歷荆南府教授、太學博士。三舍之初，例除提舉學事官。❶到任未久，論薦遺逸二人，爲屬吏所訴，以爲所薦之人乃元祐宰相范純仁門客，黨人鄒浩素所厚善。其時蔡京當國，怒臣父沮毁學法，俾湖南北兩路刑獄官置獄推治，除名勒停。臣父于是時已知是非倒置，直道難用，遂退伏閭里，❷絶意仕宦。後蒙敘復，屢除監司差遣，終不曾赴。因求侍養，乞宫觀，至于致仕。蓋自大觀以後，凡歷宰相八九人，如蔡京、何執中、鄭居中、劉正夫、余深、王黼、白時中、李邦彦秉政之時，❸以臣父才學名望，稍加附會，則富貴顯榮可以立致。而守道不屈，甘心丘園，未嘗叨受恩寵。及淵聖皇帝即位，累加恩命，召爲太常少卿，又除爲起居郎。臣父亦以爲千載一時，遂有捐身許國之意。然謹守禮義，遵昔賢進退之規，四具辭免，方始到闕。淵聖召見，面除中書舍人。臣父于對劄之中，嘗及淵聖嗣位日久，而成效未見，宜考古訓，以圖功績。若夫分章析句，牽制文義，無益于心術者，非帝王之學。今紀綱猶紊，風俗尚衰，施置乖方，舉動煩擾。大臣争競，而朋黨之患萌；百執

❶「除」，原作「察」，據文津閣本改。明抄本、經鉏堂本誤作「際」。
❷「閭里」，明抄本、經鉏堂本作「里閭」。
❸「鄭居中」，原作「鄭居正」，據明抄本、經鉏堂本改。

窺覬，❶而交間之姦作。用人失當，而名器愈輕；出令數更，而士民不信。若不掃除舊迹，乘勢更張，則恐奸雄竊發于内，夷狄恣行侵侮，❷大勢一傾，不可復正。遂爲耿南仲所怒，謂臣父有意譏之，讒毁百端，因臣父辭免中書舍人，至于五奏，指爲傲慢，誣以不臣，幾陷大戮。獨賴淵聖照知，不以爲罪，至遣從臣宣諭臣父，即日供職。然終緣論事觸忤執政，甫及一月，黜領偏郡。逮至陛下登極，復賜收召，繼有瑣闥之除。臣父適以舊疾加深，未任奔走，僻在遐遠，纔兩具奏，而給事中康執權已復祖述南仲之意，劾爲不恭，❸乞賜黜責。又賴陛下寬大，不行其請，姑令罷免而已。至于今日，眷念不忘，促使造朝，恩禮隆異，保全所守，風動一世。人非木石，豈不知感？

竊緣世方右武，儒學益衰。守禮義廉恥者，反加以悖慢之名；喪廉恥苟得者，乃稱爲恭順之行。瀆亂朝聽，使四維不張，深可痛惜，非特臣父一身休戚所係也。揚子曰：「周之士貴而肆，秦之士拘而賤。」或貴或賤，或肆或拘，豈士自能哉，皆上之所化，而其所係則國家隆替隨之。或曰：「孔子君命召不俟駕而行，人臣之禮也。」然則孟子所謂「大有爲之君，必有所不召之臣，欲有謀焉則就之」者，豈孟子之非乎？或曰：「郭子儀朝聞命，夕引道，人臣之禮也。」然則諸葛孔明高卧草廬，蜀先主三往顧之，

❶「執」，原作「爾」，據明抄本、經鉏堂本、文津閣本改。

❷「夷狄」，原作「不恭」，據明抄本、經鉏堂本改。

❸「爲不」，原作「敵國」，據文津閣本改。明抄本、經鉏堂本作「不爲」。

然後與語者，豈孔明之非乎？臣父進德修業，經綸當世，年未六十，鬢髮斑然，憂國之深，屢忘食寢。察其用心，非願枯槁巖穴而已。素所蓄積，既以古人自期，則得志施爲，必以古人所以事君者仰事陛下，亦安敢雷同流俗，苟賤諂諛，而負辱非常之知遇哉！重念臣父退閒日久，今在朝公卿知識絶少，必無能以心之精微達于聽聽者。若不謂之曲學迂僻，則必謂之懷姦詐誕；若不謂之愛身避禍，則必謂之釣名要君。考于衆情，大率如此，欲加之罪，不患無辭。若非仰恃日月之明，何以俯察葵藿之向？臣一介賤息，蒙陛下寵待之厚，忘其僭越，輒具縷陳，不勝惶恐。惟陛下恕而察之。取進止。

乙卯上殿劄子文定公云：此章深得敷奏之體。

臣聞「大哉乾元，萬物資始」、「至哉坤元，萬物資生」，成位乎兩間，則與天地合其德。故體元者，人主之職。而《春秋》謂一爲元，元即仁也，仁，人心也。人君者，正心以正朝廷，則百官萬民莫不正，而治道成矣。堯、舜、禹傳心之言曰：「人心惟危，道心惟微。」人心，謂利欲之私也。行乎私欲，則背于義理，豈不危乎？道心，謂義理之公也。公與私在一念之間耳。私欲蔽之，雖離婁不能自見也，豈不微乎？惟危，故安之爲難；惟微，故知之爲不易。是故三聖研精審擇而懼其雜，致一不二而懼其放。不雜不放，本心昭然，然後能執守中道，無所偏倚。猶鑑明水静，于人之美惡無不知也；猶權輕重、度長短，于事之舉措無不當也。以此爲元后，而仁覆天下矣。周道既衰，孔子作《春秋》，首明此心，以示萬世人君南面之法。更秦絶學，異端並作：言黄老者以虚無爲心，明申韓者以慘刻爲心，好攻戰者以權謀爲心，毁倫類者以寂滅爲心。心體既差，其用遂失。學士大夫謂誠不如詐，謂正不如譎，謂道德不賢于術數，謂教化不捷于法令。遺經雖在，而帝王之迹熄矣。陛下濬哲文明，性與道合，舉天子之事，傳仲尼之心，使斯文不喪，所謂天授，非人力也。夫源清者流澄，本端者末正，有諸内必形諸外，爲其事必有其功。今士風陵夷，四維未張，惟利是從，不顧義理。利在粘罕，則欲以釋怨悦其心；利在劉豫，則欲以友邦通其好；利在迷國之宰輔，則欲爲之羽翼以助其飛；利在怙權之將帥，則欲爲之疽囊以厚其毒。奸邪回遹，民之所惡者，相與封殖之使不摇；守道秉節，天之所好者，相與傾擠之使不立。邪説爛漫，人心不正，未有甚于此時。聖人所爲懼，《春秋》所由作也。今陛下于仲尼百世以俟之意，聖性既自得之。若夫體元居正，端本清源，力行所知，以收撥亂反正、天下歸仁之效，更加聖心焉，則何畏乎女真，何憂乎叛賊，何難乎中興之業哉！取進止。

輪對劄子

臣聞設官分職，凡以爲民；受官蒞職，非以爲身。兵興以來，衣冠失所者衆。于是開奏辟之路，置添差之闕，廣宫廟之任，增待次之除，所以惠恤之者亦厚矣。而奔競日昌，不安義命。方在責籍，則乞敘雪；已得敘雪，則乞祠禄；已得祠禄，則乞差遣；已得差遣，則乞改替；已得改替，則乞近闕；已得近闕，則乞見任；已在見任，則乞超擢。攀援進取，肩摩輦下，士風之弊，莫甚此時。人以私計不便爲言，豈有體國在公之念？曲狥其意，則闕少員多，勢難均及；漠然弗顧，則造爲譏謡，有害治道。伏見舊法，已有差遣，未滿任及方在貶謫者，不得輒入國門，所以杜貪躁、清仕路、存綱紀也。臣愚伏望陛下明詔宰執，舉行成憲。有馳騖不悛者，仍委御史臺覺察彈奏，重懲治之。庶幾澄清選授，興崇廉恥，合傅説「惟治亂在庶官」之戒，無子産「惠而不知爲政」之失，誠中興急務也。取進止。

二

臣聞孔子定《書》，載帝王典誥誓命之篇，垂法萬世，其要在于教戒箴警，初無溢美溢惡之辭。所謂「大哉王言」，「言之必可行也」。臣竊見比年以來，書命所宣，多出詞臣好惡之私意。遇其所好，則譽莊、跖爲夷、齊；遇其所惡，則毁晉棘爲燕石。極意夸大，有同牋啟；快心摧辱，無異詆罵。使人主命德討罪之言，未免于玩人喪德之失，是豈代言爲命之法哉？夫文者，空言也。言而當則爲實用，善者怙焉，❶惡者懼焉。其有益于治，不在賞罰之後矣，而非空言也，曾謂是可忽乎？臣愚伏望陛下申諭外制之臣，以飾情相悦、含怒相訾爲戒。褒嘉貶絀，務合至公，詞貴簡嚴，體歸典重。庶幾古昔誥命之意，以成一代贊書之美。取進止。

三

臣恭覩陛下虚心求言，日昃不倦，凡職事官以上悉許面對。資衆謀，屈羣策，以收恢復之功，德意甚美。而比來待對之人，隔下班次，有五六日至于旬時者。卑官冗吏，職有常守，既爾徘徊，不無妨

❶「怙」，原作「帖」，據明抄本、經鉏堂本、文津閣本及《歷代名臣奏議》卷二一三改。

廢。其間嘉言讜論，稽于上達，又無以稱陛下見賢若渴之心。臣愚欲望特降指揮，凡當面對臣僚，若遇其日引對未及，即令退具所欲論奏之言，依祖宗時百官轉對故事，實封于閤門進入。則陛下有達聰之美，臣子無底滯之嘆，兩得之矣。取進止。

四

臣聞皋陶告舜曰：「天命有德，五服五章哉！天討有罪，五刑五用哉！」視天好惡，無私于其間，而天下治矣。古之世，仕而有罪則廢黜之，甚則流放竄殛之，此堯舜之仁政，非刻薄也。今有罪者自非編置，咸得食宫祠之禄。夫禄之爲物，天生之，地成之，百姓奉于縣官，王府賦于諸吏，凡以養民，而非養有罪之用也，豈不與天意戾乎？臣愚謂縱未能大有變革，猶當爲之分别，使優賢養老均逸之美意，不與得罪斥去者等。則凡因得罪斥去而與宫觀者，勿與理作自陳，乃加「權」字于提舉、主管之上，而其俸給人從並當減半。庶幾功罪不淆，賞罰不偏，人知所勸沮，亦足少奉天討之公，其于國政已非小補矣。如合聖意，乞降睿旨，立爲定制施行。取進止。

五

臣聞天下之惡莫大于謀爲反逆。先王豈不知是爲深可懲戒哉？然止于未萌，固亦多術，而未有預懸重賞，誘人使告者。蓋知告訐之路一開，則其禍不可勝言故也。臣伏見昨來有言者，以建昌軍人作過，請降空名官告付下州郡，誘人告變。夫以反逆加人，雖人情之所不忍，然見官秩可以告變而得，則淺思寡慮與夫凶猾怨家，不忍小忿而致人于大惡，非難事也。故自令行以來，適當防秋之際，建、處、廬陵數郡相繼告發。何昔日之絶無，而今乃競有耶？彼建昌之禍，則有所本矣。不治其本而禁其末，見目前之小利，昧經久之遠圖，將使官吏軍民盻盻相伺，在上者不敢治其下，在下者得以持其上。謀慮如此，傳笑四方。臣謂弭亂之要，在于州郡得人。至若告陳之法，自來條制莫不備盡，只合申明行下。所有昨來已降指揮，伏望聖慈特賜追寢，庶幾人心不摇，禍亂不作。取進止。

六

臣竊見靖康中孝慈皇帝以朔望分謁龍德、寧德，而用祀宗廟之儀，以太常官贊道，知禮者非之。陛下思慕兩宫，發于聖情，每于朔望率羣臣遥拜，七年于此，可謂至德矣。然禮以義起，《易》窮則變，正使二聖在宫無恙，陛下孝友忻愉，問寢侍膳，固無常日，而外廷臣子致恭瞻拜，當有常時。以義起禮，變而通之，必不至若是數也。臣愚謂自今以後，每遇朔旦，陛下宜于宫中用家人禮北望遥拜，宰臣宜率百官于東閤門奉表遥致起居。既畢，則陛下御殿受朝如常日。然至于天寧、乾龍二節及冬至、歲旦，然後陛下躬率親王、宰執已下望拜于庭，以表中外臣子上壽之意。雖他日二聖南還，綿蕝禮儀，不過如此。伏望聖斷，詔大臣詳酌施行。取進止。

七

臣竊見近歲帥臣、監司更易頻數，雖使絶人之才居之，號令未及信于民，而已報除代矣。建官分職，皆以爲民。今一年成資，徒欲爲人擇官，速于使闕，非爲民也。爲政而不爲民，苟循士大夫饕禄營私之計，則非政矣。臣愚欲望陛下明詔大臣，凡前宰執、侍從官爲州郡未滿三年，不許除代。其庶官知州及轉運副使、判官、提點刑獄候到任一年，方差替人。其餘凡係堂除者，除代以兩人而止，仍皆以三年爲任。如此，則官有宿業之志，功緒可稽；士息競奪之風，廉恥可立，乃中興急務也。取進止。

八

臣竊謂無功而受禄，則有功者不服，故曰「士無事而食不可也」。今日有之，宫觀嶽廟是也。臣嘗論之矣。夫既以禄養無事之人，而磨勘轉官，暗理資任，與服勤職事、積日累勞者無以異。是以官爵益濫，任子益衆，賢士不勸，而用人之資格廢矣。是弊政之大者，豈可不爲之限制哉！臣愚伏望睿斷，詔大臣立法，應宫觀嶽廟人，並不許理磨勘日月入官資任，庶幾名器稍重，勞逸殊科，于今日興事建功之政，❶所補不小。大臣、侍從以身率之，則人知僥冒之不可爲，而心自帖服矣。所有臣前來奏論，未蒙采用，亦望聖慈指揮檢會，特賜施行。取進止。

九

臣竊以州置通判，佐守而治，巡行屬縣，號按察官，其任重矣。祖宗舊制，必兩任知縣，無罪犯，有保舉，然後關陞通判，其難其慎如此。近來由判、司、簿、尉初改官人，雖爲京朝官，而實不曾歷親民差遣者，例皆不肯參部，便欲直爲通判。其意以爲一經堂除，即是資歷，他時可以攀援，越次差遣。其人既不安于小吏之分，而有驟升半刺之心，則必作勢，威濆貨賄，爲民之害，無所不至。苟徇其欲，豈所

---

❶「建」，明抄本、經鉏堂本作「赴」。

以爲治也？伏望睿斷，詔大臣嚴守格法，不輕除授。其已除未赴者，亦乞別作施行。庶幾息僥倖之風，勵人材之操，以稱陛下奉若成憲，擇吏而愛民之意。取進止。

十

臣竊謂孔子、孟子皆生于列國戰争之時，衛靈公問陳，而孔子以俎豆爲對；滕文公問爲國，而孟子以庠序爲言。聖賢之謀，必非迂闊，究觀治亂，可驗不欺。自軍興以來，布衣韋帶之士，儒風掃地，下無學，賊民興，此先哲之所深憂，非國家之美事也。方陛下潛心道奥，日就月將，發明經世之書，以幸當世，而承學之士未有可以仰副聖懷者，豈亦教導之法有所未至哉？臣愚謂諸州教授宜慎擇老成名士，以充其選。仍詔守臣留意學校，則凡鄉舉遊學之科，居處飲食之制，生徒多寡之額，師儒殿最之法，皆在所議。如合聖心，即乞睿斷，詔大臣施行。取進止。

十一

臣聞周公制法，使民興賢，出使長之；使民興能，入使治之。以是致太平、垂萬世。後漢熹平時，緣朝議以州郡相黨，人情比周，乃制婚姻之家及兩州人士，不得對相監臨，立三互法，禁忌甚密。蔡邕上疏論其非，且曰：「韓安國起自徒中，朱買臣出于幽賤，並以事宜還守本邦，豈顧循三互，繫以末制乎？」司馬光韙其言。近年指揮監司郡守，不得除用土人，違周公之訓，蹈熹平之失，出于當時用事大臣私意，非良法也。夫得賢才，使臨本邦，知利害尤悉，愛百姓尤切。不賢不才者，雖在他方，以非吾土，爲害滋甚矣。不知擇人而謬于立法，此與三互同爲後世笑也。臣愚伏望陛下明詔大臣，蠲除近禁，盡公選授，惟務得人。有功則賞，有罪則罰，何憂其狥情亂政，而以疑忌，不廣示天下哉？取進止。

十二

臣竊見比來歲旱，民力已竭，而國用方滋。縣令近民之官，尤宜慎擇。而賢才可用，合入知縣之人，往往禄隱于宫廟；而自以爲能者，則未必不爲民害。此國用之所以日屈，而民力之所以重困也。臣愚謂宜籍中外已爲臺省寺監官，依倣漢制，分宰百里，俟有治績，不次升擢。則又增重事權，優假其禮，借以服色，厚給餼廩。凡軍馬屯駐本縣者，許其節制，其經由者，悉從階級。則又據今諸路縣分户口賦入，分爲三等，上等自朝廷除授，中等自吏部注擬，下等令帥臣、監司同共辟奏，立爲定格，不得差互。❶則又用宋元嘉致治之法，以六期爲斷，革去三年成任，兩考成資，與堂選數易之弊。則又立四條，爲三等縣令考課之法，曰糾正税籍，曰團結民兵，曰勸課農桑，曰敦勉孝弟。俟及三年，考其績效。已就緒者，就加旌賞；未有倫者，嚴行程督；皆無善狀，則黜汰之。則又命從臣各舉二人之能任，亦刺舉二人之姦賍者，皆籍于中書，俟考按功實，以次施行。如是，則縣令之選重，仁人君子有愛民利物之心者胥爲之。安民固本，爲中興不拔之基。其與用才取辦、斲喪元氣以成膏肓之疾者，相去遠矣。臣言或有可采，伏望睿斷，詔大臣詳酌而行之。取進止。

---

❶「互」，原作「誤」，據明抄本、經鉏堂本、《歷代名臣奏議》卷一六二改。

十三

臣聞昔冉有退朝，孔子問其「何晏也」，對曰：「有政。」孔子曰：「其事而已。如有政，雖不吾用，吾必與聞之。」既譏冉有之以事爲政，又以明大夫之職當與政而不與事也。列國之大夫，尚以與政爲先務，而况天子之大臣乎？夫審于音者聾于官，明于小者暗于大，而以庶事不舉，必躬視而行之，則于大政必有偏而不起之處矣。聖人之言，後世法也。今左右大臣，陛下之所委任，以圖中興之丕烈，而兼總六曹有司之事，至于受詞訴，閲案牘，走卒賤史一有所求，皆得自達，窮日之力不得少息，皆細故也，而政事堂與州縣無以異矣。自頃刀筆之吏，偷安之人，竊據此地，勞心畢智于簿書期會之間，以爲稱當，無足深怪。而餘風尚在，久弊未革，此天下所以疑中興之無效也。臣愚欲望陛下詔宰相大臣，選補六部長吏，凡有格法者，一切付之，使得各舉其職，則大小詳要不相奪倫。中書之務清，有司之事治，文移奏報，各從簡省。廟堂之上，可以志其遠者大者。久長之策，恢復之功，庶乎可冀矣。取進止。

轉對劄子

臣謹考歷古帝王保天下之要，以民爲本；而得民心之道，以食爲先。此腐儒之常談，亦經邦之至論也。舜命十二牧，曰「食哉惟時」。箕子陳八政，「一曰食，二曰貨」。人之有食，猶魚之有水，水盛則魚繁，减則魚耗，涸則魚死，至易見也，民獨何以異此？方七國争雄之時，争地以戰，争城以攻，尚權謀，棄仁義，謂可以朝諸侯有天下。而孟子獨以農桑牧養之事告時君，莫不以爲迂闊無效。是時惟秦兵力最强，❶鞭笞四海，卒立爲帝。孟子之言，真若迂闊矣。秦惟兵之强，而不恤百姓，視民如草芥，朝芟而夕刈之。曾不三世，而雍州之地，崤函之固，爲他人所有。則孟子之言，乃至急至切，而非迂闊也。臣觀今日民力有水涸之勢，其可憂不在粘罕之下。願陛下勿以爲腐儒常談，使臣得畢其說。

趙充國西漢名將，曹操三國英雄，其用兵無不屯田積粟。而今日之兵，開口待哺，此何理也？自《司馬法》及戰國以來蒙恬、白起、頗、牧、信、布之流，臨敵制勝，無不計首級，而今日功狀皆言不令斫級，一布掩殺，❷橫屍幾里，或入水不知其數，此何理也？自古臨敵有用命者，有不用命者，故藝祖皇帝嘗出入行間，以劍斫士卒皮笠，記其退縮者，事定而誅之。若其摧堅陷陣，則賞不旋踵。是謂有賞有刑，旌别勇怯。而今之賞功，全隊轉授，未聞有以不用命被戮者，此何理也？自古行賞，其將帥勳伐尤異者，則遷其官秩，或封以國邑；若其士卒，則犒賜而已，或以金帛予之而已。今自長行以上，皆以真官賞之，人挾券歷，請厚俸，至于以官名隊，此何理也？自古利權盡歸公上，予奪操縱惟君所命，如李牧之軍市租，如藝祖命邊將回易之類，則衣糧、器械、賞設之費皆出其中。今煮海榷酤之入，遇軍屯所至則奄而有之，闤闠什一之利，半爲軍人所取。至于衣糧則日仰于大農，器械則必取于武庫，賞

❶「最」，原作「爲」，據明抄本、經鉏堂本、《歷代名臣奏議》卷四八改。

❷「一」，原作「露」，據明抄本、經鉏堂本、文津閣本、《歷代名臣奏議》改。

設則盡資于縣官。此何理也？自古制兵，有事則付之將帥，無事則歸之天子。光武中興，可謂馬上取之之時矣，猶且不假將帥以久權。鄧禹取三輔，總數十萬衆，一旦無功，奪之如探囊中物。今總兵者以兵爲家，厚自培植，若不復肯捨者。曹操曰「若欲孤釋兵則不可也」，無乃類此乎？自建炎以來，易置宰執凡四十餘人矣，謀慮不臧，政事不善，雖台衡之重，股肱之親，一言而去之，何獨于將帥而不可進退，以均勞逸之任，拔沉滯之才乎？此又臣所未曉也。自古制兵必有實數，戰鬭則有敗北，❶平居則有死亡，緩急則有散逸，此不能免也。今諸軍近者四五年，遠者八九年，未嘗開落死損折傷之數，豈皆不死乎？抑隨死隨補乎？逃而不以告，敗而不以告，死而不以告，補而不以告，不可也。以補者之姓名，充死者之姓名；以死者之妻子，爲補者之妻子，不可也。不然，軍籍何自而無缺乎？此又臣之所未曉也。自古制兵必去冗食，存精鋭，分爲等級，如所謂百金之士、千金之士，則戰之所恃以必勝者，其餘充聲勢，備輜重而已，則所以食之役之者不敢與鋭卒班焉。雖其等如是，然無非軍旅之用也。今諸軍則無所不有矣，避賦役免門户者往焉，納賄賂求官爵者往焉，有過咎不得仕者往焉，犯刑憲畏逮捕者往焉，違科舉失士業者往焉。則又有鄉黨故舊之人，百工手藝之人，方技術數之人，音樂俳戲之人。彼所以輻湊雲萃者，非有勢以庇之乎？非有利以聚之乎？不然，人生各有業，何必軍之從？此又臣之所未曉也。凡今日軍政之弊，其大致如此，其詳從可知矣。

❶「則」，原作「必」，據明抄本、經鉏堂本、《歷代名臣奏議》改。

恭惟陛下克己臨政，惟儉惟勤。無華衣美食之奉，無嬪嬙柔曼之嬖，無宫室臺榭之觀，無撞鐘舞女之樂，無匪頒賜予之濫。寬詔屢下，以民爲心，惟恐傷之，若保赤子者，九年于此矣。加以東南諸路未嘗有數千里水旱之變，民力宜足，國用宜裕，而上自宰相，下至縣令，鰓鰓然日以軍食不給爲莫大之憂。索之于帑藏，則無終歲而不發之儲；索之于計司，則無運轉而不竭之貨；索之于州縣，則無陳積以待調發之物；索之于百姓，則無出力佐興有餘不匱之家。然而贍軍之費歲歲增益，日椿月椿急于星火，要王官，置審計，以示覈實無隱之狀，而境土未拓，叛敵未擒，讐虜未殲，二帝未復。不幸而旱蝗水潦方數千里，連二三年，因之以盜賊，則不必粘罕點集、劉豫犯順，而國家之大事去矣。是豈小故，可不思所以善後之策乎？今邊防無事之時，則曰兵數衆多，食不可缺也。及疆埸小警，則曰兵力不足，敵不可當也。情狀蓋盡于此。其智術機巧，不施之于虜賊，❶而施之于朝廷，大要在于自封而已。官愈高則待之當益隆，兵愈衆則畏之當益甚。至于民力已竭，國用已屈，自彼觀之，猶越人視秦人之肥瘠耳，亦何足少概其心哉？故臣謂兵政不修，則水涸魚死之喻，指日可見矣。

臣愚謂宜于諸軍中各選取壯勇京軍三二千人，補宿衛之缺，存祖宗三衙之制，使兵政有考。然後命諸將揀其軍爲三等，請給視之。凡上功狀，依舊制，論首級，又命各舉所知可以爲將帥者各若干人，就以其軍分試之。無事則分戍，有警然後聽大將指揮。凡疾病而死及失律散逸者，即時具數申上，缺

---

❶「虜賊」，原作「敵國」，據明抄本、經鉏堂本、《歷代名臣奏議》改。

額必聽朝旨補填。屯軍所在，不得侵奪在官之利。以兩淮荒地分給頃畝，責委大將率次軍、下軍受田而耕，其上軍則固護營屯，閱習武藝。諸大將宣力有年，或告勞而有疾，不當强使之，宜每軍置副帥一人參管軍馬，以俟交代。其謀議官許置兩人，一聽自辟，一從朝廷選授。諸將總軍，則于州縣之事，都無干預。雖建使置司，其官屬猥多，至數十人，坐糜俸禄，❶宜從減損。凡監司守令，皆係王官，與陛下分民而治者也，兵將官即不得輒有按削。凡校用使臣自爲隊伍者，先會總數，然後分番按試，若不能挽强擊刺，即黜去之，勿令竄名冗食。如此之類，朝廷改紀法制，示以必行，則兵威自振，民力自寬，國用自足矣。

自古建官，非爲他也，惟以爲民也，凡事皆本于有民，無民則無事，無事則無官，而民終不能無也。❷故因事建官，使民出粟以養之，事治則足矣。而未有羣天下之人無所職任而禄之者也，而未有以優局餼廩以待不才有罪之人者也。今日宫觀嶽廟、添差、不釐務，可謂姑息之極弊，非修政事攘戎狄之先務也，❸非寬民力足國用之要術也。此其爲害，亦餽餉之次矣。士大夫惟元臣故老，有德有勞，閔煩苦之役，示恩意之人，處以宫祠差遣。自餘任事則食禄，否則罷之而已矣。猶慮貧窶可恤者，據

❶「糜」，原作「縻」，據經鉏堂本、《歷代名臣奏議》、文津閣本改。
❷「民」，明抄本、經鉏堂本、《歷代名臣奏議》無，文津閣本作「事」。
❸「戎狄」，原作「外患」，據明抄本、經鉏堂本、《歷代名臣奏議》改。

品秩給以閒田可也。至于監當等官，皆課利所出，費用所資，乃有一闕添差至五六人者，爲公乎？爲私乎？若其爲公，則不當差也。如爲私者，天下吏員猥多，皆可以五六人而共一闕矣，何獨監當而可乎？故凡添差與所謂不釐務，悉宜減罷也。喪亂以來，士子廢學失業，惟志于得，平時則投匭函、獻封事，科場則乞收試、求恩免，風俗大壞，宜有率勵之道。將來科場宜降指揮，特展三年，且令進修以待後舉。比年法制從寬，遷官僥冒者衆，人得任子，仕流混濁，當相時之宜，稍澄其源。凡任子之恩，遞陞一等，大禮奏薦者，必至朝議大夫而後許，自是率而上之，不隔郊者仍須隔郊。得者既艱，又須嚴入仕之門，守銓試之法。未出官人，勿令以恩例及奏辟入官，必須試選合格，乃聽注授。如此之類，朝廷改紀法制，示以必行，則流品漸清，民力自寬，國用自足矣。則又遴選守令，而又任之以拊循既困之民，民各安業，則生財之路廣，公私皆濟，無乏絶之患。以守則固，以戰則勝，何爲而不如志乎？

或謂如臣所陳，乃今日大病也，而無治之之方，人徒能言之耳。臣以爲不然。彼數人者，自陛下拔擢用之，非有世家根據難馭之形，陛下灼見利害，命大臣條具，一幅詔書，敢不從乎？握兵而不從人主之命，彼將何理以自白？臣知其不敢違也。若因循今日之事，更加以歲月，則唐末五代之禍，真可馴致矣。夫濟大難之世，必有拂衆之畧，絶人之才，乃立非常之功。光武起兵，誅討僭叛，中興漢祚，宜其蕩然施恩，以收西京人心。然考其所爲，則用法嚴密，未嘗以政悦人。至于減天下吏員，十存一二而已，豈聞人懷怨咨，欲充無厭之望乎？孔明輔劉先主，志在復漢，倡大義于天下，而所據險僻，又出吴、魏之後，宜尚寬大，以固蜀人也。然考其行事，限人以爵，律人以法，其始蜀人不安，其後遺愛比之召公甘棠，死之日百姓如喪考妣，而不聞有舍蜀而走吴、魏者，人心惟是之從耳。處置盡公，必自帖服，不在溱洧之濟、濡沫之惠也。漢削諸侯，七國同日反，景帝憂其得山東豪傑，袁盎曰：「吴王安得豪傑而用之？所用皆鑄錢亡命耳。如得豪傑，亦且輔吴王爲誼，不反矣。」自頃以來，朝廷稍欲裁制冗濫，恤民便國，小人不利，輒從而譁之，或造爲謡言，以駭動朝聽，至謂無所得于此，則攜持而北去。胡不觀稱臣拜虜，有一人賢智之士乎？廟堂公卿無鎮浮之量，亦從而改度輟令者踵相接也。嗚呼！曾謂如此而可以振頹敗之俗，成中興之功哉？太祖、太宗櫛風沐雨，東征西伐，以平藩鎮之禍，收養民之功，而陛下倒持太阿，高拱熟視，以成不掉之勢，爲失民之事，臣竊憂之。伏望陛下出臣此章，明詔大臣考其當否，早議國制。若以前人已壞之迹，今不可爲，安知他日不又難于今日乎？臣不勝納忠懇切之誠。❶取進止。

---

❶「誠」，原作「至」，據明抄本、經鉏堂本、《歷代名臣奏議》改。

斐然集卷十一

宋胡寅撰

論遣使劄子

臣竊聞遣使入雲中，已有定議。臣愚陋，蒙陛下擢寘從班，職在獻納，雖小事失當，猶合上聞，况遣使體大，縱使初不預議，苟心有所未安，豈敢緘默？輒形論奏，伏望陛下留神省察。

昔孔子作《春秋》以示萬世，人君南面之術無不備載，而其大要則在父子君臣之義而已。魯桓公爲齊所殺，❶魯之臣子于齊有不共戴天之仇。而莊公者乃桓公之子也，非特不能爲父雪恥，又與齊通好。元年爲齊主王姬，四年及齊狩于禚，五年會齊同伐衛，八年及齊同圍郕，九年及齊盟于蔇，是年爲齊納子糾。仲尼惡之，備書于策，以著其釋怨通和之罪。魯莊惟忘父子君臣之義也，魯之臣子則而象之，故公子牙弑械成于前，慶父無君動于後，卜齮圉人犖之刃交發于黨氏武闈之間。魯之宗祀不絶如

❶「桓」，明抄本、經鉏堂本、宋樓昉編《崇古文訣》（元刻本）卷三四作「威」，原爲避宋欽宗趙桓名諱而改字。下文同例不再出校。

綫，此釋怨通和之效也，豈非爲後世之永鑒乎？

女真者，驚動陵寢，戕毁宗廟，刼質二帝，塗炭祖宗之民，乃陛下之讐也。頃者誤國之臣，自知其才術不足以戡定禍亂，而又貪慕富貴，是故譸張爲幻，遣使求和，苟延歲月，九年于此，其效如何？彼之一身，叨竊爵位而去，曾何足道，而于陛下聖德、國家大計，則虧喪多矣。所幸陛下勇智日躋，灼然獨見于邪言久惑之後，奉將天討，罪狀豫賊，再安國步，漸圖恢復。天下忠臣義士，聞風興起，各思自効，以佐丕烈。譬如人行萬里，登車出門；又如支梧厦屋，初正基柱。存亡治亂，實係此時。今乃無故蹈庸臣之轍，踐阽國之址，犯孔子之戒，循魯莊之事，忘復仇之義，陳自辱之辭，臣竊爲陛下不取也。

或謂：不若是少有貶屈，其如二帝何？臣應之曰：自建炎丁未以至甲寅，所爲卑辭厚禮以問安迎請爲名而遣使者，不知幾人矣。知二帝所在者誰歟？見二帝之面者誰歟？聞二帝之言者誰歟？得女真之要領者誰歟？因講和而能息虜兵者誰歟？臣但見丙午而後，通和之使歸未息肩，而黄河、長淮、大江相次失險矣。臣但聞去年冬使者還言酋豪帖服，❶國勢奠安，形于奏章，傳播遠近。曾未數月，而劉豫挾虜，稱兵犯順矣。女真者，知中國所重在二帝，知中國所恨在刼質，知中國所畏在用兵，則常示欲和之端，增吾所重，平吾所恨，匿吾所畏。而中國坐受此餌既久而後悟也。天下其謂自是改圖必矣，何爲復出此謬計耶？苟曰姑爲是爾，則豈有修書稱臣，厚費金幣，而成就一姑爲之事也？

---

❶「酋」，原作「敵」，據明抄本、經鉏堂本、《歷代名臣奏議》卷八六改。

苟曰以二帝之故不得不然，則前效可考矣。歲月益久，虜情益閟，必無可通之理也。臣嘗思之，陛下與女真絶，則臣下無所得，而人主爲義舉。若通和，則利歸臣下，❶而人主受其惡。故凡願奉使通和者，皆身謀，非國計也。陛下何不據孔子之論而決此策乎？自王安石廢黜《春秋》，天下學士不知尊尚，一旦亂臣賊子接迹乎四海。幸遇陛下篤信此書，孔子之志將伸于今日，便當考筆削之意，斷當今之事，則行一二大者，陛下美名輝映千古矣。

當今之事，莫大于夷狄之怨也，❷欲紓此怨，必殄此讐，則用此之人，而不用講和之臣，行此之政，而不修講和之事。使士大夫、三軍、百姓皆知女真爲不共戴天之讐，人人有致死於女真之志，❸百無一還之心，然後二聖之怨有可平之日，陛下爲人子之職舉。臣等駑下，伸眉吐氣，食息世間，亦預榮矣。苟爲不然，以中國萬乘之君而稱臣于讐虜，則宰相而下皆其陪臣也。借使女真欣然講解，以一將軍將數萬衆駐兵泗水之上，願與陛下面相結約，歃盟而退，不知陛下何以待之？則又欲變置吾之大臣，分部吾之兵將，割我之地土而取其租賦，❹有一于此，其能從之乎？從之則無以立國，不從則隳敗和好，

❶「臣」，原脱，據明抄本、經鉏堂本、《歷代名臣奏議》補。
❷「夷狄」，原作「敵國」，據明抄本、經鉏堂本、《歷代名臣奏議》改。下文同例皆逕改，不再出校。
❸「於」，原脱，據明抄本、經鉏堂本、《歷代名臣奏議》補。
❹「我」，原作「吾」，據明抄本、經鉏堂本、《歷代名臣奏議》改。

將何據而可？臣實顓昧，思之不通。是以畧具古義，凂瀆聰聽，惟陛下試加采擇。或合聖意，即以世仇當復，無可通之義，明降指揮，寢罷奉使之命。刻印銷印，俄頃之間，初無害日月之明，適足以彰陛下好謀能聽之美，免累聖德，誤國大計。臣不勝區區納忠之至。取進止。

貼黄：臣恐議者欲以遣使爲名，而實行間探，此又不可者。小人惟利可以使之，曷若召募敢于深入之人，厚與金幣資遣之。有歸者，必得虜中動静；或不歸，則不過喪失一夫而已。何必自損名位，然後可乎？伏乞聖察。

又：若曰通書粘罕，則粘罕是親自用兵破京師，取二帝之賊，❶于書上如何稱呼，實是無辭可措。伏乞聖察。

又：臣聞君臣謀議，務爲明白。若陛下心知不可，則當明白宣諭建議之臣，不必含糊隱忍，以遂過舉之失。

五月十一日上。十三日三省同奉聖旨：中書舍人胡寅論使事，辭旨剴切，深得獻納論思之體，可令學士院降詔奬諭。

勅：胡寅：唐陸贄職居近密，屬當艱難，朝廷一時利病，多所論奏，詞極剴切，有補當世，朕甚嘉之。卿智造幾先，學貫今古，比言使事，陳義甚明。反復致詳，深切于理，既推遠識，復見盡忠。以言

❶「之賊」，原作「者也」，據明抄本、經鉏堂本、文津閣本改。

語侍從之臣，得獻納論思之體。披覽至再，嘉嘆不忘。故兹奬諭，想宜知悉。

再論遣使劄子

臣竊聞宰相張浚有論使事爲兵家機權，與臣所論事理不同。今何薛遂行，不可救止。臣待罪侍從，初有所陳，已荷聖知。今浚以輔國謀臣，陛下之所改顔而禮貌之者也，勢難以臣故以沮其議。❶臣不當力論取勝，徒成紛紛。然臣再三思慮，終未曉浚之説，須至剖析，聞于聰聽。望陛下留神省覽，姑且志之聖懷，俟他日驗臣所計與浚孰中孰否，則使事之利害決矣。今則未敢求直也。

粘罕總師二十餘年，破大遼，弱我宋，雖無遠畧，亦精于用兵，其所行事盡詭詐也。今我之虚實，彼豈不知？尚須卑辭執謙，然後足以驕其心；示弱屈服，然後足以平其怒乎？此遣使之無益一也。庚戌後，不遣使，虜兵亦不來。及癸丑遣使，則鈎引虜使入國，熟視而去，曾不旋踵而淮南之警奏至矣。此遣使之無益二也。前我所遣四輩，皆朝廷之選，侍從之臣，聞其入虜境，晝夜驅遞，略無禮節。及見粘罕，坐受欺紿，匆匆而歸，未嘗得其要領也。而況何薛一使臣，其何能任覘國之事乎？此遣使之無益三也。昔富弼之使也，以一言息南北百萬之兵，可謂偉矣。使歸行賞，遷進官職，弼方以中國未能用兵，徒賴使人口舌下虜，爲莫大之恥，終不肯受。其識度如此，乃可辦國。今奉使者首先論其

---

❶ 下「以」字，原作「而」，據明抄本、經鉏堂本、文津閣本、《歷代名臣奏議》改。

私事，祈求恩澤，一一足意而後行，所慮卑近，與市井之人無異，尚能明目張膽不辱君命乎？此遣使之無益四也。萬一虜賊臨以兵威，❶肆其恐脅，使人必不能就死，則反以我之情告之，是自敗也。死生之際，唯烈士不懼，曾謂何蘚而能之乎？此遣使之無益五也。虜賊之所大欲者，誰不知之？既有滅宋之心，正使劉豫明日就亡，今日亦必赴救，而况豫賊祈哀乞援，秋高草熟，來寇何疑？此不待窺覘，自可坐照于一堂之上也。❷此遣使之無益六也。今淮以北，劉豫自以爲其封疆矣。❸河之北，粘罕自以爲其土宇矣。使者之行，豈能乘雲馭風，徑至虜庭哉？必渡清河之阻，經濁河之限，然後能至也。去冬下詔，罪狀劉豫，明其爲賊，今豫肯賓吾使人，❹達之于虜哉？臣恐戎伐凡伯則有之矣。此遣使之無益七也。今我與虜之勢如兩家，有没世之怨，一弱一强，强者侵凌不休，弱者必固其門墉，嚴其戒備，待時而動，庶能有濟。乃欲命一僕夫，啗以酒肉，悦以金帛，適足以重吾之弱，增彼之强而已。此遣使之無益八也。自古兵强馬衆，玩武不戢，而無自焚之變者，此五胡英傑勒、曜、垂、珪之所難也。

❶「虜賊」，原作「敵人」，據明抄本、經鉏堂本、《歷代名臣奏議》改。下文同例皆逕改，不再出校。
❷「一堂之」，原脱，據明抄本、經鉏堂本、《歷代名臣奏議》補。
❸「封」，原作「土」，據明抄本、經鉏堂本、文津閣本、《歷代名臣奏議》改。
❹「吾」，原作「我」，據明抄本、經鉏堂本、《歷代名臣奏議》改。下文「重吾」之「吾」同例，不再出校。

粘罕好財貪色，❶兇殘不義，❷特盜賊之靡耳，❸非有保國永世，兼并天下之術也。度其勁兵，壯者老，老者死，其馬之齒日已長矣。其謀臣志滿意得，沉酣乎子女玉帛之間。不越數年，必有禍敗，此易見也。萬一今冬黨助豫賊，昧于一來，陛下申嚴將士，據大江之險以禦之，彼再而衰，三而竭，必矣。小小勝負，兵家之常，今未有交兵之形，而遽自納侮，以示畏恐，情見力屈，當反爲所乘，非兵家形格勢禁之法。此遣使之無益九也。夫和人之心，迎合粘罕之意，爲身謀而已。陛下寤寐賢才，❹日昃不倦，非衣節食，卑宫室，陋器用，以養戰士，固將爲父兄攄覆載不同之憤，雪滄溟不滌之恥也。若堅用和策，則謀臣解體，義士喪氣，將帥偷安，而卒伍泮散，以爲無復有輸忠効智建立功名之日。使和人自謂其説可用，如此必有進爲之漸，以國與人，取悦粘罕，大事去矣。此遣使之無益十也。

獨有一説使陛下難處者，以二帝爲言耳。然自建炎改元以來，使命屢遣，無一人能知兩宫起居之狀、謦欬之音者，況今歲月益久，虜必重閟，惟懼我知之。今以虜爲父兄之讐，絶不復通，則名正而事順，他日或有異聞，在我理直，易爲處置。若通而不絶，則虜握重柄，歸曲于我，名實俱喪，非陛下之利

❶「財」，原作「利」，據明抄本、經鉏堂本、文津閣本、《歷代名臣奏議》改。
❷「兇殘不義」，原作「剛愎自用」，據明抄本、經鉏堂本、文津閣本、《歷代名臣奏議》改。
❸「盜賊之靡」，原作「一時之勝」，據明抄本、經鉏堂本、文津閣本、《歷代名臣奏議》改。
❹「賢才」，原脱，據明抄本、經鉏堂本、《歷代名臣奏議》補。

也。使或有知二帝所在，一見慈顔，宣達陛下孝思之念，雖歲一遣使，竭天下之力以將之，亦何不可之有？其如艱梗悠邈，必無可達之理乎？以此揆之，則以二帝爲言者，理不難處也。臣聞善爲國者必有一定不可易之計，正其大義，不僥倖以爲之。漢高祖出關，得董公之謀，以弑君討項羽，後雖屢敗，然項羽負不義之罪，雖强必弱。漢守其策不變，終有天下。然張良嶢關之舉，養虎之喻，君子猶羞道之。及劉先主、諸葛武侯志在復漢，目操爲賊，亦能三分鼎立。魏延出奇欲速，孔明不求近功，君子以爲真以天下自任者。古之英雄，規模注措，大抵如此。三國崛起，曹氏先據利勢，蜀最後立，豈以微弱之故，卑下于操，以苟存耶？❶孟子曰：「君如彼何哉，强爲善而已。」

今日大計，只合明復仇之義，用賢才，修政事，息民訓兵，以俟北向，更無他策。倘或未可，惟是堅守。若夫二三其德，無一定之論，必恐不能有爲。至于何蘚之行，非特無效，決須取辱。臣所見如此，豈得以張浚有言而自抑也？又況蒙被詔書，曲加奬諭，先以爲榮，今焉内愧。所以致詳盡義，忘其喋喋，心在報君，非好辯也。若夫軍旅之事，則未之學。張浚以遣使爲機權者，臣所未喻，不敢强爲之説。伏乞陛下幸赦之。取進止。

---

❶「耶」，原作「乎」，據明抄本、經鉏堂本、《歷代名臣奏議》改。

論衡州修城劄子

臣仰惟陛下視民如文王，好生如虞舜，寬詔屢下，滲漉遐邇。監司郡守所當悉心竭慮，以承休德。竊見衡州瀕江，地夾沙石，城壁自來只用磚甃，不可建築。而知州裴廩信任衡陽縣令仇穎之謀，乞降度牒，修立外城，凡十餘里。衡州昨經孔彦舟兵屯五十餘日，殺戮凈盡。今經五歲矣，城外三四十里間，尚無耕種之民。裴廩、仇穎不恤困窮，❶大興五縣丁夫，令自備糧餉，更番充役。隔瀟湘大江，船運新土，雞鳴而役，見星而罷。差監築官四員，以提舉爲名，取供給于五縣。縣分遠處，民户賠備，至于鬻賣妻子，不能自給。經冬涉春，雨雪飢凍，死者千餘人。而土脉疏惡，一遇雨濕，輒復圮剥，隨又修補，有同兒戲。百姓愁嘆，痛入骨髓。提刑馬居中端坐容縱，令其親戚與提舉官通同作過，虐視陛下赤子牛羊不如也。衡州去行朝二千餘里，守令貪惡如彼，職司又從而庇之。陛下雖有深仁厚澤，爲此輩所隔，安得下究，遂使百姓怨及朝廷。今廩、穎乃重爲欺罔，居之不疑，畫圖薰香，芬郁燦爛，以眩睿聽，而百姓疾首蹙頞相告之狀，陛下不得而見也。臣愚伏望聖斷，特降指揮，將馬居中、裴廩、仇穎先次放罷，差清强官吏置獄取勘，候案上日嚴賜譴黜，以慰一郡五縣之民，爲監司守令之戒。取進止。

貼黄：臣伏見昨來吉州守臣吕源亦以修城騷擾，遂坐譴斥。然考其事，未至如廩、穎之甚，江西監司

---

❶「窮」，明抄本、經鉏堂本作「苦」。

乃曾按發吕源。今馬居中蓋庇廩、穎，不以上聞，乃是同惡相濟，豈可輕貸？伏乞聖察。

又：馬居中差親戚權攝所部官吏至多，若心畏陛下，必不敢蔑棄法令如此。伏乞聖察。

論湖南漕不歸司劄子

臣伏見湖南轉運司元在潭州，昨因孔彦舟盗據州城，權時移司往上江。今賊寇平定，❶已是四年。自來條制，監司巡歷所至不得過三日，有事故不得過半月。今轉運司盤礴衡山縣，公然違制，俾吏人兵級依出巡法按日批請者凡三年矣。不知以朝廷爲有邪，爲無邪？昨來宣諭官嘗具奏陳，乞降朝旨，令歸元來去處置司。而官屬侮文，遷延稽故，侵漁小邑，以自安便，率不肯動，甚可怪駭。夫監司者，郡縣之表儀也。今爲監司，慢棄君命，蔑視條法如此，則郡縣視傚必有甚焉。一路之政，從可知矣。祖宗分建外臺，各據都會，豈可以一己不便，輒欲徙移，畔官離次，遐棄厥司？此義和所以伏大刑也。伏望睿斷，嚴降指揮，令湖南轉運司限一月内歸潭州置司。如尚敢違慢，當重寘典憲。除轉運判官薛弼自初交割遵奉詔條徑入潭州外，其餘官屬，各行責罰，庶幾營私慢命者稍知聳懼，以爲監司之戒。取進止。

❶「賊寇」，原作「寇盗」，據明抄本、經鉏堂本改。

請行三年喪劄子丁巳

臣聞三年之喪，自天子至于庶人，一也。古之聖帝明王，躬率天下，著明于父子之恩，君臣之義。由堯、舜逮漢初，其道不變。其欲短喪者有之，而聖人不許，責宰我曰：「予之不仁。子生三年，然後免于父母之懷。予也有三年之愛于其父母乎？」公孫丑欲使齊宣王爲朞喪，曰「猶愈乎已」，孟子譬之紾其兄臂而徐徐云耳，兄臂不可紾，徐徐是亦紾也。親喪不可短，爲朞是亦短也。此皆聖賢大訓，載在方策，以示後世者也。及漢孝文自執謙德，用日易月，至今行之。子以便身忘其親，臣以便身忘其君，心知其非而不肯改，以臣觀之，孝文固有罪矣。孝景冒奉遺詔，陷父于失禮，自陷于不孝，乃千古薄俗之首也。自常禮言之，猶且不可，況變故特異如今日者，又當如何？恭惟大行太上皇帝、大行寧德皇后蒙犯胡塵，❶永訣不復，實由粘罕，是有不共戴天之讐。考之于禮，讐不復則服不除，寢苫枕戈，無時而終。所以然者，天下雖大，萬事雖衆，皆無以加于父子之恩、君臣之義故也。

伏觀十二月二十五日聖旨，沿國朝故典，以日易月，臣竊以爲非矣。自常禮言之，猶須大行有遺詔，然後遵承。今也大行詔音不聞，❷而陛下降旨行之，是以日易月，出陛下意也。大行幽厄之中，服

---

❶「胡」，原作「風」，據明抄本、經鉏堂本、《歷代名臣奏議》卷一二四改。

❷「音」，原作「旨」，據明抄本、經鉏堂本、《歷代名臣奏議》改。

御飲食，人所不堪，疾病粥藥，必無供億。崩殂之後，衣衾斂藏，❶豈得周備？正棺卜兆，知在何所？茫茫沙漠，瞻守爲誰？伏惟陛下一念及此，荼毒摧割，倍難堪忍。推原本因，皆自粘罕。怨讐之切，切于聖情。情動于中，必形于外，苴麻之服，其可二十七日而遂釋乎？縱未能遵《春秋》復仇之義，俟讐殄而後除服，猶當革漢景之薄喪，❷紀以三年爲斷。不然，以終身不可除之服，二十七日而除之，是薄之中又加薄焉，必非聖心之所安也。

昔滕定公薨，滕文公欲行三年喪，問于孟子，孟子曰：「親喪，固所自盡也。」自盡者，言己之親，己當竭其哀痛，非他人所能止也。滕文公用其言，曰：「是誠在我。」至今美之，未聞以爲過也。晉武帝爲文帝服喪，雖從權除服，而猶素冠蔬食，如居喪中者。羊祜欲請帝遂服三年，裴秀、傅元難于復古，且以君服不除而臣下除之，是有父子無君臣也。其議遂止。當時未有以孟子之言曉之者。然武帝至孝感慕，遂以蔬素終三年。故司馬光曰：「漢文師心不學，變古壞禮。後世帝王不能篤于哀戚之情，而羣臣諂諛，莫肯釐正。晉武以天性矯而行之，可謂不世之賢君。而裴、傅庸臣，習常玩故，不能將順其美，惜哉！」夫有父之親，有君之尊，服莫重焉，豈爲難于復古歟？臣下不行，而自廢人子所當爲之大事乎？方滕之百官皆不從也，文公猶以爲疑，孟子曰：上有好者如風，下之從者如草。歠粥，面深墨，

❶「衾」，原作「食」，據明抄本、經鉏堂本、文津閣本、《歷代名臣奏議》改。
❷「革」，原作「戒」，據明抄本、《歷代名臣奏議》改。

即位而哭，百官莫敢不哀者，以身先之故也。文公篤信而力行，顔色戚，哭泣哀，于是時四方來弔者皆悦其得禮。何則？舉措合于人之良心，良心不可滅故也。今在陛下斷之于心，身自行之，裴秀、傅元之言曾何足恤乎？

陛下違離大行十有一年，❶雞鳴問寢，以天下養，既不足以當大事矣，獨有三年之服，少稱孝思，尚可自勉耳。夫中國所以異于夷狄，❷以有父子君臣也。❸陛下一舉而恩義皆盡，夷狄有人焉，豈得不心服乎？吴王夫差每出，必使人謂己曰：「汝忘越王之殺汝父乎？」則對曰：「唯，不敢忘。」陛下哀服在躬，痛苦隨之，甚于夫差。夷狄有人焉，豈不知畏乎？雖宅憂三祀，而軍旅之事皆當決于聖裁，則諒陰之典有不可舉，❹蓋非枕塊無聞之日，是乃枕戈有事之辰。故魯侯有周公之喪，而徐夷並興，東郊不開，則以墨衰即戎。孔子取其誓命。❺後世晉王克用薨，梁兵壓境，莊宗決勝于夾寨。周太祖殂，契丹入寇，世宗接戰于高平。古今莫不以爲孝。今六師戒嚴，誓將北討，萬幾之衆，孰非軍務？陛下聽斷平決，得禮之變，卒哭之後，以墨衰臨朝，合于孔子所取，其可行無疑也。武夫悍卒，介胄之久，不無

---

❶「違離」，原作「離違」，據明抄本、經鉏堂本、文津閣本、《歷代名臣奏議》改。
❷「夫中國所以異于夷狄」，原作「人之所以異于禽獸」，據明抄本、經鉏堂本、《歷代名臣奏議》改。
❸「父子君臣」，原作「君臣父子」，據明抄本、經鉏堂本、《歷代名臣奏議》改。
❹「諒陰」，明抄本、經鉏堂本、《歷代名臣奏議》作「諒闇」。
❺「命」，原作「言」，據明抄本、經鉏堂本、《歷代名臣奏議》改。

倦心，獨可以至恩大義感動而使之。前日詔書令大將偏裨發哀成服，識者無不稱善。此乃漢祖爲義帝縞素之節，得馭軍之本，制勝之大幾矣。陛下更以身率之，深有以感動于人。仁者爲此增思慕大行之心，智者爲此畫撲滅女真之策，勇者爲此奮百死無一還之氣，天下匹夫匹婦皆可率而効命于龍荒之外。自古所謂君臣之義，父子之恩，悉歸于陛下，巍然爲萬世帝王之師，不亦善乎？

昔子思之論喪禮也，曰：「必誠必信，勿有悔焉。」蓋人子之喪親，非可再爲者也。今日行禮，一有未盡，是爲不誠不信，他日追悔，尚何及耶？喪居三年，❶雖若久矣，自孝子當之，若白駒之過隙，惟恐日月之逝也，亦何久之有？如合聖意，便乞直降詔旨云：「恭惟太上皇帝、寧德皇后誕育眇躬，大恩難報，欲酬罔極，百未一伸。鑾輿遠征，遂至大故。訃音初至，痛貫五情，想慕慈顔，杳不復見，怨讐有在，朕敢忘之？雖軍國多虞，難以諒闇，然衰麻枕戈，非異人任，以日易月，情所不安。興自朕躬，服喪三年，即戎衣墨，況有權制，布告中外，昭示至懷。其合行典禮，令有司集議來上。如敢沮格，是使朕爲人子而忘孝之道，當以大不恭論其罪。」陛下親御翰墨，自中降出，一新四方耳目，以化天下。天地神明，無不佑助。臣不勝大願。

臣雖守外郡，不當論事，然職列禁嚴，獻納論思，均有責焉。且其所述，皆前古聖賢之論，非出私意。陛下學問高明，孝思深切，遭此大變，振古所無。雖貴爲天子，富有四海，由舜而論，僅同敝屣，夫

❶「喪居」，原作「居喪」，據明抄本、經鉏堂本、文津閣本、《歷代名臣奏議》改。

何足以解憂者？必將有取于此言。是以不敢緘默，謹昧萬死，薦之聰聽。取進止。

乞回避吕頤浩張守吕祉劄子

臣昨蒙恩除待制知嚴州，到任已來，勉竭駑下，思報恩施。所幸郡事簡少，未至曠敗，自可偷安歲月。今輒有危懇，仰干天聽。臣之于君，猶子之于父，休戚利害，一關其身，則必盡誠祈籲，無緣隱匿，理有固然，勢之必至也。吕頤浩素不與臣相知，方其秉鈞，臣出在外，亦未有相涉之事。❶只緣前年臣忝行誥命，不合據實以頤浩嘗佐勤王之舉，破其累載叨冒元勳之計，載于詞命。頤浩恨臣切骨，而未有以報也。每對賓客語及此事，必曰：「向來其父之出，自是上意。」則又出陛下親批以示之。頤浩服事陛下，致位將相，尚不知善則稱君、過則稱己之義，其于微臣宿怨，豈能釋乎？前年冬，臣蒙恩知邵州，臣父適感風疾，不可迎侍，頤浩即議移牒，抑臣前去，偶聞臣已請宫祠，遂止。然于賑濟奏狀，言及邵州見闕守臣，以相中傷，則知頤浩未嘗一日而忘臣，但未有其便耳。今頤浩爲浙西大使，臣正在其屬部，動有干涉，以臣愚戇，安能自保，不落其手？此臣所以蹙踖者一也。前年張守被召，將至闕庭，臣偶因面對，嘗及其短。張守初亦不知，却緣章、蔡事行，遂怨及臣，以爲臣預議。議雖臣所不預，然趙鼎請臣至堂面授聖旨，令臣撰進詔意，臣本不敢，退思中書舍人撰詔亦有故事，遂擬以進。守等蹤

---

❶「未有」，原作「有未」，據明抄本、文津閣本改。

迹來由，既非學士所撰，定是臣之所爲。積此二事，其怨固當。今守復參大政，必將變更已行之令，爲章惇、蔡卞雪冤，復置宣仁聖烈太后于有過之地，批根事始，加以罪辟，此臣所以蹙踖者二也。臣與吕祉同鄉同年，素無嫌隙，祇是争進見忌，遂相傾擠。前年冬，趙霈、周葵相繼擊臣，皆是吕祉畫謀。臣既罷職，祉大得意。及陛下記録臣，有與近郡聖旨，祉尚遊説政府，令除臣筠州，則知祉心惡臣在近。今聞其獻計納説，❶求進益甚，遏人揚己，必悉其力，則素所不快有如臣者，豈能免乎？此臣所以蹙踖者三也。况此嚴州去行闕密邇，人所争欲，而臣危根鎩羽，易摧難庇，褊心疾惡，多仇少與，眇然自視，當赫赫之三怒，若非投誠陛下，何計以免禍辱之及？重念臣再違軒陛，又易三年，多士流傳，謂臣頗蒙聖心簡記。臣雖無取，豈不願他日再依日月之末光？然危機在前，誠恐蹈犯，以負陛下平日收拾之意。用是不能自已，披瀝肝胆，❷冒瀆威顔，使臣少避頤浩，則乞對移徽、婺一處。使臣少避守、祉，則乞除臣宫觀一任。但苟保全，無所不可。雖同草芥之至賤，且非木石之無知，會當捐軀，圖報萬一。取進止。

貼黄：臣聞臣不密則失身。今臣此章如蒙天慈矜念，乞因大臣奏事之際，只自聖慈特有處分，不賜降出，免使臣重爲人所側目。臣不勝瀝懇。

---

❶「計」，原作「議」，據明抄本、經鉏堂本改。

❷「胆」，明抄本、經鉏堂本作「膽」。

又：臣性質愚甚，粗知向學，慕古人責己遠怨之方，亦無記恨頤浩、守、祉之意，只欲斂迹避禍而已。伏乞聖察。

戊午上殿劄子

臣聞善建室者必立基，故作舍道旁，則三年不成。善奕棋者必布勢，故舉棋不定，則不勝其偶。爲天下國家猶建室，與仇敵争勝如奕棋，而無成謀，其可乎？陛下總師履極十有二年，中原之禍益深，生民之力益困，中興績效茫然未立。夫以聖學日躋，恭儉克己，臨朝向久，明習國家事，可謂誼主矣，然爲其事而無其功，豈不曰計畫未嘗前定故歟？人主之職，莫大乎論相，人才政事皆由相而後舉。今十有二年之間，易相至于九人。賢者用未及盡，憂讒畏禍而已去；不肖者持禄懷寵，坐待黜免而後行。昨日所用之賢才，明日指爲邪佞者有矣；今日所行之善政，他日以爲誤國者有矣。朝廷無不改之令，臣下無久任之功，軍士無堅守之心，百姓無固結之志。持此而欲中興，豈不猶充飢以畫餅，利涉以土舟者乎？宰相不職，而更用賢才，當也。數不職，數更用，昔人所謂誤豈可數？毋乃陛下知人之哲，❶亦有愧于古耶？夫此九相者，其操術智慮必不盡同。求其同而用之，又將疑其爲朋黨。求其不同而用之，正猶病者用醫，一以爲寒，一以爲熱，一進温補，一專導利，務爲不同以苟免，而病者亦

❶「毋」，明抄本、經鉏堂本作「無」。下文同例不再出校。

斃矣。然則國家何利焉？坐此之故，奔競恣睢，惟利是從，而仕風愈壞。或和或戰，俄怯俄勇，而軍律益隳。改更紛錯，前後乖違，而政事益不修。舉措既煩，財用横費，而民生益不樂。夫此四者，國恃以存，今而若此，雖月行一美詔，時建一善事，僉言稱薦，收召一君子，交章論列，罷退一小人，祇爲無益而已。淺士短識，久誦中興；智者寒心，方憂極弊。若不及時大有變革，改紀國政，以趨事功，而因陋就簡，日復一日，至于智者無以善後之時，正使良、平復生，不能爲陛下計矣。昔光武中興，東晉南渡，其所措置，務適時宜，于舊法亦不盡循，事雖不同，同歸于治。伏望陛下慨然遠覽，詔兩府大臣及侍從、臺諫官條具今日立國之大計，經久可行之務，損益因革之宜，各令展盡底蘊，于十日内畫一具奏。陛下留神省覽，斷自聖裁。若大臣議絀，則參用侍從、臺諫之言。若論思疏駁不當，則專守廟堂之策。仍集百執，議于都堂，衆心僉同，三占從二，定爲國論，以次施行。從此者嚮用爵賞，違此者威用刑罰，加以歲年，力行固守，庶幾經綸有敘，用聽式孚，可冀中興之效。不然，雖人材衆多，文法良是，而大計不定，猶丹楹刻桷，輪奐翬飛于浮沙之上，水至則蕩然矣。雖卒武兵利，若可禦敵，而勝勢不立，猶坐分客主，局合龍蛇，而一枰之上，無有生眼，亦不待戰罷計路而後知其敗也。❶今虜據汴京，士氣恐懾，重斂歲久，民心已離，惟陛下早圖之。若揖遜救焚，徐行拯溺，臣不知所税駕矣。取進止。

❶「路」，原作「子」，據明抄本、經鉏堂本、《歷代名臣奏議》卷四八改。按宋代圍棋使用數路法。

乞宫觀劄子

臣有誠懇，仰干天聽，内量僭易，甘伏誅戮。臣昨者蒙恩，擢寘詞掖，文字疏謬，遭致人言，聖度寛容，許其善去。外除三郡，皆以便親，政效無聞，復蒙收召。前後聖旨，催促非一。感戴恩遇，如此之厚，雖率先士卒，身膏草野，亦何足以仰報？重念臣父比得末疾，至今未安。臣爲長男，義難遠去左右。今來恭趨召旨，雖稟教忠之言，退顧私情，實同駒犢。既至行闕，復覩天光，在臣愚分，已爲榮遇。伏望聖慈矜憫，特除臣在外宫觀差遣一次，且令就養。臣年方强仕，筋力未喪，九殞報恩，尚期他日。取進止。

辭免直學士院劄子

臣伏蒙聖恩，令臣兼直學士院。伏念臣學疏才陋，初不能文，試郡累年，又加荒廢。今于本職之外，兼侍講席，一身二任，已懼弗勝，敢不自量，復司内制？况自來學士院闕官，多是西掖詞臣權攝，事體爲順。今絲綸之任，咸已當才，豈宜使臣暴其所短？或當視草，傳笑四方，不惟自速顛隮，實恐仰累國體。伏望聖慈寢罷恩命，别付賢能，庶安愚分。取進止。

乞春秋傳序劄子

臣伏仰陛下獨智遠覽，稽古圖治，知制世御俗之略，莫備乎《春秋》，斷自宸衷，服膺獨好，固已粃糠五傳，糟粕百家，深造仲尼之藴矣。臣父壯年刻意，白首成書，乃值此時，可謂天幸。比及奏御，仰愜聖心，褒稱之言，多士傳誦。賜金加爵，併示恩賞，斯文不墜，天實興之。昔司馬光編集歷代史記，神祖皇帝愛重其書，賜之美名，❶寵以冠序。中更崇、觀，邪説並作，屢欲毁板，賴序而存。自仲尼在時，尚有罪我之慮，蓋誅討亂賊，大法既闡，或所不便，心思詆廢，自古如此，何獨于今？伏望陛下萬幾之餘，略御翰墨，著爲法語，勒于經端。庶幾一字之褒，有同華衮之贈，聖謨定保，人誰間言？共以雲漢之章，非力所取，然而日月之照，容光則來。冒瀆威嚴，伏俟誅殛。取進止。

議服劄子

臣有孤危之誠，不敢自隱，須至詳瀆天聽。臣閩人也，閩之俗，地狹人稠，計産養子。臣祖母憫臣之必不生也，委臣父收養之。臣父其時年二十有五，方事婚娶，豈有無子之慮而必至收養堂兄已棄之子者？緣臣祖母知書好善，告戒之切，于是撫憐鞠育，以爲元嗣。凡幼時疾病粥藥之勤，長後教訓維

❶「賜」，明抄本、經鉏堂本、文津閣本作「錫」。下文同例不再出校。

持之備，義方恩愛，老而彌篤。最後感疾，付臣主祭。于臣大恩，本末如此。而世俗常情，重利輕義，黨生忽死，見臣父既没，即謂臣合與伯父追服行心喪。臣在禫制中，嘗具申明，乞禮官詳定行下。其狀中詞指婉白，欲使議者知其攸趨，至今未有與決。萬一此事謬誤，非獨陷臣于無妄之疾，累先臣立嫡之志，亦有干國家事體。據禮，爲人後者爲之子，不得顧其私親，聖人以此使天下後世之爲人父子者定之法。人而有二父，是二本也。二本則兼愛，孟子斥墨氏爲禽獸以此。是故漢宣帝，衛太子孫也，爲昭帝後，則不敢奉悼王，其禮正于本始之初。英宗皇帝，濮安懿王子也，爲仁宗皇帝後，則不敢崇濮陵，其禮謹于治平之始。獨漢哀帝背孔光、傅喜、師丹忠諫，信泠褒、段猶、董宏、朱博邪説，追尊定陶王，至今非之。士大夫過房子甚衆，皆不聞有敢行此者。姑以近者論之，通經有德如楊時，營私好利如席益，皆爲人後，未嘗解官持心喪也。孝子事死如事生，設使所後之父母尚存，而爲私親行此禮，敢乎？如不敢行于生前，而敢行于死後，是不以死者爲有知也，則稱子孫，奉祭祀，出于誠乎？人而若是，不得單斃其死矣。雖然，此特論常禮也。紹興令：「爲人後者爲其父母降齊衰，不杖期，申心喪三年。」臣伯父以建炎三年身故，臣父其時方遣臣仕于行朝，而不使臣行降服之常，何也？其意若曰，臣之過房，異于世俗之過房，事具如前，❶是不可以常禮處者耳。然則如之何而可？原臣之所以得生，及先臣不使臣行降服之意，權再從伯父與所生父之中，行同堂伯父之服，齊衰，不杖期，斯得

❶ 「事具如前」，明抄本、經鉏堂本作小注「事具如是」。

禮之節矣。夫義歸于一則心無二用，禮重于祖則本立道生。以此爲人後，庶乎其可以報再生之恩也。至于歲時厚致恩紀于先伯父一位，則又有先臣之治命，臣今奉承惟謹。若或議者以不服心喪三年爲臣罪，雖削官永弃，亦所甘心。臣遠守郡章，方乞祠觀，無由自訴于旒扆之前。惟陛下天慈，留神深察，則知臣父所行與臣所執，實干國家事體，非獨一己之私利害也。冒瀆威嚴，不勝惶恐。取進止。

宫祠劄子

某輒有誠悃，仰干朝聽。某昨於三月内以心忡指弱，乞從散局。蒙降詔書，不賜俞允。孤遠之蹤，感荷記憐，且令勉修官業，上副聖眷。緣自入秋以來，暑毒發作，遍體腫瘍，急於療治，導利過當，遂成瘧疾，寒熱交攻，氣幹薾然，日夕憂皇，慮曠職守。非不貪戀蕃宣之寄，俸禄之厚，情不獲已，又不敢再具奏狀，頻瀆天聽。伏望鈞慈，察其懇迫，特賜敷奏，除一在外宫觀差遣，任便居住。少加休養，復誓縻捐。

又

某昨具誠懇，以瘧疾所苦，陳乞在外宫觀差遣。竊慮未蒙矜許，須至再瀆朝聽。伏念某緣夏中伏暑，瘡瘍横生，凉劑所攻，復損正氣，寒熱交戰，療治未痊，飲食益微，瘦瘁加甚。尚當郡寄，晨夕不遑，雖使竊食祠庭，亦恐非所當得。伏望鈞慈，亟賜奏陳，收還職名，解罷所任，俾獲訪尋醫藥，早就安愈。他日復被任使，謹誓縻捐。

斐然集卷十二

宋胡寅撰

李綱江西安撫制置大使

朕觀自古立德立功之人，必有一定不可易之計，終身固守，以克有成。子房爲韓報仇，孔明志在復漢，皆其素所蓄積，用則舉而措之，扶持大倫，垂訓萬世。豈吾臣子，曾是才難。具官器資英明，業寓高邁。能斷大事，先見如蓍龜；永堅一心，後凋如松栢。爰自奮庸之日，已陳雪恥之謀。民所具瞻，邦之表幹。中排掣於邪論，嗟備嘗於艱難。治世之業益宏，許國之志彌勵。朕以怨讐未殄，寢食不康，厭聞避狄之言，灼見和戎之失。知卿秉義，可繼前修，起於祠庭，付以方面。兼隆節制之號，用侈蕃宣之儀。其早迄於外庸，以對揚於休命。

吕頤浩湖南安撫制置大使

惟三湘東南上流，土瘠而民匱。自虜兵殘破，雖無屈辱，而盜賊盤據，常有奸謀。奉公守法之人，愛而莫助；蠹國病民之吏，恃以肆行。俗既甚偷，人又重困。逮王旅掃平之後，值天災旱暵之傷，軍食尚興，道殣相望。念民惟邦本，當厚於拊循；必政擅吏師，乃膺於委寄。具官精勤應務，權略投機，早宣力於四方，屢奮庸於百揆。嘗佐勤王之舉，獨高衛上之功。既將相之迭居，乃安危之注意。其釋閒館，往臨大藩。爾當慎柬官僚，蠲除疾苦。惟謹度可以制節，非敦信不能立民。無縱詭隨，式遏寇虐。畢公保釐而正色率下，方叔元老而克壯其猶。尚服訓言，聿觀績效。

席益端明殿學士湖南安撫制置大使

朕以禮使臣，記功忘過。念股肱之舊，嘗麗丹書；眷藩翰之勞，克孚清議。方隆施于事任，宜載錫于徽章。具官術略宏深，材猷敏達。頃留兵騎，保障湖湘。事同出于戒嚴，迹或疑于方命。姑從貶削，以警其餘。爾乃率職甚修，幹方殊懋。卒乘輯睦而無犯，閭里愁嘆之不聞。❶睠彼長沙，分鎮南楚，地接荆襄之會，水通江漢之津。惟恢拓之遠圖，賴忠勤之協濟。升華秘殿，制節中權，以壯具瞻，用昭寵數。雖身在外，彌肩恭順之心；自葉流根，傒報阜成之政。毋煩朕訓，勉迄爾庸。

吴革升職名

國家建延閣，使儒學之士寓直其間。其有趨事赴功，亦預兹選，所以廣懋賞、倈羣才也。以爾風

---

❶「閭里」，明抄本、經鉏堂本作「里閭」。

力敏强，見推能吏，屢將使指，功緒可稽。肆予臨戎，整旅誅叛，輸將盡瘁，軍不乏興。宜疏加職之榮，庸示報勤之勸。爾其念兵食之當足，民力之已殫，益究乃心，稱此光寵。

温厚母年九十封太孺人

仁善之報冠于五福，子孫所願于其親者，孰加于此？明堂敷慶，燕及高年，爾克膺之，申錫書命。古人不云乎：「貴老爲其近于親也。」夫此豈獨爲爾一門慈孝之賚，蓋所以見朕志焉。

王俁轉一官

朕惟人臣之義，自致其身，不待爵賞而後勸也。然有功而不見知，則待賞而後勸者，必怠于趨事，而罰之有所不勝矣，其可緩乎？以爾政事疏通，❶才猷敏達，❷踐揚中外，譽處甚休。方虎旅之徂征，比革車之親駕。奔走先後，職思其憂，軍食坐豐，事不愆素。丕視功載，序進一官。勉服茂恩，益思來效。

❶「事」，明抄本、經鉏堂本作「術」。

❷「達」，明抄本、經鉏堂本作「邵」，疑當作「劭」。

王璞降三官

朕待遇將臣，務推恩厚，非行姑息之政，欲收戡定之功。其或孤負使令，蔑聞底績，法所難縱，罰其可辭？具官世受國恩，久提軍律。河東乘塞，投戈西遁于劍門；江左援師，卷甲南趨于甌粤。旌旗所過，井邑爲空。朕貸其往愆，責以後效，所當創艾，思報寵靈。而乃長惡弗悛，亂常滋甚。躬捕湖寇，首殲舟師，反歸獄于偏裨，敢便文于功狀。執掠編户，補充伍符。日費千金，行苞苴而易竭；士食半菽，豐觴豆而自安。藩臣解體于中傷，計使捐軀于陵暴。官由貨授，政以賄成。軍心坐離，賊勢愈張。❶自損威于一戰，遂遺毒于兩湖。制節乖違，已失爲臣之義；玩兵放恣，不虞怙亂之嫌。罪既稔盈，人皆憤疾。屢閲糾邪之奏，謂稽司敗之誅。少降官聯，尚頒祠禄。往思内訟，毋速大刑。

范正己降兩官罷宣撫處置司參議

將幕上僚，參決議論，欲其可否相濟，協成事功。乃被削書，難逃黜典。爾名臣之子，宜自愛重。從軍于外，規益靡聞；元戎露章，罪狀離間。❷黜官二等，免乃攸司。既不謹前，尚思善後。

❶「賊」，原作「敵」，據明抄本、經鉏堂本、文津閣本改。下文同例皆逕改，不再出校。

❷「離間」，原作「顯著」，據明抄本、經鉏堂本、文津閣本改。據《建炎以來繫年要録》卷八七，吴玠言范正己等「離間將帥，有害軍機」。

陳宥復景福殿使

朕祗祀明堂，均福臣庶，凡陷于戾，咸與維新。具官見謂小心，偶坐薄謫，會赦當叙，在法靡私。俾還舊官，以責來效。惟避權利，可以保爵禄；惟蹈忠信，可以遠罪愆。益勵乃衷，毋忝明命。

吕源復一官

朕毖祀總章，覃福在序，丹書所載，咸與惟新。以爾屢更劇煩，見稱才吏。廬陵之政，以過舉聞，坐法削官，會赦當叙。稍還舊秩，漸洗往愆。夫風力悍强者，多違于仁厚；智術皎厲者，或短于篤誠。能抑其有餘，而勉其不足，則何過之有？祗服明訓，益勵乃猷。

仲儡自外官换環衛

夫枝葉茂蕃，而後本根有所庇。自讎虜入寇，❶同姓剪落，朕讀《角弓》《葛藟》之詩，未嘗不三復而永慨焉。以爾濮園之後，屬近行尊，頃緣便私，願試外吏。宿衛益缺，司宗有言，良惬予懷，俾奉朝請。爾其務信厚，修恪恭，自期于賢公子，以稱兹意。

❶「讎虜入寇」，原作「敵騎南馳」，據明抄本、經鉏堂本改。

陳康伯回授封祖居仁

人道以祖爲本，惟仁者不忘其本，惟學士大夫則知尊祖矣。爾懷德居善，既壽而康，燕及其孫，位于朝列。加上封秩，應吾禋賚之命，賛書申勸，併爲爾寵。里居稱道，尚及耄期。

張宗顔轉四官遥宣

國家匿武累年，觀釁而動，小試江北，反虜讋焉。❶朕不愛勇爵之頒，作勵士氣，將以復祖宗境土，而恢中興之業，非濫賞也。具官勇力持重，❷襲擊遁師，幕府上功，謂有奇績。躐官四等，遥屬使權。爾當貪著戰多，❸思稱冠軍之保任，勿謂重賞可以幸得，而見絀于公議，然後爲榮矣。

戚方王再興再加兩官

功重而報輕，人何以勸；勞小而賞大，政則無章。朕之治軍，以是爲戒。果有等狀，其可異科？

---

❶「反虜」，原作「敵人」，據明抄本、經鉏堂本改。

❷「力」，明抄本、經鉏堂本作「爲」。

❸「多」，原作「功」，據明抄本、經鉏堂本、文津閣本改。

具官躡擊虜兵，多所俘獻。再閲元戎之奏，謂有殊常之績。請與奇比，加進兩階。爾當戮力効忠，益茂功實，怯于希賞，而勇于捕虜，使不爲公議所貶，乃可無愧矣。

祖秀實叙官

朕毖祀太室，大賚臣工，凡罹丹書，咸與洗濯。矧惟修士，其可弗甄？爾受寄祥刑，常失使指，遂坐貶削，既閲歲時。雖不謹前，諒深内訟，稍還舊秩，庸示寬恩。夫人各有才，貴于審己，量力受任，則無不勝。若爾者質直廉清，時論所與，益思勉勵，以俟寵嘉。

宇文淵劉僅排轉

周廬之衛，待遇加隆，矧執羈靮而從者，可無爵賞之勸乎？以爾祗扈戎行，勤力可尚，序進軍麾之列，遥分州刺之榮。益思効忠，以報恩寵。

宇文淵南荊門歸峽公安安撫使

朕惟古郢名城，上流重鎮，北據漢沔，西通巴蜀，南蔽湖嶺，東連吴會。其土沃衍可以足貨食，其人壯力可以充甲兵。頃緣寇殘，鞠爲茂草，改命帥守，夫豈苟然？具官才智有聞，忠勇自奮，久領師衆，頗著勤勞。擢從宣司，全委方面之政；罷易鎮使，首還綏撫之權。注意既深，圖功可緩？夫盛軍容而入國，仗將鉞以臨民，非寬猛得兼濟之宜，則本根有先撥之患。爾其奉法擇吏，務農通商，必使民力富强，然後兵威震疊。坐成南紀之勢，可以進規中原；寬于西顧之憂，豈特捍禦外侮？克若明訓，嗣有寵嘉。

李璆轉一官

郡守兼軍旅之寄，訓兵以義，銷患于未萌，職也。至于欲危其上，以告而後殄之，抑末矣。又賞及焉，則亦爲中材之勸，不虞之戒耳。以爾持槖舊侍，剖符大邦。發擿凶謀，剪平煽亂。行己有恥，初不自明，連帥以聞，遂應褒典。進官一等，豈爲爾私？其深服于訓言，以克臻于静治。

閭丘陞復職

朕毖祀總章，賚及臣庶，丹書所載，咸拔拭之。爾頃緣勤王，逗留左次，坐黜既久，宜克自省。還直秘府，庸示寬恩。其服訓言，以圖來效。

范正國江東漕

朕于元祐之臣，既追褒之，又録用其子孫，不獨雪黨籍之沈冤，意有能濟其美者，出爲吾君耳。以爾祖父世篤忠正，❶遺澤未泯，必在後裔。用召爾于遠服，使敷奏其言，而視其所以，乃能纂述先正忠宣之事業，成編來上，亦可以見幹蠱承考之志矣。足食裕民，今日大計也。將漕一路，惟爾所諳。加賁身章，併示華寵。毋謂憑藉，可取世資。往懋厥官，以稱朕命。

向子忞復職

朕毖祀太室，賚及臣工，凡麗丹書，咸與甄叙。爾屢分符竹，所至有聲，不肯曲從，久坐直廢。乃能勇于進學，思亢厥宗，俾還直于圖書，以漸階于進用。夫自克之士，緩于責人，育德既深，乃能致遠。倘益勉勵，人其舍諸？

張戒國子丞

朕感詩人衿佩之篇，思先聖俎豆之對，雖時右武，未皇庠序，而存其官秩，將以爲修廢之漸，非冗設也。爾召自遐方，❷敷奏便朝，志意克修，説辭亦贍。既寵以京秩，且俾丞于胄子之宫。爾其謹守舊規，勿使墜失。益進所學，期于有成，稱予獎掖之意。

---

❶「正」，原作「貞」，據明抄本、經鉏堂本、文津閣本改。

❷「方」，明抄本、經鉏堂本作「外」。

黄子遊江西憲韓膺胄江東憲

昔臯陶之告舜曰：「罪疑惟輕，刑故無小。」朕率是道，監于祥刑，欲有平反，謂冤濫也。而有司失指，乃以縱出有罪爲賢，使被殺者入地而含寃，❶殺人者籲天而不死。凡四方具獄來上，疑非所疑者十之七八，反則有矣，平其謂何？此豈舜與朕之志哉？以爾子游，温厚不苛，見稱長者；以爾膺胄，敏慧克幹，是謂世家。並付使權，往司詳讞。必使輕重諸罰，無僭亂辭。其審克之，庶幾稱職。

李健直秘閣督漕

朕志平僭賊，❷兼用衆材，督府餽糧，尤資幹敏。以爾奮由科第，即列儒館。牙籖萬軸，既已飽聞；❸金版六韜，又能從説。❹亦念從軍之久，必知足食之方。賜對便殿，❺授以使指。冀未忘于俎豆，俾寓直于圖書。服我寵光，尚克自振。

❶「含」，文津閣本作「啣」。明抄本、經鉏堂本誤作「御」。
❷「賊」，原作「亂」，據明抄本、經鉏堂本、文津閣本改。
❸「已」，原作「以」，據明抄本、經鉏堂本、文津閣本改。
❹「從」，原作「詳」，據明抄本、經鉏堂本、文津閣本改。
❺「殿」，明抄本、經鉏堂本作「朝」。

王子獻復職

朕謁欵真室，賚及臣工，凡麗丹書，咸與洗濯。爾早以文行，擢秀士林，胡爲中身，數絓清議？寓直延閣，惟爾舊聯，既逢寬恩，例得甄叙。夫古人貴于改過者，將以不辱其生，豈爲耄期，而廢稱道？尚思奮勵，庸稱寵光。

鄭滋顯謨閣學士宫祠❶

侍從之臣，紀綱所賴，去就之際，風俗是儀。爰錫寵章，式存禮貌。具官學殖博茂，造養和夷。偏儀禁途，❷多歷年所，可謂服勞之舊，居聞譽處之休。輟從銓曹，屈貳民部，實重大計，豈爲左遷？乃繼露于忱辭，願少休于散局。重違雅尚，毋有遐心。

崑山縣静濟侯加静濟永應侯

式觀祭典之文，曰：「山林川澤能出雲爲風雨見怪物者，皆曰神。」有天下者祭百神，此古誼也。爾

❶「顯謨閣學士」，明抄本、經鉏堂本、文津閣本作「顯學」。

❷「偏」，原作「羽」，據明抄本改，經鉏堂本誤作「偏」。

神保兹穹阜，蓄泄蒸澤，惠于民庶，可信不誣。有司上聞，加隆爵號。其歆予寵命，以無失職而孤民望，則惟爾休。

黄克柔落致仕

人臣齒髮逾邁，膂力既愆，則致事于君，告老而去。倘欲再用，不在此科。具官既嘗乞身，想克静退，今俾復仕，勉思忠勤。毋取逸于外祠，以見貶于公議。

宋唐卿入内内侍省都知

《書》稱文武之盛，以小大之臣咸懷忠良，侍御僕從罔非正人，夙夜承弼，然後其君動無違禮，言無非法。朕甚慕之，于諸常侍必擇而後任，又況其貴者乎？具官廉介畏慎，不蹈過愆，召于退休，俾尹内省。夫恭顯甫節之事，至今人猶疾之，則吕强、張承業之美，豈非汝之可願歟？勉服朕訓，以永終譽。

某人入内内侍省副都知

朕監祖宗之憲，懲近世之失，于諸近習，不借以權，必擇端良，然後委使，所以保全之也。以爾習知文書，克自檢戒，服事甚密，❶不犯公議，參典禁省，以示褒擢。夫前人之美惡成敗，後人之師也。益務恪恭，稱此光寵。

仲傴轉一官

武秩所以勸武功也。我國家强榦弱枝，是以宗子多在右列。矧今單削，又思培植之道，凡可官爵者，吾何愛焉？爾既自外官入備環衛矣，以爾母遺奏，加進一階。朕非徇私，猶前志也。其益思忠慎，勉從振振之習，乃稱茂寵。

令玒正任觀察使襲封安定郡王

仰惟太祖誕受天命，列聖嗣統，百世不遷。爰自神祖以來，隆續小宗之緒，封王襲慶，遂著國章，增固本枝，❷其意遠矣。今當繼絶，必擇親賢。具官春秋既高，多閲義理，仕宦已久，不聞過愆。諗于宗司之言，謂高儁望之譽。召自外職，俾紹王爵，廉使觀風，併示榮寵。爾其知富貴之難保，念驕矜之當戒，樂于爲善，慎厥表儀。庶幾不辱訓言，以長守其禄位。

---

❶「甚密」，明抄本作「慎密」，經鉏堂本作「慎察」。

❷「枝」，明抄本、經鉏堂本、文津閣本作「支」。

孫渥川陝宣司參議

古者大國三卿，其一自命，其二命于天子。自命者，猶今之奏辟也。命于天子，則非臣下所得請矣。宣撫之任，蓋方伯連帥之職，豈直大國哉！凡廢置其屬，朕未及命，而惟請之從，則推赤心，重閫寄，非苟從也。具官整軍經武，見推勇略，元戎幕府，欲藉爾謀。夫所爲據險宿師者，實惟保民力，固邦本耳。民力一困，雖有貔虎之士，何所仰食？今當熟議，莫急于此。汝其勉之，以稱命書之意。

王居正改台州

古之世用人，❶至于可使南面則至矣。姬吕父師，以聖賢之業，分茅列土，百里而止，德廣于地，游刃有餘，宜其爲政，後莫能及也。今中州下郡，猶侈于古子男之邦，而仕者小之，不顧其力，何恕己之甚歟！具官材氣不羣，服在邇列，輟使共理，以饒易台，自視欿然，其志遠矣。往布朕德，惟既厥心，嘉靖一邦，俾無愁嘆。徯聞報政，予則汝褒。

❶「世」，明抄本、經鉏堂本作「賢」。

余祐之將轉一官換封祖母

顧復之恩，有懷欲報；節行之美，視典宜褒。爾守義不渝，教孫以仕，舍官一等，請爲爾榮。慈孝蔚然，出于右列。茍可以訓，吾何愛焉？

池守陳規失按降兩官

贓吏病民，甚于盜賊，若祖宗之憲，必罰無赦。乃有罪刑至死，而長吏弗察，法所不縱，予何敢私？具官智略足以扞城，忠藎見于尊主，時論稱美，遂列從班。所部受賕，偶失廉刺。不以貴近而有佚罰，庶幾邇遐知所懲畏。削秩二等，是爲寬恩。益謹教條，以臨爾屬。

任仕安立功轉一官仍貴州刺史

朕不愛官爵，以待有功，矧時戰多，豈復稽賞？以爾勇力自奮，久總師旅。頃在閩粵，嘗建奇績，及戍湘楚，亦稱勤勞。元戎露章，請從褒序，進加名秩，仍分州棨。克底樓船之績，尚推《杕杜》之恩。

仲偪磨勘

考績之法，三歲而遷，獨于宗子，俟之尤久。爲其居佚祿厚，鮮能寡過，至于十年而無犯，則亦可以陟矣。以爾守身恭順，不事貴驕，作正外宗，克有儀矩。兹緣大計，叙進一官。益務恪勤，以永終譽。

王滋將隨駕恩賞回封祖母

甲胄之臣，干戈衛上，必先孝順，乃有忠勤。爾孫不忘劬勞，報以封叙，用心如此，良所嘆嘉。其益教之，使立功效。予用康爾，繼此未量。

陸寘落職

朕以禮義俟君子，刑罰威小人。如爾奴隸自居，又何責焉？然玷官職之高榮，煩言章之論列，醜慝昭著，典憲未申，則奸貪肆然，自謂幸免矣。褫直中秘，尚爲寬恩。往慎厥終，庶逃大譴。

皇叔士勸磨勘

宗籍無吏責，故其考績之法，俟之最久。久而後計，則黜陟明而功罪當。其得賞也不爲過，而益知所勸矣。以爾屬在諸父，惟慎惟恭，不以過聞，至于十稔。進官一等，爾實宜之。尚勉厥修，以稱明訓。

郭仲荀宫祠

陳力就列，或告不能；均逸閔勞，當從所欲。矧在爪牙之任，尤推心腹之恩。具官世濟勳勞，器凝莊重，比疇宿望，深倚雋功。建兩纛之威儀，分四明之符竹。帷籌決勝，未施虎豹之韜；尊俎折衝，已帖鯨鯢之浪。方資卧護，遂以病辭。諒非避事于危時，姑俾奉身于閒館。往近藥石，益專精神。尚慰聞鼙之思，重煩據鞍之勇。

張順换翊衛大夫

夷虜無道，❶國家之讐。父兄不還，吾怨不釋。具官嘗從主將，捕繫酋豪，❷雖未成擒，亦見忠勇。遷進官秩，用勸有功。益務戰多，當受重賞。

---

❶「夷虜無道」，原作「强敵侵暴」，據明抄本、經鉏堂本改。

❷「捕繫酋豪」，原作「協力往捕」，據明抄本、經鉏堂本改。

張宗元轉官

臣服其勞，君施其賞，非相爲賜也。上下之交，施報之道，如是然後稱爾。❶以爾才識精敏，政術通明，比從軍麾，宣力陜蜀，王事鞅掌，不已于行。忠勤具昭，可無嘉勞？序進官秩，既已有功而見知；勉趨事爲，尚思無德之不報。

魏安行改官

守令民之師帥，一有不善，則病吾民。而令于民爲尤親，故朕尤加意焉。爾爲政有方，率職無過，信惠既著，百里安之。使凡爲令者，咸爾之如，吾何憂乎邦本之不固哉？嘉錫賚書，寵畀京秩。勉終課最，嗣有褒陞。

王居正降授待制宫祠

朕待遇近臣，進退以禮。若公議之有貶，豈國法之敢私？具官召從退閒，寖被任使。入則周旋臺

---

❶「是」，明抄本、經鉏堂本作「此」。

省，獻納論思；出則畀付郡章，承流宣化。自初遇合，厥有休聲。逮毀謗之相摩，❶亦慊慨而自信。❷兹焉請外，曾未淹時。屢閲彈章，頗疏舊失，有無于此，汝實自知。少黜近班，尚仍次對，往分祠禄，深務省循。夫止謗莫若自修，惟責躬可以遠怨。名浮于實，如雨集而澮盈；行顧其言，則鶴鳴而子和。丁寧以訓，善後是圖。

某人追復待制

朋黨之論，明君所惡聞也。東漢禁錮，逮于五族，終成分裂之禍；唐季報復，投諸濁流，徒增跋扈之勢。天啟朕心，深監前失。雖覆轍之難救，庶後車之不傾。故于在籍之沈冤，盡復平生之故秩，所以明示好惡，垂戒方來。❸具官德由類升，嘗任言責，論新法之不善，與賊卞爲深仇，遂遭詆誣，繼被黜逐。昔也忠賢之士，同麗丹書；今焉甄録之恩，再昭清議。皆臣子之榮遇，何死生之足論。

❶「謗」，明抄本、經鉏堂本作「譽」。
❷「慊慨」，明抄本、經鉏堂本作「慨慊」。
❸「戒」，原作「訓」，據明抄本、經鉏堂本、文津閣本改。

張嵲秘書正字

朕惟喪亂以來，文籍散落，屢詔有司，網羅天下放失舊聞，又選英髦，分職讐正。考古以建事，育材而待用，兩有冀焉。爾賜對便朝，策文制苑，辭藻温潤，議論正平。擢寘書林，俾益涵養。夫有志于世者，立德立功是謂不朽，若夫詞章末技，非予所以望于多士也。爾其勉哉！

李光知平江

士有直道而行，懷忠不二。憂心悄悄，雖屢及于謗讒；明哲煌煌，終弗移其志節。予所尊用，人無間言。具官趨操端方，識慮深遠，氣剛大而無撓，才左右而具宜。頃在靖康，嘗司言責，備罄精神之感，曷聞比附之私？事朕累年，周旋中外，望實愈著，時論所歸。兹改付于大邦，仍漸還于故職。❶財殫民匱，更觀綏輯之方；訟理政平，嗣有褒揚之寵。往欽予訓，益懋爾庸。

楊穜直秘閣

吾所幸州郡，四方輻輳，人衆事夥，貴于静治。爾佐刺大府，風力敏劭。便朝賜對，所陳有取。俾

---

❶「故」，明抄本、經鉏堂本作「舊」。

寓直于中秘，增別乘之光華。是爲異恩，勉思報效。

子劇贈威德軍節度使封嘉國公

生而顯仕，既敦睦族之恩；没有追褒，乃厚飾終之典。具官本支雋望，肺腑懿親。知爲善最樂，而脱屣膏粱之風；以博古爲賢，而捐情狗馬之好。謂宜壽禄，遽爾湮淪。當戎塵暗闕之時，未皇卹卹；念祖武流芳之緒，❶良爲衋傷。稽故實以疏榮，稱情文而示寵。齋壇授鉞，當帥閫之雄權；名壤分茅，列公圭之貴爵。下以慰爾子孝思之請，上以昭予家惇叙之規。英識尚存，欽承無斁。

張觷直秘閣移鼎州

武陵爲郡，界于湖湘，控制蠻猺，以捍兩路。昨以官吏貪虐，政煩賦重，民窮爲盗，于此六年。招徠之初，正賴綏撫，改命守將，其任重矣。以爾練達政術，無適不宜，劍津、巴陵，未究材業，往臨新治，善拊循之。寓直圖書，併示光寵。無使令問，少損于前。則予汝嘉，奚愛爵賞？

❶「武」，原作「父」，據明抄本、經鉏堂本、文津閣本改。

崔邦弼轉一官

良民之心，畏兵爲甚；勇將之烈，殺賊爲賢。爾久提師徒，頗有紀律，往捕反寇，克奏成功。序進一官，用爲勸賞。益思自奮，以取寵榮。

劉大中中書舍人

朕惟舜命九官，簡言而盡義；商盤周誥，煩悉而盡誠。凡代予言，宜尚體要，具知惻怛之意，形于播告之修，厥惟艱哉，孰克稱任？具官好善如不及，守身如奉盈。列在諫垣，多直諒之益；出將使指，有激揚之功。臺省踐更，聲望甚美。爰自秉筆，試之演綸，議論持正而弗阿，文詞務實而有補。往即真拜，益觀遠猷。

閭丘籲叙官

朕慕虞舜宥過之道，凡諸臣自陷于戾者，待以歲月，得用赦原，忠厚之至也。以爾頃緣保任，有乖審詳；繼被驅馳，又涉稽慢。併坐黜削，亦既省循，稍復舊階，庸示矜貸。過而能改，可不務乎？

皇兄安時用遺表轉一官

廉車之寄，武職高選，若時宗子，効官于外者，無次遷之文，可謂重矣。具官以英皇近孫，賴叔父遺表，服在南列，遂膺此除。爾其恭順自持，閲習義理，以貴驕爲可戒，乃能保其榮禄矣。

王亦特叙翊衛大夫

朕祀明堂，大賚四海，凡有宿愆，咸與洗滌。具官頃提軍律，不能馭下，縱逸部曲，害及郡縣，遂從遠黜，兹稍甄叙。爾其自省往過，深革厥心，思報寵光，勉立來效。

李洪用循資回封祖母

古之典刑者，莫非孝弟吉德之士。逮其流弊，則苛刻而寡恩，非其性然，蓋不善推其所爲也。爾孫職自法家，能篤匪莪之念；幼依王母，不殊陟屺之情。願以一官，歸上恩號，綏爾眉壽，吾用嘉之。

趙椿大理寺丞石淑問軍器監丞

人命至重在獄，國之大事在戎。分職置官，慎選其屬。爾椿其明慎刑罰，體予好生之德。爾淑問其飭除器械，❶備師禦侮之用。往丞而長，毋怠厥職，以稱選任之意。

許亢宗知台州

士君子有所藴積，然後能安于退閒。退不克安，而以憂世自名，汲汲求用者衒鬻之道，朕不取也。以爾頃在靖康，已服吏職，十年遠外，放意山樊。廉靖無求，諒非徒爾；召對便座，言足聽聞。俾班内閣之華，往試臨海之政。夫民所利病，在爾知之宜熟矣。勉布朕德，以觀爾成。

饒守董耘降一官

官無大小，職無内外，食禄受任，咸曰事君。職分之中，而有不舉，則其處心積慮，及于弗恭，可無小懲，用存大戒？具官以列尚書之重，膺殿學士之榮，出綰郡章，不聞報政。按章來上，弛慢有端。何昔者悉心竭力于權倖之人，而今乃曠事瘝官于君父之役？削官一等，尚免嚴科。往思循省，毋重後悔。

❶「器械」，明抄本、經鉏堂本作「械器」。

周綱措置收糴轉一官

建官設職，使之趨事而赴功，事功有成，于職纔稱。熙、豐而後，以賞誘人，逮其末流，國之所賞，乃民之所病，朕甚非之。然足食足兵，欲伸志義于天下，非急功利也。人効其材，國賴其用，奬勤而示勸，豈異時僭濫之比哉？爾頃持使節，儲輓有勞，民無强糴之嗟，吏謹輸將之役。雖爾廉靖，無意于遷官，而以身率人，亦體國者之所樂爲也。尚服訓言，益勵乃守。

仇愈知明州兼沿海制置

忠智之士，立國所資；險阨之邦，維人無競。疇克堪于重寄，有試可之近臣。具官政擅吏師，材通世務，輔以敢爲之氣，截然不撓之忠。睠東海之寇疆，邇鄞江之藩輔，貔虎星羅于要害，舳艫鱗次于渺茫。施置隨時，惟敏果足以應變；形聲格敵，非明畧安能折衝？付爾裁制之權，委爾拊循之政。欽若予訓，勉圖乃功。

朱震中書舍人

昔者周穆繼南征之後，而無討賊之心；至于平王爲東遷之君，而無興復之志。觀其書命，與成、康之世無異，君子是以知周德之衰矣。嗚呼！有能宣我惻怛難喻之情，❶如奉天制書，以助中興之烈者乎？具官學博而造深，行和而志正。以道獻替，簡于朕心。擢陞綸誥之司，兼卒金華之業，❷尚賢西學，諭教如初。夫士以得君爲難，朕之待爾者厚矣。論思潤色，尚克欽哉！必無媿于古人，乃有辭于永世。

王縉秘閣知温州

永嘉爲郡，介乎山海之間，其士則學道而愛人，其民則勸善而易使。苟無君子，斯焉取斯？朕命守臣，奚敢不慎？以爾稟資忠孝，❸有學有才，所臨之方，治課必最。輟自郎遷，爲我出牧，升華中秘，式寵其行。爾益以古之從政者自期，使治效有加于前日，乃稱予意，可不勉哉！

王良存度支員外郎

文昌諸郎，一時遴選，非有材業，疇可冒居？以爾吏治詳明，向公奉法，民曹攝事，備見勤勞。因

❶「我」，明抄本、經鉏堂本作「吾」。

❷「卒」，原作「率」，據明抄本、經鉏堂本、文津閣本改。

❸「資」，明抄本、經鉏堂本作「質」。「孝」，明抄本、經鉏堂本作「厚」。

任所長，往司支計。益思自勉，以稱寵光。

張宦秘書郎

麟臺置郎，參治書府衆務，雖非文字之任，然自昔分典四部，通掌三閣，處于無競之地，多爲起家之選。實維清職，非才不授。爾修潔博雅，達予聽聞，敷奏以言，克孚衆譽。往服新命，益觀器業之成。

劉大中吏部侍郎

惟用武之時，入官者衆；而經兵之後，冒法者多。詭迹譎辭，漫無稽考，用寬則濫，尚嚴則怨。天官貳卿，可不得其人乎？具官守正篤義，無所枉撓，踐更臺省之久，備形獻納之忠。輟從祠闈，往試小宰。昔韋陟剛腸嫉惡，則僞集退聽；崔暐介然自守，則選司畏之。汝必優爲，奚俟吾訓？

賈若谷成都運副

均輸有無，上下俱濟，計臣之職也。今以理財自名者，嚴刑峻令，督責郡邑，取目前之辦，幸賞而去耳，吾民何以堪之？爾材諝有聞，餽餉無缺，元戎剡上，改漕益部。夫兵籍不加于舊，而調度之費歲倍；民力不勝其困，而科斂之勢日增。朕心憂之，汝必有以處此矣。欽若訓命，尚勉之哉！

郭淪潼川府路提刑

民之多辟，非在位者有以致之乎？比其麗于刑也，又忽而不察，欲百姓之不冤，難矣。則授使指，可不慎乎？以爾明慎愷樂，政術通敏，肆予命爾，詳讞一道。必也故犯罰之無赦，如其不幸矜之勿喜。一付于法，無容心焉。則梓潼之風，雖在西南數千里之外，若朕親決其曲直，豈非爾之美歟？

李健應副收光州錢糧轉一官

夫所以克復郡邑者，擒其主守，攘而斥之，使封疆無虧，民人有恃者也。弋陽之克，元戎以功狀聞。爾服勤輸將，使軍食弗缺，亦云懋矣，可無賞乎？序進一官，益思後效。

斐然集卷十三

宋胡寅撰

王繙監察御史

憲府置糾察御史，乃進居言職之漸，負中外觀望，爲朝廷重輕，其任亦難矣。以爾忠信愷悌，才識俱優，更練事爲，所居可紀，俾輟郡寄，往冠惠文。夫善惡是非，出于人之良心，自古至今，不可泯也。然直言不聞，毁譽亂真，則爲國家病，有甚于三辰失行，螟蝗水旱之變，朕所深畏也。若夫有司簿書不報，期會之故，廉按常職耳，豈朕用爾之意哉！

韓駒轉一官致仕

逢時取位，亦既蒙榮；抱疾引年，所宜從欲。具官早以詞藝，躋于禁嚴，附麗匪人，飯疏奚怨？❶中更赦宥，不汝瑕疵。復班綴于西清，俾優游于真館，庶幾善後，以獲令終。兹陳告老之章，更軫遺簪

❶「疏」，原作「蔬」，據明抄本、經鉏堂本改。

之念。進官一等，式寵其歸。往復恩綸，尚綏壽嘏。

范柔中特贈直秘閣

士之効忠于上者，犯顔納説，死且不顧，初豈有意于身後之名哉！然使人至此，國必隨之。朕所以深監亂原，閔悼黨籍，盡從昭雪，以爲後日之永戒。以爾秉心端直，抗疏危言，困于凶渠，迄用淪殞。列職中秘，少湔沈冤。使披肺肝効丹赤者，知不朽之義在此，而不在浮雲之富貴也。

湖南漕薛弼湖北漕劉延年並直秘閣

屬者臨遣輔臣，督視師旅，盪平湖寇，不日告功。亦惟輸將之臣，克舉餽餉之事。進直中秘，是爲異恩。悦于見知，當益自勵。

郭執中秘閣修撰督府咨謀

鼎澧之民，弄兵沅沚之間，六年未平，深介吾念。比命次輔，往督師征，靈旗所麾，不戰而下。惟是幕中之畫，豈無口伐之功？以爾識慮精詳，尤習軍事，往從咨議，果協成績。中秘論譔，以旌厥勤。欽乃攸司，益務罄竭。

王世忠轉武功大夫刺史

虜賊不道，❶稱兵南騖，凡將士有能戮力斬捕者，吾厚賜之。蓋爲祖宗基業，父兄憤恥，非我一人之私也。具官忠勇自奮，頗著勤勞，超進官榮，仍廉郡刺。益思滅虜之計，勉立非常之効，❷則予賞汝，又有加焉。

趙子偁特轉朝奉郎秘閣修撰與郡

漢唐宗室之盛，其文武政事昭當年而垂後世者，史有傳焉。居今而慕古，則亦勸勉之道有未至耳。以爾佐刺近郡，達于從政，被服儒素之習，馳騁仁義之途。敷奏以言，實副厥譽。既俾升其秩任，又畀以論譔之職。❸吾用是勸，爾尚勉哉。好學謹禮，以持乃身，守法奉公，以保乃位。則于古人，何遠之有？

---

❶「虜賊不道」，原作「邊塞不和」，據明抄本、經鉏堂本改。

❷「効」，原作「功」，據明抄本、經鉏堂本、文津閣本改。

❸「畀」，明抄本、經鉏堂本作「恐」，文津閣本作「加」。

知宣州趙不羣直龍圖閣再任

朕聞有定主然後可責其下以忠，有定民然後可責其下以化。江左之治，昔稱元嘉，得非任守宰以六朞爲斷乎？或謂久任而非其人，何以賢于數易？如朕意者，吏爲民病，將不終日而去之，民所願事，將使終其官而不徙，惟其當而已矣。以爾宗屬雋茂，所治稱最，秩當歲滿，❶民適安之，吾不忍奪也。義圖寓直，以示勸獎。慎終如始，惟既乃心。

劉昉宗正丞

宗伯典司屬籍，其任甚重。仍置丞職，處以清流。非時俊髦，不在此選。爾富于文學，❷達于從政，肆予命爾，往踐厥官。夫立志之士，于職務清簡之地，進德修業，而待世用，將有餘力矣。往其懋哉！

---

❶「秩」，明抄本、經鉏堂本作「宣」，文津閣本作「兹」。

❷「學」，原作「章」，據明抄本、經鉏堂本、文津閣本改。

孫逸大理少卿

典獄，賤事也，然「民命之存亡，天意之喜怒，國本之安危在焉」，❶則其事重矣。朕所盡心而不敢兼也。肆于廷尉之任，慎擇所寄。以爾詳練忠恕，久更事爲，必能審克辜功，兹俾貳于棘寺。夫希意迎合以取賞于明，縱出有罪以幸福于幽，聽獄者之大疵也。汝當以古人自期，庶幾于民自以爲不冤者，乃稱予意。

何愨度支員外郎

文昌六職，郎選甚高。民曹諸屬，司度爲重。非有資望，則不輕授。以爾行能謹飭，中外踐更，賜對察言，益見練達。毋鄙出納之吝，而廢有司之事。往懋厥職，❷以若訓旨。

❶「本」，原作「體」，據明抄本、經鉏堂本、文津閣本改。按此語出於宋蘇軾《書傳》卷十九《吕刑》，此字蘇傳作「本」。

❷「職」，明抄本、經鉏堂本作「官」。

李公懋著作佐郎

承明金馬著作之庭，羣處大雅制作國史，❶文學清選也。以爾敦朴而文，勁正而通，列職書林，士論甚美。其陞東觀，益究撰述，使一代施設，後世有考焉。往其勉哉，以稱明命。

馬觀國直顯謨閣添差江東帥司參議

凡帥幕預議論之臣，必得智謀忠信之士，乃能裨贊，協成事功。爾進對便朝，所陳可採。往處賓筵之右，仍加内閣之名。祗吾訓言，思自罄竭。

張誼龍圖閣學士知温州❷

卿士分職，已高八座之名；師帥承流，爰愼六條之寄。具官猷爲敏劭，業履强明。志在愛君，不憚死生之變；義深許國，罔辭險阻之嘗。自陟邇聯，久司大計，疏利源而無壅，足兵餉而不愆。方期協濟于事功，何乃屢陳于懇欵？永嘉山水，維東土之名邦；羲閣典謨，號西清之極選。遂爾便親之欲，分

❶「制」，原作「著」，據明抄本、經鉏堂本、文津閣本改。

❷「龍圖閣學士」，明抄本、經鉏堂本、文津閣本作「龍學」。

吾共理之憂。服此寵光，無忘報効。

程克俊兵部呂丕問工部陶愷金部並郎官

六曹郎選，各有司存，而衆建材能以待進用，皆異時卿相之儲也，其任豈不重哉！以爾克俊器業端良，以爾丕問見聞遠大，以爾愷操守堅正，或就加于陞擢，或初預于柬除。勉罄猷爲，稱予光命。

呂祉權兵部侍郎

朕以父兄遐狩，夷狄亂常，❶講武訓兵，九年于此。思得俊乂，協成丕烈。維時武部，尤念得人。具官材識疏通，志在當世，頃備諫列，知無不言，持節奉藩，咸著聲績。踐揚既久，器業益宏，擢自省聯，俾貳兵政。若通和遣使之失，朕已曉然；而伐仇討叛之圖，衆多疑者。勿以司存之常守，而忘獻納之嘉謀。❷惟究乃心，欽予時命。

潘良貴秘書少監

朕徧閱羣材，仰稽治道，思皇直諒之士，共開公正之途。人皆曰賢，吾然後用。以爾志剛而氣勁，

---

❶「夷狄亂常」，原作「戎馬生郊」，據明抄本、經鉏堂本改。

❷「忘」，原作「望」，據文津閣本改。明抄本、經鉏堂本誤作「志」。

行肅而言端。久矣踐揚，夙高風望，澹然安静，莫掩旦評。簡在朕心，召還秘府。領袖羣彦，雖多圖史之娱；談論古先，當有箴規之益。往服訓命，❶嗣承寵光。

張致遠户部侍郎

孟子談農桑于戰争之際，光武勤稼穡成中興之功。王道所先，民食爲急。今百姓已弊，六師方張。將竭澤而漁，豈無後患；不加賦而足，安得此言？若時版曹，慎選卿貳。具官持心近厚，經德不回，數總利權，獨推善計。輟從選部，往佐司元。❷必使下不病民，上能裕國。頭會箕斂，罔貽今昔之譏；食足兵强，一洒乾坤之憤。是爲稱職，可不勉哉！

李宷上殿改官

朕夙興御朝，延見多士，一言動聽，賞輒隨之，非爲泛然之恩，蓋將以示勸勉之道也。爾敷奏詳慎，不辱所知。其從易秩之榮，勉稱懋官之寵。

❶「服」，原作「復」，據明抄本、經鉏堂本、文津閣本改。
❷「元」，原作「農」，據明抄本、經鉏堂本、《永樂大典》卷七三〇三改。按司元指户部。

梁弁監察御史

朕求直諒之士，置諸憲臺，于其所言，考其取舍，以灼知其心術。公卿侍從，多由此出。其或弗稱，爲臺之羞。厥選遴矣。❶ 爾以才行，達于聽聞，召從外官，奏言有取，擢備察史，時惟茂恩。其服訓詞，將觀爾守。

田欽亮改初等官

朕推心魁將，倚集大勳，凡所奏陳，多即聽許。狀功來上，以爾名聞，總叙勤勞，願從改秩。觀其保任之力，必無僥覬之文。往服官榮，益思報効。

孫安道贈三官

人臣克致其身，立天下之大閑，則宜有褒嘉，以爲在位之勸。爾當總兵京輔，不屈禍賊，❷恥與偷生失節自同于犬彘者伍。朕聞而壯之，追錫名秩，用慰忠魂。爾雖死而猶生也，可謂榮矣。

---

❶「遴」，原作「重」，據明抄本、經鉏堂本、文津閣本改。

❷「禍賊」，原作「强敵」，據明抄本、經鉏堂本、文津閣本改。

向子諲落致仕知江州

湓城爲郡，據大江之中流，在昔宿勁兵，爲重鎮。地有常險，則守有常勢，苟非其人，險不足恃也。爰擇材望，乃畀符竹。以爾秉節立義，術畧疏通，總六路之權，當大邦之寄，屢履變故，不懷二心，夷貊知名，姦回破膽。自以危行，告老而歸。聞精力之尚强，正艱難之所賴。爲朕復起，往守九江，必有忠謀，以寬憂顧。能益光于世業，斯無忝于訓言。

周鼎特贈待制

朋黨之論，不聞于帝王盛時，而起于漢唐季世。夫舉賢才之士，目以附罔而加之罪辟，其效至于戎馬在郊，中原板蕩。既往之禍，豈不痛哉！朕深懲艾，盡湔沈冤，激勸具寮，爲世永戒。具官秉心端亮，盡言無諱，受材肅給，所至有聲。昔蒙邪慝之名，今見忠良之實。西清次對，追賁九泉。尚其有知，服我休命。

靳博文夔路提刑

民惟邦本，獄繫人命，廣朕好生之德，實賴按刑之臣。❶以爾持節選方，❷謹奉憲度，忠厚明允，不聞過愆。其易使華，往司詳讞。若冤濫之有實，則當平反；或奸宄之無良，亦難故縱。式欽訓命，庸副選掄。

晏孝本大理丞

廷尉有丞，所以佐其長，平刑獄之事。人命所繫，其選亦難。昔狄仁傑嘗居是官，歲中斷滯獄萬有千七人，無冤訴者，最號稱職。以爾名臣之後，克承家法，初從委用，其往欽哉！

郝㝡遥郡刺史

洞庭之寇，爲南國患久矣。比命大將，往蕩平之，爾協心招徠，不待討殺。刺史之任，古人所榮，今寓武聯，非功不授。予用嘉爾，以勸有勞。勉竭乃心，毋怠報國。

❶「按」，明抄本、經鉏堂本作「提」。
❷「選」，文津閣本作「遠」。

种師道謚忠憲❶

古者死而無謚，至周有之。考行易名，付之公論，褒貶予奪，莫之敢私。百世傳焉，垂勸大矣。具官世載韜畧，性服仁義。早親有道，以自修飭，言行無玷，出處可觀。論新法之害民，遂坐黨籍；言北伐之誤國，黜使退休。女真内侵，起受師柄，昌言擊討，國勢所憑。和議奪之，至于禍敗。驅馳出入，以没元身。四海盡傷，九原難作。夫心篤國家之念，可謂曰忠；材兼文武之資，是宜爲憲。使爾不朽，名言在兹。精爽未淪，尚歆嘉寵。

孟庾觀文知紹興府

西樞宥密，方資帷幄之籌；東輔翰宣，允賴股肱之寄。具官裕和而强敏，篤實而疏通。頃疇器業之良，擢與政幾之重。宣明威畧，督護軍師，忠嘉備罄于夙宵，勤瘁早驚于華皓。念足國富民之大計，申畀利權；有雪仇討叛之丕圖，載謀兵政。薦閲囊封之奏，懇陳膂力之愆。章屢却而復來，守甚堅而難奪。俾升華于秘殿，姑出鎮于名藩。夫豈吾心，重違爾志。往雖閑闇，尚期静治之功；有以殿邦，宜共安平之福。勿忘眷注，尚服訓辭。

❶「師」，原作「思」，據明抄本、經鉏堂本、文津閣本改。

任良臣司農丞

大農掌金穀出入，國計所資，則其屬官，亦豈輕授哉！以爾名臣之孫，❶克自修飭，俾丞司稼，以觀厥能。益勵乃心，稱此光寵。

趙霈大諫

古者人臣皆得進諫其君，官與世變，乃專設一職。選之既遴，則責之尤重。得其人，乃能置君于無過之地；非其人，則變是非、移黑白，❷爲患有不可勝言者。此朕所以原省因任而不敢苟也。具官久服諫垣，多所陳述，蔽自朕志，就正大夫之位。夫朕躬得失，施于有政，惟臺諫二三人，任耳目之寄，聰明蔽塞，罔不由之。爾當以先正清獻所以事朕祖宗者事朕，毋求姑賢于近世之士而足，則予之德，惟乃之休。

❶「之」，明抄本、經鉏堂本作「諸」。

❷「黑白」，明抄本、經鉏堂本作「白黑」。

陳古知瀘州

昔武侯治蜀，思先入南，故五月渡瀘，用遏蠻方，庶幾出師劍門，無後顧之患。今瀘南列爲郡縣，亦已久矣。苟非撫綏得人，則平民猶能弄兵，況夷獠之風相接乎？以爾將漕益部，見推幹敏，元戎剡奏，請守是邦。往奉教條，以壯藩屏。勿謂朝廷之遠而怠忽官箴，勿憚權勢之威而浸漁民力。❶佇聞善最，自取寵榮。

程千秋轉一官

國家法令，皆保民之具，官吏能守，奚寇盜之興？以有違慢而出一切之政者，民用不堪，弄兵苟免，究其所自，予忍殺乎？爾能勞來之，降者頗衆，肆用進官一等，以爲服勞之勸。夫殄戮治民而謂之有才，苛急辦事而謂之赴功者，致寇之道也。爾其念兹，❷乃稱寵命。

---

❶「浸」，明抄本、經鉏堂本作「侵」。

❷「兹」，原作「之」，據明抄本、經鉏堂本、文津閣本改。

任中先左史

史，國典也。昔有姦臣，尊尚私記，遂參實録，以誣神祖。朕用憤之，選官訂正。爾總職策府，紬書金匱，是非去取，既有功矣。維時記注，秉筆入侍，❶尤資端亮，乃可傳信。以爾文學行誼，世濟其美，老而益壯，氣節凛然。古人不云乎，作而不記，非盛德也。朕方克勵，以是自期。若夫有舉不書，書而不法，論思之際，獨無責哉？往欽新命，仍卒前業，以稱委屬之重。

胡世將兵部侍郎

六官貳卿，侍臣高選，古大夫之職也。聞事而不聞政，大夫恥之。然則守繩墨簿書之細，而于周公分職之本旨不及知焉，豈侍臣之體哉？具官才氣敏達，輔以藝文，由持橐之近聯，當維藩之重寄，具有聲實，孚于師言。兹用召還，爲小司寇。今蠻夷猾夏，❷寇賊姦宄，❸爾其思明邦禁，詰暴亂之道，祇佐戎辟，勿以有司自處。尚克欽哉！

---

❶「秉筆」，原作「東華」，據明抄本、經鉏堂本改。「秉筆入侍」亦見於本集卷九《辭免起居郎奏狀》、卷十四《潘良貴起居郎》。

❷「蠻夷猾夏」，原作「四郊多壘」，據明抄本、經鉏堂本、文津閣本改。

❸「寇賊姦宄」，原作「姦宄竊發」，據明抄本、經鉏堂本改。

劉登禮部郎官

儀曹郎掌式度牋奏，爲文昌清望之地，必時鴻碩，乃堪此選。以爾文學純茂，行誼端飭，久于奉常之屬，庶幾稷嗣之譽。因才而用，必有可觀。往服訓言，以光厥職。

林季仲吏部右選

銓曹右選，于今多事。滌除宿弊，非明不能燭；鈐制姦吏，非斷不可行。司列大夫，其選匪易。以爾學知原本，行有持循，爲郎文昌，才望甚美，因能叙進，以究所長。祗服訓言，往修厥職。

蘇符司勳郎官

朕器使人才，厚于褒勸，典司功籍，必資通敏之士，然後六賞有等，輕重不頗。以爾名臣之後，詞學甚優，内外踐更，名實相副。寵以儒科之目，往從勳府之聯。益究爾能，對兹榮訓。

張守侍讀醴泉觀使

出布藩條，❶已著列侯之式；入陪經幄，方嚴一節之趨。爰錫徽章，用昭眷禮。具官職明而行粹，

---

❶「布」，原作「有」，據明抄本、經鉏堂本改。

器博而用周。窮六藝之本原，發爲事業；兼四科之品藻，名重薦紳。自往鎮于海沂，忽屢更于歲籥。乃眷服勤之久，宜頒均逸之恩。召使遄歸，副兹虚佇。路門勸讀，徯聞入告之嘉言；瑶館奉祠，仍示閔勞之殊渥。朕求多聞而建事，咨舊弼而圖勳。正學以言，勿事公孫之阿世；責難于我，當如孟子之欽王。諒克奉承，無煩訓勵。

任伯雨贈右諫議大夫

仰惟宣仁太皇太后御簾聽政，功在社稷，聖叡賢德，克嗣徽音，蓋與任姒比隆，而高出漢唐之右。小人誣毁，罔復顧忌，天下憤之，莫敢式遏。具官精忠直道，不負言責，力排奸賊之計，獨謫瘴海之外。自今遐想，凛有生氣。朕表章坤德，而刊正謗史，昭雪鉤黨，以祇慰在天。又取正諫美官，爲爾光寵。使世知公論之不可滅，讒慝之不可行，而盡言納忠之士，雖絀于初，終得申白。垂勸之義大矣！

曾楙知福州

維福唐自昔割據以來，❶崇尚異端，以規利益，遺俗至今而未殄。名田沃壤，歸浮圖者十六；請謁行貨，撓官府者紛然。政化不行，民彝汩亂。此非帥守之任，爲人上者之恥乎？具官清修不競，恬淡

❶「唐」，原作「州」，據明抄本、經鉏堂本、文津閣本改。

寡求，揚歷禁途，踐更内外。稽譽處以無玷，觀政術而有方。式是南邦，今以命汝。夫使民興于孝悌，不失其良心，直道而行，不惑于邪説，此致治息兵之本務也。祗服予訓，往其欽哉。

沈長卿秘書省正字

昔仲尼無所不學，而于疑則闕焉，其不疑者，尤慎言之。故除黜丘、索，考正頌、雅，而于魯史則有損而不能益也。而後之人以私意更易古書者多矣，豈聖人之訓哉！以爾學識明審，趨操端亮，書林訂正之職，宜以命汝。古之人正心以正身，正己以正物。汝服膺此道，以懋遠業，則于魚魯之辨，又何難哉！

葉焕復待制

西清次對，儒學高選，時方右武，亦以賞能。具官起從久廢之中，往當一面之寄，稔聞政術，頗著勤勞。俾復列于近班，以有光于藩翰。爾當益戒前失，深圖來效。使清議之無貶也，可不欽哉！

薛弼劉延年轉官

爾等分使兩湖，軍興不乏，列職中秘，亦既疏恩。載閲將臣之章，以是爲未足也。維慶賞予奪，皆自朕出。進官一等，益務靖共。

邵伯温贈殿撰

士君子依仁守義，雖不見用，乃有追録褒贈之典，施于既死之後，使聞其風者，興起尚論，如見其人，亦何存没之間哉？維先民康節，學貫三《易》，懷寶遯世，而爾以孝謹爲之子。維先正弼、光、公著、純仁，道德勳賢，表儀百代，而爾以學行受其知。浮沈下僚，迄不大試。柄臣有請，朕用慨然，寵以論撰之華資，庸示儒林之深勸。

王縉殿中侍御史

朕慕帝舜達聰而塈讒説，好問而察邇言，託耳目于二三言責之臣，使司天下毁譽之實。苟非良士，孰副吾意？具官疏通篤厚，練達世務，擢自臺察，寘于副端，越次而升，時論維允。夫辨小事而不及大政，彈小吏而不及大官，居其位有所不知，知之有所不言，言之有所不行，行之而善人病焉，小人怙焉，君子以是爲御史之責也。往祗予訓，以增憲府之重。

何掄著作

自崇、觀而後，時政闕焉不記。朕廣攬髦士，付以制作，閲歲滋久，成書未上，使右文用武之際，來世無考，可乎？以爾殫見洽聞，詞藻清麗，召自西蜀，入直東觀。其服訓詞之寵，肆觀良史之才。

董將刑部

昔漢高以寬大除去秦苛法，三章之約，民至于今安之，固不以殺人者不死爲德也。我國家本仁尚義，法之所制，民自以爲不冤。逮熙寧用事之臣，析言破律，以舉首之似，亂刑名之實，流弊至今而未止。朕欲變而更化久矣。爾强慎明恕，爲時望郎，兹以次升，列職憲部。其佐而長，監于舊章，使輕重有倫，不蹈前失，以稱予恤刑之意。可不勉哉！

錢葉都司

惟用武既久，都官之籍日衆，能否真僞，朕疑其淆而不覈也。循名而進之，他日安取官闕給是哉？以爾茂文劭行，嘗爲察吏，兹服新命，列職司僕。必也參稽成憲，疏理近弊，使無壅積僞冒之患。以昔之察人者，今而自察，然後爲稱。若餘所典，亦罔不欽。

董弅少常❶

朕以孝弟之情未伸，雖郊禋大祭，毋敢以樂。若夫格宗廟以一民志，訓軍旅以嚴等威，謹華夷之

---

❶「弅」，原作「弇」，據明抄本、經鉏堂本改。據《建炎以來繫年要録》卷九三，紹興五年三月董弅試太常少卿。

聘好，❶示天下以君臣父子之大倫，必得鴻碩之士，❷典朕三禮，厥任豈不重乎？以爾文史足用，勁正自將，出使觀風，不畏强禦，召還敷奏，持論據經。茲擢貳于奉常，實一時之妙簡。爾其深惟天秩之意，以丕承明訓，直清夙夜，尚克欽哉！

范直方閩憲

用刑者疑而後有讞議，濫而後有平反。若夫縱釋罪人，謂之陰德，使良民無告，訟獄不公，此豈朕好生之意哉？爾勳賢之後，辨治詳明，❸輟從天臺，往按閩部。惟閩之俗，明恩讐，尚氣義，御失其道，狙詐亦興。往慎刺舉之權，去其陷民于罪者。朕將閲奏牘多寡，下酌民言，以考爾之賦政。可不勉哉！

梁燾復資政

維元祐大臣，咸有功于宗社，久陷黨籍，天下寃之。自朕疚心，以次昭叙，豈伊丞弼，尚闕賛書？

---

❶「華夷」，原作「邦交」，據明抄本、經鉏堂本改。

❷「士」，明抄本、經鉏堂本作「儒」。

❸「辨」，明抄本作「辦」。

具官勁節深忠，遭時委質。有犯無隱，夙高諫静之風；同寅協恭，遂格平康之化。巧言既作，遐竄不還。行直道于三代之間，吾誰毁譽；考公議于百年之後，彼自愛憎。追秩故官，參聯峻職。昔也賢哲之士，俱罹丹書；今焉湔雪之恩，再光清議。皆臣子之榮遇，何死生之足論？

朱震轉一官

典謨訓誥，皆上古之書；筆削《春秋》，著先王之志。其文雖史，垂世爲經。朕仰奉孫謀，恭繩祖武，覽裕陵之實録，悼私史之謗言。譬夫氛祲之興，或掩昭回之象。乃詔羣彦，同次舊文。具官學貫九流，趨皇極會歸之要；識深五傳，窮古人作述之原。頃預編摩，克明去取。兹閲奏篇之上，彌嘉汗簡之勞。十九年之勳德既昭，千萬世之楷模斯在。祖宗有慶，非出朕私，爵秩所加，式爲爾寵。名附不刊之典，實彰有永之辭。

陳桷直龍圖閣知泉州

七閩貧瘠，異時調斂不及焉。惟泉南負海，有舶市之饒，未嘗罹兵革之禍，于今爲望郡。然造舟艦，鬻僧牒，以佐軍興民，不無事矣。❶而賈寇大棹，❷出没乎渺茫，其患方滋，朕所以南顧睠焉，求良

❶「不」下，原衍「能」字，據明抄本、經鉏堂本、文津閣本删。
❷「棹」，原作「盗」，據文津閣本改。明抄本、經鉏堂本誤作「掉」。

二千石而付之也。爾學修而行潔，志静而慮周，臺省踐揚，恬然自守。推此爲政，❶必有可觀者矣。寓直延閣，善撫吾民，治最上聞，褒典奚吝？

楊時贈四官

自聖學失傳，道無統紀，以佛老而亂周孔，託六藝以文奸言。聰明才智之人，溺于空虚而不知安宅；猥瑣蔽蒙之士，安于卑陋而莫肯遷喬。高明中庸，析爲二致。學術既壞，興替隨之。具官躬稟異材，早親有道。德宇和粹，望而可知其賢；事業修明，用之未究所藴。方立言而垂後，將以道而覺民。邪説漸排，正途斯闢。朕念談經之益，爰深憲老之懷。而天不慭遺，邦其殄瘁。已詔有司，厚賻恤之禮；又給史札，取辨正之書。兹畀愍章，❷更加榮秩。用作興于多士，以表著于斯文。

徐度李誼宋之才孫雄飛除館職

若古有訓，大亨養賢，將開拓丕基，永圖康濟，必搜羅羣彦，以俟選掄。爾等行義潔修，文詞敏妙，試言來上，陳誼甚高。俾接武于英躔，共讐書于秘府。惟志趣遠大，不萌富貴之心；則涵養博深，必著

---

❶「推」，原作「惟」，據明抄本、經鉏堂本改。

❷「畀」，原作「俾」，據明抄本、經鉏堂本改。

事功之美。淑慎爾止，❶明聽朕言。

范正平贈直秘閣

朕觀士大夫守正者必疾邪，爲惡者必遏善。方詐力取勝，則小人有時而肆行；及公道既伸，則君子豈至于久屈？順天休命，吾職則然。爾志操剛方，孝義有聞。以小吏而抗大奸，終守其節，遂陷黨籍，德名愈光。朕于元祐之臣，苟賢且忠，不間堙微，❷咸用褒秩。所以申廣勸戒，非爾一人之爲也。死而不朽，豈不在兹？

余應求江西憲

陰慘陽舒，天之大德，五刑五用，所以憲天。間者典獄之臣，罔燭厥理，舍姦戾法，謬謂從寬，使柔善之民，寃憤不伸，于朕心有戚戚焉。爾守身直諒，久從閒曠，所養宜厚矣。俾持憲節，往慎折衷。而況江右列城，半罹賊虐，昏頑詿誤，亦兩有之。必清心迪智，則下不敢欺；必推恕及人，則刑斯無濫。克若予訓，豈忘汝嘉？

---

❶「爾」，明抄本、經鉏堂本作「所」。

❷「堙」，原作「末」，據明抄本、經鉏堂本、文津閣本改。

某人司農丞

自昔寺監丞貳，進爲臺省之用，出爲郡守部使者，故非材效已著，不預是選。省併以來，用人不次，幾于輕矣。然誠得其人，朕亦何愛乎？❶爾學求有用，留意乎世務，往丞大府，試才之始也。夫爲委吏而會計，當聖師猶盡心焉。可不勉哉！

謝惇德上書改官與升擢差遣

朕好聞直諒有益之言，雖小人怨詈，猶惕然康色以受之，而況所陳中理者乎？爾爲遠邑小吏，謄書來獻，議論可用，實嘉乃心。既易其官，又擢其所任，非獨爲爾之報，蓋使志義之士，皆將輕千里而來告予以善也。

趙子湆判西外大宗正司

朕遭家之多難，思宗子之維城，眷求親賢，分典屬籍，推吾惇叙之意，助成信厚之風。以爾天稟浚明，吏能超邁。有文好學，早讀元王之《詩》；近義親仁，不忘穆生之醴。曩緣進鋭以得過，亦既退間而

---

❶「愛」，原作「憂」，據明抄本、經鉏堂本、文津閣本改。

省愆，艱難備嘗，齒德俱劭。召從遠外，逡巡持克慎之心；入對咨詢，慷慨多可行之論。用還舊職，俾正外司。抑抑威儀，往篤本支之慶；振振公族，庶幾磐石之宗。

周葵殿中侍御史

朕惟祖宗盛世，❶斯民直道而行矣，猶汲汲于求忠良，開言路。矧今邪説趨利而作，毁譽不核其真，辨政事則規一切而忘遠功，論人才則以一眚而掩大德。至于九法斁，三綱淪，國家安危所在，則未有能正之者也。然則居耳目之官非難，不惑朕之聰明爲不易耳。爾學修而行美，有意乎當世。廉察向久，今庸次升。勉竭乃衷，無忝明命。

詹至郭執中進階

頃命相臣，督護戎旅。膚功克奏，婉畫是資。爾識慮端詳，預聞機事，第功來上，式畀寵名。思稱異恩，可無來效？執中云「爾識慮端詳，諮謀有補，第功來上，加進崇階」。

❶「世」，明抄本、經鉏堂本作「旦」。

陳彦忠轉一官

頃命相臣，督護戎旅。凡厥官屬，咸有勞能。具官材力敏强，克總行務，第功來上，加進官聯。思稱異恩，可無來效？

輔逵馬師謹邢舜舉與郡

比命虎臣，出平寇盜。凡在將領，咸有勞能。爾既克摧鋒，又能撫納。師謹云「爾期會不愆，敏于招納」。舜舉云「爾敏有才能，恪恭師次」。第功來上，寵畀郡符。思稱異恩，可無來效？

韓仲通大理寺丞再任

廷尉用法，天下取平焉。屬者未聞審克之譽，而有徇情出入之譏。朕思得守正不撓者，往革其弊。爾爲佐理卿，見謂諳練，請爾久于其事，諒非私舉矣。謹遵法律，將考爾之成績。

何伯熊改官

爾以學行著稱乎西南，而達于聽聞，召對考言，有足嘉者。錫以書命，易其官榮。謹守爾身，將有任使。

張浚母計氏改封蜀國太夫人

朕念恢復土宇，莫若内修，肅清江湖，實繫良弼。及褒揚而懋賞，乃謙畏而辭榮。嘉哉誠節之彰，尚矣義方之效。可無寵錫，以表慶覃？某氏懿範慈祥，清風肅穆。靡他守志，恪遵衛婦之規；爲子擇鄰，遠繼軻親之識。❶浚仗孤忠而許國，爾能萬里而移書，不形姑息之言，純是激昂之戒。行光往牒，福萃高門。王珪之交友皆賢，固宜有立；陶侃之功名寖盛，可見所原。庸侈君封，以華邦號。昔先正作股肱而洎養，榮孰此如；維冲人慕父母而報仇，功殊未建。益康乃後，用相我家。

席益成都利州梓夔潼川安撫制置大使

朕自南渡以來，不忘北向之念。慨昔者經邦之多誤，致中原宿盜之未平。下拓兩淮，中收漢沔，漸規進取，期殄寇仇。乃眷西南，地連關隴。猛士如雨，待弦矢之機；岷山導江，有襟帶之勢。内蕃王室，外張天聲，非得傑才，曷勝重寄？具官器度凝遠，智術通方。入預政幾，忠嘉屢告；出當方面，威望孔昭。勿辭泝峽之難，往懋幹方之績。況益部之甘棠不翦，而渭川之草木知名。吾方因任于世臣，爾盍勉移于忠藎？昔孔明治蜀，光照古今。以集衆思，存設教之心；以攻己闕，爲平賊之本。故能臨

❶「繼」，原作「寄」，據明抄本、經鉏堂本、文津閣本改。

大節而不可奪，處經事而知其宜。兹委使權，仍加職序。思蹈前規，❶期于有成。

向子諲江東漕

古之大夫老而得謝，則不復可仕。其或壽耇康寧，時之所賴，亦不以年及而聽其去。蓋知足者，一身之事；而用賢者，國家之計也。況能齒髮初艾，精力未愆，才智足以周事爲，氣節可以壯形勢。而乃確然堅卧，以必退爲高，失出處之宜，非朕所望也。今江南之民，困窮日甚，以豐凶相半之歲，給雲屯待哺之卒。將漕充使，非爾孰堪？毋執小謙，久稽成命。能副期待之意，是乃世臣之忠。

董弅右司❷

左右司置郎，文昌高選，宰相之屬也。彌綸闕失，裨贊庶務，非取其奉行成事而已。間者典籍散亡，人有求于法之所不可者。六曹具上，必付都公，而吏以其情，先擬所決。抱牘叢進，請占書之，習以成風，是將何賴？爾才識明敏，志操端方，所臨有聲，宜任此職。必使廟堂之上無過舉，胥史之志

❶「規」，明抄本、經鉏堂本作「軌」。

❷「弅」，原作「弇」，據明抄本、經鉏堂本改。據《建炎以來繫年要録》卷九四，紹興五年十月董弅任尚書右司員外郎。

不得伸。當官而行，何强之有？

何慤太常少卿

中國之所以貴於夷狄者，❶有禮樂以節文，仁義而導迎和氣也。自昔承平既久，人欲肆行，而天秩不建，以致雅廢之禍。今將撥亂世反之正，則凡禮之所不可不爲，與其所不必爲，及夫流習承誤而當損益因革者，亦衆矣。秩宗之任，必惟其人。以爾學行明粹，智慮詳謹，玆由宰士，擢貳奉常。其思訓言，往懋乃職。

趙子湇江西運使

自軍旅之興，九年于此，土宇未闢，而兵食日衆，賦于百姓者悉矣。既不得已，歛民以養兵，則亦豈可厚兵而殘民？思得通材，付以利柄，庶幾士飽而歌，攘敵于外，民安其業，守邦于内，上下交濟，是惟難哉！具官才刃優游，心計精敏，久于閒散，❷慮患克深。自初召還，逡巡以進，及此委寄，辭避靡寧。先聖不云乎，慎斯術也以往，其無所失矣。江西之地，寇旱相屬，往思厥職，務弭師言。

---

❶「貴於夷狄」，原作「久安長治」，據明抄本、經鉏堂本改。

❷「散」，明抄本、經鉏堂本作「放」。

李迨兩浙運使

國以民爲本，以兵爲衛。今輔弼大臣詔朕均節于上，而計司守令率職供億于下，日不遑給，兵故之以。❶深惟其方，必得公勤智能之士，以總輸將調度之計。取之有制，用之有節，猶庶幾焉耳。具官才智强明，吏事肅給，盤根錯節，游刃有餘。至于理財，尤見推許。今二浙之稔，國用所資，而嗣歲之豐，天時難必。都漕置使，莫如汝諧。職思其憂，以副朕命。

❶「故之以」，原作「事聿艱」，據明抄本、經鉏堂本、文津閣本改。

斐然集卷十四

宋胡寅撰

范直方樞密院檢詳官

本兵宥府，幾務實繁。前之所行，後以爲例，視已成事，詳處厥中。必待更練之才，乃副司屬之任。爾議論明發，才周事爲。朕思文正、忠宣，肇敏戎公，而不得見，訪求後裔，倘或有聞。爾宜以奕世之所傳，參今日兵政之治否，告于而長，豈曰小補之哉！

陳昂直徽猷閣知信州

朕之用人，必内外劇易，無所不試，然後其才之宜否灼見不疑。爾頃由薦論，超列樞屬，柔濡退默，不露其鋒。褒揚和議之人，以贊本兵之政，吾固知爾之所存矣。俾聯内閣，出剖郡符。更觀所爲，尚服休命。

吴革福建提刑

任力者必勞逸相半，然後所任不壓，用才亦然。苟勤其才而不閔其勩，此《北山》之詩所以刺役使之不均，而歎從事之獨賢也。爾屢領漕寄，未嘗辭難，軍不乏興，厥績既茂。稍從休假，俾按祥刑。咨爾七閩，僻在一隅，大盜之後，已漸安堵。能使訟獄平允，民謂不冤，刺舉無私，吏知所畏，則爾之職亦不勞而稱矣。

李謨知潤州

維京口重鎮，自昔南北之際，必謹守以固國。今城池高深，天塹截然，其險阻之勢自如也。獨以數罹寇攘，民散不復，而供億軍師之資，❶重困遺黎，是皆守險所當念者，可不務乎？爾學優而仕，揚歷有聞。曩在北方，嘗著干城之畧；兹爲膚使，❷益高足食之能。矧爾鄉邦，潤爲北境，又嘗攝事，恩信已孚。往祗厥官，勉建勳績。

---

❶「資」，明抄本、經鉏堂本作「費」。
❷「膚」，原作「敵」，據明抄本、經鉏堂本、文津閣本改。

朱震轉一官

朕惟帝王之治，求端于天，本天理而時措之。後世用智力，判天人，凡曆象授民之妙，散爲術家。至于閏餘失次，攝提無紀，❶以爲是固然，而不知其拂天害民，亂之大者也。具官學深象數，智潛幽眇，會于道要，得其本元。屬曆法之有差，視算家而參正，成書來上，七政以齊。雖史遷之起《太初》，子雲之明《三統》，不得專美，予用嘉之。序進一官，少旌勞勩。是謂德賞，往其欽承。

陳葵將作監丞

朕卑宮陋室，不敢少安，營繕之事，蠲省久矣。而大匠官屬，猶存不廢者，意將恢復中原，則左宗廟，右社稷，面朝後市之制，有其人而後政舉，非爲冗設也。肆其命爾往丞于監，勿謂無事而忘職思。

劉大中回授祖一官

蓋聞木落糞本，水深則回。德善之修，既覃其後裔；孝愛之報，必光于前人。天理固然，朕心所

❶「紀」，明抄本、經鉏堂本作「記」。

尚。爾質直而好義，泛愛而親仁，言行信于鄉閭，氣節厚于風俗。輕財重士，❶教子起家，遂生聞孫，靖共正直，居朕左右，爲國羽儀。會修史而遷官，顧疏恩而追賁。特屈常法，旌其念祖之心；尚有英知，歆此漏泉之渥。用爲世勸，豈獨爾私？

汪應辰改官

屬者延見多士，問以治道。爾年未及冠，而能推明帝王躬行之本，無曲學阿世之態，遂冠時髦，名震中外。夫學于聖門者，必辨義利之分，正其義不謀其利，則爲舜何難焉。苟以利爲義，其去跖亦不遠矣。爾益自勉，以成遠業。初從京秩，服此訓言。

趙伯牛湖北提刑

大湖之北，土沃俗富。自軍興賦重，吏緣爲姦，訟鬱政煩，民不堪命，乃相保聚，以延歲月。今既蕩定，吾加惠焉。按臨列城，尤在良吏。以爾才藝之美，性質之厚，用付使節，俾司祥刑。問俗觀風，舉才刺否。爾其正身率下，寬刑省苛，勿庸喜怒之私，惟民便否是視。庶幾遺黎知朕德意，安其生業。往思勉之。

❶ 「輕財重士」，明抄本、經鉏堂本作「財輕士重」。

韓璜廣西提刑

朕閲諸道讞奏，病庶威奪貨，頗類放紛，❶未嘗不申飭憲曹，再三欽慎。矧八桂二十餘郡，遠在數千里外，大姓侵漁州縣，小民訟獄失平。言者上聞，朕所隱惻。以爾廉明公介，學道而愛人，爲吏南方，聲實甚著，就易使節，俾按祥刑。夫嶺海僻陋之邦，華夷雜居，俗本無事，庸人擾之耳。惟力去其爲民害者，則訟理而政平矣。

馬擴轉一官

比命相臣，督護戎旅。凡厥將屬，咸著勞能。具官韜畧從横，曉暢軍事，服勤于外，❷績用甚昭。加進官聯，用爲衆勸。其祇新命，益務遠猷。

郭執中樞密都承旨

朕以世仇未復，軍政是修。既任大臣，分典内樞之地；乃選良士，入參宥密之聯。俾幾務之與聞，

❶「頗類」，明抄本、經鉏堂本作「頗纇」。
❷「服」，原作「朕」，據明抄本、經鉏堂本、文津閣本改。

實嘉謀之有賴。久虚厥位，必惟其人。具官氣果而才通，識明而論辨。早周旋于塞上，更事已多；晚諮議于軍中，臨機輒應。挺忠誠而自竭，當勤勩而罔辭。其次對于西清，以近承于中旨。尚詢黄髪，勿云膂力之愆；益罄丹心，思佐戎衣之烈。

吴超等轉官❶

寇犯王畧，❷偏師禦之，捷音上聞，可無懋賞？具官忠于敵愾，勇克摧鋒。戰艦孤鶩，賊舟盡覆。淮壖不聳，紀律無譁。旌以郡符，餘人云「超進官聯」。用爲勸衆。

王權轉一官

寇犯王畧，偏師禦之，捷音上聞，可無懋賞？具官忠于衛國，勇可冠軍。總貔貅以前驅，❸鬭艨艟而盡獲。淮壖不聳，紀律無譁。超進兵團，用爲衆勸。益思遠績，别對寵光。

---

❶ 此篇明抄本、經鉏堂本目録及正文置於《王權轉一官》之後。
❷ 「寇犯」，原作「侵敗」，據明抄本、經鉏堂本改。下文同例皆逕改，不再出校。
❸ 「貅」，明抄本、經鉏堂本作「虎」。

李弼直太常博士

奉常禮樂之所自出，凡有大典，詢度訂正，必及于屬士。歷世以來，皆爲清選。爾學識趣正，文藝宏博。往踐厥職，夙夜惟寅。使議論屈服于諸儒，禮儀不專于胥吏，是爲稱矣，可不勉哉！

陳得一賜號通微處士

朕稽若上古，治曆明時，歲久或差，未之有改。爾潛心數學，高步算家，推往知來，無一不合。成書既上，正朔以齊。用錫寵名，少旌篤志。歸榮華皓，服此訓言。

潘良貴起居郎

左右史秉筆入侍，言動必書，凡有嘉謀，直許進對。惟不欺可以信後世，惟有學可以宏規益。久虚其選，疇克當之？以爾瑚璉守身，冰霜勵操，達于世務，心在國家。德譽日隆，朕所器重。入聯東省，莫若汝諧。以無玷之身修，行可移之忠順。不獨俾司于記注，實將有取于論思。尚服訓言，以對光寵。

某人贈直秘閣

昔元祐初，登用先正司馬光，天下賢材，由類而至。小人不利，黨論興焉。自今觀之，孰邪孰正？

朕所以昭洗冤憤，而次第施恩，實惟垂勸方來，非獨有憫于既往者也。爾得所附麗，名掛于籍，閱世之後，清議皎然。兹用追錫以中秘之美，其視爲讒邪，竊富貴，死而與草木俱腐者亦相遠矣。尚服明訓，增爾之光。

孟某贈直秘閣

有國家者養才勸善，如藝嘉木，扶持拱把，以須合抱之成。而或夭于斧斤，遭彼霜露，匠伯睥睨，尚且歎惜，況佳子弟近出戚屬，不幸類此，吾懷如何？❶以爾天質茂明，有志自立，以積學爲富，以敏行爲貴。維我昭慈，先后慶門，所賴秀而不實，孰測其然？中秘萃資，儒林妙選，今以贈爾，雖死而猶生矣。

某人太府丞

外府受藏，國用所待，凡厥官屬，非才孰宜？爾來自遠方，見稱行治，往司丞職，益究所能。克謹有司之常，當被陟明之典。

---

❶「吾」，明抄本、經鉏堂本作「我」。

某人改合入官

屬者臨遣使臣，宣諭諸道，委以刺舉之事。爾才學行治，克膺薦論，賜對便朝，審如所舉。俾易京秩，庸示寵嘉。服此訓言，以永終譽。

某人加職

朕選忠智之士，佐議于軍師，又時親考其策畫，以觀中否。爾以職事入奏，所陳辨達，可謂能矣。夫言適于用，好謀而成，朕之所樂聞也。增畀榮序，益思厥績。

李彌遜直寶文閣知吉州

廬陵之俗，喜争而嚚訟，賦輸所入，乃甲于江西。自頃鄰邦寇殘，或逮屬邑，赤子流散，鮮安南畝。是以大農所仰，數減于舊，而習俗刓弊，❶乃甚于前。與我共理者，其惟良二千石乎？以爾才智疏通，吏能肅給，踐更中外，咸著嘉稱。兹俾對敭，有言動聽，進班延閣，往服郡章。其推吾子養百姓之心，以善爾拊循千里之最。

---

❶「刓」，原作「利」，據明抄本改。

吴玠贈三代

朕方用武，西顧秦關，爰有虎臣，爲時而出。居秉鉞建牙之位，貳宣威撫俗之權，克奏膚公，以佐戎辟。想其慶衍，蓋有福基。屬毖祀于合宫，用均恩于幽顯，以明積善之效，而慰孝孫之心。具官曾祖隱約自修，沉潛弗耀。仁深德厚，報雖不在其身；本固末蕃，久而克昌厥後。❶ 東朝二品，名寵秩尊，加賁恩書，以重褒典。朕之所以惠爾三世，而玠之所以逮其重祖者，可謂盛矣。殁而未泯，尚克歆兹。

人臣忠力自奮，雖起孤單，逮其功績既昭，官尊職鉅，則所以寵之者，上及其三世，蓋欲爲服勞者之勸，而示天下以積德累仁之有報也。❷ 具官曾祖母静專閫淑，❸嬪于令門。流澤既長，❹啟佑乃後。時予禦侮之士，實爾多才之孫，付以節旄，任重陝蜀。合宫敷慶，追錫有章。登崇號名，易畀嘉郡。往奠厥壤，歆承茂恩。

---

❶「而」，明抄本、經鉏堂本作「乃」。
❷「仁之」，明抄本、經鉏堂本作「善之必」。
❸「閫」，明抄本作「閒」。
❹「長」，明抄本、經鉏堂本作「久」。

朕祗率舊典，禋祀總章。五福之敷，廣覃于民庶；四篚之惠，下及于翟閭。矧時仗鉞之臣，久懋幹方之烈。遠繩祖武，❶克亨宗祧。爰有彝章，豈忘追賁？具官祖懷寶不售，❷種德自深。義訓所覃，戎昭是力。念功原始，加秩疏恩。東朝之孤，傳位最寵，慜書申賁，兼示哀榮。俾致告于烝嘗，尚無忘于祗服。

朕惟婦人功用不得表于世，而于其子孫觀焉。才力忠勤，能扞門户之寇；謙恭謹畏，罔干典憲之文。富貴不離其身，以克光大勳閥，則其祖妣之所以教，亦可考矣。疏榮上逮，❸厥有國常，禋賚方頒，追褒可緩？具官祖母行應儀矩，化行閨門，祚其材孫，作我名將。易封上郡，申錫賛書，揚于廟中，服兹寵渥。

蓋聞父愛其子，則因其材而教之；君愛其臣，則俟其功而褒之。既褒其功，以是爲未足也，則又推其義方之所自。然後吾所以待臣子之心，于是爲無慊。❹慜有加寵，位不次授，獎忠勸孝，各得其宜。具官父藴材抱器，雖不自見，而其後嗣能讀父書，瑞節虎符，佐使秦蜀，功名浸美，克大其門。惟爾教

❶「繩」，原作「承」，據明抄本、經鉏堂本改。
❷「寶」，原作「實」，據明抄本、經鉏堂本改。
❸「逮」，原作「達」，據明抄本、經鉏堂本改。
❹「慊」，原作「歉」，據明抄本、經鉏堂本、文津閣本改。

忠，衍有兹慶。明堂大賚，卹典致隆。貳子官師，名秩尊寵。尚其如在，服此茂恩。

人子愛其父母，孰不願于顯揚；人臣致其勤勞，乃克膺于追報。得預兹典，豈非至榮？具官母作德懿純，慈而能教，錫羨流慶，在爾後人。兹有事于總章，迺均賚于存歿。許國之忠既効，終天之念不孤。豆籩致隆，那復大隧之賦；膏沐贈眒，改卜小君之封。尚其靈明，服膺寵號。

部伍致衆，猶家人僕妾之蕃；原野陳兵，積鞭撲譴懲而大。我有材將，克成武功。想其閨門，必有賢助。推齊家之道，資馭衆之方。副笄六珈，是宜偕老。矧當慶賚，可後褒封？具官妻懿淑令儀，歸嬪勳閥。婦職恭順，母道慈嚴。爾夫所以能忠于君而臨其下者，蓋有取矣。山河象德，湯沐君封。祗服恩榮，永宜家室。

馮氏封太孺人

學士大夫則知尊祖矣。爾孫仲服在右列，乃能請損小君之封，以歸榮其大母，朕用嘉之。咨爾馮氏，其服寵章。勉修慈仁，永綏眉壽。

韓治贈官

朕有先正之臣曰忠獻魏王，德在生民，功在宗祏。福澤所播，克有賢孫。慎守其身，不忝厥祖。而位不稱德，美名獨彰。朕見喬木而興懷，念九原之難作。屬當禋賚，國有故常，申錫寵靈，以昭幽魄。

具官行誼甚飭，政術有方。冠紳累朝，而典籍是好；富貴奕葉，而家聲不頽。知以義榮，肯爲利動？迄不大試，尚其後人，贊吾事樞，緊爾是賴。爰自宫師之重，升聯亞保之崇，加錫贊書，聲于其廟。豈特大官高位，著韓氏傳家之盛；❶蓋將表仁旌善，爲具僚立宗之勸。明命如此，汝其享哉！

余殊封官

明堂敷慶，燕及耆老，所以勸夫爲慈與孝者也。爾以眉壽，克膺此寵。其益教爾子，移孝爲忠焉。❷

陳規贈父

總章毖祀，徼福于神祇；霈宥施恩，兼榮于存殁。以爾躬積至善，克生令子，忠以衛上，干城一方。遂服列于從臣，以克膺夫追錫，加畀顯秩，爲爾寵光。魂而有知，尚其歆受。

❶「傳家」，原作「家傳」，據明抄本、經鉏堂本改。
❷「移」，原作「以」，據明抄本、經鉏堂本、文津閣本改。

馬欽贈父

明堂敷慶，存殁畢及，以廣忠孝，以昭典常。具官生于朔方，嘗列顯仕，克訓厥子，慕華而歸。官聯既高，得用追贈。大夫之貴，團兵之職，併爲爾寵，尚體予恩。

折彦質贈父

朕御戎衣而憤夷狄之辱，❶聞鼙鼓而興將帥之思。眷昔虎臣，克當閫寄；屬兹禋賚，宜錫慇章。具官河曲令門，山西賢將。不由附麗，自致功名。謀闢天都，戎嫗棄帷而遠塞；功成夜帳，泰陵受凱以臨朝。未殫金櫃之奇，已静玉關之柝。澤流後裔，世有顯人，贊予宥密之謀，緊爾猷爲之緒。九原難作，故國興懷，用追秩于庭槐，以增光于泉壤。尚惟精爽，能體哀榮。

張婕妤贈三代

祇祀明堂，均福臣庶。矧時内職，法等外官，得以追恩，上及祖廟。國有常典，其可廢乎？某人祖

❶「夷狄」，原作「國家」，據明抄本、經鉏堂本、文津閣本改。

積善在躬，久而愈著。有孫令淑，進列九嬪，位視上卿，豈非餘慶？聿加顯秩，爲爾之光。精爽未亡，❶尚克歆受。

宗祈藏事，霈澤流恩。凡欲顯揚其祖先，蓋均式典于中外。某人祖母作配名族，德爲女師。爰洎令孫，入備嬪御。淑慎厥職，弗累其宗，得援敷錫之恩，加賁大母之號。申以書命，尚其歆承。

祀于明堂，示民以孝，爰及慶賚之典，庸慰顯揚之心。矧時女卿，均法外職，疏榮上逮，可廢國常？某人父德善甚豐，源流有衍，克生賢女，進列貴嬪。罔極之思，欲報以德，追贈加秩，是爲茂恩。想克有知，服此光命。

若古宗祀，斂福錫民。欲顯其親，無不如志，用廣孝道，内外惟均。某人母淑令慈祥，宜其家室。慶流之美，有女甚賢，登進掖庭，光列嬪御。藐矣歸安之日，終然顧復之情。改畀新書，以昭舊號。没而未泯，猶克有聞。

總章告慶，民皆受福之人；褒贈及親，國有追封之典。若時内職，視法外庭。某人繼母允蹈柔嘉，不愆訓範，克生令女，進預内卿。念温養之無從，庶顯揚之有慰。美號雖仍于舊貫，命書庸示于新恩。芳識如存，諒知歆受。

---

❶「亡」，原作「忘」，據明抄本、經鉏堂本改。

趙鼎贈三代

三代王者謂同姓諸侯曰伯父、叔父，親之也。矧夫正位上宰，弼亮王室，協同姓之親，而任天下之重。仰延爵命，不臻重祖，將何以稱朕倚注之心，示勸有位哉？具官曾祖榮，德光厥身，垂範後裔，本大末茂，彌遠益昌。嘉爾曾孫之賢，服我股肱之任。爰從亞弼，擢拜元輔。觀典刑之具美，識故老之遺芳，是用躋榮公台，參位師傅，疏九原之渥澤，❶焕百辟之光華。爾尚有知，享予休命。

婦人無非無儀，克守箴戒，乃有德配君子，宜其室家。義訓仁風，覃及後嗣，將必有以，夫豈苟然？具官曾祖母柔惠慈祥，端莊静順，育德望族，作嬪高門。蘋藻之職孔時，尊章之禮不懈，用能光昭奕世，丕赫于曾孫，爲予大臣，秉國魁柄。不有休顯之數，何以增賁九泉？庸侈君封，改畀大國，式彰婦道，用格幽顯。贊書寵錫，尚克欽哉！

朕推心股肱之臣，康濟艱難之運。❷委任既重，禮貌宜優。疏恩及于前人，錫寵自其初拜。用章眷意，仍慰孝思。具官祖友直懷寶沉潛，福基隆厚。以積善爲傳家之慶，于高閎知種德之深。聿生聞孫，作我元輔，計安社稷，身任安危，俾登冠于台衡，遂推仁于祖廟。式昭遺訓，爰示慼章。頒一品之

---

❶「原」，明抄本、經鉏堂本作「京」。

❷「難」，明抄本、經鉏堂本作「虞」。

命書，陞三公之崇秩。訓辭褒大，存歿哀榮。尚其英靈，不忘歆識。

人道本乎祖，學士大夫知尊祖矣。至于挺不朽之功業，居人臣之極地，則得追秩其三世，而加崇其祖妣。君于大邦，以永慶譽，國章維舊，朕敢忘之？具官祖母早以懿範，歸配賢德，既茂宜家之慶，永垂傳世之裕。佐予艱運，爰正位于台躔；繄爾有孫，迺疏榮于湯沐。相攸安定，改卜新封，申錫命書，哀榮兼至。尚惟未泯，歆此休光。

若昔太祖，肇造丕烈，佐命先正，曰韓王普，咸有一德，奄甸萬姓。朕開闢否運，寤寐英賢，爰得宗臣，置諸左右，以保我皇家之基業。慨懷祖武，若合符契，則惟大臣追賁禰廟，厥有令典，孝心如我，其可弗敦？具官父玘葆德在躬，流光裕後。道義輕乎萬物，然諾重于千金。和氣所鍾，乃生賢子，嘉謀是賴，爲國柄臣。觀百善之所從，想九原之可作。爰錫上公之服，就封曲沃之邦，酬狐突之教忠，嘉畢萬之有後。三牲致養，雖不逮于平生；四海知名，斯有光于來裔。尚其幽壤，服我隆恩。

冢宰之統百官，職已躋于上位；君子之澤五世，福當及于前人。爰錫命書，用尊母道。具官母早由淑德，來相令門，能安在饋之常，迄享充閭之慶。以外觀內，灼知閨閫之肅雍；自葉流根，宜有服章之盛美。胙之大國，錫以綸言。禮等君封，義彰子貴。慰吾賢相，有念母不見之悲；俾爾臣工，知移孝爲忠之效。泯而未泯，❶庶或有聞。

---

❶ 上「泯」字，文津閣本作「靈」。

蓋聞仲尼有言，積善之家必有餘慶。所積有深淺大小，則其慶有淹速廣狹。若乃布衣之士，致身台衮之崇，舟楫巨川，與民俱濟，苟非善積深大，何以慶流廣速？顯揚之報，理所當然。具官繼母天資高明，德性宏大。輕財重義，有能治千人之功；以禮防身，繼髧彼兩髦之誓。三遷而教，易世遂昌。拓爾小君之封圻，蓋自大臣之寵數。庸慰罔極之念，且旌移孝之忠。賛書哀榮，尚克欽受。

朕爲民父母，思天下之民，匹夫匹婦，有不被仁義之澤，故選於衆而舉其英傑，❶以佐吾治。則于其室家，可無恩紀，以慰痌瘝之念乎？具官妻行應儀矩，化行閨門。德則可師，宜享成家之報；仁而不壽，空餘異室之悲。眷爾良人，位予元弼。玉瑟之音雖斷，金花之誥加榮。改卜名邦，以薦膏沐。往奠厥壤，永康後人。

趙嵘贈官

宣力服勞，既致爲臣之義；飾終厚往，宜昭有國之恩。具官胄出名門，時逢熙旦。早以材諝，薦更猷爲，聯議論之崇官，列禁嚴之近職。清郡訪道，尚期壽履之綏；夜壑移舟，遽起淪亡之嘆。既追錫于名秩，復推恩于後人。存歿哀榮，吾心有慊。諒惟冥漠，能服命書。

❶「於」，原作「其」，據明抄本、經鉏堂本、文津閣本改。

劉光世贈三代

官爲貳公，人臣之顯位；爵胙大國，贈典之異恩。惟克尚其後人，乃能膺于追錫。具官曾祖受資勁果，結髮從戎。積忠致誠，必在君父；奮勇宣署，不二險夷。謙恭無長傲之心，樸厚無虛辭之態。天之所助，福之所鍾，未及百年，勳閥增大。慶流有衍，爰啟曾孫。建兩鎮之節旄，位三孤之表著。加榮重祖之廟，惟國有章；改卜大名之封，于爾甚寵。九原可作，尚或有聞。

古者廟制，諸侯五，大夫三，今雖上公，家廟止于三世，視古爲殺。然追命贈錫，則與周公上祀先公祭以大夫之意不殊，❶可謂美矣。具官曾祖母柔嘉莊順，作嬪令族。以忠正勉其夫子，以義方貽厥孫謀。于再世而遂昌，逮曾孫而尤盛。出擁兩邦之纛，入聯九棘之班。扞城其民，思懋公侯之績；無忝厥祖，爰增廟祏之光。乃澤平凉，❷薦爾湯沐。諒惟芳職，❸歆此寵靈。

昔在周成，董正治官，三孤二公，其任最重。若今臣子，以功自致，則于初拜之日，聿頒追贈之恩。

❶「周公」，明抄本、經鉏堂本作「周家」。
❷「澤」，文津閣本作「擇」。
❸「職」，文津閣本作「識」。

蓋眷顧于大臣，俾顯榮于私廟。古今異制，典禮維時。具官祖氣稟金方，家受韜畧，志吞夷狄，❶功未及施，精誠所傳，在其後裔。勳名丕顯，爵位崇高。乃錫上公之封，式紓尊祖之願。信都大國，堯壤舊邦。往奠厥居，歆兹寵命。

維我七廟，世都大梁，祖宗神靈，夾河卜宅。朕方用武，汎掃中原，喬木故都，寢食在念。是故委任將帥，多西北之人，又以齊、晉、燕、秦之邦，胙其父祖，使開國邑。禮典雖舊，注意則深。具官父才術通疏，功業未究，篤生令子，能讀父書。方陣圓機，縱横善應，五權七畧，囊括靡遺。坐陞孤棘之班，居擁將旄之重。疏恩上逮，諏地改封，乃眷常山，用錫爾社。俾爾子思爾國之所在，爲予將副予意之所圖。是惟休哉，往歆命訓。

若古爵齒，婦人從夫。厥今大臣，加贈三代。蓋從夫之遺制，非子貴之陋典，行之久矣，世少知之。爰因贊書，申著正誼。具官母儉勤是守，淑慎其身。躬《芣苢》之和平，協芝蘭之占兆。篤生英偉，爲國勳臣。朕既取上公，加爾良人之秩；遂列名壤，侈爾小君之封。用旌義方之有成，式慰孝思之罔極。服我明命，往宅新邦。

陰陽交泰，然後能成萬物；夫婦義和，然後能成室家。古之名門，多由内助。視其爵秩，乃得榮

❶「夷狄」，原作「仇敵」，據明抄本、經鉏堂本、文津閣本改。此例下文皆逕改，不再出校。

名。具官妻族望高華，言容端肅，躬此慶譽，嬪于功臣。不務貴驕，克遵禮訓。相彼閫中之治，❶協成閫外之勳。遂聯孤保之崇，宜易君封之地。會稽大國，汝湯沐焉。夫閔其夫之勤勞，而勸之以義，勉之以正，載在《國風》，至于今美之。爾閑習圖書，所宜自飭，以永保其富貴。

盧法原贈五官

始終之際，人道之大常；贈恤之恩，國家之令典。矧持從橐，久總戎旃，奄忽云亡，吾心所惻。具官才刃利達，器使具宜。入侍禁嚴，雖在右文之旦；外分閫寄，乃當用武之辰。輯和師徒，攘却醜虜。❷形色已臨于乾竇，阜安何止于坤維？方倚長城，以寬西顧，遽聞窀穸，不返東流。宣力四方，功著爪牙之助；錫官五等，秩隆章綬之華。既旌爾勞，又燕乃後。想其營魄，猶克欽承。

太上皇后贈三代

朕躬飭清裸，祇薦明禋，昭格神祇，導迎景貺。近以福于九族，遠以覃于庶民。有異姓王，實予舅

❶「中」，明抄本、經鉏堂本作「門」。
❷「醜虜」，原作「仇敵」，據明抄本、經鉏堂本改。

祖。疏恩追賁，又可後乎？具位曾祖積善在躬，貽慶厥裔。如木之根深本固，其華實繁以滋多；❶如水之源遠流長，❷其浸潤廣而莫禦。母儀四海，燕及眇躬，揆厥所原，實爾孫子。荆州三楚之大國，既啟曩封；堯都五服之上游，更申令命。庶加榮于英魄，用遥慰于母懷。精爽未淪，歆承無斁。

祗祀明堂，爰有大賚，凡一命以上，猶得以恩榮及其父母。況予舅族，維國戚藩，可無徽章以昭令典？具位曾祖母心迪至善，躬蹈深仁。種德隱約之中，收報光明之旦。宣和大練，惟爾令孫。❸母儀四方，王爵三代。凡有錫慶之事，又隆加贈之名。兼君大邦，改卜韓楚。非特著我心之惻怛，亦將慰吾母之悲思。服此寵靈，尚綏厥後。

所貴乎子孫者，謂其能顯榮祖考，有隆而勿替也。若夫裂土以封之，因襲以崇之，至于奄有大邦，爵臻王號，以極人臣之位，其于顯榮，又豈常人之可擬？則非懿戚，夫孰宜然？具位祖陰德不貲，流光甚遠，遂啟女孫之淑，肇開文母之祥。既已追上隆名，國于南鄭，今兹大賚，改畀周疆。藏劍履于廟庭，侈旌麾于門户，以舉中朝之典，式昭外戚之榮。想未淪亡，諒能祗服。

明堂之祀，示天下以孝也。匹夫庶人，有孝愛之志而不預其儀；公卿大夫，遂顯揚之心而未極其

❶「多」，明抄本、經鉏堂本作「白」，文津閣本作「榮」。
❷「遠」，明抄本、經鉏堂本作「深」。
❸「令」，明抄本、經鉏堂本作「曾」。

禮。若時母后，追賁外家，恩典之行，于斯爲盛。具位祖母秉德莊静，宅心慈仁，作嬪高門，種慶孫女。觀福基之隆厚，驗流澤之深長，豈惟一世之功，必本百年之積。是用加榮其祖妣，庶幾少慰于母儀。其釋夏商之舊封，往君吴越之大國。絲綸寵錫，泉壤蒙休。

朕惟國家盛時，太上皇后母儀天下，有《葛覃》之本，歸安父母。上皇抑制外族，不假以權，將以常保其富貴。撫今念昔，睠焉永傷。適均慶賚之恩，可後追封之禮？具位父懷仁蹈善，德厚流光。六五黄裳，惟爾淑女，母儀天下，垂二十年。棨戟高門，邈不可見。傳龜襲紫，爾有慶而可貽；路車乘黄，吾欲贈而無與。茅土命社，改圖新封，莫如博平，往奠厥壤。以寫母懷之愛，以昭國典之常。英識尚存，服兹休命。

婦人之心，愛女爲甚；女子之德，報母爲勤。矧居椒屋之尊，不逮《葛覃》之化。適逢慶賚，❶宜篤追榮。具位母氣涵太和，行率至善。肇佳祥而夢月，中元吉以承天。澤及四方，爵隆三代。自昔母懷之愛，爰告爰歸；于今宗祀之恩，式燕式譽。❷相坤維之大國，疏湯沐之新封。以隆厚于舅家，以昭明于國典。芳靈未泯，尚克有聞。

昔者西漢皇后封其母爲平原君，而鄧后以新野爲其母爵邑，湯沐萬户，世不以爲過，何者？爲天

---

❶「逢」，原作「降」，據明抄本、經鉏堂本、文津閣本改。

❷二「式」字，原皆作「或」，據明抄本、經鉏堂本、文津閣本改。

下母而孝愛其親，亦其禮宜也。又況慶賚疏恩，有國家之舊典乎？具位繼母行蹈儀訓，德藴粹和。百祥所鍾，爰有淑女，配儷霄極，厚載羣生。歸寧之化日徂，追錫之章未憖。按圖考地，改定爾封，天水大邦，庸薦湯沐。申以贊書之寵，兼紓存殁之懷。

故楊時父恕贈正議大夫❶

禋祀敷恩，凡大小之臣，皆得以官封追榮其先世。若夫仁人君子，垂裕之慶，顯揚之心，而膺此典禮，則其榮當有甚焉。具官隱約弗耀，沉潛自珍。閱躬有數世之仁，種德爲百年之計，是生賢哲，爲世名儒。寵秩閟章，上覃禰廟。又惟爾子，天不憖遺。既有請而遽亡，悵疏恩之不嗣。精爽如在，尚服休光。

吕源落職

城郭溝池之固，守臣所當盡心也。勞民費財，而無見功者，以爾喜興作，急功利，志在希賞而不恤百姓也。比以霈恩，既還舊職，兹緣按舉，復黜除之。一予一奪，咸爾自取，朕何容心哉！往思省愆，毋重後悔。

---

❶「恕」，原脱，據明抄本、經鉏堂本目録及正文、文津閣本補。

撫問張浚制奉旨撰

卿心存社稷，志殄寇讎。初陪端揆之司，未遑暖席；首念大江之險，請往視師。貔虎奮其積威，旌旗改其舊觀。紓思夙駕，行次上流。裴度勤勞，克底蔡方之績；孔明開濟，先收赤壁之功。惟爾忠誠，體予憂顧。規模既定，委付得宜，式遄其歸，毋久于外。運籌決勝，方資帷幄之謀；論道經邦，何獨兵甲之問？今俾信使，往諭朕懷。

追廢王安石配饗詔奉旨撰

仰惟神祖英睿之資，勵精圖治，將以阜安宇内，威服四夷，甚盛德也。王安石首被眷求，進秉國政，所當致君堯舜，措俗成康，以副委屬之重。而乃文飾姦説，附會聖經，名師帝王，實慕非、鞅。以聚斂爲仁術，以法律爲德政。排擯故老，汲引憸人。變亂舊章，戕毁根本。高言大論，詆訾名節，歷事五代者謂之知道，劇秦美新者謂之合變。逮其流弊之極，賢人伏處，天地閉塞，夷狄滑夏，❶率獸食人，三綱五常，寖以堙滅。而習俗既久，猶未以爲安石罪，朕甚懼焉。昔者世衰道微，暴行有作，孔子撥亂反

❶「夷狄滑夏」，原作「禍亂相踵」，據明抄本、經鉏堂本改。

正，寓王法于《春秋》，以俟後世。朕臨政願治，表章斯文，將以正人心，息邪説，使不淪胥于夷狄。❶荆舒禍本，可不懲乎？安石廢絶《春秋》，實與亂賊造始。今其父子從祀孔廟，禮文失秩，當議黜之。夫安石之學不息，則孔子之道不著。子大夫體朕至意，倡率于下，塞源拔本，無俾世迷。庶幾于抑水膺戎，驅猛距詖，崇夫子之事，爲聖人之徒。則予一人有辭于永世，惟子大夫之休烈，尚明聽之哉！

行遣章惇蔡卞詔奉旨撰

朕比覽元符諫臣任伯雨章疏，論列章惇、蔡卞詆誣宣仁聖烈太后，欲追廢爲庶人。誰無母慈，何忍至此？賴哲宗皇帝聖明灼見，不從所請。向使其言施用，豈不蔑太母九年保祐之功，累泰陵終身仁孝之德？自朕纂服，是用疚心，昭雪黨人，刊正國史。雖崇寧而後，迷國猥衆，推原本始，實自紹聖惇、卞竊位之時。而謏慝未彰，公論猶鬱，將何以仰慰在天，稱朕尊嚴宗廟之意哉？可令三省取索見存干照文字，議罪來上。當正典刑，布告天下，爲萬世臣子之戒。

---

❶「夷狄」，原作「異學」，據明抄本、經鉏堂本改。

斐然集卷十五

宋胡寅撰

繳傅雱用赦量移

臣謹按，傅雱于建炎三年爲宣撫處置使司主管機宜文字，徑至荆南，自稱湖北路制置使，以撫定孔彦舟爲名，入其軍中，相與渡江過澧州。與澧州通判任誼竭取民之膏血，以啗彦舟，因以自潤。百姓怨苦，乃從鍾相爲寇。彦舟不敢安處，遂破鼎州，遣兵擊敗鍾相，又以押送爲名，直犯湖南，入據潭州。已而大掠潭、衡，旁及永、邵，三湘千里之内，公私舟船爲之一空。最後自衡順流下岳、鄂，爲蘄黄路鎮撫使，雱皆與之終始其事。彦舟凶狡，初不識知文法，凡奏請文移，欺惑朝聽，侮弄三尺，詭詐百端，皆雱教之。至于州縣應副錢糧，不知紀極，雱則公然乞於彦舟，動以萬計，營置田産，皆有實狀。李成江西之敗，張用已就招安，彦舟其時行次武昌，兵勢窮蹙，若乘機會，一掃無餘。雱又教之厚行賂遺，躬自押送，爲之緩頰，非獨免討，且得兩州，遂使彦舟自是北遁，投於逆黨，未即授首。推究本末，皆自傅雱。❶人但知彦舟作賊之披猖，而不知雱畫謀之奸秘。原情定罪，豈可赦原？謹按《春秋》誅討亂賊之法，尤嚴於與惡者。夫欲爲賊亂之事，而人皆莫之與，則無以自立於世，其謀尚得施乎？惟有與之者，而法不加焉，是以無所畏憚，浸淫滔天，雖陳旅誓師，加以征討，或有所不勝矣。況雱身爲朝郎，職在省户，所爲如此，上干國體，按據其罪，揆以《春秋》之法，就死司寇，方爲稱當。得從羈置，已是寬恩。若遇赦文，便許内徙，使懷姦黨賊者安心自肆，指日貸宥，不懼放流，恐非式遏亂畧，修明軍政之道。一雱雖小，所係則大。伏望聖明深察，别降指揮，將雱永不量移，以爲後來羽翼亂賊之戒。所有録黄，臣未敢書行。

繳湖南勘劉式翻異

臣聞劉式係大贓吏，❷宣和六年任潭州湘潭縣日，值科燕山免夫錢，湘潭管田八十六萬畝，式每畝科錢七百文，二分納見錢，每畝盜一百文入己，一分以銀折納。其時銀價踴貴，每兩至三貫文。式用潭等取之於民，而以廣等納之於官。廣等者，以十錢爲兩，見行法秤也。潭等者，以十三錢爲兩，湖南民間通用私秤也。據此兩項，式之所盜，其數多矣。當時爲監司按發，送邵州根勘，事已明白。式用

❶「傅」，明抄本、經鉏堂本作「一」。
❷「臣」下，明抄本、經鉏堂本有「竊」字。

重賂於京師求囑，遂行翻異，乞移别路，遂改送袁州看詳。得無罪狀，遂還元任，❶考滿而去。至今湖南言贓吏者，以式爲首。昨緣姻婭之私，冒法改官，不依資格，注授邵州通判。其意以邵州舊曾盡法勘己，欲報私怨也。賴言者發其奸狀，追官罷任，稍快公議。今來湖南憲司所勘止坐言章中論式殺害平人，❷爲百姓胡安所訟。式反訟安，以書達衡守，祝其周旋，式當連坐一事而已。然衡州推勘院已申提刑司，稱鞫勘圓備，比至差官録問胡膺等一十九人，各已伏辯，獨式翻異不承。今來致煩朝廷，令提刑司别選官移桂陽監置司，重别根勘。謹按式冒法改官，不依資格，授通判差遣，則殺害平人，又以書干託太守，祝其周旋，事之必有，理無可疑也。今干照人各已伏辯，而式獨不肯承罪，其挾權驕恣，可驗臣僚之言矣。至於冒法改官，不依資序，注授通判差遣，朝廷雖灼見罪狀，各已追改，而式之罪名未結正也。今衡州置獄，追呼已多，聞有破産之家，被殺者沈冤未伸，方逮者證佐未畢，而又移獄，已是暑月。只緣劉式一夫，奸兇抵悍，頃年翻異，得其慣便，是致獄訟滋彰，煩瀆典憲。伏乞聖慈别降指揮，令湖南提刑司選差强明官吏，嚴立近限，疾速具案聞奏。所貴劉式不敢恃頑脱免，而於無辜干証之人免於囚繫淹延。俟案上日，將式冒法改官等事一併行遣，爲惡吏之戒，以稱陛下愛民去姦之意。所有録黄，臣未敢書行。

❶「遂」，明抄本、經鉏堂本作「仍」。
❷「湖」，原作「河」，據明抄本、經鉏堂本及上下文意改。

繳程千秋乞不以有無拘礙奏辟縣令

臣竊見洞庭水賊，本緣官吏非人，政煩賦重所致。今治之之術，以郡縣得人爲本，而縣令尤爲近民。若得其人，則能奉行寬恤之政，使未爲賊者安土樂業，已爲賊者壞植散羣。其選付責成，不在兵將之下，豈可輕也？軍興已來，便宜辟置，及於縣令，固已非是。又乞不以諸般拘碍，皆許奏辟。於是詐官負罪，❶姦贓無行，一切拘礙不敢至朝廷參銓部者，咸輻輳之，❷其爲赤子之害，可勝言乎？又況鼎州昨緣程昌禹借補烏合官吏猥多，❸急政豪奪，爲楊么驅民。今程千秋繼之，尤當加意選擇縣令，而所陳如此，豈可聽許？臣欲乞因千秋所請，❹特降指揮，應殘破縣分奏辟令佐者，須選已出官歷任無贓私罪犯之人，方許奏請差注。❺其未出官、無歷任、曾犯贓私罪及見係貶降未經叙復，或無出身告

---

❶「詐」，原作「諸」，據明抄本、經鉏堂本、《歷代名臣奏議》卷一四三改。
❷「咸」，原作「盡」，據明抄本、經鉏堂本、文津閣本、《歷代名臣奏議》改。
❸「昌」原作「書」，「借」原作「奏」，皆據明抄本、經鉏堂本、《歷代名臣奏議》改。
❹「乞因」，原作「勿從」，據明抄本、經鉏堂本、《歷代名臣奏議》改。
❺「注」，原作「遣」，據明抄本、經鉏堂本、《歷代名臣奏議》改。

勅批書印紙而稱兵火去失者，❶即不得輒行奏辟，及不得陳乞不以諸般拘碍辟差。庶幾縣令得人，❷百姓受惠，掉棄兵刃，復緣南畝。以臣愚見不以諸般拘碍辟差縣令，❸利害甚大，所有已降指揮，臣未敢書行。

繳宣諭官明槖乞封龍母五子

臣竊以雨暘順序，係乎政事。故漢明親決冤獄，❹則甘雨應期；東海殺一孝婦，則三年大旱，此其大略也。不修人事而祈禱求福，非聖人之道、先王之政也。❺宣諭官以敷君德求民瘼爲職，乃爲龍母五子求加封爵，其陋甚矣。又況封爲夫人，爵稱侯伯，施之於人，然後相稱，龍母五子，夫何物哉？舍彼介鱗，襲我冠裳，毋乃反常失禮，爲後世笑乎？伏望聖斷特賜寢罷，仍降指揮，監司郡縣當以愛民爲急，若政平訟理，民無愁歎，和氣所召，必有豐年。更不得陳乞廟額，崇修淫祀，以爲不先勤民，獨致力於神者之戒。所有龍母五子封爵詞命，臣未敢撰行。

---

❶「身」，原作「官」，據明抄本、經鉏堂本、文津閣本、《歷代名臣奏議》改。
❷「幾」，原脱，據明抄本、經鉏堂本、《歷代名臣奏議》補。
❸「臣」，原脱，據明抄本、經鉏堂本、《歷代名臣奏議》補。
❹「冤獄」，原作「獄冤」，據明抄本、經鉏堂本、《歷代名臣奏議》卷三〇六改。
❺「政」，原作「法」，據明抄本、經鉏堂本、文津閣本、《歷代名臣奏議》改。

繳岑朝殺妹該赦

臣取到大理寺備坐岑朝元初情節看詳，得岑朝典田與叔岑和尚，岑和尚死，岑朝持鎗就和尚妻阿劉分討所收禾，阿劉不與，岑朝便下田要奪取之。時阿劉將禾擔竿趕趂岑朝，岑朝回面以鎗柄隔阿劉擔竿，其阿劉女岑倉娘以禾擔竿趕趂岑朝，岑朝以鎗刃决著阿劉脚面見血，其岑倉娘又以禾擔竿趕趂要打岑朝，岑朝以鎗柄隔開擔竿，决著倉娘左肋，辜限内死。即是岑朝鬭殺，其理甚明。又况阿劉是岑朝再從叔母，倉娘是岑朝三從妹，欲奪取未贖之田禾，已是無賴。其叔母恐爲所奪，用擔竿赶逐，初未嘗行打，而朝以鎗刃傷之見血，其妹以母被傷，用擔竿赶逐要打，亦未曾及身，而朝以鎗柄打之致死。兇頑不睦，事可按見。臣以謂莫大於人倫，莫重於人命。賊害骨肉，情理深切，人情共惡，有何可憫？若從寬宥，顯見罪重斷輕，非公共之法。伏覩明堂赦文，❶十惡罪至死不赦。其岑朝合准於絞刑上定斷，更乞朝廷詳酌施行。所有録黄，臣未敢書行。

繳吴幵逐便

臣謹按，吴幵、莫儔、徐秉哲等致身侍從，偷生惜死，奉女真之意，將祖宗一百六十年神器，泣涕來

---

❶ 「堂」，原作「朝」，據明抄本、經鉏堂本改。

往，交割與叛臣張邦昌，爲邦昌之臣，行邦昌之政，施施然自肆，非不得已也。❶怨在七廟，天下仇之，貸死投荒，失刑甚矣。猶萬冀一少紓公議者，謂無湔洗之理耳。今乃節次用赦，許令自便，是教人使反覆賣國，戕毁三綱，豈撥亂反正之道乎？昔者世衰道微，暴行有作，臣弑其君，子弑其父，孔子爲此大懼而作《春秋》，以俟後世有能舉行其法者。其法謂何？莫嚴於討賊矣。陛下志在《春秋》，固將見諸行事，深切著明。况當艱難之時，逆臣僭竊，反面事之者，皆我臣庶，天下大變也。若不申著君臣之義，以立國政，則乾綱解紐，賊亂迹接，人欲放肆，天理淪滅，亦何所不至哉！所有吴幵逐便指揮，下臣惶恐，不敢書行。

貼黄：臣竊以人臣之罪，莫大於背君反國。此而可赦，則其餘罪犯皆不足治矣。今二帝未有還期，而吴幵等乃得逐便，忠臣義士聞之切齒。伏望陛下特賜睿斷，别降指揮，其已得逐便如莫儔者，亦合改正，依吴幵施行。庶昭陛下孝友之念，永爲二心者之戒。伏乞聖察。

繳内侍馮益轉官

臣取會到吏部内侍轉官格法，昭宣使轉宣政使，係碍止法，如以功轉，即合回授，初無轉行之文。今來馮益見任昭宣使，則有止法。况皇城司親從官堆垜子配填班直及幹辦本司職務，即是提舉禁衛

❶「非」，原作「亦」，據明抄本、經鉏堂本、《歷代名臣奏議》卷一八三改。

職分之常也，有何功績，乃欲憑恃舊恩，轉行所不當轉之官，而爲宣政使乎？臣竊謂今日遷轉超躐，惟荷戈北伐，斬將搴旗，收復境土者可以當之。如馮益服侍禁内，智効一官，苟能稱職，以免於罪戾，不啻足矣。乃欲揚己論功，角逐於被堅執鋭、舍爵策勳之際，小心謹節者知而不爲也。❶倖門一啟，他日必有求爲節度使者矣。不若止之於其漸之爲易，既於格法無所損，且使馮益免致僥倖，❷又以示羣臣，使知陛下不輕予人以官，自左右親近始。彼不當得而志於得者，亦少有以窒其浸淫之慾矣。一舉而四善得焉，豈不美哉！所有馮益詞命，臣未敢撰行。

繳資善堂畫一内未有先聖

臣竊見建國公出就外傅，陛下選儒學老成之士充輔導之職，固將使國公近正人，見正事，聞正道，涵養氣質，❸熏陶德性，以副陛下茂建宗支之意。凡有舉措，可不慎哉！臣謹考古帝王教世子之法，莫備於周，其在《禮記·文王世子篇》曰：「始立學者必釋奠於先聖先師，立太傅、少傅以養之，欲其知父子君臣之道也。」夫父子君臣之性，人同稟之於天。先聖先師則盡其道，載之於六經、《語》、《孟》之

---

❶「而」，原脱，據明抄本、經鉏堂本補。

❷「致」，明抄本、經鉏堂本作「徼」。

❸「氣」，明抄本、經鉏堂本、《歷代名臣奏議》卷二七四作「器」。

書，以示萬世者也。故始入學者，必釋奠於先聖先師，欲其知道之所本故也。若老、佛二氏之説，則毁父子，無君臣，泯亂民彝，爲世大害。自前代有國家者溺心於此，❶無不致亂亡之禍。今置其像設於資善堂，而不以先聖先師爲矜式，非所以訓示國公也。若謂福祐護持，俗所不免，則鄙俚尤甚，君子不道。伏望陛下詢之范沖、朱震，必亦以此舉爲非。縱國公未冠，未能行釋奠之禮，且當崇飾先聖先師之像於資善堂中，使晨朝瞻仰，以生恭欽之心，❷是亦勸學之一助也。今士大夫家訓誨童蒙，未有不然者，誠以人之趨習，罔不在初，曾謂初建資善而可輕有過舉乎？❸所有録黄内緣有此畫一一件未爲允當，臣未敢書行。

繳劉倜復秘閣修撰

臣謹按，劉倜服事蔡攸，以叨官爵，天下共知。其所歷差遣，則爲大晟府按協聲律，則爲提舉道籙院管幹文字，而非士大夫之所肯爲也。其所轉官，則緣按樂精熟及修道籙院與管幹明節皇后園陵，而非年勞之所當得也。其所賜帶，則因撰《祥應記》，而非品職之所當賜也。其所被譴，則以臣寮論其諂

❶「自」，原作「者」屬上句，據明抄本、經鉏堂本、文津閣本、《歷代名臣奏議》改並從下句。

❷「欽」，原作「敬」，據明抄本、經鉏堂本、文津閣本、《歷代名臣奏議》改。

❸「謂」，原作「是」，據文津閣本、《歷代名臣奏議》改。明抄本、經鉏堂本誤作「未」。

事蔡攸、交結童貫而貶降，則以臣寮論其詭計秘謀、附會奸惡而褫職，至於勒停廢棄，不與士齒，而非過誤不幸，情可矜宥之人比也。今已累緣赦恩，❶盡還官秩，食祠宫之禄，僥倖甚矣，乃敢陳狀訴求復職，無恥之心未嘗悛改。若使參華中秘，與論撰之列，則名儒碩學寓處其間者，心將謂何？臣恐非勸懲之道也。伏望聖慈别降指揮。所有録黄，臣未敢書行。

繳韶倅宋普根括田產減年

臣契勘諸州常平主管官，依法到任一年，取會籍記功過及措置利害，歲終考校，分爲三等。職事修舉，顯有績狀者爲上等。元降指揮，即無立定賞格。户部今却引用守令考課，入上等，知州減二年磨勘，占射差遣一次法，比附常平主管官到任考校入上等課績賞格，與韶州通判宋普減二年磨勘，施行契勘。守令考課，終任德義有聞，公平可稱，奉行教法，催科不擾，獄訟無冤，農桑墾植，屏除奸盜，賑恤困窮，考課居最，方獲被減二年磨勘之賞。廣東一十五州，歲賦苗禾止有二十餘萬石，韶州又號小郡，所管四縣，地瘠人稀，户絶之產，能有幾許？時暫根括，有何勞能？作册供申，即非難事，安得與守令考課比乎？又況常平法主管官每月添給食錢十貫文，若不修舉上件職事，可謂尸素。今創開此例，則二廣其他小郡一一攀援，無有窮已，啟僥倖之風，亦足害政。所有宋普減年指揮，乞賜寢罷。

---

❶「赦恩」，原作「恩赦」，據明抄本、經鉏堂本、《歷代名臣奏議》卷一八三改。

所有常平户絶田産，亦乞别降指揮，立定根括頃畝財産數目賞格施行。所有録黄，臣未敢書行。

繳都督府辟范希荀充廣西經撫庫官

臣契勘經府庫乃祖宗時優恤邊方，給降見錢六萬五千貫，度牒四百道，❶付廣西經畧安撫司充本息，專備蠻夷犒設支用。自來安南三年一次入貢，比歲有朝旨，只就本路答賜。雖是諸司應副錢物，多是不肯承認，全仰經撫庫排辦津遣。及邕、欽、連、宜、融等極邊州郡，刺探支費，鹽綵生料，❷亦於經撫庫出給。乃是一路事體囊橐，全在得人經營，庶使本錢不耗，息錢足用。一有侵欺失陷，便致隳壞，失遠人心，爲國生事。然則經撫庫官雖名監當，其實所係不輕矣。切見范希荀見知衡山縣，吏能鹵莽，邑事不治，好任胥吏，民無所訴，通受賄賂，廉聲無聞，監司帥臣屢欲按發，委實不足以充上件差遣。切慮李彌大未知子細，有誤藩屏之政。欲望聖慈别降指揮，令李彌大選清白謹幹之人，别行奏辟。所有録黄，臣未敢書行。

❶「四」，明抄本、經鉏堂本、文津閣本作「三」。
❷「綵」，原作「菜」，據明抄本、經鉏堂本、文津閣本改。

繳户部乞拘收湖南應副岳飛錢糧

准中書門下省送到録黄一道，尚書省送到户部狀：吴錫軍馬已差往池州駐劄，其湖南安撫司舊支錢糧數目，已改撥應副岳飛支使。所是湖南安撫司每月見應副岳飛錢數，若本軍起離，本路即據每月合用錢數，令湖南轉運司拘收，❶令項樁管，聽候朝廷指揮，不得擅行支用。奉聖旨，依户部勘當到事理施行，令臣書行者。

臣契勘湖南累年屯駐軍馬，並係朝廷指揮，令轉運司撥支上供錢斛應副，尚猶不足，則帥臣不免多方措置，僅能給遣。昨來岳飛一軍入境，支費浩瀚，遂至均科田畝錢，竭一路民力，不足充三月之用。所幸水寇已平，大軍移駐。然本路重斂之後，加以大旱，民間困急，坐待溝壑，所以都督行司減放租税，多方存恤，猶懼無以善後。豈可將岳飛每月合用錢數，便令湖南漕司令項樁管，將安使從出哉？若謂已將吴錫一軍之費改撥應副岳飛，只合明言候岳飛移軍日，即據吴錫元來每月合用錢數令湖南安撫司拘收，不當海言岳飛所用錢數也。漕司以應辦爲職，若遂黽勉奉承，重有科斂，以候朝廷支遣，百姓狼顧，孰保其生？得財失民，亦將安用？欲乞别降指揮，下湖南轉運使取問每月應副岳飛錢數支用，是何窠名，或是上供錢斛，自合撥正。若緣軍期一時賦斂，即合蠲除，難爲立額拘收。庶

❶「令」，原作「今」，據明抄本、經鉏堂本、文津閣本改。

幾盜平之後，旱歲之餘，民力少蘇，邦本以固。所有録黄，臣未敢書行。

繳湖北漕司辟許宜卿爲桃源令

臣竊以湖北昨來民聚爲盜，止緣守宰貪虐，政煩賦重所致。今平定之初，縣令尤宜再三慎擇。如人以酒色伐身，幾致危殆，藥攻之後，氣血乍復。凡昔日所以生疾者，一切屏遠，輔以良劑，養以珍羞，加以歲時，庶幾復舊。若仍以嗜欲戕賊之，則不可復救矣。謹按許宜卿者，建炎二年曾知湘陰縣，到任未幾，即取祗應弟子爲妻。就本縣創造大第，窮土木之役，百姓交訴，爲潭州帥臣所劾。值番賊破城，獄事不究。後權湘潭縣，纔四十日，比其解去，滿邑胥吏攀船號送，又相與裒集賄賂於上司借留，而百姓重足一迹，畏見其面。去年宜卿有族人客死於潭州境内，宜卿託名經理其家，乃盜發其囊篋，及私其婢女，爲族人之子訴於潭州，又訴於監司，尚未結絶也。宜卿往來潭州九年，睥睨富實縣分，密結胥吏，摇動見任人，常有奪攘之意。賴其惡聲已著，上下共知，計不得發。其人材大概如此，而可以牧民乎？今乃投名湖北漕司，僥倖奏辟知桃源縣。契勘桃源是鍾相所起之地，其疾視令宰，虐已爲甚，故倡亂之日，首殺縣官。今當委付何等循良，庶弭後日之患。乃用宜卿輩，此何異於以嗜欲戕賊大病初愈之人，欲其久生，不可得也。漕臣以刺舉爲職，而所薦如此，知而舉之，是不忠也；不知而舉之，是不明也。一路何賴焉？桃源赤子，何其重不幸哉！今宜卿先次赴任，已是逾月，想見遺民已在鼎鑊。伏望聖慈速降指揮罷斥，仍戒約本路監司帥臣，每有奏辟，必加審詳。如所舉繆妄，再致臣寮論列，重賜黜罰施行。庶幾一路官吏，上下得人，以慰惟新之望。所有録黄，臣不敢書行。

繳馮躬厚特補蔭

臣伏見近有臣寮章疏，論列崇、觀而後誤國之臣，凡有所得恩數，乞令有司一切報罷。聖明洞照，已從所請矣。除惡務本，公論稱快。而馮躬厚乃蔡氏之甥，在宣和中叨竊侍從之人也。况有條制，責降未叙復人不許奏薦，躬厚未嘗復職，其爲責降明矣。今以何名而許之蔭補哉？天下莫平於法，惟法之聽，人何敢僥倖？今躬厚法不當得而反許之，無以昭示好惡，人心不服，公論謂何？所有躬厚許蔭補指揮，臣未敢書行。

繳郭東知台州

臣竊聞郭東奔競進取，苟賤無恥。其平生所薦論者，則商守拙、尚用之、賈讜、趙野、李孝揚、毛才、李缺之流。❶觀遠臣以其所主，東之爲人亦可知矣。頃附權貴，躐躋郎曹，朝路之間，指目爲笑。權貴庇之，旋令出守徽州。州素岩險，城壁堅固，張琪作賊，雖入徽境，去城尚五十里，本無侵犯之意，東乃挈攜資財子女，一夕逃遁。事不可掩，有旨放罷，送提刑司取勘。未結正間，輒造行在，權貴又爲

❶ 底本空格注「缺」字處，明抄本、經鉏堂本作「被」，文津閣本作「邴」。

之地，止降一官，且復免勘，叨竊宫祠之禄，於紹興寄居。娶富人女，❶厚納婚田，其子亦然。父子同日成婚，以富妻夸耀於人，畧無羞惡，縉紳恥言之。其人品如此，豈可爲民師帥，付以承流宣化之任哉？台雖小郡，然陳槖以循吏受賞矣，柯椝繼之，已是不稱，重以郭東，所謂一暴而十寒也。昨來詔書，銓量澄汰，如東者，其當之矣。伏望聖慈別降指揮。所有録黄，臣不敢書行。

繳劉㦤潼川府提刑

臣竊聞劉㦤係蜀道富家，以貨寳犀帶厚結王黼，乃自小官賜出身，改京秩，躐升史觀，遂玷郎選。當時有「黼㦤」之譏、「帶劉」之號，蜀人羞稱之。人所共知，不可掩也。昨來陳乞蔭補，爲臺章論列，以謂循資既濫，則不當改宣教郎，出身既濫，則不當轉奉議郎。送吏部不知坐何銜，與差遣不知填何闕，供述不明，事迹詭祕，其合比附討論無可疑者。前件臺章日月未遠，今又委㦤以一路提按之權，觀其所由，無不疑怪。今四川遠在數千里之外，民力已困，監司之選，尤不可輕。㦤既能無恥納賂於貴權，必能不廉誅貨於州縣，交征財利，且自㦤始，豈所以重外臺之寄，慰遠服之心哉？伏望聖慈詳酌，別降指揮。所有詞頭，臣未敢書行命詞行下。

❶「女」下，明抄本、經鉏堂本有「爲妻」二字。

繳范正國除廣西提刑

臣竊見陛下加惠元祐勳賢之族，既昭雪其黨錮之寃，又録用其子孫，以至公之義照臨百官，風勵天下，非爲利也。凡預録用者，所宜激昂節行，思不辱其父祖，以稱陛下之意。而乃乘時僥倖，犯義營私，無所不至，若范正國者是已。謹按正國于故相忠宣公純仁爲季子，自廣東轉運判官被召，既至行闕，即獲賜對，褒稱甚美，錫以章服，與江東見闕漕臣。異恩稠重，皆以純仁之故，在正國未有以堪之也。既而畏江東漕事應辦之難，請刺一郡，改畀桐廬，則又以爲由監司爲太守，失其故步，處之不當，遲回城外，必欲陞擢。每語人曰：「猶子直方尚得爲郎，而正國反不如也。」奔走半歲，經營甚力，乃有今來除命。公論籍籍，咸不謂然。以外臺耳目之寄，率勸列城，非寡廉鮮恥者之所宜處也。昔者純仁生存之時，所得恩澤，先及異姓，次及孤貧，比其薨謝，子孫尚多未命，世以是高其德。今正國陳乞先世恩澤凡四資，盡欲官其諸子之在孩抱者，而親兄之子，年長貧悴，乃不及焉。其行己處事如是，亦可謂不肖子矣。古者世禄而不世官，禄以報功，故其世可延；建官惟賢，故其人當擇。是二者不可相貿易。如正國以其父純仁之故，使有禄足矣，而爲之擇官，至於再，至於三，不惟其人而惟其世，此公論之所以不平也。夫陛下以義行，而正國以利報，何其輕上施、蔑大德乎？此而不正，餘風相傚，亦非所以恤故家之門户，彰勳賢之遺烈也。臣愚伏望聖慈詳酌，別降指揮。所有詞頭，臣不敢撰行。

繳王義叔黄願李膺復職

臣謹按，王義叔宣和中因緣後宫，遂叨侍從，士論不齒，尋被譴斥。建炎三年爲防江制置，聞虜兵逼近黄州，引舟西去，略無措置少遏敵勢，坐此落職放罷。後居江州，買没官田，官價三萬餘貫，只作一萬六千餘貫，又只納一千二百貫入官，便行耕種，坐此降一官。舉此三者，不才貪墨之狀著矣。黄願昨守揚州，奴事黄潛善，貨事黄潛厚，躐躋論撰，公論鄙之。虜兵入寇，職在城守，曾無奏請，遽爾逃避。方懷禄燕安之際，則僥倖進取，忘羞惡之心；及見危致命之時，則偷生苟全，虧効死之節。行治如此，何足録哉？李膺守虔，諸縣百姓相扇爲賊，膺與其魁首交通，陰受厚賂，相約不犯城郭，自以爲功。爲民父母，隱蔽賊盗，賴奸之用，主藏之名，監司按劾，贓証明甚，獄情不究，當以公罪。至今虔州羣盗未息，上煩宵旰，則膺之爲也。臣愚謂此三人者，中外踐更，非不任使，畧無功用，但有罪愆。若緣赦恩，漸此復職，與人才一眚再蒙褒寵者無以異焉，恐非迪簡多士，旌别淑慝之道。又况延閣中祕，祖宗所以克宅俊乂，今使庸惡贓賄、敗事致寇之人寓直其間，污辱華資，塵玷清貫，則當得者不以爲榮，而懲勸之具廢矣。❶所有詞頭，臣未便奉行。❷

❶「懲勸」，原作「勸懲」，據明抄本、經鉏堂本、文津閣本改。

❷「便奉」，文津閣本作「敢奉」，明抄本、經鉏堂本作「命」。

繳朱勝非從吉宫祠

臣契勘朱勝非昨自知紹興府除同都督，自都督除侍讀。臣父某時爲給事中，以勝非黨附黄潛善，馴致南渡。及苗、劉造逆，勝非位居宰執，❶不能面折奸兇，盡股肱之義，乃依從回互，陰懷二意。其人才如此，實忠臣義士之所惡，叛人讐敵之所輕。恐其入朝，再壞天下，遂具論列。雖臣父緣此以罪去國，而聖心照知，亦既甄叙。臣又叨誤恩，擢居獻納之地，必謂臣克守家訓，事主不欺。考勝非後來罪犯，屢致言章，天下聞之，❷不可掩也。臣若隱默，則欺君違父，爲世大戮。伏望聖慈矜察，别降指揮。所有録黄，臣不敢書行。

再論朱勝非

臣伏見故相朱勝非以服闋除觀文殿大學士，提舉臨安府洞霄宫。臣以臣父任給事中日曾論列勝非，臣適當詞掖，不敢書行，已具奏外。臣謹按，朱勝非與張邦昌皆是鄧洵武家婿，王黼之客，苗傅、劉正彦之陰黨也。自其爲小官時，文學行治皆爲人所傳笑。在宣和中，仕流混濁，猶取庸陋之誚。時相

❶「執」，明抄本、經鉏堂本作「相」。
❷「之」，明抄本、經鉏堂本作「知」。

主之雖力，猶且提攜不行，出爲南京副總管。值虜兵入寇，自是而後，勝非之志操能否著矣。臣欲不言，恐負陛下；欲詳言之，又懼煩瀆，請略言之。

南京胡直孺勤王被擄，勝非爲副總管，值張邦昌僭位，遣快行親事至其母家。淮南發運使向子諲拘留送獄，驗其文券，則經由南京，勝非厚與批請，以資其行。子諲疑勝非與邦昌交私，爲之羽翼，遂急檄勝非勤王，❶且云不可污張巡、許遠之地。是時天下共知陛下爲大元帥，二帝北去，主宋祀者非陛下而誰？勝非身在南京，去元帥府不遠，而於邦昌蹤跡若此。若謂是時勝非心不在邦昌而在陛下，臣不信也。繼而諂事黄潛善，叨與政事。戊申之冬，虜騎已破澶濮，犯大名，掠齊、鄆，駸駸南向，勝非不恤國步之將危，且晏安於寵禄，略無一語，上動天聽，寧致狼狽，恐忤潛善。若謂是時勝非心不畏潛善而畏陛下，臣不信也。苗、劉造逆，爲大臣者當正色立朝，死生以之，此宋督所以憚孔父，劉安所以憚汲直，曹操所以憚文舉也。勝非乃依從其間，顯然援唐襄王、晉太后事，其意以苗、劉事成則己收佐命之功，不成則己託調護之説，然則何所往而不可哉？若謂是時勝非心不操二端而一於陛下，臣不信也。

逮陛下返正，大明典刑，取一時宰執勝非、顔岐、張澂聲罪致討，載之親詔，謂不如歐陽脩所稱斷臂之婦人。天下傳誦，以爲舜誅四凶不是過也。爲勝非計，尚以何顔面立於人間哉？未幾又蒙拔

---

❶「檄」，原脱，據明抄本、經鉏堂本、《歷代名臣奏議》卷一八二補。

拭，付以宣撫之權，於江州置司。勝非常爲宰臣，義當即日受命，趨赴治所，而乃逡巡退匿，謬爲辭遜，坐使李成、馬進毒流數郡。江州既破，即請移治，但欲偷安，無意討賊。忠義徇國者，顧若是乎？比吕頤浩以都督還朝，斥逐異己，意謂勝非庸謬易制，力加援引，再污揆席。上天震怒，星文示變，勝非偃然不懼，以調護自處，外示佞柔，於事無所決白，而實則奸憸，私事俱辦。惟陛下少寬臣喋喋之罪，使陳梗概，一言有欺，罪當萬死。李綱于勝非本無仇怨，止緣綱在相位日，曾行遣僞命臣寮，又爲黄潛善中傷。邦昌之死，潛善所行也，乃嫁其事於綱。勝非暗昧，惟綱之怨。及再入相，首諷臺諫官論綱舊惡。時綱爲湖廣四路宣撫，治狀方著，並無過舉，勝非不恤國事，以私憾而罷之。向子諲才氣忠義，人所推許，止緣南京之事，勝非怨之刺骨，常謂人曰：「李綱、向子諲皆是凶人，不殺不静。」其所存險毒如此。自其再相，子諲深懼遭其密戮，即日引疾掛冠而去。吕頤浩既爲勝非斥逐賢才，開其入相之路，勝非即以黄堂傳掌瑣闥，黄龜年司制命，劉棐爲諫官，王詳爲佐使，汲引親黨虞澐、陳栴輩分據要津，其人皆凡下，不爲時議所與。乃用劉棐、黄龜年章疏，謂秦檜大植朋黨，有龍戰于野之象。考其章疏所稱事實，又只緣除楊願爲密院計議，王鈇爲提舉茶鹽，宋暎爲提舉坑冶而已。以勝非所爲，方之秦檜，其爲龍戰，不亦大乎？

蓋勝非外寛内忌，陽爲敦厚長者之狀，而耳聞目見，習成宣和之風，乃心疾狠，能爲人禍。至於非義之事，人所不敢爲者，則肆意行之。李擢爲京城南壁守禦官，恨孝慈皇帝不用耿南仲和議，以召虜寇，❶乃傲然端坐，視城垂破而不救，又爲邦昌翰林學士，罪當伏法。而勝非所以深喜也，再相之初，首復擢職名。因席益與擢善，則道益使薦之，擢竟叨竊八座而去。黄潛厚是聚賄亂政，偷盜府庫之人；李邴是行苗傅、劉正彦建節白麻，極意稱獎之人；顔岐是同黨潛善，阿諛誤國之人；張澂是觀望苗、劉，詔書所謂情理尤重之人；王安中是諂事梁師成，隨逐童貫，收復燕雲爲國産禍之人；王孝迪、薛昂、宇文粹中、蔡懋是崇、觀、宣和戕毀帝業，使戎馬在郊之人。放投永棄，誰曰不宜？勝非乃以爲失職之士，星象所由著也，盡復職名，意將引用，天下聞之，莫不大駭。賴徐俯初作諫官，未至繆妄，力疏寢罷，人心乃安。豈非人所不敢爲，而勝非敢爲者乎？康執權闒茸污賤，廢置累年，勝非以其曾擊異己者，必欲收召，再召三召，迫於衆情不可而後已。

自謂謙慎，不敢專權，而布列内外，皆其親厚。陳藹者，不肖人也，所生母死，紿謂人乳母而不持服。兄死嫂弱，遂奪其兄致仕恩澤以自薦，既得之後，凌辱其嫂，困苦至死，又以陰計陷害其姪。此藹爲人大概。勝非與之中表姻婭，故自爲宣撫使，即辟爲幕屬。❷凡江西繆政，多藹之謀。及再爲相，遂差藹監吉州榷貨務，偷盜官錢，歲時賂遺，入於相府。超越資格，差爲湖北提刑。逮言章論列，勝非猶諷吏部詐供藹曾任提舉鼎、澧刀弩手。藹雖曾有此差遣，旋即廢罷，未嘗到官，勝非乃改「除」字爲

❶「虜寇」，原作「敵釁」，據明抄本、經鉏堂本、《歷代名臣奏議》改。

❷「屬」，原作「薦」，據明抄本、經鉏堂本、《歷代名臣奏議》改。

「任」字，欺罔陛下，以濟其私。張銖者，爲静江通判，值勝非遣子迎母，自賓州過桂府，銖以别乘之尊，不顧廉恥，出城數十里，執杖聲喏於國太夫人轎前，稟覆起居，行數百步然後退，廣西人莫不恥笑。比至府城，竭力應辦。勝非德之，先除銖爲湖北鹽香，❶以爲未足，又薦之對，又指揮與陞擢差遣，遂除郎官，仍攝奉常。劉式者，大贓吏也，勝非以妹嫁之，遂詐改官，除邵州通判。比爲言章論列，見在湖南置獄取勘。勝非門客劉澤者，爲衡陽簿，傳道勝非之意與提刑馬居中，仍厚賂居中，遂使劉式翻異，殃害干連良善百姓，至今未畢。式嘗以三千緡就勝非買門客恩澤，奏其子劉師心。又爲湖南土豪姓胡人以八十緡買給使恩澤，奏承信郎。韓京者，屯兵衡州茶陵縣，陰與郴寇交通，據有數縣民田，奪百姓牛以耕之，名爲贍軍，實則入己以充賂賄之費，大爲湖南之害。紹興二年十一月，勝非母由茶陵而東，韓京詐稱前路有警，邀留數日，極其供待，然後以兵衛送至吉州境上，勝非以爲誠然。湖南帥臣累奏韓京過犯，勝非一切蒙蔽，反以廣東鈐轄與之。程昌禹者，鄧洵武使臣也。自蔡州擅興，徑趨荆南，朝廷遂除京南鎮撫，❷不肯受命，移兵至鼎州，罪當誅戮。范宗尹即以鼎守付之，昌禹兇殘，不能綏撫，竭取民之膏血，以贍所部，及厚遺過客。凡由鼎而東者，人人滿意，爲之延譽。而嚴刑峻法，誅剥日甚，激民從賊，牢不可破，致煩陛下宵旰者，無人肯以上聞也。勝非與昌禹以同出鄧門之故，超加職名，改

❶「香」，原作「務」，據明抄本、經鉏堂本、《歷代名臣奏議》改。
❷「京」，《歷代名臣奏議》作「荆」。

授静江，遂除待制，明降指揮，候楊么已就招安，然後付以告命，而密諷李堯，使一面送告與之，視陛下官爵私物不如也。李大有者，居臨江軍，爲勝非子夏卿行媒，議王羲叔家姻事。既成，以都司處之。張顔術者，常以弓刀奇玩獻於夏卿，仍爲之轉販米糧，遂爲江西宣撫屬官。後值湖南擾攘，權知道州，狼籍不法，爲提刑吕祉所按。勝非不行，反令作武岡軍通判。郭千里者，嘗勸勝非奔避馬進，勝非以其忠愛於己，亦爲宣撫屬官。千里受降賊賂遺，引爲宣司使臣，廣以金帛納結夏卿。勝非再相，遂除千里爲監丞。盧宗訓者，以盧益累薦堂吏之族也。其人污穢苟賤，不爲士人所齒，得淮西提舉，爲臺章言罷。勝非必欲主持之，遂送與岳飛，使辟爲官屬，意藉外兵權脅制衆口，使不敢言。飛大鄙宗訓之爲人，不得已受之，俾權德安府，果以贓盜自敗。吕延嗣者，曾任賓州通判，照管勝非家屬，遂擢爲桂陽知監。好貨受賄，監事不治，百姓嗟怨。張轂者，嘗爲郴州司户，與勝非子唐卿同官，勝非嘗居郴州，每請俸米，轂必令高帶斗面以給之。郭敦復者，嘗任道州營道縣尉，贓污不法，曾以妾奉唐卿。二人皆蒙勝非封送姓名與吏部，❶不循資格，皆注湖南漕司見闕屬官。其長子唐卿，建炎四年任郴州録事參軍，沿幹差出，❷其實避賊。一去兩年，不曾還任，監司州郡不敢罷去。至紹興三年，還自賓州，過郴州，愬太守趙不羣批書四闕陞。又因江州軍中繫名冒賞，循承值郎，在任嶽廟，尚恐三十箇月不能

❶「與」，原脱，據明抄本、經鉏堂本、文津閣本、《歷代名臣奏議》補。
❷「沿」，原作「公」，據明抄本、經鉏堂本、文津閣本、《歷代名臣奏議》改。

成任，乃諷吏部侍郎建明選人嶽廟，許以三年爲任改官。凡勝非除授不公，變亂法制，大抵如此。臣在湖南所知已如此，其在行朝及他路所未知者，又不知其尚幾百條也。

自庚戌年虜騎退後，朝廷一向謝絶，不與交通。三四年間，虜不我測，不敢輕舉。及勝非再相，復議遣使，誤陛下於忘恩釋怨之地。且俾使人受劉豫餽送，啟寵納侮，果至去冬犯蹕之事。其經邦斷國，一至是哉！臣竊謂宰相之任，佐天子治天下，治亂之所本，其任至重，不可冒居。勝非負彌天之罪，陛下寬大，赦而不誅，再付相權，責以功效，非爲賜也。勝非所宜革心改悔，以報大恩，而其所爲如前所奏，則又闘通内侍，諂奉將帥，牢籠堂吏，沽譽羣小，專以軟熟無忤持禄取容，所謂怙終長惡，迷復不悛，國家之大賊，人理之巨蠹。方邊報稍息，則冒哀當軸而不辭，及淮上有警，則力懇去位而不顧。謹按《春秋》之法，任大者責重。勝非獨相逾年，可謂專矣。寸功不立，百度乖張，天下目爲勘當相公，無責可乎？今其喪制已除，是古諸侯免喪以士服入見天子之日，命德討罪，柄出大君，如勝非者，豈宜寵以祕殿之名資，食以真祠之厚禄，賞刑失當，以乖天下之望。夫恩章寵數，體貌大臣，國之令典，固不可廢。然施之稱愜，則國體尊重，人以爲榮；施之非宜，則彼當得者不以爲貴，而名器輕賤，人主之權替矣。騏驥驊騮，一日而馳千里，是故潔其皁櫪，❶豐其芻豆，緩急之際，與人一心。若夫駑駘下乘，既無絶足，仍有詭銜竊轡，以智爲盜之患，則凡馬畜之而已矣。人君駕馭人材，何以異此？

---

❶「皁」，原作「阜」，據明抄本、經鉏堂本、《歷代名臣奏議》改。

伏望陛下奮發威斷，奉將天討，出臣此章，深詔宰執正名定罪，以爲大臣二心誤國之戒，以慰四方積年憤懣不平之心。刑辟既昭，叛亂自懾。事干大政，所繫不輕，臣是以竭忠，仰冒聰聽。苟利於國，九殞不辭。臣不任犯顏惶懼之至。

北京大學《儒藏》編纂與研究中心 編

《儒藏》精華編選刊

斐然集（下）

〔南宋〕胡寅 撰
陳曉蘭 校點

北京大學出版社
PEKING UNIVERSITY PRESS

斐然集卷十六

宋胡寅撰

上皇帝萬言書

九月二十一日，承奉郎試起居郎臣胡寅謹沐浴百拜，上書皇帝陛下。伏覩詔書，以敵人侵陵，備禦不給，遂有移蹕之意。右顧岳、鄂，左趨吴、越，安危利害，下詢羣臣。臣時駭然，不意清問之及此，何者？陛下自錢唐來幸江寧也，有詔曰「以援中原」矣。及至江寧，以舊邸之名，符啟建之義，改爲建康府，以昭受命之祥也，有詔曰「興邦正議於宏規」矣。繼而深懲維揚之禍，遣奉隆祐太后以六宫及百司不與軍旅者之南昌也，有詔曰「朕與二三大臣、帷幄宿將，堅守不動，誓有一死，以答羣生」矣。前後三詔，近在半年之中，而今來詔音不同如此。退伏思念，至於旬時。陛下以安危利害訪於在庭，苟或慮之不精，計之不審，以害爲利，以危爲安，偷顧目前，妄有建白，則其負誣聖明，迷誤社稷，罪在不赦。輒陳愚見，不避斧鉞，泛論建炎謀國之失，而陳撥亂反正之計。念時事之迫切，仰德義之廣大，冀功效之可立，忘觸冒之難恕，惟陛下留神省察。臣聞孔子曰：「成事不説，遂事不諫，既往不咎。」今臣所陳，不免追咎既往者。蓋謂建炎已來，有舉措大失人心之事，今欲復收人心而圖存，則既往之失不可不追咎，不可不改故也。

一昨陛下以親王介弟受淵聖皇帝之命，出師河北。二帝既遷，則當糾合義師，北向迎請。而遽膺翊戴，❶亟居尊位，遥上徽號，建立太子。不復歸覲宫闕，展省陵寢。斬戮直臣，以杜言路，南巡淮海，偷安歲月。❷虜兵深入陝右，遠破京西，漫不治軍，畧無扞禦。盜賊横潰，莫之誰何，無辜元元，百萬塗地。怨氣上格，日昏無光，飛蝗蔽天，動以旬月。方且製造文物，縻費不貲，猥於城中，講行郊報，朝廷動色，相謂中興。虜騎乘虚，直擣行在，匹馬南渡，狼狽不堪。淮甸之間，又復流血。逮及反正寳位，移蹕建康，不爲久圖，百度頹弛。淮南宣撫，卒不遣行，自畫大江，輕失形勢。一向畏縮，維務遠巡，軍民怨咨，如出一口。存亡之決，近在目前。凡此節次十餘條，皆所謂舉措失人心之大者也。

自古衰亡，固不足道，請以中興者言之。夏少康、周宣王、燕昭王、越勾踐、漢光武，莫不任賢使能，修政事，治軍旅，而其奮發刻厲，期於必成者，則又本於憤恥恨怒之意，不能報怨，終不苟已，所以光復舊物，各稱賢君。未有乘衰微決絶之後，竊竊焉因陋以爲榮，施施焉苟且以爲安，而能久長無禍者也。爲陛下計，當如何？而黄潛善、汪伯彦、顔岐顧以乳嫗護赤子之術待陛下，曰：「上皇之子殆將三十人，今所存惟聖體，不可不自重愛也。」曾不知太祖勤勞取天下，列聖兢業嗣守，不敢墜失。今也

❶「遽」，原作「據」，據文津閣本、《歷代名臣奏議》卷八六改。

❷「偷」，原作「愉」，據經鉏堂本、文津閣本、《歷代名臣奏議》改。

宗廟爲草莽堙之，陵闕爲畚鍤驚之。堂堂中華，戎馬生之；赫赫帝圖，盜賊營之。❶然則潛善、伯彥所以誤陛下，陷陵廟，蹙土宇，喪生靈者，又豈燕昭、越踐、漢光武之比乎？本初嗣服，既不爲迎二帝之策；因循遠狩，又不爲守中國之謀。以至於今，德義不孚，而號令不行；刑罰不威，而爵賞不勸。❷巡幸所至，民以淮甸爲戒；駐蹕所在，人以虜至爲憂。東南之州郡幾何，翠華之省方無已，若不更轍以救垂亡，則陛下永負孝弟之愆，常有父兄之責。人心已去，天命難恃，雖欲羈棲山海，跋履崎嶇，臣恐非所以爲自全之計也。爲今之策，願陛下一切反前失而已。則必下詔曰：「繼紹大統，出於臣庶之謟，而不悟其非；巡守東南，出於僥倖之心，而不虞其禍。經涉變故，僅免危亡，蓋上天警戒于眇躬，俾大宋不失于舊物。金賊以小狄猖獗，❸薰汙中華，❹逆天亂倫，❺扶立僭僞，用夷變夏，❻俾臣作君，朕義不戴天，志思雪恥。父兄旅泊，陵廟荒殘，罪乃在予，無所逃責。」以此號召四海，聳動人心，不敢愛身，決

❶「盜賊」，原作「敵騎」，據明抄本、經鉏堂本、文津閣本、《歷代名臣奏議》改。下文同例皆逕改，不再出校。
❷「爵賞」，原作「賞爵」，據明抄本、經鉏堂本、文津閣本、《歷代名臣奏議》改。
❸「金賊以小狄猖獗」，原作「金人以無厭之求」，據明抄本、經鉏堂本、《歷代名臣奏議》改。
❹「薰汙」，原作「喋血」，據明抄本、經鉏堂本、《歷代名臣奏議》改。
❺「逆天亂倫」，原作「蠶食併吞」，據明抄本、經鉏堂本、《歷代名臣奏議》改。
❻「用夷變夏」，原作「以亂易治」，據明抄本、經鉏堂本、《歷代名臣奏議》改。

意講武。然後選將訓兵，戎衣臨陣，按行淮甸，上及荆襄，收其豪英，誓以戰伐。天下忠義之士，必雲合而景從；天下武勇之夫，必響應而飈起。國用不足，於此不患無財；甲馬不强，於此不患無備。有道多助，孰不順之？秦隴雖遥，壯士驍騎即可坐致；齊魯雖失，饒財厚貨必自竭輸。陛下凡所欲爲，孰不如志？其爲利害，豈與退保吴越、日就滅亡同年而語哉！

臣不自量，每切憤歎。既未能被堅執鋭，先啟戎行，而服業簡編，討論古昔，固當忘其昧陋，少贊經綸。輒爲陛下畫中興之策，莫大于罷和議。蓋和之所以可講者，兩地用兵，勢力相敵，利害相當故也，非强弱盛衰不相侔所能成也。而其議則出于耿南仲，何也？淵聖皇帝在東宫，當宣和季年，王黼欲摇動者屢矣。南仲爲東宫官，計無所出，則歸依右丞李邦彦。邦彦其時方被寵眷，又陰爲他日之計，每因王黼讒譖，❶頗曾解紛，亦緣上皇仁慈，本無移易太子之意也。既而淵聖嗣極，遞遷前朝大臣，而邦彦爲次相。金賊遽至城下，❷邦彦諂謔小人，烏知遠慮，遂獻和議，而南仲以宫傅之重，方奉椒房出奔，聞六飛堅守，至陳留而返。自愧其失，因附邦彦而沮种師道擊賊之謀。于是覆邦之患，滋蔓而起，分朋植黨，必欲自勝。主戰伐者，李綱、种師道兩人而已。幾會一去，國論紛然。中制河南之師，必使陷没，以伸和議之必信。二帝遠去，宗族盡徙，中原塗炭，至今益甚者，本緣南仲主持邦彦，以報

---

❶「譖」，原作「説」，據明抄本、經鉏堂本、文津閣本、《歷代名臣奏議》改。

❷「金賊」，原作「金人」，據明抄本、經鉏堂本、《歷代名臣奏議》改。下文同例皆逕改，不再出校。

私恩，不爲國慮之所致。其朋徒附合，狠忮膠結，寧誤趙氏，不負耿門，之所爲也。使其可和，則淵聖執德不堅，馴致禍敗，而陛下卑辭厚禮，避地稱臣，無所不用其極。乞和之使接武于道，宜其少緩師矣，何乃累年而尚無效耶？自古中國盛强如漢武帝、唐太宗，其得志四夷，❶必并吞掃滅，以示廣大，侮亡取亂，極其兵力而後已。中國禮義所自出也，恃强凌弱，猶且如此，今乃以廉退慈仁、君子長者之事，望于反常悖道、腥臊禽獸之粘罕，❷豈有是理哉？若以爲强弱之勢絶不相侔，縱使向前，萬不能抗，則自古徒步奮臂，無尺寸之地而争帝王之圖者，彼何人哉？伏望陛下明照利害之原，罷絶和議，刻意講武，以使命之幣爲養兵之費。此乃晉惠公征繕立圉之策，漢高迎太公、吕后之謀。斷而行之，堅確不變，庶幾貪狄知我有含怒必鬬之志，❸沙漠之駕，或有還期。不然，則今僻處東南，萬事不競。納賂則孰富于京室，納質則孰重于二帝？餽子女則孰多于中原之佳麗，遣大臣則孰加于異意之宰輔？深思遠慮，反覆計之，所謂乞和，必無可成之理。昔北狄至澶州，王欽若、陳堯佐請幸吴、蜀，惟寇準勸親征。及成功之後，欽若羞恨無以藉口，則撼真宗，曰：「當是時，寇準亦豈有好計，但是熱血相沃。譬如

❶「四夷」，原作「邊方」，據明抄本、經鉏堂本、《歷代名臣奏議》改。
❷「反常悖道、腥臊禽獸之粘罕」，原作「侵凌强暴、反覆無常之尼雅滿」，據明抄本、經鉏堂本、《歷代名臣奏議》改。
❸「貪狄」，原作「敵人」，據明抄本、經鉏堂本、《歷代名臣奏議》改。

博錢，以陛下爲孤注耳。」使人君不明，則欽若之言爲愛君，而寇準之功爲幸勝。今之議和者，其情狀一一出于此。苟能息絶其議，陛下不藉之以塞民望，大臣不藉之以寬己責，則必爲善後之圖矣。

大事有緩急，治有先後，既定議講武，則其餘庶常有日力不暇給者，❶當置行臺以區處之。今典章文物，一切掃地，百司庶府，殆爲虚設。其必不可缺者，惟吏部、户部爲急。誠使江淮、兩浙、湖北並依八路法慎擇監司而付之，則吏部銓事亦復減省，不過置侍郎一員，郎官兩員，胥吏三十人，則所謂磨勘、封敘、奏薦、常程之事，❷可按而舉矣。户部所以治天下財賦也。今四方供貢久不入于王府，往往爲州郡以軍興便宜截用。經常一壞，未易復理。竊觀行在支費，每月無慮八十萬，惟以榷貨、鹽利爲無窮之源耳。故臣謂宜置行臺，或建康，或南昌，或江陵，審擇一處，以安太后、六宫、百司，以耆哲諳練大臣總臺，謹守成法，從事郎吏而下，不輕移易，量留兵將，以爲營衛。命户部計費調度以給之，其虚名無實徒費國用之所，一切省罷。陛下奉廟社之主，提兵按行，廣治軍旅，周旋彼此，不爲定居。惟是侍從臣寮，師臣監司，要害守牧，則當加意，以時進退其賢不肖功罪之著明者。而餽餉之權，自宜專責宰相，而選委發運以佐行于下，如漢委蕭何以關中，唐委劉晏以東南。經制得人，加以歲月，量入爲出，何患無財？所謂宰相之任，代天理物，扶顛持危，其責甚重，非特早朝晚見，坐政事堂，弊弊然于

❶「常」，原作「務」，據明抄本、經鉏堂本、文津閣本、《歷代名臣奏議》改。
❷「敘」，原作「駁」，據明抄本、經鉏堂本、文津閣本、《歷代名臣奏議》改。

文具無益之末，移那闕次，以處親舊，濟其私欲而已也。古之人君臨政願治，必委任宰相，豈徒體貌崇重，一聽其所爲，亦必深相提策，務爲明白，計日累月，以考功緒。陛下視今日國勢，孰愈于前日乎？此在宸心所自鑒照，臣未敢深論也。

夫大亂之後，風俗靡然，躬率而丕變之者，則在陛下務實效，去虚文。夫治兵必精，命將必賢，政事必修，誓戢大憝，不爲退計者，乃孝弟之實也。遣使乞和，廣捐金幣，不恥卑辱，冀幸萬一者，爲孝弟之虚文也。屈己致誠，以來天下之士，博訪策略，信而用之，以期成功者，乃求賢之實也。未見賢若不克見，既見則不能由之，或因苟賤求進之人，遂乃例輕天下之士，姑爲禮貌，外示美名者，爲求賢之虚文也。聽受忠鯁，不憚拂逆，非止面從，必將心改，苟利于國，即日行之者，乃納諫之實也。和顔稱善，泛受其説，❶合意則喜之，不合則置之，官爵所加，人不以勸，或内惡其切直，而用它事遷徙其人者，爲納諫之虚文也。將帥之材，智必能謀，勇必能戰，仁必能守，忠必不欺。得是人而任之，然後待以恩，御以威，結以誠信，有功必賞，有罪必刑者，乃任將之實也。庸奴下材，本無智勇，見敵輒潰，無異于賊。與之親厚，等威不立，賜予過度，官職逾涯，將以收其心，適足致其慢。聽其妄誕張大之語，望其樸實用命之功者，爲任將之虚文也。簡汰其疲老病弱，升擇其壯健驍勇，分屯在所，❷置營房以安其家

❶「受」，原作「愛」，據明抄本、經鉏堂本、文津閣本、《歷代名臣奏議》改。
❷「在所」，原作「所在」，據明抄本、經鉏堂本、文津閣本、《歷代名臣奏議》改。

室，聚粟帛以足其衣食，選衆所畏信者以董其部伍，申明階級之制，以變其驕恣悍悖之習，大抵如周顯德年中世宗命我太祖之意，然後被之以精甲，付之以利器，進戰獲首虜則厚賞，死則恤其妻孥，退潰則誅其身，降敵則戮其族，令在必行，分毫不貸者，乃治軍之實也。無所別擇，一切安養姑息之，惟恐一夫變色不悦，幸無事則曰大幸矣，教習擊刺，有如聚戲，金鼓之節，旗幟隊伍，皆習虜人之所爲，紀律蕩然，雖其將帥不敢自保者，爲治軍之虚文也。慎選部刺史二千石，必求明惠忠智之人，使久于其官，懲革弊政，痛刈姦贓，以除民害，雖軍旅騷動，盜賊未平，必使寬恤之政實被于民，固結百姓將離之心，勿致潰叛，❶乃愛民之實也。詔音出于上，虐吏沮于下，誑以出力自保，則調發其丁夫，誘以犒設贍軍，則厚裒其錢穀。弓材弩料，竹箭皮革，凡干涉軍須之具，日日征求，物物取辦，因緣奸弊，民已不堪，乃復蠲其税租，載之赦令，實不能免，苟以欺之者，爲愛民之虚文也。若夫保宗廟，保陵寢，保土地，保人民，以此六實者行乎其間，則爲天子之實也。陵廟荒圮，土宇日蹙，衣冠黔首，爲肉爲血，以此六虚者行乎其間。陛下戴黄屋，建幄殿，質明輦出房，雉尾金爐，夾侍兩陛，仗馬衛兵，儼分儀式，贊者引百官以次入奉起居。既退，宰相大臣卑卑而前，搢笏出奏，司辰唱辰正，則駕入而仗出矣。以此度日，而國勢益卑。彼粘罕者，晝夜厲兵，跨河越岱，電掃中土，遂有吞吸江湖，蹂躪衡、霍之意。吾方挾持虚器，茫茫然未知所之，此則爲天子之虚文也。伏望陛下留意實效，勿愛虚文。于此七者，奮發慷慨而力

---

❶「叛」下，原衍「者」字，據明抄本、經鉏堂本、文津閣本、《歷代名臣奏議》删。

圖之。

今宿衛單弱，國威銷挫。臣嘗言乞早勾發京師衛士赴行在，又降等杖于兩浙、福建、江東西、湖南北、四川、二廣，❶抽揀禁軍貢發充御營正兵，增厚其月廩，精加訓閱，陛下自將之。天子之軍既强，則中國之變自弭。昔漢高祖嘗大敗于成皋矣，與數騎渡河入張耳、韓信軍，奪其印，易置諸將，軍遂復振，此得御將之大權。雖知如韓信，且莫能測，宜其取秦滅項甚易。陛下今欲于劉、韓、張、辛四人之兵有所移易廢置，臣知其不能矣。權既偏重，柄既倒持，彼必謂陛下不能一日而舍之，夷踞桀驁，日以滋起。陛下以孤立之身，寄于其上，安能使此四人者常無怨怒相激而不爲變乎？苗、劉之亂，❷率爾而作者，坐此故也。漢獻帝時，主柄下移，不能自立，李傕、郭汜以偏裨小將，互刼乘輿，至以臭牛之骨與帝進饌。萬乘人主，爲叛臣所質，此既往之鑒也。臣謂今日見在兵必不可用，既未有以大更易之，莫若先集天下勁兵，以强御營之勢，然後可以彈壓悍將驕兵。悍將驕兵既不敢妄動，就紀律，則四方横潰之軍及羣起不遑之盜，必自帖息。❸猶有披猖不軌者，遣偏師以鋭卒往禽滅之，遂罷招安之策。況陛下以雪恥復讐爲己任，仗大義而行，天下兇頑不義之徒，固將斂衽倒戈而聽驅使之命矣。漢光武

❶「二」，原作「兩」，據明抄本、經鉏堂本、《歷代名臣奏議》改。
❷「苗劉」，原作「劉苗」，據明抄本、經鉏堂本、文津閣本、《歷代名臣奏議》改。
❸「帖」，原作「貼」，據明抄本、經鉏堂本、文津閣本、《歷代名臣奏議》改。

爲銅馬帝者，用此道也。東南之禁卒既起，則又命福建團結槍杖手，建、汀、南劍、邵武四郡精選萬人，各擇其土豪使部督之，各屯本處，以俟興發。命兩浙募水手，并選發諸州撩湖捍海等兵，盡付水軍，教習戰艦。命江東西、湖南北募弓手，以在官閒田給養之，人得一頃，正税之外，其餘科須一切與免。命廣西及辰、沅、鼎、靖于見數峒丁中，實料有技能壯勇者，不取虚數，分番踐更，屯戍襄漢，❶爲山林谿谷之援。以京西、淮南荒廢無主之地爲屯田，招集兩河、山東及本路流徙之人，略依古法均節之，擇强武者訓習，使且耕且戰。文武臣中有明習營屯之事肯承任者，因以任之。❷凡此六條，雖非講武必爲之急，亦不可不爲之助。陛下試使執政大臣，委棄簿書細故，勿設他説以相論駁，日夜圖回，擇人而爲之，必見績狀。于是時而兵不强，敵不畏，盜不息，然後可以歸之天命，無所復爲矣。不然，是自棄也。陛下苟有自棄之心，而欲于目前三四庸將、數萬潰卒中求爲久安，三尺童子亦知其不能矣。或者必曰：軍旅之興，民最受弊。今若如前所陳，恐未能有損于强虜而先已自殘其民矣。則臣應之曰：自虜入寇以來，❸國家歲歲以和好自處，未嘗敢以兵刃北向，凡以愛民，恐勞之也。然大河以南，連亘數十州之地，城覆民屠，不可勝計，豈用兵之罪耶？設有一城一邑，能率厲兵，誓以死戰，一郡不克，一郡

❶「漢」，原作「陽」，據明抄本、經鉏堂本、文津閣本、《歷代名臣奏議》改。
❷「因」，原作「用」，據明抄本、經鉏堂本、《歷代名臣奏議》改。
❸「虜入寇」，原作「敵南牧」，據明抄本、經鉏堂本、《歷代名臣奏議》改。

繼之，不猶愈于束手屈膝，斃于白梃之下哉？惟在任將相，使處置合宜，則雖使民以死，尚且不怨，况欲用兵以保衛赤子乎？漢光武既滅新莽之後，東征西戰，尚十餘年而後天下大定。當時豈無勞民費財之事，所計者大，則有所不暇恤，顧能于軍旅擾攘之中，常有愛惜生靈之意，故天助而人歸之。苟坐視四海流血而避用兵之勞費，則是舜不當征苗，啟不當討扈，高宗不當伐鬼方，宣王不當伐玁狁。以噎廢食，非通時務經國之遠猷也。

自古圖王霸之業者，必定根本之地而固守之，而非建都之謂也。陛下家世都汴，舍汴何都焉？今欲用關中而制山東，則力未能至。按南渡六朝之遺迹，則舍建康不可。雖然，欲謀進取，則非堅坐不動之所能，必觀進取形勢之便，用之而圖成。臣竊謂惟荆襄爲勝。春秋之世，楚嘗以是抗衡上國，窺周問鼎。三國割據，曹操聞孫權以荆州假劉備，則失箸而駭。六朝建立，雖南北之形已判，亦必增重上流。庾亮欲經略中原，則先分戍漢、沔。宋太祖欲伐魏，則先廣襄陽資力。故晉何充謂荆楚國之西門，地帶趙、蜀，得人則中原可定，失人則社稷可憂。今湖北接京西，雖無大險，然方城爲城，漢水爲池，管仲之所不敢輕。蓋地近中州，上下不過千里，其要害易守，非如淮泗汗漫，平原按衍，四通五達，易入而難備也。曹操用兵，彷彿孫吴，而赤壁敗亡，幾于不救，則難易之勢可見矣。誠能屯唐、鄧、襄、漢之田，以養新兵，出廣西、武陵峒丁並施，黔獠軍築堅壘，列守漢上，阻以水軍，經以正軍，緯以弓手民軍，牽制江、黄，呼吸廬、壽，則進取之基立，然後陝西聲氣血脈通達，而騎卒可至。川、廣之富，皆猶外府，易以拱挹。其比于漂泊大江之南，棲伏東海之濱，險易利害，相去遠矣。建康固是六朝舊都，甘守偏隅，遷延國祚，亦何不可？臣獨以爲不可焉，蓋爲陛下之責與晉元帝不同故也。西晉爲劉聰吞併，無復能立，懷、愍兩君皆以弑殞，故元帝自琅邪王，又憑王敦專制淮南十年之威，起而纘祚，然傳世十帝，享國百年，强臣内叛，胡虜外迫，❶其得僅存，猶綴旒耳。當時非無謀臣猛將提重兵出入，終不能復取中原者，非獨天運，亦勢使然也。今陛下之父兄在虜中固無恙，穹廬氈帳，臭惡雜聚，❷其衣服飲食居處動静，豈得比中國民庶中人之奉哉？其聞陛下嗣登寶位也，必日夕南望，曰：「吾有子弟爲中國帝王，吾之歸庶有日乎？」痛維愁荒屈辱之中，發此念，爲此言，于今三年，日迫月切。而獻謀者方欲導陛下南狩，日遠日忘，遂無復國之心，别求建都之所，此臣所深不喻也。今河北、河東之民，知朝廷不復顧思，已甘心左衽。❸山東、京西、淮甸之民，猶冀陛下未忍遽棄。若更遲延歲月，無以及之，則怨恨陛下而爲敵國者，所至皆然，亦何必粘罕邪？于此而欲建都，非特不可，亦必不能矣。故臣願陛下先命吕頤浩、杜充分部諸將過江，廣斥候，治盗賊，自以精兵二三萬爲輿衛，于穩密州郡速置營屋，以安存其所謂老小者。陛下提此兵渡江而北，緩轡而上，遣使巡問父老，撫綏挺刃之餘民。至于荆襄，規模措置爲根本之地，猶漢高之于關中，光武之于河内。雖巡歷往來，征伐四出，而所固守必争而

❶「胡虜」，原作「邊騎」，據明抄本、經鉏堂本、《歷代名臣奏議》改。
❷「臭惡」，原作「羈棲」，據明抄本、經鉏堂本、《歷代名臣奏議》改。
❸「左衽」，原作「事敵」，據明抄本、經鉏堂本、文津閣本、《歷代名臣奏議》改。

勿失者，以荆襄爲重。陛下方富于春秋，非如昔人白首舉事覬萬一之成者，誠能堅忍聳厲，坐薪嘗膽，悠久爲之而不能濟，則書傳所載周宣王、漢光武之事皆爲妄言以欺後世，無足信矣。陛下聰明洞照，必不謂然也。

上世帝王爲治之道，敦睦宗族，强本弱枝，所以鞏固基局，❶紹延佑命，故三代有天下，皆傳數十世，而周又特爲長久，蓋以大建宗室，以自藩屏故也。原其用心，蓋以天下爲公，而不以爲私，初非如後世以智力把持之，❷褊心多忌，雖有骨肉懿親，眄眄然不借以尺寸之權，而恐其伺便軋己，亡秦是已。漢以爲鑒，遂大封同姓，非劉氏不王。及其久也，光武、劉備皆以宗室倡義而起于滅絶之後。夫漢高固欲爲久遠無窮之慮，非爲其一身也，以爲不如是不足以大庇子孫，萬世血食。然則封建宗室者，乃固守天下之要術也。今陛下之族北去者衆矣，所幸免亦幾何？而黄潛善、鄭瑴小人之見，❸本無遠識，謂陛下以支子入繼，又不緣傳付之命，國步未夷，恐肺腑之間不無非望之冀。考其行事，必曾進言恫疑虚喝，以恐動宸心。故自南都以至維揚，❹誅竄之刑，疑忌之意，相尋繼見。雖其罪戾或自貽戚，

❶「局」，原作「扃」，據明抄本、經鉏堂本、文津閣本、《歷代名臣奏議》改。
❷「初」，原作「分」，據明抄本、經鉏堂本、《歷代名臣奏議》改。
❸「瑴」，原作「鼓」，據明抄本、經鉏堂本、《崇古文訣》卷三三改。
❹「都」，原作「郡」，據《歷代名臣奏議》改。明抄本、經鉏堂本「都」上衍「郡」字。

然亦恐未必盡出治親齊家之美意。審如是，欲以保國而延曆，難矣。今宜于同姓中，不問親疏，選擇賢才，布之内外，廣加任使，其望實傑然出衆者，陛下宜留之宿衛，夾輔王室。其有克敵戡難之功者，宜漸爲茅土之制，星羅而棊列，以慰祖宗在天之靈，以續國家如綫之緒。使讐虜知趙氏之居中國者，尚如此其衆，既失而得復者，非獨陛下一人而已。則其撲炎火之横心，立異姓之逆謀，庶其少息乎？

夫創業垂統之君，必立綱紀以遺子孫；繼世承序之君，必守綱紀以法祖宗。綱紀存則存，綱紀亡則亡，所係如此。夫一君子進，衆小人未必退；一小人進，則衆君子必退矣。勢不兩立，而于君子爲難，蓋其道固如此。仁宗皇帝在位最久，得君子最多，小人亦時見用，然罪著則斥之；君子亦或見廢，然忠顯則收之。故其成當世之功，貽後人之輔者，皆君子也。至王安石則不然，斥絶君子，一去而不還；❶崇信小人，一任而不改。故其敗當時之政，爲後世之害者，皆小人也。仁宗皇帝所養之君子既久且遠，日以消亡矣。安石所教之小人方新而近，其蕃息未艾也。所以誤國破家，至毒至烈，不知已時。然則陛下欲求君子而用之，而不愛爵禄以待其人，豈非甚不易得者乎？君子未得，而已試無堪、敗事顯著之小人稍稍類聚，其未至則召之，惟恐其不來，其既至則用之，惟恐其不速，混然雜進，其黨必集。所謂悔過用賢之意，與陛下反正之初絶不侔矣。陛下土地金帛能有幾何，豈堪此輩大言輕捨盡輸之夷狄耶？將以汲引豪傑，延致英雄，而標的如此，是猶却行而求前，北轅而適越爾。夫以賢治

❶「而」，原作「則」，據明抄本、經鉏堂本、文津閣本、《歷代名臣奏議》改。

不肖，此治平以前陛下之家法；以不肖治賢，此熙寧以後陛下之家戒。矧當今日，否塞之氣充牣于中原，陰長之滋勃興于夷虜，❶非得希世異材，上下内外迭任交用，泰何由復，而否何由傾乎？此綱紀國家之一事也。

右文左武者，有國不易之道。漢高祖用韓信、彭越，不以加于蕭、曹；光武用賈復、耿弇，不以加于鄧禹；唐太宗用李靖、李勣，不以加于房、杜；蜀先主用關羽、張飛，❷不以加于諸葛孔明。非獨其禮文等降不同，其誠心所以待遇之亦異。今儒學衰息，未有巨賢碩德屹乎朝廷，以收運籌指蹤之功。陛下所深恃以爲心膂爪牙者，惟三四庸將耳。夫此數人者以近時論之，曾不足以當种師道之厮役，况望古昔名將乎？而偃蹇庬然，當負重寄，使平寇盜，尚或未能，豈敢冀其向虜賊發一矢也？自愧無以塞責，則大言詭論以上欺睿聽，慢辭倨禮以下視朝士，謂今日禍亂皆文臣所致耳。敵人方强，不可與争鋒，必以退避自保，乘時而動，又不鈐勒其衆，動則潰，潰則盜，盜則招，招則官，反復循環，無有窮已。其爲國家之害，豈文臣所敢望哉？竊聞陛下推心撫之，失于太厚，出入内禁，不以時節。小人不知義理，習于所熟，以爲君臣上下猶朋輩然，恃憑威靈，無有紀極。寵而不驕，驕而能降，降而不憾，憾

❶「夷虜」，原作「兵革」，據明抄本、經鉏堂本、《歷代名臣奏議》改。

❷「關羽張飛」，原作「關張二公」，據明抄本、經鉏堂本、《歷代名臣奏議》改。下文凡避關羽名諱而改字之例皆逕改，不再出校。

而能眕者鮮矣。臣願陛下委大臣以腹心，❶待近臣以禮貌，當使南衙朝士氣勢重于此徒。天下抱才自愛之人，必願立于左右，緩急之際，必有能爲陛下竭忠盡節不愧古人者矣。與樊噲爲伍，韓信猶羞之，況儒士乎？臣參奉内朝班綴之後，欲求近臣如汲黯之流，氣折淮南，多得羸驅弊輿，惴惴然于長戟大馬之中，卒伍賤人皆得以惡聲誰何之，不敢正色忤視，少拂其勢。從臣如此，況其下者乎？唐制，監察御史秩七品，衣緑，至卑也。然銜命出使，則節度使具櫜鞬郊迎。❷本朝沿此意，郎官出使，則序位在轉運使之上。凡此蓋欲尊重天朝，習民于上下之分也。故事，宰相坐待漏院，三衙管軍于簾外，倒仗聲喏而過。吕夷簡爲相日，有管軍忽遇于殿廊，年老皇遽，不及降階而揖，非有悖戾之罪也，夷簡上表求去，以爲輕及朝廷，其人以此廢斥，蓋分守之嚴如此。❸今見其分庭抗禮矣。推此類非一日長不已，陛下不爲之别異表著，是自削堂陛，無復等威，亦將何所不至哉？此綱紀國家之二事也。

治天下者必取篤實躬行之士，而舍浮華輕薄之人，所以美教化，善風俗。本朝自熙寧以前，皆守此道，至王安石以佛老之似亂周孔之實，絶滅史學，倡説虚無，以同天下之習。其習既同，于今五十年，士以空言相高，而不適于實用，以行事爲粗迹，曰不足道也。其或蹈規矩，守廉隅，稍異于衆，則羣

❶「腹心」，原作「心腹」，據明抄本、經鉏堂本、文津閣本、《歷代名臣奏議》改。

❷「具櫜」，原作「且櫜」，據經鉏堂本、《歷代名臣奏議》改。明抄本誤作「櫜具」。

❸「分守」，原作「守分」，據明抄本、經鉏堂本、文津閣本、《歷代名臣奏議》改。

嘲而族笑之，以爲異類。紛紛肆行，以至敗國。二帝屈辱，羿、莽擅朝，以爲是適然耳。伏節死難者不過一二人，此浮華輕薄之爲害也。夫欲變風移俗，惟係上所好惡。韓琦、富弼在朝，文武兩班升朝官以上，即不許自陳磨勘，皆聽檢舉，所以養勸廉恥，恢張四維，故當時人知自重，風俗忠厚。至今乃有身爲從臣，而自陳磨勘，乞覃恩轉官，不以爲恥者矣。推而上之，見利必忘義，貪得必患失，遺其親，後其君，背叛篡奪，便可馴致，此明君之所甚畏而深戒者也。今萬化之原，本于陛下，苟力行孝弟，則天下忠順者來矣。好賢遠佞，則天下名節者出矣。賞清白，則貪汙者屏矣。崇行義，則奔競者息矣。旌能實，則謬誕者懲矣。貴忠厚，則殘刻者遠矣。苟反此道，則頽波日慢，必至于糜爛而後已。至于文辭之麗，言語之工，倒置是非，移易黑白，誠不宜任用，以爲浮薄之勸也。靖康二年，著作郎顔博文佞諛張邦昌，則曰「非湯武之干戈，同堯舜之禪讓」。及爲邦昌作請罪表，則曰「仲尼從佛肸之召，本爲興周；紀信乘漢王之車，固將誑楚」。博文，近世所謂能文之士也，其操術反復如此，故廉恥道消，四維大壞，則社稷隨之，陛下何利焉？此綱紀國家之三事也。

法度者所以治天下之具，號令者所以行法度之幾，而信義者所以出號令之實也。孔子曰：「自古皆有死，民無信不立。」聖人重信，至于易死，疑若太過。鄙夫陋儒以智詐譎詭爲術者，必忽此言。然真宗澶州與契丹結盟，契丹守之百有二十年，不敢先動。宣和宰相王黼一旦敗盟舉兵，結遠夷，伐與國，取景德誓書還之天章閣。天地鬼神所臨重誓，自我背之，遂使虜人得以藉口。夫金賊何憾于我哉？皆契丹甚之，假手借兵，報滅國之怨耳。失信之禍，乃至于此，孔子之言，良不爲過。而近日以來，朝廷失信于民尤甚。臣不能徧舉其目，但如所謂「前降指揮，更不施行」，如所謂「已差下人，別與差遣」，此等奏語，必日聞于冕旒之側矣。陛下何惜，不勑大臣俾審熟思慮，而直爲此反汗之失，以欺駭四方之聽乎？今外州郡專制，不禀朝命者漸多有之，所恃以指揮役使，惟在號令。出之不審則輕守之不固則疑，輕而且疑，則制命之權不在陛下矣。承受既數，奉行實難，不曰略與應破指揮，則謂不晚必又更改。❶近在朝廷，尚有此風，遠而四方，從可知矣。陛下縱有真賢實能，付之民社，仁政惠澤播之黔黎，以是之故，何由責其功效？百姓雖愚，然習于知見，必謂朝廷之令，率皆誑我，是心一萌，姦雄得以誘之矣。此綱紀國家之四事也。

郡守縣令者，親民之官。監司者，統臨州縣之長。天下之治，起于一縣，縣治則州治，州無不治，則天下治矣。明主必慎擇居此之人，既得其人，必久任之，以考功罪之實而施賞罰焉。近日已來，朝廷移易郡守監司，無月無之，殆不可勝紀。東南路分不過十數，何爲紛紛如此？陛下宜察其故矣。謂其不才而罷之耶，則曷若考慎于未命之前也。顧恐未必然，特出于用事者之私意耳。民力已困，財用已竭，潰兵劇賊方羊乎其間，戎務軍須交制乎其上，朝廷憂勞嘆息而未能救，尚忍不爲擇忠信之長、慈惠之師，以撫綏之乎？臣願深詔大臣，自今已往，于郡守、監司、縣令，斷以三年爲任，非有大過，勿輕移改。縣令不許輒從奏辟去官。其有貪汙爲民害者，舉祖宗法痛懲治之。仍許内外侍從官舉所知

---

❶「不」，原作「早」，據明抄本、經鉏堂本、文津閣本、《歷代名臣奏議》改。

堪爲令者，歲一人，後不如舉，貶秩示誡。留意此事，庶幾斯民于鼎沸之中有蘇息之望。又今吏部無闕以待入官之人，士無所得禄，一切苟且，求權攝以度日。見居官者不能勝任，逆避患害，則求差檄幹辦之名，苟營俸粟，無復宿業之志，欲事治而民安難矣。今欲乞專委諸路帥臣、轉運、提刑，不以遠近，共限一季，申發部内見任及闕官已授未到職位姓名，❶參三司之實，付吏部爲案柢以行差注，諸有以便宜從事辟置官屬者，必用曾任令録以上無過犯人。其奏補出官及曾以不職無治狀罷者，不聽奏舉。奏補人必依舊法試銓，無銓則于逐路運司歲一試之，仍增時議、問策各一首。精其選，少其數，中格則出官，以絶請求、賄賂、冗食之弊。肅清仕路，政在得人。此綱紀國家之五事也。

臣稟賦凡下，無大過人，然夙夜思之，又考之往古，揆之公論，所得如此。于當世之務，雖未能盡，亦可見其大概矣。維陛下動心加慮，反復而求之，隆寬降意，開納而聽之。萬一可行，則至誠惻怛，奮乾之健，而速圖之。日月逝矣，歲不我與，以爲今日難于前日，安知後日不又難于今日乎？往者雖不可復追，不當謂無可爲者而遂已也。天定勝人，大福不再，深可憂懼。今年之春，震雷大雪，白虹貫日，中有黑子。錢塘之變，實先垂象。恭以上天之仁，眷顧陛下，懇懇至厚，所以申命用休者，不啻再矣。陛下出于屯難，側身怨艾，親近書史，引對多士，減徹玩好，躬親庶政，亦非復維揚之比，臣民共知，不可誣也。然任至重者力必强，責至大者憂必深。天下萬姓以二帝之故所望于陛下者，非止如是

❶「發」，原作「明」，據明抄本、經鉏堂本、《歷代名臣奏議》改。

而已。迺閏月金犯大火，芒怒赫然。九月朔旦日有食之，車駕復有思患預防之行，明堂遂虛，陽德大弱。錢塘受辱之地，豈可再枉六飛？縣名柏人，漢祖不宿。若趨會稽，幸三衢，則地形窮僻，扈衛益勞；貢賦不通，財用益窘；道路艱阻，朝覲益稀；郵置迂深，命令益隔。人知陛下無興復之志，❶威權日削，無可瞻望，投戈四逸，孰能止之？惟有臣區區之言，理明事順，思迎父兄，誓報讎虜，奮志强厲，有進無退，庶足以感發軍情，率先將佐，于危絶之中，求生存之道，❷此非怯懦畏避之所能濟也。不然，而姑恃天命之不庸釋，是猶不耕于田，枵腹以待嘉穀之旅生；不績于麻，露肌以待野蠶之成繭，事理之必無者矣。又惟斯民戴宋無二者，徒以祖宗德澤深厚，人未忍忘，雖甚塗炭，猶未瓦解；雖甚怨怒，猶未反叛。然以比來巡行所過觀之，❸道傍里縣之民，一切空盡，以避兵卒，其甚者田疇荒萊，室廬破毀，生聚不保，滿目蕭條，殊非來蘇望幸之美。傳示四方，何以彰德？頃在建康，已獲虜賊之覘者，以此知虜人雖負十全之勢，而限以長江，不敢輕渡。然屯駐山東，聞有數路並入之謀。陛下不深委將相，早爲防遏，但欲深尋幽遠，則回顧州郡，復爲虛邑，必曰：「君王尚且畏避，何以責我守城？」民心覩

---

❶「興復」，原作「復興」，據明抄本、經鉏堂本、文津閣本、《歷代名臣奏議》改。

❷「存」，原作「全」，據明抄本、經鉏堂本、《歷代名臣奏議》改。

❸「行」，原作「幸」，據明抄本、經鉏堂本、文津閣本、《歷代名臣奏議》改。

此，安能久忍而無變亂？若不望風胡跪以事夷狄，❶必將推賢擇能以自保治。陳勝、吴廣因民不忍，而劉、項乘之，秦遂滅亡者，蓋本于此。

古人稱中興之治者，曰撥亂世反之正。秦不正而甚亂，漢高祖反之正而興焉。王莽不正而甚亂，光武反之正而興焉。隋不正而甚亂，唐太宗反之正而興焉。唐末五代不正而甚亂，我太祖皇帝反之正而興焉。反之正者，反易其道，究其敗亡之由，盡更而去之，猶反覆手之易也。今之亂亦云甚矣，其反正而興之在陛下，其遂陵遲不振亦在陛下。虜賊雖暴强，❷其亡可待，特恐中國豪傑因之而起，反我之亂，興彼之治，則陛下之大事去矣。天下記之，野史書之，善惡榮辱，垂之方來，後人觀之，亦猶今之視昔。夫湯以七十里而有天下，楚以七千里而爲讎人役。今粘罕之强未如秦，其得罪于中國，❸無人不怨，則有甚于始皇之于六國也。東南形勢，控帶江山，兼有吴楚之地，坤維嶺海，提封自如，非如湯以七十里而起也，而乞憐偷生之勢，乃甚于楚之爲秦役。此臣所以日夜憤懣，爲陛下痛惜，而傷大臣之過計也。昔宗澤留守京師，一老從官耳，猶能致誠鼓動羣賊，北連懷、衛之民，誓與同迎二帝，皆相聽許，剋期密應者，無慮數十萬人。不幸爲黄潛善所惡，百方沮抑，憤悒而死，其志不就，羣臣亦無敢

❶「胡跪」，原作「納款」，據明抄本、經鉏堂本、《歷代名臣奏議》改。
❷「暴强」，原作「强暴」，據明抄本、經鉏堂本、《歷代名臣奏議》改。
❸「得罪」，原作「横行」，據明抄本、經鉏堂本、文津閣本、《歷代名臣奏議》改。

以澤所謀達于宸聽者。以此知人心未厭二帝之德，何况陛下身爲子弟，責孰加焉？誠欲北向而有爲，臣將見鋤耰慘于長鎩，奮臂威于甲兵，舉四海惟陛下之用，決不爲失策。惟在陛下斷與不斷，爲與不爲耳。五路事宜，張浚已行措置，今能使淮南、荆襄肘臂相應，山東合從，則虜人所守者數千里之地，兵分勢離，批亢擣虚，攻其不備，多方以誤之，不厭不退。以十年爲期，陛下必能掃除妖氛，❶一清天步，修上京之廟貌，拜翬雒之神皋，遠迓父兄，歸安鳳闕，再新儀物，❷永固皇圖。陛下于時憂責方已，巍然南面，稱宋中興，永永萬年，欣懷無斁。其與愓息遁藏，蹈危負恥，有如今日，豈不天地相絶哉？

臣本疏外之蹤，無所知名，誤蒙眷求，擢侍左右，顧睞之温，寵遇之榮，多士流傳，以爲口實。重惟職司記注，掌書言動，喪亂已來，典籍廢缺，官業不舉，素餐是愧。况覩寇讎未殄，❸盜賊憑陵，鑾輅彷徨，民無死所。臣于此日得近清光，有知不言，有言不盡，苟非畏禍，即是欺君。震懼于衷，不能自已，顓愚抵冒，理合誅夷，寬仁如天，恃以無恐。倘或其言可采，有補大猷，尺寸之功，垂名竹帛，是古人之所榮，微臣之至願也。干瀆威嚴，臣無任隕越俟罪之至。

---

❶「妖」，原作「群」，據明抄本、經鉏堂本、《歷代名臣奏議》改。

❷「新」，原作「親」，據明抄本、經鉏堂本、文津閣本、《歷代名臣奏議》改。

❸「寇讎未殄」，原作「烽烟未息」，據明抄本、經鉏堂本、文津閣本、《歷代名臣奏議》改。

斐然集卷十七

宋胡寅撰

寄秦會之

某頃于丙午之冬，屢欲進謁，既而不果。前年侍家君東行，每蒙相公存問，而某時有母喪，非惟不敢趨伏屏著，亦不敢輒具書尺。惟是向慕感激之誠，至今何嘗不在左右也。自相公均逸于外，而謀奉親閒處，迨此暇日，可以曳裾齋閤，少聆道義之誨，以自警策。而吴楚相望，緬焉數千里，有志未遂，增以馳結。是用伸布竿牘，少見區區。近世以來，邪説暴行横騖于天下，三綱九法浸以湮滅。相公見危授命于二聖北征之日，事君以道于羣枉連茹之時，主張斯文，領袖當世，真得古者大臣之義矣。其于放淫詎詖，正人心，息邪説，使斯民不淪于夷狄禽獸，❶乃天下所以徯望于相公者也。側聞閉户讀書，討論大業，動心忍性，以承天降之任，❷德譽日新，有識欽嘆。而某竊有疑焉。蓋謂相公微信佛説，手

❶「夷狄禽獸」，原作「異端曲學」，據明抄本、經鉏堂本改。

❷「天降之任」，原作「大任之降」，據明抄本、經鉏堂本、文津閣本改。

抄《華嚴經》八十卷，終歲而後畢，則未知鈞意之所存也。佛之爲道，蓋以大倫爲假合，以人世爲夢幻，其辭善遁而不稽實理。從其教者，必棄絶君親，掃除人事，獨以一身處乎山林之下，皇皇然以死爲一大事。凡慈孝忠順之屬，殺身成仁，舍生取義，扶持人紀爲生民之大經者，自彼觀之，猶露電泡影，空花之過目耳。其爲世害，蓋甚于莊老之弊，清談之晉也。自臨川王氏以二教之似亂周、孔之實，天下靡然化之。判心迹，二言行，臨難忘義，見得忘恥，高言大論，詆訾名教，謂《劇秦美新》爲達權，以歷事五代爲知道。其效至于風俗大壞，胡馬長驅，❶國君遠行，宗廟荒圮，中原板蕩，逆賊亂常。學士大夫拱手圜視不以概于心，以爲是固然耳。至其甚者，又或臣僞廷，❷拜仇虜，❸廢君篡國，❹安行而不顧。夷考其平昔，則未必非誦經持素，歸向空門，禮佛參禪，非笑孔孟之人也。此豈非以大倫爲假合，以人世爲夢幻之禍與？相公蹈方秉節，正色立朝，捐一身表萬世君臣之義，而得政日淺，施設未究。一日聖上寤想忠赤，追鋒圖任，縉紳之責望者益備，聖上之期待者益深，則相公于格天之術業當盡明也，于遯世之賢材當盡知也，于奸慝之情狀當盡窮也，于生民之利病當盡究也，❺于恢土宇除讐逆之方略當

---

❶「胡」，原作「戎」，據明抄本、經鉏堂本改。
❷「僞廷」，原作「敵庭」，據明抄本改。經鉏堂本誤作「爲廷」。
❸「虜」，原作「人」，據明抄本、經鉏堂本改。
❹「篡」，明抄本、經鉏堂本作「反」。
❺「于生民之利病當盡究也」十字，原脱，據明抄本、經鉏堂本補。

盡講也。凡此乃臯、夔、伊、周所以相其君，而鄒魯先生所以詔後世，非竺乾以寂滅爲樂者所能知也。是宜求之六經，考之前史，而相公任重道遠，當潛心而措意者也。彼香水海、妙高峯，徧參互攝之寓言，曾何足進乎？往時嘗見觀文李公與故相吳公書，論《華嚴》與大《易》無二，其詞宏辯，❶固難窺測。而某竊欲置議曰：三代而上，聖賢繼出，天下大治，不以無佛而闕典也。及漢魏而後，佛説浸淫乎中國，聰明才智之士尊而信之者，蓋有其人矣。而拯溺救焚，出生靈于塗炭者，不在何充、謝廣、王縉之流，乃在乎諸葛武侯、東山太傅、李唐之狄相、本朝之寇公。蓋三綱九法之所恃以存，何嘗讀表法之書而後能也？❷方欲請決于李公，而李去長沙。某也于心終不釋然。今又聞相公日進常珍，間以異饌，竊恐嗜好有以移天下之正味，使無父無君者崇尚佛乘，益歸于性空遺累之習，謂蹈方秉節如相公猶有取焉，則于自任天下免民左衽之意，❸毋乃終始本末不相坐乎？❹某未獲瞻望履舄，而輒進瞽言者，誠以相公好善虛懷，山藏海納，某不敢自以其言爲不善，怠于輕千里而告也。願畢其辭，則俟他日，惟相公有以教之。干冒鈞嚴，❺伏深悚懼。

---

❶「辯」，明抄本、經鉏堂本、文津閣本作「辨」。
❷「表」，原作「非」，據明抄本、經鉏堂本改。
❸「左衽」，原作「塗炭」，據明抄本、經鉏堂本、文津閣本改。
❹「坐」，原作「符」，據明抄本、經鉏堂本改。
❺「干」，原作「敢」，據經鉏堂本改。明抄本誤作「于」。

寄張德遠

竊承大府久次長沙，以重兵厚賞脅降水賊，遂通兩湖之道，絶外連之株，悉意防秋，無所牽制，國勢幸甚。此本郡縣之任，一將之功，昔者失計耳，不足爲相公道也。然既降之後，若給還牛具，與之田土，得良守令拊循之，免三年租賦，庶不復爲賊。而鼎守輩非愷悌之人也，其間可爲兵者，習熟江湖便利，宜因其舟楫自作一軍，付之别將。然近世鮮有肯强本制末之勢，而徇情憚衆，從而封養疽癰者，則有之矣。願相公及此事會，改易郡守監司，若皆如張觷、柴武，則非特人無議論，必有綏輯之功也。昨見程千秋乞不以有無諸般拘碍辟差縣令一次。所謂諸般拘碍者，詐官負犯，不敢赴銓者也，而使之爲民父母，某意不謂然，即嘗奏乞令下千秋慎選及是者。左相曰：「無人願就處，不如是，誰肯往？且督府已行矣，關照而已。」事遂寢。夫以人所不願往，尤宜加意，而使有拘碍不可授任之人而委之，某以是疑相公欲平賊之速，而忽于使民，不爲平賊之本也。民叛與兵叛不同，如虔賊向來岳飛非不討殺，亦有已見浄盡之言，終不能絶，尚跨四路出没，何也？州縣非其人，歸業不可，寧爲寇耳。水寇本緣政煩賦重，加以任誼速之，❶一日兩郡響應。所欲殺者五等人，以官吏爲最，獨免執耒之夫，其心可見矣。一叛之後，梗塞數路，首尾六年，塗炭良民，失陷歲入，及行師用兵之費，不知幾何。若州縣自初

❶「誼」，原作「人」，據明抄本、經鉏堂本及《斐然集》卷十五《繳傅雱用赦量移》改。

一一得人，豈其至此？已往不可及，來者猶可追，願相公加意而圖之。自古英豪治殘破之後，未有不減州縣及官吏文書者。靖州久合，仍舊爲渠陽砦，前已具聞。鹽香、常平悉當權廢，諸司事兼委一漕、一憲，不啻足矣。縣止須一令、一尉。官省則事省而費寡，民可安居矣。今天下之所共患者，外雖有讐狄叛臣，内則有握重兵難馭之將帥。謀臣策士，思所以善後之計，未有得也。昨來吕相國以私怒滅降親衛之兵，迄今不復，日以稀少。而勁卒、利器、良馬盡歸諸大將，名爲神武軍，其實恩威不出于天朝，誣上行私，自植形勢，其智術不施之于虜賊，而施之于朝廷，虚增軍數，以取糧帛，詐爲北討，以規器甲。求無不得，言無不聽，自副貳而下，偏置私人。軍屯所臨，盡奪公家之利。令之不受，禁之不止，功小而賞大，有賞而無罰。政使國有宿儲，民有餘力，歲無水旱之變，坐贍大費，將何能久以是爲安乎？而況加之以師旅，因之以饑饉，仰食一不足，禦寇一不勝，非倒戈向内，則曳甲北走，不然，散爲盜耳，必至之理也。所幸尚有諸小校分統之兵，可以自朝廷指蹤。今聞祁超一軍，又爲岳飛所併，而任士安、吴錫、郝晸、王宗等，飛盡欲得之。飛本忠義自立，初不若是，有所效而爲之也。昨來王瓔討賊無狀，其軍併之韓世忠。夫主將不善，易之可也，何乃與其衆而分之？祁、任之事，則又甚于此矣。以是計之，水賊之勝兵與其戰艦，未必全歸朝廷，而其牛畜未必散之耕種也。自建炎初載，黄相國用招安之策，流毒九年，盡變祖宗軍政，使天子無自將之兵，天下岌岌。相公不有更制，二患仍在，則無惡乎議者之紛紛也。昨蒙教賜，似以軍民爲二道，厚于軍而薄于民，欲棄五穀養生之具，而日進鳩酒烏喙。竊惟精忠遠識，四海仰望，固非愚者所能窺測。而舍己用善，以勤攻闕失，爲平虜之方，❶則相公有意于孔明之烈。某辱知最舊，敢不以董幼宰、徐元直自處，每事十反，期于有補乎？

寄宣撫樞密

去九月扈從至平江，朝廷懲維揚之禍，日謀遠徙，私竊以爲不然。夫維揚蓋由謀之不臧，而非爲避之不早也，而用事畫議者，多以宦官宮妾愛君之情，揣中上意，叨竊美官，心實憤耻之。遂具囊封疏過失，陳今日所當先務者，傾展殫盡，不敢絲毫有隱于宸聰之聽，亦庶幾萬分有一，不辱知遇。言雖不效，亦不蒙譴，蓋主上聽納之德，裕于昔時，而閤下薦引重言，雖遠而不替也。適緣大人祇命至池州，忽得宮祠之請，某勢不得留，遂復丐閒。併沐俞旨，間關去國。胡虜繼侵，❷犬羊腥羶，❸瀰漫吴楚，徯聞麾幢入援，張大宋之天聲者，以日爲歲，中外所切。兹承總提秦甲，已渡漢南，扶持國勢，天下幸甚。閤下忠義大節，照冠一時，幕府賓僚，又多奇俊，施設注措，動關存亡。某夙已顓冥，矧復疏遠，投機應會，又非逆料之所能也。古人曰：「與治同道罔不興，與亂同事罔不亡。」撥亂世反之正者，必推原禍敗

❶「虜」，原作「定」，據明抄本、經鉏堂本改。
❷「胡虜」，原作「敵騎」，據明抄本、經鉏堂本改。
❸「犬羊腥羶」，原作「戈甲烟塵」，據明抄本、經鉏堂本改。

之所從起，掃滅而更張之，庶其有濟。然則今日必罷和議，必用君子，必退小人，必慎名器，必講武略，必明賞罰，必擇守令，必固本支，必建藩輔，必討盜賊。此十必者，有一不必，非所以撥亂而反之正矣。然和人用事，則此十必者必不行，何則？其道不同而其身不利故也。今欲撥亂反正，則以罷和議爲本。此議不行，則此人不用，君子必可進，小人必可退。自餘七者，亹亹有緒矣。夫和人初心非有覆國亡邦之毒也，無謀慮則和，無才術則和。土地非割于其家也，金帛非捐于其府也，子女非出于其室也，姑以偷目前之安，悦用事者之意耳。其久而不破，則結朋黨，則迷國論，則立異姓，則事逆賊，❶惟利是從，無所不可。今歲不征，來歲不戰，日斷一股，月斬一臂，刻膚盡肉，椎骨及髓，雖于敵人得計，而于國家最病。此議不息，雖微夷虜，❷其禍機陰發，不在金寇之下也。夫建都立國，伏惟閤下既有定論，某不敢知。竊謂奉迎大駕，西幸梁、秦，以圖關中者，中興之宏規也。屏蔽江淮，增重上流，定居建康者，往古之明驗也。可行則行，不可則止，因時制變者，哲人之達識也。成敗在乎天，得失在乎人。物有本末，事有先後，苟爲倒置，未見其可。今緩急之序，某既略陳于前矣，具瞻所屬，非閤下其誰任哉？某遠迹林壑，職當緘默，尚兹喋喋，實爲知己。

---

❶「逆賊」，原作「敵國」，據明抄本、經鉏堂本、文津閣本改。

❷「夷虜」，原作「外患」，據明抄本改。經鉏堂本誤作「夷膚」。

寄趙相

自承白麻播敷，登位次輔，以直道繼庸邪之後，以宏才當蠱壞之時，天下聳然，慶明主之英斷，知中興之有日。賊臣不道，挾虜稱兵，原其胎禍，非朝夕之故。相公戡此大難，必有成畫，而得諸道路，有可疑者。自詔書既下，聲罪致討，不知革輅今次何都。以君避臣，古人所辱。或傳宫省已邁泉南，而祠曹告牒之下閩、廣者數又甚富。審有此計，非萊公奉章聖親征之策矣。兵交之時，自治尤急，賞罰號令，必有以收人心、回天意者。而功罪是非，一切含糊，未得别白。至于去留除授，兵馬應援，命令不一，衆聽不孚。凡此數端，恐非保邦制勝之術也。頃者廷議燕安江沱，但欲南趨，不圖北向，荆襄要地，僅若荒餘。自岳飛奉揚天威，稟受指蹤，而援師不繼，復輕召還。即今重兵盡聚江浙，上流空迥，全無保障。李成、孔彦舟等諳知洪、潭利便，若或六飛遷幸兩越，則賊必留兵屯守吴楚，諸路財賦粟帛，朝廷不得而用之。豈聞舉國避寇，輿轎柁舟，煙瘴谿谷，百越之外，而能再興王業者乎？荆南飢卒不滿數千，鼎、岳二州方困水賊，德安最爲要害，緣曾妄改守臣，今雖再委陳規，深恐已失事會。武昌名爲帥府，實則僅能自存。惟長沙捍江湖之衝，爲二廣之蔽，關羽所爲取湘西，杜預所爲通零、桂，而孔明所爲利盡南海者，比于諸處，差爲完實。而所恃者，吴錫一軍六七千人耳。錫至湘中四年，屢立戰功，御衆有律，人已信服，全楚所賴。比聞羽檄追赴江西，雖帥司有請借留，深恐未聽。錫之不可離湖南，猶往年柴斌之不可去荆門，趙宗印之不可去郢西，近日陳規之不可去德安也。用人如用馬，因其服習，其功十倍。鄭之小駟，至晉而敗。故廉頗在趙，莫與爲敵，及爲楚將，不復有功，正此類耳。明主不泄邇，大臣慮四方。孫皓之季，慮不及遠，徹南郡之備，專意下流，于是杜預、王濬一舉取之。若必欲移吴錫，是棄三湘八桂之地矣。切乞廟堂留念。所願者相公啟沃主上，深發獨智，克奮神武，如光武昆陽之事，以三千破賊莽六十萬，豈云衆寡不敵？相公集衆思，廣忠益，去自賢之意，求所受教者，虚心而用之，如謝太傅淝水之績，以一謝玄却苻堅九十萬，❶豈云强弱不侔？再安宋朝，永保天命，君臣俱顯，不亦美與！某待次山間，無緣曳裾東閤，終日正言，而心之精微又非筆削所能敷叙。然愚者千慮，大抵如前。又于侍讀張公，亦有咨禀。仰惟宏度，必賜開納。革輅徂征，扈從勤止，敢請精調寢餗，上副倚毗。

寄張樞密

近承追鋒甚峻，天鑒孔昭。竊計許國精忠，聞命引道，不特還事樞之舊，宜遂膺爰立之求。中外具瞻，日徯明制。然叛賊匪茹，❷蓄謀累年，而朝廷燕安，不爲遠慮，一旦禍發所忽，舉國雲擾，乃是智

---

❶「玄」，明抄本、經鉏堂本作「元」，避趙宋先祖玄朗之諱。下文同例不再出校。
❷「叛賊」，原作「敵人」，據明抄本、經鉏堂本改。

者無以善後之際。趙公既當政柄，❶閤下復被圖任，宗社存亡，豈不在兩公之手乎？昨來反正之初，忠臣義士所爲裂裳裹足願立乎朝廷者，以主上進幸建康，有中原之志。其後佞臣諛媚，更互取寵，但言退避，不務恢張。用此之人，行此之政，至乃安然通叛受侮。考之古訓，雖使苟安歲月，戎車不駕，必非興隆之兆矣。今事會如此，乃是上天警悟聖主，深發獨智，使懲艾既往，改紀國政，開中興之運也。夫以臣叛君，其事固逆；而以君避臣，其事尤恥。此乃勝負之決，要在策畫堅定，不輕退轉耳。昔苻堅以百萬南伐，其視晉如石下之卵耳，又非有君臣逆順之説也。若如前日諸公所謀，小則引避，大則屈降，彼東山太傅獨以何道而談笑制勝哉？閤下與丞相公所當慨然以古人自期，必不忍靡靡委委，循望實俱喪之覆轍也。夫興衰撥亂，全在人材，而其難知，堯舜猶病。人之常情，好見其所長，而隱其所短，好遜志之語，而惡逆心之言，于是臣其所教，友不如己，而阿諛求合之士日湊其側。慮有遺策者吾不得知也，舉有過事者吾不得聞也，其心非不以善爲之，而卒陷于迷繆破毀者，無不由此。人雖難知，而某獨謂告之過則喜，聞善言則拜，集衆思，廣忠益，不甘受佞言，而貌敬正士者，乃知人之本也。人無不知，則于扶顛持危，興衰撥亂，無不如志，又何必役其心思，勞其耳目，區區于事爲之末乎？今聖上親御六師，兩公夾輔王室，其當明大義，攘羣醜，申嚴賞罰，保固上流之大略，已具之丞相書中，望樞密一見之。而此所陳，亦欲丞相兼聽而並觀也。夫不待下問而先自獻言，誠以荷知素深，

❶「政」，原作「致」，據明抄本、經鉏堂本改。

思効萬一耳。仰維宏度，必賜開納。

寄折帥

某去秋嘗拜短書，似聞已塵清覽。自惟遠迹，久不再瀆。兹承奉膺重寄，分護上流，殿此南邦，仰寬西顧。恭惟神明交相，台候萬福。竊以湘中比歲大勞未艾，水寇接境，軍饋頻繁，❶奸吏因之，反爲民患。人材風俗，大抵宣和之餘習，至于每下，則有甚焉。枝葉既萎，本根將蹶。如虔寇之出没三路，如楊么之梗塞兩湖，非由虜兵，實自郡縣政煩賦重，民生無聊，坐使善良化爲怨敵。興兵屠剪，于此累年，賊則未平，民祇愈困。封疆日蹙，和議猶乖。雖行聘好之多儀，未免營屯之横費。勢須厚斂，以佐大農，而此魚鼎之民，又類牛山之木，莫逃踐履，仍厭斧斤，❷月引歲滋，其終可畏。若或推行寬政，必坐乏興，所以赦令丁寧，徒成文具，計臣罷軟，立被譴呵。歷攷自昔衰亂之時，亦有乘勢維持之政，而其樞要，全在人材。維人難知，聖哲猶病。公抱濟時之術業，藴憂國之丹誠，固嘗參決萬微，鋪張有叙，陟降多士，器使具宜。方魄兆于中興，尚淹稽于成效，斂此大惠，施于一方，如決江河，以潤尋尺。惟是有識，逮彼遺黎。式觀取舍好惡之端，深思注措先後之意，將以固宗社靈長之慶，豈徒息閭里愁

❶「繁」，原作「煩」，據明抄本、經鉏堂本、文津閣本改。
❷「斤」，文津閣本作「斨」。明抄本和經鉏堂本分别誤作「鈘」和「戕」。

嘆之聲？[1]動干威休，當此非易。伏惟宏才遠略，遊刃有餘，早乞外庸，歸秉元化。某向奉勅命，假守小邦，謂官期之尚賒，于温清而無曠。繼蒙録用，俾復舊班，未敢冒承，幸蒙賜罷，奉親屏處，澗壑考槃。乃值鎮臨，禮當造請。路幾十舍，江隔三津，跂望旌麾，輒伸竿牘。言念著誠去僞，乃古人處己之方；務實去浮，亦今日移風之道。獨具咨目，謹罷煩文。尚冀聰明，特垂亮察。輕寒在序，開府之初，敢請上副倚毗，精調茵鼎。

寄張德遠

春間蒙賜鈞誨，嘗有詢問之言。方其時，相公獨運廟堂，進退賞罰，聳動天下。凡所舉措，諒皆安允，雖欲進説，亦無所及。今化鈞在手，已逾半年，以功效考之，所以賢于去歲者固不可掩。相公道心高明，世味淡泊，于富貴權勢，必不得已而無所慕羨；于仇怨睚眦，必務平之而無所報復；于異論殊方，必虚己考納而無所嫌忌；于親戚故舊，必視才選用而無所黨私；于諂諛遜志，必求諸非道而無所悦著。然後誠心果昭，公道果闢，則所革不待已日而孚，又況半年之久哉！孔明廢李平、廖立，没齒無怨，必非智與力所能使也。今議者或以前五事窺測相公，而畏威逐利之風日盛，士大夫以結舌相

[1]「閭里」，明抄本、經鉏堂本作「里閭」。

戒，雖口不敢言，而心未必服。人不心服而能成百世之功者，❶振古無之，相公無亦少思其故乎？惟聖人然後每事盡善，雖大賢未免有過。相公才高天下，德冠多士，可謂大賢矣。獨恐道古今而譽盛德，如所謂慮無遺策，善不可加之語，洋洋乎鈞聽，所以虧損德業者爲不少也。往時人材之不善既已黜逐，往時政事之不臧既已更改，要使異日相公功成身退之後，所用之人，所行之事，皆無可議，不爲他人藉手，猶今之視昔，乃盡美矣。若曰權在令行，適意而已，後亦皇恤，此非相公自任以天下之重之本意也。惟恕其狂愚，而取其忠焉。

寄趙張二相 詩見第一卷❷

某承乏支郡，尋常無事，不敢輒以竿牘上勤威覽。聞之道途既衆，有不得不以輒干鈞聽者。或謂二公細故之間，薄有相望，未知信否。若其無之，何乃人言籍籍？萬一有之，某竊爲二公不取也。❸自聖主即位以來，七年之間，命相七人，而後及二公。宰相佐天子定天下，不可數易也。易之數者，蓋聖主欲歷試羣臣，擇其可屬大事，然後久任焉耳。二公登庸，于今將三年，自比年任相，未有如是之久

---

❶「百」，明抄本、經鉏堂本作「不」。

❷「詩」下，明抄本、經鉏堂本有「已」字。

❸「爲」，原作「謂」，據明抄本、經鉏堂本、文津閣本改。

者也。聖主既推心，天下又屬望，將責中興之效于二公。今也六師方張，事功初起，協恭比德，轉敗而圖成，二公之相倚，猶左右手之不可相無，耳與目之不可偏廢也。何爲相望于細故，而忽事君許國之大計耶？夫權勢所在，易以移人。進取之士，有不得于彼而求于此，有不得于此而求于彼，彼此交間，左右掠賣，以售其説。有鄭朋之傾邪陰附，無谷永之協和朝廷，自非皋、夔、伊、周聖哲之資，心如明鑑，無所偏黨，鮮不惑矣。若不爲此，然則二公之所由異者何耶？右相早登樞府，首以左相之賢薦于上，其後右相仗鉞遐裔，謗書流聞，獨左相不以爲然，嘗力辨白。及秉鈞之日，首乞還右相于退閒之中，非相爲報也，必曰國步方屯，禍難未息，倘得志同氣合之士相與左提而右挈之，庶乎其有濟耳。比年吏員益冗而不加澄清，兵將益驕而不加控御，財用益匱而不見節省，民力益困而裒取未已，毀譽益亂真而讒巧得志，賞罰益失當而功罪反易。若此之類，未聞廟堂論辨切磋，汲汲愛日而行之也，而乃以芥蔕肝膈間布于多士，夫豈二公相引重之本心哉？夫人識慮所到，固不能皆同；而義理所趨，則不容有異。不知二公所異，其無不公耶？抑亦有動乎血氣之偏也？自頃公卿大臣得志據位，惡人異己，援引朋黨，倡和如響。及有過失，亦不復肯相救正，一時所取富貴，隨即雲散烟滅矣。而其得失是非，至今不可掩，猶昨日事。是故小人同而不和，君子和而不同。猶和羹鹹酸醯醢不同，而和于味同，猶以鹽濟鹽，梅濟梅，而不和矣。二公以國事而有不同耶，則當有君子之和。左相曰某人賢，右相曰某人不肖，其賢不肖在人，宰相何喜怒焉？則亦廣詢詳覈而用舍之可也。左相曰某事不可舉，右相曰某事可舉，其可否在理，宰相何留情焉？則亦反復研究而施置之可也。凡此不由乎讒譖之人，附麗之私，離間之道，又不動乎血氣之暴，好惡之偏，視聽之蔽，揚己矜衆，輕人重我之所爲也。直相與推公心，行直道，以期乎世難之或濟而已。如此，則二公德度坦然，嫌間不開。上而使聖主信君子之可用，異乎世俗之所爲也；下而使士大夫無愧，勿令小人得以藉口也。幸而因此賢材益進，政事益修，攘斥豕蛇，❶開拓故業，垂諸史册，照映萬年，將有光于蕭、曹，而廉、藺不足云矣。不然，春秋無義戰，彼善于此，愚恐天下有以議二公也。某淺識短見，不足以知先賢往哲之彷彿，獨思逢時遇主，言聽計從，建立功業，可以光前範後者，皆以道義器識爲之本根。進爲撫世，則二人同心，各致股肱之助；功成身退，則千里命駕，❷不失平生之歡。若其較計于勢利之途，睚眦于同異之際，理屈事乖，固無足論。倘幸取勝，則亦悻悻然小之爲丈夫，必見笑于大方之家矣。二公負俊傑之才，抱高明之識，直言正行，受萬乘非常之知，豈其有此？必也某聽聞浮淺，不詣厥真，然而鼓鐘于宫，聲聞于外，或者云云，未有底止，是以欲默而不敢，輒爾布之。才非宜僚，辯非陸賈，念荷眷待有素，又方棄外，無與人交馳争轍之嫌，故敢傾盡而不疑。干犯威重，不勝惶恐，幸恕其狂易，而察其區區。郡事少閒，因得讀史書，有所感，成古詩三篇，併以浼呈，仰冀采目。不宣。

---

❶「豕蛇」，原作「强鄰」，據明抄本、經鉏堂本、文津閣本改。
❷「則」，原脱，據明抄本、經鉏堂本補。

寄劉致中書丙辰

致中兄：一别二十年，世路艱虞，好音不嗣。每聞博學謀道，德問日休，雖相望閩、湘，千里之外，猶足少慰。比日毒暑，不審起居能好安否？緘書累幅爲貺，荷意雖勤，而謂某有以取譽與謗于世，此則不敢當也。學業未成，早被任使，不聞善狀，爲家國之光，方遠罪不給，何譽之有？毋乃以告者過，而左右又過聽乎？至曰恩義未加厚于託體同生，則某所未聞也。某自嬰兒幾濱于死，先祖妣永壽君鞠育撫養之，不啻如己生，以至成人。永壽君臨終，它無一言，惟以不肖之身屬大人，使善視之。大人長養教誨，日厚一日，必使有立，以不墜祖妣付託之意，于今三十有九年矣。過庭《詩》、《禮》，資以事君，常懼不肖，仰辱恩紀，他日無以見永壽君于地下，此某終身之責也。如左右之見責者，祖妣不以是語某，大人不以是詔某，一日無故以左右違經背禮之言從而信之，毋乃亂倫而悖德也乎？若夫世父世母以至羣從兄弟，里居食貧，❶宜有以奉養周賑之，此則任門户者之責。顧先後緩急之序，有所未及，非恝然忘之，此不待鄉黨朋友譏議而後知也。頃在荆州，大人棄官躬耕，共爲子職。比歲屢稔，廪粟漸盈，方有買田合族之意。而散于盜賊，❷空囊來湘中，食口無慮千指，流離漂轉，略無寧歲。壬子

---

❶「貧」，原作「貨」，據明抄本、經鉏堂本改。

❷「賊」，明抄本、經鉏堂本作「敚」。

冬，又遇刼，散亡遂盡。某粗守訓戒，不肯枉道以取世資。十年之間，三見廢黜，其于仰事俯育，蓋有難以語人者。若不出情實，勉强而爲之，以要譽于鄉黨朋友，是鄉愿而已矣。使其力有餘，足以仁及宗族，人子之義，不敢有己，又必禀命而後行，亦無專輒之理也。來書盛稱仁義禮樂之道。夫仁有厚薄，義有重輕，擇義之重，則禮由是起，居仁之厚，則樂自是樂，言豈一端而已哉？古之人有得乎義理之安，雖舉世非譽不加勸沮，又况治平之公論，風化天下，龜山之至德，師表士林。德不孤，必有鄰矣。左右所謂世謗不負，無乃以利而言，得罪名教乎？承晤殊未期，增有懷仰，❶伏冀爲道加愛。

寄秦丞相書 壬戌

近蒙寵錫鈞翰，併及二弟。所以存問之意，雖夐絶千里，如載色笑，下情感幸，無以名言。某病朽之質，叨竊祠饟，無功而食，有愧《伐檀》。却掃柴門，謝絶賓客，指疾日甚，裁減書疏。惟是玩心典籍，用寡悔尤，或行或藏，均廕德宇。獨有議服事，累曾具禀。後聞吴尚書、游郎中皆傳及鈞意，欲使自明，乃以未蒙照悉。❷蓋私家本末，非外人所知。意相公以海行常禮，謂某當然也。今不免詳述，塵凂鈞聽。某所爲辨論者，緣于人情未安，重違先訓故耳。人情未安，重違先訓者，緣過房入繼與收養棄

❶「增有」，原作「惟增」，據明抄本、經鉏堂本、文津閣本改。

❷「以」，明抄本、經鉏堂本作「似」。

遺，恩意輕重不侔故耳。❶過房入繼，禮之正也，則當爲本生行心喪解官。收養棄遺，則本生之恩已絶，而所養之恩特厚，雖不爲本生服可也。是故福建路有專得條令，及近年守臣申請禁約明文。而某三伯父没時，某官建康，叨列記注，雖齊衰不杖期，先子猶不詔某行之。然則何爲心喪解官之云？夫父之愛子，必期其行成名立。名與行之成立，孰加于孝？其不成立，孰加于不孝？豈有喪紀大倫，反使迷繆，以陷于五刑莫大之罪，曾是以爲愛乎？先子非有憾于某伯父也，揆諸理當然爾。某非懷私于先子也，反諸心不忍爾。先子心源澄静，道學精深，處事如權衡，閲禮如水鑑。使其亂命，某于先子無能爲役，猶當奉以周旋，不敢失墜，况治命丁寧而反復乎？其本直守所志，亡言可也。而向來禫服中，須至略陳，仰關朝聽者，其説則多矣。方某仕未顯時，人未嘗爲此言；其後通班禁闥，入預論思，而出守屏翰，世人所謂宦官之榮也，❷鄉情理分疾勝而忌前，乃始交唱迭和，暴而短之。其下則羣吠所怪，聚蚊成雷，萬分一恐當塗聽來有誤焉耳。人非甚愚不靈，未問義理，姑擇孰利而孰害，巷之人猶能也。五刑莫大之罪，終身廢棄；心喪解官，厥紀三年。寧其三年而仕乎？寧其終身而廢乎？禮者稱情而爲之節文，聖人制母服，不敢二斬，若父在則齊衰不杖期，夫豈欲薄于母哉？武后隆興陰教，乃始越典。至明皇時，賈至等議復古，已有制命，而習俗不之改，以至于今。斯禮也，仲尼爲是則武后爲

❶「意」，明抄本、經鉏堂本作「義」。

❷「宦官」，明抄本、經鉏堂本作「官學」，文津閣本作「宦學」。

非，武后爲得則仲尼爲失，可謂習俗不改，而非喪服儀禮之大法哉！然當時從武后之政與夫習而不改者，必自曰盡孝于母矣。今其政與人雖已滅没，而得失是非不可移于人心，是故君子處禮不可不慎也。若夫先王未有此禮，則聖人許以義起。故叔齊不受父國，而孔子賢之。韋玄成不襲世封，而漢宣帝嘉之。張鏗復父之讐，而裴耀卿殺之。温嶠欲奔母喪，而晉元帝止之。蓋自野外綿蕝以來，或因時，或因俗，或因事，或因人，而變常立制者，何可勝數？本朝法令備具久矣，申明衝改，尚無月無之，亦未嘗固守禮律，膠柱而調瑟也。蓋有不服所生，天下以爲不孝，而道德柄臣以爲孝，任用至八座者矣。亦有身姓某，後姓某，既膴仕矣，母貧困扣門，逐去不顧，而位登將相者矣。悖于大倫至是，苟見保持，非惟不蹈刑辟，又且利達，况事理之異乎此者，反不見容于物議，亦獨何哉？龜山先生君子之宗也，益尹席侯小人之冠也，皆過房入繼，亦未嘗解官行心喪三年，天下不之罪，則棄遺收養者從可知也。日者伯氏建州教授録示所上相公書，爲某别白物議之不然者，其説詳盡，獨造端三數語未免婉曲。蓋伯氏於先伯今爲嫡長子，❶當爲親諱，不得不爾也。如其審然，則某所申請爲妄議者，排擊爲當，投竄誅殛爲宜，豈可以一經家訓，文飾私義，變海行之禮律，私于某之一身哉？竊知相公不欲用有司所定，冀某早自覺悟，决然行之，免成大疊。相公之所以愛憐是也，而過房入繼與收養棄遺之殊，則恐士大夫未有以達于鈞聽者。此事蓋人倫之變，某亦何心誦言之？今日披露，殆不得已耳。伯氏

❶「於」，原作「與」，據明抄本、經鉏堂本改。

爲親者諱之意，正不願彰此一節。然衆口齗齗，日多一日，其究使必父子兄弟乖暌疑阻，骨肉之恩同乎路人，則某不若直言正論，以祈事理之定于一也。彼借此爲奇貨相排擠者，誠不足道。士大夫立身行己，惟義之適，義苟不可，死且不辭，官于何有？某雖不肖，嘗奉令承教于君子矣。自乙卯年吕常伯之譏誚密行，丙辰年劉進士之書札顯至，先子作《釋謗》一篇，手澤尚濡。然一時羣公隨俗毁譽，知不出乎拘攣之域。有相契愛者，則爲某憂之，而莫能主也。幽懷耿耿，積有年所。❶仰惟相公學識行義，器量事業，直配前古宗賢世哲，不特俯視近時作者。是故旋乾轉坤，闔闢萬化，旁人視之，如扁舟片帆在銀山雪障之中，莫不胆裂魂喪，自失而走，而相公處之，綽有餘裕。批郤導窾，遊刃恢恢，若庖丁之于牛；揮斥八極，❷神氣不變，若伯昏之于射；六轡在手，控馭如志，若王良之于八駿；負大任重，氣力舒徐，若烏獲之于百鈞。蓋才全而德不形，亦行其所無事，故能若是其妙也。某于此時不竭其血誠，仰扣威聽，脱或議者有以見訾，則與訾先子無以異，某然後真負孝之責。❸雖相公追眷先子一日出入門闌道義之契，亦何及矣。伏乞相公以禮部太常所定，將上于議政之暇，特出片言，謂禮緣人情，以義而起，某比尋常過房事體不同，合爲所生服齊衰不杖期。如此降旨，則先子銜恩于九泉，某也戴德

❶「所」，明抄本、經鉏堂本、文津閣本作「數」。
❷「斥」，原作「斤」，據明抄本、經鉏堂本改。
❸「然後真負孝」，明抄本、經鉏堂本「負」上有「不」字，文津閣本作「乃真負不孝」。

于没齒。本宗與伯氏兩房，大義堅定，縉紳及鄉閭，浮言帖息，無摇撼簸揚之態。天下之如某者，皆得安其身，爲人之後，相公之賜可謂深矣遠矣，不可以有加矣。夫非常之議，反經合權，非有司之任也，故顧相公以道揆之，乃能變而不失其正也。自堯舜象刑，夏后肉辟，商周因焉。漢文帝聽緹縈一言，興仁恤刑，易笞鉗城旦之法，至于今千五百年，天下之全軀保體，受一女子之惠，不知其幾何人。周勃、張蒼之徒，親見鄼侯定律，不爲緹縈微且賤而棄其言也，則某之所陳，必望相公哀而許之。慺慺丹赤，不覺詞費。冒瀆威嚴，悚息遲命。

致黎生書

吾友奮自艱苦，未及顯榮其親，而遽罹大故。欲報罔極，何以堪處？然聖人教人欲顯其父母者，本于立身揚名。吾友要須行義日修，謗讟日息，乃立身揚名之效也。往者不可諫，來者猶可追，謗讟之不止，毋乃檢身亦有所闕乎？試摘三事尤大者，爲吾友誦之。龍斷一也，鬻爵二也，聽鄉曲之訟三也。夫罔市利所入雖厚，然放利而行，斂怨不少。既坐此致富，則可以已矣。世業有可嗣者，有當改者，吾友被服儒行，而使昆弟習爲駔儈，不仁孰甚焉？今富名既著，雖欲深藏若虚，不可掩矣。曷若使子弟力田敦本，取財于天地，不爲侈靡夸耀，恭儉節用，仰事俯育，必無不足之理也。蓋尚侈靡以夸耀愚俗之耳目，則以客氣相尚，必求勝于人。求勝則廣費，費廣則謀利不得不急。利入既厚，則公上徭役必重，其勢遂至于入貲求官，以復門户，于是多事矣。吾友曩遊漳濱，見其俗皇皇于財利，無復義風，❶每以歎笑。今幾何時，其積貨無極，入貲得官，自足爲鄉黨者亦何在矣。由是言之，使金玉滿堂而人知其有盜跖之行，且旋即毁，與家無儋石而人稱其爲善人之門，且享之久安，孰得孰失乎？夫以厚賄係名軍籍，以俟奏功，僥倖恩命，非獨法之所禁，是亦吾徒平日所疾惡者。方軍興時，冒濫固多，❷而論事者屢及之，朝廷數有戒約。一日兵革少弭，具數覈實，澄斥浮冗，即不得遯而皆見矣。當是時，非特以有官爲患，又且以失貲爲悔，❸商度利害者，猶必及此，况論義理乎？居鄉里，立門户，當與人爲矜式。至愚無知如梁氏輩，亦何足介懷抱而較雌雄乎？必欲心競力争，勝而後已，没世窮年，其有既乎？夫分争辨訟，❹小人所不能免，❺聽其詞訴而決其是非，❻此乃州縣之權，非布衣韋帶之職也。吾友天性疾惡，故凡耳目所接，必爲之區處，其意若曰與其使犯于有司，或顛倒其曲直，有所賕賂，曷若善言曉析之，使兩解而去？此固善矣，如出位何？人之常情，喜怒予奪，未必能去私意，一循公道。或智慮所照，必有偏蔽，則裁處之際，豈能盡當？受辱者既須積忿，得理者又思報恩，他日之患，

❶「風」，原作「氣」，據明抄本、經鉏堂本、文津閣本改。
❷「多」，明抄本、經鉏堂本作「衆」。
❸「悔」，原作「侮」，據明抄本、經鉏堂本、文津閣本改。
❹「分」，明抄本、經鉏堂本作「忿」。
❺「人」，明抄本、經鉏堂本作「民」。
❻「訴」，明抄本、經鉏堂本作「訟」。

有不可勝言者，亦非全身保家之道也。至其甚不服者，或用笞杖以懲之，是顯用州縣之權，事之最不得者也，不待詳述而後知也。故願吾友奮然罷此三事，閉户讀書，脩其天爵，脱去卑近，力慕高遠，以仁爲富，以義爲榮，急于治己，緩于攻人，不負師友之所期待。此于吾友平日剛決，一反掌之易耳。凡相勸戒者，未嘗不拂逆其意。今由貧窶而致富，以白身而得官，見信于鄉人，争訟不決于有司，而取決于一言，自世俗觀之，豈非美事？然稽之聖人之教，則悖矣。孔子曰：「富與貴，是人之所欲也，不以其道得之，不處也。」龍斷之事，是不以其道也。孟子曰：「古之人未嘗不欲仕也，不由其道而往者，與鑽穴隙之類也。」入貲之事，是不由其道也。《中庸》曰：「君子素其位而行，不願乎其外。」以舉子而聽鄉曲之訟，是出位而有願乎其外也。然則世俗之所美，乃君子之所惡，必矣。禮義誠不愆，然後可不恤人言。内省誠不疚，然後能不憂不懼。不然，毁言日積，安得不少加意，拔本塞原，冀以弭之，豈可藐然勿聽，❶因自隳壞乎？❷古人曰：「名譽不彰，朋友之罪。」某與吾友遊十有三年矣，比來令問少損于前時，每一念之，事如在己。獨以吾友自信堅確，難于進言，亦恐衆口無端，未可稽據。今兩年于此，誠有疑焉。適值吾友居喪，更無外事，是以告忠，或蒙采擇。如其不然，苟冀見教。豈敢强聒，以取疏絶也。

---

❶「勿」，明抄本、經鉏堂本、文津閣本作「弗」。下文同例不再出校。
❷「因」，明抄本、經鉏堂本作「固」。

寄張教授書

某受資不高，才智淺短。一自幼童，早聞父師餘論，誨以克己之學。汨于場屋，冉冉十期，見道未明，持志弗堅，欲取世資，登門而覓舉，其去小人儒特一間爾。所少自恃者，尚謂平昔概乎有聞，未能忽焉忘去，冀得脱跡學校，訪友尋師，或卒相其鄙陋。昨從昭武李氏伯仲游，已聞有閣下。今年識某人云，久依絳帳，尤能誦記閣下言動之詳。獨某恨未獲瞻際也。常謂英雄豪傑，何世無之，惟道之不明，俾斯人莫知所以用已。方略足以幹八區，氣幹足以興事爲，然而識不徧理，而誠弗立焉，故蹈于自用妄作之愆。篤信好善，率履不越，非特鄉人皆好之，雖蠻貊之邦行矣。然而世變萬殊，不能執中而並應，使各適其當，則未免爲獨善孤德之隘。此伊周事業所以不可多得，而後世功蓋天下者，其平生終始未嘗不有遺恨也。伏聞閣下學貫百氏，才雄萬夫，明允篤誠，克勤小物，施設注措，獨守其宗。某雖未嘗少窺道德之光華，然妄意藩籬，敢謂如此。某也僅守其聞，未能自得，力量又不宏遠，夫安能任道乎？惟思力求賢者親炙而扶持之，庶幾不入自棄之域。某人爲某言，閣下亦知其無狀之姓名，自念何以得此？益見閣下之與人爲善，厥道甚廣也。故思自納于門牆，是以因某人而拜書。雖未能百舍重趼，有愧于心，若夫服膺問道，尚冀他日。辭不諭心，敢幸矜亮。承閣下方憂居，更願爲斯文，抑情稱理，❶以副善類之望。

---

❶「理」，明抄本、經鉏堂本作「禮」。

代人上廣帥書

某嘗歷攷在昔隱約成德之士，與進爲輔世之人，其建立光明盛大不膠一曲者，未有不立于中道，無過無不及者也。所謂過與不及者，長于剛而短于柔，厚于柔而缺于剛是也。夫惟達觀萬物之情，而内鑒氣質之偏，知事之不可以理揆，而不以一概處，乃能矯揉而權度之。以之爲己，則柔而立，剛而塞；以之爲人，則剛而不怒，柔而不懾。使彼觀我者，名之曰此剛人歟，則寬厚，則從容，則裕然其不可澄撓焉。名之曰此柔人歟，則威嚴，則斷制，則毅然其不可犯干焉。是故有商綴旒于下國者，此道也。仲山甫補衮于周家者，亦此道也。畢公保釐于東郊者，又此道也。是故東京以兵革定天下，則世祖以柔道行之；劉璋以暗弱失國，則武侯以剛克振之。若夫子太叔不忍猛而寬，則國多盜賊；而乳虎、屠伯之流專尚刑名，則斯人畏而不愛，終莫得其適。嗚呼！安得一弛一張圓機之士，與之共論此哉！伏以某人俊傑足以識時務，通達足以周事變。精察纖密，總理周盡，而不失之于苛；慈仁博愛，樂易可親，而不失之于泛。蓋詩人之詠賢才也，曰「奉璋峩峩，髦士攸宜」，則所以形容其文之德也；又曰「周王于邁，六師及之」，則所以表著其武之致也。此所謂「左之左之，君子宜之。右之右之，君子有之」，今乃于閣下見矣。是以聖主灼見而深知，觀能而詳試。二郡承流，而豈弟之譽播；兩道膚使，❶而周

❶「膚」，原作「膺」，據明抄本、經鉏堂本、文津閣本改。

爰之職修。乃授以嶺西之藩，既收其千嶂滅烽之效；又畀以南海之印，益取其萬艘輸賮之績。蓋自偃武以來，將明于外，施爲注措，焯焯在人耳目，未有如閤下之懿者也。惟是廣東，環十有三郡，負山並海。而綠林之聚，北與章貢相呼吸；四民之集，東與閩甌相控引。❶風帆浪舶，出没乎汪洋浩渺之間者，其程次遐邇，又孰得而計之？而真姦大偷，與健家豪舉，屏匿其間，❷莫不陰交猾吏，相爲囊橐，以勤有官君子之心。至于受害而無告者，則謹畏之旅，隱約之民爾。然則牧伯于是者，蓋不宜師曹參之治齊，願直法子產之治鄭，❸然後得寬猛之分，無甈坯之失也。❹竊伏待于下風而聽于道途，閤下開府，曾未時月，而緩急之施無不顯仁藏用，善良者如蔭乎慈母，狡傑者如懼乎嚴師，譬夫庖丁之技未經肯綮，而發硎之刃恢恢乎其有餘地矣。彼有廣孔公之刑德並流，不能專美于前，一方之幸，何其盛哉！上方急賢，朝有虚位，追鋒促召，且在旦晚。遠方蓬蓽之士，不于此日争先覩之快，而形歌頌之聲，則亦僻陋愚蒙，將有後時之悔矣。是敢齋祓以言，跪拜以進，惟閤下恕其狂瞽而又加采目焉。干冒台嚴，俯伏俟罪。

❶「甌」，原作「甄」，據明抄本、經鉏堂本改。
❷「屏匿其間」，明抄本、經鉏堂本作「杖匿措雜」。
❸「直」，明抄本、經鉏堂本作「宜」。
❹「甈坯」，原作「競綠」，據明抄本、經鉏堂本改。

斐然集卷十八

宋胡寅撰

寄張相

即日秋涼，恭惟鋒車入覲，神天所相，鈞候萬福。某久違熒座，瞻仰實勤。去九月，緣大人趨召至池陽，忽得宮祠之命，勢當就養，遂復丏閒。冬初離去行朝，間關江西道中，今夏才達湘潭侍下。傳聞總師出關，已次襄、漢，即嘗修布尺牘，少叙區區。道途多艱，未知得徹鈞聽否。近有自會稽來者，竊承上念忠勳，已正爰立之拜。遐方幽僻，未覩制書。然中外傾心，爲日已久，建中興之茂業，今也其時。昔三老董公説漢王以滅項籍之道，曰：「明其爲賊，敵乃可服。」晉文始伯，登有莘以觀城濮之衆，曰：「少長有禮，其可用也。」立國治軍之要，不過是二言矣。若夫黜邪登正，修明百度，去亂從治，鎮撫百姓，所以成此者也。相公今既當軸處中，運動四海，切惟成畫素定，以次施行，必有以大慰蒼生垂絶之望。獨恨固陋，莫由自近，陪東閤後塵，終日正言，少裨知遇。又不敢從事于刀筆末禮，重以凂瀆。依歸之誠，寔恃鑒照。氣序向冷，徒御遠勞。仰冀上副睿衷，精調鼎食。

寄折參謀

湖南向伯恭提衆駐耒水之上，仗孤忠以遏豺虎，旁無救援，日久情見，爲賊所執，舂陵三路襟喉而賊據之。韓京、吴錫本隸伯恭，京屯回鴈，錫屯桂陽，顧望環睨而不敢進。部使者移司遠徙，徒以空文譸張。列郡例經殘破，惴然自守，誰能合從以解紛難？聞宣撫公已體顧憂，慨然受命，則部分將校，掃清寇盗，救連帥之危，兵所從出，當不愆素。而遠近側耳，未聞鼓行之聲。有如緑林，知用先人奪人之謀，徑逾湘源，超越嶠外，以迎請大使爲名，遂將授人以柄，束手遐裔耶？以丞相元勳舊德，當此重寄，承旨嘉謀遠識，參決籌畫，幕府所置，諒多賢才，豈其遷延，坐取譏議？何如速奮威聲，即日引道，以一軍出昭賀，逼舂陵，檄京、錫兩軍嚴兵俟命，以爲犄角。元戎總中權之重，肅按全城，勿使賊鋒乘勢猖獗，然後文告擒縱之勢成，而救難解紛之功立矣。

寄張相

昨者姦庸久據要路，遂致逆賊亂常干紀。❶警報初傳，四方深恐朝廷再蹈覆轍，爲退避之計。及

---

❶「逆賊」，原作「仇敵」，據明抄本、經鉏堂本、文津閣本改。

聞聖主獨斷，登用相公，下詔親征，罪狀反虜，❶人心咸悦，士氣自倍。宗社再安，係此一舉，實天下幸甚。然以久驕不用之兵，當蓄謀有援之賊，以彼下駟，當吾鋭鋒，則小捷未足喜，而其前輕後重，尚或可虞。諸將勁兵盡護昇、潤，無他奇道，難以立功。似聞京西一帶空虚，豈無精騎可以直搗宣武之巢穴乎？竊料廟堂已有勝算，直欲攘却淮泗之聚，擒豫鹹麟，不止列屯據險，苟爲自守之計而已。相公既已任天下之重，動干休戚，注措非易。更望體武侯用心，不自滿假，集衆思，廣忠益，誓戡大憝，克成中興之烈，乃副人願。

某學業未成，方幸閒處，得以討論古昔，冀他日或有萬一可爲世用。而相公每加論薦，欲使暴其所短。近奉堂帖，再有柱史之命。恭惟聖主宏度，欲屈羣策，相公旁招俊乂，猥及非才。艱虞之時，不敢避免，只候潭州差到兵級，遵依聖旨，即日就道。但執筆記注清切之地，如某已試無狀，豈敢冒處？已具奏牘，乞一閒慢差遣，❷少効尺寸。伏望進呈之際，更賜一言，俾遂所請，下情至願。

荆南自唐慤在任日，修治城池，亦極險固。後緣允文、千秋二憾攜之，慤既出兵，二部不援，以至于敗。然今險固尚如舊也。解潛本合便入居之，而留枝江累年，是以無成。王彦今移襄陽，則兵必盡往，而所種麥，荆南必不得也。則薛帥到官日，雖有城池，而無兵無食，民何由歸業？民不歸業，則土

❶「反虜」，原作「衆著」，據明抄本、經鉏堂本改。

❷「慢」，原作「散」，據明抄本、經鉏堂本、文津閣本改。

雖沃衍，而財無所生，猶無有也。竊恐當更出峽中耕牛，仍徹瞿塘米禁，一物通流，民有所資矣。襄、鄂既皆宿兵，則荆南乃是内援，豈可無人爲薛帥之助？宜分監職司一員，置治臺于城中，則緩急謀議有商量處。薛既佳士，又美才，當周旋其事，乃可責功效耳。千一之慮，更在鈞念。

與制置參政

竊以世衰道廢，公卿不下士久矣。雖其布衣之舊，一旦相視絶等，矧不逮此者乎？昨者麾旆西來，所爲脩記參問動静者，直以事貴于禮當然，固不敢少萌覬覦延佇報賜。伏辱鈞翰，所以慰藉者，未忘世好，欽戴德度，奉承誨言，然後自愧淺之爲丈夫也。幸甚幸甚。冬寒，伏惟鈞候萬福。謹啓，不宣。

伏蒙諭以一路之資，供一路之費，此天下之正理。仰服至論，所以紓民而足兵者，兩得其道矣。世所以亂，緣拂理之事積而不治也。以一路之資足以供一路之費，推而廣之，則一世之材可以周一世之用，一世之民可以出一世之兵，一世之物可以足一世之役。而或以人材乏少，調度不給，兵威不振，爲今日之患者，特于正理不明焉耳矣。頽波泯泯，其效可見。參政所存如此，不獨方隅之幸，將天下實賴焉。所恨僻居，出無僕馬，無由趨侍。仰承餘教，引領北望，不勝拳拳。

寄參政

自聞追鋒，入陪大政，某以僻處，未果修附慶問，其于欣慰，則與有識同之。四月下旬，忽奉堂帖，蒙上恩記，復俾入侍。退省疏逖，實自薦論，已試不才，方且懇免，召旨嚴峻，亦既就途。冒暑飲冰，遂感瘧疾，陰邪内寇，正氣傾侵，欲再露章，躊躇未決。忽見邸報，已蒙改命。在于愚陋則固宜然，不敢更前，重招譏議。輒形奏牘，丐從祠館。爰自己酉去國，逮兹六年，僑寓流離，雖獲粗定，仰事俯育，未免食貧。自惴無庸，敢萌過望？眷焉微禄，終賴國恩。鈞照既深，必蒙垂念。倘得閒局，不棄分陰，求所未聞，證其已學。他日參政精忠直道，深格帝心，正位鈞衡，旁招俊彦，其將曳裾東閣，誠未爲晚。干冒威嚴，下情皇恐。

近聞王師克復襄郢，國威稍振，志士增氣。恐須及時收還湖北一路，不以分鎮，置帥司于荆南，改付才望重臣。仍須兼制夔路，出其鹽米耕牛，又通湖南，仰其均濟物斛。❶襄郢安峽，分屯勁旅，仍以襄陽割隸湖北，❷以成自南圖北、全控上流之勢，以紓行朝虞虢下陽之慮。此誠存亡所係，不論安危而

❶「物」，原作「糧」，據明抄本、經鉏堂本改。
❷「湖」，原作「河」，據明抄本、經鉏堂本改。

已。某往屢告當路，聽者藐藐。參政若不以爲然，事幾再失，無可爲者，❶尚何言哉！

寄張相

竊以今日人材最難得，未用者則不易知，不若于已用者舍短取長，猶少失也。左相及相公宏才蓋世，運量固有餘矣。然周公、孔明之心，尚欲兼用天下之士，終不自以爲足而輕蓋人材也。李丞相心在王室，威望已著，使當一面，則有折衝之勢矣。秦丞相死生不動，社稷臣也，還侍經幄，時有獻納，其功不在汲黯之下矣。李端明氣畧剛正，奮不顧身，内之六曹尚書，外之藩方要害，無施不可，局促霅上，何用之之淺也？致仕向子諲才具通敏，有扞衛我宋之赤心，爲僞臣所忌，久不見用，精力未衰，正可任使。夫此四人者，人品各不同，皆今世難得者。若薦之于上，則秋防有十萬兵之形，隱然在大江之南矣。

昨日竊聞論使劄子，褒借之語尤美，不勝皇悚。某初論奏時，未知相公有請也，既上然後知之。今兹陳謨，顯仁藏用，非小智所能窺測，惟是昧暗于軍旅之事，猶未之學，故于措意，尚有未曉焉耳。謹俟還朝，齋心以請，進所不逮也。水賊屢諼，且復罪大，自知不赦，人之淺識，咸謂無可招之理。今聞相公威信已著，令之必從，則湖南雖宿重兵，竭民力，所謂一勞永逸，亦何不可之有？銓量之事，在

❶「可」，明抄本、經鉏堂本、文津閣本作「所」。

三湘則當以馬居中爲首。某所論，特因修城差其親戚爲提舉官，及多差親戚在部下權攝耳，固未盡百分之一也。其人吕丞相所善也，相公何從于湖南旬日間而遽知其無過乎？鈞旆按行，一方觀聽，而以馬居中爲無過，某恐遠方自今得以輕議朝廷也。願相公審之。大旱，歲事可憂，去虐吏逐不才爲民害者，亦召和氣之一策，賢于致齋祈佛遠矣。自五月四日不雨至今，火雲烈日，殊未有霑霈之意。果成旱歲，民力已竭，軍旅之費不貲，于何從出？如虔賊水妖未平，更添一兩火，❶恐非國家之福。惟相公深念深念。

聖上虚佇相公之朝，羣公莫比。此千載一時，人臣難逢之會也。所薦而賢，所行而善，中興之基也。或有不合衆心，而相公先入其言，拂衆而舉之，成敗之決也。某區區之心，豈有他哉？誠以天下之事難成而易壞，君子少而小人衆，邪説熾而正法將滅，善惡二途，無一視同仁之理。相公得君當國，而失大幾，于人材進退何足道，恐國家之大事自是不復振也。好人同己，惡人異己，王介甫已有成效。廓開心量，用度外之人、志義之士，而屏遠議和失節之輩，此自古先民所以建立世界，垂譽無窮者也。未信而言，古人所戒。相公于某不可謂未信也，是以盡其誠。

人主之職在論相，聖上既得之矣。宰相之職在進賢退不肖，❷知人而任當其才，以坐收其功，此則

❶「更」，原脱，據明抄本、經鉏堂本補。

❷「在」，原作「任」，據明抄本、經鉏堂本、文津閣本改。

相公所當自勉也。或曰：「孔明不總兵乎？」則將應之曰：孔明自先主在時，左右國政而已。❶及劉禪闇庸，諸臣又皆不如己，關、張相次淪喪，孔明安得不以師旅爲己任？然其治軍尚嚴，賞罰相稱，亦非易及。頃在長沙，一一稟白，相公改容而聽之矣。若以大江險易，及諸將軍伍必資歷覽區處，固無不可。若沿江而上，以招安水賊爲己任，則望實俱喪，失大計，費時月，而未必有成，非宰相職事，亦與孔明欲事北方先平南蠻之意異也。左相居内，孝友如張仲，其意欲相公早還，協恭和衷，謀其遠者大者，士大夫之望，中外一也。今國之大勢若綴旒然，吏員猥多，不敢裁損，武爵雜遝，無緣核實，軍数汗漫，請給不貲，科斂百端，民力已盡矣。用兵之意，本何謂哉？以衛宗社、復境土也。宗社有民，而後可安全。視軍如民，治民如軍，倒行逆施之，則剥膚次骨，日長不已，小有水旱，雖殺之無所得，而賞格給餉，一切蕩然。行煦濡之政，謂以此收其心而冀其用，竊恐與詰姦刑暴之意異也。諸軍節次渡江，車駕尚駐臨安，荆襄上流，合建大帥，分屯兵馬，亦未有次第。前日陳桷尚能言之，豈遠謀大慮而不及此耶？願相公自明職分，勿爲天下所窺。

吴錫一軍，自成次第。前年討曹成，嘗暫隸岳飛，壯士健馬，精兵堅甲，頗見選取，故其心不樂爲飛用。今若俾聽飛節制，不獨無功而已。某昨論平賊利害，似可施行，望一閲之。湖南憲馬居中、湖

---

❶「左右」，明抄本、經鉏堂本作「佐佑」。

北鹽香董補之以言章汰去，❶無不稱快。衡守裴廩視民如禽獸，已罷。新守尚用之，宣和間監司之下材也。有向子忞者，才刃如干將，持身如冰蘖，累作郡守，皆有聲績。頃緣取怒吕相，無罪而罷。若使守衡，則一郡之事，旬月便舉矣。向子忞者，爲一路太守之最，然諸司惡之，而百姓不惡也。揣度事勢，邢儔、趙子巖必按劾以窘之。朝廷若主張得定，則一郡受賜。如不然，則子忞以疾惡数遭口語，不若遂其所欲，與宫祠，却令范寅秩守衡，亦可了一郡爾。吕安老與子巖是親，頗右之。子忞又與吕丞相不周旋，亦難爲也。切乞鈞念，便爲更易。不爾，定致紛紛，却欲主張，亦無益矣。

伏承制命，登進殊秩。以相公勞勩之久，聖主隆異之恩，體貌當然矣，區區竊有獻焉。誠以相公自任天下之重，方平内寇，一意外圖，身率諸將，建立功業。若中原未復，二聖未還，相公必無受賞之心。此有識之士窺覘舉措，貪冒之人倚平準則，非可苟爾也。竊計深志遠畧，已力上辭，不俟愚鄙之説矣。近者左相緣史事遷官，亦既懇免，史館官屬莫不然者。二公廉于取賞，風動天下，以作忠義之氣，而抑僥倖之習，所補非小，甚盛甚盛。

女真廢豫文字，荷示下，事亦可怪。但未知虜别有所立耶，❷抑自欲兼制南北也？聖駕復還臨

❶「鹽香」，原作「監軍」，據明抄本、經鉏堂本、文津閣本改。據《建炎以來繫年要録》卷八八，紹興五年湖北提舉常平茶鹽公事董補之被汰。

❷「虜」，原作「彼」，據明抄本、經鉏堂本改。

安，恐廟謀未善。某自來妄議，凡立功立事，須上意堅定，不爲浮議所移。不然，恐終無所成耳。

湖南緣大兵大旱之後，繼以月椿重斂，又州郡縣道鮮得人，故民力大段困乏，怨咨日甚。村落窮民，有私製緋衣巾以俟盜起者。今道州之永明有寇未平，桂陽之藍山爲賊所據，郴州之永興羣盜方作，已犯衡之安仁。安仁距衡百二十里耳，帥司所遣兵折北不支，遂避賊鋒，過別縣。帥司緣近年例不得兵，州郡緣無錢糧，招軍不得，憲司憂恐，計無所出。若更無以善後，加有桀黠者誘之，鼓行而前，直至長沙，非難事。今衆謂步諒一軍元在本路，若劉資深以事實請于朝，暫乞步軍徑自吉州過永新、永興、茶陵、安仁，掃除根本，猶可及止。資深受公厚知，重言一發，必可濟也。

《論語》一書，自先哲人人爲之説。昨見李尚書語及此，因問以第一句，某問：「何謂『時習』？」答曰：「諸家説不如先儒言日中時、時中時、身中時。所謂日中時，如昏定晨省，中夜以興，坐以待旦，朝聽政，晝訪問之類。時中時，如春夏學干戈，秋冬學羽籥之類。身中時，如自十五志學，至七十從心之類。」某曰：「是固善矣，不審方其昏定晨省之時，適在春夏，則廢學干戈乎？其學干戈，適當三十，則廢立乎？恐有妨礙耳。」某又問：「『學而時習』，何所學也？」曰：「學聖人之道。」某曰：「大道茫茫，何處下工？」如是往復，竟未有與决也。又竊聞先哲言《論語》所載皆求仁之方，試即其説考之，仁凡六十餘處，大抵言爲仁也，獨答樊遲之問曰「愛人」而已。自韓退之而後，皆以愛命仁，則恐失之。子思傳之曰：「仁者，人也。」孟子傳之曰：「仁，人心也。」此心何處不備，獨指以爲愛，可乎？漢唐以來，名世儒學，往往工于訓詁度数刑名，而未必知此，故曰軻之死不得其傳，道術爲天下裂久矣。不識何以，幸教之。

蒙示乙卯論使劄子，某至今思之，未曉其理。縱使盡歸土地及梓宫、淵聖、母后，一無須索，只是虜衰，大讐不報，于義有何榮乎？又况王倫輩非忠信之人，往來販弄，❶使者動獲厚賞，而初去只是請諱日，諱日不肯報，却設没底之事，畢竟恐墮姦計。不然，只是如某等輩愚蒙，委不通曉而已矣。如相公所論機權翕張之道，此則宏規遠畧，未易窺較也。

比者諸將捷音繼上，虜益斂退，以誘我軍深入平地。今秋氣已冷矣，又聞遣楊殿前過淮，必是見得可進。但黠虜詐謀，亦豈可不虞？智慮淺短者每用寒心。惟公憂在天下，譬如袖手觀棊，畢見得失，一日當局，則諸人往轍決不再蹈，扶持興運，遠迹前哲，多士有望焉。然則稽古謀道，訪求人物，以輔大業者，未可怱然。而空門寂地，異學所歸，❷又豈足永煩咨重，以少貶盛德哉？

聞虜人果有以河南地授我，則應接當慎。始十餘年間，凡有詔令，必以恢復中原爲言，所以繫百姓心也。今乃于臨安增修母后、淵聖宫殿，是不爲北遷之計也。然則居杭者乃實情，而恢復者乃空言耳。一未是也。既下赦令，免三年租税、五年繇役，軍兵依元年營分招收，不知何處運物支給，及官吏所請，應有從出。若取于民，則赦令所言，是罔新附之民也；不取于民，何以給之？二未是也。中原

---

❶「販」，原作「簸」，據明抄本、經鉏堂本、文津閣本改。

❷「異學」，明抄本、經鉏堂本作「体緇」，上圖本「体」校改作「休」。

之地，一是虜人强暴，❶所向凴陵，二是爲世間人不知有三綱，動輒投拜，甚則僭叛。號令之初，要當申明大義，以示勸戒。而張楚、劉齊並以本非獲已處之。自今而後，誰不利此？此三未是也。不知公以爲如何。

寄政府❷

大兵之後，繼以凶年，絶户荒田，所在皆是。州郡雖已拘籍出賣，大率皆歸於厚禄有勢之家，百姓初不能買也。今士大夫流寓者既衆，❸廟堂及吏部皆無闕以處之，而終不能不與，至於喪廉失恥干求奔競，無所不至。率皆三四人而守一闕，至或五六人而共一官，欲其不侵漁百姓，難矣。今宜降指揮，立近限，責取諸州荒田實數，據官品請給若干頃畝，非流寓者不在此限。如此，不一二年，人皆土著，田各有税。士大大既粗得所即，冗員便可減省，❹干求奔競者亦可重禁而懲之。此非特公私之利，乃澄清風俗之本也。

❶「虜」，原作「金」，據明抄本、經鉏堂本改。下文同例皆逕改，不再出校。
❷此篇原闕，僅存文末「今歲聞近十三萬緡」至「朝廷未之知耳」凡四十五字，據文津閣本補。
❸「衆」，原作「重」，據文瀾閣本改。
❹「省」，明抄本、經鉏堂本作「損」。

言路固不可壅，而側言改度，辯言亂政，讒説殄行，利口覆邦，乃自古聖賢所戒而不敢忽者。伏闕上書，在靖康初年，天下忿怨，初得伸吐，則一時權制，開闢勿遏，固其宜也。其後侵紊朝政，使天下安危決於布衣之口。上以爲是，下以爲非；朝以爲可，士以爲否。國勢不得立，馴致禍敗。❶渡江以來，深監東、徹之事，又開此途，章交公車，瀆亂聞聽。朝廷不得已，時取一人官使之，士用競勸，至有破家捐産，身留輦下，以投匭爲業者。士風至是，國勢可知。今宜特降詔書，明加戒諭，使各修士業，一待有司之舉。北方游士，則羣處於學校，官廪給之。東南士人，俾各歸其鄉。如有陳述當世利病，並於所在附奏，以俟朝廷采納。或有可用，自有招延之禮。如此，則官曹清浄，衆志帖息。

學校雖爲文具，然非此無以收士心。今軍興未已，武士日衆，功賞既多，奏薦愈密，而科舉所進數目絶少，是使布衣韋帶之士，不得不獻書投策，以希名禄者也。昔晉室南渡之時，國步未安，五胡方熾，亦必興建太學，具在載籍，古今不以爲迂闊。今宜降指揮，於建康權立太學，量置官師，立士額，上體先聖俎豆之對，以免詩人城闕之譏，所補非小。

稽考歷古聖帝明王建官之意，專以爲民，非爲他也。而今世則專以爲仕者而已。曰私計不便，曰不伏水土，曰婚嫁未畢，曰家貧累重，此何預於百姓乎？彼既安而爲之，在上者又因而與之。到官之後，肯恤民、不恤其私，十無一人矣。則又考慎不精，資序不謹，委付不專，臨事不久，新故相代，譏謗

❶「致」，明抄本、經鉏堂本作「迷」。

相攻，權勢相侵，干請相責。到官之後，不爲民害、能稱任選之意者，百無一人矣。觀之方册，見衰亂之世，未有在官者如是，而能維持歲月，久而不敗亡者，又况於中興之功乎？今宜内自侍從、卿監、省郎，外之監司、郡守、縣令，精加考任，惟務得人。既得其人，必久其任，自非有殃民誤國著見之罪必不可赦者，不輕移易。若有顯效，只就本任轉官進職。庶幾士有定心，民有固志。革弊興治，此其本務。仍降詔旨，明示擇人久任之意。

古者人臣皆得進諫於其君，後世專設一職，既已乖謬，居是職者又多以立異爲心，撓亂政事，人君難於盡從。故員多不備，難於盡廢，故姑設一二人，比諸餼羊。惟臺官亦然。方祖宗時，充臺諫之選者，皆天下望士，或中外踐更已久，無所不知，故能有補。後世乃以新進利口爲之，宜其覯望喋喋而莫可遏也。然事有隨時，官與世建。方漢光武、唐太宗馬上經營之日，與齊小白、秦苻堅專任一相以成伯業之時，未嘗聞有臺諫官喋喋於其旁。誠以三軍五兵之運，伐人制勝之謀，不可以告人，亦非人所能與故也。及夫平定之後，法制既立，則必設置臺臣，使糾違犯，開通諫諍，以輔缺失，時勢當然耳。今宜以給事中兼諫大夫，中書舍人兼司諫，左右史兼正言，政事下省，便可捄正。諫員既廣，院額可廢，而御史臺只合彈擊官邪與夫壞敗已成憲度者。至於政事得失，專責大臣與諫者。若夫四方訴訟，自有州縣、監司、臺省，節次又不得直，則有登聞檢、鼓兩院存焉，憲臺亦非受訟之所也。如此，則治有體統，朝廷增重，國勢不摇，可以言治。

東南之民，窮困已極，更取不已，大盗必興。分兵擊盗，外寇乘隙，亡可立待。二年以來，牛之赴淮南者多矣，而民不加多，則軍食亦未能增廣，蓋軍之耕，異乎民之耕也。今兩淮、襄漢威聲既立，謂宜博選文臣，分守州郡，招徠流散，漸廣農桑，以寬江南民力，則兵雖未即撤備，而邦本亦不至動摇。伏見虔賊未息，所連路分闊遠，亦非小故。此邦乞從朝廷特旨，放免三年租税，減省官吏，自當帖息。又見邇來國用缺乏，終不明言加賦，乃設爲他説，以取民財。民亦有知，豈可欺誑？謂宜盡罷諸色科敷，量增田税，田税所入，其數可稽。科敷之害，甚於加賦。加賦均及，❶民亦樂輸。此義上下共知，特避重斂之名而不爲耳。自古軍餽，只患食不足，未聞以乏錢爲憂。今之所憂，乃在錢乏。以湖南一路言之，歲出緡錢且百萬，增於平時十之八，而百姓之存者，比平時十之四耳。錢之過大江者，有北而無南，故東南歲輸數千萬緡，年雖豐而物愈貴。更二三年，當無復有錢，而農夫益困，則兵士食錢豈可不爲之制也？錢司今歲聞進十三萬緡，比之遞年則爲加數，然會計公私本用及脚運所費，則當七八錢而後得一，亦恐朝廷未之知耳。

寄張相德遠

某四月十八日對于便殿，面蒙天旨，俾列卿貳，即以先父久病未安之狀，不遑寧處，乞一外祠，上干宸聽。聖恩隆厚，却其劄子。惶恐而退，欲俟旬月再有奏請。不謂禍罰之速，以五月四日訃音鼎

❶「加賦」，原脱，據明抄本、經鉏堂本補。

來，倉卒奔歸，幾死道路。此月二日僅達喪次，慈顔杳邈，攀慕無及，罪逆至此，何用生爲？伏惟鈞慈，亦賜軫念。先父自崇寧二年任湖南路學事，應詔薦遺逸二人，蔡氏以爲范堯夫之客，鄒志完所薦，委兩路提刑司置勘，不得情實，猶降特旨，除名勒停。夫應詔而薦，非自薦也。謂之遺逸，則非在學之人及趨時之士矣。而行遺若此，用以卜政，治亂可知。由是絶意仕宦，經歷觀、政、重、宣，一任宫祠，兩年侍養。及二親終事，即便掛冠。靖康之初，多士雲集，用人迅速，立致公卿。先父時居荆門，去京師纔半月程，正月被召，六月到闕，七月除詞掖，❶辭免。至十月，在職三十日。不敢取容，遍觸羣公之怒而去。建炎、紹興六年之間，三命瑣闈，最後入覲。五旬省闥，又以罪斥。四十年仕途興廢如此，非特世味淡泊，忘懷軒冕，亦圓鑿方枘，必不可行，故甘就岑寂，修葺遺文，證明斯道，以待後學。亂離以來，世途益隘，喜怒軒輊，寧可復道？雖晚節抱疢，不享遐壽，所切幸者不蹈駭機，獲没牖下而已。先父韜晦潛耀，舉世不知。相公疇昔信愛于未識之前，嘗有汲引，使進爲當世之意，今而已矣。豈特嗣子孱弱，無所蒙賴，在于門闌，桃李萎落。人物之念，寧不盡傷？無由訴陳，但切零淚。

某歸伏喪次，視弔慰之問。伏蒙相公鈞慈，以先君捐館，特遣使人貺致奠禮，自致祭文，發明其道，所以期屬者甚重，而傷悼之良切。三復摧心，言不能叙。畧此具謝，仰乞垂察。

❶「詞」，原作「祠」，據明抄本、經鉏堂本、文津閣本改。

寄趙秦二相 戊午

某幼承義方之訓，才忝科第。先父宦情久寂，即便掛冠。雖時艱虞，不令自逸，教以致身事主。而某資才凡下，造事多窮，不能出奇振策，爲親榮顯。加以轉徙僑寓，脆甘大藥，所以輔養老人之具，往往不備。自乙卯、丙辰得疾，日就衰耗，某又從仕拘綴，少得定省。比及大故，又不在左右，扣地號天，無所逮及，痛貫五内，何以生爲？言念父子久荷眷憐，伏惟聞之，亦動鈞抱。

追念先父道學高深，德行純懿，潛心大典，術業修明。平生深自韜晦，惟恐人知。雖交遊至熟，賞文析義，而心相忌娼，白首如新者多矣。獨蒙相公信愛于未識之前，屢降指揮，賁其晚節，還職西清，寵除便郡，閔勞從欲，委訓經籍。秦云「獨蒙相公信愛知重，屢加汲引，欲使振耀，久而逾篤」。逮謗焰薰灼之後，引疾告老，復被隆渥，加職賜金，益昭聖明崇儒重道之意，皆近代儒臣所未嘗有。先父存日，感戴固深。今諸孤藐然，待盡苦塊，論報厚德，未知其日。血涕零隕，言不能叙。

某上世世居武夷，寸田不足以餬口。逮先父起家，名冠當代，而廢黜之日，十居其九。晚遭離亂，百念灰滅，獨以壯年守官湖外，賞愛衡山，有卜居之志。己酉歲自荆門避地，遂來湘中，兵革相尋，又五年，乃克息肩。人生不可以無寢廟也，即欲結茅数間；族衆不可以吸風露也，又欲買田一頃。然僑寓力薄，無由可成。視公子荆之苟合，猶未彷佛，而讒疾之言，靡所不至，姑置是事。但荆、閩遠阻，勢難歸葬，禮有時制，不敢踰越。已于八月内克襄大事于湘潭縣之西山，先妣祔焉。送終之具，雖不得不可以爲悦，然無財不可以爲悦，亦稱家之有無而已。至于埋銘，不獨先賢以謂非禮，兼先父韜藴潛闕，平昔號相從之久者，亦不知其涯畧，莫有任此事者。惟是節惠易名，或云官品未應得，乃蒙朝廷特降指揮，哀榮之典，始卒並舉。豈惟先父没身之幸，寔自聖朝盛事耳。哀感之情，不能詳布。

某昨蒙收召，列職天臺，兼直禁林，仍司勸講。要津華貫，委于一身。切度相公愛念之意，非徒欲富貴之也，而在職日淺，❶千慮一得之言，曾未伸吐。今居苫塊，哀毁方新，固無緣致思時事，而向日所有稟叙已嘗具藁者，不忍毁棄，就以附納。萬一或少有取采，亦先父病中遣某出仕之遺囑也。冒瀆威嚴，伏深戰越。

國都當一定，不可數動，蓋中國與夷狄逐水草以射獵鞍馬爲俗，❷必不能同。今既以兩淮未成次第，不居建康，而臨安凡事又皆苟簡，是不以爲國都所在，示人無固志，此大不可也。比年士不守官，軍不効死，民不歸業，寇盜不止，一切苟且，僥倖日闋而已，皆由國勢不定，自然至此。大命將泛，❸實可寒心。如朝廷見得臨安決可爲帝王之宅，即須明降詔旨，漸營宗廟、社稷、朝市、官府、軍營、貫區，各有所在，粗成規制，使列宿拱辰，衆流赴海，係心不動，此策之上也。若謂不敢自保，姑以平江爲進

❶「職日淺」至「不與湖南」原闕，據文津閣本補。
❷「夷狄逐」，原作「外裔遂」，據明抄本、經鉏堂本改。
❸「泛」，原作「改」，據明抄本、經鉏堂本改。

取親征之地，不得已即用入海趨閩爲萬全之計，虜兵不過一再入，而國亡矣。

禦敵扞患，實資軍旅。然考南北戰争之際，全在鎮守得人，所以然者，以保民爲守國之本務也。今荆、襄、兩淮重地，帥臣郡守不擇才望，但取能與諸將俯仰者，即以委之，故流亡不歸，田土不闢，州郡不成次第，朝廷因謂藩籬未固。若自甲寅、乙卯歲選委才智文臣而久任之，今已四五年，如張觷之在鼎州，其效豈不可見？然尚可爲也。若更不加措置，虜人兵一再入，吾之君臣疲於奔命，諸將必盡屯南岸，以江爲限，則臨安真不可居，終於滅亡而已。

諸葛公有言：「蜀自劉焉以來，有累世之恩。文法羈縻，互相承奉，德政不立，威刑不肅，君臣之道漸以陵替。寵之以位，位極則賤；順之以恩，恩竭則慢。」何其切於今日之病耶！遲日暖風，發育萬物，增高繼長，各極其性，粲然於天地之間，可謂美矣。天亦不能常如是也，故有肅殺之權，嚴凝之令，以斂成之。不然，則猶嶺南之地，有暖無寒，而瘴癘作矣。宰相代天工，則有賞罰，當猶天之有生有殺。今怙大權，廢三尺，傲朝命，用智力，持必取勝者，無所裁制。正晝掠人於都市，刺以爲軍，而無所忌憚。榷酤煑海之利柄移於下，而不可復取。但聞以功超轉官資，添支食錢，而無違律被罪。軍數盈缺，又不得知。應統制官，並非朝命，聲張虚數，無由覈實。竭力聚斂，以填其壑，爲賄賂之費。大概行以姑息，名曰調和。此軍政之大壞也。言章彈劾罪惡顯著者，優加職序，或與理作自陳宫觀，惟恐少傷其意。自言流落之久，或婚嫁未畢，或私計不便，以幸仁䘏。有罪無罪，並獲廩禄，合除不合除，盡帶銜位。奏薦既多，至於膏粱臭乳亦居民上。故政事日偷，而蔭補之原復不少窒。官吏大冗，無闕以居，寧受其懇禱之煩、撥遣之難，而進士科場，復不畧展。從軍癃老之人，給以曠土，自不失所，而分隸州郡，多至四五十員，坐請俸給。官有常職，乃可責效，而添差與不釐務不計員數。監司、帥臣互有爭論，按其是非，明行賞罰，人必自服。往往厭其分辨，務欲兩平。正直之吏，爲當路者朋比擠陷，不加考核，或迫於大吏，冤苦失職者，久不得伸。大概隨順人情，名曰寬厚。此政事之大蠹也。廟堂皆名公，侍從多君子，臺諫有忠讜，而所行乃同劉焉之爲、嶺南之氣，爲奸雄經理之資，得謂之智乎？若不改絃易調，如李光弼入子儀軍，使號令嚴肅，人知所畏，旗幟改色，三軍竦然，則何救於危亡之禍哉？

靖國之所以爲靖者，欲平熙、豐、元祐之黨耳。靖康之所以爲靖者，猶前志也，而終於不靖，則以清濁不同勺而飲，梟鸞不並枝而集，決無是道故也。善處此者，惟忠獻韓公。蓋黨最難平，而王、呂之黨，至韓而無禍，則以韓公明否泰之象，定内外之分，德進乎朝廷，材布乎方域，有功則賞，有罪則罰而已。此乃安靖國家之本也。今以朱勝非、席益嘗爲大臣而引與同朝，以汪藻、孫覿能文而使之掌制，以李櫂、綦崇禮博記知故實而使備顧問，❶以田如鰲、石公揆、陳公輔敢言無忌憚而使司風憲，欲兼收而並用，何以加此？然則可乎？不可乎？倘曰可，則諸人尚置閒散，久而未召，何也？倘曰不可，則兼收並用之説，無乃窒而不通，或亦偏而不正乎？此無他，慮異日報復之禍耳。不然，知舊有在非

❶「櫂」，據《宋史》當作「擢」。

類中，將托此説而援之，乃人欲之私，非天理也。進賢退不肖，賞善罰惡，是皆天理，人君國相所當奉若而不可違，庶幾乎世難可少弭矣。人之生有定命而不可易，自嘉祐、治平以前，元臣大老存没哀榮，熙、豐而後，以及宣、政，君子小人禍福更踐，終皆不免，豈智愚特異，亦所遭然耳。若其引用果皆君子，偏私喜好與假善寄賢，一不容於其間，縱使事變反覆，公議固存，行法俟命，夫亦何恤？若在己者，尚有未盡，姑欲牢籠泛愛，幸今而免，後禍乃自取，又將誰尤？故兼收並用之説，其言則是，其事則不可不慎矣。

今政事弊於文具，軍律壞於姑息，士風衰於趨利，民心離於厚斂。由而不變，所謂雖與之天下，不能一朝處。古之君子，其君用之而安富尊榮。今以弊壞衰離之四者，較之朱、吕在朝之時，抑已勝之乎？❶或尚相埒也？以愚觀之，特衆正盈庭，玆一事不同耳。夫衆正盈庭，遷職進官，逐隊隨羣，玩歲愒日，各爲憫時憂國之空言，未有安富尊榮之實效，則何以賢於羣不肖而服其心？譬如外道所言，諸佛如是，我亦如是者矣。石勒驅王公而下，用鐵騎蹙而射之，殺千餘人。爾朱榮引百官於行宮，列胡騎圍之，❷縱兵殺二千餘人。少則獨抑濁流，亦能一空省寺。蓋名爲賢者，而實無智謀以救禍弭亂，受此宜矣。今東南善類，殆亦引用幾盡，曷若稽周世宗開國之謀，法仁祖慶曆求治之意，詔令侍從、臺

❶「勝」，明抄本、經鉏堂本作「救」。

❷「胡」，原作「突」，據明抄本、經鉏堂本改。

諫條具中興策畫，各令展盡底蘊。凡所以省文具，變姑息，革趨利之風，除厚斂之害，建都之所，禦敵之略，足國之計，裕民之術，二三公進呈熟議，取是舍非。又集百執詢於朝堂，衆謀僉同，無有異意，然後按爲國論，以次施行。從此者向用賞福，違此者威用禍罰，庶乎一新耳目，有再安之魄兆。而正人善類，進爲長世，亦免素餐之譏，有小補云耳。

置神主於温州，求其説而不得。今士大夫避地窮荒，亦必以家神自隨，歲時祭享。爲天下主，而恐倉卒不能奉七廟神主，預置於他州，委祠禴烝嘗之事於一宦者，是宦者之神主耳，非禮無義之極也。非禮無義，狄道也。❶自行狄道，尚何狄之禦？❷

營屯之爲名，自軍而得，故軍之所至而田其地，則曰營田，曰屯田。今諸軍之費，既盡仰大農，出民力矣，又官出穀，驅民而耕之，謂之營田。「吾誰欺？欺天乎？」今民有常産，以旱荒之苦、科調之頻，詭名寄産，無所不至，甚則棄而之他邦，而有餘力爲官耕田乎？昨來行遣樊賓、王費，正坐以文具虐用民力而欺朝聽耳。諸路州縣尚認營田而未罷，是惡醉而强酒，宜一切罷之。其言便者，假官力以催私課，乃盜臣也。諸大夫皆曰可，猶當勿聽。苟不能使軍士自耕，則如勿營而已矣。

虔寇不止，乃東南腹心之害，非小故也。緣十年已來，外官苦不擇人而又重斂。小人素已喜亂，

---

❶「狄」，原作「亡」，據明抄本、經鉏堂本改。下文同例皆逕改，不再出校。

❷「禦」，原作「救」，據明抄本、經鉏堂本改。

且有以召之。頻年荒害，流散者衆，深僻去處，有私製紅巾以待萑苻之唱者，皆大姓也。又食菜事魔之風，近來特甚。遇事會，一呼百十萬賊旬月可致。非敢大言以恐朝聽，緣久在道路，耳聞目見，咸有其實，不欲隨衆諾諾，是以告耳。然此樞要，乃在贛上得人與否。向來張觷治有顯效，不知天無意於斯人乎，而何奪之速也？衆方傾耳以聽代者，乃除程千秋。千秋者，毀則之宗、具戎之靡也，任尚猶不足以繼班超，而千秋可以繼張觷？失倫甚矣。加以韓京移屯江西，合在虔州駐劄。京乃王以寧部曲，千秋者以寧之高弟也，欲一州不亂，得乎？一州亂則數路騷動，其理必至。此事所係甚大，乞留念，早有更改。

韓京素號狡獪，久在湖南，備見手足。因吕祉受其賂遺，力與主張，而朱勝非感其護送太夫人，遂移廣東路。自入廣東，以寇爲資，封殖不計。其軍才逾三千，而月請五千人錢米。又要勒州縣，百端恐嚇，動要犒賜。以其所得，廣行貨賂。帥臣連南夫在其術内，事事曲從。因欲以平賊靜邊爲己之功，故此一路賊無已時，❶其實不至如此。惟提刑韓璜出力排沮，少挫其氣。然每有奏請，京則無不如志，璜則必見沮難。於是京之奸惡恣暴之狀，無人以實上聞。今既有金字牌累降處分，令移屯江西，久而未至，必是禱懇南夫爲之奏請，稱廣東不可闕京。新憲尤深頃任韶州，亦嘗受其資送，諒同此説，亦爲保明。若中其計，廣東之害，方日滋矣。契勘韓京係娶趙伯牛之親妹，舊制宗室女夫不得管兵

❶「一」，明抄本、經鉏堂本作「廣」。

馬，宜坐此與宮觀差遣。其次副韓廣號九爪虎者，尤爲凶桀。近日軍潰，打劫南雄一遭，即自招安，❶非惟不可付任，自當行遣。今須令依已降指揮，過江西，仍別選才智武臣，總此一軍。委李光揀選冗濫，然後用之。此亦修明軍政之漸。若不能行於一韓京，尚何望其遠者大者乎？

諸州揀發禁軍三千人，既而主者艱難其選，自餘反以充役困苦之意，欲明非西北兵不可衛王室，東南兵決不足用。今西北兵既不接續，見在者豈能長生不死？未能進取中原，會須用南兵，豈可挫辱之如此？靖康元年，以西方勤王兵開城濠，自西京歸者人有怨言。至李綱宣撫太原，定議起三千萬衆，移文一下，西方往往借稱調發在路矣。才出國門，賜宴瓊林苑，耿南仲削其數，比至河上，三纔得一，由是士氣頓挫，精鋭銷磨。是冬圍城，西方之兵皆不趨赴，轉而爲盗，國都亦亡。已往之轍，可爲永鑒。如聞國人論列，放遣揀退人，後却欲招捕虜、吐渾兩軍，此只是力行無道，務欲取勝，亦一一順從，去留合散，惟彼意所欲，朝廷同共證明而已，尚何政之爲？今莫若委諸道帥守，隨宜措置，或以荒田招募，或以缺額錢米招補，每路有兵二萬人，亦足以消弭盗賊，漸壯形勢。亦無文臣盡不知兵之理，係選任精與不精，委付專與不專而已。近者江西豐城縣有寇劫去潭州上供金銀綱，道路爲之小梗。帥司當時遣發兵將，體究縣官，非不嚴急，而寇竟不可得者，乃放散揀退之人，即時雲散鳥没矣。官兵出屯撫州，時時一出，其擾未艾，只緣處置有失，此徒貧且怨，其流乃爾，非州縣之罪也。

---

❶「自」，原作「日」，據經鉏堂本改。

荆南置帥，豈可輕授？自頃分裂之際，每爲重鎮，財賦甲兵，當朝廷之半，蓋形勢如此。十年以來，才是王子尚經理有方，又不久任。自餘並無治績，只增壞耳。今選付薛弼，已有成命。如弼警敏熟事，善與大將俯仰，固應選格。然觀所辟置，有所謂吳知常者，則張掞之火下，曾趋事馬友、孔彦舟，大爲姦利，坐致富豪之人也。有所謂張士襄者，則曾任瀏陽知縣，携其美妻遨遊市肆，與吏人通家，賄巨萬，席益常欲按治，既而不果者也。自餘皆不聞名。以此二人推類，亦思過半矣。嘗面問二人才否，盛稱譽之。夫爲藩翰，葺殘破，全以人爲主，而所知乃爾，尚何賴焉？以愚度之，必是武昌喜其能順適己意，弼亦欲結以進身，今來除授，未必盡出朝廷之意。彼既得此，❶乃又乞奏選置謀議官，以掩其迹，狡桀詭秘，欲蓋而彰。若實欲經理上流，恐須遴擇名望才略之臣，重寄而久任之，庶乎其可耳。

二廣今日供財賦不少，然兩路仕習以貪墨爲成規。自前監司有强毅之聲者，猶不免盗泉之飲。獨曾幾、韓璜截然頹波之中，真若砥柱，然愛莫助之，不能勝衆口之訾也。今西路朱芾與舜陟爲朋，因岳飛泛催軍需文字，將運司辛字庫自來不支動、準備朝廷非泛需索錢盡行應副，凡數十萬。其勢必更竭取重斂，以爲將來之繼。舜陟又欲撰造邊事，聞已有騷動去處。若不選人，改付一路，耳目之寄，必須生事。郭孝友，善士也，到官以來，將積年簿書逐一整治，窮日之力，計較毫釐，聞已編排至紹興三年矣。詳讞廉刺之職，又可知矣。又如東路師説專庇贓吏，贓吏多鄉人故也。新除林正，並不能書判，

---

❶「彼」，明抄本、經鉏堂本作「岳」。

向來有詞狀行遣，盡是胥吏先用硃筆擬下，正從而押行耳。尤深舊出王黼之門，庸謬昏老，加之好貨，而以連南夫凡才爲帥，則廣東之困，蘇息無期矣。湖南路監職司比前日已差勝，然自五月初不雨，至今已四十日，早禾將盡槁，晚禾在黄埃中。而茶陵之寇殊未息，政要憲司得人。比見子猷欲主陳麟，且在廣東，愚却聞麟困於韓京，欲脱去甚急，且令來湖南乃善。辛次膺到已旬月，未聞設施，而本司人吏呼妓置酒高會，恐吕祉所喜，周祕所薦，自應如此。若與朱芾宫觀，而易以次膺，却以韓璜、向子忞一人填次膺闕，則一路贓吏少戢，民可少安，盜可少弭矣。

向子忞才力不可掩，衡陽治狀不可蔑。其枉遭按削，今涉四年。當初連章及表裏相和者，趙子巖已敗路，刑儔亦閒散，❶席益不當權。乙卯冬給事都司或死或外，獨薛弼典方面，又其季在要津。若才爲士大夫辯是非曲直，使賞罰分明，固所不論。否者，尚恐江西體究文字，未得速達朝聽也。方朝廷廣施泛愛之心，於人何所不容？况經明堂赦恩，亦合敘復，而獨受凌藉，無所告訴，秉國之鈞，不平謂何？《大雅》之刺興矣。夫心不偏惡，乃可用度外之人，以收衆功，服羣志。使子忞得效尺寸，决不在林正、尤深、郭孝友、劉鵬、劉廷佐、趙伯牛之下矣。若不與湖南職司，亦可作武林守以代馬擴，邵陽守以代王彦。要之，數爲郡守，不獲自伸，莫若與一外臺，俾詳讞刑獄，捕治盜賊，爲當其才耳。

❶「刑」，據卷十八《寄張相》當作「邢」。

致李叔易

叔易近日看閲何書？侍下優游，所得計益粹。大人嘗言學《詩》者必分其義，如賦、比、興，古今論者多矣，惟河南李仲蒙之説最善。其言曰：「叙物以言情謂之賦，情物盡也。索物以託情謂之比，情附物者也。觸物以起情謂之興，物動情者也。故物有剛柔、緩急、榮悴、得失之不齊，則詩人之情性，亦各有所寓。非先辨乎物，則不足以攷情性。情性可考，然後可以明禮義而觀乎《詩》矣。」舊見叔易要見此説，故録以奉呈。

致單令

兩辱過訪，良深慰感。晡昃暑風，伏惟德履，支任少意。❶日前聞蔡朝詢言，❷欲爲左右收淚。某曰，此俗俚之語也。渠不知令子成人非殤，報服斬衰三年，恩義兼重，豈爲我輩謀一笑之樂而忘至情乎？適又聞已致簡相招，度用哀誠，已拒之矣。向來德施朞喪，亦俟卒哭而後赴飯。獠俗慢易，不知禮節。公爲邑宰，仍兼學事，當如高柴，使薄俗矜式，不待聲言也。恃從游之久，忘其僭易，然在仁人，

---

❶「支任少意」，原作「頓蔭清涼」，據明抄本、經鉏堂本、文津閣本改。

❷「詢」，明抄本、經鉏堂本作「旬」。

當有取焉耳。

致蔣教授

某謏聞末學，妄意窺測洙泗微言而爲之説，又不敢以簡約之語包括遠旨，反使觀者疑惑。于此累年，幸爾脱藁，未嘗示人。荷德施好善不厭，詢問每及。朋友道廢久矣，某今何幸，其敢有隱？輒往一策五篇，如旬日過目，却當易致。其間有于公心未然者，便望籤出，續得請益也。

謝魏參政

某言：念宣和辛丑，幸忝桂堂末契，而某仕途蹭蹬，乃不少接英躅，高山仰止，三紀于兹。今者閤下上當天心，參與大論，天下之士，孰不願在下風而望餘光？矧如某者，宜如何哉？恭以聖主收還威柄，改用仁賢，公于此時，首被圖任。十五年之大弊，其事衆矣。動干休戚，注措非易。伏惟精忠以副君上之委寄，遠識以觀治亂之本原，宏量以用度外之人，敏材以濟萬微之務，一正綱紀，鞏固邦基，不于閤下而誰望哉？勝政流行，傾耳以聽也。

某昨以無庸，退即丘壑，竟亦不能自免。一墮瘴地，踧踖六年，蒸漬煙嵐，氣血耗瘁。若非大賢登進，協贊風雷，使赦令必行，公道闡開，則如某輩，從蠻鬼之録必矣。近者已被堂帖，放令逐便，恩德之厚，未知報所。若夫拯拔湮沈，與繼千帆之後；吹噓朽蠹，俾同萬木之春。願以晚年，歸依鈞造。

謝湯侍御

某疇昔仕路，既已回環，比及投荒，與世益邈。是故仰止賢誼，雖劇區區，而窺尋聲光，其道無由也。第聞侍御踐更所至，風績凛然，范孟博、蘇君章不能遠過。向者分閫南州，命下之日，士民引領跂踵，以俟屆止。欲解紱投劾而去者，郡郡縣縣不下數人。某于時雖正麗丹書，懾懦之氣因以激昂。高山仰止，心向往之，真若司馬子長之于晏平仲矣。

兹者聖上獨攬權綱，❶侍御首膺耳目之寄，直言敷聞，公道大闢。收召志義之士，屏黜凶邪之人，敷宣貴肆之風，變革賤拘之俗，剗十五年之弊政，崇千百祀之宏基，侍御之功，今爲第一。巖廊虚位，注意有歸，側耳柄除，盡究賢業。

某一斥六年，自分永已。大恩曠蕩，盡滌垢污，半月之間，併還階品。自非侍御哀閔堙厄，協贊聖謨，何以得此？感篆肝鬲，未知報効。某謝事早歲，實有憂讒畏譏之心。今則瘴癘薰蒸，齒髮衰矣。正合待盡丘林，歌詠聖日。惟公勉建勳業，以幸區内，乃所望也。

某嘗謂効忠莫先于薦士，伏見右朝請大夫向子忞奉身守正，持身如冰玉，通才利刃，遇事如發硎。前後坐廢，皆非其罪，休閒既久，更練益深。朝廷方念外任難得其人，有如子忞，正膺選舉，若付以帥

---

❶「權」，原作「乾」，據明抄本、經鉏堂本、文津閣本改。

守、監司之任，定有殊績。伏望侍御特與檢會落職之因及弃置之故，敷奏于上，改正過名，亟加任使。使直道不壅，抑塞稍伸，豈惟子忞之幸，多士實有勸焉。

答張子韶侍郎

冬春之交，伏惟味道燕閒，台履萬福。近兩拜教辱，極慰瞻傃。眚翳想已清瞭，更廣訪毉藥爲祝。又聞健飯甚康，不勝欣羡。某痁疾已愈，溲旋亦減，但半年病後，朘削爲甚。行將六十，度亦難更充壯也。每勤憂軫，荷友朋之義。「復禮」、「忠恕」兩段，蒙不相鄙，見既透徹，言亦了達。珍拜珍拜。何時得覩全書，并《尚書》、《大學》、《中庸》、《孟子》諸説，渴飢莫喻也。會之踵荆舒後塵，以蔡京、王黼爲標準，以耿南仲、李邦彦爲宗派，其所願欲，幾青出于藍矣，溘然遽死，遺臭奈何？向以得君之專，行政之久，依仿先民事業，豈但小康東南，固可開拓河北。乃僻經反道，迷誤本朝。若非天佑宋室，勦絶其命，滋長禍亂，何止于焚書坑儒而已。遺材尚衆，惟公最受聖主之知，當戒舍人促裝，以俟環賜。益行正學，副清議所望。此外惟善衛興寢。

斐然集卷十九

宋胡寅撰

崇正辨序

《崇正辨》何爲而作歟？闢佛之邪説也。佛之道，孰不尊而畏之，曷謂之邪也？不親其親而名異姓爲慈父，不君世主而拜其師爲法王，棄其妻子而以生續爲罪垢。是淪三綱也。視父母如怨仇，則無惻隱；滅類毁形而不恥，則無羞惡；取人之財以得爲善，則無辭讓；同我者即賢，異我者即不肖，則無是非。是絶四端也。三綱四端，天命之自然，人道所由立，惟蠻夷戎狄則背違之，❶而毛鱗蹄角之屬咸無焉。不欲爲人者已矣，必欲爲人則未有淪三綱絶四端而可也。釋氏于此，丕單掃除，自以爲至道，安得不謂之邪歟？豈特此哉。人，生物也，佛不言生而言死。人事皆可見也，佛不言顯而言幽。人死然後名之曰鬼也，佛不言人而言鬼。人不能免者常道也，佛不言常而言怪。常道所以然者理也，佛不言理而言幻。生之後，死之前，所當盡心也，佛不言此生而言前後生。見聞思議皆實證也，佛不以

❶「蠻夷戎狄」，原作「傲狠頑嚚」，據明抄本、經鉏堂本改。

爲實，而言耳目所不際，思議所不及。至善之德盡于乾坤也，佛不知其盡而言天之上、地之下與八荒之外。若動若植無非物也，佛不恤草木之榮枯，而閔飛走之輪轉。百骸内外無非形也，佛不除手足而除髪須，不廢八竅而防一竅。等慈悲也，佛獨不慈悲父母妻子，而慈悲虎狼蚍虺。等弃捨也，佛獨使人弃捨其財以與僧，而不使僧弃捨其所取之財以與人。河山大地，未嘗可以法空也，佛必欲空之，而屹然沛然，卒不能空。兵刑灾禍未嘗可以呪度也，佛必曰度之，而伏尸萬物，烈焚淪没，卒不獲度。此其説之疏漏畔戾而無據之大畧也，非邪而何？

今中國之教，無父無君則聖賢闢之，萬世不以爲過。中國之治，弑父與君則王法誅之，人心不以爲虐。至于詭術左道，皆重加禁絶，所以扶持人紀，計安天下也。釋氏之説，盡麗于此數者，吾儒反相與推尊歸向，無乃有三蔽乎？三蔽謂何？一曰惑，二曰懼，三曰貪。夫闚光于隙穴者，豈知日月之大明？囿知于一物者，豈信陰陽之變化？此凡民淺識也。佛因而迷之，曰世界不可以數計，生死不可以世窮。于是不智者亦從而惑矣。身拔一毛則色必慄然變，足履一刺則心必惕然動，此凡民懦氣也。佛因而惴之，曰報應之來迅于影響之答，幽冥之獄倍于金木之慘。于是不勇者亦從而懼矣。迫窮患害，必興饒益之想，謀及悠遠，必爲子孫之慮，此凡民貪情也。佛因而誘之，曰從吾之教，則諸樂咸備，壽富不足言；造吾之地，則超位高明，天帝不足貴。于是不仁者亦從而貪矣。吾儒誠能窮理養氣而宅心，必無此三蔽。有此三蔽，是衣冠身而衆庶見也，是引夷貊入中國以爲未快，又與禽獸同羣而不知避也。何乃不思之甚哉，無亦可悼之極哉！

雖然，賢智之士有出塵之趨、高世之念者，以事爲膠擾，非清浄妙圓之體也，則曰：「吾豈有所貪懼，如愚夫之所期歟？蓋將求佛所謂無上法第一義者，悟徹此心耳。」烏乎！堯、舜、禹、湯、文、武之德，衣被天下，仲尼、子思、孟軻之道，昭覺萬世。凡南面之君，循之則人與物皆蒙其福，背之則人與物皆受其殃，載在方册之迹著矣。其原本于一心，其效乃至于此，不可禦也。今乃曰事未足以盡吾本心，兼利萬物爲高士也，豈不猶食五穀而曰不足以飫，登太山而曰不足以崇者乎？盍亦師聖人之言，❶窮萬物之理，反求諸心乎？今于聖人之言未嘗思，于萬物之理未嘗窮，于志卑氣餒，倀倀然如逆旅之人也，乃率然曰妙道非六經所能傳，亦何言之易邪？假曰孔孟有未盡者，故佛言之。佛言其妙，所以出世，而孔孟言其粗，所以應世耳，其心則一也。然則以耳聽，以目視；以口言，以足行；饑而食，渴而飲；冬而裘，夏而葛；旦而動，晦而息；戴皇天，履后土：皆孔孟日用之常，佛者何不一概反之，而亦與之同乎？同其粗而不同其精，同其心而不同其用，名曰出世，而其日用與世人無以異，烏在其能出乎？故道不同不相爲謀，儒與佛不同，審矣。佛者未嘗爲儒謀，而儒之陋者無不爲之謀，悦其受記之媚，承其外護之諂，張而相之，扶而興之，至使非毁堯舜，詆譏丘軻，❷曾不以爲疾也。一有距西方之説者，則怵心駭色，若罪之在己，雖弑父與君，未足以方其怖且怒矣。良心陷僻，乃至于此耶！

---

❶「師」，原作「思」，據明抄本、經鉏堂本、文津閣本及胡寅《崇正辯》（清乾隆刻本）卷首自序改。

❷「丘軻」，原作「孔孟」，據明抄本、經鉏堂本、文津閣本及《崇正辯》卷首自序改。

或者曰：「凡子所言，皆僧之弊，非佛本旨也。子惡僧可也，兼佛而斥之，則過矣。」則應之曰：「黄河之源，不揚黑水之波；桃李之根，不結松栢之實。使緇衣髠首者承其教，用其術，而有此弊，是誰之過也？仲尼父子君臣之道，經紀乎億千萬載，豈有弊邪？惟其造作而無弊也，是以如天之覆，不待推而高；如地之載，不待培而厚；如日月之照，不待廓而明。惟其造作而有弊也，是故曼衍其辨，張皇其法；防以戒律，而詛以鬼神；侈以美觀，而要以誓願；托之于國王宰官，劫之以禍福苦樂：而其弊久而益甚矣。墨氏兼愛，其流無父；楊朱爲我，其流無君。非身自爲之也，孟子究極禍害，比之禽獸。况其身自爲之，又率天下而從之，其害源之所達而禍波之所浸，千有餘年，喪人之心，失人之身，破人之家，亡人之國，漂汨滔懷，天下溺焉，莫之援也，豈曰弊而已乎？昔梁武奉佛，莫與比隆，及侯景之亂，諸子擁重兵，圖便利，雲翔不進，卒殍其父，而後兄弟相夷，宗國亡滅。彼于君臣父子之際，可謂澹然無情，不爲愛欲牽矣，而道果如是耶？」

或者猶曰：「佛之意亦欲引人爲善道，使人畏罪而不爲，慕善而爲之，豈不助于世，而何闢之深也？」則應之曰：「善者，無惡之名也。無父無君者，惡乎？善乎？自非喪心者，不敢以爲非惡，孰與有父有君之爲善乎？道者，共由之路也。不仁不義者，可由乎？不可由乎？自非喪心者，不敢以爲可由，孰與居仁由義之爲道乎？子悦其言而不覈其事，過矣。」

或者又曰：「夫在家以養口體、視温凊爲孝者，其孝小；出家得道而升濟父母于人天之上者，其孝大。佛非不孝也，將以爲大孝也。」則應之曰：「良价之殺父，效牟尼之逃父而爲之者也。逃父避之于山而得道，不若使父免于思念憂勤而親其身之爲全也。殺父升之于天之非理，不若使父免于此逐餒殍而養其生之爲得也。然則佛之所謂大孝，乃其父所謂大不孝耳。借使佛之説盡行，人皆無父，則斯民之種必至殄絶，而佛法亦不得傳矣。人皆無君，則争奪屠膾，相殘相食，而佛之黨亦無以自立矣。此理之易見者，彼非懵然不知也，特罔人以虚誕之言，善其悖逆之情。聾瞽姦惰之徒，而安享華屋之居，良田之利，金帛之施，衣食之奉，泰然爲生民之大蠹，不謂之異端邪説，謂之何哉？」

是故仲尼正則佛邪，佛邪則仲尼正，無兩立之理，此《崇正辨》所以不得已而作也。上士立德以教變之，中士立功以法革之，下士立言以辭闢之。吾，下士也，凡若干言，覽者矜其志而左右其説，忠孝之大端建矣。

上蔡論語解後序

《論語》一書，蓋先聖與門弟子問答之微言，學者求道之要也。而世以與諸子比，童而習之，壯而弃焉。訓詁所傳雖未嘗絶，然智不足以知聖人之心，學不足以得道德之正，遂以私智簧鼓其説，以眩天下。夫其侮聖人之言，何足深罪？特以斯文興喪，于此係焉，此憂世之士所爲動心者也。上蔡謝公得道于河南程先生，元祐中掌秦亭之教，遂著《論語解》，發其心之所得，破世儒穿鑿附會淺近膠固之論。如五星經乎太虚，與日月爲度数，不可易也，其有功于吾道也卓矣！而學者初不以爲然也。某年二十一，當政和戊戌，在太學得其書，時尚未盛行也。後五年，傳之者蓋十一焉。嗚呼！師友道廢久矣，欲求吾資，莫與爲方圓，欲得吾助，莫與爲切磋，所可決信而不疑者，獨聖賢所餘紙上語爾。同舍建安謝襲智崇傳于山陽馬震知止，欲以其傳授粥書者，使刻板焉，庶以道好善君子欲博文求徵而不得者，其志足稱矣。然某以往昔所見，比智崇今本，文義有或不同，意先生年卲而智益明，有所是正，故更欲得善本參校，然後傳之。雖然，大畧當不外是也。以今日好者漸衆，安知來者之不愈于今乎？使有誠好而力行焉，固將默識神受，見于參倚之間。不者，幾何不按劍而向夜光之投乎？此非某之志也，先生之志也。宣和壬寅仲夏望日後序。

送郭偉序

同年友郭伯成自濱江訪予于永山。予詢以卲之人士，曰：「吾邦有金氏兄弟，以孝友雍和見稱于宗族鄉黨。」因請其目。曰：「育其名者，事親謹甚，訓其婦執禮率道，力家幹蠱，一錢寸帛不以自歸，不幸皆早世。其仲彦、叔奕，恪承規法，益敦内行，欲使子孫不相别異。❶用財則均而後取，議事則協而後行，食饌則集而後嘗，衣服則備而後製。以其餘力賑業窮乏，食客常滿坐，家富而不羸也。」予曰：「君子所以異于小人者，喻于義而已。三金知所喻，是以能成其行，且聞其種學積文，屡薦于有司。借使寵禄之報不在其身，必在子孫矣。和氣致祥，理固然也。古人不云乎，美成在久。」伯成歸，幸以

❶「相别異」，明抄本、經鉏堂本作「爲别異之薄」。

告之。

送張堯卿序

學如何而爲？當始于明善而行之，力而守之，固亦可矣。百家衆技，時有足觀，岐捷易從，膚淺易通，易以入人。而聖人之言，玄微奥遠，淵深天高，藐乎希聲，如朱絃而疏越；澹乎無味，如尊玄酒，鉶大羹而俎腥魚也。耳宜之，口嗛之者，噫噫㪍矣。于是見善爲難。幸而見之，或出門而尼，或半途而廢，類爲俗所變，物所移，勢所遷。則向也君子而今也小人者，肩相差，武相躡，地醜德齊，非二五則十九也。浦城張生哲從予伯氏學，甘淡泊，迷寒暑，孜孜兀兀，惟讀書質疑爲事，其于覓舉干禄，若無意焉者。予蓋嘉之，且須暇以久而觀之。會妖僧張圓覺以邪術鼓于富沙，其説至陋而甚鄙，不必傅太史之羊角而後判其石齒之誕幻也。然而横目蚩蚩，族而擎跽，羣而膜拜，泉布圓覺，金幣圓覺，垂紳正笏之士與夫布衣韋帶之儒，斯民所視傚以爲從違者，亦皆莫究莫覈，靡然趨風，吹波助瀾，洶呼應和。于是連延郡邑，廣遠千里，忘其素業，委其生養之道，願一覿聽，頓顙跰足，憧憧暍暍，之死靡悔。所以然者，不明乎善，冀其利也，趨利不止，不奪不饜。識者有憂之，謂二張角、魯之禍，跬息可待。間有特立不之然者，訓告既忤，因取疾憎，累足屏氣，虞禍之及。于是時，張生乃能鑑然無所惑，見其里人，必爲之辯，有像孔聖于瞿曇之側者，必使之正之，亦庶幾乎尊所聞、行所知者矣。夫常物之大情，企富貴而歆利達，于不可易之定命，必欲以智力易之，因曰：「命在乎天，我不得知也。則奚不擇夫義循夫理，而必求其所不可求，而不安其所可安，亦獨何哉？」雖則云然，窮厄困蹇，古與今以爲難堪。張生推不惑詭妄之心，以御此世態，進善極于勇，信命極于確，則于賢人君子遠者大者，固將條達而上，遂其益勉之。古之人惟善推其所爲，是以大過乎人。予又將觀生之進否于它日。于其歸也，書此以遺之。紹興十六年月建辛丑，日當癸卯，武夷胡寅序。

進先公文集序

紹興十八年閏八月，太常丞臣寧次當輪對，奏事殿中。皇帝若曰：「惟乃父既纂釋《春秋》，尚當有他論著，其具以進。」臣寧走使告其兄臣寅曰：「先大夫没十有一載，遺文雖就編綴，然未之出也。學士大夫欲見者已鮮矣，何況天子崇高富貴，日有萬幾？今主上眷言舊學之臣，久而未憗，其思所以仰稱明詔者。」臣寅即取先集，離爲門次，繕寫以獻。惟鄒魯之學，由秦、漢、隋、唐莫有傳授，其間名世大儒，僅如佛家者流所謂戒律講論之宗而已。至于言外傳心，直超佛地，則未見其人。是以聖道不絶如綫，口筆衮衮，異乎身踐，其書徒存，猶無書也。逮及我宋熙寧以來，先覺傑立，上繼回、軻，天下英才，心悦而誠服。然後孔氏術業浸以光顯，五經、《語》、《孟》所載，譬猶逢春之木，有本之瀾，生意流形，初非死質，成己成物，始終有序。先臣夙稟大志，聞而知之，以仁爲居，以義爲用，以身修家齊國治而天下平爲效。若夫記誦訓詁、辨説詞華之習，一不與焉。其宏綱大用，奥義微辭，既于筆削之書發揮底藴，自餘因事有作，進則陳之君父，退則語于公卿，或酬酢朋遊，或訓教子弟，一言一話，猶足以證明往昔，昭迪來今。敢圖家藏，遂上御府，斯文不墜，後裔有榮。然父書精深，而臣以淺粗之言冠于篇首；君學高遠，而臣以卑近之論瀆于聽聞。❶兹榮也，祇所以爲愧歟！謹序。

送劉伯稱教授序

進士同年登科，相爲兄弟，自唐至今，亦已久矣。今之朝事，既賜第，授勅而出，則涓日集于一所，用官給金錢設酒饌，爲宴集，同年者畢至，按先後列庭下，推一人年最長者榜首拜之，又推一人年最少者出拜榜首，謂之叙黄甲。黄甲者，黄紙榜之甲乙丙丁戊五科之次也。所以訓在榜之人，勿以科之高下相重輕，而以齒之長幼相伯仲。推此意也，凡在榜之人是宜先義後利，爵位相讓，患難相恤，久相待而遠相致也，豈不美乎？然昔之取士尚少，少者数十人，多者不過数十百人，故其爲兄弟也，交不廣而情可厚，其流風餘韻，猶足以立懦志、敦鄙夫，使不預者生羡心焉。承平既久，三歲一大比，天下之士無慮六七百人。當是時，静躁華質，游衍漫散，既不齊其志，又不常厥居，固不能盡相識知。雖一日叙甲之集，蓋亦闃然進旅退旅，何由問其姓字而窺其聲光？且復有以故而不至者，十常一二。于是同年兄弟之名存，而交情契義，非故舊已熟，則一時意氣傾動，扳聯喜合爲最篤，其餘亦泛泛焉爾矣。

❶「聰」，原作「聽」，據明抄本、經鉏堂本、文津閣本改。

此非人爲，蓋風俗醇醨之漸至也。今夫酒必自醇而醨，醨而過，則腐壞建寫，❶尚何味之可求？是故修德于己，施化于人，必欲革僞從忠，舍薄處厚者，凡以惡其末之腐壞建寫而無味也。予投畀新昌，親交益疏，徒友益散。至之三日，州學教授劉君伯稱來，以同年子請納其拜。予辭之曰：「是禮也，如告朔之餼羊矣。況交有淺深，而勢有通塞，予于尊公所謂未及問姓名而窺聲光者。又方墮罟中，而君以平時通家之契歸之，無乃過乎？」伯稱曰：「惟惡薄俗，是以不敢視炎涼爲禮之升降。區區之志，敢固以請。」蓋自是始與伯稱往還，而知其爲年兄德常之子也。德常生于丁未歲，至元符庚辰，年三十有四，應詔上封事。入邪等後，雖許遊學校，而有司以別號爲職，終不敢薦舉。然鄉里學士宗師之者甚重，隱然爲鄉先生。宣和初，盜起東南，黨禁解，德常始得試于南宫，中辛丑進士第。作邑桂嶺，勤政愛民，不忍割剥，大忤郡將。會部刺史有知之者，乃得善去，而德常年已六十有三矣。迄不遇以死，識者惜之。伯稱刻勵自立，及其父無恙時，能取科第，不墜世業。崎嶇嶺海間，凡二十餘年，猶未改京秩。予見其篤實而疏通，嚴毅而豈樂，留心所職于閒冷之局，黌宇一新，百廢具舉，雖三舍盛時有不能及者。訓誘程課，孜孜弗怠，士知向方焉。予病間，日從燕談，則該洽古今，周知利病，利不苟就，害不苟違，信其爲適用之通才，而克家之賢子也。予踽踽然如逃虚者，賴君風誼，聊以忘憂。君乃秩滿而去，使我離索之思，倍于常情。雖然，男子志在四方，仁人不私一己，君且表表著見，爲明時用，予亦動

❶「建寫」，原作「不堪」，據明抄本、經鉏堂本、文津閣本及下文改。

心忍性，改前過而求自新，不知老之將至焉。是別也，抑又何悲？姑掃茅簷，敷重席，飣梹榔、剥黄焦以爲肴，捕鬱屈，釣蛙黽以爲羞，貰酒蠻村，相與一醉。行矣加飯，時惠好音，此則畸人之所望也。

傳燈玉英節録序

學必有疑，疑必有問，問必資賢智于我者。問非所疑，答不酬問，與夫不待問而自告之，此師弟子之失也。《傳燈録》所載，釋子以葛藤目之，其失在此矣。今獨取其敷揚明白者，庶易以考其是非焉。若夫談鬼怪，舉詩句，類俳戲，如詼誕者，則盡削之。或誚予爲蔽，曰：「曾不聞粗言細語，無非第一義，而于其間妄生揀擇，是豈禪意？」予曰：「以鬼怪、詩句、俳戲、詼誕之説，相唱和于穿穴空籠滉漾無實之中，是爲遁詞，乃得法者之所訶也。觀少林啓迪姬光，警發梁武，莫非的確要論，何有如末流蘿蔓轇轕，不可致詰者哉？雖然，此亦就其心聲而去取之，非宗其道也。夫意由心生，而意非心；心由性有，而心非性。今釋者之論心纔及意耳，其論性纔及心耳，是自名見性而未嘗見性也。未嘗見性，于是以世界爲幻，以性命爲欲，以秉彝爲妄，以事理爲障。雖清浄寂滅，不著根塵，而大用大機，不足以開物成務。特以擎拳植拂，揚眉瞬目，遂爲究極，則非天地之純全，中庸之至德也。此在學者慎思而明辨之爾。」紹興庚午，予自休官中謫置新昌。夏六月息肩，既無書可觀，又不敢從事翰墨。城南二十五里龍山寺，乃六祖太鑒故居，而亦無藏經，獨有四大部與《玉英集》，遂借而閲之，乃景祐大臣王隨所撮楊億《傳燈録》也。隨之意，正以麁言冗事有混真詮，則予今之去取，仰睎前哲，可無愧矣。壬申夏六月己巳序。

智京語録序

新化承熙長老明覺大師智京嗣法于普融平公，蓋臨濟宗也。平之道盛行乎崇、觀、政、宣間，京執侍最久，深得師傳，分化流通，所至緣合。住承熙之八年，書來謂予曰：「平日拈提唱道，隨和而應，本無一語，而參學者係風捕影，遂成痕跡，是則有也。不識可爲發揚以慰二三子之勤乎？」予曰：「達摩面壁九年，如死灰枯木。及對姬光安心之問，文采遂彰，或隱或顯，固無緘口囓舌以終其身者。然世遠道散，人人説法，沛如雲雨，浩若江海，紙墨傳布，亦云多矣，乃欲與面壁同符，此達者所以莞然而弗信也。子既紛紛言之，子之徒又從而記之，予又爲子序之，于少林之旨豈不大有徑庭乎？雖然，言心聲也，言是事而曰我未嘗言，不言是事而曰我未嘗不爲汝言，自昧者聽之，如嬰兒未孩易耳目而不知也；自達者觀之，明鏡之中豈有遁形哉？故《傳燈録》所載一千七百餘人，若深若淺，即言可判，如物之經乎權衡度量，焉可誣也？具眼之士，因予序以觀斯集之言，因其言以求明覺之心，因其心以求書記未參之所契，黄梅夜半之所付，少林斷臂之所證，亦若是耳。」

洙泗文集序

《洙泗集》者，龍谿陳君元忠以後世文體之目，求諸《論語》，得其義類，分門而編之，❶以爲文章之

❶「門」，原作「明」，據明抄本、經鉏堂本改。

祖也。丐予爲之序。予嘉其述，乃序之曰：文生于言，言本于不得已。或一言而盡道，或數千百言而盡事，猶取象于十三卦，備物致用爲天下利，一器不作，則生人之用息，乃聖賢之文言也。言非有意于文，本深則末茂，形大則聲閎故也。周衰，道喪而文浮，孔子蓋甚不取，嘗曰：「孝弟謹信，泛愛衆而親仁，❶行有餘力，則以學文。」又曰：「文，吾不若人也。躬行君子，則吾未之有得。」學士大夫，千百成羣，行彼六者，誰有餘力？行之未有餘力，是夫人未可以學文矣。汲汲學文，而不躬行，文而幸工，其不異于丹青朽木、俳優博笑也幾希，况未必能工乎？游、夏以文學名，表其所長也。然《禮運》偃也所爲，《樂記》商也所爲，華實彬彬，亞于經訓，後之作者有能及邪？從周之文，從其監于二代，忠質之致也。文不在茲者，經天緯地，化成天下，❷非吮筆書簡，祈人見知之作也。《離騷》妙才，太史公稱其與日月争光，尚不敢望風雅之階席，况一變爲聲律衆體之詩，又變而爲雕蟲篆刻之賦？概以仲尼删削之意，其弗畔而獲存者，吾知其百無一二矣。是則無之不爲損，有之非惟無益，或反有所害，乃無用之空言也。夫竭其知思，索其技巧，蕲于立言而歸于無用，果何爲哉？然自隋唐已來，末流每下，擇才論士，皆按以爲能否升沉之决，而欲夫人通經知道，守節秉義，有君子之行，不亦左乎？陳君蓋疾夫末流忘本，得已而不已者，可見好古篤實之趣矣。聖門問答教詔，本言也而成文，雖文也，特一時之言

❶「衆」，原脱，據明抄本、經鉏堂本補。

❷「成」，原作「在」，據明抄本、經鉏堂本改。

耳。豐而不餘，約而不失，其法備于《論語》，能熟玩而體識之，❶必不敢易于爲文。深之又深，知其有無窮之事業在焉，必不復以文爲志。道果明，德果立，未有不能言者。孟子曰：「仁義禮智根于心，其生色也，睟然見于面，盎于背，施于四體，四體不言而喻。」此《洙泗集》之本原也。

熏峯集序

古之人各有所立，曰德，曰功，曰言。然不必甚盛也，惟其可傳而已。苟爲可傳，則盛莫禦矣。僑惠、肸直，一字之德也。夷吾尊周，子房報秦，孔明治曹，安石膺苻，❷兩字之功也。言亦猶是也。曲江別駕吴慎微集其平生所爲文字，求予作序，編未及就而卒。其子仲衍遂以書來請成先志。予讀之数過，撫卷而歎曰：仁勇人也。方建炎、紹興間，讎虜荐侵，❸羣盜四起，主持國論率以通和講好、招安撫納爲策，志義之士格不得用，夷狄日横，寇攘日滋。君自小官被薦，得見天子，首請應天順人，張皇威武，北向而雪恥。諸弄兵屯聚無悛革心者，宜悉力致討，以除民害。光武中興，省併官吏，今添差冗員，當一切罷去。磊落三章，詞氣激烈，當時切務，莫過于此，可謂知言之要矣。奏雖報聞，理則無負。

❶「玩」，原作「環」，據明抄本、經鉏堂本、文津閣本改。
❷「苻」，原作「符」，據文津閣本改。
❸「讎虜」，原作「金人」，據明抄本、經鉏堂本改。

是故言而當，則史佚、周任、龍子之徒，皆以片言見取于孔孟。言而不當，則雖詭辭数萬如惠施，文飾六藝如王莽，又將安用？烏乎！慎微官雖不顯，而言亦不朽矣。夫言之不朽，固不係于官之尊顯也。其餘詩賦雜文，總若干篇，皆温純雅實，可想見其人。分爲若干卷，名曰《熏峯拙叟集》云。

向薌林酒邊集後序

詞曲者，古樂府之末造也。古樂府者，詩之旁行也。詩出于《離騷》楚詞，而《離騷》者變風變雅之意，怨而迫，哀而傷者也。其發乎情則同，而止乎禮義則異，名之曰曲，以其曲盡人情耳。方之曲藝，猶不逮焉，其去曲禮則益遠矣。然文章豪放之士鮮不寄意于此者，隨亦自掃其迹，曰謔浪遊戲而已也。唐人爲之最工，柳耆卿後出，掩衆製而盡其妙，好之者以爲不可復加。及眉山蘇氏一洗綺羅香澤之態，擺脱綢繆宛轉之度，使人登高望遠，舉首高歌，而逸懷浩氣，超然乎塵垢之外。于是《花間》爲皂隸，而柳氏爲輿臺矣。薌林居士步趨蘇堂，而嚌其胾者也。觀其退江北所作于後，而進江南所作于前，以枯木之心，幻出葩華，酌玄酒之尊，弃置醇味，非染而不色，安能及此？余得其全集于公之外孫汶上劉子荀，反覆厭飫，復以歸之，因題其後。公宏才偉績，精忠大節，在人耳目，國史載之矣。後之人味其平生，而聽其餘韻，亦猶讀《梅花賦》而未知宋廣平歟！

魯語詳説序

道一而已，而有中偏、大小、正邪、粹駁之不同，何也？中故大，大故正，正故粹，粹故一。彼狹小、偏私、僻邪、駁雜爲道者，失也。其所以失，或由師傳，或由鑿智，或由氣稟，故自殉殊面，❶駑而不返。道無是也。先聖先師爲此，所以有教，救學者于多歧，欲歸之于至當，故曰「吾道一以貫之」。一者，仁也。聖門之徒皆學爲仁，夫子言行莫非仁也，其在《論語》者著矣。某年十六七，見先君書案上有河南《語録》、上蔡謝公、龜山楊公《論語解》，間竊窺之，乃異乎塾之業。一日請諸塾師曰：「河南、楊、謝所説，與王氏父子誰賢？」塾師曰：「彼不利于應科舉，爾將趨舍選，則當遵王氏。」于時某未能樹立，而輒萌好惡矣。既游庠序，方崇忌諱，肆諛諂，歌功頌德，陵跨唐虞，或道史書及李杜詩章亂離之句，則衆以謗訕操切之。纔二十年，川壅大決，睦盜猝興，勢摇嵩岱，然後信王氏學術不本于仁，穿穴碎破，❷以召不仁之禍也。當兹時，天子臨軒策士，收採讜言，黨禁向弛。于是邵康節《皇極書》、張横渠《正蒙篇》、河南先生諸經諸説、元祐忠賢言論，❸風旨稍出，好之者往往傳寫襲藏，若獲希世之寶。

❶「自殉殊面」，原作「殊途各出」，據明抄本、經鉏堂本改。
❷「碎破」，明抄本、經鉏堂本作「破碎」。
❸「言」，明抄本、經鉏堂本作「良」。

而謝公《語解》則已鋟板盛行。噫，此豈人力也哉！後四載，歲在乙巳，女真入寇，❶嫚書騰聞，詔音夜頒，引慝孫位。靖康元禩，遂撤王安石配食坐像，廢《字説》勿得用，俾學者兼用先儒，收召遺老佚賢，欲改絃更化。雖狂瀾既倒，捧土莫遏，而遺書幸存，出于良知者，如濟貫河，終不泯没。然後益信仁者人之本心，大中至正，是是昭昭，未嘗亡也。人自不求爾。今皇帝勇智中興，灼知禍敗之釁本由王氏，以其所學迷誤天下，變亂憲章，得罪宗廟，于是詔三省政事，並遵至和、嘉祐。發自聖性，篤好孔子所作、安石所廢之《春秋》，又于講筵進讀神祖所序、司馬光所纂之《通鑑》。下楊時家取《三經義辯》，寘之館閣。選從程氏學士大夫漸次登用，甄叙元祐故家子孫之有聞者，仍追復其父祖爵秩，將以剗削蠹蠹，作成人物，朝冀賢才之賴，國培安固之基。此紹興五六年間，大哉王言，一哉王心，凡百臣子，所宜和衷將順，不忍違矣。而狃習舊染者，見王氏言行不類，有同俗趨利之便，而于程氏，則如嫫母之惡軒鑑也。蓄忿伺間，伸其詭罔，反以專門歸咎堂奥。夫學士大夫意向殊乎王氏，則擯斥隨之。必如是説，始堪仕進。蔽離窮陷，百唱千和，既率天下出一私口矣，❷又相與攘袂扼腕，柴柵闕里，禁人趨之，不亦甚乎？自古譽言之法，必觀其事，王氏宗派效于紹聖、元符、崇、觀、政、宣已來，夫何可掩？試舉其大者，則纘瞿聃虚空之緒，亂鄒魯禮義之實；談二帝三皇之治，濟申、商、韓非之政；託人子繼述

❶ 「寇」，原作「侵」，據明抄本、經鉏堂本改。

❷ 「口」，明抄本、經鉏堂本作「户」。

之孝，毁祖宗艱難之業；指豐亨盛大之象，肆窮奢極侈之欲；慕開疆闢土之績，速佳兵好還之禍；乘國破君亡之釁，扶背主僭命之賊；玩燕巢危幕之勢，❶致荆揚蹀血之苦；積刑賞不平之憤，起周廬干紀之變；假偃武息民之説，成外交固位之計；殄烝民三綱之道，甘臣服讎虜之辱；稱太平無事之美，導般樂怠敖之失；結忠賢諫説之舌，生隆家卑國之漸：皆背違先聖，操心不仁，而精于《經義》、《字説》，立乎本朝，据權斷論之大驗也。若君子私淑所被，曾微一人簉其列焉。特用此觀之，明善喻利之判，豈不昭灼？乃復營營翩翩，變移黑白，上欺君父，下蔑清議，不念率獸食人，近有覆轍，亦何意哉？愚不肖幸聞伊洛至教，承過庭之訓，而冥頑怠廢，不早用力。蓋嘗妄意《論語》一書爲仁道樞管，欲記所見聞指趣，附于章句之下。内揆淺疏，久而未果。髮秃齒豁，恐負初志矣。適有天幸，投畀炎壤，結廬地偏，塵事遼絶。門挹山秀，窗涵水姿，簷竹庭梧，時動凉吹，朝夕飯一盂、蔬一盤，澹然太虚，不知浮雲之莽眇也。觀過宅心，自是始篤，乃得就藁，遺諸童丱。博學而詳説之，將以反説約焉。若夫推己及人，指南洙泗之路；放淫距詖，分北荆舒之旅，非愚所能也。困而學之，期成功于不二而已矣。紹興甲戌三月甲寅朔序。

❶「玩」，原作「環」，據明抄本、經鉏堂本、文津閣本改。

斐然集卷二十

豐城縣新修智度院記

宋　胡寅　撰

事無記，無以傳久遠。有大事不足記而有小事足記者，有常事不必記而亦有當記者。人生必有業，古之民業四，今之民業七。既服耒耜而又執斤削，既通貨財而又習弓矢，失常變守，蓋棄材也，治道所惡，君子不言也。各安其業，不相侵紊，猶動物不植，走物不飛，理之固然，則又不必記也。均是農也，或鹵莽，或力田，則力田者可取矣。均是工也，或奇衺，或信度，則信度者可取矣。取之以勸能者，戒不能者，則不以細故常事而無記也。今夫儒服衣冠，則當修仁義禮樂，一取正於仲尼，乃其業也。詆訾先聖，而歸向異端，五濁貪欲而持守齋素，❶殃民害物而懺罪祈福，實諸所有而談論空寂，猶之棄材焉，則無可稱者矣。去父母，毀膚髮，攻苦學佛，爲廣宫大厦以事佛而居，其徒相與紹隆而不

❶「持守」，原作「守持」，據明抄本、經鉏堂本、文津閣本、明《（萬曆）新修南昌府志》（《天一閣藏明代方志選刊》本）卷二九改。

替，此爲僧之常業也。凡其所建立，必求吾儒之能文者以紀述之。若不必記，❶而君子有不免爲之言者，亦因其教寓勸戒焉爾。既已爲僧，而又隳敗其業，甚則破戒律，私妻子，近屠沽市販，或至棄寺而居，風雨敗佛像，經卷爲窶藪，亦不顧恤，如是者衆矣。則能不畔其教而守其常業者，豈不足道乎？豐城龍澤寺主僧廣照以修佛事緣化，有徐氏父子施最厚，照一不私己，盡用以葺其廬，凡殿堂、門閣、寮庖、浴匽、丹青、鑄甃，物物咸稱。寺在邑西五十里山崦中，松篁蔽虧，澗壑春撞，人境佳處也。紹興壬子末，予侍親自杭西行，至是少憩焉。家君愛其清曠，❷留度冬春，甚適。明年夏四月，將去而之衡山。廣照請曰：「山僧垂老多病，劬瘁於此屋，未嘗有士大夫車轍馬跡也。今幸辱臨，得一言刻諸石，没齒無恨。」予既許諾，又以其事問諸邑里，❸無間毁者，遂爲之記。蓋嘆世有當爲而不爲，不當爲而爲之者。則凡能爲不失其分者，亦可嘉也。

湘潭縣龍王山慈雲寺新建佛殿記記首一百四十字，先文定作

自古學道之徒，嚴事其師，等於君父，遡流循榦，厥有原本。若中國業儒者必宗仲尼，西方浮屠氏

---

❶「若」上，明抄本、經鉏堂本有「疑」字。

❷「君」，原作「居」，據明抄本、經鉏堂本、文津閣本、《（萬曆）新修南昌府志》改。

❸「邑里」，原作「里邑」，據明抄本、文津閣本、《（萬曆）新修南昌府志》改。經鉏堂本誤作「色里」。

號名雖衆，亦以佛爲無上士、天人師，未能或之先也。仲尼夢奠之後，門弟子欲以所事聖人移於有若，而曾子不可，以此防民。猶有設故臣像侑坐先聖，端視至尊，拜伏不以嫌，君子有憂之，昌言於朝，以爲天地以來，中國規制未有如此者，庶幾乎曾子之心，非迂言也。西方之教雖異於是，凡慈孝忠順之屬，尊卑貴賤之分，禮樂刑政所以維持人紀胥立於世者，皆掃除之，曰：「是有爲法，非實際也。」吾嘗攷其事，則有不得遯者。其法有父子之傳，其位有賓主之異，其敘有戒臘之次，其居有丈室堂寮之别，其名位有長老、主事、衆僧、童僕之等，其奉養有寒裘、暑葛、朝晡、蔬穀之具，其情文有交際、往來、送死、哭服、哀樂之節。猶恐其壞也，❶則又爲之規律，以整齊之。守此者爲威儀，犯此者爲罪僁，其嚴如是，固秉彝之理，欲去之而不能者。而其言曰：「若以事觀，是爲事障。若以理觀，是爲理障。吾不爲是也。」至其師弟之際，抑又謹甚。自其教東行，精舍徧天下，凡殿宇繪像，歸依所向，必以佛居上位，菩薩、羅漢次第布筵，列屋而環之。入其門，大殿翬飛，金碧相照，巍然而中尊者，不問可知其爲如來也。所從久矣。而湘潭隱山大禪寺，嘗有主僧創意，徙佛於左廡，革殿爲閣，刻木高三丈象千手觀世音居之。夫觀世音固悲知神通，❷其視如來，蓋亦瞻前忽後，安能遽履佛地哉？一日挈弟子登坐其師之席，揖其師退侍弟子之旁，倒置而逆施之，自有佛以來無是理。其徒艴然不悦，蓋理有不可者，人心

❶「猶」，原作「尤」，據明抄本、經鉏堂本、文津閣本改。
❷「悲知」，原作「慈悲」，據明抄本、經鉏堂本、文津閣本改。

所同也。有大比丘法讚實嗣總持，命僧子積敦匠庀工，營殿於閣前，復其常制，瑰麗雄深，瞻仰端正。既成，求文以記之。予謂人生有三重焉，君父彝倫也，師承至德也。冰寒於水，無水則無冰。以弟子既傳道而可以黜師，是逢蒙既盡巧而可以殺羿。推此志也，子而齊聖，亦可先食於其父；臣而庇民，亦可易位於其君。雖學佛者絶倫離類，無意乎三綱，猶不取此也，况中國之大經乎？讚是舉，有感於吾心，故爲之一言。殿成於紹興三年某月某日。若工與費，經營常事也，則不必書。

富陽觀山嚴先生别廟記

古之君子，治則見，亂則隱。漢室中興，子陵可以仕矣，乃不肯屈，去而隱居終其身。道之不明，賢者過之，子陵之行，不幾於過乎？武夷胡寅曰：否，不然也。昔者世祖無一旅之衆，起平僭賊，尋、邑、王郎、赤眉、銅馬、隴蜀之主，衆皆數十萬，折箠笞之，無不如志。天下耆定，躬攬權綱而獨斷之。❶三公之尊，猶困於吏事。鄭興孫言以辟禍，韓歆直諫而不免。彼其功烈蓋世，亦有輕待其臣之心。子陵不屑就焉，非介然狷者，將以警帝也。子陵，文叔布衣交友之素，豈後寇、鄧諸公？其襟度曠夷，足加萬乘，而脱屣卿相，固有吞納海宇之量，開闢造化之才矣。使書功於竹帛，圖形雲臺之上，未知孰先孰後。子陵不爲此，顧爲彼者，人君意滿志得，常喜傲視士大夫，簡賢而忽老，違衆而用己，以區區圭

❶「權」，原作「乾」，據明抄本、經鉏堂本、文津閣本改。

組爲足以奴役一世，❶使苟賤無耻者日進，潔修自重之士望望然去之，其亂亡不旋踵矣。此子陵勤懇愛文叔之深情，而世祖所爲屈己忘勢，從其所好，不敢以君臣之分臨之者也。至於今千有餘年，流風餘韻，猶足以窒貪競無厭之心，作頽懦不振之氣。前賢所謂有大功於名教，吾乃以見之。子陵，會稽人，歸耕富春山中，即今之富陽也。西南數十里有桐洲石瀨，世傳爲子陵垂釣處。山紆水回，秀色可攬，真遺世遯迹之地。文正范公初建祠宇，今屬之桐廬。而富陽縣觀山亦有小廟巋然，圖經不載。其像設衣冠，殆非達人勝士幅巾野服之高致，土偶壁畫，雜以鬼神物怪，士女朝夕持楮幣奔走，曰：「此閻大王也。」安能使人想見儀形而興起哉？廟瞰大江，潮汐呼洶，雲山浮動，與江濤相起伏，亦神氣英靈之所止宅。有好古君子稍更製作，去其鄙俚而歸諸簡雅，俾邑有望思，騷客徘徊，揖先生清風於東海之濱，豈曰小補云乎哉。

悼亡別記丁亥冬❷

宣和三年，天下士大比試於南宫。兵部郎中南劍張公咢參主文柄，中選者五百人，寅名在第十。寅大學同舍友給事今知福州張致遠子猷亦在選中。子猷於兵部公爲無服族孫，一日，謂寅曰：「子之

❶「奴」，原作「怒」，據明抄本、經鉏堂本、文津閣本改。
❷「丁亥」，當作「丁巳」。據本篇，胡寅妻卒於丁巳歲，即紹興七年（一一三七）。

文，兵部公所主，嘆賞不去口，恨未識子。」寅旦日袖書上謁謝，公問勞再三，如子猷所云。時寅未議婚，有中書侍郎張其姓者方求壻，來謂寅甚迫。寅年少氣剛，鄙當時公卿，不願從，逃之三日。子猷奇寅志，曰：「兵部公有季女，愛之，擇配，惟子可歸。然少君十歲。君有意者，相爲謀之，若何？」寅念受公知，且與子猷厚，其家儒素，可長久也。以書白家君，家君曰：「吾未識兵部公，然知其與龜山中立楊公、右司瑩中陳公爲親朋，汝可依無疑。」兵部公聞之大喜，遂以是年四月委禽。越明年四月，親迎於京師宜男橋公之僦舍。其冬十二月晦，以宜人歸至荆門漳水之濱，二親之側。癸卯月正元日，盛服見舅姑。舅姑設饗禮。退見宗族，雍雍如也。君性莊重，無弄言戲色，中外皆嘆其婦德夙成，舅姑愛之如女。秋九月，命從寅赴西京國子監教授。甲辰孟夏，生男子，今名大原。西京多名園美榭，登眺嵩洛，君欲一出，嘗爲游水南北二三勝處已，即不復出，曰：「不過如是爾，游觀非婦人事也。」寅獨尋勝訪古，驅馬遠適，君必謹戒以居。一夕，有盜騎屋山下瞰，君覺之，增張燈燭，戒奚獲無得寢。寅四鼓醉歸，不知也。明日，乃聞盜得於東鄰。教授官冷俸薄，不以時得，寅破君奩具，❶與英俊相追隨。費且盡，君不見於辭色。寅或觀書作文至夜分，君亦縫紉其側，時一發問，以是爲常。乙巳歲，河北羣盜起，女真將入寇。冬十月，寅謁告，攜家歸荆門，又單車之官。丙午春，京師解圍，寅被召賜對，校中秘書，尋遷省郎。丁未夏四月，虜騎北去，寅請急歸省，五月至家。方京師被圍，中外音問不通者半

❶「具」，原作「乃」，據明抄本、經鉏堂本、文津閣本改。

年，寅因問：「君頗憂不測否？」曰：「寧不憂？然度君必無恙也。」戊申歲春夏之交，寅如維揚，久不調。己酉歲春二月旦，女真輕兵渡淮，揚州潰，寅脱身至常、潤間。久之，召還，復爲省郎，遷左史。秋九月，請奉祠，得之。其時荆門已爲盜區，家君度洞庭而南，寓居湘潭。而寅行次臨川，值虜兵方下江西，諸郡甚梗。明年三月，僅得至庭闈。退問：「君今兹憂乎？」其對猶前。冬十月一日，先令人疾革，執君手，頃之，捐館舍。君於諸婦中最蒙愛，以君多病，每寬其禮儀。辛亥春，巨盜馬友、孔彦舟交戰於衡、潭，兵漫原野。四月，奉家君西入邵。席未暖，他盜至，又南入山，與峒獠爲鄰。十二月，盜曹成敗，帥兵於衡。又遷於全，西南至灌江，與昭接境。敝屋三間，兩廡割茅遮圍之，上下五百餘指，度冬及春，瘴霧昏昏，大風不少休，鬱薪禦寒，粢食僅給。壬子春，家君有掖垣之命，寅與弟寧侍行，季弟宏守舍。行既遠，六月，成餘衆卒入灌江，君與二姒將子女倉皇奔避。一夕，忽聞鼓聲已近，徒從闃然四逸，囊橐悉委之，獨餘負輴者不去，❶遂偶脱。冬十一月，家君罷掖垣，還至豐城，遣寅省家。歲盡，逢之清湘山寺中。君身獨暑服，❷餘單布衾，嫁日衣襦無存者，獨挈寅敕文誥身皆無失。寅勞苦既定，問：「君驚懼莫此爲甚矣！」對曰：「至無奈何，惟一死耳。」蓋以兒髮刀自隨，急則用事，無所懼也。大抵君氣和而志静，見理明而臨事果。癸丑春正月，家君來湘潭。秋七月，然後尊卑會於南嶽。甲寅，

---

❶「輴」，原作「橋」，據文津閣本改。

❷「獨」，明抄本、經鉏堂本作「但」。

終歲奠枕。乙卯，寅以左史召，趨錢塘，其冬出守邵。丙辰二月至家，七月改郡嚴陵。君平時見寅遠適，不以爲念，至是行臨别泣意殊悲。丁巳八月，書來，乃云手攣不能親書，命大原書之。寅官守，欲歸不得也。九月訃至，實是月四日。自君歸寅，其聚散契闊如此。君素喜病熱，二十四五已前歲一發，其後歲或再發，後乃至於三四。每疾作，必疾首痰甚，藏氣結澁，昏不知人，如中風狀，必以凉藥導下，即良已。一下一虚，而不能服温補藥，服即又熱。寅在家之日少，凡君疾有危殆時，寅皆不見，見則既平，忽以爲常事。又不遇良醫，使君盛年而氣血耗消，以至於死也。寅遭亂加窶，十年三黜，禄入至鮮。君每疾，平時少思旨甘輔養，然無力以致也，説食取飽，以爲戲笑。寅每謂之曰：「今之世，得存全者已大幸，尚何望美食？以貧準病，寧貧可也，祈君安痛而已。」君聞此言，無慮百十過，久亦安之。雖然，養羸而無食，禦病而無藥，君之死，天乎？人乎？自大原既生，君年纔十有七，寅嘗曰：「多男子，人之所欲也。」君曰：「爲君生一子耳。」妾媵多所出，與己何異？當一一善視之。」寅曰：「君何以知惟一子也？」君曰：「姑志之，必不妄。」他日寅出其不意，徵前言，十六年無爽，亦果如其説，不知其何所見而自必也。妾生一女衍、一子大端。大端嘗病危，君日夜泣視，營救百方，既得愈，喜不自勝。君幼嘗受《論語》，終身置几案間，以章句問寅，且問其義。寅淺告之，或能因類推意。教大原甚嚴，略不假以言色。寅尤之曰：「一兒且弱，何忍如此？」君曰：「愛之在心，不可縱也。慈母多敗子，君豈不知？」寅無以奪。歸寅之三月，兵部公族黨素通家者置酒，君飲少醉，自是後飲不復及量。以寅嗜酒，每相對細酌，濡唇而已。素不信鬼物輪回之説，凡内外喪戚，婦女多恐怖，君如常日然。甲寅歲，寅因徧觀大乘諸經及《傳燈録》，究佛氏所論，遂有所見，著《崇正論》一編數萬言。君每問大略，輒怡然會心，相約以死日不用浮屠氏法。及將死前二日，猶爲叔氏宏誦之，卒踐其言。自佛法入中國，以死生轉化恐動世俗，千餘年間，特立不惑者不過數人而已，雖才智高明鮮能自拔，又況陰柔之質乎？君可謂賢矣。君事寅有禮，自結髮至死，未嘗以微言頩色相失。然情質恬寂，於世味淡如也。兵部公之没，君恨不得見，每語及，淚輒雨墮。一兄一姊先逝，常以疚心。寅至桐江，爲取其季弟至，君尚切長兄之思，每言「氣弱負疾，其何能久，與兄姊相見於地下耳」。委之記事，未嘗忘，間一二年乃或忘，君曰：「此早死候也。」寅聞其言，輒驚惻，亦豈料止此？疾舊苦熱，聞其將没前，體冷自汗，蓋陽盡變寒。九月三日，脅内痛刺，明日辰巳間，遂不救。嗚呼！悲夫！往者數數語寅，盍先爲志文，❶欲一讀之。寅必力拒，曰：「何至是！」今於悼愴中緝綴平生，十不得一。既擇其事，約其詞爲埋志，又書此以付大原等，使篤孝思云。

桂陽監永寧寺輪藏記

文籍惟吾儒與釋氏爲最多。然儒書之要，莫過乎五經、鄒、魯之語。是七書者，上下關千五百餘歲，非一聖賢所言，總集百有餘卷而已。既經仲尼裁正，理益明，道益著，三才以立，萬世無弊，違之則

❶「文」，原脱，據明抄本、經鉏堂本、文津閣本補。

夷狄禽獸焉。❶未嘗丁寧學者收藏夸眩，以私心是之，而所以至於今存而不廢者，蓋人生所共由，自不可離故也。其餘百氏著述日繁世久，得以卷計者至於數萬，❷可謂衆矣。然明智之士，則必紀綱大訓，折衷於聖人，使至當歸一，精義無二，詖淫邪遁之辭遏而不得肆，固不盡以爲是也。今釋氏之書五千四十八卷，以詞之多，故世人鮮能究之。吾嘗閲實其目，則曰論，曰戒，曰懺，曰贊，曰頌，曰銘，曰記，曰序，曰録，雜出於僧人所爲，居其大半，而以經稱者纔二千餘卷焉。僧人於是中所常誦味舉唱者，又亦六七品而止爾，餘則置而不道也。所以不道者，抑未暇歟？將無庸稱歟？然則自其術論之，所得有淺深，則所言有當否。若舉以爲是，不亦罔之甚哉！夫其詞之多，雖未可盡究，而立説之大旨，亦可知矣。蓋論心，則謂耳目鼻口之用，喜怒哀樂之變，皆非本體之妙也。論身，則謂假合暫聚，❸生老病死，無非苦惱，雖以食狼虎、飽鵰鳶而可也。論生死，則謂有前世之來，後世之往，人與狗彘羊牛相爲輪轉而不息也。論世界，則謂天之上有堂，地之下有獄，日月之中有宫囿，星辰之域有里數，而宇宙之衆如河沙微塵者，蓋不可勝計也。論庶物，則謂羽毛介鱗皆前生之親愛宗族，而含靈蠢動蚑蝻螻蟻

❶「夷狄禽獸」，原作「與人道遠」，據明抄本、經鉏堂本、明《（嘉靖）衢州府志》（《天一閣藏明代方志選刊》本）卷八改。
❷「計」，原作「記」，據明抄本、經鉏堂本、文津閣本、明《（嘉靖）衢州府志》改。
❸「合」，原脱，據明抄本、經鉏堂本、《（嘉靖）衢州府志》補。

與佛不殊，亦欲化之，使登正覺也。其於秉彝天命，則以爲愛欲所鍾，因而滋續，無足貴者。故視父母兄弟妻子，猶怨憎仇毒之可惡也。其所親厚，則以它人爲慈孝傳繼，凡九州四海殊根異質，不問賢否，苟同於我者，皆法屬也。其論覆載之内可見之物，可名之事，則等諸寐夢幻詭，❶漚影電露，舉非堅久真實，不必爲也。其論鬼神，則記其狀貌，叙其種類，知其嗜慾年壽，得其居處名數，縱口而談，極筆而書，不自以爲怪也。佛既言之，又付囑之，僧遂演説而推廣之，所以其書至於五千四十八卷之富，且以爲字字皆至理，句句皆妙法，卷卷有光明發見，處處有神物護持，無可置議。於是裒人之財，竭人之力，❷印以紙墨，匣而藏之，載以機輪，推而轉之。丹砂黄金，文珉香木，窮極侈麗，葩華絢飾，然後爲快。獨疑而闢之者，乃外道魔障，佛之罪人。若傅太史、韓文公之流，至今爲釋子怒駡而未已也。夫既以空虚寂滅爲道之至矣，雖天倫之重，乾坤之大，照臨之顯，山河之著，猶將掃除殄絶，洞然不立，則凡見於形象，當一毫無有焉。今乃建大屋，聚徒黨，耕良田，積厚貨，憧憧擾擾，與世人無異。而以佛之遺書，營置儲貯，巍然煒然，❸鬱相望也，烏在其爲空乎？不能空其言説之迹，而欲空並育之萬有，

❶「諸」，原作「之」，據明抄本、經鉏堂本、《(嘉靖)衢州府志》改。

❷「竭人之」，明抄本、經鉏堂本誤作「廷之衆」，《(嘉靖)衢州府志》作「挺衆之」，元馬端臨《文獻通考》(清浙江書局本)卷二二七作「殫衆之」。

❸「煒」，原作「焕」，避清康熙帝名諱，據明抄本、經鉏堂本、《(嘉靖)衢州府志》改。

烏知其可乎？是必有説矣。比丘慈嚴居桂陽之永寧，悉其志力以營兹事，勤苦歷年，而後克成。來求爲之述，以示久遠。予因舉儒釋異同，且箴夫弃有趨空者之蔽，庶吾黨之士相與講明，以止於至善。夫豈好辯哉，蓋亦不得已也。

衡岳寺新開石渠記

物無不可用，用之盡其理，可謂道矣乎，非邪？言道而弃物，體妙而用粗，或以爲精，吾見其二物道也。❶五穀飽人者也，今有人不種不穫，廩庾無積，釜甑無爨，持其枵腹而語於衆曰：「吾飫於食，吾之腹果然，汝奚不作稻粱黍稷之想而自肥乎？又奚不忘稻粱黍稷之念而已飽乎？」衆美其詞，相與贊之曰：「先生不忍獨飽，又憂弟子之飢，吾一聞之，了達無疑，咀嚼至教，而厭足甘味，雖六瑚八簋豐盛乎前，皆幻物也。」吾見天下之人皆口充乎此而中餒者也，迭唱更和，以爲至矣。居無何，不免於爲若敖氏之鬼。謂道不在物，至妙非事爲之用者，不類此歟？今夫人不可一日而無食，田不可過旬而暴之。有沃壤腴地，而無溝洫畎澮以資不雨之急，則大聖智亦不能拔苗擢穗，使發秀而穎栗也。而好誕者顧曰：「是粗之爲用矣。吾有道於此，説雨露之功，談江河之德，發揮涵濡滋養之利，而指示灌溉收濟之效，顧盼作用，倏忽俄傾，則生物之衆既已被潤澤而大豐美，豈獨爾之長畝爲多稼哉？雖火雲

---

❶「物道」，原作「於物」，據明抄本、經鉏堂本改。

焚空，金石融泮，萬類焦灼，固不能爲吾田之病也。」嗟夫！此與向之爲若敖氏鬼者，固歸於無智而不仁，三尺童子猶將笑之，而又可以欺夫通天人、合外内之君子乎？衡岳寺長老純粹領寺之三年，數罹暵乾。顧田旁有溪流，不可激而使也。乃泝源上絶壁，相可引之道，躬率其徒，以鑱鑿從事，勞而益勤。未幾，石渠告成，疏分巨派，飛練挂壑，流虹帶山，滂傾演迤，隨意停決。餘潤所覃，鄰壤作乂。是歲秋大穰，齋庖恬愉，鼓鐘其鏜。粹來請記之，使後有考焉。予曰：天地之内，事物衆矣。其所以成者，誠也。實有是理，故實有是心；實有是心，故實有是事；實有是事，故實有是物；實有是物，故實有是用。今以手舉物，而曰心未嘗舉，❶亦初無物也；以口對客，而曰心未嘗對，亦初無客也，斯亦妄人而已矣。何以明之？爾不能耕不土之田，居無地之室，衣不蔽之服，而食無米之飯，是則誠之不可掩也。而獨外此以爲道，可乎？往刻諸石，使來者讀而味之。而要其歸，則吾之言猶爾之渠，蓋相與流通而不窮矣。

前知衡州向公生祠記

郡守以撫養百姓爲職，賢否於是乎觀，不聞以能奉承大吏爲賢也。昔光武戒任延曰：「善事上官，無失名譽。」延對曰：「忠臣不和，和臣不忠。若務雷同，非陛下之福。」帝嘆息稱善。以其時考之，循

---

❶「心」，原作「必」，據文津閣本改。

吏得行其志，海内之人咸安土樂業，而誣上行私亂人之功罪者，莫或肆焉，其致中興宜矣。歲在乙卯，江南大旱，衡陽焦灼於築城暴政之後，遺黎懍懍尤甚。會相臣督師平寇，植牙於潭，知寇之本由民失其所也，聞直秘閣向侯宣卿有政材，剡章上聞，請使守衡。制曰：「子忞往欽哉！善拊吾民，惟既乃心，毋怵于權。」侯頓首受命。至府，屬帥臣以民訴外臺大胥姦贓蠹害事，下衡治之，無追證捕逮之煩，三日而獄具。厥徒震竦，❶民情始得自通。於是昭明曲直而伸達冤滯，振業矜寡而擊斷豪舉，興民所便，博捐其畏，去華務實，謹率憲章。磨牙䑛掌之徒，❷肉視斯人，❸噤莫得動。方是時，米斛爲錢萬有五千，而衡境歡然，反無飢之憂。❹官僚肅於庭，士卒整於伍，商賈集於市，緣南畝者惟恐侯之報政而去。鄰於衡之人則曰：「天子何爲不以向公而牧我乎？」其頌嘆願望，洋洋乎滿耳矣。而方伯與部使者顧且傅致劾之曰：「向某以酷刑失民心，民之畏之，重足而一迹。方旱且多盜，又重之以某，不亟斥之，幾何而不召變？」嗚呼！瞽而盲者無怪乎指青爲黄，孩而䶑者無怪乎謂香爲臭，人自非生而喪心，則臧否好惡不至若是悖矣。侯既坐斥，士民扶耋攜孺，犯雨雪，泣涕屬道而送，其能遠者，衆資之

❶「竦」，明抄本、經鉏堂本、文津閣本作「壞」，明《（嘉靖）衡州府志》（《天一閣藏明代方志選刊》本）卷四作「懔」。
❷「䑛」，原作「秖」，據明抄本、經鉏堂本、文津閣本、《（嘉靖）衡州府志》改。
❸「肉」，原作「内」，據明抄本、經鉏堂本、文津閣本、《（嘉靖）衡州府志》改。
❹「之」，原作「乏」，據明抄本、經鉏堂本、《（嘉靖）衡州府志》改。

使謁諸朝。久而未報，念終無以自慰，乃即城北青草佛祠爲堂，繪侯像，歲時合笳吹鼓舞其下，以祈侯壽考而思其來也。夫萬人之譽不可以非道干，謂侯無以致此，則民奚不從彼貪且誣者尸而祝之邪？❶濟惟貫河，人乃知其清；松柏不遇大冬，與蕭艾未知其孰賢也。然則謗侯雖深，所以榮侯者不既厚哉！哲后方覈名實，考毁譽，賞即墨以圖治康，而御史采輿人之誦，爲侯明著劾奏之不然者。宸旨寵煥，擢畀使華。士大夫益知奉公守正之可爲，讒邪不得而終困之，不獨衡之人以爲喜也。侯雖屢折，志意益勵，力操汲古，令聞彌著，則進爲世用以就功業，不獨慰此州之去思，又必有日矣。《詩》不云乎，「樂只君子，民之父母。保艾爾後，德音不已」。衡之人以是歌於斯堂也，不亦可乎？

雲莊榭記

名與實猶影與形，未有形直而影曲也。世乃有實然而名不然者，由人智故之私，繆爲之以欺衆焉耳。予卜居衡岳陽麓，亦嘗窮高極深，以求盡夫岳之勝矣。蓋御雲培風，四眺蒼莽，縈湘江於練白，開洞庭於鏡空。凡以峯巒雄傑附岳而自名者，至是叠叠焉如碧海怒濤，簸蕩於蓬萊之足焉。則祝融絶頂之大觀，而人所共知也。若夫溪行樾陰，披蒙撥翠，陟降窈窕，忽得虚曠。兩山呀然，大壑十里，危立北岸，面勢青壁。秀嶺奇障，層擁乎其外；淙流奔雷，呼洶乎其下。猿啼鳥弄，應和於烟霞杳藹、松

❶「誣」，原作「盜」，據明抄本、經鉏堂本、《（嘉靖）衡州府志》改。

筠寂歷之中。凡以澗壑幽邃得譽者，❶至是亦無以過也。則後峒高臺之奠景，而知之者少矣。據景之會有亭，以車轍名。由浮屠氏相傳，昔有得道而山居者，鬼神欽之，運米修供，驅車循崖，尚存轍迹。無從質其信否。有老僧年七八十，雪眉霜顱，眸子烱光，破衲垂肩，扶杖至止。揖之坐，問其故，則笑而應曰：「烏有是哉！鬼不能服田力穡，何自而得米？其竊於人邪，則有道者必不取，取之是主藏也。其乞於人邪，則是天地以來，未聞人與鬼相授受也。一器而工聚焉者，車爲多，鬼又安能操斤斧而爲輪輿乎？所謂轍蹊，❷乃石脉之修廣者耳。道散於異端，人不知鬼神之理，其誕乃至此。」予曰：「然則何者爲鬼神？」對曰：「天高而地下，山止而水流，日月星辰之運行，風雲雷霆之聚散，萬物榮枯成敗之迹，人事動静終始不窮之端，皆是也。顧人日用而不知爾。」予曰：「浮屠氏之説，何爲而不然？」老僧舒然而歎，曰：「凡爲我道者，好假託怪靈以張大其術，使天下愚夫愚婦駭而從之，蓋亦達人之嗤也，而尚何辯？」予因其言推類而問之，❸曰：「然則此山之屬，峰以擲鉢名，壇以羅漢名，泉以卓錫名，岩以隱身名，以一生名，石以點頭名、以飛來名、以七分名，其亦然歟？」曰：「固也。」「然則爾佛於屈伸臂頃，現種種變相，謂之不可思議者，又不與是類乎？」老僧不悦而去。予喜其言直而不欺，

❶「澗」，原作「門」，據明抄本、經鉏堂本改。

❷「蹊」，原作「跡」，據明抄本、經鉏堂本、文津閣本改。

❸「予」，原作「余」，據明抄本、經鉏堂本、文津閣本改。下文同例皆逕改，不再出校。

乃易亭曰榭，更其名曰「雲莊」，取李北海《歷下新亭》句意，以爲奥景之表著焉。嘗試觀岩岫之間，烝氣騰縷，留矚須臾，霆霹無際。彌覆乎喬嶽之上，喬嶽不能有也；浣沐乎萬物之衆，萬物不能知也。且卷且舒，悠然倏然，有其功不見其心，無乃雲之出納貯費，獨富於此山乎？因爲之記，以曉夫吾黨之溺於荒誕幻而不復致詰者，曾老僧之不如。而欲名與實副，雖谿谷林壑，人所闊略，吾猶將正之，使來者無惑焉。

永州澹山巖扃記

瑰奇偉絶之觀，人所同好也；覆壓淪溺之害，人所同畏也。役於甚好而忘其可畏，人所同惑也。今夫山之秀拔，孰如西方之所謂大華者乎？俯仰而滿足其意，孰若麓之人飲食起居之與山接者乎？熙寧中，一峰剥墜，六社皆没。近山之患，乃有如此者。錢塘海潮，盡波濤壯觀，不論四方至者，自其土俗，朝與夕差肩疊跡，待望而不厭也。壬子歲中秋，潮來且近，忽分一枝卷岸，❶勢如電掣，濺若雹散，其所鞭激處，漂落五千餘人，予蓋親見之。是在平地，非有帆楫傾欹，水至弱也，狎而翫之，則組甲練兵起於足下。甚美必有甚惡，亦何往而不然？清馨凍飲，或亡於池；肥甘芻豢，或死於林；燕姬趙女，妙舞宜笑，能傾人邦家；而八駿騰驤，九皋飛唳，亦足以召亂而喪師也。豈獨是哉？富貴顯嚴之

---

❶ 「分」，原作「聞」，據明抄本、經鉏堂本、明《（隆慶）永州府志》（明隆慶刻本）卷七改。

所在，氣力侔天，收四海之命，斷於掌握，其究有願爲役夫而不可得者。故曰疾顛履危，丹轂赤族，是皆縱耳目鼻口一時之適，而不知爲之戒者過也。永城南二十餘里，有曰淡山岩，自山谷詩既行，名聞於天下。凡岩之病，以暗而濕，淡岩獨竅北而透南，方臺夷燥，嘘吸雲氣，受風納月，信乎其稱絶景也。然卬眡脉絡，往往鱗皴，而岩中大小石，蓋不可勝數。人不幸或值一拳許焉，則碎首虀矣，況巨片哉？因嘆且笑曰：「此古人所謂雞肋不足以當者，今乃襄羊終日而忘知命之訓，仁者樂山，殆不然也。」乃相南缺，得地不盈丈，爲亭，命之曰岩扃。却顧中虚，盡攬勝致，而重山大壑，環乎外者，又咸在目。且令穿山壑間，剪竹開徑，以趨於亭。自今騷人遊子去來徙倚，得所好而遠所畏，然後斯岩之美全矣。人世芬味，蓋不必遊藩而醪醨，大抵類此。古人所謂登門入奥，惟恐資之不深，居之不安者，必無險巇危阸之理，未見蹈仁而死者也。而君子或反望望然去之，不啻如逆旅，亦獨何哉？可不求其故而勉之哉！作《岩扃記》，委零陵主簿劉汝舟視工鑱之石。

東安縣重建學記 辛酉冬

永之屬邑三，惟東安在西，重山複嶺間，境與峒獠接。其風俗鄙陋，無足怪也。然號名爲人，靈於羣動，則其鄙陋非天之降才矣。是故仲尼有教無類，蓋欲居乎九夷，曰忠信篤敬可以行於蠻貊，而況斯邑政治所加向二百年之久乎！知縣事上官闡惠化威令，既洽百里，乃修崇黌宇，飭簠簋俎豆之事。帥儒其衣冠者，使進而舍奠，瞻想温厲恭安之容，退而遊處，沉酣詩書禮樂之意，亦武城絃歌之遺風餘韻也。來求一言記之。予曰：士未嘗不論學，而知要者實鮮矣。彼有敏慧秀爽之資，玩心於載籍，馳騖乎見聞，以記誦精博爲功，詞華藻麗爲能，獨步儒林而擅名當代者，非不足賢也。試舉洙泗之間聖人與門弟子答問之微言以質之，未有不瞠然視，呿然嚮，望洋向若而莫測其際者，何哉？英華易披而本根難見，樊籬可越而閫奥難詣也。前人有詩云：「夜夢入小學，自謂總角時。不記有白髮，猶誦《論語》辭。」意若忽此書者。夫童而習之，白尚紛如，孰比《論語》之難讀而可忽乎？是以欲知後世之故，必觀諸史；欲權史事之是非，必觀六經；欲知六經道德性命之旨，必通《論語》。而讀《論語》則有法矣，得其法者，亦且請事書紳，默會於言意之表，❶而書可捐也。不得其法，雖句爲之解，字爲之訓，浩然成篇，粲然成文，君子未之許焉。蓋窶人談寶，不若富人之有寶。畫餅療饑，不若膾炙稻粱之實吾腹也。豈不然哉！予非能之，而竊有志焉，故樂以告吾徒，乃因記斯學也而粗言之。

旅堂記 辛酉

參録零陵軍事河内向君圖南于公治西偏，飾堂爲遊息之所，謁名於郡守武夷胡某，某以「旅」名之。或問其義，某曰：「是在《易》，上火下山之象，仲尼繫之曰：『君子之觀乎此而施於事也。當明慎用刑而不留獄焉。』君以典獄爲職，吾是以云。火進而不止者也，居高而照，照有遺乎？山止而不動

❶「言意」，原作「意言」，據明抄本、經鉏堂本、文津閣本改。

者也，處下以静，將何失矣？世有見事風生，務爲敏速，而或失於脱略。彼斷者不可復續，誤而斷斬，❶後將噬臍。故聖人言慎以爲决者之戒。亦有謹密反復，務爲審克，而又失於淹滯。彼繫者如覆盆之望天，其思出也，以日爲歲。故聖人言明以爲緩者之勸。兼斯二善，何留獄之有？不得已而獄，獄而無留，歸民心、合天德之道也。夫慘酷之吏，輕視人命，鷹擊毛摯，丹黴赤水，固得罪於仁政。而惑邪説、希後報者，惠暴而寬惡，隱姦而貰猾，使死者銜冤，莫之能訴，亦非君子所與。故處天下之事至於適當其可，則善矣。可刑也，雖貴如共、驩，親如管、蔡，誅殺流放，非虐也。如不可刑，雖匹夫匹婦，煢獨無告，不幸而麗於桎梏，必欽恤哀矜之，非姑息也。司獄至此，明之至，慎之極，而旅道盡矣。苟不能然，❷是以靈於萬物之心，其用之也，曾不若無知之火與夫頑然之山，豈不失其性哉！己則失性，而曰能治人者，未之有也。君辨察詳恕，率職平允，方將被識，擢躋顯官，其視斯堂猶旅也。嗣有來者，亶惟一言，尚有取於鄙言。」因書以遺之，使刻諸石。

蒙齋記壬戌夏❸

沙津鄧君温伯作齋，面山臨泉，以「蒙」名之，求記於衡麓居士胡某。某曰：斯義也，文王、周、孔示

❶「斷斬」，原作「不慎」，據明抄本、經鉏堂本、文津閣本改。
❷「苟」，原作「若」，據明抄本、經鉏堂本、文津閣本改。
❸「壬戌夏」，原脱，據明抄本、經鉏堂本補。

之著矣。吾子玩辭觀象，吉其吉，吝其吝，利用其利用，勿用其勿用，可也。而復謂吾記之，吾又爲子言之，不亦贅乎？然吾嘗考聖人之作《易》，憂後世之未達也，則屢致意焉。發端起例，厥旨詳複。故重卦者，八卦之未盡者也。名卦者，畫卦之未盡者也。爻繇者，名卦之未盡者也。《彖》者，繇之未盡者也。《文言》者，《象》之未盡者也。《象》者，《文言》之未盡者也。《繫》者，《象》之未盡者也。《說》者，《繫》之未盡者也。《序》者，《說》之未盡者也。《雜卦》者，《序》之未盡者也。其所以詔後如此，不啻悉矣。而今之老師宿儒，編殘簡蠹，尚不能窺《易》之藩，況能超然默會於包犧未畫之前乎？吾徒少也爲俗學所桎梏，名利所攻擊，聽窒而視霧，思蔽而智困，蓋不特童而蒙矣。今子晦者明，塞者通，得户牖於羣經，發覆蔀於衆疑，異端邪説之善惑人者，雲霧卷而塵垢開。何謂而然歟？方其蒙也，達固自若，及其既達，蒙則無在故也。雖然，達有大小、遠邇、深淺，若仲尼則猶天之不可階。學者所得，亦隨其才之所至而已，其未達者不爲少也。言語工則短於德行，文學優則粗於政事。二之中，四之下，則不及充實而光輝。一於清，安於和，則偏夫金聲玉振之無可無不可也。是自聖人以降皆然，已達者固善矣，未達者雖大賢有不免焉。或遂止而不進，或愈進而不息。止而不進者亦非特童而蒙也，進而不止者可以入聖域。故箕子以蒙反聖，而仲尼嘗曰：「我學不厭，好古敏以求之。」今温伯及其弟講習於此齋，篤志勇往，不爲小成，其造未可量也。則亦勉之又勉，期於養正之至，時中之亨，他日卓然爲羣蒙之先覺焉，不亦美哉！

義齋記

孰不趨利而避害？趨其所當避，避其所當趨者，皆是也。是烏知其利害之所在？跖以貨爲利者也，紂以酒爲利者也，周幽以艷女爲利者也，太康以擊熊豕雉兔爲利者也。方其利之，固不虞害；及夫害至，則思利而不可得矣。是故湯不邇色，不殖貨，大禹惡旨酒，而文王不敢田。抑有甚焉，朱利於爲我，翟利於兼愛，聃、周利於虚放，申、韓利於慘殺，彼亦自謂道之大全也。爲我則害君，兼愛則害父，虚放則害禮，慘殺則害仁。是故周公禁奇言，子夏闢小道，孟子距詖行而放淫辭。抑又有甚焉，使斯人父子不相保，君臣不相邇，兄弟乖序而男女失配，軀體弃敗而秉彝殄滅，方且語之曰：「爾富之不充歟，貴之不足歟，壽命之不長歟，快樂之不廣歟，憂怨之不釋歟，痛疾之不免歟，❶凡有所願欲祈向之不遂歟？汝能吾聽，今之生修其因，則來之生獲其果必矣。」貪利之夫，既吞此餌，而其微妙之説則又謂空爲真，謂有爲幻，謂寂滅爲樂，謂夫不能脱死生者與飛走萬類轉化無端。❷或以罪辜受辟冥圄，深悲而重閔之。於是雖明智之士，有不免怛化者，迭唱更和，利於無生死之患，謂道至是然後極，率天下入於殊類而不自覺。其究也，乃獨成彼居處飲食衣服之利爾。彼師之術，以利爲道，肆然居，侈然食，陷

❶「痛疾」，原作「疾痛」，據明抄本、經鉏堂本、明《（嘉靖）延平府志·藝文志》（《天一閣藏明代方志選刊》本）卷一改。

❷「死生」，原作「生死」，據明抄本、經鉏堂本、文津閣本改。

其身與人入於異類，洋洋然而不慚，而斯人相與聖而神之，蓋千有餘年。凡堯、舜、禹、湯、文、武、孔、孟所以修人紀、位天地、育萬物者，除掃荒蕪，日甚一日，是豈直前所謂八害而已哉！有道於此，因天之高而戴，因地之厚而履，因晝夜而作息，因四時而播斂，因萬物之材而服役制作。因人之不能不夫婦也，教之以正而順；因人之不能不父子也，教之以慈而孝；因人之不能不兄弟也，教之以友而恭；因人之不能不相君臣也，教之以仁而忠。凡綱紀、法度、刑政、禮樂之用，皆猶是也。泛酬曲酢，未嘗不當，萬變千化，❶而心則自如。無所冀而爲之，如水之必濕，火之必熱，止於各得其所宜焉爾。夫濕之在水，熱之在火，豈僞設而用？其潤與熯者，豈附益哉？是故各得宜者，中國聖人謂之義。斯義也，君子小人之所以差，華夏夷狄之所以分，伯術王道之所以不同，聖學異端之所以殊絶。自孟氏没，寥寥而無傳焉。必欲治心修身，扶世導民，愈久而愈無害，舍是無足爲者。沙陽葉君超然知先覺有大中至正之教，心篤好之，收合族黨子弟，使一以是爲師，障異端之波，庶其不溺。百舍重趼，求予文以記其齋。予固陋，烏能廣子意？子歸，以六經、《語》、《孟》置之舍，率二三子拳拳服膺，若董仲舒所言仁人有正明、無謀計者可也。❷如其反此，請事他岐，或乃稽古而車馬是夸，❸明經而青紫是求，放利

❶「千化」，原作「遷代」，據《（嘉靖）延平府志》改。明抄本、經鉏堂本誤作「千代」。
❷「言」，原作「云」，據明抄本、經鉏堂本、《（嘉靖）延平府志》改。
❸「是」，原作「自」，據明抄本、經鉏堂本、《（嘉靖）延平府志》改。

而行，不與義比，以自投於八害之域，❶則按孔門故典，鳴鼓而攻之，是亦天地之常經，古今之通義矣。

陳氏永慕亭記

仁人君子之治葬也，竭誠於死者，必深長思，衣衾周，棺椁備，土厚而水深，藏之固則已矣，非禮不爲也，是之謂慎終。自盡其心，致思而不忘，猶終身之喪焉，是之謂追遠。此孔子之教也。後世禮壞，人肆其精力，競務末習，❷凡附身而合禮，以勿有悔焉，大抵忽不加意。顧汲汲於厚錢刀食饌，啗夫爲浮屠之人，使誦幻詭語，夜以繼晝。且多焚楮幣，繪輿馬，賂鬼神，拘歲月日時，擇能致富貴之地而後葬。葬已，則侈大工徒，華飾垣屋於墟墓間。凡禮所不得爲者，悉爲之，相視少不傚，則子孫赧赧然歉，人亦號之曰不孝。方是時，惟僧與陰陽家施施然得志，蓋迷本徇俗有致之者矣。噫嘻！悲夫！養生未足以當事，❸惟送死可以當大事，而民彝汩亂如此，莫之救也。孔子之教，其無補於後世耶？師孔子，則獨可苟簡闊略於斯耶？今子華榮亭隧前爲春秋祭祀之所，名之曰「永慕」，則其心有所存，異於世之彩楹彫桷以悅愚夫之目者矣。予因爲之言曰：心無理不該，以言乎遠，莫之禦也。去而不能

❶「域」，原作「役」，據明抄本、經鉏堂本、《（嘉靖）延平府志》改。
❷「務」，明抄本、經鉏堂本、文津閣本作「鶩」。
❸「事」上，明抄本、經鉏堂本有「大」字。

推，則視之不見，聽之不聞，痒痾疾痛之不知存；而善推則潛天地，撫四海，致千歲之日，至而知百世之損益。子華慕親而永，其亦概乎聞存而推之之道乎！昔者舜起於側陋，一日而妻英、皇，負黼扆，皆不足以解憂，五十而猶慕，蓋所憂甚於所可樂者，故其慕勝而其樂久。世人綢繆妻子之愛，詭曰無後爲大，跋疐利禄之塗，且以顯父母自解，心方係於物欲，顧曰吾不忘親，則其不忘，❶亦無日月至焉之效矣，又何永之云？子華名夢遠，贈諫議陳公從孫。公蓋慕君而不志於利禄，戹窮以死而憂國益深者也。視其忠而思孝焉，不息則久，久則徵，徵則遠矣。子華其勉之！

戲綵堂記

人子愛親之心無窮，而能遂其無窮之心，則有數存焉。數在天，非力所能；愛在我，勉之則盡其道矣。謂力所不能致，遂怠其心，非深愛也。深愛者，以其所養而養焉，雖啜菽飲水，足以盡歡。然而捧檄動顔，君子猶且有取。推其所得爲，等而上之，至於以天下養，然後無慊，❷則以愛親之心無窮故也。夫惟愛親，既自得其心，而温𤆬清室、輕煖甘毳、視聽起居、杖履所及，又咸其事而備其物，豈非仁人之甚願而天下之至樂哉？零陵郡守富春羅侯偉正書抵予曰：「長康不才試郡，得竊分寸之陰，緩帶侍

❶「則其不忘」，原脱，據明抄本、經鉏堂本補。

❷「慊」，原作「歉」，據明抄本、經鉏堂本改。

旁。念萊氏子既老而衣錯五色，爲孺子容，輒新公治之後堂，以『戲綵』名之，以寓其樂。昔茅容殺雞供饋，皮置半饌，俟有餘之問，而蔬飯對客，泰然安之。此世俗所未識，而郭林宗獨知其賢。又欲勸公以記其實。」予三復有感焉。嗚呼！予雖三千鍾而弗洎矣，侯之婉愉乎斯堂，是誠足樂矣，而聞之者猶以爲未究侯之志焉。且侯年過五十，致政公鶴髮兒齒，裕寧康鮮，兩轓之耀，五馬之貴，二千石之禄，承顔膝下。事類萊子，而貧非茅生，是誠足樂者，然猶以爲未究侯之志焉，何哉？豈不曰侯奮自四壁，擢取名第，入丞卿寺而出殿藩屏，方且布明天惠，綏遠服之德，輕徭而薄賦，平政而理訟，使合境耄耋皆得其子孫之養，保存生業，無嘆息愁恨之聲。則斯民頌吾君於日月之明，而歌太守於岡陵之崇者，薰蒸浹洽，散爲和氣，介高堂期頤之壽，不待月祈而歲祝也。是乃顯親之純孝，非萊氏所能彷彿者矣。古之人老幼吾老幼，及人老幼，善推其所爲，放諸四海而準，此固侯之志也。予鄙陋甚，何敢望林宗？然觀侯之書而求其志，則又竊喜。是以引而伸之，而忘其詞之不文也。

岳州學記

學之失有五，而其難有二。蓋自書契已來，至於今上下數千年，紙墨之傳，以萬號卷不知其幾也。則有溺於名數者焉，則有囿於訓詁者焉，則有役於記誦者焉，則有耽於文詞者焉，則有惑於異端者焉，夫是之謂五失。豪傑之士，慨然自拔於流俗，曰：「道德性命聖人之奥也，豈是五者之謂哉？」索之以私智，❶廣之以辯言，言之成文而持之有故，材出其下者滔滔是也，則和而從之曰：「是誠得聖人之奥矣。」今迹其言，曰：天道高遠，必致爪掌之力；❷聖道蕩然，無執人者維之。自其説行，仰爪而明於天，持維而通於聖書，未有一人焉。然則其所謂道德性命，徒言之而不可行。資之無深也，居之無安也，雖欲不變，亦末由矣。終於惑異端，迷義利，舉外夷雜霸偏駁之具，參亂正教，談高語妙，係風拾瀋，而使人紀人綱淪胥於無父與君之極，其勢然也。故學而得正，一難也。明善審是，擇中庸，知至當，❸不身踐之，猶無有也，是二難也。自漢唐已來，取士之制不本乎先王，夏侯勝明經則希望青紫之拾，桓榮稽古則夸侈車馬之賜。跛於五失而疐於二難，惟利是趨，俗遠益弊，先聖先師大學之道幾於熄矣。天子閔焉，乃詔中外興復庠校。罷三傳，出問目，以尊經世之書；退詩賦，厭彫篆，以隆六籍之訓。著爲邪説者，毁其板，黜其人，示道術之統於一，德意美矣。巴陵古郡，地挾湖山之勝，長材秀民，多出其間。太守趙侯尚之、通判董君時敏、教授齊君稷奉承詔旨，曾未閲時，黌宇一新。屬某經從，見委爲記，而諸生之請抑又勤焉。曾子曰：「爲人謀而不忠乎？」某雖固陋，敢不竭所聞語之？或問：

---

❶「智」，原作「志」，據明抄本、經鉏堂本、文津閣本、明《(弘治)岳州府志》(《天一閣藏明代方志選刊》本)卷二改。

❷「必致」至「可行」五十四字，原脱，據明抄本、經鉏堂本補，其中「蕩」字明抄本原闕，「書」字疑當作「者」。

❸「至當」，原作「正當」，據明抄本、經鉏堂本改。《(弘治)岳州府志》作「至善」。

「然則何以去二難而離五失耶？」將應之曰：孟氏所受於子思，至於今不絶者，子思得之曾子，曾子傳之仲尼，其言在《語》、《孟》、《中庸》之篇，❶其則不遠也。造之得門，進之得序，游而泳之有樂，積而久之有成，視形名度數之詳，箋注釋文之精，聞見誦習之多，語言辭采之利，❷猶冥鴻之過矰弋，巨魚之睨數罟也。支離穿穴而配合撰作者無之，口筆尹、旦而施設申、商者無之，蘧廬孔、孟而歸宿老、釋者無之。必信趨汶之辭異乎出兕毁玉者矣，必信莫春詠歸異乎夫子哂之者矣，必信可仕不仕異乎學爲干禄者矣，必信潔己辭粟異乎爲人聚斂者矣。❸以《詩》理情而養性，以《書》監古而決今，以《易》從道而隨時，以《春秋》正己而正物。心日廣，體日胖，德日進，業日修。用則致君堯、舜，措俗成、康；舍則獨善其身，不願乎外。非此族也，夫亦何足道於闕里之前哉！

桂陽監學記

紹興十二年五月，制詔郡邑崇復庠序。知桂陽監左朝奉大夫無棣張侯修以書抵某曰：「修不敏，

---

❶「篇」，原作「中」，據明抄本、經鉏堂本、《（弘治）岳州府志》改。

❷「利」，《（弘治）岳州府志》作「麗」。

❸「矣」，原脱，據明抄本、經鉏堂本、文津閣本、《（弘治）岳州府志》補。

守蕞爾國而黌宇一新，❶永惟德意所覃，興廢舉墜，不可無述，敢請書之。」某曰：鋪張彌文，爲太平盛觀，乃朝廷大典，非一邦專美。後世尚論，且將以其時考之，豈當率爾而形容也？若夫教與學之多術，志士固思其上者，試爲子矜誦之。蓋三代之於人才，自幼童而教養加焉，皆輔成德行之具，薰陶漸漬，歷數十年，德立行修，可以仕矣。然後在上者舉而用之，士未嘗有求也。世遠道喪，科舉之法設，父詔其子，兄詔其弟，鼓篋摳衣，登門投牒而覓舉，於是洙泗之風掃地盡矣。方其讀聖人書，顧知編綴附會，以待場屋之問，惟不中夫程式是慮。有司問之，又豈皆道德之意，仁義之説，養心修身之要，治國平天下之務？往往蔽正而徇己，道諛而誨諂，行之浸久，皆曰取士如是足矣。大學堙微，炎火消膏，利欲肆行，洪波稽天。間有資禀開明，厭此紛糾，望道而不見，則又輕忽經訓，淺薄周、孔，溺於詖淫邪遁，泯然無覺。寄名清高，實有貪覬，其趨愈下。所以然者，忘義趨利之習也。義者，天理之公也，華夏聖賢之教也。利者，人欲之私也，小人蠻貊之所喻也。學而不本於義，惟利是圖，其患可勝言乎？未得之，惟恐不得也。既得之，惟恐不多也。既多矣，惟恐不久也。相貴以等，不尤則悲；相覼以貨，不積則憂。必放此而行，懷此以相接，是謂失其本心，亦何往而不失耶？故善學者，擇義而已矣。今夫慈孝忠順，交際辭受，語默動止，出處久速，各有不可易之理。處之當夫理，是義也。不當然而然，當然而不然者，有欲蔽之。今而後二三子窮理期於精，由義期於熟，必也不惑，然後智益明，必

❶「宇」，原作「序」，據明抄本、經鉏堂本、文津閣本改。

也不離，然後仁益敦。以古之制自居，而不爲在彼者，是則鄒魯之所以貽後人，天子之所以望多士。名第云乎哉？青紫云乎哉？

澧州譙門記

經世安民之道，除其憂而後同其樂，既其實而後修其文。蓋心志不怡，則鏘洋窈眇，莫娱於聽聞；氣血憊瘁，則甘毳芳珍，莫適於口體。飢寒毒痛，交切並至，而有彼樂之思。則封疆之界不足以域，山谿之險不足以固，而况於墉乎，况於閈閎而扃關乎？仁人君子推己及物，必有本末先後之序矣。古之爲城也，非曰必可恃也，其爲門也，非曰必可揵也，❶蓋亦立制度焉爾。苟得民心，雖畫地而守，植表而限，效死者莫肯去，冒死者莫能入。不然，崇城到天，嚴扉重閉，金鋪而銅鐶，鐵扇而石樞，無以固結民心。至於内携而外叛，曾不若折柳之樊吾圃也。故曰國之有城，城之有門，蓋亦立制度焉爾。澧陽舊苦衆溪羨溢，歲築隄防，然後郊與市咸得奠厥居。歲在己酉，北盜南騖，有守者闕隄召水以自保。賊既引久，城亦隨陷。他日，立郡於荆榛瓦礫中，遺黎百一，喘焉苟活，蓬户且未安，而何暇議隄之復？大水時至，沉竈産鼃，稚耋病之，逾一紀矣。太守羅侯下車，訪民疾苦，莫先斯事，即帥百姓修壞補缺，向者呻吟，今者謳歌。予嘗過其境，呼田夫逆旅而問焉，往往他邦負耒耜，願受一廛而至者也。

---

❶「揵」，原作「楗」，據明抄本、經鉏堂本改。

侯之得此，蓋有道矣。乃作譙門，徇民之欲，閾內外，謹闔開，置壺箭以授時，棲角鼓以警軍。匠則庸工，役則鳩兵，材則斬浮屠氏之山，泛沿以來，未幾告成，而民不與焉。侯嘗爲高郵曹掾，不拜僭臣僞赦，節義上聞，即被褒擢。及守是邦，惠養凋瘵，去其害，惜其力，不惑異端，斸其閒材，歸夷物於公家，舉墜典於蕃宣。蓋忠君者必愛其民，根諸良心必形諸仁術也。《春秋》一門之廢興，謹書於策，謂夫不當爲而爲之。今侯作門，而予乃記焉，則見其識本末，知先後，遵制奉度，非時絀而舉贏，異乎屈宜臼之譏者，是可傳已。侯名薦可，字養蒙，南劍州沙縣人云。

企疏堂記

士方爲布衣，思立於凡民之上，應舉干澤，倘幸得一官，食寸禄，始願畢矣。久之，歆夫有達於我者，稍自歉也。經營累積，以爲人子當務顯親，爵不及親不可稱孝，則又以子孫爲念，曰：「巨室强宗之所以紹隆而不絶者，有世禄爾。今不通朝籍，傳來裔，男子起家，顧若是耶？」而其意氣矜强，才可自奮，則又慨然曰：「碌碌乎州縣塵勞冗散之局，曾何足適意於當年？必也進直承明，立侍清廟，鳴玉趨班，而黄金横帶，號天子禁闥腹心之臣，然後爲貴矣。」而凡頡頏乎此位者，皆輔相大臣所由選也。蹙縮居後，睥睨在前，則又萌計度之心，曰：「諫争論思之爲益，孰與調燮弼亮之爲功？持橐簪筆之爲親，孰與日奉都俞之爲信？言未必盡聽，計未必盡從也，孰與大柄歸手，高下在心之爲專哉？」故其未得則屈己枉道以求之，其既得則持禄怙黨以守之，而企心猶未已焉。烏乎！自匹士之賤，百僚之底，而視公卿亦有間矣。窮而不得進，進而不得已，豈非命也？命在乎天，人不能移，攀緣希望，如升梯級，遽心促步，惟恐弗逮。嘗試道其情狀於高人達士之前，蓋亦莞然而笑，喟然而歎爾。此二疏所以振衣西京，垂芳青史，至今千有餘歲，使人詠誦愛仰，而莫不興起者也。薌林居士向公伯共識達才高，輔以文雅。嘗總六路大計，遏僭臣僞命，遮障江淮，人心不摇。及殿巨藩，嬰東夷，百勝南牧之鋒，能使士民致死，以降爲恥。年未五十，懸車而去。天子思其忠，優禮起之。遂登華近，寫誠納策，多所裨贊。人咸謂必且大用，而公力請歸休，至於四五。竊味詔書有「進而無悔，退不待年」之語，以爲非二疏所及者，於是中外之士皆光其行而惜其去。公既歸，榜其堂曰「企疏」，上以榮君命，下以旌素心。以所既踐者，猶有羡於廣、受，若未能有行焉，其志廉矣。夫用舍行藏，惟義是與，則無富貴之累，而知止不足言。動静語默，惟仁是依，則無出處之偏，而後悔不足慮。伊尹、傅説、太公之流，憂則違之，不以退爲高，樂則行之，不以進爲泰。是故聖人之道，高深遠大，愈進愈益，非若他岐之恐泥、世味之有窮，大抵如此。公雖脱屣塵垢，棲遲丘園，濯纓乎清江之流，晞髪乎玉笥之風，而精力未衰，視聽尚强，則於先正文簡致主康時之業，又安得恝然而已乎？

斐然集卷二十一

宋胡寅撰

復州重修伏羲廟記

古祭法之義，有報而無祈，非仁與智，孰能與於此哉？德莫盛於五帝，而包犧爲首，蓋三千餘歲於兹矣。景陵廟祀，未詳肇始。考聖德之所建，萬世衣被而不能違，則有土有民者，亦何時而不可祀耶？昔司馬遷作本紀，列黄帝、顓、辛、堯、舜五人焉，其言曰：孔子所告宰予，儒者或不傳。及《春秋》、《國語》發明《五德》、《繫姓》章矣。《書》缺有間，乃時見於他説。善乎！予弟宏之論曰：「判古昔之昏昏，當折衷於仲尼。仲尼繫《易》，歷叙制器致用，兼濟生民者，獨稱羲、農、黄帝、堯、舜氏，蓋以是爲五帝也，而顓、辛無聞焉。太史公所載，特形容之虚語爾，烏得與羲、農比也？豈遷有見於《尚書》之斷自唐堯，而無見於《易》之稱首包犧歟？故凡論道議事，一折衷於仲尼，則無失者。置仲尼而取儒者所不傳及它説爲據，未有能臻其當也。」然則今以包犧爲五帝首，蓋祖諸仲尼爾。謹按包犧，風姓，生於成紀，母曰華胥，推木德繼天而王，❶號曰太昊，都於宛丘。河龍負圖，帝乃則之，畫八卦，分三才，通神明之德，類萬物之情，以著開物成務之道。龜爲卜，蓍爲筮。時方洪荒，❷人民睢于，❸禽獸同居，未知倫理養生。帝始推擇聖賢可共代天工者，得金提、鳥明、視默、紀通、仲起、陽侯以爲輔佐，始有書契，代結繩之政。始建官分職，以龍紀名，布之天下，統民治事。始教民稼穡，用儷皮爲禮。始教民作網罟佃漁，豢馬牛羊豕狗雞，充庖厨，薦神祇。在位百有一十年，羣生和洽，各安其性，民到於今蒙賴。日月之實，非虚語也，可謂盛德也哉！是宜載之祀典，昭其報於罔極矣。嗚呼！漢唐而後，道術不明，異端並作，學士大夫昧於鬼神之情狀，凡戕敗倫理，秏斁斯人，下俚淫祠，巫祝所託以竊衣食者，則相與推尊祇奉，徼冀福利。至於古先聖帝明王，有功有德，仁人義士，扶世導民，❹不可忘也，則或堙没而莫之承，或文具而致其享。郡邑長吏政教不善，感傷和氣，一有水旱蟲火之災，顧汲汲然族緇旅黄，擎跪數拜，謁諸偶像。適會災變自止，因即以爲土木之賜，禳禱之效。日滋日迷，正禮大壞。復守焦侯惟正秉心純，撫民惠，在郡三歲，人和年豐。會紹興十二年，❺合宫赦令，詔長吏修繕境

❶「推」，原作「以」，據文津閣本、明《楚寶》（明崇禎刻本）卷四〇改。
❷「洪」，明抄本、經鉏堂本作「鴻」。
❸「睢于」，原作「呿吁」，據明抄本、經鉏堂本、文津閣本、《楚寶》改。
❹「扶」，原作「輔」，據明抄本、經鉏堂本、《楚寶》改。
❺「會」，原脱，據明抄本、經鉏堂本、《楚寶》補。

内祠廟。侯曰：「莫先於包犧氏矣。」鳩工蕆事，肅給告成，有尊報之誠心，無希望之諂意，庶幾於知古道，憫俗失，良二千石也。乃推明帝德之本、列號之正、經史是非，使刻之堅珉，以示來者。

永州重修學記甲子春

學孰難？莫難於知道德之本，性命之正，幽明之故，死生之説，鬼神之情狀矣。今夫該洽九流，攝貫百氏，或有問焉，其應如響，强記者能之。鋪張事物，陶冶情思，雄奇妙麗，不專一長，工文者能之。莅官賦政，以吏爲師，在邑最邑，在國最國，敏才者能之。善斂散，析秋毫，充府實庫，流錢地上，足心計者能之。揮羽扇，仗將鉞，指縱授略，戰勝攻取，有智勇者能之。是皆秦漢而後，時所必用，人所鮮能者。試考諸仲尼之教於門弟子，嘗以此品目之矣，而未之詔也。仲尼豈不通世務，固使門弟子爲椎朴無用之器，以見誚於便儇皎厲之俗哉？蓋治其難，則振領而裘舉，澄源而流清；安於所易，則耳目鼻口不可相借官，而私意小智，僥倖成功，自以爲是，不合於道理者衆矣。是故有志之士所存必大，所期必遠，譬彼涉海必窮其源，譬彼登山必造其極。凡外營末趨，人所共鶩，無與乎我者，一不留於太靈之舍。顧且囂囂然誦詩書，親師友，反躬内省，若不皇暇。惟思知所當知而未知者，勉所宜能而未能者，如飢不可不食，渴不可不飲也。昔者成然寐，❶今者蘧然覺。天高則著明，動氣必麗焉；地

❶「成」，原作「誠」，據明抄本、經鉏堂本、文津閣本改。

厚則流形，賦生必託焉。經綸酬酢輔相裁成之具，蓋未始出吾宗。無所求而不得，無所處而不當，則豈直智効一能，才周一事，區區見役於人，交累於物，老身童豁而不悔哉！至於此，必也釋然而笑曰：「鄒魯垂訓，固不使我爲覓舉干禄之用。貧賤富貴命不可易者，又何暇商得喪，較利害，戚戚而不欣欣也？蓋飯疏飲水，敝褐緼袍，曳履而歌商頌，鼓琴而思文王，優哉游哉，聊以卒歲而已矣。」予曩者假守零陵郡，嘗與士人講此，又時作問目以求起予之益。愛其勤勸者衆，往往固窮，恥爲非義。大抵遺風餘韻，自三國以來，人物表見於世，理亦宜然也。紹興十二年六月，予奉祠，垂去官，有詔旨令郡邑修復黌宇，交代羅侯適至，即因舊而增新之，數數致書，述二三子之請，欲予一言以記本末。夫有天下國家者，不可一日而無學。城闕之刺，園蔬之誚，廢毀爲異，則建置爲常。《春秋》之法，凡文章制度克合典禮者，常事也，常事不書。故於首善之化不敢施贊詞，而於樂泮之觀不復薦諛語，獨以鄙陋竊聞於先生君子者，爲青衿申言之。夫道德有本而非殄彝倫也，性命有正而非趨空寂也，幽明有故而非天地之外復有天地也，死生有説而非受形輪轉人獸同區也，鬼神有情狀而非居處、姓氏、言語、主掌之可名可接也。不溺於此而得之，可謂善學也已。必於此求之，適越而北轅歟！曰吾於此得之，畫餠而療饑歟！

祁陽縣學記

祁陽令吕君堅中修書遺縣學講書周度來言，縣東有先聖廟，與浮屠氏居爲鄰，浮屠氏懷侵奄之計已久，幾廢而他徙者屢矣，賴二三學子力争而護存之。堅中承乏邑事，惟念教化之本，方欲增葺黌舍，招徠後進。會有詔旨，州縣學盡復置，即諭士勸民，稱力効助。甫再閱月，告成一新。且敘二三子之意，謂予嘗守是邦，而記零陵東安之學矣，斯邑也奚可以無述？予不得辭，則爲之言曰：建學校者必祀先聖，示道業之有所宗也。天下同知宗孔氏，然自孟子而後，曠千餘載，居仁由義，德業備成，卓然而爲斯人之先覺者，不越數君子而已。是誠宜師，而學士大夫鮮克師焉。或且悻悻然曰：「孰爲數君子，吾知師孔氏而已。」予竊惡其説託是而濟非也。今有人生乎遐方下域，而欲至乎王者之國都，必得知王都之所在者，引而導之，庶乎其可至焉。弗逮中人之資，豈特下域之比也？孔氏之堂室，豈特王都之遠也？乃從未嘗知者導吾而前，其不迷津而冥途入叢棘而陷大澤也幾希。故欲學孔氏，必求深乎孔氏之術，居仁由義，德盛業大者，志而潛之，講而明之，精而深之，然後孔氏之堂室邇而弗遠，造而弗差也。昔者仲尼無位以行其道，則綱紀典籍，垂範來世。雖然，於《易》則繫之而已，於《書》則序之而已，於《詩》則删之而已，於《禮》、《樂》則正之而已，未嘗作也。年七十，致大夫而老，道必不行矣，乃始筆削魯史之文，作爲大典，曰：「吾志在《春秋》。」是則《易》、《詩》、《書》、《禮》、《樂》，前聖之所同；而《春秋》，仲尼之所獨也。使仲尼君天下而南向，爲公師而北面，所以經斯世，變大化，致隆平而頌清廟，六五帝而四三王者，不出乎《春秋》之志矣。今也宗孔氏而廢《春秋》，是猶子而叛父，臣而背君，尚稱闕里之門人耶？宗孔氏而不知《春秋》，於是以莊老爲真，以瞿曇爲妙，以稱貸取息爲迓衡之王政，以李斯小篆爲道德之微旨，劇秦美新者謂之合變，歷相五代者謂之知道。發於其心，害於其事，與王衍清談之禍異軌而同轍，亦云酷矣。本夫强項穿穴，失所依歸，無指南瞻斗者鄉導乎其前，故顛倒謬亂，至此極也，是豈足以爲人師邪？彼既撰而無師，吾又師之而不悟其非所宜師，則亦將顛倒謬亂，有甚於彼者矣。和靖先生侍講尹公受道於河南夫子，聖上尊其德，樂其義，擢從布衣，置之經帷，俾發明《論》、《孟》以啓告，其進與退皆可法也。吕君摳衣服勤尹公左右，實有年數，今以其行學試之政事，則凡聖賢傳付師弟子授受，當爲二三子精言而深啓之。使護存廟宇，增葺黌舍，不爲虚文美觀，而絃歌之聲，學道愛人之效，有光於武城。異日英材秀民，無待而興，雖中人懦夫，猶能敦廉恥，勵風操，可謂曰士。則斯文也，刻諸金石而無愧矣。

成都施氏義田記

古明王之治，計口授田，俾人人各給乎衣食，無甚貧甚富之患，貧者不至於無以自存，而富者不至於越制踰度，兼人所養。故井田之法，以義處利，❶公天下而致和平者也。自秦開阡陌，廢疆理，用智力，雄厚自封殖，斯民則之，交騖於物欲，不極不已。稽考後效，城復於隍，象焚其身，貴賤雖殊，其致一也。唐虞封建侯邦，其大小以里斷，見於《禹貢》之書。里則井地也。周衰，强吞弱，衆奄寡，千八百國併爲六七。此六七君猶未厭於心，肆其詐謀，礪其鋒刃，殺人盈野，流血成川，而嬴氏爲尤甚。卒之

❶「處」，原作「取」，據明抄本、經鉏堂本、文津閣本改。

未有不反及其所甚愛者。蓋棄義争利，利壅則害從之。天虧盈，人好謙，理所必然爾。孟子深原其本以救其末，極言義之不可不務，利之不必圖，而以正經界爲仁政之先。誠令有天下國家者，皆以義爲利，分辨志定，不至於猜嫌憎疾，奪攘賊殺，而相與安乎交足無求之域，豈不善哉！漢唐而後，士大夫家能維持累世而不敗者，非以清白傳遺，則亦制其財用，著其禮法，使處長者不敢私，爲卑者不敢擅。凡祭祀、燕享、喪婚、交際各有品節，出分出贅之習不入乎其門，而相養相生之恩浹洽於其族也。今夫一鄉之師，使東家窶，西家厚，行道必譏其頗。況乎一家之聚，伯也羨粱肉，厭紈綺，而叔也糠覈藍縷，不免於飢寒，心其謂何？故善推其所爲者，由良心而充之。本朝文正范公置義庄於姑蘇，最爲縉紳所矜式。自家而國，則文正公先天下之憂而憂，後天下之樂而樂可知已。吾同年兄左史施公揚休家素貧，逮仕受禄，共承甘旨之外，儉節而儲餘，并其室齎送之奩，辛勤積累二十餘載，然後得田六百畝。既資其弟及其從昆季矣，又念經遠之計，復割二頃爲義田，遵文正公舊規，刻諸石。而以予早同硯席，❶知其孝友奮立之艱也，俾爲文以記焉。予申言之曰：聖賢自一衣食、一居處之微而興，澤被四海，並育萬物之政者，理義而已矣。貪人鄙夫，損彼益我，謂肥其家，乃隕其宗，不利之究起於爲利。揚休亹亹蹈善，景行前修，以燕雲來，夫豈苟然哉！嗚呼！不井地，不封建，不足以寢兵措刑，保國而長世。斯道也，安知不有能復之者？有能復之，豈獨士大夫不必置義田而已哉！然范公舊規亦

❶「予」，明抄本、經鉏堂本作「余」。下文「予申」之「予」同例，不再出校。

庶幾乎！革薄從忠，合族於悠久，勿替引之，則施氏子弟之任也。

武夷桂籍記

古者取士雖多術，大要有三：曰德進，曰事舉，曰言揚。兩漢而上，由前之二，而能言者因以顯。唐以來用後之一，而才行者隨以奮。然則奏言取士，雖非得人之本，倘詢之有道，考之有權度，詞樸而義正者不見遺，藝工而理乖者無幸中，❶則方諸度德量能者，亦不至甚失。故進士科，自唐中葉至本朝爲最貴。而元德顯功，計安宗社，躋世隆平者，光明碩大，繼武輩出，如二十八宿經紀乎天次，森羅乎太清。而作爲文章，擅名天下之士反不多得，❷僅比晨星寥落相望焉。❸乃有鼓篋操觚，一趨試席，睨棘闈出入之密且嚴也，則浩然太息，以爲俟己輕賤，❹拂衣去之終其身。斯人也，視伏光範門三上書仰首鳴號者，不啻賢矣。曾未思三歲一科，天子先期下詔，申勸舉子，使亹亹勉焉，以待有司之問。將及期，命部使者擇主文官，即其州闢場以程之。其限紓，其法精，其道公，其預選者姓名文字上於宗伯。

❶「工」，明抄本、經鉏堂本作「華」。
❷「得」，明抄本、經鉏堂本無此字。
❸「比」，原脱，據明抄本、經鉏堂本、文津閣本補。
❹「俟」，原作「待」，據明抄本、經鉏堂本及下文改。

於其行也，郡守設賓筵勸爲之駕，歌《鹿鳴》以遣之。明年春，羣試於春官。於是時，主文柄者朝廷益加擇，其預選者士林益稱之曰能矣。天子尚慮其未詳也，親御廣除，策以經史、當世之要務，而提衡持鑑，則又北門西掖，蘭省蓬山，一時英彥之極品。奏申夜半，上質明法駕，坐雲帷，臨香案，大臣啓卷讀所對策，臚傳姓名，而賜之第，錫之服。蓋日下昃，君與臣不敢倦。既再拜出，則頒少府金錢，俾集期而館處。越旬時，勑太官供具，太常張樂，侍從近臣爲獻主酒，中遣中貴人賫御製詩章，就賜舉首以下，諭以致身事主之意，益寵光之。然後入吏部籍，而器使加焉。於是取士之禮畢。其文實縟篤如，而或者顧謂俟已輕賤，不亦賢者過之也與？是故進士設科，功業如韓、范，德行如司馬，道學如程、張，文章如廬陵、臨川、南豐、眉山數君子，其究雖殊途，其俶也皆由此其選也。科目之貴重於世，夫豈苟然哉！建州七縣，每應書者率四千而贏。崇安固里絃誦、家詩户書之邑也。自淳化三年張儆始登第，迄今纔六十有四人。以設科之年，應書之數，大略計之，無慮數十百人而得一。豈科目貴則得之艱，亦其理宜歟？嗚呼！此六十四人者，其通塞顯晦，與其賢材稱否，或遠矣不得而知，其近者鄉老先生所見所聞，祖之所逮聞，亦班班可道也。山川英淑之氣，蜿蟺磅礴，未嘗間息，則何世而無材？去古雖益遠，出於人心者猶在，我欲仁斯仁至矣，則何材而不可就？後來之秀，以一鄉取友爲未足，又尚論焉，於此六十四人是非去取，豈特三行一師而已哉？況明天子留神校序，善養樂育，承學韋布，追琢其章，必有瑰偉傑特，雖習詞藝而詞藝不能局，雖由科舉而科舉不能拘者，是謂奇材遠器，可

以主盟斯文，扶持皇極，爲聖時之瑞。則斯記也，且將續書又書不一書，蓋與我宋相昭乎永世矣。❶

建州重修學記

建州守張侯銖伻來以書，繪示泮宮新成之狀，曰：「天子偃武修文，留神教化，凡庠序之事，已廢缺頽靡者，咸振舉之。仰惟明倫善俗，德意宣渥。銖也既幸於欽承詔旨，而前後三漕使徐公、馬公、范公請於朝，給錢二千萬，聽郡司委吏屬，敦匠董役，告成蕆事，如圖所寫。此侯藩大典也，當書。而君建人也，能爲建人書之否乎？」寅曰：「是則不敢辭，其如樸學不文，請改屬能者。」既再三不獲命，乃次比所見聞而言曰：吾鄉山川奇秀，土狹人貧，讀且耕者十家而五六。三歲大比於春官，奏名射策，視諸方取數爲多。蓋自唐常衮觀察本道，以文藝興勸，而昌黎先生表著歐陽詹之行義，警動後進，至於今而益盛。風移俗易，其來遠矣。本朝學法無慮數變，元豐中賜建州學田十頃，增其序宇。崇寧舍選之制隆洽，則又斥大而華侈之。歲在丁未，蕩於内訌。紹興二年，秘閣劉侯子翼來作守，埽土創立，累政相因，亦既就緒。甲子五月，巨浸冒城，摧擊漂散，其獲存者獨大成殿爾。自是徐公經其始，馬、范二公圖厥中，而張侯成厥終。起乙丑之春，盡冬十月，爲一堂十二齋，閎廡庖庫咸備，❷最後建教官寓舍，

❶「我」，明抄本、經鉏堂本作「吾」。

❷「咸」，原作「成」，據明抄本、經鉏堂本、文津閣本、《永樂大典》卷二一九八三改。

而峙閣其北，以貯御書經籍。雲漢之章與洙泗之風，昭回薰播，作新多士，摳衣負笈來遊來處者，蒙幸至厚。一時盛觀，震耀甌粵，是可記也。古之學者必有師，師弟子莫嚴於顏氏子之於仲尼。故始入學，必釋奠用幣，春若秋仲月上丁日，必釋奠，大合樂。今學者往往呰病後世，以爲無足師也，顧乃大言曰：「吾知師孔子而已。」茫乎泛然涉波而窺藩，問其潛心請事就有道而正焉者何謂，❶則瞠莫置對，豈不怍於事師之名，❷而歉夫爲弟子之實也乎？昔者顏氏子不遷怒，不貳過，不遠復，不違仁，見稱於聖人，以爲無能繼之者。而回之自述，則知堅高之難及，而致鑽仰之功，見卓爾之難親，而興瞻忽之歎。師弟子之相期如此。彼於功蓋天下，名載終古，未數數然也，況下此者，寧足道耶？一日問爲邦，聖人遂舉四代之美治，兼一王之成法而告之，是所以宰制大物，弛張質文，陶動植於中和，措烝民於禮樂，其事偉矣。自世俗觀之，瓢飲簞食，蕭然陋巷，孜孜克己之人而能與於此，豈不大有徑庭乎？曾不知理義悦心，則關百聖、俟千載而無疑；權度在我，則稱輕重、揆長短而靡忒。其舍藏之泊爾，用行之粲然，亦直寄焉耳。然則學而成是德，用而見是效，譬夫藝黍稷稻粱者，不生荏菽麻麥之實，决也。河出崑崙，則必經營中國而入於大海矣。寅嘗即是以求學者之失，蓋不尚志而親師，一也。膠陋護舊，憚於擇善，一也。指記誦詞藻爲事業，一也。用於覓舉干禄而已矣，一也。不得之，或歎儒冠誤

❶ 「何謂」，原作「謂何」，據明抄本、經鉏堂本、文津閣本、《永樂大典》改。
❷ 「怍」，原作「忤」，據明抄本、經鉏堂本、文津閣本、《永樂大典》改。

身，弃而他從，一也。既得之，視故習猶兔蹄蟬蜕焉，一也。効官庀職，以柱後惠文支梧一切，謂政材學術本自異科，一也。進乎此者，知有上達之理矣，乃不探索於《語》、《孟》之微，《易》之幾，《詩》之深，《書》之要，《春秋》之奥，則取遁辭小道，兀焉而宅心，一也。嗚呼！豈無抗志大慮，凌高厲遠，晞顔苦孔之徒與！誠得其門，造其堂，嚌其胾，雖謂後世咸無足師，而吾直以仲尼爲師，何不可之有？寅既爲侯記學之廢興，又申言此，以告子佩之同志者。侯不以爲言之贅也，則請鑱之石。

麟齋記丙寅

麟龍鳳龜，動物之殊尤者耳。既以靈目之，又稱瑞焉，太平而後見，非若凡物可力致也。今易得莫如龜，而龍也人亦多見之，惟麟與鳳則自周已來未嘗有覩其羽毛色象者。漢獲一角獸，爲之改元。獸之一角者衆矣，又安知麟之不兩角而斛觰衛觡也？故史氏曰「獲一角獸，蓋麟云」者，弗然之詞也。惟鳳亦然。宣帝時，鳳凰屢集，而少府宋疇因譏被貶，不待後世然後知其爲鶡爵矣。孝宣治號中興，然任刑餘，尚法律，不以中車府令爲龜監，四三良臣死非其罪，而風俗尤薄，水旱災異見於魏相之奏，決不足以震珍產，効九苞。又況茂陵多欲奢泰，窮兵四伐，海内虚耗，盗賊半天下，幾與祖龍同轍，麟胡爲而至哉？❶故必聖如虞舜，簫韶九奏而後鳳凰來儀，必道如文王，《關雎》之化成而後麟爲之應，

❶「胡」，原作「何」，據明抄本、經鉏堂本、《永樂大典》卷二五三九改。

不可誣也。由是觀之，史載龍見於某江、某水、某井中，當時以爲美談者，殆亦可豢之龍，必非神龍。而九疇所寓、《禹貢》所錫、寧王所寶之大龜，定非卜人朝鑽暮灼、枯腸朽骨之凡龜。蓋物有同類而殊能者，宰予所以興拔萃之嘆也。大龜、神龍、真鳳之不浪出，審矣。然則魯哀公之時，周公之衰已久，於是而獲麟，何也？曰：麟非爲魯哀，乃爲仲尼耳。仲尼大聖之人也，《春秋》聖治之法也，以大聖之人，立聖治之法，雖享帝於郊，未足以方其精神之所感動也；雖升中於天，未足以喻其和氣之所薰蒸也。四靈皆至，然後爲宜，曾是一麟，而曰多乎？惟麟爲仲尼出，所以仲尼識之；不爲魯哀公出，所以魯人不識也。仲尼歷聘七十餘國，無所鈎用，高蹈如耦耕，貴卿如武叔，從游如微生畝，多智如晏嬰，皆不能知也。而麟乃獨知之。謂彼不知者不如一麟，是人而不靈也，烏乎可？謂彼聰明辯達，萬物之靈也，而曾不知孔子，是果麟之弗若也，烏乎不可？麟乎麟乎，得不爲靈智之瑞乎？韓退之曰：「麟之形不類，非若馬牛犬豕豺狼麋鹿然，故雖有麟，亦不可知其爲麟也。」❶又曰：「麟之爲麟，以德不以形。」然説《麟趾》之詩者，❷謂其角端有肉，無事於觸，而其趾不踐生草，其定題也亦必有異焉。此既言其形矣，若其德非神靈智識，何以名之？先儒謂仲尼感而作《春秋》，曰：「麟出非其時，聖人以自況。」此説非也。仲尼述憲乎帝王，詔教乎萬代，豈以身之不遇，感而著書，與憤世疾邪者比？正使麟

❶「可」，原脱，據明抄本、經鉏堂本、《永樂大典》補。

❷「趾」，原脱，據明抄本、經鉏堂本、文津閣本、《永樂大典》補。

適不出，《春秋》遂不作乎？故知《春秋》非本於麟。蓋經濟無施而寓於筆削，性命道德莫不中正，禮樂法度莫不備善，俊良賢傑莫不章陟，讒惡慝姦莫不討棄，璣衡七政莫不齊敘，山川動植莫不繁廡，横目黔首莫不率化，蠻夷戎狄莫不賓服。厥制既定，❶同符於堯、舜、成、康，爲天下萬世太平熙洽之原，於是麟出而爲之祥應。此理昭灼炳著，無可疑者。以爲未然，則亦未得其門，不嚌其胾耳。沙陽張時子發治《春秋》學，以麟名其所居齋，謁予記之。子發潛心日久，聖人宏規大用，妙意精義，當自得之，予無以進焉，姑爲麟説，以表其在椟之珍，而篤其下帷之趣云。

會享亭記丙寅冬十月❷

太史公叙九流，而陰陽家與其一。至唐吕才乃立論非之。夫此二端，各有指趣。❸司馬氏蓋取天地之大經，弗順之無以爲綱紀，故曰不可失也。吕才則摘摽末習背禮害義之事，正子長所謂拘而多畏未必然者。今以耳目所覩，記幽明吉凶之效，稽諸《青囊》、《撥沙》諸説，得失參半，❹則其得者，豈皆

❶「制」，原作「志」，據明抄本、經鉏堂本、文津閣本、《永樂大典》改。
❷「丙寅冬十月」，原脱，據明抄本、經鉏堂本、文津閣本補。
❸「指」，原作「旨」，據明抄本、經鉏堂本、文津閣本改。
❹「參」，明抄本、經鉏堂本作「相」。

幸而中邪？或曰：「人之興衰非智力所能爲，其形數氣燄適相值會爾。」或曰：「砥礪之石不孕和璧，培塿之地不生杞梓，是各一道也。」予遊武彝，自崇安挾溪而南，過芹口，西望有山甚尊，指以問居人，對曰：「是名爲研山，乃角里先生弟子華子期學仙之地。墨池丹竈，今尚無恙，圖經可考也。」其下則高平范氏舊隱，而先世宅兆在焉。遂渡溪西行五六里，至山麓，見一峰巍然，❶妥肩而揚衣袂，冢塋所据，在三岡内抱宛宛間。左右巒陵，起弭拱顧，大勢隆傑，中襟舒夷。百祀喬林，翠紺濃鬱。芹水帶右阜前，注於崇川。予與范氏世交契也，攝齊登隧，修恭會享堂上，周覽泛觀而歎曰：「古稱佳城，不是過矣。」維范氏自太傅公以儒學起家，仕不亨遂，而五子森然爲盛時聞人，羽儀省臺，步武廊廟，各奮所長，蜚聲騰實。其後來秀謂，嶄嶄輩出，夫豈偶然無所自乎？公雖居方城，著姓五六十年，而孝謹行乎閨門，奉先尊祖之念，奕葉濟美。是故此堂由政和辛卯歲長子祕閣而次遵用治命建立，直太子少保墓前。而少保寵贈之命，則戊戌歲右丞初拜疏恩及祖之彝典也。後二十八年秋七月，祕閣子寅秩元作將漕甌粵，衣繡故里，復加締葺，以永祠事，子孫繩繩，有舉無墜。嗚呼盛哉！元作知予，過而下馬，以修堂本末見託紀述。予考諸禮，廟以存神，墓藏體魄，神伸魄死，聖人達之，故古者有廟享，無墓祭。而後世道晦禮失，以寒食拜掃爲達孝之典常。先儒因謂禮雖未之有，亦同乎俗，而不害於理。此說將以誘夫不知追遠者耳，非經禮也。然則昭榮祖考之道，必區區然俎豆之於丘墟尸祝間而後爲慊

❶「巍」，明抄本、經鉏堂本作「巋」。

歟？是不然。昔者祕閣公宏才正誼，不事權黨，阨窮半世，與予先君爲同年弟兄。先君於其生音問未嘗絶，於其没也久矣，猶哭之以詩，知其用不究材，垂裕在後也。而元作器業是則是似，數爲部刺史，因所臨風俗注措施設，咸有績譽。其初入閩境建值，人忿公帑吏厚壓征，鬨然赴愬。立談之際，去其疾苦，拊而安之。在公夙夜，以首法除弊爲急務。會稽官緡錢之委於轉販者，而賕請不行。按致屬部吏之狃於貪戾者，而郡縣知畏。禽幻僧，破妖黨，消黄巾五斗之患於胚胎萌蘗中。浮言莫摇，風采堅重，其功利之所浸博矣。識者以是占范氏餘慶，蓋繁衍未艾，而期元作之顯庸於朝著也。則元作所以爲祖考之光，糾合族屬，俛伏拜興，奉酒醴肴肉，裕然而無愧者，豈與勢榮俗尚同情而比事哉！故爲之書。

復齋記

性不動而情或遷，遷者善歟？曰：因物有遷，古訓非之，安得謂之善？然則惡歟？曰：見善則遷，聖人所取，安得謂之惡？夫一言而兩趣，片語而數義，奚適不然，顧用之如何爾。莫至乎道之爲名，而曰君子道長，小人道憂。莫中乎極之爲道，而皇極、六極，皆號之極焉。是故讓一也，不善用，則之、噲希堯、舜而披其身。儉一也，大禹惡衣菲食，孔子無間然，墨翟、禽滑釐勤苦大觳，其行難爲，而天下不堪也。子沈子謂子胡子曰：「古之學者，目有銘戒，耳有絃誦琴瑟，躬有佩玉之節，皆所以閑情而忍性，正志而帥氣度也。作齊房，詩於是，書於是，游息於是，榜之曰復，蓋欲顧名思義也。願遂聞復之説，又將玩其文而既其實焉。」予曰：「復之説，是亦不一而足者，可不慎歟？知吾違仁，汲汲焉反之如不及者，復也。知不善之不可再而再焉者，亦復也。是吾所謂一言而兩趣者也。復其可復，不復其所不可復，斯則真復，而吾所謂善用者也。故孔子曰：『克己復禮爲仁。』孟子曰：『湯武反之也。』嗚呼！有能一日用其力於復者乎？累名則悲權勢之不尤，貪利則憂貨財之不多，溺於嗜慾，屈於威武，則荒乎其求，慄乎其居。一者爲病，方寸外馳，靈臺雖存而神者不守之人也，於復遠矣。雖然，亦豈誠遠也哉！使其幡然致克，視聽言動必禮之循，其用力也如上汲，如還轅，如旋其面目，則向之遠者，一念而近。於此四用，以我命我；於彼四病，以物付物。之人之於仁也，若赤子之趨其親，若旅人之赴其家，惟恐其弗至也。而其道日進，德日升，猶日月之經乎太虛，不離其次舍也。猶水氣上騰，爲雲漢，爲雨露，播乎萬物而歸乎其元，未始不復也。」子沈子，默堂之高弟，而默堂蓋龜山之回、騫也，其授受不差而訓明有素矣。子沈子之潛心也久矣，尚奚待予言？雖然，予方從事於此，請嘗試言之，如向之云云者，不以進所厭飫爲瀆，相與終日乾乾，復而不厭，以致切磋之益，不亦可乎？

觀瀾閣記

水之變態多矣，非其本然也。淵然其渟，油然其平，瀏然其清者，水之性也。載而逝，溉而浹，浣而潔，沃而滅者，性之用也。❶石齟齬之，則激則蹙焉；風震薄之，則騰則湧焉。性於是亂，用於是失，

❶「性」，文津閣本作「水」。

非水之正也。故善觀水者，愛其澄澹而不愛其渾潰，喜其流衍而不喜其決溢。是故浩浩湯湯，神禹平之，百川沸騰，周大夫憂之。斯閣瞰兩溪之會，而以安瀾名者，得非意出於此歟？胡子曰：美則美矣，義則未盡。夫水之流也，浤浤然，鱗鱗然，若鯉之躍，若鷺之翻，差差之紋若漾沙，疊疊之勢若層雲，起伏追隨，散漫無垠，斯其浪之形乎？曰波，曰漾，則浪之巨者也。曰濤，曰潮，曰澐，曰瀨，則波之大者也。惟瀾之爲言，古今未有訓而當其義者。《文中子》曰：「吹波助瀾。」退之《南山》詩曰：「微瀾動水面。」其《進學解》曰：「迴狂瀾於既倒。」是則二子皆從趙岐、顧野王以瀾爲波，特有大小之異，而目之曰微者，語雖近而意已遠矣。夫瀾非波也，謂水流動之狀也。流動之狀，汩汩衮衮，冲融演迤，浩乎其方來，浟然而不窮，惟有源之水爲然，蓋未嘗不安也。彼其無源者，雖萬頃之瀦，非有激之則固安矣，而求其瀾又不可得。此義也，惟孟子知之，故曰：「觀水有術，必觀其瀾。」蓋觀其有源也，不觀其源而徒觀其波，是猶觀人者不考其實，觀道者不要其用，觀政者不稽其心，觀言者不質其事，失之遠矣。夫水之爲物，不盈科不行，盈科而後進，則放乎四海。凡喻夫學者不可無本也。君子任重道遠，事業無涯。古之祭川者先河而後海，不造乎本而能濟者，末矣。閣上主人倘欲聞本之説，請於孟子焉求之。因易「安」曰「觀」，而爲之記。

伊山向氏有裕堂記

裕之爲義，兼寬容優足而言，見於《易》《詩》《書》，而孟子以之。其在《易》者，訓人承父母也。其在《詩》者，訓人友兄弟也。其在《書》者，訓人燕子孫而覃百姓也。若夫出處語默，從容而有餘，浩乎其沛然，則孟子之所以爲孟子者也。是道也，弘而後能，故曾子曰：「士不可以不弘毅。」以弘宅心，所謂廣居；以弘養德，所謂大畜。推己及物，所謂放乎四海而準；由邇傳遠，所謂參乎萬世而純。其爲寬容優足也，至矣。如《易》《詩》《書》所載，孟子所處，宜其無施而不可矣。是道也，夫人皆具，而有裕不裕異者，充與不充之故也。夫惟不能擴而充之，於是局爲淺局，德爲細德，見爲小見，行爲隘行。雖不動聲色，罔窺其際，而險微忮狠，氣象自露，如是者周公目之爲憸人。人一也，充則裕，不充則憸，其同源而殊派乃爾。此君子所以貴於問學也。❶或者析文離字，以衣受身，谷受水，發明裕之說，其爲裕也褊矣哉。河内向公宣卿小隱於衡陽之伊山，結茅爲堂，置書史其中。茂竹幽蘭，陰鬱前後，春葩秋馥，以時自獻，猿啼近嶂，鷗馴曲沼，馬堁車喧，杳然雲水之外。寅與諫院潁川韓璜叔夏自天柱峰南襆被枝筇，歲一再往焉。或商較文義，或把醆賦詩，逍遥襄羊，興盡而後别。蓋五柳先生所謂「談諧無俗調，所説聖人篇。或有數斗酒，閒飲自歡然」者也。宣卿曰：「堂不可無名，請名而記之，庶幾後世知吾三人者常優游笑語於此，不但使元伊笛聲穿雲裂石，噴薄窈眇而流傳也。」公前後分郡寄，❷攝帥權，仗部刺史節，威宣惠播，所至有遺愛在人，久而猶未泯。是時公解湖北憲印已七八年，仕途憧憧，獨無履

❶「問學」，原作「學問」，據明抄本、經鉏堂本、文津閣本改。
❷「郡」，原作「部」，據明抄本、經鉏堂本、文津閣本改。

跡，未嘗有戚色愠懷。寅乃取孟子進退綽綽之意，以「有裕」名其堂。宣卿四世祖，大丞相文簡公也。寅先君子喜宣卿資氣剛正，授以《左氏春秋傳》，且爲之言大義。故宣卿學古益力，守義益固，亢宗糾族，樂多賢友，不與惡人言，若《易》《詩》《書》所載，孟子所處，宣卿蓋勉焉日有孜孜矣。使其才見用，雖有官守言責，亦且裕如，況無是二者乎？人必富而後志疇，必貴而後意愜，必据權怙勢而後神肆體胖，則顏回、曾參無乃憂愁憔悴不聊其生耶？二公陋巷一簞，樂以忘憂，曳履而歌，若出金石，蓋與天地同其量矣。方諸衣中被甲，壁後置人，通夕輾徙牀，一物不具則不敢出，怒虚舟而怨飄瓦，媢有技而違彦聖，方寸營營，不得須臾寧者，其裕不裕何如哉？由是言之，居斯堂而以孟子爲師，可謂擇術處仁之美矣。予既記之云爾，又從而歌之曰：「六合無際，此堂廓如。四時行焉，此堂爲樞。堂心日休，堂路常坦。堂智閑閑，堂色侃侃。池似黄陂，孰撓澄之？林動清風，孰熱者披。往蹇來碩，阿槃獲考。神具聽止，百禄是保。」

邵武重建軍治記

《國風》載《甘棠》之詩，其序曰：「美召伯也。」釋其事者曰：「召伯之教，明於南國。」後之訓解者謂：「召伯聽訟，不忍勞民使來，故往之郊野，即民而聽焉。及其久也，民歌思之，因愛其樹，相戒以勿翦勿伐，曰此召伯所嘗憩息者也。」世之安此説也久矣。而或者非之，以爲諸侯治國，當有制度，臨厥臣暨厥民，固將尊而不遠，親而不瀆。今以南面諸侯爵貴位崇，車旗冕服禮絶一國，而乃出舍于郊，茇身茨草，節則勤矣，亦何異夫以乘輿濟人，惠而不知爲政者哉？予嘗喜是言，非識治道、知大體者不能至也。不然，路寢之居，塞門之儀，皐應諸門之制，何爲載於《春秋》、《論語》、《大雅》之什，而許行、陳相以有倉廩府庫爲厲民者，又何見貶於孟子邪？且四境之内，比閭族黨衆矣，使召伯去其朝，説於此棠，則民之趨之，未免裹飯趼足之勞。使召伯即民而屢遷，則其休止固無常處，召南之民東西南北不應覩一棠而寄懷也。又是詩三章，反復一意，未嘗及聽訟之事，訓解之言胡得焉？然則詩人之旨必有在，特學者辨之未明爾。今縣邑之地，度袤挈廣，何啻古公侯之邦。雖中下郡，猶或環四五縣，方之儉於百里者蓋已遼絶。而公家庭宇，或庳褊蕞陋，曾不眂豪舉大姓燕私之館，豈事理所宜哉？邵武固東南名壘，❶扼飛猿峭石，其險足恃。自洪、潭、廣、桂、江、漢、巴、蜀之有事於東甌者，❷道必出此，蓋甌閩之西户也。是以國朝太平興國四年，革歷代之規，陞縣爲軍。大守張侯度自故縣移今治，❸凡西徙五里，前据重岡，後帶鹿水，山川奇秀，民力生業，尚氣而服義。承平既久，儒學之風尤盛。對大廷之問，則有文冠天下者；爲言責近臣，則有忠昭一時者；致身丞弼，則有光輔中興者；至於孝義材學，顯晦可紀，皆不乏人。四方之聞有是邦也，蓋歆艷而談之。其入境而問俗也，君子則樂其善，小

---

❶「邵」，原作「昭」，據文津閣本改。

❷「蜀」，原作「屬」，據文津閣本改。

❸「大」，明抄本、經鉏堂本作「太」。

人則阜其貨。故凡有意乎斯人者，受命作長，不稱爲難治。而郡廨再火於建炎、紹興之寇，草創一切，無復基序。十一年，太守左史王公始訪鼓聞舊趾而建置之，❶餘以百姓未裕，未遑及也。後五年，今太守大夫江侯爲政之明年，歲比有秋，内無寇攘，訟獄簡稀，里閭康乂，於是衣冠父老合詞言曰：「未有有州而無聽事之所者，大夫其念之。大夫雖重於興作，其若蕃屏觀瞻，使客臨過，邦人之望何？」侯不得已，令龜襲吉，鳩工會材，措畫規模，一出心匠。僚屬比志，兵民勸勤，經始於丙寅仲秋之戊申，迄役於丁卯孟春之戊寅。錢以緡計者萬一千有餘，傭以日計者二萬八千有奇。高明靚深，體與名稱，修廊傑閣，衛以戟閦，儉而不削，美而不汰。落成之日，衆大懽會，詠侯之德寬裕而肅，歌侯之政簡静而理，贊侯斯舉得事之宜。賦役舒徐，下弗敢遲，巍巍崇成，民若不知。以一觀百，亶稱吏師。郡從事謝沆叙廢興本末，道邦人意，來謁不腆之文，鑱諸堅石，庸示悠緬。予患夫短於才者以因循不振爲德，而涼於德者以苛刻促辦爲才，於是有當爲而不爲，不當爲而爲之者。江侯則異乎此矣。會予經從，目擊輪奐，耳熟謡譽，非借示而傳聞也。❷廼原古義，訂時措而并書之。

新州州學御書閣記

皇帝臨御之十有二年，至德既孚，聿修文教，首善賢關，覃及外學，廢墜之具，罔不興振，遴選儒

❶「鼓聞」，原作「古問」，據明抄本、經鉏堂本、文津閣本改。

❷「示」，明抄本、經鉏堂本作「視」。下文同例不再出校。

臣，典司訓迪。於是長材秀民，自藏於畔者，掘衣鼓篋，來遊來居，濟濟乎衿佩之盛，洋洋乎絃誦之富，而賢能俊傑將不勝用矣。聖心猶以爲未也，乃於清閒之燕，自《易》《詩》《書》《春秋》《孝經》《語》《孟》《中庸》篇、《左氏傳》《周六官》之籍，悉經宸筆，刊諸琬琰，而以墨本普賜學校。歷考前代留神治要以善養人之君，未有此舉，亶乎懿哉！眷兹新昌，百粵陋郡，煙嵐蒸潰，瘴氣蒙濁，車馬舟楫，奏集艱隔。平時士子欲見書籍之善者，其道無由。於是抃舞流傳，矜戴上賜，而未知所以處之也。先是，黌宇傾漏，茂草延堂，饔飧缺供，士散城闕。前郡守臣張棣嘗捐布緡，俾加繕修，繩板經端。棣以擢去，教授臣劉德驥疏剔弊本，會計出内，給用有羨，即謹儲之。日累月滋，載營載作，蠱壞汙萊，革爲大壯，荒菆椎鄙，粲爲文物。遂建重屋於戟門之上，直大成殿，丌承御書。起十九年之十一月，迄十二年之孟冬。❶檐宇騫翔，丹碧華爛，雄傑之勢，冠壓嶺海。攝郡事臣黄齊倣陽冰書，恭題榜揭。涓良日，率寮寀藏事奉安，萬目咸覩，陳迹遺編，於焉增重。臣德驥以臣寅嘗習詞命，見屬爲記。臣寅拜手稽首而言曰：凡州若縣與浮屠、老子之家，各有勅札御書舊矣。學校之有御書，而專以經術詔多士也，乃自皇帝始。今夫鋟板賈貲，捐金即得，尚或怠而不觀，其肯勤勤抄録，能終卷帙者，固以鮮矣。何況天子之尊，富貴之奉，一日萬微，弗敢皇暇，乃能游意筆硯，偏寫羣經，爲燈窗韋布之所難，以激勸人材爲急務。而又天縱聖智，妙解書法，跳龍卧虎，不足擬倫。心畫所形，顯道章德，精能之至，入神出天，如日

❶「十二」，據文義當作「二十」。

如星，如雲如漢，文明在上，焕飾在下。故使爾諸生雖生遐服，與七十二子追逐乎闕里而親炙夫子之文章，無以異也。是宜服膺至教，毋善口耳，毋趨利勢，力求忠孝大端，見於行事，以不負聖主樂育之化，然後爲稱。可不勉哉！

新州竹城記

新昌郡自兩漢及南齊皆縣置，號曰臨允。至蕭梁時始升爲新州，廢於隋而復於唐，本朝因之。既七百年，亦可謂古郡矣。然有城而無郭，無以攷其故。惟城之北曰朝天門者，斷墉翼之，巋然猶存。讀其記，則政和中太守古公革承詔所爲，經始之績未就緒也。城纔一里百有十二步耳，僅容州治，列廩獄，餘官廨、民居悉在城外，莫爲保障，理不應爾。紹興二十年，八桂黄齊義卿由肇慶别駕來攝郡符。值狗鼠盜數十輩依山爲害，官兵三討而未克，坊市數驚。最後受諭出降，人猶洶洶。義卿於是有興築之意。會真拜郡，乃俾推官朱洵、權令黄熙巡行四周，求古遺迹，相今所宜，摽示其處。分委兵馬監押趙公傃、巡檢董元、縣尉周祺各督所部丁夫，夷凹凸，裨狹虛。基址既堅，取野竹駢植之，環袤一千二百八十四丈，再旬而畢，不愆於素。或曰闕土爲城，不易之道也。恐其未堅，則有蒸而築之者矣。❶虞其易圮，則有甓而石之者矣。今也望固禦于檀欒蔽翳之間，曾是以爲可乎？唐大中中，王式

❶「蒸」，原作「登」，據明抄本、經鉏堂本、文津閣本改。

爲安南都護，始至，無城池，式乃立木柵，塹其外而栽竹焉。是時詔蠻浸强，莫能犯也。孰謂竹不可恃哉？凡物有同類而殊材者，斯竹也，引梢如鍼，分枝如棘，既衆且多，森如蒺藜。其叢則轇轕緻密，望隔表裏，及歲久而愈繁，雞鶩羔豚不能道也。或者火之，葉燬幹存，乃益悍勁。嗚呼異哉！昔樊川子目於郊園，賦所見者，有曰「竹林外裹兮十萬丈夫，甲刃樅樅兮密陳而環衛」，始以爲詞人之空言，今施於實用乃如此。物孰不然，在人處之耳。方言刺竹曰芀竹，其音羅德反，蓋嶺南謂刺竹云然也。工庸告成，竹日盛長，州之人歡喜晏然，若有壁壘之恃，咸曰：「後之來者與公同志，本之以德政，重之以備豫，申嚴戒令，有培勿翦，非特甘棠一召伯之思也。」其爲斯民之惠，所覃遠矣。義卿勤於職業，厚於愛民，興利補弊甚衆，新興户知之。若推排丁口，以均徭賦，役不及士。既新子城樓觀雉堞，又作南門，及竹城，則其最大者也。郡學正麥充等來道耆老之意，恐久而無傳，丐余爲之記。余憂患疹疾，筆力衰乏，不能兼載衆美，獨取其最大者而書之云爾。

羅漢閣記

邵陽西偏縣曰新化，勑額禪寺，是爲承熙。有大比丘智京，其號明覺，承嗣普融，紹臨濟宗。三返致書武夷居士，具道承乏餘十載，所行解淺薄，有愧負荷。惟是殿堂供養諸佛，梵唄香燈，齋魚粥板，雲寮海會，來者安隱，内外四維，室居器用，罔不備具。方丈之職，如涵月水，如應撞鐘，以是因緣，心未厭滿，乃建崇屋，延貯五百大阿羅漢。信士楊茀、曾衢、劉璩、楊甫、羊㮚僉議營創，儒衣蘇林全山舍材。紹興癸酉仲春上休，鳩工經始，明年七月十有五日，百役告成，所費緡錢溢三萬。❶高明宏深，升以飛梁，下敞三門，翼以行廡。受任衲子，與來賓客，幽討棲集，各有其處。仰而瞻焉，巍巍耽耽，譬如海岸，迦陵伽林，滿月大樹，穹然彌覆。又如毗盧，華藏莊嚴，僧祇蓮界，所化現事。以是幻故，三磨鉢提，龕屏盤陀，奇肖岩谷，寶香所薰，結成雲蓋。幢旛鬘網，蔽虧空色，檐鈴風鐸，擊觸妙響。彼工師衆，非得定慧，特由善巧，疑於神變。彼五百像，雖則木偶，如喜如怒，如美如醜，如恭如肆，如悲如智，如入三昧，如相諭授，如泊無思，如默有應，如語未發，如視久諦，如數十輩同作一念，如方寸地起百千想，如以所執表示法度，如得無漏過于辟支聲聞獨覺，如未涅盤希慕三世大乘諸佛。承上有云，華藏莊嚴，❷得住處者，纔以百數，豈如此間，舉眼即見。山僧老矣，形劬心秏，誠不自料，克果勝緣，願求証明，用語言施。居士辭曰：「如來嘗説，我滅度後，有能尊信，興隆像教，種種嚴奉，是人獲福，應不可説。而達摩師譏訶梁武寫經度人，造寺無算，人天小果，有漏之因，如影非實，並無功德。今爾所作，是佛非祖，是祖非佛，於意云何？」明覺答曰：「如智京見，亦佛佛智，亦祖祖法。一萬萬一，是大圓鏡，於此鏡中，無窮邊際，一毛端相，現出承熙。羅漢傑閣，事理真如，不相留碍。倘遇彌勒，彈指開門，善財童子，隨引而入，則此閣中乃是如來祕密藏海。少林一派，從茲流出。」爾時居士忻然笑曰：

---

❶「錢」下，明抄本、經鉏堂本有「數」字。

❷「藏」，原作「嚴」，據明抄本、經鉏堂本及上文改。

「我異於是。予欲無言。」以請之勤，悉載來語，謂之閣記，亦云可哉。

新州重修廳記丙子春

古者臨人之所居通曰堂，顧以高庳爲上下之等爾。世遠俗移，物名更變，其用亦異。於是官居之臨人者通曰廳，而燕息之寢，閒曠之屋，乃以堂爲名。夫所謂廳者，義取於處是而聽也。陸德明釋爲治官處，顧野王釋爲客廚。以自唐而後命名之意攷之，則顧説有所未喻，而陸説得矣。治官聽事，必正位顯明，然後賓客寮寀進退侍衛，離坐離立，從容不隘，震風凌雨，無飄濡覆壓之患。凡臨涖官所，皆當若是，又况環地數百里，分民而治，二千石之尊重，反可坐敝陋傾壞之下而不加葺乎？新昌州廳建創無歲月之志，棟橈梁脱，隨楹支拄，行而仰矚焉，岌岌乎惟恐武之不布也。因循引久，蓋有不得已者矣。簽書英州判官劉君奉檄攝符，至之三月，慨然嘆曰：「歲幸豐稔，苟憚改作，他時勞民費財，當不啻倍蓰於今日。」乃命出木四山，僦工鄰邑，涓日庀徒，撤而新之。珍材輻湊，斤削雷動。民知君非厲己而營其私也，衆工所恃以成屋之用者，❶咸勸趨焉。無何，大厦潭潭，高明静深，❷稱子男邦君之居。入公門而望之，見櫓宇之張而端序之直，形勢之騫而丹雘之焕，嚴畏祗肅，已生於中。則瞻使君之威

❶「之」下，原衍「之」字，據明抄本、經鉏堂本、文津閣本删。

❷「静」，明抄本、經鉏堂本作「靖」。

容，賦掾屬之職事，一嚬一笑，人知向方，一號一令，下有懼怖，❶又當何如哉？君謂予曰：「向者興廢已漫然無傳，今若不加紀述，此廳雖大壯，會有復修之日，豈可使後人亦昧昧於稽攷耶？」予既美君之舉，因爲之言曰：仲尼立教，甚重民力。爲民上者，必時視民之所勤。民勤於力則功築罕，民勤於財則貢賦少，民勤於食則百事廢。是故《春秋》於城邑門觀臺囿之作，失其時制，靡不書之。若夫不可不修，如魯之泮宫，則於之示儀範，昭孝道，修其刑政，以廣德心，折獄而慮囚，遣師而受凱，皆有國之急務也。是故聖人取頌聲之揄揚，而舍筆削之刺譏，以垂訓戒，俾後之有官君子識輕重先後緩急之事。今劉君質直好義，治尚安静，廷無留獄，事不付曹，既得百姓之歡心，又於民無所勤。時革故起弊，一新公堂，不以己之暫至，而於此即爲經久之慮，❷可謂仁人之事，循吏之績矣。是皆可書者，故爲之書。是役也，始於紹興二十五年之仲冬，逮明年某月某日落成。若夫工役費用之數，則有籍存，不復道也。君名藻，字廷潔，始興人，以文學中紹興二年進士科，今通籍朝列云。

❶「怖」，原作「悕」，據文津閣本改。
❷「於」，明抄本、經鉏堂本、文津閣本作「與」。

斐然集卷二十二

宋胡寅撰

無逸傳

臣頃任記注，立侍經幄，竊觀陛下親御翰墨，書周公《無逸》一篇，置之座隅。聖心憂勤圖治，濡毫灑牘，不忘警戒。臣退而取《無逸》篇，誦讀研究，至再至三。雖聖言宏深，未易窺測，譬如涉海，或得涯涘。不俟揆度，輒以淺陋之學，分章訓釋。古今相去已數千年，至於人心未嘗有異。臣所以本原古訓，貫以時事，談經尚論而無益於今，則腐儒而已。恭惟陛下聖學緝熙，高出一世，如臣等輩，何能仰望清光？草芥賤微，求裕覆載，熒爝之照，呈輝大明。僭易伏誅，誠無所逭。一言有補，臣不虛生。臣無任納忠隕越之至。謹上。

周公作《無逸》

臣竊原人之常情，好安逸，惡勤勞，故雖聖賢，必以勤勞自勉，而以安逸爲戒。自昔帝王勤則治而興，逸則亂而亡。人臣之忠愛其君，聞勸其勤者有矣，未有勸其逸者也。是故「罔遊于逸」，益所以戒舜也；「克勤于邦」，舜所以稱禹也；「無教逸欲」，臯陶所陳之謨也；「思日孜孜」，大禹自勉之志也；「無時豫怠」，伊尹訓太甲也；「不惟逸豫」，傅説告高宗也；「罔或不勤」，太保所以作《旅獒》也；「不懈于位」，召公所以賦《洞酌》也；「有衆率怠」，成湯所以黜夏之命也；「荒腆自息」，武王所以致商之伐也。周公之意，何以異於此哉？創業之君，起於艱難，生於憂患，不敢自逸，乃其常也。如周成王，中人之性耳，承祖宗之後，無險阻之嘗。居于鎬京，則不知大會孟津之勞也。左右虎賁，則不知秉旄仗鉞之勤也。聽小人之流言，則不知亂臣十人同心同德之美也。周公之所深憂，莫加於此矣，故作《無逸》之篇，以警其心。成王誠信而力行之，卒爲賢君，至於刑措不用，兵革不試，所謂始於憂勤而終於逸樂，周公之有功於王大矣。宜後世明君以爲永鑒也。

《無逸》。周公曰：嗚呼！君子所其無逸。

臣謂嗚呼者，歎美之言也。君子者，聖賢之通稱也。禹、湯、文、武、成王、周公皆謹於禮，孔子稱之曰「此六君子者」，則聖人亦可謂之君子也。南宫适尚德而不尚力，孔子稱之曰「君子哉若人」，則賢人亦可謂之君子也。所者，猶居處也。君子之安處其身者，惟無逸乎！無逸，疑於勞動而不安，然身修而治立，乃所以爲甚安也。好逸，疑於閒暇而無憂，然德毀而亂萌，乃所以爲甚憂也。故無逸者，圖逸之本也。

先知稼穡之艱難，乃逸，則知小人之依。

臣聞舜自耕稼以至爲帝，禹、稷躬稼而有天下，文、武之功起於后稷。蓋生人之功，無大於稼穡，四民之勞，莫勤於農。夫古之聖帝明王，皆以此爲最重之事。有國家者，大則祭祀、賓客，小則匪頒、好用，常則百官有司，變則軍旅饋餉，不從天降，不從地出，一本於農而已。雪霜之辰，爲來歲之計，則皸瘃而寒耕。炎歊之候，爲收成之慮，則暴炙而暑耕。其播種也，假貸於人，以爲之本，而不敢飽也。其收成也，倍稱輸息，以償其負，而不敢有也。豪强者兼并之，有司者重斂之，而又有螟蝗水旱之變，桴鼓盜賊之虞，徭役屯戍之煩，異端游手之食，不可勝計，豈特耕者一夫而食者百人也！其艱難如此，爲民父母者必盡知之，則思有以厚其生，節其力，平其税斂，去其蟊賊，慎擇爲其上者以拊綏之，使皆安於田里，樂于耕稼。不至於棄襏襫，掉耒耜，竄身於軍伍、僧道、工商之中，或詭名影占以規免賦役，或出離鄉井以荒閒土地，反爲良農之害也。然後邦本牢固，民心不摇，財用有餘，兵師足食，而人君可以安逸而無憂。蓋能知稼穡之艱難，則知小人依恃之所在也。農之依田，猶魚之依水，木之依土。魚無水則死矣，木無土則枯矣，人主之依農亦猶此耳。

相小人，厥父母勤勞稼穡，厥子乃不知稼穡之艱難，乃逸，乃諺既誕，否則侮厥父母，曰：「昔之人，無聞知。」

臣聞：相，視也。小人之家，其父母竭力劬身以事稼穡，既致温厚。其子享已成之産，謂固然也，華衣美食，輕費妄用，一無所愛，豈知父母積累之勤哉？惟逸而已矣。其甚者，則又戲諺誕言，以侮慢其父母，曰：「古老之人窮窶寒陋，何所聞知乎？」昔南宋高祖起自孤貧，既得天下，命以微時所用農器藏之，以示子孫。至太祖見之，乃有慚色。逸諺誕侮之流也。至於今閭巷不令之子弟毁其先業者皆如此，❶是何異於言「昔之人，無聞知」也哉！以里巷不令之人觀之，❷豈所以戒人君？以南宋太祖之事視之，使成王無周公，其不至於誕侮者，幾希矣。是故古之忠其君者，過爲之防，先事而戒，言所不當言，以爲之譬喻，大概如此。若其不然，則謂周公誕侮成王，亦何不可之有？

周公曰：嗚呼！我聞曰：昔在殷王中宗，嚴恭寅畏天命，自度治民祗懼，不敢荒寧。肆中宗之享國，七十有五年。

臣謂周公恐成王之未信也，故引先代人君無逸而享年者以明之。中宗，即太戊也。太戊都亳，亳有妖怪，桑穀二木共生於朝，七日而大拱，天著不恭之罰。太戊恐懼，作《原命》之篇，告其相伊陟，以改過自新，遂能弭灾變，致太平。故《書》曰「在太戊時，格于上帝」，此嚴恭寅畏天命之寔也。自度治民者，自其身由法度以率百姓也。源濁而求其流之清，表曲而求其影之直，没世不可得矣。或曰：「萬民之衆，好惡不齊，愚智不一，人君以一身而欲化之，不亦難乎？」臣曰：人之性善，雖千萬人猶一人也。人君据可爲之地，有可行之勢。好正直，則下以諂諛爲戒矣；好誠慤，則下以欺詐爲懼矣。好覈實，❸則下不敢矯飾矣；好明白，則下不敢讒譖矣。其化之流行，速於置郵而傳命也。

❶「弟」，明抄本、經鉏堂本作「孫」。
❷「里」，明抄本、經鉏堂本作「間」。
❸「好覈」至「譖矣」二十字原脱，據明抄本、經鉏堂本、文津閣本補。

人之常情，約以法度之事，則以爲厲己；格以法度之言，則以爲謗己。日行一善言，月布一善令，見百姓之不從也，則曰民頑難化，而不自責其躬率之未孚者，人君之通患也。非灼然獨見自度之方，必無治民之效矣。太戊能自度，猶未敢以爲足也。又復祗肅恐懼，不敢荒怠安寧，然後可以終自度治民之道。其檢身如此。嗚呼美哉！上而奉天則嚴恭寅畏，下而治民則自度祗懼。不敢荒寧，其心必不放縱，其身必不怠惰，何暇爲淫佚敗度之事乎？其享國久長，降年有永，乃其必至之理也。臣聞天人相去不知幾千萬里之遠，人能動天，世多疑之。然古之聖人記消異之途，不可誣也。大雷電以風，偃禾拔木，成王畏之，不信讒言，親逆周公，而風不爲災。旱既太甚，宣王畏之，側身修行，欲銷去之，而旱不爲虐。此《詩》《書》之格言也。魯隱公八年三月，大雨震電，庚辰，大雨雪，隱公不戒而兆鍾巫之難。晉惠公時，沙鹿崩，惠公不戒而有韓原之獲。魯成公十六年，雨木冰，成公不戒而有苕丘之執。此孔子之明訓也。蓋通天下一氣耳，大而爲天地，細而爲昆蟲，明而爲日月，幽而爲鬼神，皆囿乎一氣，而人則氣之最秀者也。殺一孝婦，何與於陰陽，而天爲之旱。烹一虐吏，何與於陰陽，而天爲之雨。必深考其故，則知天不可忽，而古人應天以實不以文之説明矣。以實者，誠心畏懼，改過從善也。以文者，徒以言語而心不存焉。心不存則其氣不專，故無感應之驗。誠心畏懼，則其氣與天地合，與神明通，未有不應者也。孝慈皇帝始生之年，日食四月旦。寧德皇后始立之月，月有食之，既。其禍爲如何？崇寧二年，彗星出，其長竟天。宣和元年，一日無故，大水至京城。皆大變異，不聞消弭之方，其禍爲如何？靖康元年八月，有星孛于東北，芒怒赫然，其行甚速，見者震懼。獨耿南仲以爲夷狄將滅之象，使孝慈不戒，其禍爲如何？❶天不可誣也。頃在維揚，秋蝗如雨，春雷而雪，廷臣不以告，而讐虜飲江。❷及次錢塘，白虹貫日，中有黑子，廷臣不以告，而周廬倡亂。及次建康，夏寒木落，九月日蝕，廷臣不以告，而六飛泛海。以成王、宣王之所爲攷焉，陛下當時有消弭之道，決不至此矣。至紹興二年八月，姦臣擅朝，斥逐賢士，上干天象，有星孛焉。攷其日辰，乃在譴逐黨魁之後，一時羣小，自以能欺惑宸聽，矯誣上天，以爲除舊布新之象，顯然載於赦令，謂得志矣。是年十二月八日，行在大火，三省、六曹、憲臺、諫院一切煨燼。冬雷木冰，地震海溢，積陰四十餘日之異，雜然並見。其時朋黨已盡逐，則災祥決不爲黨人而見也。乃去年九月賊豫稱兵，徑欲犯蹕，人理所無，天下之大變也。然後知星火雷震之類，天所以告耳。上賴陛下肅將天威，聲罪致討，明君臣之義，以扶三綱，戎輅親行，師旅用命，逐却反虜，❸不然其禍可勝言耶？以往時天變如彼，廷臣爲退避之計，終不足以禳之。以比年天變如此，陛下決進戰之謀，轉災爲福，易於反掌，則天人之際，其果相遠乎？臣於此有私憂過計者。自十二月二十六七日反虜將退，❹而正月

❶「如何」，明抄本、經鉏堂本作「何如」。
❷「讐虜」，原作「敵騎」，據明抄本、經鉏堂本改。
❸「反虜」，原作「敵人」，據明抄本、經鉏堂本改。
❹「反虜」，原作「敵騎」，據明抄本、經鉏堂本改。

朔旦日有食之，三元之始，太陽虧光不盡如鈎，幾于暝晦，賊已折北，此象何爲而見耶？其時雖下詔音，共圖應天之實，而未見施爲之事，民心不信。蓋陛下避殿減膳，大臣上章待罪，亦故事之文也，且不聞舉行，又況其他乎？迺仲春之月，雷電震耀，繼以雨雹，連日大雪，甲拆盡摧。季春已來，及此仲夏，常陰多雨，氣候正寒，皆陽微陰盛，小人道長，夷狄猖獗之象。❶無遠慮不知愛君者，以爲日食乃豫賊敗走之應也，寒雨乃三吴梅潤之常也。此言不息，使陛下遇灾而懼之意，不及於太戊畏天之實，臣竊憂之。臣聞日月星辰雖度數有常，雷電雨雪雖陰陽爲沴，然休咎著應，則皆人爲感之也。既因感而致，亦可感而弭。上天可畏，不可不畏，此古先帝王所以兢兢業業，而陛下睿哲尤當加意而圖之，以祈天永命者也。

其在高宗，時舊勞于外，爰暨小人。作其即位，乃或亮陰，三年不言。其惟不言，言乃雍，不敢荒寧。嘉靖殷邦，至于小大，無時或怨。肆高宗之享國，五十有九年。

臣聞先儒言高宗之父曰小乙，使高宗久居民間，與小人出入同事，以知稼穡艱難，故曰「舊勞于外，爰暨小人」。暨，及也。孔子曰：「小人哉，樊須也。」孟子曰：「有大人之事，有小人之事。」蓋田野細民耳，非奸邪庸佞憸小之人也。作，起也。起而即位，遭喪宅憂，信默三年，❷未有命戒，天下莫不虚

❶「夷狄猖獗」，原作「敵國憑陵」，據明抄本、經鉏堂本改。

❷「信」，原作「幽」，據明抄本、經鉏堂本、文津閣本改。

心傾耳以聽之。及其免喪，猶弗言也。羣臣請焉，曰：「不言，則臣下無所稟令矣。」高宗於是作書誥四方，舉傅説于版築之間，用以爲相。此言一出，天下信之。喜其得賢臣置左右，興時雍之治也。得賢而任之，疑可以自暇自逸，猶且不敢荒寧而勤于涖政。故傅説告之曰：「知之非艱，行之維艱。」高宗曰：「爾罔予棄，予惟克邁乃訓。」其後雖有飛雉升鼎之異，高宗用祖乙之戒，正厥事以應之。嘉靖殷邦，小大無怨，降年有永，享國久長。非不忘艱難，戒於逸豫，何以致此哉？夫小人無怨，人君之盛德也，而非可違道以干之。考傅説告高宗之言，曰：「惟衣裳在笥。」又曰：「官不及私昵，爵罔及惡德。」則官爵車服，豈可輕以與人而求其悦哉？若奪私昵之官以與能，取惡德之爵以與賢，私昵惡德之人獨無怨乎？而高宗乃能行之，蓋惜名器，慎賞賜，與所當與，天下悦之。不與所不當與，彼自其分當然，又何怨之敢興哉？嘉靖之要，無過此矣。苟爲不然，則人思苟得，廢法毁令，紛然求於分外以干其上，❶與此則彼怨，與彼則此怨，不嘉而惡，不靖而競，雖區區不自暇逸，亦無益于治矣。

其在祖甲，不義惟王，舊爲小人。作其即位，爰知小人之依，能保惠于庶民，不敢侮鰥寡。肆祖甲之享國，三十有三年。

臣聞祖甲即湯孫太甲也。夫與細民同處，可以知艱難耳，非天質甚賢，未有不淪於汙下之習者。太

❶「分外以干」，明抄本、經鉏堂本、文津閣本無此四字。

甲之質，中人而已。不義惟王，爲小人所化也。伊尹放之于桐宮三年，自怨自艾，復歸于亳。起而即位，其爲小人所化之行已改，而小人之情狀則盡知之矣。伊尹訓之曰：「無時豫怠。」太甲聽之，是以能保惠庶民，不敢侮鰥寡，民安樂之，天眷顧之，而降年有永，享國久長也。夫鰥寡之人，衆所易陵也，惟聖人加意焉。故帝堯則不虐無告，武王則不虐煢獨，成湯則子惠困窮，文王則政先四者，蓋天道至大，未嘗擇物而覆之。代天理物，不當使匹夫匹婦不被其澤，又況衆所易陵之人乎？苟惟保形勢，畏高明，貧者日貧，富者日富，使强陵弱，❶衆暴寡，智詐愚，勇苦怯，疾病不養，老幼孤獨不得其所，人心怨咨，干動和氣，水旱盜賊由是而作，則大亂之道矣。此古人之言，非臣之言也。

自時厥後立王，生則逸。生則逸，不知稼穡之艱難，不聞小人之勞，惟耽樂之從。自時厥後，亦罔或克壽，或十年，或七八年，或五六年，或四三年。

臣嘗觀民庶之家，其辛勤創業者，大率皆黄髮鮐背，既壽且康。至其子孫一傳再傳之後，膚革柔脆，疾病易入，嗜慾放恣，年命不永。豈天使之然哉？逸與不逸之所致耳，況於人君乎？晉悼公、漢昭帝皆明君也，其即位之日尚幼，耳目口體之奉早矣，亦無能壽考，況於求爲逸樂之主乎？或謂漢世宗、唐明皇放情恣慾，而享年甚久，則周公之言有時而不可信也。臣曰：冶葛酖酒，人食之必死，而魏武帝、唐太宗不死，豈可遂以冶葛酖酒爲可食哉？若漢世宗、唐明皇，蓋千萬人而一遇耳，以

❶「陵」，明抄本、經鉏堂本作「馮」。

其偶然，乃欲以不貲之身而試之，非愚則狂而已矣。臣因周公之言而思之，五福，一曰壽，古之聖人無不壽者，臣子之願乎君父莫加於此矣。而周公獨以無逸爲致壽之法者，蓋人君伐生殘形之事有五：曰酒，曰色，曰音，曰遊觀，曰田獵。此五者，皆生於逸。逸則不知戒懼，無所用其心，於五者必有一惑焉。惑則心移志易，氣耗而形敝，不得盡其天年必矣。後世人主，目視極色，耳聽極聲，口嗜極味，撞鐘美女，酒池肉林，日力不足，繼之以夜，方且溺方士之說，鑾金化丹，以祈不死。秦漢之君行之莫效，有唐以藥而没者三帝，其亦不講無逸之過歟！

周公曰：嗚呼！厥亦惟我周太王、王季，克自抑畏。

臣聞王季，文王之父也。太王，王季之父也。周公言非特商之三宗爲能無逸，我之父祖莫不然。克勤于德，世世相承，此周之所以興隆而無替也。抑，有遏止之意。人所以肆行而無所畏者，不能自抑也。遏其妄情，止其私欲，惟義理是從，則必畏天命，必畏祖宗，必畏師保，必畏諫諍，必畏謗讟，必畏禍亂。凡可以致治者，無不慕也，凡可以致亂者，無不畏也，此非他人所能與，由我而已矣。故曰「克自抑畏」，言其心自爲之，不由乎人也。然畏一也，而有當畏有不當畏者。如前所陳，當畏者也，雖聖人不敢不畏。若夫逆理之臣子，反道之夷狄，則當修明政刑，以攘却之。❶如舜征有苗，周征三監，高宗伐鬼方，宣王伐玁狁，亦何所畏哉！

❶「攘」，原作「禳」，據明抄本、經鉏堂本改。

文王卑服，即康功田功。

臣謂文王大聖人也。不以美衣服爲心，其心在於安民重農事耳。組麗文繡之飾，人心所同欲，兒女子之所尚。士志於道而恥惡衣，猶不足與議，況爲天下國家而好潔其衣服，必無遠大之慮矣。古人發蜉蝣之刺，爲是故也。康功者，安民之功也。田功者，重農事也。

徽柔懿恭，懷保小民，惠鮮鰥寡。

臣謂徽柔懿恭者，周公形容文王德美之言，猶《書》稱文武曰「聰明齊聖」，《語》稱夫子曰「温良恭儉讓」之類也。人君執剛行健，威如雷霆，故以徽柔爲難。尊無與比，天下奉之，故以懿恭爲難。徽也，懿也，皆美也。美于和柔，非强柔也。美于謙恭，非强恭也。其德氣粹美如此，若慈父母焉，所以能懷保小民，惠鮮鰥寡也。鮮，乏少者也。鰥，無妻者也。寡，無夫者也。文王所施惠賜予者，乃乏少匹夫匹婦之類，非補有餘損不足也。天之道，損有餘而補不足，虧盈而益謙。君之道，當抑兼并，扶貧弱，裒多而益寡。文王所爲與天合德，而不以私情好惡爲予奪也。❶昔者子華使於齊，冉子爲其母請粟，子曰：「與之釜。」請益，曰：「與之庾。」冉子與之粟五秉。子曰：「赤之適齊也，乘肥馬，衣輕裘，吾聞之也。君子周急不繼富。」孔子之言，豈特爲子華發哉？蓋聖人用財之政，莫不如此。是故高爵厚禄之人，而又分之以貨寶，惟恐不足，陪之以土壤，莫知紀極，則繼富矣。而匹夫匹

❶ 「予」，明抄本、經鉏堂本作「與」。

婦至於飢寒凍餒而莫之恤者，必不能周其急也，此伯者之所不爲，而況文王如天之道乎？

自朝至于日中昃，不遑暇食，用咸和萬民。

臣謂人過時而不食，則飢寒之患立至。文王獨何所急，而自朝至于日中昃，猶不暇食哉？蓋其心以天下爲一家，以百姓爲一體，言有不便於民事，有不益於治者，切心思慮而改行之，以民情和悦無有怨怒爲事，誠有時而不暇食耳，非虚言也。禹曰：「啓呱呱而泣，予弗子。」伊尹曰：「先王昧爽丕顯，坐以待旦。」孟子曰：「周公有不合者，仰而思之，夜以繼日。」孔子曰：「吾嘗終日不食，終夜不寢。」大聖人憂世猶若是，況不及聖人者，當如何哉？雖然，勤有二道，於所當勤而勤之，則事立而功倍；於所不當勤而勤之，徒敝精神，勞體膚，而無益也。秦始皇衡石程書，隋文帝衛士傳餐，非不勤矣，而其治亂比之文王，如天壤之相絶，蓋徒勤而已矣。冉子退朝，孔子曰：「何晏也？」對曰：「有政。」子曰：「其事也。如有政，雖不吾以，吾其與聞之。」蓋譏其勤勞於事而不知爲政也。政與事相似而不同，人君能識政事之異，親政而不親事，則知所勤矣。

文王不敢盤于遊田，以庶邦惟正之供。

臣謂惟正之供者，賦税之常也。所入有定數，則所用有定式。一或妄費，必將不給，而加賦横斂之政出矣。遊田者，一時之逸樂也。以一時之逸樂，使斯民困於供億，文王不忍也。惟其不忍，是以不敢盤于遊田，其自克如此。嗚呼！文王之德至矣哉！

文王受命惟中身，厥享國五十年。

臣聞文王年四十七，賜斧鉞，得專征伐，爲西方諸侯之長。雖身不有天下，而後世推原得天下之始，則自爲西伯時，實受天命矣。文王享壽九十有七年，享國五十年，而曰「受命惟中身」者，先儒謂舉全數也。四十七年之前爲諸侯，四十七年之後爲方伯，三分天下有其二，其權重矣，其勢崇矣，其富貴將極矣。而文王自奉未嘗加於昔日，不侈衣服，不遑暇食，不盤遊田，以伐其生，蕩其志，克綏期頤之壽。非德勝其氣，性化其欲，不爲權勢富貴所變，何以至此？此文王之所以聖歟！

周公曰：嗚呼！繼自今嗣王，則其無淫于觀、于逸、于遊、于田，以萬民惟正之供。

臣謂嗣王者，指成王也。則者，法也。淫者，過也。文王于觀、逸、遊、田，不敢有所過。爲成王者，當法其不過于觀、逸、遊、田也。何謂觀？如魯隱公觀魚于棠，莊公觀社于齊，齊景公觀于轉附、朝儛之類。臧孫所謂不軌不物，曹劌所謂後嗣何觀，而晏子所謂流連荒亡爲諸侯憂，則觀之過也。何謂逸？如魯文公三不會同而怠于邦交，四不視朔而怠于布政，作主稽緩而怠于練祭，太室屋壞而怠于宗廟，自正月不雨至於秋七月而怠于憂旱。魯國失政，自文公始，則逸之過也。何謂遊？如周穆王欲肆其心，周行天下，將皆必有車轍馬跡焉。秦始皇、隋煬帝作離宮別館不知其數，千乘萬騎極意巡行，百姓嗟怨，以亡其國，則遊之過也。何謂田？如夏太康畋于有洛之表，十旬不返，爲羿所奪。羿又不監，冒于原獸，忘其國恤，而思其麀牡，爲浞所殺。漢武帝微行出獵，夜過栢谷，渴而求漿，爲主人所辱。則田之過也。故于觀、于逸、于遊、于田，則必輕費妄用，萬民正供之常賦不足以給之，而重斂於民。民力窮困，弱者死溝壑，壯者爲盜賊，莫與守其國家，而欲與之偕亡矣。其初特欲爲快樂耳，其終至此。此聖人所以長慮却顧，而戒之於其漸也。

無皇曰今日耽樂，乃非民攸訓，非天攸若，時人丕則有愆。

臣謂無皇者，不敢自暇也。不敢自暇，曰姑爲今日之樂，後日不爲也。今日爲之，心必好焉，安能忘之？後日欲不爲，得乎？若曰姑爲今日之樂耳，則是逸意已萌，民心不從，天意不順，下得罪於民，上得罪於天，如此之人，大有過咎也。若，順也。丕，大也。民以力事其上，艱難孰甚焉，而我以耽樂臨之，彼肯服乎？杜牧之曰「使天下之人不敢言而敢怒」者，非民攸訓之謂也。天行健，一日一夜周三百六十五度。凡物之健者，無以加之。故君子自强不息，上法乎天，畏天之威，憲天聰明，庶乎其能則之也。苟耽樂暇逸，弗克若天，天其眷顧乎？《書》曰「紂自息乃逸，天罔愛于殷」，非天攸若之謂也。天所不順，民所不從，人君之過咎，無大於此矣。凡此皆以情慾自恕，謂一日耽樂不足爲害者也。人情猶水耳，隄防謹固，則水不得洩，一有蟻穴之漏，則千丈之隄，百尺之防，亦將潰矣。禮法嚴備，則情不得放，一有自恕之意，則經禮三百、曲禮三千，亦將廢矣。故臣竊謂無逸之君，未有不謹於禮者。能克己復禮，逸何從生乎？

無若殷王受之迷亂，酗于酒德哉！

臣謂紂之無道，後世言惡者必稽焉。周公方稱文王之聖，又及商紂之惡，無乃不類乎？蓋人心無常也，操之則存，舍之則亡，罔念則狂，克念則聖。使成王聽周公之訓，則有及於文王之理；使成王而忽周公之訓，則有同於商紂之道。蓋中人之性，可上可下，惟有志之君，乃能自克焉耳。齊小白用管仲則九合諸侯，一匡天下；用豎刁、易牙則身死在殯，四鄰謀動其國家。唐明皇用姚崇、宋璟則海内晏然，幾致刑措；用李林甫、楊國忠則失國播遷，出咸陽四十里而無食。是故明主兢兢憂畏，必近君子，必遠小人，不諱亂亡，不惡逆耳。雖比己爲丹朱，如禹之於舜，方己以商紂，如周公之於成王，亦所樂聞而喜聽，銘心而永戒。是以不至於亂亡，而能保其安逸也。

周公曰：嗚呼！我聞曰：古之人猶胥訓誥，胥保惠，胥教誨，民無或胥譸張爲幻。

臣謂古之人者，周公稱往昔聖賢君臣也。胥者，相也。相誥訓以事而相啟迪，相保惠以德而相安和，相教誨以道而相成就。君有過舉，臣則正之而無隱；臣有未盡，君則求之而不蔽。各務展盡，不事形迹，讒言不入，譖愬不行，上下交而志意通，物理明而人情達，小民所以不敢相與譸張爲幻，以誑惑其上也。譸張，誑也。幻，惑也。凡姦憸之人欲誑惑其上者，必因其所好惡之偏而入其説，貪則誘之以貨財，怯則導之以畏懦。是非不明，則變亂邪正以遂其私；賞罰不當，則誣罔功罪以壞其政。自旁人觀之，猶幻師施迷人之術，顛倒反易，亂其耳目。被幻者初不自覺，乃以爲誠然，是可歎也。憸姦之人多矣，周公欲成王不爲所惑，則莫如受忠良之訓告，求吉士之保惠，師賢哲之教誨，姦憸遠屏，誑惑何因而至哉？

此厥不聽，人乃訓之。乃變亂先王之正刑，至于小大。民否則厥心違怨，否則厥口詛祝。

臣謂正刑者，正法也。《詩》稱文王曰：「刑于寡妻。」古之王者，知命之不長，是以爲之律度，陳之藝極，引之表儀，告之訓典，以遺後嗣，保其國家，所謂正法也。後嗣之賢者，則監于成憲，後臣之賢者，則謹守前規，天下所以治安，民心所以不怨，謗言所以不作也。至其子孫，不知前人之艱難，不知小人之依恃，不聽訓誥、保惠、教誨之言，於是姦憸之人因其所好而訓之，曰：「先王之法，何必固守而不變也。時既不同，事與時並，有損有益，同歸于治而已。」世主甘心而不察，於是先王正法，自大至小，無不更改，違道咈民，苟便一切之欲，天下騷動，民不得安，怨讟並興，入於大亂而莫可捄止矣。原其所以，皆出於人主自聖，輕忽其臣，不求忠良以胥訓誥，不求吉德以胥保惠，不求賢哲以胥教誨，而姦憸之人譸張爲幻故耳。往在熙寧，欲大有爲，王安石譸張新法之説而爲幻。往在崇、觀，欲承考志，蔡京譸張紹述之説而爲幻。往在宣和，欲文致太平，王黼譸張享上之説而爲幻。往在靖康，欲好邊疆，耿南仲譸張講和之説而爲幻。皆以一言中人主之欲，馴致禍釁，塗炭生民，家國兩亡，豈不痛哉！方姦憸在位之時，與其徒黨唱和響應，欺罔其君以竊富貴，而志士仁人觀之於隱微側陋之中，與世俗幻師以術誑惑迷人而取其金錢，見笑於旁觀者，無以異也。前車已覆，❶後車當戒，臣敢因是有獻焉。臣聞天下有至正之理，自有天地生人以來至於今日不可改者，存之則爲正心，行之則爲正道，言之則爲正論，盡之則爲正人。先王用是建立注措，而謂之正法也。何謂正？天尊地卑，君臣之義，不可易也。比年以來，縉紳大夫忘君臣之義，譸張爲幻者又有甚焉，尤可駭懼。邦昌僭君，入尸天位，天下大變也，從之者則譸張爲幻，謂能存宗廟，活百姓矣。苗、劉握兵，謀

❶「已」，明抄本、經鉏堂本作「既」。

爲簒逆，天下大變也，助之者則譸張爲幻，請録用其黨，使言者勿論矣。豫賊挾虜，竊汙京邑，天下大變也，許之者則譸張爲幻，欲通書問，講鄰好，受餽餽，以免其討矣。稽之古訓，無有是事，特出於庸人懦夫偷生苟活爲持禄保位之計，滅三綱，毀五常而不顧，變亂先王之正法，豈不逆理之甚乎？陛下深思所以致此者，而求忠良相訓告，求吉德相保惠，求賢哲相教誨，愛日惜時，不自暇逸，則所言所行無非正法，而譸張爲幻者猶雪見晛，亦何所肆其説哉？❶不然，正法消亡，邪法熾甚，❷非國家之福也。

周公曰：嗚呼！自殷王中宗及高宗，及祖甲，及我周文王，兹四人迪哲。

臣謂哲者，智也。迪者，由也。由其天稟之智，不以私欲昏之，則其明不蔽，所以人莫得而欺之也。中宗、高宗、祖甲、文王四人者，蓋嘗苦其心志，空乏其身，行拂亂其所爲矣。所以動心忍性，兢兢業業，不敢少有逸豫，故其智慧日開，情僞盡知，天下之理，無不昭晰，彼譸張爲幻者，莫得投其隙，蓋無逸之功也。哲非人所能，乃天所命也。天命之而人不能自迪，猶鑑之不拭，塵愈集之，猶井之弗汲，泥愈汩之，則昏然而已矣。傅説告高宗，當念終始，常主于學，惟學可以順志于理，能務時敏，速

❶「肆」，原作「施」，據明抄本、經鉏堂本、文津閣本改。
❷「甚」，明抄本、經鉏堂本作「盛」。

而不怠，則其修勉乃有所至，此亦迪哲之道也。故董子曰：「强勉學問，則聞見博而智益明；强勉行道，❶則德日起而大有功。」此皆聖賢之格言，人主所當自克以行之者也。

厥或告之曰「小人怨汝詈汝」，則皇自敬德。厥愆，曰「朕之愆」。允若時，不啻不敢含怒。臣謂自常情觀之，以小人而敢怨恨人君，毁詈君父，罪不容於死，此周厲王所以設監謗之官，秦始皇所以設偶語之禁，或至於誅腹非，戮反唇，無所不至也。古之聖人所見廣大，❷不自私其一身，惟恐有一言一事之不善，故開闢言路，使無壅蔽，凡有口之人，皆得以其情上達，故曰：「士傳言，庶人謗，商旅議于市，工執藝以諫。」夫惟如此，是以身無擇行，朝無秕政，以成安逸之功，此周公所稱之意也。皇，大也。大自敬德者，責己而不責人之甚也。責己而不責人，信美矣，則將何以驗之？必曰：「朕之過失，誠若是也。」心既樂聞之，其形於辭色者，一無忿疾之可見也，不特不敢含怒而已。夫然後人知其君納諫受言，雖怨詈之至，亦欣然接之，出於至誠，而非矯飾。四海之内，皆將輕千里而來告之以善，而德庸有不至，治庸有不成乎？恭惟本朝祖宗無不虚懷從善，勉於改過，所以言路未嘗壅塞，❸太平百年。自王安石得志，好人之同乎己，而惡人之異乎己，擯遠老成，汲引輕薄，風俗

❶「强勉」，原作「勉强」，據明抄本、經鉏堂本、文津閣本、《漢書·董仲舒傳》改。
❷「人」，明抄本、經鉏堂本作「王」。
❸「以」，原作「言」，據明抄本、經鉏堂本改。

大壞。蔡京繼之，專以朋黨一言禁錮忠臣義士，或謂之詆誣宗廟，或謂之怨讟父兄，或謂之指斥乘輿，或謂之謗訕朝政。行之二十年，天下之士不仕則已，仕則必習爲導諛，相師佞媚，歌功頌德，如恐不及。防民之口，甚于防川，一日胡馬在郊，❶煙塵暗闕，❷而人莫敢告也。天下猶人之一身，言路猶關膈也。關膈通則血氣流行而身體安，❸言路通則得失不蔽而政事治。安石、蔡京之化，淪浹乎三紀之外，至今遺風餘俗未消殄也。欲變革之，在陛下一人而已。孔子曰：「天子有争臣七人，雖無道，不失其天下。」以後世觀之，劉安欲叛漢，獨畏一汲黯而不敢發。使人主得如黯者七輩，正色立朝，昌言無隱，小人必退聽，姦宄必息心，豈特不失天下而已哉！固可以變危爲安，易亂爲治矣。又況能如周公所戒，普受天下之言者乎？

此厥不聽，人乃或譸張爲幻，曰「小人怨汝詈汝」，則信之。則若時不永念厥辟，不寬綽厥心，亂罰無罪，殺無辜，怨有同是，叢于厥身。周公曰：嗚呼！嗣王其監于兹。

臣謂人君信譸張，疾怨詈，是不以堯舜自待，而以周厲王、秦始皇爲可法也。小人善於誑惑者，未有不以告怨詈爲小心。苟入其説，則必以萬乘之重而計較曲直於匹夫之口，不從長思念其爲君之道。

---

❶「胡」，原作「戎」，據明抄本、經鉏堂本改。
❷「煙」，明抄本、經鉏堂本作「戒」，當爲「戎」字形近而誤。
❸「安」，原作「通」，據明抄本、經鉏堂本、文津閣本改。

其心褊隘，記過不忘，罰無罪，殺無辜，天下之怨舉集之矣。孟子曰：「無罪而殺士，則大夫可以去。無罪而戮民，則士可以徙。」恐其漸及於己也。賢人君子，衆心之所與也。小人欲肆其姦，必忌君子。君子無罪可指，則必反指爲小人，匿言潛譖，以中傷之。或以爲退有後言，或以爲賣直歸怨，或以爲取名於外，或以爲朋比欺君。其術雖多，大要不出此數者。人主一怒，小則謫罰，大則誅殺，不知其實，則無罪徒默受天下之怨也。隋煬帝嘗謂左右曰：「吾性不喜人諫。」臣下知之，恣爲譸張，以憂國者爲怨，以忠言者爲詈。宇文士及、虞世基之流以此取寵，至於大難忽作，兩臣終得自全，而煬帝獨尸其禍。則以衆怨所叢，不怨言者而怨聽者故也。或曰：「罰一無罪，殺一無辜，何遽至此？」臣應之曰：自秦皇、隋煬觀之，所殺固多，其亡非不幸也。自葛伯觀之，則以殺一童子而滅其社稷；自商紂觀之，則以殺一比干而失其天下。然則繫殺罰之當否耳，豈在多寡乎？周公戒王無逸而及此，則以心昏志蔽，讒邪得入者，皆生於好逸求安，不知警懼，浸淫及亂而罔覺也。是以反復言之。驗於成王躬致太平，則其著心服行之效，不可誣已。

斐然集卷二十三

宋　胡寅　撰

左氏傳故事

隱公元年。鄭武姜愛叔段，請使居京。莊公許之。祭仲諫曰：「都城過百雉，國之害也。先王之制，大都不過三國之一，中五之一，小九之一。今京不度，非制也。君將不堪。」公不聽。既而叔段使西鄙貳于己。公子吕曰：「國不堪貳，君將若之何？」公又不聽。叔段又收貳以爲己邑，至于廩延。子封曰：「厚將得衆。」公又不聽。叔段繕甲兵，將襲鄭。公然後命子封率車二百乘伐京。叔段出奔共。

臣聞制國者必使本大而末小，然後勢順而易制。故末大必折，尾大不掉，古人至言也。鄭國當是時，可謂危矣。姜氏以國君嫡母主乎内，叔段以好勇得衆居乎外，伐君篡國之勢已成。莊公若無兵車二百乘，則鄭固段之有也。古者用車戰，一乘之車，當七十有三人。二百乘，則一萬四千六百人。在《春秋》書法，當名之曰師，非小衆也。「克段」者，力争而僅勝之詞。以一萬四千六百人討不義之叛人，力争而僅勝，則以叔段形勢壯盛，不易圖也。使莊公早用祭仲之言，不至此矣。緜緜弗絶，蔓蔓奈何？　毫釐不伐，當用斧柯。前事之不忘，後事之師也。

衛公子州吁，有寵而好兵，公弗禁。石碏諫曰：「愛而弗納于邪。驕奢淫佚，所自邪也。四者之來，寵禄過也。❶寵而不驕，驕而能降，降而不憾，憾而能眕者，鮮矣。」

臣聞驕謂氣體傲肆，奢謂奉養侈靡，淫謂情慾縱恣，佚謂心志怠忽。四者有一焉，必入於邪，而況兼有乎？邪者，不由正道之謂也。爲子以孝爲正，有此則不孝。爲臣以恭恪畏慎爲正，有此則不恭恪畏慎。原其所由然，則由寵待過厚，爵禄太崇，積日累月，其勢必至於此。是故嚴父於子，戒之於初，辨之於早，不致末流之禍。父子，天性也，其治尚爾。君臣，以人合，尤不可忽也。

州吁阻兵而安忍。阻兵無衆，安忍無親，衆叛親離，難以濟矣。

臣謂阻者，恃也。恃兵以爲險阻，使人不敢忤犯也。人之良心，本於不忍，忍者，非良心也。安於殘忍，非能除害，徒生害耳。人道以慈愛相羣，所謂用兵者，去其害人者耳。苟爲阻兵安忍，視平民如禽獸，推而進之，將何有於君父哉？漢光武責其將曰：「觀放麑、啜羹二者孰賢？」蓋知此道矣。

石碏惡其子從州吁爲逆，使從州吁如陳，乃告于陳曰：「此二人者，實弒寡君，敢即圖之。」陳人執之，而請莅于衛。石碏殺之。

臣謂父子主恩，君臣主義，其輕重不二，是謂大倫。當臣之無禮於君，雖慈父不敢私其子。石碏之

---

❶「過」，原作「故」，據明抄本、經鉏堂本、文津閣本、《春秋左傳正義》（中華書局影印《十三經注疏》本一九八〇年版，以下簡稱《左傳》）改。

於石厚，舍慈愛之小，存名分之大，可爲萬世法矣。雖然，子爲叛逆，父則誅之，其割恩爲難，何者？以天性故也。臣爲叛逆，君則誅之，其正義非難，何者？以人合故也。孔子之《春秋》爲亂臣賊子作，以俟後聖也。後世有事僞君、從逆臣，而誅討不加焉，難於行義而易於爲不義，孔子之志隱矣。

魯隱公如棠觀魚。臧僖伯諫曰：「君，將納民于軌物者也。不軌不物，謂之亂政。亂政亟行，所以敗也。」公曰：「吾將畧地焉。」遂往，陳魚而觀之。僖伯卒。公曰：「叔父有憾于寡人，寡人弗敢忘。葬之加一等。」

臣謂孔子教人以克己爲要。克己者，以義理勝其私意也。凡人志意云爲，試以一日之中自加考校，❶由私意而動者十有八九，由義理而動者十無一二。故克己最難。有志之士，未有不由此而進德者，而況人君居移氣，養移體，所以動其情恣者多乎？❷不能自克，則其不善之積，猶火消膏，亦不自覺，魯隱是也。僖伯之諫，忠言也。隱公不能自克，舍曰欲之，而必爲之辭，其志荒矣。其不終之兆，著矣。厥後雖加禮於僖伯之葬，又復失言，謂僖伯恨己。僖伯，賢人也，豈致憾於其君哉？隱公若曰「叔父有諫于寡人，而弗能從，寡人悔之，葬之加一等」，猶足以昭改往修來之意，而加等之葬爲德賞矣。惜其不能及此也。魏鄭公諫唐太宗伐高麗，太宗不從。及敗績而歸，乃曰：「魏元成

---

❶「校」，明抄本、經鉏堂本作「檢」。

❷「恣」，文津閣本作「慾」。

若在，不使我有此行。」亟使馳驛，祀以少牢，立所製碑，召其妻子勞賜之。若太宗拒魏公之諫，與魯隱同，而悔過出於誠心，非如隱公之僞飾，其致太平，宜哉！

隱公四年。宋公、陳侯、蔡人、衛人伐鄭。秋，翬帥師，會宋公、陳侯、蔡人、衛人伐鄭。左氏曰：諸侯伐鄭，宋公使來乞師，公辭之。羽父請以師會之，公弗許。固請而行。故書曰「翬帥師」，疾之也。

臣謂兵權者，有國之司命也。古之得天下者，未有不謹持此權者也。以堯、舜、禹三大聖人之宅天下，可謂以德不以力矣。然四凶强族，堯不誅而以俟舜。舜初即位，按其惡而投之四夷，而後天下服。是堯以兵權授舜也。有苗弗率，舜不討而以俟禹。禹初即位，乃會羣后誓師，奉辭伐罪，是舜以兵權授禹也。湯、武之事，又可見矣。至周成、康之際，天下刑措兵寢，可謂無事。康王以元子即位，名分素定，其誰敢有異志？然成王命仲桓、南宫毛與齊侯吕伋以干戈虎賁之士逆康王于南門之外。干戈虎賁者，親衛也。于南門之外者，顯之於衆也。古先帝王制世馭俗之權如此，是以令之無不行，禁之無不服，手麾指顧，動容嚬笑之間，無不如意。所謂兵權者，有國之司命。命者，死生所係故也。宋殤公聽州吁之邪謀，會諸侯伐鄭，隱公辭宋公之命，而拒公子翬之請，義也。翬乃不稟公之義，而樂從宋、衛之邪謀，固請而行，專己無上，出入自肆，不待鍾巫之事，而知其爲弑君之賊矣。《春秋》簡嚴，不貴辭費，若書曰「翬帥師會伐鄭」，亦可矣，而必曰「翬帥師，會宋公、陳侯、蔡人、衛人伐鄭」，言之重，辭之複，惡之之甚也。隱公自是失權，而兵制于翬。至於十年中丘之會，又不待公而先會齊、鄭伐宋，其縱恣跋扈如此，而隱公終弗能治。其及於寪氏之禍，非一朝一夕之故，其所從來者漸矣。是故伐鄭之舉，因請而行，伐宋之舉，不待公而先會，其志之所存，正所謂履霜陰凝，聖人之大戒，而隱公智不足以及此，惜哉！仲尼於是去翬公子之稱，一以謂翬者，隱之賊，非公子也；二以明討翬之法，當絕其屬籍，不使得爲公子也。使隱公於翬固請之際，未及成師而出之時，奪其兵權，改付賢卿，片言而已矣。夫爲天下國家者，以有法度爲要。前王立法度，固爲保守基業，消弭禍亂也。而往古握兵之人，其始必請便宜從事，其久則事必出於法度之外。夫便宜從事者，施於臨敵對陣，機不可失，難從中覆，故擇利便權時之宜而行之，豈謂無時不便宜邪？既以便宜自處，則以法度爲不便宜於己，乃託爲詞説，曰法度者承平之所用，若施之亂世，行軍用師，則有所碍矣。今日以私欲乞行一事，明日以私怒乞罷一事，往往非法之所當聽也。設智計，較勝負，不用之於外，而用之於内，人皆知之，獨以迫於形勢，不得已而從之者多矣。夫事至於不得已而從，則必有欲禁而不能禁之事，其失司命之權，不已著乎？其爲羽父之固請，不已大乎？此智士之所憂，懦夫之所畏，喜因循者之所不顧，非聖人獨見於魄兆之端，明霜冰之戒，傳筆削之大用，其孰能與於此？

隱公六年。周任有言曰：「爲國家者，見惡，如農夫之務去草焉，芟夷蕴崇之，弗使能殖，則善者信矣。」

臣謂人君之德，當如天地，無不覆載，何獨於惡人而欲去之如此？臣請以農圃者喻之。去稂莠者，以其傷禾稼也；除蒿蔓者，爲其蔽卉木也。若推兼容之量，使稂莠禾稼並生於畎畝，卉木蒿蔓雜毓於園圃，人必指爲農圃之病矣。況爲國家者乎？此所以發周任之論也。昔武王，聖人也，亦曰：「樹德務滋，除惡務本。」故舜舉十六相，則十六族務滋故也。去四凶，則四凶族務本故也。夫黍稷果蔬，養人之物，不種則不生，種而草侵之，亦不能成矣。草之爲物，其生不待種，雖芟夷蘊崇，而功或不繼，未有不復生者也。是故君子難至，小人易聚，難至則常不得行其道，易聚則每得伸其志。治日以是常少，亂日以是常多，此有國家者之至戒也。或曰：「芟，刈也。夷，殺也。不亦已甚乎？」臣曰：天下之道二，善與惡而已。自一言之當、一行之是，推而上之，至於聖而不可知，皆善也，有小大耳。惟惡亦然。所謂芟夷者，非舉天下之小人而盡殺之，蓋謂官使者也，或禁之於未然，或遏之於方萌，或既形而黜除之，或滋蔓而斬絶之，皆去惡之道。大要在於勿使能殖。殖者，深根固蔕，牢不可拔之謂也。夫草之初生，毫末之萌耳，與黍稷果蔬之萌未有異也。其壯長條達，則爲害如此。草之萌，猶惡之微也。見著非難，見微爲難。自古滔天之惡，未有不起於微者。如王莽志在簒逆，曹操窺伺神器，初皆匿情矯飾，終移漢祚。然則人之善惡皆不易知，知之矣，而樹德不務滋，除惡不務本，猶無益也。

桓公二年。❶晉始亂，封桓叔于曲沃。師服曰：「吾聞國家之立也，本大而末小，是以能固。故天子建國，諸侯立家。今晉，甸侯也，而建國，本既弱矣，其能久乎？」

❶「二」，原作「三」，據文津閣本、《左傳》改。

臣謂人主之尊如天，臣民猶地，地無及天之理，而臣民於君有僭逼易位之道，是何也？本小末大，威權去已。始也欲正之而有所不忍，中也欲治之而有所不敢，終也欲取之有所不能矣。名者，實之賓。天子者，名實之極隆也，擅生殺之柄，操慶賞之權，予奪在我，縱舍在我，令之必行，禁之必止。雖總衆百萬如韓信，雖控制萬里如王忠嗣，東西南北，用舍進退，惟君所使，而莫敢或違，此充名之實也。至於欲取之而不能，則必有其漸，非一朝一夕之故矣。師服之論，無乃意在此乎？其後沃盛强，昭公微弱，國人將叛而歸沃，則民不服事而下有覬覦，此言果驗。❶乃後世之戒也。

桓公六年。楚子侵隨。楚鬭伯比曰：「隨少師侈，請羸師以張之。」熊率且比曰：「季梁在，何益？」鬭伯比曰：「少師得君。」隨果用少師之言，追楚師。季梁請止，隨侯勿追。隨侯懼而修政，楚不敢伐。其後少師益有寵，鬭伯比曰：「可矣。」楚子伐隨，季梁請下之，弗許，請攻楚右，弗許，惟少師之言是聽，遂至敗績。少師見獲而免。

臣謂國有賢材，則鄰敵視其用舍爲進退。而賢材者，固凡愚之所忌疾也。是故齊有管仲，九合諸侯。管仲死，則四鄰謀其國家。百里奚一也，虞不用而亡，秦穆公用之而伯。上論千古，無不然者。季梁與少師之謀，自今觀之，一得一失，易見也。自隨侯觀之，未免於二三其聽矣。夫驗成敗於事爲之後者，衆人之見也。辨得失於謀議之初者，非小智所及，惟明主能之。唐憲宗欲伐淮蔡，舉朝

---

❶「此」，明抄本、經鉏堂本、文津閣本作「之」。

不可，惟裴度以身任之，迄用有成。非度之能，乃憲宗用度之難也。武宗欲伐劉稹，諸鎮皆有輔車之勢，惟李德裕以身任之，迄用有成。非德裕之能，乃武宗用德裕之不易也。二宗無二臣，其中興之功未必能立。二臣不遇二宗，則無聞而死耳，後世尚何知？故曰君臣之會，千載一時也。夫梗柟豫章，天付之以棟梁之用；騏驥騂騮，世知其有千里之足。老於空谷，阨於鹽車，顧臨事而歎人才之難得，何哉？坐使反賊睥睨而無憚，黠虜憑陵而不置，❶彼豈無如鬬伯比知少師之可欺，豈無如熊率且比幸季梁之不用者乎？文王立賢無方，言用之之路廣，不止一人而已。人君於賢材，惟患不知，既知之而不急於用，則大謀無時而決，大險無時而出，大難無時而平也。古人不云乎，「日月逝矣，歲不我與」。

桓公十一年。楚屈瑕將盟貳軫，鄖人將伐楚師。莫敖患之，請濟師于王。鬬廉曰：「師克在和，不在衆。商、周之不敵，君之所聞也。成軍以出，又何濟焉？」遂敗鄖師，卒盟而還。

臣聞鬬廉之言，古今之至論也。考之往事，無不然者矣。常人之心，動於血氣之使，好己之勝，不能自克，是以不和。智愚異才而並列，是以不和。能否異功而同其賞，是以不和。不擇端方之士以裨贊之，有讒人交鬬於其間，是以不和。負才藝者屈於下，而善媚賂者壓於上，是以不和。出法違度，不以時制，馴習既久，彼懼於討而訓之，懷疑心以事其上，是以不和。親之厚之，疏之薄之，係於愛

❶「黠虜」，原作「强敵」，據明抄本、經鉏堂本改。

憎之偏，而不協賞刑之正，是以不和。有求則必得，將至於求所不可求，而勢不得與也，則怨怒興焉，是以不和。能者奮其勇而前，不能者忌而疾之，是以不和。疾人之能，則必幸其敗，勝不相推，敗不相救，彼見疾者，又思所以報之，是以不和。官尊禄厚者奉己侈泰，多妖麗，廣金帛，奪商賈，侵公家之利，莫知厭也，而士卒乃有短褐半菽之歎，非心附之，徒迫於勢耳，是以不和。保任功狀未必皆有功，而實有功者或蒙私怒而見黜，鞭笞斬殺未必爲軍事，而實有罪者或蒙私喜而見貸，人心不服，莫肯爲用，因以姑息，不敢役使，是以不和。有一於此，雖廉、藺並將，韓、彭共軍，關羽前茅，張飛後勁，未有能成事者也。而況才不逮古人萬分之一，而兼有如前之失乎？如是而欲所征克，❶所戰勝，必不能矣。故紂之旅億兆而心德睽離，武王之臣十人而一德一心。王莽虎豹之師六十萬，光武以三千摧之。苻堅之衆九十七萬，謝安以一將破之。鬬廉之論可謂信而有證者也。自古大衆難用，而輕軍易勝。子玉剛而無禮，不可過三百乘，是能將二萬人而已。其後城濮之戰，卒以衆敗。漢高駕馭豪傑，滅秦亡楚，而才之所將不過十萬。古之觀人者大抵如此。若較實而論之，凡後世以將自任者，上孰與漢高，而其衆已中分矣；下孰與子玉，然未嘗不以兵少爲請也。雖然，兵者詭道也，故雖不能將，而以大衆虚聲加之敵人猶之可耳，至於實不可犯者，非虚聲之足恃也。上下同志，

❶ 「如」，明抄本脱，經鉏堂本作「持」。

生死同情，勞逸同形，❶動静同慮，則在於和而已矣。然則如之何而可以使之和也？惟監前所謂不和之由，處之各當於義，宜賞然後賞，當罰則必罰，予奪抑揚，若權衡於物，不徇乎私情，而行乎公道，當於其心，方且欣畏帖服之不暇，又何不和之敢乎？是故苟和矣，光武可以敵尋、邑，謝玄可以刼苻秦。苟不和，則若林之旅無救於曳兵而走。故曰師克在和不在衆。不明乎此而曰知兵，不治乎此而欲用兵，臣愚所不信也。

❶「逸」，明抄本、經鉏堂本、文津閣本作「佚」。下文同例不再出校。

斐然集卷二十四

宋胡寅撰

子產傳

國僑，字子產，鄭之公族子國之子也。達治知變，正而有謀。魯襄公之八年，子國侵蔡，獲司馬燮，鄭人皆喜，惟子產不順，曰：「小國無文德而有武功，禍莫大焉。楚人來討，能勿從乎？從之，晉師必至。晉、楚伐鄭，自今鄭國不四五年，弗得寧矣。」子國怒曰：「爾何知！國有大命，而有正卿，童子言焉，將爲戮矣。」鄭伯獻捷于晉。其年冬，楚公子貞帥師伐鄭，討侵蔡也。子駟曰：「民急矣，姑從楚以紓吾民。」❶乃及楚平。使行人告于晉，晉人對曰：「君有楚命，亦不使一介行李告于寡君，而即安于楚。君之所欲，誰敢違君？」明年，晉帥諸侯軍于城下，鄭人恐，乃行成。楚子聞鄭與諸侯同盟于戲也，復伐鄭。鄭人患晉、楚之故，謀使晉師致死于己，乃侵宋以怒之。又明年，晉會十一國之師，觀兵于鄭東南門之外，三駕而楚不能與争，然後納斥堠，禁侵掠，盟于蕭魚。蓋五年而鄭國得寧，卒如子產

---

❶「吾」，原作「我」，據明抄本、經鉏堂本、《左傳·襄公八年》改。

之説焉。

初，子駟當國，子國爲司馬。駟與尉止有争，及爲田洫，司氏、堵氏、侯氏、子師氏皆喪田，故五族聚羣不逞之徒以作亂，攻執政于西宮，殺子駟及子國。獨司徒子孔知之，得不死。子駟之子聞盜，不儆而出，尸而追盜。盜入于北宮，乃歸授甲，臣妾多逃，器用多喪。子産聞盜，爲門者，庀羣司，閉府庫，完守備，❶成列而後出，兵車十七乘，尸而攻盜于北宮，殺尉止，盜衆乃奔。子孔當國，爲載書，以位序聽政辟。大夫、諸司、門子弗順，將誅之。子産請焚書，子孔不可，曰：「爲書以定國，衆怒而焚之，是衆爲政也，國不亦難乎？」子産曰：「衆怒難犯，專欲難成，合二難以安國，危之道也。不如焚書以安衆。子得所欲，欲爲政也，衆亦得安，夫豈不可？專欲無成，犯衆興禍，子必從之。」乃焚書于倉門之外，衆而後定。子孔之爲政也專，國人乃討西宮之難，尉止作難，子孔知而不言。殺子孔而立子産爲卿。

襄公二十有二年，晉人徵朝于鄭。少正子産對曰：「在昔先君悼公九年，❷我寡君于是即位。即位八月，而我先大夫子駟從寡君以朝于執事。執事不禮于寡君，寡君懼。因是行也，二年六月，朝于楚，晉是以有戲之役。楚人猶競，而申禮于敝邑。敝邑欲從執事，而懼爲大尤，曰：『晉其謂我不共有禮。』是以不敢攜貳于楚。我四年三月，先大夫子蟜又從寡君以觀釁于楚，晉于是乎有蕭魚之役。謂

❶「完」，明抄本、經鉏堂本、文津閣本作「充」。按《左傳·襄公十年》亦作「完」。

❷「昔」，據《左傳·襄公二十二年》，當作「晉」。

我敝邑，邇在晉國，譬諸草木，吾臭味也，何敢差池？楚亦不競，寡君盡其土實，重之以宗器，以受齊盟。遂帥羣臣隨于執事，以會歲終。貳于楚者，子侯、石盂，歸而討之。溴梁之明年，子蟜老矣，公孫夏從寡君以朝于君，見于嘗酎，與執燔焉。間二年，聞君將靖東夏，四月，又朝以聽事期。不朝之間，無歲不聘，無役不從。以大國政令之無常，國家罷病，不虞荐至，無日不惕，豈敢忘職？大國若安定之，其朝夕在廷，何辱命焉？若不恤其患，而以爲口實，其無乃不堪任命，而翦爲仇讎？敝邑是懼，其敢忘君命？委諸執事，執事實重圖之。」晉人憚其辭，自是免于大國之討。

范宣子爲政，諸侯之幣重，鄭人病之。子産寓書以告宣子曰：「子爲晉國，四鄰諸侯不聞令德而聞重幣，僑也惑之。僑聞君子長國家者，非無賄之患，而無令名之難。夫諸侯之賄，聚于公室，則諸侯貳。若吾子賴之，則晉國貳。諸侯貳則晉國壞，晉國貳則子之家壞，何没没也，將焉用賄？夫令名，德之輿也；德，國家之基也。有基無壞，無亦是務乎？有德則樂，樂則能久。《詩》云『樂只君子，邦家之基』，有令德也夫！『上帝臨女，無貳爾心』，有令名也夫！恕思以明德，則令名載而行之，是以遠至邇安。毋寧使人謂子，『子實生我』，而謂『子浚我以生』乎？象有齒，以焚其身，賄也。」宣子悦，乃輕幣。

初，陳侯會楚子伐鄭，當陳隧者，井堙木刊，鄭人怨之。襄公之二十五年，子展及子産帥車七百乘伐陳，宵入陳城，陳侯奔于墓。子展命師無入公宮，與子産親御諸門，數俘而出。祝祓社，司徒致民，司馬致節，司空致地，乃還。使子産獻捷于晉，戎服將事。晉人問陳之罪，對曰：「昔虞閼父爲周陶正，以服事我先王。我先王賴其器用，與神明之後也，庸以元女大姬配胡公，而封諸陳，以備三恪。則我周之自出，至於今是賴。桓公五父之亂，先君莊公與蔡人奉戴厲公。至於莊、宣，皆我之自立。夏氏之亂，成公播蕩，又我之自入，君所知也。今陳忘周之大德，蔑我大惠，棄我姻親，介恃楚衆，以憑陵我敝邑，不可億逞，是以有往年之告。未獲成命，則有我東門之役。當陳隧者，井堙木刊。敝邑大懼不競而耻大姬，天誘其衷，啟敝邑心。陳知其罪，授首於我，用敢獻功。」晉人曰：「何故侵小？」對曰：「先王之命，惟罪所在，各致其辟。且天子之地一圻，列國之地一同，自是以衰。今大國多數圻矣，若無侵小，何以至焉？」晉人曰：「何故戎服？」對曰：「我先君武、莊爲平、桓卿士。城濮之役，文公布命，曰『各復舊職』。命我文公戎服輔王，以授楚捷。❶不敢廢王命故也。」士莊伯不能詰，復于趙文子。文子曰：「其辭順。犯順，不祥。」乃受之。仲尼曰：「言以足志，文以足言。不言，誰知其志？言之無文，行之不遠。晉爲伯，鄭入陳，非文辭不爲功。慎辭哉！」鄭伯賞入陳之功，享子展，賜之先路，三命之服，先八邑。賜子産次路，再命之服，先六邑。子産辭邑，曰：「自上以下，降殺以兩，禮也。臣之位在四，上子展，次子西，次伯有，次子産。且子展之功，臣不敢及賞禮，請辭邑。」公固與之，乃受三邑。公孫揮曰：「子産將知政矣。讓不失禮。」

楚子及秦侵鄭，楚人獲鄭大夫皇頡，以獻于秦。鄭人取貨于印氏，子太叔爲令正，以請之。子産

---

❶「授」，原作「受」，據明抄本、經鉏堂本、文津閣本、《左傳・襄公二十五年》改。

曰：「不獲。受楚之功，而取貸于鄭，不可謂國。❶秦不其然。若曰『拜君之勤，微君之惠，楚師其猶在敝邑之城下』，其可。」弗從，遂行。秦人不予。更幣，從子産，而後獲皇頡。

許靈公如楚，請伐鄭，師未興而卒于楚。楚子曰：「不伐鄭，何以求諸侯？」楚師起，鄭人將禦之。子産曰：「晉、楚將平，諸侯將和。楚王是故昧於一來，不如使逞而歸，乃易成也。夫小人之性，釁於勇，嗇於禍，以足其性而求名焉者，非國家之利也。若何從之？」子展悦，不禦寇。楚人入南里，墮其城，涉于氾而歸。明年，宋向戌請于晉楚，欲弭諸侯之兵，果盟于宋。自是晉楚之從，交相見也。

蔡侯自晉歸，過於鄭，鄭伯享之，不敬。子産曰：「蔡侯其不免乎！日其過此也，君使子展廷勞于東門之外，而傲。吾曰猶將更之。今還，受享而惰，乃其心也。君小國，事大國，而傲惰以爲己心，將得死乎？若不免，必由其子。其爲君也，淫而不父。僑聞之，如是者，恒有子禍。」未幾，蔡世子果弒其君固。

子産相鄭伯以如楚，舍而不壇。外僕言曰：「昔先大夫相先君，適四國，未嘗不爲壇。自是至今，亦皆循之。今子草舍，無乃不可乎？」子産曰：「大適小，則爲壇；小適大，則苟舍而已，焉用壇？僑聞之，大適小，有五美：宥其罪戾，赦其過失，❷救其災患，賞其德刑，教其不及。小國不困，懷服如歸，

❶「謂」，原作「爲」，據明抄本、經鉏堂本、《左傳·襄公二十六年》改。

❷「赦」，原作「舍」，據明抄本、經鉏堂本、文津閣本、《左傳·襄公二十八年》改。

是故作壇以昭其功，宣告後人，無怠于德。小適大，有五惡：説其罪戾，請其不足，行其政事，共其職貢，從其時命。不然，則重其幣帛，以賀其福而弔其凶，皆小國之禍也。焉用作壇，以昭其禍？」

延陵季子聘于上國。至齊，説晏平仲。至衛，説蘧伯玉。至晉，説叔向。適鄭，見子產，如舊相識。與之縞帶，子產獻紵衣焉。謂子產曰：「鄭之執政侈，難將作矣，政必及子。子爲政，慎之以禮。不然，鄭國將敗。」

初，伯有知政，使子皙如楚，辭曰：「楚、鄭方惡，而使余往，是殺余也。」伯有曰：「爾世行也。」將强使之。子皙曰：「可則往，難則已，何世之有？」怒而將伐伯有，諸大夫和之。裨諶曰：「禍未歇也，必三年而後能紓。」然明曰：「政將焉往？」裨諶曰：「善之代不善，天命也，其焉辟子產？舉不躐等，則位班也。擇善而舉，則世隆也。天又除之，奪伯有魄，子西即世，將焉辟之？天禍鄭久矣，其必使子產息之，乃猶可以戾。」

未幾，子產相鄭伯以如晉。叔向問鄭之政焉。對曰：「吾得見與否，在此歲也。駟、良方爭，駟，子皙。良，伯有。未知所成。若有所成，吾得見，乃可知也。」叔向曰：「不既和矣乎？」對曰：「伯有侈而愎，子皙好在人上，莫能相下也。雖其和，猶相積惡也，惡至無日矣。」

伯有耆酒，爲窟室，而夜飲酒，擊鐘焉，達旦。朝者皆自朝布路而罷。又將使子皙如楚，子皙以駟氏之甲伐之。伯有奔許。大夫聚謀，子皮曰：「《仲虺之志》云：『取亂侮亡，推亡固存，國之利也。』罕、駟、豐同生，罕，子皮。駟，子皙。豐，公孫段。本同母兄弟。伯有汰侈，故不免。」人謂子產就直助强，子產曰：

「豈爲我徒？國之禍難，誰知所敝？或主强直，難乃不生。姑成吾所。」因斂伯有氏之死者，不及謀而遂行。子皮止之。衆曰：「人不我順，何止焉？」子皮曰：「夫子禮於死者，况生者乎？」遂自止之。子産乃入。鄭伯及其大夫國人盟。伯有聞鄭人之盟己也，怒。聞子皮之甲不與攻己也，喜。遂自墓門之瀆入，駟帶率國人伐之，皆召子産。子産曰：「兄弟而及此，吾從天所與。」伯有死於羊肆。子産枕之股而哭，斂而殯之伯有之臣在市側者，既而葬諸斗城。駟氏欲攻子産。子皮怒曰：「禮，國之幹也。殺有禮，禍莫大焉。」乃止。

于是子皮爲上卿，而授子産以政。辭曰：「國小而偪，族大寵多，不可爲也。」子皮曰：「虎帥以聽，誰敢犯子？子善相之。國無小，小能事大，國乃寬。」子産爲政，有事伯石，伯石，公孫段。有事，欲使之。賂與之邑。子太叔曰：「國皆其國也，奚獨賂焉？」子産曰：「無欲實難。皆得其欲，以從其事，而要其成。非我有成，其在人乎？何愛于邑，邑將焉往？」子太叔曰：「若四國何？」子産曰：「非相違也，而相從也，四國何尤焉？《鄭書》有之曰：『安定國家，必大焉先。』姑先安大，以待其所歸耳。」伯有既死，使太史命伯石爲卿，辭。太史退，則請命焉。復命之，又辭。如是三，乃受策入拜。子産是以惡其爲人也，使次己位。

子産使都鄙有章，上下有服，田有封洫，廬井有伍。大人之忠儉者，從而與之；泰侈者，因而斃之。豐卷將祭，請田焉。弗許，曰：「唯君用鮮，衆給而已。」子張怒，豐卷。退而徵役。欲攻子産。子産奔晉，子皮止之，而逐豐卷。豐卷出奔。子産請其田里，三年而復之，反其田里及其入焉。從政一年，輿人誦之曰：「取我衣冠而褚之，取我田疇而伍之，孰殺子產，吾其與之。」及三年，又誦之曰：「我有子弟，子產誨之。我有田疇，子產殖之。子產而死，誰其嗣之？」

鄭伯如晉，晉侯以魯襄公之喪故，未之見也。子產使盡壞其館之垣，而納車馬焉。士文伯讓之曰：「敝邑以政刑之不修，寇盜充斥，無若諸侯之屬辱在寡君者何，是以令吏人完客所館，高其閈閎，厚其牆垣，以無憂客使。今吾子壞之，雖從者能戒，其若異客何？以敝邑之爲盟主，繕完葺牆，以待賓客。若皆毀之，其何以供命？寡君使丐請命。」對曰：「以敝邑褊小，介於大國，誅求無時，是以不敢寧居，悉索敝賦，以來會時事。逢執事之不閒，而未得見；又不獲聞命，未知見時。不敢輸幣，亦不敢暴露。其輸之，則君之府實也，非薦陳之，不敢輸也。其暴露之，則恐燥濕之不時而朽蠹，以重敝邑之罪。僑聞文公之爲盟主也，宮室卑庳，無觀臺榭，以崇大諸侯之館，館如公寢；庫廄繕修，司空以時平易道路，圬人以時塓館宮室；諸侯賓至，甸設庭燎，僕人巡宮，車馬有所，賓從有代，巾車脂轄，隸人、牧、圉各瞻其事，百官之屬各展其物；公不留賓，而亦無廢事；憂樂同之，事則巡之；教其不知，而恤其不足。賓至如歸，無寧菑患；不畏寇盜，而亦不患燥濕。今銅鞮之宮數里，而諸侯舍於隸人，門不容車，而不可踰越。盜賊公行，而夭厲不戒。賓見無時，命不可知。若又勿壞，是無所藏幣以重罪也。敢請執事，將何所命之？雖君之有魯喪，亦敝邑之憂也。若獲薦幣，修垣而行，君之惠也，敢憚勤勞！」文伯復命。趙文子曰：「信。我實不德，而以隸人之垣以贏諸侯，是吾罪也。」使士文伯謝不敏焉。晉侯見鄭伯，有加禮，厚其宴好而歸之。乃築諸侯之館。叔向曰：「辭之不可以已也如是夫！子產有辭，諸侯賴之，若之何其釋辭也！」

是歲，北宫文子相衛襄公如楚，過鄭，印段迋勞于棐林，如聘禮而以勞辭。文子入聘。子羽爲行人，馮簡子與子太叔逆客。事畢而出，言于衛侯曰：「鄭有禮，其數世之福也，其無大國之討乎！《詩》云：『誰能執熱，逝不以濯。』禮之于政，如熱之有濯也。濯以救熱，何患之有？」子產之從政也，擇能而使之。馮簡子能斷大事，子太叔美秀而文，公孫揮能知四國之爲，而辨于其大夫之族姓、班位、貴賤、賢否，而又善爲辭令。裨諶能謀，謀于野則獲，謀于邑則否。鄭國將有諸侯之事，子產乃問四國之爲於子羽，且使多爲辭令，與裨諶乘以適野，使謀可否，而告馮簡子使斷之。事成，乃授子太叔使行之，以應對賓客，是以鮮有敗事。北宫文子所謂有禮也。

鄭人游于鄉校，以論執政。然明謂子產曰：「毁鄉校如何？」子產曰：「何爲？夫人朝夕退而游焉，以議執政之善否。其所善者，吾則行之；其所惡者，吾則改之，是吾師也。若之何毁之？吾聞忠善以損怨，不聞作威以防怨。豈不遽止？然猶防川，大決所犯，傷人必多，吾不克救也。不如小決使道，不如吾聞而藥之也。」然明曰：「蔑也今而後知吾子之信可事也。小人實不才，若果行此，其鄭國實賴之，豈唯二三臣？」仲尼聞是語也，曰：「以是觀之，人謂子產不仁，吾不信也。」

子皮欲使尹何爲邑。子產曰：「少，未知可否。」子皮曰：「愿，吾愛之，不吾叛也。使夫往而學焉，夫亦愈知治矣。」子產曰：「不可。人之愛人，求利之也。今吾子愛人則以政，猶未能操刀而使割也，其傷實多。子之愛人，傷之而已，其誰敢求愛於子？子於鄭國，棟也。棟折榱崩，僑將壓焉，敢不盡言？子有美錦，不使人學製焉。大官、大邑，身之所庇也，而使學者製焉，其爲美錦不亦多乎？僑聞學而後入政，未聞以政學者也。若果行此，必有所害。譬如田獵，射御貫，則能獲禽，若未嘗登車射御，則敗績壓覆是懼，何暇思獲？」子皮曰：「善哉！虎不敏。吾聞君子務知大者、遠者，小人務知小者、近者。我，小人也，衣服附在吾身，我知而慎之；大官、大邑所以庇身也，吾遠而慢之。微子之言，吾不知也。他日，我曰子爲鄭國，我爲吾家，以庇焉，其可也。今而後知不足。自今請，雖吾家，聽子而行。」子産曰：「人心之不同，如其面焉，吾豈敢謂子面如吾面乎？抑心所謂危，亦以告也。」子皮以爲忠，故委政焉。子産是以能爲鄭國。

魯昭公之元年。楚公子圍聘于鄭，且娶于公孫段氏。伍舉爲介。將入館，鄭人惡楚懷詐，使行人子羽與之言，乃館于外。既聘，將以兵衆逆。子産使子羽辭曰：「以敝邑褊小，不足以容從者，請墠聽命。」令尹命伯州犁對曰：「君辱貺寡大夫圍，謂圍將使豐氏撫有而室。圍布几筵，告于莊、共之廟而來。若野賜之，是委君貺於草莽也，是寡大夫不得列於諸卿也。不寧唯是，又使圍蒙其先君，將不得爲寡君老，其蔑以復矣。唯大夫圖之。」子羽曰：「小國無罪，恃實其罪。將恃大國之安靖己，而無乃包藏禍心以圖之？小國失恃，而懲諸侯，使莫不憾者，距違君命，而有所壅塞不行是懼。不然，敝邑，館人之屬也，其敢愛豐氏之祧？」伍舉知其有備，乃請垂櫜而入。

居無何，令尹圍使公子黑肱、伯州犁城犨、櫟、郟。鄭人懼。子産曰：「不害。令尹將行大事，而先除二子也。禍不及鄭，何患焉？」已而圍果弑楚子，殺伯州犁，而黑肱出，乃自立爲君。於是游吉如楚，歸，語子産曰：「具行器矣。楚王汰侈，而自説其事，必合諸侯，吾往無日矣。」子産曰：「不數歲未能也。」後四年，始會諸侯于申。

子産聘于晉，叔向問焉，曰：「寡君疾病，卜人曰『實沈、臺駘爲祟』，史莫知之。敢問此何神也？」子産曰：「昔高辛氏有二子，伯曰閼伯，季曰實沈，居於曠林，不相能也。日尋干戈，以相征討。后帝不臧，遷閼伯於商丘，主辰。商人是因，故辰爲商星。遷實沈於大夏，主參。唐人是因，故參爲晉星。然則實沈，參神也。昔金天氏裔子曰昧，爲玄冥師，生允格、臺駘。臺駘能業其官，宣汾、洮，障大澤。帝用嘉之，封諸汾川。❶沈、姒、蓐、黄，實守其祀。今晉主汾而滅之。然則臺駘，汾神也。抑此二者，不及君身。山川之神，則水旱癘疫之災，于是乎禜之。日月星辰之神，則雪霜風雨之不時，於是乎禜之。若君身，則亦出入、飲食、哀樂之事也。僑聞君子有四時，朝以聽政，晝以訪問，夕以修令，夜以安身。於是乎節宣其氣，勿使有所壅閉湫底以露其體，兹心不爽，而昏亂百度。今無乃壹之，則生疾矣。僑又聞内官不及同姓。故男女辨姓，禮之大司也。今君内實有四姬焉，其無乃是乎？」晉侯聞其言，曰：「博物君子也。」而厚爲之禮。叔向出，行人子羽送之。叔向問鄭故焉，且問子皙。對曰：「其與幾何？無禮而好陵人，怙富而卑其上，弗能久矣。」

初，鄭徐吾犯之妹美，公孫楚聘之矣，公孫黑又使强委禽焉。犯懼，告子産。子産曰：「是國無政，

❶「川」，原作「州」，據明抄本、經鉏堂本、文津閣本及《左傳·昭公元年》改。

非子之患也。唯所欲與。」犯請于二子，請使女擇焉，皆許之。子晳盛飾入，布幣而出。子南戎服入，左右射，超乘而出。女自房觀之，曰：「子晳信美矣，抑子南，夫也。夫夫婦婦，所謂順也。」適子南氏。子晳怒，櫜甲以見子南，欲殺之而取其妻。子南執戈擊之，及衝。子晳傷而歸，告大夫曰：「我好見之，不知其有異志也，故傷。」大夫皆謀之。子産曰：「直鈞，幼賤有罪，罪在楚也。」先聘，子南直也。用戈，子晳直也。子産未能討，故鈞其事而罪楚。乃執子南而數之曰：「國之大節有五，女皆奸之。畏君之威，聽其政，尊其貴，事其長，養其親，五者所以爲國也。今君在國，女用兵焉，不畏威也。奸國之紀，不聽政也。子晳上大夫，女嬖大夫，而弗下之，不尊貴也。幼而不忌，不事長也。兵其從兄，不養親也。君曰『余不忍女殺，宥女以遠』。勉，速行乎！無重而罪。」遂放游楚于吴。將行，子産咨於太叔。太叔曰：「吉不能亢身，焉能亢宗？彼，國政也，非私難也。子圖鄭國，利則行之，又何疑焉？周公殺管叔而蔡蔡叔，夫豈不愛？王室故也。吉若獲戾，子將行之，何有于諸游？」鄭爲游楚亂故，六卿私盟于薰隧。公孫黑强與于盟，使太史書其名，且曰「七子」。子産弗討。未幾，公孫黑將作亂，欲去游氏而代其位，傷疾作而不果。駟氏與諸大夫欲殺之。子産在鄙，聞之，懼弗及，乘遽而至。使吏數之，曰：「伯有之亂，以大國之事，而未爾討也。爾有亂心無厭，國不女堪。專伐伯有，而罪一也。昆弟争室，而罪二也。薰隧之盟，女矯君位，而罪三也。有死罪三，何以堪之？不速死，大刑將至。」再拜稽首，辭曰：「死在朝夕，無助天爲虐。」子産曰：「人誰不死，凶人不終，命也。作凶事，爲凶人。不助天，其助凶人乎？」請以印爲褚師。市官。子産曰：「印也若才，君將任之；不才，將朝夕從女。女罪之不恤，而又何請焉？不速死，司寇將至。」乃縊而尸諸周氏之衢，加木焉。

子産相鄭伯如楚。楚子享之，賦《吉日》。既享，子産乃具田備，王以田江南之夢。因使椒舉如晉求諸侯。問于子産曰：「晉其許我諸侯乎？」對曰：「晉君少安，不在諸侯。其大夫多求，莫匡其君。在宋之盟，又曰如一。若不許君，將焉用之？」王曰：「諸侯其來乎？」對曰：「從宋之盟，承君之歡，不畏大國，何故不來？不來者，其魯、衛、曹、邾乎？曹畏宋，邾畏魯，魯、衛偪于齊而親于晉，惟是不來。其餘，君之所及也。」王曰：「然則吾所求者，無不可乎？」對曰：「求逞于人，不可；與人同欲，盡濟。」明年夏，諸侯如楚。曹、邾辭以難，魯辭以時祭，衛侯辭以疾。椒舉言于楚子曰：「諸侯無歸，禮以爲歸。今君始得諸侯，其慎禮矣。宋向戌、鄭公孫僑在，諸侯之良也，君其選焉。」楚子乃問禮于左師及子産。左師獻公合諸侯之禮六，子産獻伯子男會公之禮六。君子謂合左師善守先代，子産善相小國。楚子示諸侯侈。椒舉諫，不聽。子産見左師，曰：「吾不患楚矣。汰而愎諫，不過十年。」左師曰：「不十年侈，其惡不遠，遠惡而後棄。善亦如之，德遠而後興。」

子産作丘賦，國人謗之，曰：「其父死于路，己爲蠆尾，以令于國，國將若之何？」子寬以告。子産曰：「何害？苟利社稷，死生以之。且吾聞爲善者不改其度，故能有濟。民不可逞，度不可改。《詩》曰：『禮義不愆，何恤人言。』❶吾不遷矣。」子寬曰：「君子作法于涼，其敝猶貪。作法于貪，敝將若

❶「恤」下，明抄本、經鉏堂本有「於」字。

何？政不率法，而制于心，民各有心，何上之有？」

鄭人鑄刑書。叔向詒書子産曰：「始吾有虞於子，今則已矣。昔先王議事以制，不爲刑辟，懼民之有争心也。民知有辟，則不忌於上。並有争心，以徵於書，而徼倖以成之，弗可爲矣。夏有亂政，而作《禹刑》；商有亂政，而作《湯刑》；周有亂政，而作《九刑》。三辟之興，皆叔世也。今吾子相鄭國，作封洫，立謗政，制参辟，鑄刑書，將以靖民，不亦難乎？《詩》曰：『儀式刑文王之典，日靖四方。』又曰：『儀刑文王，萬邦作孚。』如是，何辟之有？民知争端矣，將棄禮而徵于書，錐刀之末，將盡争之。亂獄滋豐，賄賂並行，終子之世，鄭其敗乎？」子産復書曰：「若吾子之言。僑不才，不能及子孫，吾以救世也。既不承命，敢忘大惠。」

子産聘于晉。晉侯有疾，韓宣子逆客，私焉，曰：「寡君寢疾，于今三月矣，並走羣望，有加而無瘳。今夢黄熊入于寢門，其何厲鬼也？」對曰：「以君之明，子爲大政，其何厲之有？昔堯殛鯀于羽山，其神化爲黄熊，以入于羽淵，實爲夏郊，三代祀之。晉爲盟主，其或者未之祀乎？」韓子祀夏郊。晉侯有間，賜子産莒之方鼎二。

鄭人相驚以伯有，曰：「伯有至矣！」則皆走，不知所往。或夢伯有介而行，曰：「壬子，予將殺帶也。明年壬寅，予又將殺段也。」期至，而駟帶、公孫段卒，國人愈懼。子産立公孫洩及良止以撫之，乃止。洩，子孔子。止，伯有子。子太叔問其故。子産曰：「鬼有所歸，乃不爲厲，吾爲之歸也。」太叔曰：「公孫洩何爲？」子産曰：「説也。爲身無義而圖説，從政有所反之，以取媚也。不媚，不信。不信，民不從也。」及子產適晉，趙景子問焉，曰：「伯有猶能爲鬼乎？」子產曰：「能。人生始化曰魄，既生魄，陽曰魂。用物精多，則魂魄强，是以有精爽至於神明。匹夫匹婦强死，其魂魄猶能憑依於人，以爲淫厲，況良霄，我先君穆公之胄，子良之孫，子耳之子，敝邑之卿，從政三世矣。鄭雖無腆，抑諺曰『蕞爾國』，而三世執其政柄，其用物也弘矣，其取精也多矣，其族又大，所馮厚矣，而强死，能爲鬼，不亦宜乎！」

子產爲豐施歸州田于韓宣子，曰：「日君以公孫段爲能任其事，而賜之州田。初，段相鄭伯如晉，禮無違者，晉侯賜之田。施，段之子。今無祿早世，不獲久享君德，其子弗敢有，不敢以聞于君，私致諸子。」宣子辭。子產曰：「古人有言曰：『其父析薪，其子弗克負荷。』施將懼不能任其先人之祿，其況能任大國之賜？縱吾子爲政而可，後之人若屬有疆埸之言，敝邑獲戾，而豐氏受其大討。吾子取州，是免敝邑于戾，而建置豐氏也。敢以爲請。」宣子乃受之。

鄭罕朔奔晉。韓宣子問其位於子產。子產曰：「君之羈臣，苟得容以逃死，何位之敢擇？卿違，從大夫之位。罪人以其罪降，古之制也。朔于敝邑，亞大夫也；其官，馬師也，獲戾而逃，惟執政所寘之，得免其死，爲惠大矣，又敢求位？」宣子爲子產之敏也，使從嬖大夫。

晉平公卒，諸侯如晉送葬。鄭子皮將以幣行。子產曰：「喪焉用幣？用幣必百兩，百兩必千人。千人至，將不行，不行，必盡用之。幾千人而國不亡？」子皮固請以行。既葬，諸侯之大夫欲因見新君。叔孫昭子曰：「非禮也。」弗聽。叔向辭之，曰：「大夫之事畢矣，而又命孤。孤斬焉在衰絰之中，其以嘉服見，則喪禮未畢；其以喪服見，則是重受弔也。大夫將若之何？」皆無辭以見。子皮盡用其幣。歸，謂子羽曰：「非知之實難，將在行之。夫子知之矣，我則不足。《書》曰『欲敗度，縱敗禮』，我之謂矣！夫子知度與禮矣，我實縱欲而不能自克也。」

初，子產如陳涖盟，歸告大夫曰：「陳，亡國也，不可與也。聚禾粟，繕城郭，恃此二者而不撫其民。其君弱植，公子侈，太子卑，大夫敖，政多門，以介于大國，能無亡乎？不過十年矣。」後十年，果爲楚所滅。

楚子誘蔡侯般，殺之于申，遂圍蔡。晉荀吳謂韓宣子曰：「前日不能救陳，今又不能救蔡，爲盟主而不恤亡國，將焉用之？」遂告諸侯，會于厥慭。子皮將行，子產曰：「行不遠，不能救蔡也。蔡小而不順，楚大而不德，天將棄蔡以壅楚，盈而罰之，蔡必亡矣。且喪君而能守者鮮矣。三年，楚其有咎乎？美惡周必復，楚惡周矣。」已而晉人請蔡于楚，果弗許，而諸侯歸。

于是鄭簡公卒，將爲葬除，及游氏之廟，將毀焉。子太叔使其除徒執用以立，而無庸毀，曰：「子產過女而問何故不毀，乃曰：『不忍廟也。諾，將毀矣。』」既如是，子產乃使辟之。司墓之室有當道者，毀之，則朝而塴，弗毀，則日中而塴。子太叔請毀之，曰：「無若諸侯之賓何？」子產曰：「諸侯之賓能來會吾喪，豈憚日中？無損于賓，而民不害，何故不爲？」遂不毀，日中而葬。君子謂子產於是乎知禮。禮，無毀人以自成也。

晉侯成虒祁之宮，諸侯朝而歸者，皆有貳心。叔向曰：「諸侯不可以不示威。」乃並徵會。以甲車四千乘，合諸侯于平丘。子產、子太叔相鄭定公會，子產以幄幕九張行，子太叔以四十，既而悔之，每舍，損焉。及會，亦如之。晉人令諸侯甲戌日中造于除。癸酉，退朝。子産命外僕速張于除，太叔止之，使待明日。及夕，子産聞其未張也，使速往，乃無所張矣。及盟，子産争承，曰：「昔天子班貢，輕重以列。列尊貢重，周之制也。卑而貢重者，甸服也。鄭伯，男也，而使從公侯之貢，懼弗給也，敢以爲請。諸侯靖兵，好以爲事。行理之命，無月不至，貢之無藝，小國有闕，所以得罪也。諸侯修盟，存小國也。貢獻無極，亡可待也。存亡之制，將在今矣。」自日中以争，至于昏，晉人許之。既盟，子太叔咎之曰：「諸侯若討，其可瀆乎？」子産曰：「晉政多門，貳偷之不暇，何暇討？國不競亦陵，何國之爲？」仲尼謂：「子産於是行，足以爲國基矣。《詩》云：『樂只君子，邦家之基。』子産，君子之求樂者也。夫合諸侯，藝貢事，禮也。」子産歸，未至，聞子皮卒，哭，且曰：「吾已！無爲爲善矣，惟夫子知我。」初，子皮如齊，晏子驟見之。陳桓子問其故。對曰：「能用善人，民之主也。」

晉韓起聘于鄭，鄭伯享之。子産戒曰：「苟有位於朝，無有不供恪。」孔張後至，立於客間，執政禦之；適客後，又禦之；適縣間。客從而笑之。事畢，富子諫曰：「夫大國之人，不可不慎也，幾爲之笑，而不陵我？吾皆有禮，夫猶鄙我。國而無禮，何以求榮？孔張失位，吾子之恥也。」子産怒曰：「發命之不衷，出令之不信，刑之頗類，獄之放紛，會朝之不敬，使令之不聽，取陵於大國，罷民而無功，罪及而弗知，僑之恥也。孔張，君之昆孫，子孔之後也，執政之嗣也，爲嗣大夫，承命以使，周於諸侯，國人所尊，諸侯所知。立於朝而祀於家，有禄於國，有賦於軍，喪祭有職，受脤歸脤。其祭在廟，已有著位。數世，世守其業，而忘其所，僑焉得恥之？辟邪之人，而皆及執政，是先王無刑罰也，子寧以他規我？」

宣子有環，其一在鄭商。宣子謁諸鄭伯，子産弗與，曰：「非官府之守器也，寡君不知。」子太叔、子羽謂子産曰：「韓子亦無幾求，晉國亦未可以貳。晉國、韓子不可偷也。若屬有讒人交鬭其間，鬼神而助之，以興其凶怒，悔之何及？吾子何愛於一環，其以取憎於大國也？盍求而與之？」子産曰：「吾非偷晉而有貳心，將終事之，是以弗與，忠信故也。僑聞君子非無賄之難，立而無令名之患。僑聞爲國非不能事大字小之難，無禮以定其位之患。夫大國之人令於小國，而皆獲其求，將何以給之？一共一否，爲罪滋大。大國之求，無禮以斥之，何饜之有？吾且爲鄙邑，則失位矣。若韓子奉命以使，而求玉焉，貪淫甚矣，獨非罪乎？出一玉以起二罪，吾又失位，韓子成貪，將焉用之？且吾以玉賈罪，不亦鋭乎？」韓子買諸賈人，既成賈矣。商人曰：「必告君大夫。」韓子請諸子産曰：「日起請夫環，執政弗義，弗敢復也。今買諸商人，商人曰『必以聞』，敢以爲請。」子産對曰：「昔我先君桓公與商人皆出自周，庸次比耦以艾殺此地，斬之蓬蒿藜藋而共處之；世有盟誓，以相信也，曰：『爾無我叛，我無强賈，毋或丐奪。爾有利市寶賄，我勿與知。』恃此質誓，故能相保，以至于今。今吾子以好來辱，而謂敝邑强奪商人，是教敝邑背盟誓也，毋乃不可乎？吾子得玉而失諸侯，必不爲也。若大國令，而供無藝，鄭鄙邑也，亦弗爲也。僑若獻玉，不知所成。敢私布之。」韓子曰：「起不敏，敢求玉以徼二罪？敢辭之。」將行，私覲于子産以玉與馬，曰：「子命起舍夫玉，是賜我玉而免吾死也，❶敢不藉手以拜！」

---

❶「吾」，原作「我」，據明抄本、經鉏堂本及《左傳·昭公十六年》改。下文「吾言」之「吾」字同例，不再出校。

有星孛于大辰。裨竈言于子産曰：「宋、衛、陳、鄭將同日火。若我用瓘斝玉瓚，鄭必不火。」子産弗與。明年夏，宋、衛、陳、鄭皆火。裨竈曰：「不用吾言，鄭又將火。」鄭人請用之。子産不可。子太叔曰：「寶以保民也，若有火，國幾亡，可以救亡，子何愛焉？」子産曰：「天道遠，人道邇，非所及也。竈焉知天道？是亦多言矣，豈不或信？」遂不與，亦不復火。初，火作，子産辭晉公子、公孫于東門，使司寇出新客，禁舊客勿出于宫。使子寬、子上巡羣屏攝，至于大宫。使公孫登徙大龜，使祝史徙主祏于周廟，告于先君。使府人、庫人各儆其事。商成公儆司宫，出舊宫人，寘諸火所不及。司馬、司寇列居火道，行火所焮。城下之人，伍列登城。明日，使野司寇各保其徵，郊人助祝史，除于國北，禳火于玄冥、回禄，祈于四鄘。書焚室而寬其征，與之材。三日哭，國不市。使行人告于諸侯。陳不救火，許不弔災，君子是以知陳、許之先亡也。踰月，子産大爲社，祓禳于四方，振除火災。乃簡兵大蒐。將爲蒐除。子太叔之廟在道南，其寢在道北，其庭小，過期三日，使除徒陳于道南廟北，曰：「子産過女，而命速除，乃毁于而向。」子産朝，過而怒之。除者南毁。子産止之曰：「毁于北方。」初，火之作也，子産授兵登陴。子太叔曰：「晉無乃討乎？」子産曰：「小國忘守則危，況有災乎？」既，晉之邊吏讓鄭曰：「鄭國有災，晉君大夫不敢寧居，卜筮走望，不愛牲玉。鄭之有災，寡君之憂也。今執事撊然授兵登陴，將以誰罪？邊人恐懼，不敢不告。」子産對曰：「若吾子之言，敝邑之災，君之憂也。敝邑失政，天降之災，又懼讒慝之間謀之，以啓貪人，荐爲敝邑不利，以重君之憂。幸而不亡，猶可説也。不幸而亡，君雖憂之，亦無及也。鄭有他竟，望走在晉。既事晉矣，其敢有二心？」于是楚左尹王子勝言于楚子曰：「許於鄭，仇敵也，而居楚地，以不禮于鄭。晉、鄭方睦，鄭若伐許，而晉助之，楚喪地矣。鄭方有令政，君其圖之。」楚子乃遷許于白羽。

鄭駟偃卒。初，偃娶于晉大夫，生絲，弱，其父兄立子瑕。偃子叔父。子產憎其爲人，且以爲不順，弗許，❶亦弗止。他日，絲以告其舅。晉人使以幣如鄭，問駟乞之立故。乞，子瑕也。駟氏懼，乞欲逃，子產弗遣；請龜以卜，亦弗予。大夫謀對，子產對客曰：「鄭國不天，寡君之二三臣札瘥夭昏，今又喪我先大夫偃。其子幼弱，其二三父兄懼墜宗主，私族于謀而立長親。寡君與其二三老曰：❷『抑天實剝亂是，吾何知焉？』諺曰『無過亂門』，民有兵亂，猶憚過之，而況敢知天之所亂？今大夫將問其故，抑寡君實不敢知，其誰實知之？平丘之會，君尋舊盟曰：『無或失職。』若寡君之二三臣，其即世者，晉大夫而專制其位，是晉之縣鄙也，何國之爲？」辭客幣而報其使，晉人不敢復言。

大水，龍鬭於時門之外洧淵，國人請爲禜焉。子產弗許，曰：「我鬭，龍不我覿也。龍鬭，我何覿焉？禳之，則彼其室也。我無求於龍，龍亦無求於我。」乃止。

初，子產喜然明，問爲政焉，對曰：「視民如子，見不仁者誅之，如鷹鸇之逐鳥雀也。」子產喜，以語子太叔，且曰：「他日吾見蔑之面而已，今吾見其心矣。」子太叔問政於子產，子產曰：「政如農功，日夜

---

❶「弗」，原作「勿」，據明抄本、經鉏堂本、文津閣本、《左傳》改。下句「弗」字逕改，不再出校。

❷「老」，原作「臣」，據明抄本、經鉏堂本及《左傳·昭公十九年》改。

思之，思其始而成其終。朝夕而行，行無越思，如農之有畔，則其過鮮矣。」及子産有疾，謂子太叔曰：「我死，子必爲政。惟有德者能以寬服民，其次莫如猛。夫火烈，民望而畏之，故鮮死焉。水懦弱，民狎而翫之，則多死焉。故寬難。」疾數月而卒。太叔爲政，不忍猛而寬。鄭國多盜，取人于萑苻之澤。太叔悔之，曰：「吾早從夫子，不及此。」興徒兵以攻萑苻之盜，盡殺之，盜少止。仲尼曰：「善哉！政寬則民慢，慢則糾之以猛。猛則民殘，殘則施之以寬。寬以濟猛，猛以濟寬，政是以和。《詩》曰『民亦勞止，汔可小康。惠此中國，以綏四方』，施之以寬也。『毋縱詭隨，以謹無良。式遏寇虐，慘不畏明』，糾之以猛也。『柔遠能邇，以定我王』，平之以和也。又曰『不競不絿，不剛不柔。布政優優，百禄是遒』，和之至也。」及子産卒，仲尼聞之，出涕曰：「古之遺愛也。」

諸葛孔明傳

諸葛亮，字孔明，瑯琊陽都人也。漢司隸校尉豐之後。亮早孤，隨叔父玄避亂荆州。建安初，與潁川石廣元、汝南孟公威等俱遊學，諸人務於精熟，而亮獨觀其大略。晨夜從容，常抱膝長嘯。顧謂廣元等曰：「卿曹仕進可至郡守刺史也。」或問其所志，亮笑而不言。及玄卒，躬耕隴畝，好爲《梁父吟》。身長八尺，容貌甚偉，每自比管仲、樂毅，時人莫之許也，惟博陵崔州平、潁川徐庶元直與亮友善，皆信然之。襄陽龐德公有重名於當世，目亮爲卧龍，從子統爲鳳雛，同郡司馬徽爲水鏡。亮每至其家，獨拜牀下，德公初不令止。徽字德操，清雅有知人之鑑。劉先主訪世事於徽，徽曰：「儒生俗士，豈識時務？識時務者，在乎俊傑。此間有伏龍、鳳雛。」先主問其人，曰：「諸葛孔明、龐士元也。」徐庶見先主於新野，先主器之，謂先主曰：「諸葛孔明者，卧龍也，將軍豈願見之乎？」先主曰：「君與俱來。」庶曰：「此人可就見，不可屈致，將軍宜枉駕顧之。」❶由是先主遂詣亮，凡三往乃得見。因屏人曰：「漢室傾頹，姦臣竊命，主上蒙塵。孤不度德量力，欲信大義於天下，而智術短淺，遂用猖獗，至於今日，然志猶未已。君謂計將安出？」亮答曰：「今曹操已擁百萬之衆，挾天子而令諸侯，此誠不可與争鋒。孫權據有江東，已歷三世，國險而民附，賢能爲之用，此可與爲援，而不可圖也。荆州北據漢沔，利盡南海，東連吴會，西通巴蜀，此用武之國，而其主不能守，殆天所以資將軍，豈有意乎？益州險塞，沃野千里，天府之土，高祖因之以成帝業。劉璋闇弱，張魯在北，民殷國富，而不知存卹，智能之士，思得明君。將軍既帝室之胄，信義著於四海，總攬英雄，思賢如渴，若跨有荆、益，保其岩阻，西和諸戎，南撫夷越，外結好孫權，内修政理。天下有變，則命一將將荆州之軍以向宛洛，將軍身率益州之衆以出秦川，❷百姓孰敢不簞食壺漿以迎將軍者乎？誠如是，則帝業可成，漢室可興矣。」先主曰：「善。」於是與亮情好日密。關羽、張飛等不説，先主解之曰：「自孤得孔明，猶魚之有水也。願諸君勿復言。」羽、

---

❶「宜」，明抄本、經鉏堂本、文津閣本作「且」。

❷「以出」，明抄本、經鉏堂本、文津閣本作「出於」。

飛乃止。❶

劉表長子琦亦深敬亮。表受後妻之言，愛少子琮，不悦於琦。琦每欲與亮謀自安之術，亮輒拒塞。琦乃將亮遊觀後園，❷共登高樓，飲宴之間，令人去梯，因謂亮曰：「今日上不至天，下不至地，言出子口，入於吾耳，可以言未？」亮答曰：「君不見申生在内而危，重耳在外而安乎？」琦意感悟，陰規出計，遂得爲江夏太守。俄而表卒，曹操征荆州，琮遣使請降。先主在樊，聞之，率其衆南行，亮與徐庶並從，爲操所追破，獲庶母。庶辭先主而指其心，曰：「本欲與將軍共圖王霸之業者，以此方寸地也。今失老母，方寸亂矣，無益於事，請從此别。」遂詣曹公。

先主至於夏口，亮曰：「事急矣，請奉命求救於孫將軍。」時權擁衆在柴桑，觀望成敗，宿仰先主大名，又覩亮英偉，甚敬重之。亮説權曰：「海内大亂，將軍起兵據有江東，劉豫州亦收衆漢南，與曹操並爭天下。今操芟夷大難，畧已平定，遂破荆州，威震四海。英雄無用武之地，故豫州遁逃至此。將軍量力而處之，若能以吴越之衆與中國抗衡，不如早與之絶。若不能當，何不按兵束甲，北面而事之？今將軍外託服從之名，内懷猶豫之計，事急而不斷，禍至無日矣。」權曰：「苟如君言，劉豫州何不遂事

---

❶「羽飛」，原作「關張」，據明抄本、經鉏堂本改。

❷「琦」，原作「既」，據文津閣本、《三國志·蜀書·諸葛亮傳》（中華書局點校本，一九八二年版，以下簡稱《三國志》）改。明抄本、經鉏堂本誤作「其」。

之乎？」亮曰：「田横，齊之壯士耳，猶守義不辱，況劉豫州，王室之胄，英才蓋世，衆士仰慕，若水之歸海。事之不濟，此乃天也，安能復爲之下乎？」權勃然曰：「吾不能舉全吴之地，十萬之衆，受制於人。吾計決矣。非劉豫州莫可以當曹操者，然豫州新敗之後，安能抗此難乎？」亮曰：「豫州兵雖敗於長阪，今戰士還者及關羽水軍，精甲萬人。劉琦合江夏戰士，亦不下萬人。曹操之衆，遠來疲弊，聞追豫州輕騎一日一夜行三百餘里，此所謂强弩之末，勢不能穿魯縞者也。故兵法忌之，曰必蹶上將軍。且北方之人，不習水戰。又荆州之民附操者，偪兵勢耳，非心服也。今將軍誠能命猛將統兵數萬，與豫州協規同力，必破操軍。操軍破，必北還。如此，則荆、吴之勢强，鼎足之形成矣。成敗之機，在於今日。」權大悦，即遣周瑜、程普、魯肅等水軍三萬隨亮詣先主，并力拒曹操。操敗於赤壁，果引軍歸鄴。先主遂收江南。

建安十六年，先主攻益州，亮與關羽留鎮荆土。居無何，亮率張飛、趙雲等泝江而上，分定州郡，會圍成都，劉璋遂降。宜城馬良致書於亮曰：「聞雒城已拔，此天祚也。明公應期贊世，配業光國，魄兆見矣。夫變用雅慮，審貴垂明，于以簡才，宜適其時。若乃和光悦遠，邁德天壤，使時閑于聽，世服于道，齊高妙之音，正鄭衛之聲，並利於事，❶無相奪倫，此乃管絃之至，牙、曠之調也。雖非鍾期，敢不擊節？」

❶「事」，原作「世」，據明抄本、經鉏堂本、文津閣本、《三國志·蜀書·馬良傳》改。

二十六年，羣下勸先主即帝位，先主未之許。亮曰：「今曹氏篡漢，天下無主，大王劉氏苗族，紹世而起，今即帝位宜矣。」於是稱尊號，策亮爲丞相，曰：「朕遭家不造，奉承大統，兢兢業業，不敢康寧，思靖百姓，懼未能綏。於戲！丞相亮其悉朕意，無怠輔朕之闕，助宣重光，以昭明天下，君其勖哉！」以丞相録尚書事。其治頗尚嚴峻，人多怨嘆。法正謂亮曰：「昔高祖入關，約法三章，秦民知德。今君假借威力，跨據一州，初有其國，未垂惠撫，胡不緩刑弛禁，全客主之義乎？」亮曰：「君知其一，未知其二。秦以無道，政苛民怨，匹夫大呼，天下土崩。高祖因之，可以弘濟。劉璋闇弱，自焉已來，有累世之恩，文法羈縻，互相承奉，德政不舉，威刑不肅。蜀土吏民，專權自恣，君臣之道，漸以陵替。寵之以位，位極則僭；順之以恩，恩竭則慢。積弊致亡，職由此也。吾今威之以法，法行則知恩；限之以爵，爵加則知榮。恩榮並濟，上下有節，爲治之要著矣。」

章武三年春，先主于永安疾篤，召亮屬以後事，謂亮曰：「君才十倍曹丕，必能安國，終定大業。若嗣子可輔，輔之；如其不才，當自取也。」亮涕泣曰：「臣敢不竭股肱之力，効忠貞之節，繼之以死。」建興元年，封亮武鄉侯，開府治事，又領益州牧。事無巨細，咸決於亮。是歲，越嶲夷高定背叛，建寧大姓雍闓負阻不賓，牂柯太守朱褒擁郡相繼而反，南中騷動。亮以新遭大喪，故未即加兵。初，孫權聞先主住白帝，使大夫鄭泉來聘，蜀亦遣人相與報答。及先主殂殞，亮策權有異計，謀欲聘之而未發也。於是鄧芝見亮曰：「上幼弱，初在位，宜遣使人重申吴好。」亮答曰：「吾思之久矣，未得其人。今日始得之耳。」芝問其人謂誰，亮曰：「即使君也。」因遣芝修好於權。權果狐疑，不時見芝。芝表請面陳吴、蜀脣齒之計，權乃絶魏，與蜀申盟。自後和親，遂爲與國。

亮將自南征，長史王連力諫，以爲此不毛之地，疫癘之鄉，而丞相者一國之望也，❶不宜冒險而行。亮度諸將才不及己，意欲必往，而連言輒懇至，故稽留者久之。三年春，亮遂率衆南征，其秋悉平。軍資所出，國以饒富。有孟獲者，爲夷所服，亮募軍中生致之麾下，使獲周觀營陣之間，問曰：「此軍何如？」對曰：「向者不知虛實，故敗。今蒙賜觀營陣，若祇如此，即易勝耳。」亮笑，縱使更戰。七縱七擒，而亮猶遣獲。獲止不去，曰：「公，天威也，南人不復反矣。」遂至滇池，使其渠帥自相統領，不復别置漢官，亦不留兵鎮守。或者以爲不便，亮曰：「夷新傷破，父兄死喪，若置官吏而無兵，必成禍患，一不易也。留兵鎮守而無食，必當運糧，二不易也。夫夷人累有廢殺之罪，自嫌釁重，若留外人，終不相信；夷漢雜居，猜嫌必起，及其反叛，勞費蕭然矣，三不易也。今吾欲使不留兵，不運糧，而綱紀粗定，夷漢粗安，策猶有便於此者乎？」初，參軍馬謖送亮南征，臨别獻言曰：「南中恃其險遠，驕黠不賓之日久矣。雖今旦破降，明日必反耳。今公方欲傾國北伐，遠事强賊，彼知吾勢内虛，其叛亦速。若殄盡遺類，以除後患，既非仁者之情，且又不可倉卒也。夫用兵之道，攻心爲上，攻城爲下，心戰爲上，兵戰爲下，願公服其心而已。」亮深納其策，赦孟獲以服南方。故終亮之世，夷人無敢反者。

五年，率諸軍北駐漢中。臨發，上疏曰：「先帝創業未半，而中道崩殂。今天下三分，益州罷弊，此

❶「者」，明抄本、經鉏堂本、文津閣本作「以」。

誠危急存亡之秋也。然侍衛之臣不懈於內，忠志之士忘身於外者，蓋追先帝之殊遇，欲報之於陛下也。誠宜開張聖聽，以光先帝遺德，恢弘志士之氣，不宜妄自菲薄，引喻失義，以塞忠諫之路也。宮中府中俱爲一體，陟罰臧否，不宜異同。若有作奸犯科及爲忠善者，宜付有司，論其刑賞，以昭陛下平明之理，不宜偏私，使內外異法也。侍中、侍郎郭攸之、費禕、董允等，❶此皆良實，志慮忠純，是以先帝簡拔以遺陛下。愚以爲宮中之事，事無大小，悉以咨之，然後施行，必能裨補闕漏，有所廣益。將軍向寵性行淑均，曉暢軍事，試用於昔，先帝稱之，是以衆議舉寵爲督。愚以爲營中之事，悉以咨之，必能使行陣和睦，優劣得所。親賢臣，遠小人，此先漢所以興隆也。親小人，遠賢臣，此後漢所以傾頹也。先帝在時，每與臣論此事，未嘗不嘆惜痛恨於桓、靈也。侍中、尚書、長史、參軍，此悉貞良死節之臣，❷願陛下親之信之，則漢室之隆，可計日而待也。臣本布衣，躬耕南陽，苟全性命於亂世，不求聞達於諸侯。先帝不以臣卑鄙，猥自枉屈，三顧臣於草廬之中，咨臣以當世之事。由是感激，遂許先帝以驅馳。後值傾覆，受任於敗軍之際，奉命於危難之間，爾來二十有一年矣。先帝知臣謹慎，故臨崩寄臣以大事也。受命已來，夙夜憂歎，恐託付不效，以傷先帝之明。故五月渡瀘，深入不毛。今南方已定，兵甲已足，當奬率三軍，北定中原，庶竭駑鈍，攘除姦凶，興復漢室，還於舊都，此臣所以報先帝而忠陛下之

---

❶「郭攸之」，明抄本、經鉏堂本、文津閣本無此三字。《三國志》有此三字。

❷「良」，原作「亮」，據明抄本、經鉏堂本、文津閣本、《三國志》改。

職分也。至於斟酌損益，進盡忠言，則攸之、禕、允之任也。❶願陛下託臣以討賊興復之效，不效，則治臣之罪以告先帝之靈。若無興德之言，則責攸之、禕、允等之慢，❷以彰其咎。陛下亦宜自謀，諮諏善道，察納雅言，深追先帝遺詔。臣不勝受恩感激。今當遠離，臨表涕泣，❸不知所云。」❹遂行，屯於沔陽。

六年春，使趙雲、鄧芝據箕谷。魏大將曹真舉衆拒之，雲、芝兵弱失利。亮身率諸軍攻祁山，戎陣整齊，賞罰肅而號令明。南安、天水、安定三郡叛魏應蜀，關中震響。魏明帝西鎮長安，命張郃拒亮。亮使馬謖督諸軍在前，與郃戰於街亭。謖違亮節度，舉動失宜，爲郃所破。亮拔西縣千户，還于漢中。蜀人或以此賀亮者，亮愀然有戚曰：「普天之下，莫非漢民。國家威力未舉，使百姓墜於塗炭，一夫有死，皆亮之罪。以此相賀，能不愧乎？」由是蜀人悉知亮有吞魏之志矣。下馬謖於獄，或説亮曰：「楚誅子玉，二世不競。秦赦孟明，遂伯諸侯。天下未定，不宜戮計謀之士，請釋之以圖後效。」亮曰：「古人所以能制勝於天下者，用法明也。故楊干亂行，魏絳戮其僕。四海分裂，兵交方始，若復廢法，何用

❶「攸之」，明抄本、經鉏堂本、文津閣本無此二字。
❷「攸之」，明抄本、經鉏堂本、文津閣本無此二字。
❸「泣」，明抄本、經鉏堂本、《三國志》作「零」。
❹「云」，明抄本、經鉏堂本、《三國志》作「言」。

討賊耶？」遂戮謖以謝衆。上疏曰：「臣以弱才，竊叨非據，親秉旄鉞，以厲三軍。不能訓章明法，臨事而懼，至有街亭違命之闕，箕谷不誡之失，咎皆在臣授任無方。臣明不知人，撫事多暗，《春秋》責帥，臣職是當。請自貶三等，以督厥咎。」於是以右將軍行丞相事，所總統如前。或勸亮更發兵者，亮曰：「大軍在祁山，數多於賊，而爲賊所破，則其病在一人，而非兵之少也。今欲減兵省將，明罰思過，校變通之道，❶爲將來之舉。若不能者，雖兵多何益乎？而今而後，有忠於國者，但勤攻吾闕，則事可定而賊可滅也。」於是考微勞，甄烈壯，引咎責躬，布宣所失，厲兵講武，以爲後圖，戎士簡練，民忘其敗矣。

孫權破曹休，魏兵東下，關中虚弱。亮上言曰：「昔先帝託臣以討賊，臣受命之日，寢不安席，食不甘味。思惟北征，宜先入南，是故冒危歷險，不敢自惜，以奉先帝之遺意，而議者謂爲非策。今賊適疲於西，又務於東，兵法乘勞進取之時也。謹陳其事如左。高帝明並日月，謀臣淵深，涉險被創，危然後安。今陛下未及高帝，謀臣不如良、平，而欲坐定天下，臣之未解一也。劉繇、王朗各據州郡，論安言計，動引聖人，羣疑滿腹，衆難塞胸。今歲不戰，明年不征，使孫策坐大，遂并江左，臣之未解二也。曹操智計殊絶於人，其用兵也髣髴孫、吴，然困於南陽，❷險於烏巢，危於祁連，偪於黎陽，幾敗北山，殆死

❶「校」，原作「權」，據明抄本、經鉏堂本、文津閣本及《三國志》裴松之注引《漢晉春秋》改。
❷「然」，明抄本、經鉏堂本、文津閣本作「而」。

潼關，然後僞定一時耳。況臣才弱，❶而欲以不危而定之，此臣之未解三也。曹操五攻昌霸不下，四越巢湖不成，任用李服而李服圖之，委夏侯而夏侯敗亡。先帝每稱操爲能，猶有此失，況臣駑下，何能必勝？臣之未解四也。❷自臣到漢中，纔及期年，而喪趙雲、馬玉、閻芝、丁立、劉郃、鄧銅等，及曲長屯將七十餘輩，青羌武騎一千餘人，凡此皆糾合四方精鋭於數年之内，非一州所有而取備於旬日之中者也。若復數年，則損三分之二矣，將何以圖敵？臣之未解五也。❸今民窮兵疲，而事不可息，則止與行，勞費正等，而不及虚圖之，❹欲以一州與賊持久，臣之未解六也。❺夫難平者事也，昔先帝敗軍於楚，當此時，曹操拊手謂天下定矣，而先帝東連吴越，西取巴蜀，舉兵北征，夏侯授首，此操之失計而漢事將成也。及吴人違盟，❻關羽毁敗，秭歸蹉跌，曹丕稱帝，凡事如此，難以逆知。臣鞠躬盡力，死而後

❶「況臣才弱」至「猶有此失」六十一字，明抄本、經鉏堂本、文津閣本無。按此節文見於《三國志》裴松之注引《漢晉春秋》。

❷「四」，明抄本、經鉏堂本、文津閣本作「三」。

❸「五」，明抄本、經鉏堂本、文津閣本作「四」。

❹「虚」，原作「早」，據明抄本、經鉏堂本、《資治通鑑》（中華書局點校本，一九五六年版）卷七一改。《三國志》裴松之注作「今」。

❺「六」，明抄本、經鉏堂本、文津閣本作「五」。

❻「人」，明抄本、經鉏堂本無此字。

已，至於成敗利鈍，非臣之明所能逆覩也。」❶於是復出散關，圍陳倉，未克，糧盡退軍。魏將王雙率騎追亮，與戰，破之，臨陣斬雙。

七年，遣陳式攻武都、陰平，雍州刺史郭淮率衆擊式，亮自出至建威。淮聞之遁還，遂平二郡。八年，使魏延西入羌中，大破郭淮及費瑶於陽谿。詔策亮曰：「街亭之役，咎由馬謖，而君引愆，深自貶抑。重違君意，聽順所守。前年耀師，馘斬王雙，今歲爰征，郭淮遁走。降集氐羌，興復二郡，威震凶暴，功烈著明。今天下騷擾，元惡未梟，君受大任，幹國之重，而久自挹損，非所以光揚洪烈也。❷其復君丞相，勿辭。」

九年，亮復出祁山，以木牛運。司馬懿自荆州入朝，魏明帝曰：「西方事重，非君莫可付者。」乃使懿督張郃等諸軍，雍、凉勁卒三十餘萬，西救祁山。郃欲分兵駐雍、郿，司馬懿曰：「料前軍能獨當之者，將軍言是也。若不能當而分爲前後，此楚之三軍所以爲黥布禽也。」遂進。亮留兵攻城，自逆懿於上邽。懿斂兵依險，軍不得交。亮引還，而懿追躡其後，至於鹵城。張郃曰：「彼遠來逆我，請戰不得，謂吾利在不戰，欲以長計制之也。可止屯於此，爲祁山聲援，分遣奇兵，示出其後。今亮縣兵食少，行

---

❶「逆」，明抄本、經鉏堂本、文津閣本作「前」。

❷「洪烈」，原作「盛業」，據明抄本、經鉏堂本、《三國志》改。

亦歸矣，不宜更前而不敢逼，❶沮三軍之氣也。」懿不從，兵既相銜，復不肯戰，而登山掘營。於是諸將咸曰：「公畏蜀如虎，奈天下笑何？」懿病之，乃使郃等攻別圍，自按中道向亮。時蜀兵更下者十二，魏軍始陣，幡兵適交，❷參佐俱言賊衆强盛，宜權留更卒，張助聲勢。亮曰：「吾統武行師，大信爲本。得原失信，古人所惜。更者束裝以待期，妻子鶴望而計日，雖臨征難，義不廢也。」皆督遣令行，於是去者感悦，願留一戰，止者憤踊，思致死命，臨陣争先，以一當十。却司馬懿，殺張郃，獲甲首三千級，玄鎧五千而還。

十二年春，亮率大衆由斜谷出，以流馬運，據武功五丈原，與司馬懿對於渭南。亮每患糧乏，使己志不伸，是以分兵屯田，爲久駐之基。耕者雜於渭濱居民之間，百姓安堵，軍無私焉。亮數欲合戰，懿亦表固請戰。魏明帝恐不能禁，使衛尉辛毗制其軍。姜維謂亮曰：「辛毗仗節而來，賊不復出矣。」亮曰：「彼本無戰情，所以固請戰者，以示武於其衆耳。將在軍，君命有所不受，苟能制我，❸肯千里而請戰耶？」相持百餘日。其秋八月，亮疾病，密授長史楊儀、司馬費禕、護軍姜維等以身殁之後退軍節度。亮適薨，儀等按亮成規，整軍而出。百姓奔告司馬懿，懿率衆追焉。儀反旗鳴鼓，若將向懿者，乃

---

❶「宜」，原作「可」，據文津閣本、《資治通鑑》卷七二改。明抄本、經鉏堂本誤作「亦」。

❷「幡」，明抄本、經鉏堂本、文津閣本作「番」。

❸「我」，明抄本、經鉏堂本作「吾」。

不敢逼。於是蜀兵結陣而去，入谷，然後發喪。司馬懿之退也，百姓爲之諺曰：「死諸葛走生仲達。」或以告懿，懿曰：「吾能料生，不便料死。」因按行其營壘處所，歎曰：「天下奇才也。」

亮遺命葬漢中定軍山，因山爲墳，塚足容棺，斂以時服，不須器物。策謚爲忠武侯。初，亮自表後主曰：「成都有桑八百株，薄田十五頃，子弟衣食自有餘饒。至於臣在外任，無別調度，隨身衣食，悉仰於官，不別治生，以長尺寸。若臣死之日，不使內有餘帛，外有贏財，以負陛下。」及薨，如其所言。

景耀六年春，詔立亮廟於沔陽。初，亮亡，所在各求爲立廟。時議以禮秩，不聽，民間遂因時節私祭之于道陌之上。校尉習隆等上言曰：「周人懷召伯之教，甘棠爲之勿伐。越王思范蠡之績，鑄金以存其像。自漢以來，小善微德而圖形立廟者多矣。況亮德範遐邇，勳蓋天下，興扶王室，實賴斯人。而烝嘗止於私門，廟像闕而莫立，使百姓巷祭，夷戎野祀，非所以存德念功，聿追往昔也。今若盡順民心，則瀆而無典，建於京師，又逼宗廟，宜因其墓，立之沔陽，使親屬以時賜祭。凡亮故時臣吏欲奉祀者，❶令至廟所，斷其私祀，以崇正禮。」於是始從之。

亮體資文武，明睿篤誠，英畧絕時而行治純懿，直方守正而應變無窮。自爲幼童，已欲興微繼絕，撥亂世反之正。其規模大策，素定於胸中，見諸行事，皆平時所蘊積者，非臨危演思，嘗試其說而行也。故翼戴先主於傾覆顛沛之間，從容談笑，分割山河，興復漢宗，與疇昔語先主於南陽，其策無不效

❶「祀」，明抄本、經鉏堂本、文津閣本作「祠」。

者。及夫受六尺之孤，履危急之地，事凡庸之主，政由己出而不失臣禮，身握强兵而中外無間，行法嚴峻而國人悅服，❶用民盡其力而下不怨勞。死之日，百姓追思，如喪考妣。庶幾哉，帝王之輔，伊、吕之儔，度越管、蕭遠矣。亮雖雄姿傑出，而從諫如流，改過不吝。嘗教於羣下曰：「夫參署者，集衆思，廣忠益也。若遠小嫌，難相違覆，曠闕損矣。違覆而得中，猶棄敝蹻而獲珠玉。然人心苦不能盡，惟徐元直處兹不惑。又董幼宰參署七年，事有不至，至於十反，來相啟告。苟能慕元直之不惑，希幼宰之殷懃，有忠於國，則亮可少過矣。」又曰：「昔初交州平，屢聞得失；後交元直，勤見啟誨。前參軍於幼宰，每言則盡；後從事於偉度，數有諫止。雖姿性鄙暗，不能悉納，然與此四子終始好合，亦足以明其不疑於直言也。」其好善如此。

亮之治國，撫百姓，示儀軌，約官職，從權制。盡忠益時者，雖讐必賞；犯法怠慢者，雖親必罰；服罪輸情者，雖重必赦；遊辭好飾者，雖輕必戮。庶事精練，物理其本，循名責實，虚僞不齒。終於邦域之内，咸畏而愛之，其用心平而勸戒明也。人有言亮惜赦者，亮答曰：「治世以大德，不以小惠，故匡衡、吴漢不願爲赦。先帝亦言：『吾周旋陳元方、鄭康成間，每見啟告治亂之道悉矣，曾不語赦也。若劉景升父子，歲歲赦宥，何益於治乎？』」都護李平同受遺詔，平後挾詐自營，無憂國之事。侍中廖立徙長水校尉，因怏怏懷恨，疵毁亂羣。亮表廢平、立爲民，平徙梓潼郡，立徙汶川郡。後聞亮卒，平發

---

❶「嚴峻」，明抄本、經鉏堂本作「峻嚴」。

病卒，立垂泣歎曰：「吾終爲左衽矣。」或謂亮之致廖立垂泣，李平致死，豈徒伯氏奪邑，没齒無怨言而已哉！於是可謂能用刑矣。自秦漢已來，未之有也。

亮之行師，本仁義，明節制，其止如山，其進如風，踐敵人之境，而芻蕘者不止，耕者不變。初出祁山，三郡應蜀，亮不速進，志大會而不就近功也。前軍敗於街亭，亮屯去數里不救，魏兵相接，又徐行，其安静堅重而有勇乃如此。魏大將司馬懿善用兵，殄公孫淵，擒孟達，如探取囊中物耳。及與亮相抗，衆寡强弱，客主勞佚之勢相去甚懸絶矣，然終不敢交戰。懿亦雅知亮師有節制，終非詭變之所能敵也，故閉營自守而已。其損益連弩，木牛流馬，創物之智，出人意表。所作八陣圖，黄帝、太公丘井法也，周衰而後，亮獨得其要云。

亮知人賢否而能盡其才。初，蔣琬爲廣都長，先主因遊獵，奄至廣都。琬衆事不治，時又沈醉，先主大怒，將加誅戮。亮曰：「蔣琬社稷之器，非百里之才。其爲治以安民爲本，不事修飾，願加督之。」先主雅敬亮，乃不加罪。費禕爲黄門侍郎，亮南征還，羣僚迎謁於數十里外，年位多在禕右者，而亮特命禕同載，衆人莫不易觀。其後二人相繼總政事，琬方整有威重，而禕寬濟博愛，見稱爲賢相，其當國功名畧相比擬云。犍爲太守李嚴命楊洪爲郡曹，先主争漢中，急書發兵。亮以問洪，洪曰：「無漢中，則無蜀矣，此家門之禍也。發兵何疑？」亮因表洪領蜀郡太守，衆事皆辦，遂使即真，而嚴未去犍爲。洪迎門下書佐何祗有才策，洪尚在蜀郡，而祗已爲廣漢太守。於是西土莫不服亮能盡時人之器用也。先主稱漢中王，升黄忠爲後將軍，亮説之曰：「黄忠名望素非關、馬之倫，而今便令同列，馬、張在近，親見其功，尚可喻旨。羽遥聞之，恐必不悦，無乃不可乎？」先主不聽。頃之，策羽爲前將軍。❶羽果大怒，曰：「大丈夫終不肯與老兵同列。」賴行人費詩緩頰説之，羽始拜命。劉封初爲先主養子，後領上庸太守。關羽圍樊，促令發兵，封不助羽，❷又侵陵孟達，遂降魏。及魏攻上庸，封敗，自歸成都。亮慮封剛猛，易世之後，終難制御，勸先主因此除之，遂賜封死。魏延、楊儀，小人之難養者也，然延驍勇，善撫士卒，儀雅有才幹，二人積不相能。自亮在時，使儀當勞劇，延冒險阻，皆捐軀受命，不敢辭難。及亮没，即舉兵相圖，同以誅滅。其燭微消患，駕馭姦桀，皆此類也。

亮書奏言教皆有可觀。晉時嘗令著作郎陳壽録亮故事，壽定著二十四篇，爲《諸葛氏集》，《開府》《作牧》《權制》《計算》《南征》《北出》《綜覈》《訓厲》《貴和》《傳運》《軍令》《法檢》《兵要》等，皆名篇之目也。壽又爲之奏，其畧曰：亮少有逸才，英霸之氣，遭漢擾亂，不求聞達。後遇先主，解帶寫誠，厚相結納。及魏武南征，先主失勢，亮時年二十七，乃建奇策，大破魏軍，托據荆、益。先主殂殁，嗣子幼弱，於是專決政事，外連孫吴，内平南越，立法施度，整理戎旅，科教嚴明，賞罰必信，無惡不懲，無善不顯。至於吏不容姦，人懷自厲，道不拾遺，强不侵弱，風化肅然也。當此之時，亮之素志，進欲龍驤虎視，包括四海；退欲跨陵邊疆，震蕩宇内。又自以爲無身之日，則未有能蹈涉中原，抗衡上國者。是以

❶「將」，原脱，據文津閣本補。
❷「不助羽」，原作「不肯助」，據明抄本、經鉏堂本改。

用兵不戢，屢耀其武。然所與對敵，或值人傑，加衆寡不侔，攻守異體，故雖連年動衆，未能成功。昔蕭何薦韓信，管仲舉王子成父，皆忖己之長，未能兼有故也。亮之器能政理，管、蕭之匹，而時乏名將，無成父、韓信，故使功業不及耶？蓋天命有歸，不可智力争也。青龍二年，亮率衆出武功，其秋病卒。黎庶追思，以爲口實，至今梁、益之民，咨述亮者，言猶在耳。雖《甘棠》之詠召公，鄭人之歌子産，無以遠譬也。孟軻有云：「以佚道使民，雖勞不怨。以生道殺民，雖死不憤。」信矣！論者或怪亮文采不艷，而過於丁寧周至。臣愚以爲皐陶大賢也，周公聖人也，考之《尚書》，皐陶之謨畧而雅，周公之誥煩而悉，何則？皐陶與舜、禹共談，周公與羣下矢誓故也。亮所與言，盡衆人凡士，故其文指不得及遠。然聲教遺言，皆經事綜物，公誠之心，形於文墨，足以知其人之意理，而有補於當世。壽不爲知亮，而其言亦多有可取者。

子瞻，字思遠。亮嘗與兄瑾書曰：「瞻今已八歲，聰慧可愛，嫌其早成，恐不爲重器耳。」後與董厥共平尚書事。鄧艾伐蜀，瞻領兵拒戰，艾遺書誘瞻曰：「若降者，必表爲瑯琊王。」瞻怒，斬其使。臨陣戰殁。晉泰始中，詔署亮孫京爲郿令。京後位至江州刺史。

斐然集卷二十五

宋胡寅撰

先公行狀

寶文閣直學士、左朝請郎致仕、南陽縣開國男、食邑三百户、賜紫金魚袋、贈左太中大夫、謚文定胡公行狀：本貫建州崇安縣開耀鄉籍溪里。曾祖容，故，不仕。祖罕，故，不仕。父淵，故，任宣義郎，致仕，贈中大夫。母吴氏，故，永壽縣君，贈令人。公諱安國，字康侯。五世祖號主簿公，五代中至建州之鶖子峯下，釣魚自晦，人莫知其所從來。後世相傳云，本江南人也。父中大始讀書爲進士業。時同縣有仙洲翁吴先生以六經教授，中大往從之。翁閲其所寫《論語》《尚書》，終帙如一，無差舛，即妻以女，是爲公母令人。公初能言，令人試教以訓童蒙韻語數十字，兩過能記。大母余氏撫之曰：「兒必大吾門。」七歲，爲小詩，有自任以文章道德之句。令人俾就外家學，歲時得一歸，留不過信宿。日記數千言，不復忘。年十有五，遊學信州。一日，有爲馬戲于學前者，諸生百許人皆不告而出。教授歙人胡公行兩廡間，聞誦書聲，問爲誰，得公姓名。延之堂上，詢所習業與所以不出，咨嗟歎賞，出紙筆佳硯爲贈，益勉之曰：「當爲大器。」

越兩年，與計偕，既而報聞，遂入太學。修懋德業，不舍晝夜。是時元祐盛際，師儒多賢彦，公所從遊者伊川程先生之友朱長文及潁川靳裁之。裁之才識高邁，最奇重公，與論經史大義。一日，博士令諸職長呈其文，將考優劣而去留之，皆争先自送。公繳還差帖，願列諸生。自祭酒以下相與稱嘆曰：「是真可爲諸生表率者矣。」凡三試於禮部，年二十有四，中紹聖四年進士第。初，殿試考官定公策爲第一，將唱名，宰執以無詆元祐語，遂以何昌言爲首選，方天若次之，又欲以宰相章惇子次天若。時策問大要，崇復熙、豐，公推明《大學》格物、致知、正心、誠意、修身、齊家、治國、平天下，以漸復三代爲對。哲宗皇帝命左右再讀之，諦聽逾時，稱善者數四，親擢公爲第三。臚傳至陛前，俄有聖語宣問：「師何人？」公對曰：「久處太學。」在廷者皆以爲名對。授常州軍事判官，改授江陵府觀察推官，未赴。如荆門納室，道出江陵，帥臣監司一見，合章奏乞除府學教授，報可。會學校頹廢，職事者十餘人以廪米爲家，欺公年尚少，扞格頑冒。公再三鐫諭，不悛，乃按其蠹弊事，盡屏之。於是遠近父兄喜，遣子弟來。公正身律物，非休沐不出，凡所訓説，務明忠孝大端，不貴文藝。繕修宇舍，繩度整立。任滿，除太學録。謝絶請求，無所假借。蜀人劉觀、越人石公揆輕俊有名，試選屢居上遊。觀代筆事覺，公揆薄遊成訟，人多爲之遊説，公曰：「録以行規矩爲職，規矩不行，奚以録爲？且二人如此，非佳士也。」竟致之罰。未幾，遷博士，足不躡權門。

期年，用法改京秩。至政事堂，請外任。蔡京色變，密使張康國欲薦以館職，不願就。會新學法，博士例除諸道提舉官，擬公河北路。公辭以南人不便於奉親，執政曰：「禄厚莫如朔部者。」公終辭，遂除湖北路。陛對，奏曰：「學校所以養育人才，非治之也。今法令具矣，當使學者於規矩之外有所恥而不爲。謹按聖門設科，成周貢士，皆以德行爲先，文藝爲下，臣當以此仰奉明詔。」徽宗皇帝首肯之，實崇寧四年也。到官，改使湖南。是時蔡京所行事既不善，而官吏奉承過當，愈爲民害，學校其一也。公撙節行之，禁其太甚。士子恃法自肆者，必懲之。常曰：「韓魏公最善行新法者也。」所至訪人材，詢利病，禮賢士，慎剌舉。」五年三月，例罷學事司，除通判成德軍。八月，所罷司官仍舊。時令人多病，厭道途之勞，留居荆門。公以便養有請，再章上，未報。會詔諸道學事官舉遺逸，公得永州布衣鄧璋、王繪應詔。繪已老，不願行，公請命以一官，風勸學者。零陵縣主簿李良輔方以贓被劾，乃逃竄訴於朝，稱二人者黨人范純仁客而鄒浩所請託也。蔡京特改良輔官，與在京差遣，命湖南憲司置獄推治，人皆爲公膽落。帥臣曾孝廣來唁公，退語人曰：「胡康侯當患難，凝然不動，賢於人遠矣。」用例册致餽，公不受。曾復書曰「前此無不受者，當明載於籍，以彰清德」云。蔡京以獄不成，罷憲使陳義夫，命移北路；迄無請託狀，直除公名勒停；而曾及永守樂昭厚别教官皆坐黜。五人者非特無怨，而問勞不絶。公問舍求田於漳水之濱，治農桑，甘淡薄，服勤左右，婉然愉色。得間則專意經史及百家之文。家人忘其貧，而親心適焉。

大觀四年，良輔以他罪抵法，臺臣毛注乃辨明前事，有旨復公官，改正元斷。政和元年，張商英相，除公提舉成都府路學事。公以親年寖高，旁無佽助，叱馭泝峽，皆所甚難，即乞侍養，曰：「臣而留令，無所逃誅，子若委親，亦將安用？」得請。滿二年，未朝參，丁令人憂。公侍令人疾，食不盡器，衣不解帶。居喪哀毁，營奉窀穸，冒犯霜露，一事一物，必躬必親。荆楚風俗素陋，州里見公自致者如此，然後知以慎終送死爲重。公糲食逾年，不能勝衣。中大勉之力，乃少進滋味，以慰中大之意。服除，政和八年矣。余深相，薦名士十人，九人者已遷拜。公赴召，至京師，卧疾，知舊交來勸勉，或稱廟堂威怒以脅之，公孫言而已，所訪問惟醫藥。居百餘日，逡巡謁告而歸。宣和元年，除提舉江南東路學事，復召對，未受命，中大捐館。初，中大常欲公及時報國榮家，而令人又欲公保身崇德。公承志以道，既不拂中大之嚴訓，且不失令人之素心。及公赴闕，辭，未獲命也，中大手書促之歸，無復曩時督責矣。中大感疾且一年，公奉事節適如一日，凡服餌禁戒，中大必聽。既免喪，謂子弟曰：「吾奮迹寒鄉，爲親而仕。今雖有禄萬鍾，將何所施？」遂致其事，築室塋山旁，分置圖籍，瞻省丘墳，繙閲古今。慕陶靖節爲人，誦「心遠」之章，望雲倚杖，臨水觀魚，淡然無外營，將終身焉。

宣和末，侍臣李彌大、吴敏、譚世勣合章薦公經學可用，齒髮未衰，特落致仕，除尚書屯田員外郎。公辭不起。靖康元年二月，除太常少卿，公辭。再除起居郎，又辭。時女真乘虚直擣京師，爲城下之盟。公移書大諫楊公時曰：「按《春秋》書『齊人來歸鄆讙龜陰之田』，是田本魯田也。始失不書者，不能保其土地人民，爲不君諱也。太原兵勁天下，藝祖、太宗自將再駕，而後入於版圖。河間、中山，北方重鎮，猶鄭有虎牢，虞虢有夏陽，秦之潼關，蜀之劍閣，吴之西陵也。今聞割以遺虜，不亦辱乎？按《春秋》，齊侯侵蔡伐楚，楚使請盟，美而書來者，荆楚暴横，憑陵中國，鄭在畿内，數見侵暴，微齊侯伐而服之，❶則胥變爲夷矣。❷此門庭之寇，所當懲創，不可已焉者也。遠夷犯闕，❸釋而不擊，反與之和，戾於聖人之訓，不已大乎！　按《春秋》鞌之戰，齊師敗績，遣國佐致賂請盟。晉郤克欲以蕭同叔子爲質，而使齊之封内盡東其畝，國佐震怒，請收合餘燼，背城借一。郤克懼，反與之盟，而不敢復也。故聖人特書曰『及國佐盟』，以明國佐一怒，折伏郤克，示天下後世：忠臣義士，以克敵制勝在於曲直，不以强弱分勝負也。金賊陵辱朝廷，人心同疾，非止郤克之於齊，四鎮三關倘皆割棄，豈特盡東其畝而已乎？　而城下結盟，親王出質，不競甚矣。按《春秋》徐子章羽斷其髮，携其夫人以逆吴子，聖人特削其爵而書其名者，罪其不自强，無興復之志也。虜欲地則割要害而與之地，欲人則飾子女而與之人，欲金帛則傾府庫而與之金帛，欲親王貴戚則抑慈割愛而與之親王貴戚。假如虜請六飛會於遼水之上，不往則恐違其約，欲行則懼或見欺，又將何處乎？　按《春秋》於寶玉大弓，失之書、得之書者，重傳器，戒不恭也。狂虜猝至，❹上下無備，取金帛於盗臣之家，以紓急緩攻，則亦可矣。似聞宗廟供器輸於虜庭，果有之乎？　於寶玉大弓，孰輕孰重？　於聖人失則書、得則書之意，又如何也？　按《春

---

❶「微」，原脱，據明抄本、經鉏堂本補。

❷「胥變爲夷」，原作「自此帖然」，據明抄本、經鉏堂本改。

❸「夷」，原作「方」，據明抄本、經鉏堂本改。

❹「狂虜」，原作「强敵」，據明抄本、經鉏堂本改。下文同例皆逕改，不再出校。

秋》，滅梁者秦也，聖人不書秦滅而書梁亡者，不能守在四鄰而溝公宫，亡其自致也。今勤王大衆不以擊賊而以治城池，金帛用物不以募戰士而以賂狂虜，❶堂堂大宋，萬里幅隕，❷奚至陵藉如此其甚哉！主上初政，老儒在朝，四方徯觀，安危所係，而戎狄侵陵，❸國勢衰削，豈其既往言之不及乎？必有應之於後者矣。」人以是知公通於《春秋》，雖畎畝堅卧，固非素隱忘世者也。

朝廷促旨沓降，公幡然有復仕意。六月，至京師，以疾在告。一日亭午，孝慈皇帝急召，坐後殿，玉色虚佇，勞問甚渥。公奏曰：「明君以務學爲急，聖學以正心爲要。心者，事物之宗。正心者，揆事宰物之權也。自王迹既熄，微旨載於《易》《詩》《書》《春秋》，❹時君雖或誦説，得其傳者寡矣。❺竊意陛下在昔潛德東宫，其於經籍所載帝王制世御俗之大畧，必有所避而不欲問，官屬之司勸講者，必有所隱而未及陳。今正位宸極，代天理物，則於古訓不可不考。若夫分章析句，牽制文義，無益心術者，非帝王之學也。願慎擇名儒明於治國平天下之本者，虚懷訪問，以深發獨智，則天下之幸。臣又聞爲天下國家者，必有一定不可易之計。謀議既定，君臣固守，雖浮言異説沮毁動摇，而初計不移，故有志

❶「狂虜」，原作「敵國」，據明抄本、經鉏堂本改。

❷「隕」，明抄本、經鉏堂本作「圓」。

❸「戎狄」，原作「外侮」，據明抄本、經鉏堂本改。下文同例皆逕改，不再出校。

❹「詩書」，明抄本、經鉏堂本作「書詩」。

❺「得」上，原衍「而」字，據明抄本、經鉏堂本、文津閣本及《歷代名臣奏議》卷八删。

必成，治功可立。陛下南向朝天下越半年矣，❶而績效未見，紀綱尚紊，風俗益衰，施置乖方，舉動煩擾。大臣爭競而朋黨之患萌，百執窺覦而浸潤之姦作，用人失當而名器愈輕，出令數更而士民不信。若不掃除舊跡，乘勢更張，竊恐奸雄不忌，夷狄肆行，❷大勢一傾，不可復正。上世帝王詢事考言，以圖成績。願咨訪大臣，何以修政事、攘夷狄，❸令各展盡底藴，畫一進呈，宣示臺諫。如有不合者，使隨事疏駁。若大臣議詘，則參用臺諫之言。若疏駁不當，則專守大臣之策。仍集百執議於朝堂，衆謀僉同，然後斷自宸衷，頒之中外，❹以次施行。敢有動摇，必罰無赦。庶幾新政有經，民聽不惑，可冀中興之效。」淵聖頷之良久，問曰：「卿學何所師承？」對曰：「孤陋寡聞，莫逃明鑒。」淵聖曰：「比留詞掖一員相待，已令召卿試矣。」公對曰：「臣壯年守官湖湘，得足疾，頹心榮進，亦已乞身。今日扶憊趨闕者，貪慕聖德，願瞻天表，一伸其志而已。」於侍立之職，且不敢當，况敢聞異恩？」語未畢，日昃暑甚，龍衮汗洽，公遂退而具奏。蓋自七月七日親奉玉音，被受堂劄，四上辭免，淵聖數予寬告。時門下侍郎耿南仲倚攀附之舊，凡於己不同者即指爲朋黨，見公論奏，愠曰：「中興如此，而以爲績效未見，是

❶「向」，原作「面」，據明抄本、經鉏堂本及《歷代名臣奏議》卷四五改。
❷「夷狄」，原作「敵人」，據明抄本、經鉏堂本改。
❸「攘夷狄」，原作「禦外侮」，據明抄本、經鉏堂本改。
❹「之」，明抄本、經鉏堂本作「諸」。

謗聖德也。」乃言「胡某意窺經筵，不宜召試」。淵聖不答。及公屢辭，南仲又曰：「胡某不臣。」淵聖問其迹，南仲曰：「往者不事上皇，今又不事陛下。」淵聖曰：「渠爲疾而辭耳，非有向背也。」遇臣僚登對者，往往問其識胡某否。中丞許翰對曰：「臣雖未識，然聞其名久矣。自蔡京得政，士大夫無不入其籠絡。超然遠迹，不爲所汙，如胡某者有幾？」淵聖嗟異，遣中書舍人晁説之至公所居，具宣德意，令勉受命，且曰：「他日必欲去，即不强留。」時已九月初矣。公既趨試，復上章乞外。有旨除中書舍人，賜三品服。南仲諷司諫李擢、侍御史胡舜陟論公稽遲君命，傲慢不恭，宜從黜削，以儆在位。疏奏，不下，公乃就職。

南仲既傾宰相吴敏、樞密使李綱，欲併逐善類，遂謂中書舍人許景衡、晁説之視大臣升黜爲去就，懷姦狗私，失事君義而黜之，公繳奏曰：「二人爲去就，必有陳論；懷姦狗私，必有實迹。乞降付本省，庶可按據，載諸詞命。」不報。王安中責授散官，隨州安置。公言：「安中自大臣建節，知燕山府，委任重矣，而畏避童貫，專務蔽蒙。民力殫殘，虜情變動，軍食缺乏，師徒失律，畧不上聞，數奏祥瑞，以固寵禄。一旦虜騎深入，社稷幾危，推原本因，其罪與蔡攸等。乃居漢東近地，公論不以爲允。今并圍未解，朔部戒嚴，若非恃賞罰之公，厭服人心，何以攘却戎狄乎？」安中移置象州。言者論内侍王仍、張見道、鄧文誥圖欲離間兩宫，將以遂其奸計，有旨令三省覺察，公言：「圖欲離間兩宫，則罪不可赦。將以遂其奸計，則惡不可留。望深察衆情，及時裁處，以全慈孝之情。」三人遂黜。應天尹葉夢得坐爲蔡京所知，落職宫祠，公言：「京罪已正，子孫編置無遺，土地悉入縣官，家財没於府庫，無蔡氏矣。則二十年間嘗爲京所引用者，今皆朝廷之人也。若更指爲京黨，則人才之棄於此時者衆矣。且黨論何時而彌乎？以臣所見，弃瑕舍過，消散朋黨，正在今日。」乃除夢得小郡。中書侍郎何㮚建議，治平則宜重内，遭變則宜重外，乞分天下爲四道，置四都總管，各付一面，爲衛王室禦狂虜之計。❶公上奏曰：「内外之勢，適平則安，偏重則危。東漢季年，王室多故，劉焉言四方兵寇由刺史威輕，宜改置州牧。及焉求益郡，劉表鎮襄陽，袁紹得冀，曹操取兖，争相割據，自此不復有王室矣。今州郡太輕，理宜通變，然以數百州分爲四道，事得專决，財得專用，官得辟置，兵得誅賞，則權復太重，又非特州牧比也。使四人者果皆盡忠君父，則固善矣，萬一號召不至，如焉、表、紹、操所爲，又何以待之？五大在邊，古人所戒，以身使臂，於理乃宜。臣愚欲乞據二十三路帥府，選擇重臣，付以都總管之權，專治軍旅，每歲一按察，其部内或有警急，京城戒嚴，即各帥府所屬守將應援。❷如此，既可擁衛王室，又無尾大不掉之虞，一舉兩得矣。」㮚方得淵聖心，密陳京師不可守則幸山南，因可入蜀，其意蓋自欲當南道，又以於公有推挽之力，必無駁異。及此奏上，淵聖深然之，㮚力争於上前，謂公專以異義爲高，不可信用。淵聖不能决，止令於四道各削其遠外州郡。命大名守趙野總北道，公奏曰：「魏都望冠河朔，今爲天下重地。謹按趙野在政和間初爲侍從，首乞禁士庶用『天』『王』『君』『聖』等字。厥後置身丞轄，童

❶「狂虜」，原作「邊境」，據明抄本、經鉏堂本改。
❷「守」，原脱，據明抄本、經鉏堂本、文津閣本補。

貫、譚稹分掌兵柄於外，王黼、蔡攸、梁師成紊亂三省政事於内，造成夷狄之禍。❶野居其間，不聞救正，以爲無所干預，則身在二府，以爲言而不從，則懷禄不去，何也？竊恐緩急必誤委寄，乞更用素有才術歷練老成之人，庶可倚仗。」詔命一出，難復輕改。疏入，不從。是冬，虜大入，野遁逃，爲羣盜所殺。西道王襄擁衆漢上，不復北顧，大畧如公所策云。中書後省論資政殿學士詹度罪惡，自金紫光禄大夫降兩官，公奏曰：「言者謂度首開燕山，罪不下於童貫。養成邊患，使朝廷不爲備，罪不下於王安中。廣行賄賂，故庇之者衆。今乃仍崇資領優局，舍邊境，就鄉閭，纔削兩階，何名懲戒？昨日宸翰咨訪禦虜之計，聖心焦勞，羣臣悚懼，莫知所出。追究亂原，無不切齒於度，望依王安中例施行，以厭公論，少釋河北憤怨。」乃落度職。吏部侍郎馮澥上言：「中書舍人劉珏行李綱責詞，實爲綱遊説。」珏坐貶，公上言：「李綱昨自樞密宣撫使除觀文殿學士知揚州，詞臣列其罪狀，不肯具草。而聖旨令以次舍人行下，是聖心不以繳奏爲是，未欲罪綱也。故珏先言厚於記功，薄於責過，以將順聖德之美；復言綱敗軍覆將，豈可不責，以申明賞罰之公。朝廷遂用珏言，罷綱郡寄。又用諫官袁當可等言，置綱遠郡矣。澥乃節畧珏章，中以險語，謂綱薄加朝典，未快輿議，不亦甚乎？從臣雖當獻納，至於彈擊官邪，必歸風憲，各有分守。今臺諫臣僚未聞緘默，而澥遽越職，此路若開，臣恐在位者各立是非，滋長

❶「夷狄」，原作「兵革」，據明抄本、經鉏堂本改。

怨讎，上瀆宸聽，非所以靖朝著也。❶漢室之東，大興黨論，始以微憾結釁，藉人主威福相排掣，❷卒皆誤國，馴致亂亡。而士大夫自謀其身者，亦不能免。故君子謂始爲黨論者亦不仁矣。陛下無私好惡，廣開正路，而澥稱黨與未殄，議論未一，宜察奸罔，早加懲戒。夫欲殄黨與，一議論，此蔡京行於崇寧，脅制異己，遂其跋扈之謀也。何忍更遵用之，坐使羣臣益分門户，强者主盟，弱者附麗，狥私情爲向背，置國勢於傾危，豈朝廷之福乎？陛下數降德音，追復祖宗善政良法，而澥獨建言祖宗未必全是，熙、豐未必全非，推隆王氏之學，再扶紹述之議，國論紛紛，澥之故也。若指爲敢肆奸言以惑衆聽，豈不可乎？然朝廷不以此罪澥者，正恐人務雷同而言路壅也。❸今澥乃欲以章疏加人之辟，苟合目前，不爲國家遠慮。望加詳察，别降指揮。臣孤立無朋，誤塵詞掖，苟有所見，不敢隱情。」於是耿南仲大怒，宰相唐恪與詹度姻家，故亦怨公論度太迫，何㮚從而擠之，有旨除郡。㮚請除懷州，淵聖曰：「懷當虜衝，可與東南。」恪擬德安，㮚知公素苦足疾，聞海門地最濕，遂除右文殿修撰知通州，蓋是年十月晦也。公在省一月，告日居半，每出必有論列。或曰：「事之小者，盍姑置之？」公曰：「大事皆起於細微，❹今以小事爲不必論，至於大事又不敢論，是無時可言也。」公去國逾旬，虜復至城下。長子寅校書

❶「著」，原作「宁」，據明抄本、經鉏堂本改。
❷「掣」，文津閣本作「擊」。
❸「壅」，經鉏堂本、文津閣本作「塞」。
❹「於」，原脱，據明抄本、經鉏堂本補。

中秘，賓客每爲公念之，公愀然曰：「主上在重圍中，號令不出，卿大夫之辱也。余恨効忠無路，敢念子乎？」聞者感動。虜圍益急，有旨促召公及許景衡，竟不達。

越明年五月一日，今上皇帝登極。公上言：「崇寧以來，事不稽古，奸臣擅朝，濁亂天下。論其大者，凡有九失。上皇即位，日食正陽之月，下詔求言，曰：『言而不當，朕不加罪。』❶於是臣庶争言天下事。及蔡京得政，公然置局，推考直言，盡行竄斥，使上皇失大信於天下。一失也。上皇嗣位，文母垂簾，增置諫員，擢用名士，豐稷、王覿、鄒浩、陳瓘諸人各以危言自効，公論既行，下情不壅，幾有至和、嘉祐之風。及蔡京用事，放諸嶺表。於是天下以言爲諱，二十餘年。二失也。立朝廷者争爲歌頌，取説求容，祥瑞之奏，未嘗虚月。至於災異大變，則匿不上聞，使人主不復知省修。三失也。廢格法，棄公論，市井儇薄而居宰府，世卿愚子而秉兵柄，臺省寺監清望之班，雜用商賈、胥吏、技術之賤，於是仁賢退伏，奸佞盈廷。四失也。士大夫進爲於元祐之初與元符之末者，盡忠許國，不顧其私，乃誣以謗訕，竄逐下逮其子孫，追削上及其祖父。❷於是善類陷於黨籍，不能自明，而羣飛刺天，讒諂益勝。五失也。奄寺得志，用王承宗故事而建節旄，用李輔國故事而封王爵，用田令孜故事而主兵權，用龔澄

---

❶「朕」下，原衍「亦」字，據明抄本、經鉏堂本、文津閣本、宋徐夢莘《三朝北盟會編》（清許涵度校刻本）卷二刪。

❷「祖父」，明抄本、經鉏堂本作「父祖」。

樞故事而爲師傅。生殺予奪，悉歸掌握，宰執侍從，皆出其門。於是賄賂公行，廉恥道喪。六失也。變銓法而官制紊，變軍法而兵政弛，變泉貨法而輕重失平，變學校法而風俗衰薄，變榷茶法而刑獄滋熾，變鹽鈔法而征賦倍增，變漕運法而倉廩空竭。法既屢變，吏得爲奸，民受其弊。七失也。用兵暴亂，軍旅數起，南復渠陽，西收鄯鄯，建石泉於成都，置珍播於巴峽，開古平於五嶺，築振武於河外。餽運艱險，勞民費財，積怨連禍，實基於此。八失也。牛羊用人，窮極奢侈，道宫王府，御幸之館，園林池沼，花竹之勝，運土塞路，伐木空山。民困而不恤，財竭而不慮。九失也。靖康之初，輕許割地，尋復堅守，已正濫賞，事即中變，號令無常，紛錯更下，而四海不知所從矣。余應求、李光以憲臺得罪，陳公輔、程瑀以諫省去官，趙令衿以獻書論事，黜送銓曹，潘良貴以奏對語侵，責司征市。於是臣庶結舌，而迷國誤朝之語入矣。淵聖東宫潛德，中外所知，不待贊也。至如未習爲國，則當進盡忠益，以相弼亮。乃有稱頌春坊節儉，乞宣付史館者，亦從其請，而責誚不加。李邦彦擢居上宰，張邦昌進位次輔，趙野等主審駁基命之司，李棁等當肅政本兵之地。❶未數月間，登延宰執十有五人，遷轉如流，不孚人望。指爲蔡氏黨而罷許翰，指爲吴敏黨而逐許景衡，指爲李綱黨而去劉珏等。大臣争競，至用醜語詆訐於朝，百執窺覦，互以邪説排根於下。❷苟可快其私忿，雖危國亡師，安行而不顧。都人毆擊内侍，

❶「棁」，文津閣本作「梲」。

❷「排」，原作「批」，據明抄本、經鉏堂本、文津閣本改。

出於積憤，非有私也，而府尹巡門，朝廷降詔。奄侍厲氣，喧争御側，此乃無禮於君，不可恕也，而詞臣論奏，僅得贖金。命帥宣撫而遣之監視，守禦京闕而付之總領。宰臣均逸，體貌不加，而臺屬召還，遣賜優渥。破吏部格而楊景得監殿門，破宫廟格而葉焕得除祠館。其餘紊亂規程者，不可悉數。狂虜入寇，❶封境日蹙，賞罰無章，士不用命，調發嚴峻，民多失業。昔秦有十失，漢去其九，遂致興隆。崇寧以來，國有九失，淵聖即位，而不知變，獨九重節儉工役不興一事爲愈爾。八失不去，一事雖愈，欲正已傾之勢，難矣。陛下親睹覆車，如不改轍，豈有興復之望乎？夫有生不可無信，聖人以信急於食，君子以信重於生。按《春秋》幽之盟，魯莊公在會而不書者，齊侯始伯，仗義以盟，莊公叛之，首失大信，仲尼以爲大惡，故諱不書公，以爲後戒。願自今慎出詔令，無令反復，以去弃信之一失。興國必開言路而賞諫臣，亡者反是。按《春秋》書陳殺其大夫洩冶於前，而載楚子入陳於後，明殺諫臣者必有滅亡之禍，不待貶絶而自見也。願自今開納直言，無令壅閉，以去拒諫之二失。導諛者，召亂之原。按《春秋》不書祥瑞而灾異則書者，絶諂端，垂警戒，正天下後世人主之心術也。願自今黜遠佞媚，無令得行，以去導諛之三失。名器者，國家之寶。按《春秋》非三命爲正卿者姓氏不登於史册，❷非有天

---

❶「狂虜入寇」，原作「敵騎南牧」，據明抄本、經鉏堂本改。

❷「爲」，原脱，據明抄本、經鉏堂本、元汪克寬《春秋胡傳附録纂疏》（影印清文淵閣《四庫全書》本）卷一引胡氏文集補。

子之命者不書其官。至於有罪，雖以諸侯之尊，或黜其爵，卿士之貴，或書其名，重名器也。願自今重惜恩賞，無令冒濫，以去輕用名器之四失。人臣義無私交，君子正而不黨。按《春秋》祭伯來朝不書朝，祭叔來聘不稱使，譏外交，戒朋黨也。願自今信任君子，抑絶小人，以去互分朋黨之五失。奄寺通傳内外，❶以一身兼僕妾之職，可謂賤矣。按《春秋》書閽弑吴子，不稱其君者，言閽寺之賤，不使得君吴子也。願自今門户掃除，復其常守，以去信任奄寺之六失。爲國必師上古，必法祖宗，必戒末世危亡之漸。按《春秋》書税畝、丘甲、田賦，曰初，曰作，曰用者，譏變古也。願自今遠稽上古，近法祖宗，以去輕易改作之七失。古者不以蠻夷弊中國，《春秋》内諸夏而外四夷，齊侯伐山戎，爲燕闢地，貶而書人，❷戒勤遠畧也。人君職在養民，有國必先固本。按《春秋》凡臺囿門廄土木之工，必書於册者，重民力也。願自今修明軍政，保固邦本，以去外事邊功之八失。震驚陵寢，則有衣冠弓劍之悲；播遷沙漠，則有羹牆急難之念。積覆載不同之憤，懷滄溟不滌之恥，據九重之位而不以解憂，享四海之奉而不以爲樂，必期於殄滅寇讎，❸伸中國大義，則凡百臣子，亦將震懾奔走，捐軀殞命而不辭矣。」六月四日，召公爲給事中，會宰相黄潛善專權妄作，斥逐忠賢，公再辭免，因奏曰：「臣賦性疏拙，全昧事幾，

---

❶「寺」，原作「侍」，據明抄本、經鉏堂本、文津閣本及下文改。

❷「人」下，明抄本、經鉏堂本有「者」字。

❸「寇讎」，原作「仇敵」，據明抄本、經鉏堂本改。

前掌贊書，❶積日雖淺，適緣六押，兼管兵刑。所降詞頭，苟有未便，不敢觀望，迷誤本朝，須至盡忠，逐件論執。遂因繳奏，遍觸貴權，貽怒既多，幾陷不測。陛下方圖中興，而政事人才弛張升黜，凡關出納，動係安危，聞之道途，揆以愚見，尚多未合，臣竊寒心。而况瑣闈，典司封駁，倘或患失不言，即負陛下委任，其罪至大。若一一行其職守，動皆違異，必以妄發干犯典刑，徒玷清時，無補國事。臣所以不敢當恩命者也。况臣自嬰危疹，多歷歲年，前後陳情，並關朝聽，辭榮處約，衆所共知。不緣多事之秋，乃有計私之請。」有旨不允，公三辭。

因致書右丞許景衡曰：「女直小國肆行無道，❷以若所爲，更欲兼制南北五胡，英傑所不能辦也。况今河朔遺民，未甘左衽，❸朝廷主議，不棄中原。恭聞鑾駕巡幸淮南，盡護四方，東州羣盗諒已消除，遼海鯨波想難入寇。❹願回天步，歸格宗祧，副七室憑依之靈，繫萬方歸向之望，此正不可失之會也。善爲國者，謹禮於至微。比聞民部郎官出督材用，忽慢條約，罪狀明白，直行罷黜，誰曰不宜。而下諸路根尋，州郡管押，恐非所以習外方耳目也。按《春秋》王人不書姓氏者，蓋下士耳，而序於方伯連帥

❶「書」，原作「善」，據明抄本、經鉏堂本、《建炎以來繫年要録》卷十六改。
❷「女直小國肆行無道」，原作「强鄰肆擾蠶食併吞」，據明抄本、經鉏堂本改。其中「女直」，文津閣本作「女真」。
❸「左衽」，原作「自棄」，據明抄本、經鉏堂本、文津閣本改。
❹「入寇」，原作「直擣」，據明抄本、經鉏堂本、文津閣本改。

之上。唐制，御史纔八品，衣碧，亦下士也，而將命出行，則節度使必具軍禮送迎於道。此得聖人尊王室、抑諸侯之意者也。故方鎮雖跋扈，而國祚延長。自今宜精堂選而重其禮，凡在京職事官出使諸路，略如唐制。苟有罪犯，内付憲臺，不使外方得行陵藉。則朝廷之體不至於弱，而禮行於外吏矣。凡士民之必聽於縣，令佐之必聽於州，守將之必聽於按察，監司之必聽於朝廷，猶指之順臂，葉之從根，不可逆施之也。崇、觀以來，每下赦令，必開越訴。以荆門言之，則造私醞户、酗酒學生、鬻茶猾吏，訴郡太守於監司而罷之者三。以荆南言之，賈客、豪民訴都鈐轄於朝省而罷之者二。使民習見犯上之可爲，而貴賤無等，此亂之所由作也。建炎赦令，不知改更，豈撥亂反正之道哉？謂宜精選監司守令，重禁越訴，苟有故犯，以違制論。雖已經由，而所訴虚妄，不移前斷者，加越訴之罪三等，則人知嚴上而禮行於庶民矣。自唐末用兵暴亂，禮法不行，五十載間，變置十有餘君。藝祖受命，首修軍法，自押官以上，各以階級相承，小有違犯，罪至於死。然後行伍整肅，賊亂不興。崇、觀以來，決遣衛士而斥責三衙，❶降配軍員而斥逐提點，於是無知之兵，習於陵犯。靖康之變，衛士祝靖之徒，委棄君親，破州畧縣，至於此極。今既罷投換法，❷謂宜依周世宗顯德元年故事，悉行選揀，去羸軟，取精鋭，藉如

❶「斥」，明抄本、經鉏堂本作「黜」。
❷「罷」，原脱，據明抄本、經鉏堂本補。

祝靖等類，别加裁處。選將明法，日教旬比，月一試而施賞罰，❶則人將不敢驕縱陵犯，而禮行於士卒矣。凡此三者，若緩而急，若迂而直，乃趨時救弊之要務也。靖康皇帝誠心願治，已及期月，而澤不下流者，以諸方按察師帥皆宣和之舊，非糟粕書生、權豪親戚，則奄寺之奴隸也。以若等人位於民上，幸寇賊擾攘，恣爲奸欺以自潤耳。故内寇有三：係籍驕悍，習於陵犯之兵也；就招潰散，利於刧掠之兵也；人户點差，憚於征役之兵也。三寇縱横，而官吏又有甚焉。謂宜據今諸方憲漕，功效已著者旌賞之，功罪未明者程督之，罪惡可知者澄汰之。命侍從官以上，各舉堪任職司者一二人，審其才具所宜，以補其闕，則耳目明達而不蔽矣。至於諸藩與要郡亦如是，則教條宣布而不壅矣。申明久任，斷以三年，使得展其才志，則小州下邑官吏之爲寇者，無所措其手足，而三寇可消弭矣。國事以安民爲本，軍事以足兵爲要。輕徭薄賦，所以厚其生也。稱物量力，所以平其施也。扶善良，助貧弱，所以著其仁也。剔奸僞，鋤强惡，所以行其政也。若不正户籍，則四事必格，求欲安民，乃以病民耳。既罷常平官，今歲適當造，宜令民皆以土田爲斷，而一一自言。凡私所蓄藏與馬牛廬舍，頗如舊法，悉皆闊畧。田有隱匿，必没縣官。諸詭爲官户，因濫賞得比廕補者，咸許首陳。命監司專以此爲守令殿最，庶幾四事可施，而民可安。古者大國至於家邑，諸侯至於士庶，軍師有數，城堞有制，聯屬有分，器械有物，若不本先王法度而急於招置，則足兵乃所以起兵耳。夫律禁民蓄兵器者，所以息争而收其柄也。今

❶「施」，明抄本、經鉏堂本作「設」。

置巡社，使得自備，敢必其皆以禦賊而不自爲賊乎？夫尉司弓級、巡檢土軍，❶大約不過百人，於以覺察奸細，良民猶有被擾者。今巡社人人執持凶器，絡繹道路，則必陵暴居人，困苦羈客，刑法有不能禁矣。又巡社首領，將使與令佐抗行乎，抑猶以部民遇之也？抗行則名分不正，以部民遇之則有悖心，如唐初魯寧者矣。又今東南名藩帥府，兵不滿千，而巡社總轄萬人，團結推排，權在百姓，借之名目而稱號同王命，給之朱記而行遺比公移，守令徒有統制虚名，莫之能制矣。又巡社悉行於諸路，以爲守令殿最，不出歲月，必當坐得數百萬之衆。挽强者解發推恩，廣加激勸。又選將壅而不行，復加裁損，則必指爲釁端，而禍變起矣。謂宜詳議審裁巡社之法，使無後悔，施於河朔，以禦金賊。❷而東南諸路，有便於保甲者，宜增修其法，別行排造。其便於弓手、土軍者，宜增置其數，精加教閲，則兵可足而亂可息矣。夫易積而難通者，事也。自大觀赦令廣開恩倖，真僞渾淆。軍興之後，恩霈相仍，賞典踰越。百司緣此，竊弄權柄，招賕納賂，百事滯留。四方急奏，待報稽遲，百姓訴陳，漫無可否。蓋六部諸司事皆禀於都省，中書取旨，門下審駁，行遣迂回，此政事所以日壅而不決也。夫宰相者，啟沃人主，進退賢才，阜安百姓，天下之事無所不統者也，而日覽詞訴，又各兼一省，互相關制，則失其職矣。謂宜合二省，正宰相之權，使得專行其職。而六曹之事，皆決於長官，應奏上者直奏上，應下行者直行

---

❶「級」，原作「手」，據明抄本、經鉏堂本、文津閣本改。

❷「賊」，原作「兵」，據明抄本、經鉏堂本改。下文同例皆逕改，不再出校。

下，自非關大體，有改更，更不經由僕射、丞轄，則事不稽壅矣。往蔡氏時，首興黨論，塞天下之口，汲引羣小，輕用名器，交結閹尹，汩喪廉恥。今宜一切反其行事，乃可以撥亂反正，殄讎雪恥，使天下士大夫伸眉吐氣，食息世間，無所愧矣。」黄潛善諷給事中康執權彈擊，謂不合辭免，乞重譴黜。中書舍人劉觀實有力焉，上恩止罷除命。

建炎三年，反正之始，樞密使張浚薦公可大用，申命前除。公辭，因致書宰相呂頤浩曰：「伏讀四月八日赦書，首稱遵用嘉祐條法，遠方傾耳拭目，固以仁宗皇帝盛德大業跂望主上，而以魏國忠獻輔佐勳績期於相公也。夫嘉祐政事，其大要本於愛民，始於審謀，成於果斷。置寬恤司，詔均田税，募耕唐、鄧廢田，收諸坊監及牧馬餘田賦貧民，籍户絶田租，置廣惠倉，出百萬緡賜諸路常平爲糴本，弛江淮茶禁，通商收税。罷提點刑獄，武臣守令治有善最者，使久於其任。凡此數端，事方經始，必博采衆謀，詳究利害，立爲條約，委曲周盡，故議成而舉朝不異，令下而所至奉承，行久而弊端不見。至於軍政修明，戎行輯睦，六軍聳聽而驕惰革，戎狄震慴而暴横消，❶則其政事本於愛民，審謀能斷之明驗也。今朝廷欲理兵政以强國，而官吏不知恤民以養兵，是欲稼之長而涸其水，欲木之茂而去其根，則與嘉祐本於愛民之意異矣。至於衆謀紛紜而國論未定，命令交錯而民聽未孚，法制數更而下不知所守，其與嘉祐審謀能斷亦異矣。夫審謀而不斷，罔克有成；斷果而不藏，必貽後悔。惟相公深究嘉祐政事本

❶「戎狄」，原作「邊方」，據明抄本、經鉏堂本改。

末，專務愛民，凡新舊法度與增添創置一切擾民之事，置司討論，參稽衆謀，窮極利病，而後罷行，則政事可立，民心可安，軍旅可强，讎恥可雪，宗社可寧矣。」朝廷遣使詣公所居，詔州郡以禮敦遣。寅時修起居注，上賜之手札曰：「卿父未到，可諭朕旨，催促前來，以副延佇。」公以建康東南都會，上既在是而眷待如此，行次池陽，會聞車駕移駐姑蘇，將踰浙而東。公重感疾，遂具奏而返。是日亦勅下，除公提舉臨安府洞霄宫。

紹興元年十二月，除中書舍人兼侍講，公辭。因致書參政秦檜曰：「《春秋》大畧貴前定，是故撥亂興衰者，其君臣合謀，必有前定不可易之策。管仲相齊，狐偃輔晉，樂毅復燕，子房興漢，孔明立蜀，王朴佐周，莫非策畫前定，令出必行，故事功皆就。建炎改元，聖主憂勤願治於上，大臣因循習亂於下，國制搶攘，漫無定論。玩歲愒日，寖失事幾，於今五年，已極紛擾。天下之事，未有極而不變者也。至於極而不變，則危者遂傾，亂者遂亡。考今民情，尚未潰散，猶可更張。雖事幾已失，無半古必倍之功，而危可復存，亂可復治，無傾亡之患必矣。宜及時建白前定之計，振頽綱，修弊法，變薄俗，蘇窮民，庶幾觀聽有孚，以啟中興之兆。《春秋》序正官名，而綱紀重事，責歸宰相。蓋位隆則所任者大，上則啟沃人主，經理朝綱；中則選用百官，賞功罰罪；下則興利除害，阜安兆民。仰而深思，夜以繼日，猶恐有不得者，而暇省文書接詞訴乎？頃者遵用元祐大臣奏議，合中書門下二省爲一，而事不分決於六部，是循名而不得實，併與不併，無以異也。宜及時建白，令列曹尚書各得專達，各辟其屬，久於其任，責以事功，而宰執不復親細務，庶幾奸蠹消除，漸可爲矣。《春秋》以好生惡殺爲心，❶獨於叛逆之黨，必誅而不赦；以用兵侵伐爲戒，獨於救患解紛，惟恐次止遷延而欲其速也。以此見聖人之情矣。蓋亂常毀則，赦而不誅，則天理必滅；賊虐無辜，視而不救，則人道必淪。故罪在五刑，上天所討，大眚俱肆，《春秋》譏之。苻秦之世，凡叛逆者必加原宥，終後失邦，❷措身無所。比歲盜賊毒徧諸方，皆奸惡之徒，乘隙肆暴，非迫饑寒、官吏不恤、弄兵潢池之赤子也。而謀國者盡用招安，不吝濃賞，遂使軍民傾心健羡，遠近縱横，莫之能止。宜及時建白，乘破李成、馬進之鋒，盡掃三楚緑林之聚，誅魁首，散脅從，庶幾遺種餘民復得解衣而寢矣。《春秋》貴守土疆，恥於喪地，戒於失險。昔尚父、周公以盛德大勳受封齊、魯，而儉於百里，雖列壤南面，而大夫必命於王朝。方伯雖得專伐，❸而遣將出師，必請王命。昨建分鎮，舉河南、汝、孟帝都之地合爲一鎮，輕以授人。若此類可疑，一也。廢置僚屬，事無待報，二也。足食足兵，專征閫外，三也。舍建康，棲東越，而以湖北爲分鎮，四也。詔令已行，誠難反汗，然有應機無害於信者，宜申述前詔。得專征者，謂攘戎狄，❹討亂臣。如李成、馬進之比，則當不拘

❶「殺」，明抄本、經鉏堂本作「死」。

❷「後」，原作「復」，據明抄本、經鉏堂本、文津閣本改。

❸「伐」上，明抄本、經鉏堂本有「征」字。

❹「戎狄」，原作「外寇」，據明抄本、經鉏堂本改。

常制。或無故舉兵，自相吞噬，必以擅興坐之。又别降指揮，以湖北一路與諸鎮事體不同，當仍舊制，亦無失信之嫌。宜及時建白，保固形勢，倚爲基本，庶幾有恢復之期矣。《春秋》大一統，遵王命，惡臣下分權，諱賤人犯上，歷紀王正而不私朔，使舉上客而不稱介副，微者名姓不登於史册，所以嚴分正名也。比者雖命江表三省復歸行闕，百司庶務决自天臺，而宣撫重臣久居外服，諸方守將並假便宜。夫以便宜從事，本爲出師臨機奏報不及，明有建炎赦文矣。諸路後來並不遵稟。或以察訪爲名，而擅按他路，截留公賦，編營帥臣，❶執殺郡守。或以節制爲名，而擅兵外境，專斬命官，直轉資秩，移易守將。或未被受指揮，先次便宜行事。或擅罷堂除監郡，自辟别路正官。凌蔑朝廷，於斯爲甚。宜及時建白，收斂權柄，以弭分裂之形，嚴分正名，以遏侵凌之勢，而後大經可正，民志可定矣。《春秋》惡以邪人塞言路，慎於遣使而重於用民力。臺諫者，朝廷綱紀所憑也；監司者，外臺耳目所寄也；守令者，宣教條，均賦役，百姓所恃以安其生也。辨小事而不及大政，彈小吏而不及大官，三綱淪而不扶，九法斁而不救，則朝廷紀綱無所憑矣。漕臣理財賦而公私匱竭，憲臣理刑獄而盜賊公行，上下相蒙，莫知糾察，則外臺耳目無所寄矣。惠澤壅而不宣，教條廢而不守，暴虐百姓，與奸爲市，貧窮孤弱，冤苦失職，則田里無以安其生矣。宜及時建白，精選監司，刺舉郡守；精選郡守，刺舉縣令。明詔臺諫官使論奏大事，無入小言，則綱紀可肅，視聽可用，賦斂可平，民力可裕矣。《春秋》戒失兵權而嚴於軍律，以三

❶「帥」，原作「師」，據明抄本、經鉏堂本、文津閣本改。

綱爲本，以民事爲要，以賞功罰罪爲先。昨者屢降詔書，專理軍旅，於行事竊有所疑。僞楚，篡逆之臣也，許録其親屬；金賊，不釋怨之讎也，而遣使請和。其於三綱有未正也。河南、江北，羣盜嘯聚，焚燒倉庫，❶靡有孑遺。波漢之陽，外薄五嶺，急征橫斂，不務勸農，其於民事有未急也。誤朝迷國之人，與盡忠死節之士，恤終贈典，畧無差等，是賞未足以勸忠也。或擅興專殺，或罔上奏功，罪狀明白，典憲不申，是罰未足以懲惡也。然則何謂理戎旅乎？本則不正，治於末流，雖力扼虎，氣蓋世，必無成功。而謂安定天下在於長槍大劍，此楊邠、史洪肇所以喪身及其國也，可不戒乎？宜及時建白，行《春秋》理戎之法，使天下心悦而誠服，則盜賊可弭，夷狄可攘矣。❷《春秋》尊嚴廟制而謹於祀禮，故古者師行必載廟主，寓戎田獵，以乾豆爲先，戰而必勝，其有以乎？頃者南狩，神主豫選洪、虔，館御薦享未肅，奉常有請，顧謂遷移窮僻，爲已試之效，至乞更擇五嶺之西，迎奉前去者。時方涣散，格廟爲本，奉先既隆，人心自屬。而獻議若此，如禮樂何？宜及時建白，尊崇禮祀，嚴致孝享，則人知所從來而天下服矣。《春秋》不與公族大夫專政用事，而以親賢爲急。聖主屢詔諸方，津遣宗室，俾赴行在，優加寵獎。誠以昨者皇族北徙，枝葉已疏，必施茂恩，以滋根幹。宜及時建白，上稽帝堯明峻德、睦九族之義，中循周、漢急親賢之隆，下掃六朝孤立之弊，則王室益强，國勢磐固矣。自崇寧以來，邪説盛行，公

❶「焚」，原作「楚」，據明抄本、經鉏堂本、文津閣本改。
❷「夷狄可攘」，原作「邊土可拓」，據明抄本、經鉏堂本改。

論廢格。獻言者以亂制爲能，不期於定制；從政者以擾民爲事，不務於安民；用人者以辦事爲才，不求於曉事；望治者以速成爲策，不冀於美成。取快目前，積成後患。至於綱紀大壞，宗廟丘墟，皆此曹所致也。積習成風，至今未殄。夫欲撥亂世反之正者，必變衰亂之俗。欲變其俗者，必去衰亂之臣。今衰亂之臣死亡無幾矣，然猶内歷華途，外典方面；間有廢黜，尋復寵升。毀譽不核其真，❶賞罰不當功罪。使聖上憂勤願治未有見效者，亦皆此曹所致也。天下有公，是非出於人心不可易者。今國步艱危，民情搖動，宜乘勢更改，轉敗爲功。不然，大勢益傾，不可復振矣。」

朝廷不許公辭，又遣使至所居，公遂行。以《時政論》先獻之。《定計論》曰：「臣聞自昔撥亂興衰者，必有前定不移之計，而後有舉必成，大功可就。修内政，張四維，帥師不遣上卿，❷伐國不動大衆，教民懷生，示信討貳，此齊侯、晉文前定之計也。取關中，據河内，大封同姓，以懲孤立，減省官吏，以息百姓，抑制將帥，保全功臣，此高帝、光武前定之計也。斬高德儒，叱宇文士及以遠佞人，賞孫伏伽，禮王、魏以開言路，宣示好惡，使民向方，薄賦輕徭，選用廉吏，此唐太宗前定之計也。陛下履極六年，以建都則未有必守不移之居，以討賊則未有必操不變之術，以立政則未有必行不反之令，以任官則未有必信不疑之臣。奕者舉棋不定，不勝其偶，况立國而不定乎？夫難平者事也，易失者時也，舍今不

---

❶「真」下，明抄本、經鉏堂本有「實」字。

❷「帥師」，原作「師帥」，據明抄本、經鉏堂本、文津閣本改。《歷代名臣奏議》卷四七作「率師」。

圖，後悔何及？ 人主廣覽兼聽，不可自專；宰相擇才使能，不可自用。 望賜咨詢，僉定國論，如所告淵聖者。」❶

《建都論》曰：「立國者必建都，必據形勢，握輕重之權，必居要津，觀方來之會，如北辰在天，安於其所不可動也。 陛下駐蹕金陵，本以舊邸，號稱建康，降詔爲受命之符，傳播天下，則可都者一也。 自劉先主、吴孫氏、諸葛武侯一代英雄，周游吴楚，皆稱建康王者之宅，則可都者二也。 北據大江，外阻長淮，隔絶奔衝，難於超越，則可都者三也。 有三吴爲東門，有荆蜀爲西户，有七閩二廣風帆海舶之饒爲南府，則可都者四也。 諸路朝覲，郡縣貢輸，水陸舟車，道里適等，則可都者五也。 凡都北者必闢境於南，而都南者必畧地於北。 昨者鑾輿時邁，狩於吴越，則王導所謂望實俱喪，❷而晉不果遷之地也。 三省百司寓於南昌，則李煜避周，徙自秦淮，卒不能振之所也。 國勢一統，不可數分，國都一定，不可數動，與夷狄居穹廬，❸逐水草，無城郭宫室市朝者異矣。 今宜還都建康，環諸路而中持衡，則人心不摇而大事可定也。」

《設險論》曰：「按《春秋》書晉師伐虢，滅下陽。 下陽者，虞虢之塞邑也。 塞邑既舉，則虢已亡矣。

❶ 「如所告淵聖」，原作「謀所以前定」，據明抄本、經鉏堂本改。 文津閣本作「如所以告淵聖」。
❷ 「導」，原作「道」，據明抄本、經鉏堂本、《歷代名臣奏議》卷四七改。
❸ 「夷狄」，原作「北人」，據明抄本、經鉏堂本、《歷代名臣奏議》改。

聖人特書，以示後世設險守邦之法。故魏人都許，不恃方城而守襄陽；蜀人都益，不恃劍門而守漢中；吴人都秣陵，不恃大江而守荆渚。夫荆渚，江左上流也，北據漢沔，西通巴蜀，東連吴會，真用武之國。故楚子自秭歸徙都，日以富强，近并穀、鄧，❶次及漢東，下收江、黄，横行淮泗，遂兼吴越，傳六七百年而後止。此雖人謀，亦地勢使然也。後逮漢衰，劉表收之，坐談西伯；❷先主假之，三分天下；關羽用之，威震中華；❸孫氏有之，抗衡曹魏。晉、宋、齊、梁倚爲重鎮，財賦兵甲，當南朝之半。其爲江東屏蔽，猶虞虢之有下陽也。今欲定都建康，而以湖北爲分鎮，失險甚矣。按湖北十有四州，其要會在荆峽，故劉表時軍資寓江陵，先主時重兵屯油口，關羽、孫權則并力争南郡，陸抗父子則協規守宜都，晉大司馬温及其弟沖則保據渚宫與上明，此皆荆峽封境也。今割以與人，使跨長江，臨吴會，猶居高屋建瓴水也，獨無虞虢下陽之慮乎？臣謂欲保江左，必都建康，欲守建康，必有荆峽，然後地形險固，北可出秦甲，西可下蜀貨，血氣周流，首尾相應矣。」又曰：「昔人謂大江天所以限南北，而陸抗乃曰此守國末務，非智者所先。何也？杜預嘗襲樂鄉矣，胡奮嘗入夏口矣，賀若弼嘗濟廣陵矣，曹彬嘗渡采石矣，則其險信未足恃也。雖未足恃，然魏武困於居巢，曹丕困於濡須，拓跋困於瓜洲，苻堅困於

---

❶「穀」，原作「榖」，據文津閣本改。

❷「伯」，原作「北」，據明抄本、經鉏堂本、《歷代名臣奏議》改。

❸「震」，原作「振」，據文津閣本、《歷代名臣奏議》改。

淝水，皆不得渡，則其險亦未可棄也。設險以得人爲本，保險以智計爲先，人勝險爲上，險勝人爲下，人與險均，纔得中策。方今所患，在於徒險而人謀未善爾。地有常險，則守亦有常勢。當孫氏時，上流争襄陽而不得，故以良將守南郡與夷陵；下流争淮南而不得，故以大衆築東興與皖口；中流争安陸而不得，故以三萬勁卒戍郝城。郝城，今黄岡是也。今欲固上流必保漢沔，欲固下流必守淮泗，欲固中流必以重兵鎮安陸，此守江常勢，雖有小變，而大概不可易者也。今狂虜侵河朔，叛臣擾山東、淮北，京畿諸鎮處危疑之地，大江設險，未可輕弃。若委任得人，則不特可保江左而已。」

《制國論》曰：「凡制國者，必周知山川形勢，土地所宜，然後可與謀。荆州在江漢沮漳之間，水陸沃衍，乃足食足兵要地，江左六朝所以必争而不肯失也。棄爲分鎮，使法得自立，兵得自用，財得自理，官得自命，即與戰國諸侯無異，而非上世封建之法也。宜有更張，獨仍舊制，通荆湖憲漕二司，治盗理財，而以襄陽隸湖北，岳陽隸湖南，鄂渚隸江西，則地理連屬，形利勢便矣。」又曰：「變更舊制，不稽今古，則事不可行。近歲荆湖變更舊制多矣，於國家形勢初無所益，徒困兩路之民耳。今既復南北兩路，宜罷荆峽分鎮，仍舊制帥司於荆南，一便也。公安軍宜仍舊廢爲屬邑，二便也。靖州置在崇寧元年，自鼎、澧應副，歲費二十七萬，今此二州既皆殘毁，宜仍舊廢爲渠陽砦，三便也。武岡軍置在崇寧四年，自邵、衡、永應副，費亦不貲，今此三州既皆空乏，宜仍舊廢爲武岡縣，四便也。四者仍舊，創添窠闕，悉從除削，省併官吏，裁損文書，有所謂刀弩手、博易務、營田司，事皆欺罔驅民爲盗者也，宜依往年禁止保馬茶鹽法施行，以戒誤國害民之賊，然後國制定，民心安矣。」又曰：「昔祖宗宅都於汴，其勢當自内而制外，是故置京西路，而襄州在漢水之南，則以制湖北也；置湖北路，而岳、鄂在荆水之南，則以制湖南與江西也。今建都江左，未能恢復中原，則當自南而制北，置於江西者治南昌，而分兵屯鄂；置於湖南者治長沙，而分兵屯岳；置於湖北者治荆南，而分兵屯襄，則東南之勢全，恢復之基立矣。今安撫大使，古州伯也，形勢必相屬而後能相援，有無必相資而後能相成。五嶺之外，財賦盛於東禺，❶兵馬出於西桂，❷宜置大帥一員，兼統二廣以殿南服。荆湖殘破，北路尤甚，若置大帥，必兼領夔府。蓋峽中有鹽米耕牛而無曠土，荆渚有沃衍桑田而無餘民。❸若弛瞿塘之禁，懋遷有無，商旅自西而入，物貨沿江而下，不越數年，荆州富盛，形勢可成矣。」

《恤民論》曰：「保國必先恤民，而恤民之事有五：一曰除暴，二曰擇令，三曰輕賦，四曰革弊，五曰省官。近歲除外暴者主通和，竟爲夷狄所誤，不敢用兵，而夷狄毒遍中國，自若也。除内暴者用招安，竟爲盜賊所誤，不敢用兵，而盜賊毒遍天下，自若也。爲民父母，安得若是恝又官爵之？其與成湯爲童子報讎，不亦異乎？今劉忠殘黨蹂數郡，曹成反復刼帥臣，理無可赦，宜早加殄滅，肅清江湖。然後精擇縣令，一意撫綏，則民心安，邦本固矣。近歲此官冗濫已極，宜以五説稍革其弊。籍中外嘗爲

❶「禺」，原作「南」，據明抄本、經鉏堂本、文津閣本、《歷代名臣奏議》卷四七改。
❷「桂」，原作「北」，據明抄本、經鉏堂本、文津閣本、《歷代名臣奏議》改。
❸「民」，原作「田」，據明抄本、經鉏堂本、《歷代名臣奏議》改。

臺省寺監官，依倣漢制，分宰百里，俟有殊績，即不次擢用。又增重事權，優假其禮，許借服色，厚給廪餼。凡軍馬駐本縣者，並聽節制，其經由者悉從階級，以免將士陵辱，示百姓瞻仰之尊。則又據今縣分户口賦入多寡輕重分爲三等，上縣朝廷選差，中縣吏部注擬，下縣帥臣監司通共奏辟，不得侵互，立爲定格。仍用宋元嘉法，以六期爲斷，革去三年爲任、兩考成資與堂選數易之弊，使吏無苟免，民心有係。凡三等縣皆以四條糾正税籍，團結民兵，勸課農桑，敦勉孝弟。俟及三年，考其事效已就緒者，就行旌賞；未有倫者，嚴加程督。如此，則民心安，邦本固矣。焚林而田，非不得獸，而明年無獸；竭澤而漁，非不得魚，而明年無魚。以近事驗之，京東西路歲入凡一千萬，其餘山澤之利，在祖宗時捐以與民，不盡取也，百姓歸戴，無有二心。及李彦等取爲西城之租，窮竭民力，其時若有言罷此掊尅然後國用足，則必指爲妄言也。然百姓愁苦，轉而爲盜。今此四路所入，不歸王府五年矣。荆湖南北歲入凡五百萬，其外豈無遺利？在祖宗時捐以與民，不盡取也，百姓歸戴，無有二心。及部使者取之折變，則有一折、兩折、三折，收糴則有均糴、敷糴、補糴，散引則有麴引、鹽引、茶引，受納則有一加、再加、倍加，其時若有言罷此諸色然後國用足，亦必指爲妄言也。然百姓愁苦，轉而爲盜。今此兩路所入，不歸王府三年矣。乃知有若所謂百姓足君孰與不足，❶信不誣也。今封境日蹙，賦斂日重，百姓日貧，田萊日荒，更臨之以貪吏，困之以弊法，是爲敵國驅民也。願詔大臣速講輕賦恤民之事，爲生財足用之

---

❶「謂」，原作「爲」，據明抄本、經鉏堂本、文津閣本改。

源，以京東西、湖南北爲至戒，則民心安，邦本固矣。凡爲國以利不以義者，皆自小人始，爲其所見者小，不知大體，法所以弊也。祖宗時以義爲利，四海無困窮之苦，天禄永安，所利大矣。姑以鹽法論之，行於西者與商賈共其利，行於北者與編户共其利，行於東南者與漕司共其利，大計所資，均及中外，所謂以義爲利也。崇寧首變此法，利出自然者禁而不得行，則解池是也。利在編户者皆入於官府，則河朔是也。利通外計者悉歸於朝廷，則六路是也。諸路空乏，乃復百種誅求，尤不能給，民窮爲盗，遂失歲入常賦以數千萬計，則鹽法實致之耳。陛下宜鑒前失，有所改更，久而未也，天下望焉。畧以湖南一路言之，昔日歲課一百萬緡，本路得自用者居其半，故斂不及民而上下足。變法以來，既盡歸之朝廷，則本路諸色支費皆出横斂，至如上供舊資鹽息者猶不蠲除，民所以益困也。又畧以道州一郡言之，歲認上供錢二萬緡，往時本州歲賣鹽息常倍此數，故斂不及民而上下足。今上供錢仍舊，而鹽息不復有矣，乃至以麴引均科，此民所以益困也。又畧以來陽一邑言之，有未變法前官所自運鹽，有既變法後客所拘納鹽，封樁日久，既緣軍期支用，而鹽司必欲追索，朝旨亦令撥還，不知何自而出，豈得不取於民？此民所以益困也。以一路、一郡、一縣觀之，則他處可知矣。今榷貨所入，歲以千萬計，其利至厚，謂宜遍下諸路，一一檢會，凡若此類，悉蠲除之，以活百姓，使稍安其業，不至爲盗。長納二税，存國家大利之原，不亦善乎？榷酤之弊亦極矣，畧以道州言之，課額既高，歲有虧欠，即抑勒專知牙校，令兼管州倉，俾因受納，取足於税户，其害爲如何？此民所以益困也。又以邵陽言之，酒課歲約二萬餘緡，而折税爲糯者凡六千斛，糯貴於粳，價幾一倍，其他固未論，此民所以益困也。近者當下諸路會計，而州縣利此爲造弊之端，不以實聞，固當斷以必行，令凡係官監酒務，許百姓買撲，入納净利，與轉運司及本州支用。收官務年費米麥等，專以贍軍，兼濟公私，存活百姓，使稍安其業，不至爲盜。長納二税，存國家大利之原，不亦善乎？如此庶幾民心安，邦本固矣。自崇寧以來，中外創添員局，重以濫賞，不勝其冗，蠹國生亂，至今未革，而又加甚。兵官舊係兩員者，添差至於七員、八員而未止也；監當舊係一員者，添差至於四員、五員而未止也。其餘荒殘州縣，未有百姓，先置官司，凡是舊員，一一填足，又多不應差注之人，其爲民害，不異寇賊。考於《春秋》，以民爲重，而大夫次之；考於《孟子》，以民爲貴，而社稷次之。故養民者，陛下之職也。願亟行併省，以建武爲法，既不病民，所省官吏使居閒散，稍捐廩禄養之，亦無失職之嘆，庶幾民心安，邦本固矣。」

《立政論》曰：「人主宰臣必先明其所職，而後政可立。選擇忠賢，以爲輔弼，任而不疑者，人主職也。薦進人才，布列中外，賞罰不私者，宰相職也。唐太宗既黜封德彝邪説，任房、杜爲相矣，又敕尚書庶務並屬左右丞，而責二公以廣求賢人，隨才任使。此委相臣以其職者也。陳平既不答文帝决獄之問，自謂所主佐天子理陰陽矣，而召河南守吴公爲廷尉，吴公治平爲天下第一，其能致民無冤可知。此使九卿各得其職者也，而政有不立乎？陛下以宰相不可非其人，頻有選任，可謂得人主之職矣。然而政事未立者，竊恐所以責任異於唐太宗，而宰相所以自任未若陳獻侯也。夫坐政事堂，受詞决訟，弊精神於簿書，而進退人才，賞功罰罪，有未察焉，則失其職矣，政何由立乎？陛下以庶務决之六曹，官長皆得專達，並如元祐大臣所請，自非大事，不復資白，則中書之務簡矣。然後專責宰相，以愼簡六曹長貳、諸路帥守部使者及上縣令宰，咸得其人，而政治不建，未之聞也。」又曰：「三綱，軍國政事之本，人道所由立也。三綱正則基於治而興，三綱淪則習於亂而亡。《春秋》宋華督有不赦之惡，齊、魯、陳、鄭同會以成其亂，❶受賂而歸。天子不討，方伯不征，咸自以爲利也。未幾，陳有五父之亂，齊有無知之亂，鄭有子突、亹、儀之亂，魯有叔牙、慶父之亂，數十年間，四國舛逆，幾至喪亡。則以昧於堅冰之戒，不能辨之於早也。《春秋》備書於策，以明三綱之重，爲後世鑒，深切著明矣。昨者張邦昌挾女真，僭名號，援契丹立晉爲例，分遣使人布諭諸路，直下赦令，倍行恩賞，原其用心，與華督何異？陛下特施寬典，賜死於隱，而不尸諸市朝，已失刑矣。及虜騎南騖，乘輿渡江，黄潛善及其黨事窮計迫，乃指邦昌爲金人所立而迫之至死，遂以致寇，欲自解其誤國之罪，至其宗族皆命以官，是訓誘亂臣賊子，使利於爲惡。此臧哀伯所謂『百官象之，又何誅焉』者也。於是不踰旬月，苗傅、劉正彦有今將之心，既伏大刑，而近臣乃有抗章，乞行湔洗，無所忌憚。故比日羣盜所在焚刼，或有官吏樂爲之用，末流至此，可不戒乎？願特降指揮，昨在圍城，有職當守禦，視城垂破而端坐不救者；有草爲表章，上詆君父，取媚虜人，受其婦女者；有起自閒散，特仕僞朝，長其諫省者；有於苗、劉肆逆，並建節旄，所除制命，極意稱美者；及乞用邦昌、傅、正彦之黨者，審其輕重，不過數人，依法施之，以正人心，息邪説，則三綱不至淪胥，而軍國政事得以時立矣。」

❶「亂」，原作「惡」，據明抄本、經鉏堂本、文津閣本、《歷代名臣奏議》改。

《覈實論》曰：「政事紀綱，莫大於賞罰，而功罪是非，以毀譽爲本者也。必要其真僞，而後賞罰當。比下赦文，推美仁宗皇帝盛德大業，應舉行政事，並欲上遵嘉祐。臣嘗攷其大要，特在於直言數聞，毀譽核實而已。而核實者，❶必自大臣與臺諫始。大臣定功罪施賞罰於上，臺諫論功罪主毀譽於下，不可不先核也。仁宗皇帝信王曾之正，任呂夷簡之才，終以富弼、韓琦爲宰相，而余靖、蔡襄、賈黯、呂誨等迭居臺諫，此真僞所由核也。故丁謂雖以奸邪當國，而終投四裔；寇準雖以忠正遠貶，而終得辨明；范仲淹雖屢以危言獲罪，歐陽脩雖以譏斥佞人招難明之謗，而皆終聞政事。是邪説不得亂毀譽之真，而直道行也。邪説息，直道行，則惡人有所憚而不爲，善人有所恃而不恐，此所以致至和、嘉祐之治者也。昨者黄潛善、汪伯彦、范宗尹輩廣引奸邪，顛倒是非，變亂名實。諫官鄭瑴攻李綱以六不可貸之罪，驗於奏議則無據，按於施爲則無迹，特以撰造文致傾陷大臣。當時遂信行之，又以美官激勸之，是欲其亂毀譽之真而不核也。言官馬伸擊潛善、伯彦措置乖方，凡舉一事，必立一證，皆天下所共知見，不敢以無爲有，以是爲非。當時乃罷黜之，又置諸危地殘賊之，是惡其核毀譽之真而不亂也。❷邪説何由息，公道何由行乎？今瑴雖已死，恤典隆厚；伸雖有詔命，不聞來期。按《春秋》治奸慝者，

---

❶「而核實者」，原脱，據明抄本、經鉏堂本補。

❷「核」原作「亂」，「亂」原作「核」，據明抄本、經鉏堂本改。《歷代名臣奏議》此句作「惡其毀譽之核實而不亂也」。

不以存没，必施其身，所以懲惡也；獎忠良者，及其子孫，遠而不泯，所以勸善也。陛下必欲繼仁宗之政，則按是非，明賞罰，使天下知所懲勸，亦何遠之有？」

《尚志論》曰：「帝王應時而造，必先立志。欲定大事，而志不先立，則無本矣，焉能有成？靖康臣僚不知責難，勸淵聖篤於立志，而即安屈辱，城下結盟。此齊國佐、宋華元請合餘燼，背城借一，誓死力争，有以國斃而不肯從者也。當時國勢，何異厝火積薪之下而寢其上？宰相徐處仁遽進諛説，以爲金賊出境，社稷再安，由聖德儉勤，致有天人之助，遂言今日可比唐虞而臣主俱榮，抑何志之卑陋也！故廟堂聚訟，顛沛末流，未及期年，坐以失國。夫志則不立，急於事爲，雖有遠猷宏議，必格而不得施矣。陛下自初發憤，欲殄寇讎，當時親信左右莫能輔道，乃至因循，坐消歲月，國日益削，六載於今。然上天所以啟悟聖情，日躋盛德，陛下所以深懲既往，刻厲將來者，可謂卓然有立於萬物之表矣。願堅持此志，無復變遷，仍飭羣臣，各致法家拂士之義。必志於恢復中原，祗奉陵寢；必志於掃平夷虜，❶迎復兩宫；必志於得四海之歡心，以格宗廟；必志於致九州之美味，以養父兄。然後文武百僚，六軍萬姓，不應徯志，而陛下孝弟之責塞矣。」

《正心論》曰：「心者身之本也，身者家之本也，家者國之本也，國者天下之本也。能正其心，則朝廷百官萬民莫不一於正，安與治所由興也。不正其心，則朝廷百官萬民皆習於不正，危與亂所由致

❶「夷虜」，原作「仇敵」，據明抄本、經鉏堂本、《歷代名臣奏議》改。

也。然心有所憤怒而弗能忍，則不得其正；有所貪欲而弗能窒，則不得其正；有所蔽惑而弗能斷，則不得其正；有所畏怯而弗能自强，則不得其正。正心之道，先致其知而誠其意，故人主不可不學也。蓋戡定禍亂，雖急於戎務，而裁決戎務，必本於方寸。不學以致知，則方寸亂矣，何以成帝王之業乎？陛下日親典策，博考古今，往行前言，固將畜德。又經變故，備嘗險阻，慮患益深，❶必無邪念。至誠所發，通貫幽明，固有人不及知而天獨知之者矣。願更選正臣多聞識、有智慮、敢直言者，置之左右，日夕討論，以克厥宅心，表正於上，則内外遠近將各歸於正，奚亂之不息乎？」

《養氣論》曰：「凡用兵勝負，係軍旅之强弱；軍旅强弱，係將帥之勇怯；將帥勇怯，係人主所養之氣曲直如何耳。蓋人主，將將者也。以直養氣，自反而縮，則孟子所謂約，而狐偃所謂壯也，壯則强。以曲喪氣，自反而不縮，則孟子所謂餒，而狐偃所謂老也，老則弱。紂師如林，武王數其不事宗廟、賊虐諫輔之罪，則商曲而周直，故周勝。項羽威震天下，漢祖數其弑義帝之十罪，則楚曲而漢直，故漢勝。凡曲直者，兵家之大要，制勝之先幾也。金人無道，❷曲亦甚矣。陛下上皇之子，孝慈之弟，自大元帥入踐宸極，比年以來，克勤聽政，追賞直士，登用讜言，令問四達，可謂直矣。以直對曲，勝負已分，中國士氣，宜不待鼓而自强。然虜兵每動，四方震慴奔走，莫與抗衡者，以兵家之畧、制勝之幾，未

❶「慮」，原作「外」，據《歷代名臣奏議》改。明抄本、經鉏堂本誤作「虜」。

❷「無道」，原作「稱兵」，據明抄本、經鉏堂本、文津閣本、《歷代名臣奏議》改。

有以明之也。今欲使人人知彼曲我直，以作其衰敗不振之氣，更在陛下强於爲善，益新厥德，使無有曲失可得指議。則守爲剛氣，可塞乎兩間，震爲怒氣，可以安天下。將帥必聽命而不敢驕，軍旅必畏威而不敢惰，不待對敵接刃，而百勝之算已坐決於九重矣。

《宏度論》曰：「人主以天下爲度者也，明當並日月，不可私照臨；德當配天地，不可私覆載；所好當遵王道，不可以私勞行賞；所惡當遵王路，不可以私怨用刑。❶其喜怒則當發必中節，和氣絪緼而萬物育也，故能理其情而君道備矣。然人情易發而難制者，惟怒爲甚，克己然後可以治怒，順理然後可以忘怒。《書》曰：『必有忍，乃其有濟。』此治怒不遷之法也。忍者，隱忍不發之稱。遷者，自此遷彼之謂。能隱忍而不遷，則事必濟矣。漢高帝忍於有故怨者而封雍齒，忍於數窘辱者而赦季布，忍於比己爲桀紂者而用周昌。至如丁公免己於厄，可謂有再生之恩矣，及即位，乃斬以狥。其不賞私勞如此，故能成帝業於五載之近。陛下聖度虚明，人心廣大，❷固當不以私喜親近諛佞，亦當不以私怒疏遠正直。中外百執，其有迷國誤朝，罪惡昭著，衆所指目不可掩者，雖有私勞，願陛下與衆棄之，不使幸而得免，以致天下之疑也。其有抱忠守正，犯顔逆耳，公論所歸不可蔽者，雖遭讒謗，願陛下與士共

❶「怨」，原作「怒」，據明抄本、經鉏堂本、文津閣本、《歷代名臣奏議》改。

❷「人」，原作「天」，據明抄本、經鉏堂本、文津閣本改。《歷代名臣奏議》作「仁」。

之，不使退而窮處，以失天下之心也。如此賞而必當，是謂天命；罰而必當，是謂天討。施之一人，❶而千萬人悦以畏矣。」

《寬隱論》曰：「自昔創業興衰與增光洪業之君，待遇臣下，恩禮雖一，而崇高嚴恪，常行於介胄爪牙之夫，以折其驕悍難使之氣；柔遜謙屈，必施於林壑退藏之士，以厲其廉靖無求之節，乃能駕馭人才，表正風俗。故漢高祖之威，行於暴秦强楚，而不行於四皓；世宗之威，行於匈奴西域、兩越東夷，❷而不行於汲黯；光武之威，行於尋、邑、王郎、赤眉、銅馬、隴蜀之主，而不行於嚴光、周黨。惟公孫述能行其威於李業等，然不能行於吴漢。是何也？威有所當加，勢有所可屈。加於所當加以立威則强，屈於所可屈以忘勢則昌。反是道者，難乎免於亂亡之禍矣。陛下屢下詔書，詳延遺逸，而羣臣有不能欽承美意者，凡所宣召，或有未至，不原情實，即肆譏謗，以爲違於君命召不俟駕之義，被以偃蹇之名，而欲加以不恭之罪。雖陛下寬容，不從其説，而侍從近臣，不有忠言奇策，上動聖聽，奮揚天威，殄殲狂虜，顧請施於疾病退藏之臣，其意安在？夫召而不至者，其心豈樂貧賤而惡富貴哉？其必有以也。若聽其所守，下全隱居之操，上有好善之美，兩得之矣。四月八日所下赦書，首欲上遵仁宗法

---

❶「之」，明抄本、經鉏堂本作「諸」。

❷「匈奴」至「之威行於」二十字，原脱，據明抄本、經鉏堂本、《歷代名臣奏議》補。其中「光武」二字，明抄本、經鉏堂本誤作「光威」，據《歷代名臣奏議》改。

度。謹按康定間嘗以詞館招張俞矣，辭而不受，至於四五。其後又以修起居注用王安石矣，辭而不受，至於八九。皆從其欲，又優獎之，以勵風俗，未嘗加以雷霆之威，而權綱不緣此而不立，❶命令不緣此而不行。威加於西則臣服元昊，威加於北則削平王則，威加於南則掃蕩智高。柔巽屈於隱士而德愈隆，剛克伸於四夷而威愈震，❷可謂知所用矣。此其所宜遵者也。望特降詔書，申明此旨。凡被召有不能赴者，悉從其欲，不强致之。❸獨以威刑外施暴横之戎，❹内掃貪殘之賊，與悍驕不可使之將。讒説殄行，則天下歸心而治道成矣。」其言反覆甚詳，此其大畧也。論既入，上即命再遣使促召。未至，復除給事中。

二年七月，入對於臨安行在所。上曰：「聞卿大名，渴於相見，何爲累召不至？」公再拜辭謝，進曰：「臣聞保國必先定計，定計必先定都，建都擇地必先設險，設險分土必先遵制，制國以守，必先恤民。夫國之有斯民，猶人之有元氣，不可不恤也。除亂賊，選縣令，輕賦斂，更弊法，省官吏，皆恤民之事也。而行此有道，必先立政，立政有經，必先核實。核實者，是非毀譽各不亂真，此致理之大要也。

❶「權」，原作「紀」，據明抄本、經鉏堂本、文津閣本、《歷代名臣奏議》改。
❷「夷」，原作「裔」，據明抄本、經鉏堂本、《歷代名臣奏議》改。
❸「致」，原作「制」，據明抄本、經鉏堂本、《歷代名臣奏議》改。
❹「横」，原作「威」，據明抄本、經鉏堂本、《歷代名臣奏議》改。

是非核而後賞罰當，賞罰當而後號令行。人心順從，惟上所命，以守則固，以戰則勝，以攻則服，天下定矣。然致此者，顧人主志尚何如耳。尚志所以立本也，正心所以決事也，養氣所以制敵也，宏度所以用人也，寬隱所以明德也。具此五者，帝王之能事備矣。乞以《核實》而上十有六篇付宰臣參酌施行。」上勞問甚渥，公退而就職。居旬日，再見，以疾懇求去位，上曰：「聞卿深於《春秋》，方欲講論。」遂以《左氏傳》付公點句正音，公奏曰：「《春秋》乃仲尼親筆，門人高弟不措一詞，實經世大典，見諸行事，非空言比也。義精理奧，尤難窺測。今方思濟艱難，豈宜虚費光陰，耽玩文采？尤氏所載《師春》等書，❶及諸國交兵曲折，尚涉繁碎，況於其他？陛下必欲削平僭暴，克復寶圖，使亂臣賊子懼而不作，莫若儲心仲尼之經，則南面之術盡在是矣。」上稱善。八月一日，轉對，奏曰：「臣扶疾造朝，備位瑣闥，亦既經月。凡所書讀，多是臣庶整會，升降資給，事涉細微，少有論駮。虚度時刻，愧溢顔面。」復詳論定計、建都、設險三事。上尋命除公兼侍讀，專講《春秋》。時講官四人，援例乞各專一經。上曰：「他人通經，豈胡某比？」不許。公乞在外編集成書，仰備乙覽，不敢當講席。章再上，不允。未及卒辭，會除故相朱勝非同都督江淮荆浙諸軍事，公上奏曰：「謹按勝非與黄潛善、汪伯彦同在政府，緘默附會，循致渡江，至今人心追恨未泯。南狩倉皇，國勢岌岌，凡下詔令，當本至公，以收潰散之情，冀安天步，乃稱尊用。張邦昌結好金國，許其子孫皆得録叙，淪滅三綱，天下憤鬱。若謂事由潛善，已不

❶「尤」，疑當作「左」。

預知，此大事也，亦可從乎？及正位冢司，苗、劉肆逆，貪生苟容，辱逮君父。故七月八日聖旨以其荷國重任，不衛社稷，式遏兇邪，不如歐陽脩所稱斷臂婦人之節，其責詞曰：『凶意已行，乃援唐襄王之故事；逆謀先定，共推晉太后之前聞。在君可移，於國何有？』以此觀勝非，其忠邪賢否斷可見矣。方今狂虜憑陵，叛臣不忌，沿江都督極天下之選，用人得失係國安危，深恐勝非上誤大計。」勝非改除侍讀，召赴行在。左相呂頤浩以公既有論列，不復經由，遂命檢正官黄龜年書行。公上奏曰：「由臣愚陋，致朝廷過舉，侵紊官制，隳壞紀綱。孟子曰：『有官守者，不得其職則去。』臣待罪五旬，毫髮無補，既失其職，當去甚明。況勝非係臣論列之人，今朝廷乃稱勝非處苗、劉時能調護聖躬，即與向來詔旨責詞是非乖異。昔公羊氏以祭仲廢君爲行權，先儒力排其説，蓋權宜廢置非所施於君父。《春秋》大法尤謹於此。自建炎改元，凡失節者，非特釋而不問，又加進擢，習俗既成，大非君父之利。臣蒙睿獎，方俾以《春秋》入侍，而與勝非爲列，有違經訓。倘貪禄位，不顧曠官，縱臣無恥，公論謂何？」初，呂頤浩都督江上還朝，欲去異己者，未得其方。過姑蘇，太守席益謂之曰：「目爲朋黨可矣，然黨魁在瑣闥，當先去之。」頤浩大喜，力引勝非爲助，而降旨曰：「胡某屢召，偃蹇不至，今始造朝，又數有請。初言勝非不可任以同都督，改命經筵，又以爲非，豈不以時方艱難，不肯致身盡瘁，乃欲求微罪而去？其自爲謀則善矣，百官象之，又如國計何？可落職提舉建昌軍仙都觀。」實八月二十一日也。是夕，彗出東南。右相秦檜三上章乞留公，不報，即解相印去位。侍御史江躋上疏，極言勝非不可用，胡某不當責。右司諫吴表臣上疏言：「胡某扶疾見君，亦欲行其所學。今無故罪去，非所以示天下也。」❶奏皆寢。頤浩即排根黜給事中程瑀、起居舍人張燾及躋等二十餘人，云應天變除舊布新之意。臺省一空，勝非遂相。

公登舟，稍稍泝流，三日而後，行次衢梁，訪醫，留再旬。至豐城，寓居又半歲。乃渡南江而西，休於衡岳，買山結廬，名曰書堂，爲終焉計。寅被召造朝，公戒之曰：「凡出身事主，本吾至誠惻懇、憂國愛君、濟民利物之心。立乎人之本朝，不可有分毫私意。議論施爲，辭受取舍，進退去就，據吾所見義理上行，勿欺也，故可犯。至誠而不動者有矣，❷不誠未有能動者也。善人君子，吾信重之，不輕慢之；惡人小夫，吾憫憐之，不憎惡之。天下事猶一家，如仲舉於甫節，元規於蘇峻，皆懷憤疾之心，所以誤也。諸葛武侯心如明鏡，不以私情有好惡也，故黄皓安於卑賤而不辭，李平、廖立甘於廢黜而不怨，馬謖入幕上賓，流涕誅之不釋也。孔明此心，可爲萬世法。」觀公室中所以戒其子者如此，則其自爲者可知矣。

河南尹焞聞公進退大致，語人曰：「斯人可謂『聞而知之者』矣。」❸翰林徐俯侍讀《春秋》，薦公

❶ 「非」上，明抄本、經鉏堂本有「恐」字。
❷ 「有」，原脱，據明抄本、經鉏堂本補。
❸ 「之」，原脱，據明抄本、經鉏堂本補。

曰：「道術有在，公論所歸，臣敢蔽賢不報？」初，王荆公以《字説》訓釋經義，自謂千聖一致之妙，而於《春秋》不可以偏傍點畫通也，則詆爲斷爛朝報，廢之，不列於學官。下逮崇寧，防禁益甚。公自少留心此經，每曰：「先聖親手筆削之書，乃使人主不得聞講説，學士不得相傳習，亂倫滅理，用夷變夏，殆由此乎！」於是潛心刻意，備徵先儒，雖一義之當，片言之善，靡不采入。歲在丙申，初得伊川先生所作傳，其間大義十餘條，若合符節。公益自信，研窮玩索者二十餘年，以爲天下事物無不備於《春秋》。喟然歎曰：「此傳心要典也。推明克己修德之方，所以尊君父、討亂賊、存天理、正人心者，必再書屢書，懇懇致詳。於是聖人弘規大用，較然明著。讀而味之，犂然當於人心。」翰林朱震久從公游，方侍講此經，欲見公所著，公曰：「某之初學也，用功十年，遍覽諸家，欲多求博取以會要妙，然但得其糟粕耳。又十年，時有省發，遂集衆傳，附以己説，猶未敢以爲得也。又五年，去者或取，取者或去，己説之不可於心者尚多有之。又五年，書向成，舊説之得存者寡矣。及此二年，所習似益察，所造似益深，乃知聖人之旨益無窮，信非言論所能盡也。今幸聖上篤好，要當正學以言，不當曲學以阿世，子發其勉之。先儒有制作以俟聖漢之語，其不見排誚幾希。」

紹興五年二月，除徽猷閣待制、知永州。公辭以「擯斥三載，❶未能寡過，不敢當次對之除。不習吏事，年衰病劇，不能勝共理之寄」。詔曰：「胡某經筵舊臣，引疾辭郡，重憫勞之，可特從其請。差提

❶「斥」，明抄本、經鉏堂本作「黜」。

舉江州太平觀，令纂修所著《春秋傳》，候書成進入，以副朕崇儒重道之意。仍給吏史筆札，委疾速投進。」公嘗謂宮觀之設，本以養老優賢，非因辭職不欲請，非獲譴不欲受也。及此除，乃謝曰：「謹修有用之文，少報無功之禄。」即自爲工程，再加訂正，然後繕寫奏御，凡十餘萬言。上屢對近臣稱道，謂深得聖人之旨，非諸儒所及也。除提舉萬壽觀兼侍讀，委潭州守臣以禮津遣，金書疾置，召旨甚駛。宰相以事不自己出，形於言。諫官陳公輔方上疏力詆程氏，公上奏曰：「臣忝預從臣，職當次對。雖嬰疾疹，尚竊祠宮。苟有見聞，自當論奏。伏見元祐初宰臣司馬光、吕公著急於得人，首薦河南處士程頤，言必忠信，動遵禮義，實儒者之高蹈，聖世之逸民，乞加召命，擢以不次，矜式士類，裨益風化。遂自韋布，超居講筵。而諫臣朱光庭等又奏頤道德純備，❶學問淵博，有經天緯地之才，有制禮作樂之具，實天民之先覺，聖代之真儒也。則頤之見知於當世至矣。自頤之司勸講，不爲辨詞釋解文義，所以積其誠意，感通聖心者，固不可得而聞也。及當官而行，舉動必由乎禮；奉身而去，進退必合乎義。其修身行法，規矩準繩，獨出諸儒之表，門人高弟莫獲繼焉。❷雖崇寧間曲加防禁，學者宗之，不可遏也。近年頤之門人稍稍進用，而士大夫有志利禄者，口誦其説，高自標榜。或乃託於詞命，妄加褒借，紛然淆

❶「庭」，原作「廷」，據明抄本、經鉏堂本改。
❷「獲」，原作「或」，據明抄本、經鉏堂本、宋李心傳《道命録》（清鮑氏《知不足齋叢書》本）卷三《胡文定公乞封爵邵張二程先生列於從祀》改。

亂，莫分真僞，識者憂之。學士大夫植黨相非，自此起矣。蓋安於王氏者不肯遽變，而道伊洛者多失其傳，無以厭服人心，故言者深加詆誚。夫不辨真僞，皆欲屏絶，既已過矣，又及於頤，不亦宜乎？」其言曰：「聖人垂訓，無非《中庸》是也。然《中庸》之義，不傳久矣。自頤兄弟始發明之，然後知其可思而得也。不然，則或謂高明所以處己，中庸所以接物，本末上下析爲二途，而其義愈不明矣。」又曰：「士大夫當以孔孟爲師，亦是也。然孔孟之道不傳久矣。自頤兄弟始發明之，❶然後知其可學而至也。不然，則或以諸經、《語》《孟》之書資口耳以干利禄，愈不得其門而入矣。今欲使學者蹈中庸，師孔孟，而禁使不得從頤之學，是猶欲納之室而使不得由户也。夫頤之文，於《易》則由理以明象，而知體用之一原；於《春秋》則見諸行事，而知聖人之大用；於諸經、《語》、《孟》則發其微旨，以示求仁之方，入德之序。然則狂言怪語，淫説鄙喻，豈其文也哉？頤之行，其行己接物，則忠誠動於州里；其事親從兄，則孝弟顯於家庭；其辭受取舍，非其道義則一介不以取與，諸人雖禄之千鍾，❷必有不顧也；其餘則亦與人同耳。然則幅巾大袖，高視闊步，豈其行也哉？本朝自嘉祐以來，西都有邵雍、程顥及其弟頤，關中有張載，皆以道學德行名於當世，公卿大夫之所欽慕而師尊之者也。會王安石當路，重以蔡京得政，曲加排抑，其道不行，深可惜也。願下禮官討論故事，以此四人加之封號，載在祀典，比於荀、

❶「兄弟」，原作「弟兄」，據明抄本、經鉏堂本、文津閣本、《道命録》改。
❷「諸」，原作「至」，據明抄本、經鉏堂本、《道命録》改。

揚、韓氏。❶仍詔館閣搜集其遺書，委官校正，取旨施行，便於學者傳習，羽翼聖經，使邪説者不得乘間而作，而天下之道術定，豈曰小補之哉！」奏既入，溺於王氏學者喧然。於是公輔及中丞周柲、侍御史石公揆承望宰相風旨，謂公學術頗僻，行義不修，章疏交上，除知永州。公辭，復除提舉江州太平觀。

久之，諸言者皆罪斥，除公寶文閣直學士，賜銀絹三百疋兩。公辭。詔曰：「朕憫邪説之誣民，懼斯文之墜地，肆求鴻碩，爰命纂修。卿發心要之未傳，洞見天人之閫奥，明聖師之獨斷，大陳治亂之權衡。俾給札於上方，旋觀書於乙夜，往承朕意，勿復固辭。」公常念故鄉宗族貧不能自給，逮受此賜，即付猶子憲買田於先廬傍，歲時修祀，曾高丘壠，施及親屬，以疏戚爲差。方公之奉詔纂修也，雖寒暑不少懈，畢精竭慮，殆忘寢食，疾遂日增。至是上章謝事。

以紹興八年四月十三日歿於書堂正寢，享年六十有五。遺表上聞，詔贈四官，賻銀絹二百疋兩。公積階至朝奉郎，靖康登極，覃恩轉朝散郎，致仕轉朝請郎，至是贈左朝議大夫。繼又降詔旨云：「胡某《春秋》義，著一王之大法，方欲召用，遽聞淪亡，特賜銀絹三百疋兩，令本路轉運司應副葬事，仍賜田十頃，以卹其孤，他人不得援例。」公卿大夫士莫不爲時嗟悼，形於文詞，以祭公而挽其葬，惜公迄不大用，佐天子成撥亂反正之功也。

公見善必爲，爲必要其成；知惡必去，去必除其根。强學力行，以聖人爲標的。初登科，同年燕

❶「於」，原作「諸」，據明抄本、經鉏堂本、文津閣本、《道命録》改。

集，微有酒所，❶自是終身飲不過量。嘗好弈，令人曰：「得一第，事業竟耶？」遂終身不弈。爲太學官，同僚爲謀買妾，既卜姓矣，歎曰：「吾親待養千里之外，何以是爲？」亦終身不復買也。奉使湘中日，出按屬部，過衡山下，愛其雄秀，欲登覽，已戒行矣，俄而止曰：「非職事所在也。」它日二親欲遊，亦以是告，中大及令人喜曰：「爾周慎如此，吾復何憂？」晚歲居山下五年，竟亦不出。平生不樂近城市，寓居必深静之所，逢佳樹清流，輒扶笻拂石，徘徊而後去。風度凝遠，蕭然塵表，視天下萬物無一足以嬰其心者。言必有教，動必有法，燕居獨處，未嘗有怠容慢色，尤謹於細行。麟經之外，《語》《孟》《易》《詩》《書》《中庸》《資治通鑑》，周而復始，至老孜孜，常不自足。每子弟定省，必問其習業，合意則曰：「士當志於聖人，勿臨深以爲高。」不則嚬蹙曰：「流光可惜，無爲小人之歸。」戚屬後生艱難窮阨，但勉以進修，使動心忍性，不爲濡沫之惠。士子問學，公教之，❷大抵以立志爲先，以忠信爲本，以致知爲窮理之門，以主敬爲持養之道。開端引示，必當其才，訓厲救藥，必中其病。每誦曾子之言曰：「君子愛人以德，細人愛人以姑息。」故未嘗以辭色假人。近世士風奔競，惟事干謁，公在瑣闈，雖抱羸疾，接納無倦。隨其品歷，訪以四方利病，於容貌顔色辭氣間，消人貪鄙。有欲啟口請託者，必忘言而去。

❶「所」，原脱，據明抄本、經鉏堂本補。

❷「教」，明抄本、經鉏堂本作「節」，疑當作「接」。宋朱熹《伊洛淵源録》（影印清文淵閣《四庫全書》本）卷十三「胡文定公行狀略」謂「公隨其資性而接之」。

壯年嘗觀釋氏書，亦接禪客談話，後遂屏絶。《答贛川曾幾書》曰：「窮理盡性，乃聖門事業。物物而察，知之始也。一以貫之，知之至也。無所不在者，理也。無所不有者，心也。物物致察，宛轉歸己，則心與理不昧，故知循理者，士也。物物皆備，反身而誠，則心與理不違，故樂循理者，君子也。天地合德，❶四時合序，則心與理一，無事乎循矣，故一以貫之，聖人也。子以四端五典每事充擴，❷亦未免物物致察，猶非一以貫之之要，是欲不舉足而登泰山，猶釋氏所謂不假證修而語覺地也。四端固有非外鑠，五典天叙不可違，在人則一心也，在物則一理也。充四端可以成性，惇五典可以盡倫，性成而倫盡，斯不二矣。學佛者，其語則欲一聞便悟，其行則欲一超直入。縱有是理，必無是人。如舜可謂上上根矣，然猶好問，猶察言，猶取諸人以爲善。獨聞斯行之若決江河，與人異耳。今以中才欲了此事，不從博學、審問、慎思、明辨、篤行以求之，則亦何以異於談飲食而欲療饑渴乎？釋氏雖有了心之説，然知其未了者，爲其不先窮理，反以理爲障，只求見解於作用處，全不究竟也。❸以理爲障而求見解，故窮高極大而失其居，❹失其居則旅人也，❺故無地以崇其德，至於流遁，莫可致詰。於作用處全

❶「地」，原作「理」，據文津閣本、宋衛湜《禮記集説》（清《通志堂經解》本）卷一四九改。
❷「充擴」，原作「擴充」，據明抄本、經鉏堂本、《伊洛淵源録》改。
❸「竟」，明抄本、經鉏堂本作「意」。
❹「窮高極大」，明抄本、經鉏堂本作「極高窮大」。《禮記集説》作「窮大」。
❺「旅」，原作「惑」，據《禮記集説》改。明抄本、經鉏堂本誤作「族」。

不究意，❶故接物應事顛倒差謬，不堪點檢。聖門之學，則以致知爲始，窮理爲要，知至理得，不昧本心，如日方中，萬象畢見，則不疑其所行而内外合也。故自修身至於天下國家，無所處而不當矣。子又曰四端五典起滅心也，有所謂自本自根，自古以固存者。夫自本自根自古以固存者，即起滅心是也。不起不滅心之體，方起方滅心之用，體用一源，顯微無間，能操而常存者，動亦存，静亦存，雖百起百滅，心固自若也。放而不知求者，静亦亡，動亦亡，燕居獨處，似繫馬而止也。事至物來，視而不見，聽而不聞矣。是以善學者，動亦察，静亦察，無時而不察也。持之以敬，養之以和，事至物來。隨感而應，燕居獨處，亦不坐馳，不必言致其精明以待事物之至也。子又謂充良知良能而至於盡，與宗門要妙兩不相妨，何必舍彼取此。則非某之所敢知也。夫良知不慮而知，良能不學而能，此愛親敬長之本心也。儒者擴而充之，達於天下，立萬世之大經，經正而庶民興，邪慝息矣。釋氏則指此爲前塵，爲妄想，批根拔本，殄滅人倫，正相反也，而謂『不相妨』，何也？孔子曰：『道不同不相爲謀。』惡似是而非者，差之毫釐，謬以千里，故善學之君子慎所取焉。」

公精識强記，無所不知，而與人談論，氣和詞簡，若中無所有者，故未嘗失色於人，亦未嘗失言於人。仕止久速，由道據義，行心之所安。其欲出也，非由勸勉；其欲去也，不可挽留。朱震被召，問出處之宜，公曰：「子發學《易》二十年，至有成説，則此事當素定矣。世間惟講學論政，則當切切詢究。

❶「意」，明抄本、經鉏堂本作「竟」。

若夫行己大致，去就語默之幾，如人飲食，其飢飽寒温必自斟酌，不可決諸人，亦非人所能決也。某之出處，自崇寧以來皆内斷於心，雖定夫、顯道諸丈人行，亦不以此謀之，而後亦少悔。浮世利名，真如蠛蠓過前，何足道哉！」定夫，游公酢；顯道，謝公良佐也，與楊公中立皆程門高弟。公之使湖北也，楊尚爲府教授，謝爲應城宰。公質疑訪道，禮之甚恭。來見而去，必端笏正立目送之，僚屬驚異，吏民聳觀。鄒公浩聞之，歎曰：「將軍北面師降虜，❶此事人間久寂寂。」謝公嘗語朱震曰：「胡康侯正如大冬嚴雪，百草萎死，而松栢挺然獨秀者也。」從遊三君子之外，則河清劉奕君曼、開封向子韶和卿、贛上曾開天游、荆南唐恕處厚及朱震子發，情義最篤者也。又嘗曰：「四海神交，惟君曼一人。」且稱其有相業云。平居尚論古人，自兩漢而下，則以諸葛武侯爲首。於本朝卿相，則以李文靖、韓忠獻爲冠，言必稱之。每語學者曰：「學以能變化氣質爲功。」

公性本剛急，及其老也，氣宇沖澹，容貌雍穆，若無喜怒者，即之和樂而有毅然不可犯之象，❷望之嚴威而薰然可親。年寖高矣，加以疾病，而謹禮無異平時。每歲釀酒一斛，備家廟薦享。造麴蘖，治秫米，潔器用，節齊量，無不躬視。於其祭也，沐浴盛服，率子孫諸婦各執其事，方享則敬，已祭必哀，濟濟促促，如祖考之臨之也。禮成，置酒五行，分胙内外。雖亂離遷次，衣食或不給，而奉先未嘗闕。

---

❶ 「師」上，原衍「帥」，據明抄本、經鉏堂本、文津閣本删。「面師」二字，明抄本、經鉏堂本誤倒。

❷ 上「之」字，原作「知」，據文津閣本改。

由少至老，食不過兼味。疾病中，值歲大旱，所居岑寂，膳羞不可致，子弟或請稍近城郭，便藥餌，公曰：「死生有命，豈以口體移不貲之軀哉！」躬耕漳濱二十餘年，所仰以卒歲者，一旦廢於盜寇，❶聞之容色無變，若未嘗勤力其中也。惟問丘墳，則泫然流涕。雖轉徙屢空，取舍一介，必度於義，飢不可得而食，寒不可得而衣。

自登第逮休致凡四十年，在官實歷不登六載，雖數以罪去，其愛君之心遠而逾篤。每被召，即置家事不問，或通夕不寐，志在康濟艱難。見中原陷没，百姓塗炭，若疾痛之切於身也。然宦情如寄，道有不合，色斯舉矣。侯無可諸孫仲良有祖風，❷言必稱二程先生，他無所許可。後至漳濱，瞯公言行，日月淹久，不覺嘆服，語同志曰：「某以爲志在天下，視不義富貴真如浮雲者，二先生而已，不意復有斯人也。」

常服澣濯紉補，或至二三十年，歲不必隨有所增製，遠適亦以自從。謂子弟曰：「不使汝等有倉卒不辦之憂。」年既六十，即命造束身椑，自授尺寸，歲一漆之。得疾，不能閲書，命子宏取《春秋》説誦於前，❸間一解頤而笑。時結廬猶未成，獨戒宏曰：「當速營家廟，若祭於寢，非禮也。」二弟問疾，泣而撫

❶「寇」，明抄本、經鉏堂本作「敚」。

❷「仲」，原作「冲」，據明抄本、經鉏堂本、《宋史·胡安國傳》改。

❸「説誦」，明抄本、經鉏堂本作「誦説」。

之。至於諸子，則正容曰：「事兄友弟。」遂不復語。洎然委順，斂以深衣，不用浮屠氏，皆治命也。初娶李氏，繼室王氏，皆贈令人。子三人：長寅，左奉議郎，試尚書禮部侍郎兼侍講。次寧，右承務郎，行尚書祠部員外郎。季宏，右承務郎。女申，適迪功郎、監潭州南嶽廟向沈，其父即和卿也。孫大原，右承務郎。公没五年之後，始生大經、大常、大本、大壯、大時。

公少時有作爲文章立名後世之意，其後篤志於天人性命之學，乃不復作。故召試辭免之奏曰：「少習藝文，不稱語妙。晚捐華藻，纔取理明。既覺昨非，更無餘習。」文集十五卷，皆不得已而應者，靡麗無益，一語不及。每患史傳浩博，學者不知統要，而司馬公編年《通鑑》，正書叙述太詳，《目録》首尾不備，晚年著《舉要歷》八十卷，將以趨詳畧之中矣，然尚有重複及遺缺者，意司馬公方事筆削，入秉鈞軸，尋薨於位，不得爲成書也。遂畧用《春秋》條例，就三書修成一百卷，名曰《資治通鑑舉要補遺》，自爲之序，以廣司馬公願忠君父、稽古圖治之意。

諸孤以其年九月一日葬於潭州湘潭縣龍穴山，令人王氏祔焉。從臣建言：「公當蔡氏專權，棄官不仕，歸養膝下，左右無違。靖康、紹興，出入禁闥，正義直指，風節凛然。方《春秋》大禁之時，慨然憂世，心無二慮，窮源闡奥，學遂顯行，其功不在先儒之下。昔人有一節可稱，猶褒之以謚，列諸史傳，況如某孝於親，忠於君，好學不倦，身死而言立，可不飾其終乎？」詔下禮官議，禮部太常官合議曰：「謹按謚法，道德博文曰文，純行不差曰定，請謚爲文定。」制曰：「朕憫士大夫高爵禄而下禮義，尚權勢而薄廉恥，禍敗之釁，職此之由。惟予近臣守死善道，服仁體義，老而不衰，生多顯名，没有遺美，顧此褒恤，豈限彝章？具官某以名世傑出之才，探千載不傳之學，窮《春秋》奥旨，續前聖微言，旁貫諸經，網羅百氏，優游饜飫，久自得之。不可以勢利回，不可以威武屈，近代以來，數人而已。是用致尊名之義，廣崇德之風，以訓後人，以明吾志。凡爾有學，尚克繼之。可賜謚曰文定。」蓋非常格也。紹興十有九年，郊恩，贈左大中大夫。

惟公道學溥博渾深，不可涯涘。追究平生言行，反覆訂正，凡十有五年，粗能成章，以備太史氏采擇。且求誌於有道立言之君子，傳諸永世。謹狀。

斐然集卷二十六

宋胡寅撰

資政殿學士許公墓誌銘代文定作

國朝自宣和之季，夷狄入寇，❶神州板蕩，起灰塵、投天隙、身都將相，無益於斯人而没於牖下者，何可勝數？其間才術德度，自結主知，有意於當世者，不過二三人。而會遇之際，僅得以聲名自終，何其艱哉！若永嘉資政許公，乃其一也。

公諱景衡，字少伊，其先長沙人。七世祖贇避五季之亂，徙居温之瑞安縣，至公遂爲名家。公兒童時，氣質端重，鄉丈人異待之。中紹聖元年進士第，在選調，久之，以廉勤守職，不爲因循苟且，出入京師，足不一至貴要之門，識者期以遠大。大觀中，大臣有知其名者，用爲勅令所删定官。歲滿，書成，遷承議郎，丞少府監。久之，乞外任，除大名少尹。未行，改通判福州。州將不事事，公悉力佐之，郡賴以治。終更，請奉祠館，得之。

❶ 「夷狄入寇」，原作「戎馬生郊」，據明抄本、經鉏堂本改。

明年，宣和庚子歲也，以監察御史召，既至，除殿中侍御史。寇起東南，詔兩浙、江東路權免茶鹽比較，賊平，有旨仍舊。公論奏，以爲「茶鹽人所日用，當視食之者衆寡以爲歲額高下。今被兵州縣户口減半，而茶鹽歲額必使與舊比，東南赤子，何以堪命」。奏三上，卒從公言。燕山之役，童貫爲大帥，公力論不當用，且列其罪數十條。又疏譚稹罪大罰輕，時論韙之。燕山役不已，誅求益甚，公上疏論：「財不足當節用，民已困當厚恤之。元豐左藏庫月支約三十六萬緡，今費一百二十萬，非舊制者，可減。營繕諸役，花石綱運，非舊制者，可罷。凡吏員以點檢文字祗應準備爲名，及伶官、伎藝、待詔之屬，因事增置，禄費尤多，與夫無名之功賞，非常之賜予，僥倖之請求，宜一切省絶。常賦之外，又以買糴爲名，與其他抑配者，不可一二數，監司督責，州縣促辦，百姓破産者相屬，爲民父母，豈不惻然加恤乎？」王、蔡方擅政，公言：「尚書省比闕長官，而同知樞密院亦久不除，雖近例以三公通治，然文昌政事之本，樞密總兵之地，各有任屬，安可遂虚其位？况近年賞罰僭濫，官吏猥多，奸贓狼籍，財匱民困，軍政縱弛，邊備不嚴，陝西諸路地震彌月，京東、淮東積水害稼，此正敷求輔佐振舉紀綱之時，望博攷公議，慎選忠賢，以補政府之闕。」黼素已惡其多言，至是大怒，陰以他事中傷，逐之。

淵聖皇帝嗣位，即以左正言召，而中執法陳過庭引親避嫌，❶遂改太常少卿兼太子諭德。至不閲月，召試中書舍人，賜三品服。入對，上曰：「朕在藩邸，已聞卿名。」公感勵上書，論人君心術及政事

---

❶「過庭」，原脱，據明抄本、經鉏堂本補。

缺失甚衆。上方信向，會臺諫官李光、程瑀以直言忤大臣耿南仲意被斥，公爲辨明。時過庭爲中書侍郎，公復引嫌。南仲并惡之，乃誣公視大臣進退爲去就，罷之，與宫祠。未幾，淵聖開悟，有旨召還。屬城守内外隔絶。

今上登極之八日，遂以給事中召，至則除御史中丞。病暑，未及朝，聞東京留守宗澤爲當路所忌，將罷去，公即具奏，言澤不可罷狀。事遂寢。時虜初渡河而北，車駕駐南都，公十上章請東幸。時浙西軍變，朝議欲招安，公言「宜遣兵討之。今官吏百姓被塗炭，而作亂者反受爵命，非政刑矣」。凡六論奏，迄如公言。又論方今人才未備，而政事不立，意欲節浮費，輕賦役，慎命令，明賞罰，平寇盜，嚴武備，汰奸貪，抑親黨，伸公論，以革往時之弊。悉蒙嘉納。黄潛厚以宰相兄爲户部尚書，公極論其不可。潛厚遂罷，而猶以延康殿學士領財計。公論之不已。上由是益知公可任，拜尚書右丞。公既受命，獨念天下方多事，欲調和同列以求濟。已而嘆曰：「調和不可爲也。」則請間爲上端言之。時大臣有議改鈔法者，公曰：「國家號令失信於天下垂三十年，而鈔法最甚，尤而效之，奈何？」議者中格。有嘗爲從臣爲虜人草表者，宰相以爲有文，欲復使典制命。公曰：「是大辱國，此而可用，孰不可用也？」卒止之。惡宗澤者，毁之不已。公曰：「澤忠義之節，居守之狀，非特臣能言之。東都宗廟所在，北抗强虜，責任不輕，必欲易之，非左右大臣不可。」謗者默然。故迄公之去，澤賴以安。

車駕幸廣陵，河北、山東相繼陷覆，公言：「虜勢方張，京師既未可歸，此非可安之地。宜及時移蹕建康，限以天塹，據帝王之宅，保障東南，經理淮泗，倉卒無不及事之虞矣。」懇懇爲上下言之。宰相以議非己出，極力排沮。公遂請去，至於再三，志益確。上不得已，以公爲資政殿學士、提舉杭州洞霄宫。公罷政之明日，宰相遂下還京之詔，公以爲深憂。行至瓜州，❶遇疾薨，寔建炎二年五月二十日也，享年五十有七。上聞之驚愕，詔贈五官。其子世厚以明年某月某日葬公於瑞安礪塘村下灣之原。曾祖偘、祖薄、父球，❷追贈東宫三少。曾祖妣王氏、祖妣陳氏、母何氏，昌元、義和、永嘉郡夫人。公初娶陳氏，贈嘉興郡夫人。再娶胡氏，封齊安郡夫人。三男，世厚，迪功郎。女七人：長曰端，適文林郎、前婺州録事參軍蕭振。季女章，適進士趙蒙孫。曰臺，曰中，尚幼。餘並早亡。孫男曰疇，曰畯。

公幼喪母，長事父孝。少師公喜飲酒好客，公手自製麴糵，臨醖釀。居喪，毁瘠，蔬食，不浣垢，廬於墓者終三年。性不喜飲，它日遇名酒，未嘗不惻然思其親。與兄景亮友弟尤篤。景亮試禮部，病卧逆旅，公時爲河間尉，聞之，即日棄官來省。兄死，事嫂謹慎，悉推家財予之。姊壻居食貧，析屋分田，割禄以養之，終其身。孝弟慈祥，忠厚樂易，恂恂然爲君子長者。鄉人化其德，搢紳推其賢，而萬乘信其忠。其師友淵源，蓋有所自也。平居與人言，如不出諸口，至其行己臨事，則毅然有不可回奪之操。方宣和間，窮奢極侈，虛内以事外，邦本將蹶，天下寒心，公卿方導諛以爲太平之盛觀。公居言責，首

❶「至」，明抄本、經鉏堂本作「及」。
❷「薄」，文津閣本作「溥」。

陳節用固本以救時病。自中常侍用事，文武將相皆出其門，❶無敢忤者，公乃誦言於上，視之如無有。故雖仕於當時，用亦不顯，而四海知其名。及靖康中，黄門大臣異論肆行，呼吸阿好，不次而用之，彈斥不附己者，公保正拂邪，從以去國，而名益重。晚受主知，擢長憲臺，與聞國政，直言讜議，不畏强禦，精忠懇到，以感動天意，祈於有補，不求赫赫之名，天下倚望，卜濟否焉。若假以歲時，贊襄彌縫，獲盡其心，則息禍亂，佐中興，必有過人者。權邪抑之，天又奪其年。嗚呼，可悲也已！公事三朝，所言於上者，退不以告人，故傳於世者少。而世以盡言歸之者，以公誠寔不自表暴，而知其事君之有犯而無隱也。❷有文集三十卷。

既葬之七年，其子世厚以公行事狀不遠數千里來請銘。以予知公之深，累請而益勤。予固不得辭，乃序而銘之。銘曰：

顯允右丞，學有正聞。踐修厥德，勁直而温。逢時之衰，志在濟物。言期有補，終以不絀。出入三朝，清議隆洽。遂聞大政，天子嘉納。先事而謀，措國於安。進賢是急，恤民是先。邪説盛行，徒得公重。和而不同，仁者之勇。顧思其時，如涉川水。亦未克濟，舟楫傾墜。公以讒擠，隱憂而疾。殄瘁興哀，天不可測。考行無愧，雖亡猶存。曷庸信之，其在斯文。

---

❶「門」，明抄本、經鉏堂本、文津閣本作「間」。

❷「知其」，原作「共知」，據文津閣本改。明抄本、經鉏堂本誤作「其知」。

左朝奉郎曹君墓誌銘

國家自治平而上，制立治定，所用人才以愷弟忠寔爲本。宦學大夫守己奉法，不求赫赫之名，風俗雍醇，海内無事。逮功利之説用，右能而左賢，憸巧競進於時，敦樸廉静之士見謂不才。❶至於世既陵遲，向也以才能顯者誅夷勦絶，泯泯然與亂俱逝，人乃思見君子長者，尚論盛時，若不可及。然惇德勵行，沉於下僚，迄死不試者，蓋不少矣。嗚呼惜哉！若德久者，其亦斯人之流歟！德久姓曹，名中，德久其字也。幼負穎質，稍長博習經傳，遊學所至，輒以文藝居首。凡再預薦送，中建中靖國元年進士第，調蘇州常熟縣主簿。丁父憂。服除，授福州閩縣尉。以母喪去官。終喪，又尉江寧府之上元，改宣義郎。任滿，得温州永嘉丞。未赴，會朝廷設詞學兼茂科，就試，選第一，遂除秘書省正字，尋遷著作佐郎。久之，請補外，得知永州。坐非意去官，後竟不復用。方其在省中，日視同列去爲美官，不少介意，繙書直舍，泊如也。或願與偕至執政之門，德久許諾。一日，連轡將往，中途稱疾而歸。周旋東觀凡五六年，以久次出守永。永民病鹽額歲增，亟奏減之，民以少安。會族兄載德上書諫微行，相輔大怒，株連罷德久。靖康中，載德暴貴，參機密，欲挽用之，而持議不合。度國已危，無復仕宦意。買舟東下，至錢塘，聞京師失守，感疾而卒。官至朝奉郎，享年五十有五。德久篤於孝友，忠信和易，

❶「静」，明抄本、經鉏堂本作「靖」。

不喜言人過，族黨鄉間間無訾毁者。文詞温雅，似其爲人。祖熟，❶贈宣德郎。父俊，贈中奉大夫。母羅氏，封令人。妻張氏，封安人。長子巖老，迪功郎、鬱林州興業縣尉。次曰演，曰湜，曰麟，曰嗣儒業。❷曹氏本壽陽人，德久七世祖避五代亂，遷閩中，没葬沙陽之高沙，至今子孫無它徙者。以某年月日葬於劍浦縣長沙里西芹之原。諸子以予知其父，來請銘。銘曰：

嗚呼德久，與世永隔。味其平生，素所蓄積。如穀稻粱，如衣布帛。如藥參苓，如木松柏。人進以才，我退以德。較其悠遠，孰失孰得？爰有嗣子，承厥考翼。必大其門，諗此幽刻。

元公塔銘

予少也，居荆門漳水之上。遊學京師，教道襄漢，聞白馬寺有得佛法長老曰諒元者。久之，去白馬，如湖湘，而不詳其所止。紹興甲寅之歲，予寓居南嶽，一日，前住覆船山慈巖來謁，問其孰嗣，則曰「先師元公」。予以元知名僧，頗欲識之而不果，則遂詢其本末於巖。巖曰：先師福州之福清人，姓董氏，幼而奉佛，棄家，投瑞峯寺。元祐四年，試誦經中格，度爲僧。住洪州，禮事泐潭乾，乾器之。師自

❶「熟」，文津閣本作「塾」。
❷「曰」，文津閣本作「並」。

念言古人學道必先勤苦，我今無營，坐享乳麋薌飲，此意非法。乃爲沩潭循，❶迄遠去。及歸，乾已没，師復謁分寧玉溪慈，叢林號曰慈古鏡者，咨決安心，不更他適。洎慈就寂，始領衆遊方，歷潭之溈山、鼎之梁山、荆之玉泉、襄之白馬，率上首立僧提唱，皈信者漸衆。大觀己丑歲，白馬虚席，州將以疏帖授師。師遜避再三，卒不得免。攝衣升座，衆聽狎洽，莫不恨其總持之晚也。一時聲譽與谷隱顯公相先後。居十年，以化緣既畢，去客於蒙城蘭若。桂陽監守與師有舊，遣書迎致，居監之天寧。監僻而寺陋，師隨方誘導，其説盛行，猺俗信化。越三年，當宣和乙巳歲，春正月六日，出謁知識，人人敘違。還寺，令考鼓，與衆言别，端坐而逝。逮十有九日，體魄堅植，色相自如。其徒不忍用火，相與即其身塑飾以事之。師質朴和易，接引欣欣，未嘗有愠怒色、揀擇心。囊中不蓄一物，得供施即隨手散盡。坐僧夏三十六，壽六十四。有《語録》一卷。門弟子爲長老者十一人。慈嚴所稱述者，大概如此。以予聞質諸知師者，驗嚴之語，皆曰然。嚴乃請曰：「先師道行孤高篤寔，慈嚴等不能振大家風，恐遂泯然弗傳。願假一言，刻諸像塔。」其請至五六而益勤。予既重元之爲僧，又矜嚴之志，乃敘而銘之，曰：

宣道者言，任道者身。身則弗行，言則誰信？九年面壁，一人得髓。獨爲死生，其艱猶爾。末法滔滔，言滿天地。分據諸方，各有孫子。試聆其言，何法不證？夷考其行，鮮克相應。如彼

❶「循迄」，原作「禮佛」，據明抄本、經鉏堂本、文津閣本改。「遠」，明抄本、經鉏堂本作「歸」。

所説，真空無相。以相見我，事障理障。如我所説，一陽一陰。心即是迹，迹即是心。謂迹非近，❶道終不近。於行必誠，於辭必遁。維元導師，浮屠之劭。質寔廉清，蓋以身教。咨爾學人，欲嗣清風。尚視斯銘，以參異同。

吴越國濟陽郡夫人江氏墓表

古之立國家者，必有賢配，修陰教，自中形外，以御於家邦。伉儷雖亡，則次配攝行内主之事，亦必柔順有德，宜與君子偕老。及其化基衽席，警戒以相成，禮義之風變乎國俗，而洋溢乎詠歌，則聖人表而出之，如渚汜之詩，與蘋蘩之詠，並編《召南》，以法萬世。若夫人，豈聞其風而興起者乎？

夫人姓江氏，錢塘人。武肅王起兵，夫人曾祖諱元從之爲將，有功，後受中國命，爲檢校司空兼御史大夫，殁得從食武肅廟廷。祖傳，父庭滔，並仕吴越，有使號。武肅之孫晉諸道兵馬元帥、檢校太師兼中書令，既嗣國，夫人以良家選入，見謂婉淑。❷是冬，大將有稱兵者，王釋位，退即於越之别第。元妃鹿氏没，夫人數於守適，盡心服勤，不失恭順，雖一衣一饌，必經手而後進，以周事故王。故王深居無悶，克以壽考終。及忠懿王嗣位，承制封濟陽郡夫人。國入，仍本封。居京師，以嚴肅畏慎檢其家

❶「近」，明抄本、經鉏堂本作「心近」，疑當作「心」。

❷「謂」，原作「稱」，據明抄本、經鉏堂本改。

而無悔。

子十一人：曰緬，曰暐，曰旿，曰旦，皆早貴宦，不及歸闕庭。曰昂，皇朝咸平二年巡警荆渚，與蠻賊戰死。曰映，淳化中爲渝州監軍，蜀有亂，城守不辱以没。曰昆，曰若虚，曰易，曰滉，當納土陛見之際，深自陳願從進士試舉，不録録就環衛官。於後昆中進士甲科，終諫議大夫；若虚慷慨獻策，自布衣擢爲西頭供奉官、閤門祇候，終諸路提點刑獄；易舉進士第二，賢良第一，終翰林學士，知制誥；滉亦登進士第，終都官員外郎。女一人，適琅琊王氏。故王雖於其身失位，然其子武不失節，文能發身，皆夫人以詩書教而成之。至其後世，遂以蕃衍盛大。翰林贈太尉，生司徒彦遠，以善諫争，官至知諫院。司徒生少師緦，以高文大策、宏才遠畧，入爲名侍從，出爲賢帥牧。少師生左太中大夫伯言，嘗列貳卿，今爲徽猷閣待制，文學材行，世濟不隕。其餘以能事自奮，翺翔於仕途者，蓋不可殫舉。考其流慶之遠，非有深仁善行修於人所不及知，則天之報之何爲久而不替？於以知夫人之賢尚矣。

夫人葬開封府開封縣汴陽鄉中邊村之原，凡一百六十七年。當靖康改元，女真初寇畿甸，❶伯言悉其力，舉夫人而下十有五柩東歸，藁葬於潤州金臺縣村。又十年，乃舉夫人及太尉、司徒、少師與曾祖妣平陽郡夫人盛氏、祖妣吴國太夫人丁氏、妣楚國夫人吕氏葬於故王墓卓筆之後天柱山，伯言前室碩人鄭氏亦祔焉。自兵戎徧天下，生不得其死，死不得其葬，既葬而不保其窀穸者，不知其幾人矣。

❶「寇」，原作「入」，據明抄本、經鉏堂本改。

錢氏四世七柩乃得歸骨於舊都，山川宛然，靈魄交妥，惟夫人之德，惟夫人之孫之孝。古人不云乎，「樂樂其所自生，禮不忘其本」。此舉也，由先賴後，胡云有憾，自義率祖，庶幾無愧。葬以紹興七年秋八月十有二日，先期，伯言以夫人行治見屬，且云知制誥李宗愕嘗志汴陽之墓，今不得存。誠心懇篤，屢以不文辭而不可，乃次序本末，書而表之墓道云。

亡室張氏墓誌銘

君名季蘭，字德馨，世爲南劍州沙縣人。❶父故任尚書兵部郎中，諱哿。母鄧氏，贈宜人。兵部公宣和三年佐校禮部試，凡五千餘人，得寅程文，置前列。寅修書謁謝，一見蒙異顧。有中書侍郎張其姓者，求寅爲婿甚迫，寅方心鄙當世公卿，因拒之。❷公益相奇。明年，遂以君見歸。君時年十有五，蓋公季女也。少失母，不閑饔羞組紝之事，而性莊情澹，儀貌夙成，無嬉謔，無恐怖，不信鬼怪，不聽下人切切語，臨義截然莫可移。酬酢有少差，隨即改之。事舅姑未嘗被訶譴，事寅無違言頩色，接諸姒同天倫，處内外恩紀周洽，有譽歎，無間毀。誨子不以慈，使就外傅甚力，均愛庶姓猶己出也。寅筮仕

---

❶「沙」，原作「涉」，宋代南劍州有沙縣無涉縣，且據明《八閩通志》（明弘治刻本）卷六九張氏之父張哿爲沙縣人，故改。

❷「因」，明抄本、經鉏堂本作「固」。

西京，交遊廣，薄禄不時得，費君奩具且盡，君不以爲意。於後亂離，家益空乏，飯脱粟菜羹，或無鹽酪，君能安之。自歸寅，歲必一病，尋輒愈。後乃病益數，不遇大醫，又缺補養。享年三十，寔紹興七年九月四日。寅時守嚴，留君侍先君，居衡岳，病與死，遂皆不見。自佛教入中國，以死生輪轉恐動下俗，望道之士鮮不惑焉。予嘗取《大乘》諸經與達摩而後宗派所傳，窮見旨歸，因斥其説之荒虚誕幻者，志之爲一書。君嘗從傍咨問，即知大意，治命不用浮屠氏法。屬纊之際，謂其諸姑勿以疾革告阿翁。啜藥置虚，倏然而逝。君疇昔每度不得永年，謂寅盍先爲志文，欲一經目以自慰。寅曰：「所苦豈不遂復康，德則當與年俱進，必有傳也。」悲夫！子男三人：長大原，次大端，幼子曰永，三歲矣，後君十七日而夭。女曰衍。君受紹興四年明堂恩，封宜人。以十有一月乙巳葬於潭州湘潭縣龍穴山先妣王令人之右。銘曰：

桃夭之心兮，情如止水。處生雍雍兮，又不怛死。有此衆美兮，奚不脩齡？悲將奈何兮，揚以斯銘。

陽夏謝君墓誌銘

君諱舜賓，字穆叔，姓謝氏。裔出陽夏，徙居建之建安東集者，至君五世。父與華而上，皆潛德晦行。君生七歲則孤，長而氣質渾厚，事大母及母以孝自力。成童，則俾遊庠序，❶戒之曰：「師必就賢，

❶「則」，明抄本、經鉏堂本作「即」。

友必親勝，不若是者，非徒無益，敗己滋甚。」家人生業，漠不屑意，浮沉里閭，奕棋飲酒，甚適也。然斷自立義，不漫爲然諾。聞人一善，爲廣之口弗置，其惡則未嘗道，以是人皆服君長者。有争競，往往詣公請一言，即判而解去。蓋嘗曰：「一生無所遇，能不獲咎於州鄉，是豈非馬少遊之志耶？予心跂焉。」故其欽賢樂義，老而益勤。歲在甲辰，病嘗殆，夢二人臨之，其一曰：「可若何？」其一曰：「是下壽耳。以其善人，帝予五齡。」覺而疾良已。年六十七乃終，紹興九年春正月癸卯也。娶丘氏，生子男三人：長曰襲，左迪功郎，汀州司户參軍。次褒，次衮，皆肄進士業。二女早亡，一孫女尚幼。明年冬十有一月己酉，葬於天慶觀永豐莊右山之首。君之没，里人哭之咸悲，又相與扶送其柩。襲與予同爲太學生，今逾二十年，文日昌，行日修，策名南宫，以顯其親，方力學不怠，曰：「吾父期我者，非覓舉得官之謂也。」❶是可書，乃序而銘之曰：

莫難得於人心兮，莫難必於天報。君並格以奚修兮，亦曰善之攸好。玆道彌夫穹壤兮，本則眇然而奥。以是尚其後人兮，諗斯文而永告。

❶「舉得」，明抄本、經鉏堂本無此二字，文津閣本作「官得」。

朝議大夫田公墓誌銘

公諱有嘉，字會之，世居開封。曾祖皓，❶贈右衛將軍。祖澄，贈左屯衛將軍。❷父世立，贈金紫光禄大夫。母趙氏，太寧郡夫人。公未冠，當元祐間，補太學生，居士林，有譽。娶母黨女。以恩授右班殿直，試换登仕郎，歷任扶溝縣尉，南京留守司判官，監在京粳米倉，監軍資庫，軍器監主簿，提轄軍器所，通判信州，通判筠州，最後知南康軍，累官至朝議大夫。享年六十有六。畿内上軍逃，至死，捕獲賞格隨而重，用以改京秩者武相接也。公得之，察其或無他，即令自首，所活凡數百人。月廩給，貴賤有疏鑿，中常侍胥徒欲一品米，❸要以語脅公，公確守不爲之變。苗傅、劉正彦稱亂於周廬，敗突西走，信當其衝，人情洶洶將潰。公率郡兵逆拒之，賊卒不測，退入閩山。饒之安仁與信接境，民習妖爲寇，呼吸至數萬，受討伐之任者，往往縱鋒刃禽獮之。公必爲之别白，孰脅從，孰詿誤，俾還生業，惟真寇始付有司。於是魔黨始散，❹渠魁授首。時有制置大使經從，調民丁五百，峻急甚。下吏奉承，或縶

❶「皓」，明抄本、經鉏堂本作「浩」。
❷「左」，明抄本、經鉏堂本作「右」。
❸「米」，原作「朱」，據明抄本、經鉏堂本、文津閣本改。
❹「始」，明抄本、經鉏堂本作「破」。

貫之，閉諸空舍以待，至有三三五五飢凍而斃，則又驅負薪鬻菜之人以足之，怨嗟載路。公見大使，具道其狀，且曰：「不許役民，故有近詔。率先遵奉，宜在重臣。」大使頸頰赤而語噤。乃風部使者捃摭公，公不少屈，卒亦無事。南康經李成殘刼，户口耗十八，而賦斂按承平之舊。公既至，民聞曰：「是必肯恤予瘼者。」即羣愬焉。公力懇於朝，得捃寔蠲減。或建議造樓船爲江防，其數多，其製修廣，器械悉具，木必十圍，工殆百萬。公曰：「勞民費財，而非禦敵便利之事。」丐寢之，不許。繼請稽違之罪，不報聞。卒之船成，無補於用。一日視事，退坐正寢，呼諸子侍左右，泊然而化，寔紹興壬戌二月三日。公之喪父也，哀幾毁，廬墓次終三年。每履歲時雨露之變，慕思弗怠。自少篤學，親賢友善，孜孜焉。資氣寬厚，❶推心待人，未始有嫌隙。其仕也安分自信，無枉道希求之習。奉身調度甚約，專以教子爲務。妻封令人，先亡。四男子：昕，右奉議郎，簽書常德軍判官。昉，從義郎。旼，右從政郎，常州司理參軍。昭，右迪功郎，監潭州南岳廟。二女：長適右承事郎、荆湖南路安撫司屬官譚知古，次適右通直郎、知梧州蔡傳素。孫男十一人，孫女七人。諸孤以其年三月二十七日葬公於信州貴溪縣化行鄉新昌山田院之後。予昔守桐廬郡，昕爲屬邑丞官無負。今以左迪功郎、鼎州觀察推官謝襲所狀公行治來求志文，予不得辭。既書其大者如此，從之以銘。銘曰：

受皇降衷，孰成以養。率元祐教，迪己弗枉。詒厥後人，高山可仰。存以斯文，有逝無往。

---

❶「氣」，明抄本、經鉏堂本作「質」。

右承事郎譚君墓誌銘

旃蒙大荒落之歲，東北狄女真内侮。越明年，靖康改元，月哉生明，黑幟環都邑。先是五日，禮部侍郎譚公世勣跪白其父曰：「國方有難，大人朝不坐，燕不與，宜歸舊隱。」世勣弗克從，從大人者有元孫知古。」時知古侍旁，兩不忍違，涕泣，未即承命。侍郎顧謂之曰：「俾爾代我子職，❶吾得一意王事，汝之孝不既移乎？忱念勉之。」母感，知古又涕泣，逡巡而后行。未幾，女真得貨解圍去，知古至京師省覲，少留，侍郎曰：「虜禍方滋，吾不可以此時爲私謀。既屬汝以王父之重，汝能紓其憂而燕其老，是吾有子而汝王父有孫。吾計端審，汝其行矣。」君遂復歸。明年，狄再入，克汴，植僞主，侍郎死之。君聞訃，氣殆絶而息。奔喪護柩，奉終事哀過於禮。自是不離王父大夫公之側。雖大夫公喪賢子，年益老，辟寇歷險，而氣體無傷疾，不異侍郎在時。於是族黨鄉里及賢士大夫卿咸以孝子順孫稱君。

君諱知古，字邦鑑，世爲潭州善化人。母令人黄氏。君幼而穎敏，讀書過目即不忘。大夫、侍郎慮其太雋，每戒以謹朴，習以重厚。君乃韜才而敦行，刻意古學，尤熟於《易》，至歷代史無不該貫，凡興亡治亂，必深考其致。又博知本朝故實，爲文詞專宗《西漢書》。早遊鄉校，與計偕，尋預國學選，再試

❶「我」，明抄本、經鉏堂本作「吾」。

於春官，報聞，遂罷進取。用延賞補承務郎，重遠親滕，❶亦久不調官。前後免父母喪。前右丞許公翰、前簽書樞密院折公彦質及其他貴要人使至潭者，往往欲論薦於朝，君以大夫公悼齒，迄不就。嘗攝藤之鐔津令，辟潭之衡山丞，及辟湖南帥屬，君從之。御史明槖宣諭廣東、西，使旨甚重，引君爲屬，君辭之，皆以便養也。其在潭幕日，值朝旨鬻荒田，久而不售，君條陳其故，白帥曰：「兵旱之後，無上户，無見緡錢，無耕傭牛，此百姓所以不能售也。不願買，必至於抑配；立近限，必至於鞭笞；經界不明，必至於訟訴；輸直有欠，必至於逃移。此官司所以未可鬻也。」其言甚詳，其意則以鬻田非大體而不欲斥言之。帥謝君祖信具上其不便，事遂寢。安撫司治帖武岡犯邊傜，君例被賞，不肯用，曰：「以人命易官，可乎？」帥卒，君即丐罷，優游大夫公左右。仁風謹化，薰陶遠邇，舟車上下於昭潭者，望譚氏鬱然如漢萬石之家，非有賢父祖、良子孫而然歟？建炎元年，主上登極，覃恩文武官進一階，君曰：「吾聞喪雖在赦令後，而吾父死在赦令前，不可冒此恩。」以年勞官至右承事郎。紹興十三年夏四月，感疾卒，其日丁亥，得年五十有一。大夫公哭之屢慟，其叔大父贊讀哀之以詩曰：「事余如事祖。」然後人又知君之能廣孝也。君外樂易而中耿介，處衆如不能言，聞人之惡如未嘗知。詩與文皆過人遠甚，而不以自名。其弈也，隨敵爲高下，無求勝之心，或旁觀人局，乃若未解。平生敦信義，憎諂諛，尚廉孫，周匱乏，不登權門修竿牘之贄。予嘗問君於佛學何如，君曰：「吾欲取其徒平日所口者不越百十

❶「親滕」，明抄本、經鉏堂本作「膝下」。

門，使舍此而問答，則其術窮矣。」少之日，嘗爲同學所輕，君不之校，唯務自修，其人後反愧。君交遊克終。有傲狠不恭於君者，友而惻之，間以誨語，無匿憾焉。有文集三十卷。娶彭氏，繼室以曹氏，再以田氏。子男子三人：長式祖，將仕郎。次述祖、企祖。女二人：長女未嫁而卒，次適右迪功郎趙伯辦。孫男二人：曰仁，曰伊。是年九月庚申，式祖等葬君於昭潭南十里。予與君再世從遊，申以婚姻之好，知君詳矣。式祖持君之叔父世卿所狀君行治來謁銘。世卿固賢士，言不以私溢，與予所知合，予安得辭？乃爲之銘，尚使君表表於來世。❶銘曰：

清文裕學百行始，年纔逾艾位又痺。或耆且貴善罔紀，然則天於子厚矣。荷塘之山汜源迤，君魄是藏祖所履。銘以昭德無泐毁，勿替引之繄孫子。

左宣教郎江君墓誌銘

志曰：學士大夫莫難於有識。志意誠立，行治誠修，記誦誠富，文詞誠美，❷施之於爲政又誠才以敏，而或黮然，則其立、其修、其富、其美、其才以敏未必中乎理。不中乎理，則其所長猶小道曲藝，姑賢於不我若者而已矣，聖門所不貴也。識乎識乎，其如五官之有目乎，夜之有燭乎，覆載之間有日月

---

❶「尚使君表表於來世」八字，原脱，據明抄本、經鉏堂本補。

❷「詞」，明抄本、經鉏堂本作「辭」。

之昱乎？非天授之超，則必學力之廓乎？方臨川以虚無枝遁之説鼓於前，蔡氏以三舍升黜之法驅於後，學者俛焉趨，泯焉同，得時而駕武相屬也。作於其心，害於其事，曾未三十年，而蒼生塗炭，神州陸沉，楊墨之禍不至若是烈也。政、宣間，予入辟雍，遊太學，頗嘗物色和而不同之士，蓋數千衆中，僅得三五人耳。江君全叔其卓卓之徒歟！是時全叔雖習王氏新説，爲舉子，而出入游公定夫、楊公中立及予先君之門。聞一善言，見一善行，必懽然志之，久而好尚益篤。當頽波横潰，遊者溺焉，利禄之罟餌如彼，雅道之荒蕪如此，而全叔好惡乃爾相懸，非識明而見遠，安能舍徑背馳，緩轡乎九軌之路，以趨君子之歸哉！嗚呼，其亦賢矣！

全叔名琦，全叔字也。世居建州建陽縣之北樂里。曾大父諱九疇，大父諱測，以儒孝爲鄉先生，晚從特恩，授將作監主簿，贈大中大夫。父諱立，❶中進士第，莅官循循然，終左朝奉郎。妣吴氏，封宜人。全叔資質警悟，自幼已謹厚老成。未冠，試於轉運司，中選後再預能書。宣和三年，對策集英殿，賜出身，主筠州高安簿。部使者知其才，俾攝令新昌。尤善決疑獄，數被委，咸稱。民負税有至十年者，全叔德信既孚，不待遣吏而載輸告具。將去，父老凡三詣郡丐留。移信州永豐丞。丁内艱。服除，得邵武軍教授。舊學在溪北，有先聖像，暴露摧毁，全叔惕然，徙置今學，捐己俸設飾之。太守詣學奉安，賦詩以謝過。俄遭父憂，廬於墓次，終三年。授永州教授。至則修廢壞，增狹隘，唱明誘接，

❶「父」，原脱，據明抄本、經鉏堂本補。

亹亹孜孜。生徒舊纔逾十數，至是來者溢百員，往往裹糧自贍，而願親炙之。居選調二十五六年，未嘗求薦達。有大臣侍從交剡章，遂改左宣教郎而歸。張丞相安撫福建，欲辟置幕中，辭焉。主管台州崇道觀。感疾卒，年五十有八，紹興十二年正月丁巳也。十二月壬申，❶葬於里中地名唐歷，大中公塋右方。兩娶虞氏，能勤苦内事，以佐其夫。全叔乃推先世遺業與諸兄焉。子男曰涣，曰確，爲進士業。曰紹老，曰嗣老，尚幼。全叔事親孝，既及禄，親年皆八十，承顔養志，有婉無違。其執喪，永豐、邵武僚友合賻甚厚，❷全叔曰：「大事當自竭，奚敢爲諸公費？」一謝却之。平居無它嗜好，獨研究《春秋》之旨，裒古今傳註，參校取舍，雖祁寒盛暑不少輟者，將十年。嘗述其所見數條就正於楊公，楊公撫書而嘆曰：「百世之絶學，留心者幾希，吾老矣，之子勉旃，後進有望焉。」著《春秋經解》三十卷，《辨疑》一篇。君於朋友重信義，有寸長輒誦譽之，惟恐人弗聞。苟有過失，亦面折責之。每論事，預料成敗，後必驗。故公卿識之者，喜與之謀。其交遊甚廣，於事無不知，蓋將以有爲也，而止於是，命矣夫！確持太史氏范如圭所狀君平生來請銘於千里之外，再更歲而詞愈切。狀又云：「如圭會君葬時，紹老七齡耳，號而泣，甚悲。以君克孝，是以有此子。」予念歲在戊戌，始從君遊。生同州，學同道，賜第同年，零陵同官。予官先達，君無阿言，多警發語，蓋畏友也。嘗問君曰：「學道者無所得，鮮不歸於佛。

❶「申」，原作「寅」，據明抄本、經鉏堂本改。紹興十二年十二月有壬申日，無壬寅日。

❷「邵」，原作「文」，據明抄本、經鉏堂本改。

君既有得，❶而或者謂亦趨乎空寂，信乎？」君笑曰：「是復爲陳相矣。」斯又可知其不變也。銘曰：

秩秩《春秋》，夫子所作。而敢廢之，行其私鑿？兄顔弟孟，千古之師。懵不知尊，奚又毁疵？脱此拘攣，卓矣全叔。崑火不燼，瑟彼良玉。範得三傑，❷志潛一經。持以永歸，夫豈虚生！

吴國太夫人王氏墓誌銘

贈少師賈公偁夫人，姓王氏，宋初勳臣秦王審琦之五世孫，贈太師慶國公克詢女也。幼遵姆訓，不競驕奢之習。既嫁，事舅姑，執婦道，待少師謹妻禮，懿淑婉愉，貴室儀之，族黨中外無間毁者。少師薨，訓子加嚴，撫庶逾厚。制家之務，整整有法，使媵御爨掃，咸得其歡心。顯恭皇后夫人同母兄贈太師藻之女，姪姑雅相愛重，故后嘗居夫人家。及正位椒房，於是賈氏恩遇亞王氏。而夫人每戒其子曰：「男兒當努力自致清途耳。」初特封安康郡夫人，後封安定郡太夫人。子讜，列職西清，奉祠輦轂下。一日，徽宗皇帝召見便殿，顧問庭闈安否，讜再拜謝，以壽康奏。翌日，親御翰墨，書永國太夫人誥，遣中黄門就賜，且詔有司給俸視后母。慶賚烜赫，戚屬榮之。夫人雖席貴處富，而志謝芬樂，好觀天竺東來空寂之説，祁寒盛暑不少懈。所得禄賜，隨以施浮屠氏，使修佛供，及班諸親族之貧者。請

❶「君」，明抄本、經鉏堂本作「兄」。
❷「範」，原作「晚」，據明抄本、經鉏堂本、文津閣本改。

康改元，讜念夫人年寖高，以喜以懼，即丐便養。除守鄭州，不赴。得請外觀，❶奉安輿，僑居建康。建炎二年五月二十六日，夫人以疾薨，享年七十有五，贈吴國太夫人。屬内訌多故，藁葬郊壤。後亂粗定，讜中止零陵，追惟疏封永國之祥，惕然曰：「吾母其當葬於此乎？」卜之習吉，得地於城東北二里所曰大塘岡，遣子友之扶護，用紹興十四年某月某日克襄窀穸。子男五人：曰譓，故顯謨閣直學士，贈銀青光禄大夫。曰評，故明州觀察使。曰讜，寶文閣直學士、左正奉大夫。曰詵，故武經大夫。曰諶，故武經郎、閤門宣贊舍人。孫十三人：元之，輔之，思之，朋之，友之，敘之，容之，澤之，戒之，真之，成之，駒之，皆列仕版。孫女二十人，曾孫三人：大年，延年，彭年。曾孫女六人。銘曰：

有淑夫人，秀於王闈。逮及作嬪，服禮初笄。奕奕賈宗，少師昌之。孰宜厥家，夫人相之。六五黄裳，姑姪攸好。天語宣恩，雲章寫誥。寵光有爛，左戚盡傾。甲第名園，金奏絲聲。夫人懿恭，不以汰處。有樂費諭，清浄是與。五子聯翩，出忠入孝。以文以武，慈闈之教。種德植善，皇天所穰。考終太平，其壽其長。又何以占，永國錫祉。安固罔極，我銘在此。

儒林郎胡君墓誌銘

君名昭，字彦升。曾祖簡能，自杭徙居潭。祖舜賓，父覿，世業儒。君年十五喪父，克自修飭，遵

---

❶「觀」，明抄本、經鉏堂本作「官」。

業講授，以養母。喪母，服除，當元符末，應詔上封事，言不起用元祐賢輔佐而先召還内侍郝隨，非所以視天下也。并乞復瑶華廢后，❶立《春秋》經學。久之，京、卞秉政，追治直言，君麗邪等，拘於鄉校。自訟，逾年，得釋。從三舍舉選，有司終以君爲邪人也，每陰降黜之，以是困於場屋。靖康末，中都潰，兵破荆南，潭帥郭三益延君問計策，諭解勤王峒丁之欲爲變者。三益躋右府，薦君，召試中書堂，補登仕郎。時相議假君朝秩，賜章服，充信王侍講。時傅雱者領萬騎渡河，❷君白曰：「五馬山之事，廟堂誠信之耶？」授迪功郎，充江西提點刑獄司屬官。女真蹀血，寇江西，❸鄉湖南，廬陵守逃，有土豪附虜據州，三省遣將收復，俾君攝郡别駕。將欲屠城，君争曰：「百姓何罪？」登城呼首領，開以禍福，其人遂降。隆祐皇太后從衛喪舟中軍於虔、吉之間，❹憲司委君究捕，浹日，獲所失十之二，蓋直四十餘萬緡。即上曰：「方衆情震動，不可以財重失其心。」有詔從之，仍令估售所獲，充軍費。李相綱鎮潭，辟君湘陰令。張相浚親督師駐於潭，奏君充湖南安撫司屬官，所以除洞庭水寇者，君圖畫有助。乙卯歲大旱，流殍千里，君被檄賑屬縣，首請安撫使減俸以救飢。安撫使黽勉率僚屬從之，君又以身先之。

❶「后」，原作「復」，據文津閣本改。明抄本、經鉏堂本誤作「後」。
❷「雱」，原作「雩」，據明抄本、經鉏堂本、文津閣本改。
❸「寇」，原作「沿」，據明抄本、經鉏堂本、文津閣本改。
❹「軍」，明抄本、經鉏堂本作「車」。

因出勸富於倉廩者損賈糶，吝者按致其罪，人以蒙賴。後調湖北轉運司屬官，會新罷宣撫大將，其儲峙之在襄漢者尚以千萬計。君受委鉤校，或乃夜焚君館廬，君弃行囊，抱文籍走免。他日沿檄過家，已而歎曰：「仕則死於官。」亟歸司。無疾而卒，享年若干，官止儒林郎，寔紹興某年某月某日也。明年三月庚申，祔葬於長沙縣大賢鄉母塘山母塋之側。娶盧氏，生女二人：長適將仕郎陳忱，次尚幼。無子，取弟晰之子文明爲後。臨終，致書長沙當路者，憫鄉校廢缺，曰：「竊觀風俗，先利後義，日甚一日。孟子以『下無學』爲憂，詩人有《子衿》『挑達』之刺。城南山水秀會，可建學宫，以惠後來。」當路者然之，逾年落成。晰以尚書郎王觀國所述君行治狀來，再拜請銘。狀蓋與予所聞合，爲之銘曰：

少則自立以致養，壯則激忠以劘上。利不苟於得，義必勇於往。作業既成，呼弟畀之。老服下僚，諂無一詞。今之成人，匪君其誰？篆此銘章，以發幽光。

朝請郎謝君墓誌銘

公諱孚，字允中，建州建安人。曾祖易知，祖守靖，皆殖産自晦。父伯益，始讀書教子，敦信義，以著見於鄉里，贈武功大夫。母魏氏，贈令人。公幼而秀邁，善屬文。年十八，預鄉貢，試禮部，報聞罷，益刻勵，務該貫，補太學生。元祐中，革去聲律，崇尚經術，公程藝多占前列，即時爲人刊播，後進者宗焉。中元符三年進士第，授真州司理參軍，就差蘄州州學教授，改充荆湖南路學事司主管文字，入爲辟雍學博士。大臣交薦，召對便殿，擢秘書省校書郎，尋兼權符寶郎，除尚書比部員外郎。謁告歸寧，未還臺，遷爲吏部。會遭父母憂，哀毁骨立，僅而勝喪。服除，提舉京西路常平等事，賜對，留爲尚書司封員外郎。未幾，除提舉河北東路學事。初肄業成均時，與劉炳俱以學《易》擅名。有賣盥者，嘗游從，俄同解褐。會言者論盥假於中選，❶炳坐斥。久之，又進用矣，復以及公。公之謁告也，蔡氏子攸委求壑源之貨，公曰：「無似誤辱相君見知，今行苞苴，豈所以報也？」攸怒，故借盥以中公。或勸公請覆試盥，必可自明，公曰：「反躬無愧足矣。」出監齊州新孫耿鎮酒税務。公起家即歷清望，是貶也，或意其不復事事。比至，臨瑣冗，親簿書，不少懈。鎮民王言豪且黠，脅持官吏，恣横甚，良善苦之，莫敢誰何。公悉得其姦狀，捕送州，寘之理，境中稱快。除利州路轉運判官，陛辭，天子褒其才識，將任用之。漢中土瘠民貧，州郡歲計常不足，公爲經畫，財用裕如，革弊擿貪，號賢使者。童貫宣撫陜蜀，妄更鹽法，民以爲病，公奏罷之。嘗劾一郡將不法事，楊戩以書屬公，公曰：「若狥私請，使遠人無所赴訴，豈天子委付外臺之旨？寧負楊侯耳。」又被言章，罷歸。未及朝見，感疾卒。歷階至朝請郎，無横轉，享年五十有四，實宣和二年五月癸丑也。娶葉氏，贈安人。再娶葉氏，❷國子直講唐懿之女，封安人。子男二人：曰淙，迪功郎，台州天台縣尉，俄弃官，變名從桑門。曰沇，緣舅尚書公遇郊祀恩補官，爲右從事郎，邵武軍判官。二女：長適右迪功郎、泉州南安縣主簿葉芹。次適進士鄒少潁。孫男曰端

---

❶「於」，文津閣本作「手」。

❷「葉」，原作「業」，葉氏爲葉唐懿之女，逕改。

友，修進士業。孫女尚幼。公没之四年，四月丁酉，淙等葬公於平江府吴縣穹窿山麝香塢之原。又二十有四年，沆持左朝奉大夫新知肇慶府吴逵所述公行治狀來謁銘。公之任學事司屬也，余先君爲提舉官，❶甚善公。而沆事母孝，處内外婣睦，守官率職不苟。公雖不究施設，而有子矣。銘曰：義不可守乎，公守之而氣振。命不可信乎，公信之而理順。三忤貴權，仕雖不進。曾幾何時，彼赫然者既已灰滅而無燼，而公之言何表表乎其方傳也。則知浮氣之易消，而直道之宜殉矣。

莢氏墓誌銘

予先君子歲在己酉航洞庭而南，小憩碧泉之上，老於衡岳之陽。登門求益，久而愈恭者，太學進士楊訓其一也。訓嘗問孝之道，先君曰：「謹行而慎言。一言之尤，一行之悔，是謂不孝。」訓退而思曰：「二十年從新義之教，争能否於筆舌間，豈曰躬之云乎？」更始誦《語》、《孟》、經史，稼穡致養，不汲汲於利禄。一日遣猶子友仁以致政大夫譚公申所比次其母莢氏行治狀來請銘其墓，❷予益知訓趨善之易，蓋有自矣。夫人世居潭州之湘潭縣，在家言不出口，敏於女工，年二十有一，歸同縣楊君振伯起，即訓父也。舅諱鼎，字仲寶，孝行聞州里，推家財與兄弟，自力而居室，與德義者遊，好賓客，樂振

❶「余」，明抄本、經鉏堂本作「予」。
❷「一日」，原作「自」，據明抄本、經鉏堂本改。

施。而姑亦篤於姻親，收恤困乏，內外館無虛日。夫人於祀饋賓客之奉，親服烹飪，舅姑甘食則喜甚，饌寡則懼不遑處。嘗爲姑製衣，燈膏小汙，通夕不能寐，姑初不之責也，而夫人終身以是爲懷。舅疽疾，伯起吮疽，夫人煮粥藥，不解衣者數月。姑老有瘡血疾，凡掖持櫛沐，洒厠牏，一出夫人手，冽寒燠暑不少解。伯起末疾，夫人事之視舅姑。市家失火，伯起奉親出，夫人守舍，火大至，鄰婦使避之，應曰：「夫君未來，廟主在，吾何之？」已而旁舍皆燼，楊氏之居獨存。喪舅姑及夫，送終周緻，執喪哀戚。夫族妹二人孤遺，爲擇婿嫁遣之。姑族女二人孤遺，取而養成之，各得所歸。伯起前配黎氏生子曰詵，曰誼，夫人顧復如己出。姑憫其勤，曰：「盍誘使令，以間爾力？」夫人曰：「一有不至，非異人任也。」舅姑大悦。詵、誼就外傅，則又躬視其師之服膳。誼它日著聲鄉黨庠序間。夫人生三子：訓，幼從師，被撲逃歸，夫人亟遣之，曰：「少焉姑息，長必敗家。」謙，力田。詠，修舉子業，早死。一女，嫁進士彭大受。詠之死也，妻謝氏齒尚壯，其兄議更嫁之。夫人因暇日語及里中某人之妻，曰：「夫亡有子而再適，彼蓋不知非婦人行也。」謝氏聞而守節。詠子友仁，齠齓即教以《詩》《書》，稍長，誨之曰：「汝不逮父，惟力學可以報。」姑存日，家貲累鉅萬，[1]伯也慮三弟不能保，割三十分之一遺之。夫人謂訓等曰：「汝以是爲生生之基矣，慎勿計多寡。」晚歲亦裕如也，而夫人服紉補，敦儉樸，績麻不釋手。子孫勸以毋自勞，夫人曰：「此婦事也，不然，何所用心？」年七十有八，以微疾終。子婦泣而請所言，夫人

[1]「貲」，明抄本、經鉏堂本作「資」。下文同例不再出校。

曰：「吾無累。」寔紹興乙丑歲五月十有八日也。孫男女若干人。訓等以仲秋壬寅奉柩葬於縣之上明鄉龍歸山。銘曰：

女則婉，婦則祗。母則均，姑則慈。壽富康兮天報宜，鑱石紀德千祀垂。

進士梁君墓誌銘

番禺詎京師盈三千里，吉行三月而後至。中州淑氣既界嶺而不南，故南粤之地多山少田，草木鬱翳，生聚稀闊，而嵐氛瘴毒興焉。凡震於物産者，其形色臭味例之華土，得彷彿耳。人生其間，所禀不能獨厚，況聲教遐遠乎？幸而有穎秀之質，乃無搢紳先生明道德之歸，以啟覺於人，又無高蹈潛夫含章隱耀相與薰陶浸灌，以輔成其美，則由中材而淪胥不振者，夫豈少哉！若梁君觀國，所謂豪傑特立之士歟！

觀國君名，其字賓卿。本隴右人，五季南徙，遂爲番禺人。賓卿始業儒，挺挺屹屹，如孤松立石。凡再預州薦，輒報聞罷。年益壯長，退而取經書熟復誦之，浩然嘆曰：「嗟夫！聖賢垂教，乃使人諱於口吻，誕於紙筆，小而干澤，大而迷國，此荆舒公用以盲聵天下者，可守而弗變耶？」哀所作科舉文，畀諸火。勵志求道，沉浸醲郁，殊途百慮，一歸於正。資之深，持之久，確乎其不可奪也。嘗謂學而畔道，皆由異端惑之，乃力排老、佛二氏，窮其指歸，摘其蠱禍，若言若行若事，必折以正理，食息語默，未嘗忘也。爲奏疏兩通，各萬言，走私僮謁諸天子，願屏絶二氏，勿俾無父無君之術侵紊人紀。會所在道梗，阻於上聞。時爲文章，亦不及它故，一以攘斥二氏爲機杼，且作《勸論》一篇，鋟板廣播之。見斯人陷溺者，不啻如沉疴伏疾之切其體也。❶有賓客來，必探其微，知其在溺中，則不復發口，或竟歸掩關而卧。❷晚節見溺者益衆，化之難入，亦不復對客，曰：「閲百人未得一二，何以見爲？」前後分闔仗節者衆矣，迄無知者。其州之人第私竊姍毁之曰：「彼其愚歟？抑有狂易病歟？」紹興壬戌歲，予退居衡山之陽，❸辱賓卿詒書，致雜文一編，凡數十首，蓋因其友高登以知予之有志乎鄒魯而無趨於竺乾也。其文豪勁該辯，或勸或戒，率不苟作。予用是信人生不繫方所，但賦受不與邪氣值，則衿靈定自拔倫。❹每爲知交論人物，輒稱而揚之曰：「豈意嶺海間有奇士如梁觀國者乎？」後三年，乃聞其死，爲齎咨太息，且弔吾道之不幸。賓卿得年五十九，死之時，十六年四月八日也。數子皆夭。其遺文存者，有《歸正集》二十卷，《議蘇文》五卷，駮其羽翼異端者。《編正喪禮》十五卷，以革用道士僧者。《壼教》十五卷，付其女弟，爲女師訓閭巷童女，以守禮法，勿徇俗溺也。死之逾月，其友人陳元忠率門人約古禮葬之。❺賓卿所與遊，獨高、陳二子耳。二子閩人也。予既憫賓卿篤信好古，守死善道，恐其泯

---

❶「疾」，文津閣本作「疚」。明抄本、經鉏堂本誤作「讀」。

❷「竟」，明抄本、經鉏堂本作「徑」。

❸「予」，原脱，據明抄本、經鉏堂本補。

❹「衿靈」，原作「襟懷」，據明抄本、文津閣本改。經鉏堂本誤作「矜靈」。

❺「忠」，明抄本、經鉏堂本作「中」。

滅而無傳，❶訪其平生而得其本末如此，爲敘而銘之。予不識二子，且聞高遠宦而陳居番禺也，遂以授，❷使鑱石而瘞諸其墓前，因廣其趣曰：士之大致有三：志於道德者，功名非所慕；志於功名，富貴利達非所羡；求富貴利達而已矣，則亦無所不至矣。而此三致又各有二端，謂富貴之義與不義，功名之正與不正，道德之純全與不純全也。彼異端之所謂道，蓋非純全者也。然其説夸張侈大，而有關鍵鈎紐能操切人，入明夷之左腹，其似是而非，若不可不注意，蓋相去毫忽耳。高明修潔之資亟於上達者，以仲尼大訓爲迂且淺，遂甘心於彼，服其服，食其食，一循其圈襀，深入其奥突矣，而考其行事，乃自置於彝倫之外，形猶毁之，況其心乎？由此觀之，賓卿之賢，豈不過人遠甚？使獲親有道，其所進立必不止是，是又可重惜者。銘曰：

扶正有要，絶惡有機。非造道者，伊孰能之？昔在昌黎，逮乎六一。皇極是扶，老佛是斥。❸其言雖長，彼徒自昌。滔滔横流，塊土莫當。豈不可當，必兩君子。一言折之，利心怖死。利誘人貪，死脅人疑。千經萬論，卒歸於私。君子教行，雲披日耀。操以驗彼，情無遁照。邪火雖熺，邪焰已消。亦且鼓鐘，莫榮其彫。卓哉粱生，生在遐域。無師可親，探諸方册。得匪朋來，聞而知

---

❶「滅」，明抄本、經鉏堂本作「没」。

❷「授」下，明抄本、經鉏堂本、文津閣本有「之」字。

❸「斥」，明抄本、經鉏堂本作「黜」。

歟。否則安能，篤信弗渝。大布之衣，藜羹糗饟。其中沛然，孰爲卿相。厄窮已矣，雖莫之嗟。士而死道，君何歎耶。越山峩峩，下奠潮汐。❶與君令名，俱久無極。

左朝奉大夫集英殿修撰翁公神道碑❷

東漢而後，賢士大夫多由銘誄以傳。國朝官至卿監，即附史立傳。史之體畧而直，志銘之義婉而詳，以二者參考之，則斯人之寔殆不可掩已。不幸而史或闕遺，志之又有所未盡，❸則金石之託亦無以行乎悠久，豈非尚論者之所惜哉？前奉常翁公既没之六年，某爲其孫女壻，得徵士劉勉之所述公行事狀，與故中書舍人吕君本中所撰公志銘，而求公遺文於其孫紹之，蓋亂離放失之餘，尚班班也。夫作史者，未嘗不先詢求於當傳之家，次及於見聞，故其家之所載宜尤悉，以俟太史氏采擇。而孝子慈孫思顯揚祖考者，必爲之行録，以請幽藏之文。猶以爲未也，復大書深刻於外，曰表，曰碣，曰神道碑。而門人學者往往爲之歌詩贊詠，❹以翼而張之，庶乎其先德之流光而不泯，斯亦仁之至、義之盡矣。紹

---

❶「奠」，原作「莫」，據明抄本、經鉏堂本改。

❷「左」，原作「右」，據明抄本、經鉏堂本目録及正文改。按南宋紹興間文臣寄禄官分左、右，有出身人帶「左」。

❸「之」下，明抄本、經鉏堂本有「者」字。

❹「詠」，明抄本、經鉏堂本作「誄」。

之以是見謂曰：「先祖應得神道碑，願屬之子。」寅曰：「公父執也，不敢辭。」乃次序之，曰：

公諱彦深，字養源，世居建州崇安縣之白水。曾祖伯珍，不仕。祖元方，贈朝奉郎。考仲通，❶仕至朝奉郎，累贈至特進。恂恂長者，不言人過。師事安定胡瑗先生，歸以諸經教授，從之者數百人。守官多建學校，興水利，前後溉田萬餘頃。朋游有貴達者欲援之，輒辭以親老。生三子，公仲也。初補太廟齋郎，紹聖元年進士第出身，福州侯官主簿，攝閩清令，爲濠州鍾離令，詳定《九域志》所編修官，秘書丞，禮、金部員外郎，提點淮東、湖南、京西路刑獄，尚書右司員外郎，秘書少監，國子祭酒，秘書監，除集英殿修撰，知濟南府，提舉南京鴻慶宫。知婺州、亳州，皆未赴。入爲太常少卿，復以修撰提舉江州太平觀，則公所歷任也。由選調改宣德郎，遷至左中奉大夫，❷則公所歷官也。生於熙寧己未十一月之甲午，終於紹興辛酉五月之戊申，則公所享之年也。葬於所居里之鍾臺山，與其妃余氏恭人合葬，則公將没之治命也。

初，與鄉荐，中南宫選，而丁父憂，次牓乃奉廷對。其在侯官，月奉錢十有二千，公以五奉母，以一資女弟。與布衣數人交友，❸論文覽勝，後皆知名。閩清故令厚斂，諛部使者，公條具以告，且乞聞諸

❶「通」，原作「道」，據明抄本、經鉏堂本、明《八閩通志》卷六四（明弘治刻本）改。
❷「左」，原作「右」，據明抄本、經鉏堂本改。
❸「數」下，明抄本、經鉏堂本有「十」字。

朝省。部使者善之，邑之苛政盡革。令鍾離時，崇寧間也，歲大蝗，公請於當路，得米十萬斛食餓者，貸之種。明年，鄰邑田尚蕪，而鍾離獨賴麥以免飢。既滿秩，丁内艱，哀毁骨立。服除，不忍去坟壠者幾年。大臣荐入書局，更六歲不遷，淡如也。其於古今地理多所是正。而丞中秘，遂爲南宫郎。逾年，改金部。凡度支用度無成法者，移金部給之，重複無以稽考，公立籍以著移，吏奸遂沮。自外使召爲都司，入對論奏讞之弊，曰：「伏見淮東十一州軍，政和六年、七年坐殺人而死者纔十有二人，刑幾措矣。然計二年之獄，蓋一百三十二人，而獨此十二人者死，問之有司，則曰不死者有情理者也。自五帝三代至於漢唐，未有殺人不死之法。在律，詈人者笞四十。借如以一詈之故，即遭毆殺，是殺人者不死，詈人者顧當死，輕重倒置，莫此爲甚。且百有二十人，皆大辟也，州郡奏而免之，可謂仁心矣。彼其遭殺者，受無辜之虐，而銜不報之冤，反不足恤乎？廷尉天下之平，乃仁於强暴，使寡弱者不保其生，烏在其爲平也？以一路二年計之已如此，天下復當幾何？所謂好生者，將以省刑而召和氣也，今舍止殺之具，致被殺者滋多，非所以省刑也。寬殺人之人，使銜冤者益衆，非所以召和氣也。朝廷徒見夫歲斷大辟之少，以爲刑將措矣，盍亦并奏案而計之乎？致治猶元氣也，刑之禁民爲非，猶藥疾也，慕措刑之虚名，而忘失刑之寔患，是猶慕治古之無札瘥，而但去其藥，民知擠於溝壑矣。今之官吏，外希雪活之賞，内冀陰德之報，遞相驅煽，遂成風俗。一作奏案，無敢異議，胥吏乘之，奸弊萬態，文致情理，莫可究詰，讞狀徑上，不由憲司，其就東市者，大抵貧民耳。臣請於讞狀列囚之户等，❶使大

❶「户等」，原作「日必」，據明抄本、經鉏堂本、文津閣本改。

理、刑部得以檢察，庶少革其弊。」從之。退而以民間疾苦論於宰相，且條所宜更張者甚衆。又與同僚綱紀省務，追復舊制。於是堂吏失權，而宰相不悅。會公弟爲御史中丞，公引嫌自列，即徙爲秘書監。公建言：「唐人文章悉藏御府，而本朝不然。宜訪求國初至今諸儒論纂可傳永久者，並以來上。」從之。

宣和元年冬，盜起睦州，東南大震。上言：「兩浙自錢氏納土百四十餘年，無桴鼓之警。今狂夫一嘯，從者如雲，若非百姓不樂其生，何以致此？夫民有疾苦不得上聞者二十餘年，以言爲諱故也。宜取上書邪等名籍焚諸通衢，應太學生上書，更不經由長貳，删去大觀三年指揮，而下詔求直言，則天下之事畢陳於旒扆之前矣。」又言：「諫官久缺不除者，以朝廷無事，四方無虞，不必論列故也。今羽書狎至，禁旅出征，諸路騷然，調兵餽餉，不可謂無事矣。杭爲都會，歙、睦巖邑也，城郭焚蕩，死者莫知其數，不可謂無虞矣。迹其致此，豈無所自哉？宜悉召忠臣義士列於諫垣，使直言日聞，粃政盡去，則海内竦然，知陛下之德如禹湯之心，雖太平可致也，盜何足云乎？」又言：「六路者，朝廷府藏，而淮南處上流。淮南者，六路咽喉，而揚據要害。今乃地最狹，力最弱，非所以爲控扼也。乞如熙寧故事，廢高郵爲縣，及取泰州之泰興、海陵俱隸揚州，則官減冗員，民力頓寬，形勢增强，戰守有備矣。」且乞亟選忠義名節之士，易沿江守臣之不勝任者，其語之切當者曰：「折衝禦侮，要在得人而已。」明年秋，方賊平，公又言：「大軍之後，公私虚困，撫綏安集之事，尤當加意。唐既平，龐勛不能深恤其民，遂致乾符之亂，可以爲監。今賊魁就擒，而它方相應蠭起者尚多有之，宜曲赦二浙、江東西、福建、淮東南路，不問前過，俾各復其業。令下十日不散者，亦未得進兵，具賊首姓名以聞。其所破六州及諸縣遺民無幾，宜蠲放兩税三年，免役一年，權罷和預買，倚閣見欠常平錢，坊渡課利並減半，盡三年止。州縣官非治獄可暫減者減之，曹官可暫併省者省之，茶鹽宜暫弛之，非泛抛買年例科率，宜並止之。商人販牛及五穀農器如六州者，宜蠲其征。比緣軍興，除武臣守郡若尉者，宜還用文吏。其越、台、温、秀、信、建、宣則勤於戰守，昇與潤則大兵所駐，饒、蘇、湖、明、常、廣德則供億頻煩，皆失耕桑之候，宜與蠲兩税一年，免役和預買一次，而蠲放所在官兵之費。宜委發運司速於豐熟州郡置場和糴，專一應副，仍不得科糴於人户，❶及用官告、度牒、香藥鈔準直，乞從朝廷支降見錢，務令寔惠早及百姓。」朝廷既下赦，其間條目，往往有用公所請者。

南師凱旋，即議北討。公見宰相，論曰：「匈奴自古抗衡中國，前世能臣服之，未嘗不因其乖亂。今遼主猶存，而守燕者自立，此其乖亂之時也。徒以女真内侵，隔絶其間，是以未至争國。爲吾之計，莫若駐師境上，養威飭備，俟女真退却，匈奴兩主必且交兵，吾勿有所助，彼兵拏不解，人畜耗盡，猛敵時發，勢力皆窮，當有欵塞稱臣者。然後撫而定之，使向風慕義，永爲宋藩。則功光祖宗，德垂後裔，可謂萬世一時矣。既不渝盟，信結方外，一利也。大河東北，無調發之勞、金革之患，二利也。契丹爲吾固圉，女真不得窺邊，三利也。天子有道，守在四夷，又況全燕本非吾有，委之以封北狄，吾又從而助之，則備女真有餘力矣。今女真雖半得燕地，而不能得其人，則引弓之民，燕尚屬之，王師出境，能

❶「科」，原作「苛」，據明抄本、經鉏堂本改。

必克乎？未能必克而先自渝盟，兵連易水之上，曠日引久，是使女真爲卞莊子也。萬一燕已衰弱，屈服於吾，❶露布告捷，天聲赫然，信可夸耀一時矣。女真席破燕之威，長驅而南，是吾代契丹受猛敵也。然則王師克與不克，皆未見其可。且契丹與國也，女真虎狼也，❷今有虎狼咆者垣墉之外，❸己自當之乎？抑使人當之乎？夫拓復土宇，誠曰美事，亦必長慮却顧，保無後虞乃可也。矧女真方張，貪噬無厭，❹而欲與之爲鄰，決有近憂，豈惟土宇未可拓復而已乎？以愚見揆之，如二漢故事，使契丹當女真便。」是時廟算已定，不可回也。

車駕幸三館，賜公三品服。未幾，師表成均，建言：「自三舍法行，學者急於中選，有苟得之心，不復窮經閲史，惟誦程文爲楷式，以剽竊對義，以阿諛答策，氣節委靡，寖關盛衰，識者以爲深憂。今既罷舍法，宜降詔旨，申敕多士，俾深明經術，博知古今，以養其氣節。在外舊無教授處，委知通物色名士爲衆所推服者充之。」於是太學士習稍變。蔡氏子任大宗伯，娼公異己，譖之云：「所以勸誘，皆元祐學也。」徙拜秘書監，公笑曰：「彼亦知有元祐學耶？」八月朔，日食，太史前一夕以奏，且移省知，而執

---

❶「吾」，明抄本、經鉏堂本作「我」。

❷「虎狼」，原作「强敵」，據明抄本、經鉏堂本改。下文同例皆逕改，不再出校。

❸「咆者」，原作「壓据」，據明抄本、經鉏堂本改。

❹「貪噬」，原作「蠶食」，據明抄本、經鉏堂本改。

移者誤送著作局。及期，百官赴明堂待班，朔，車駕不出，始知日食。公坐是降兩官，守濟南。復值歲大飢，公發粟平糶，民賴以安。輦運司和糴麥，經制司責民燕山府貸錢，皆奏罷之。帥司捕盜，將過境内，殺平人十二，公痛劾之，詔鞫引伏，而爲權倖所沮。宦者李彦奉使至，公待之如舊儀，彦大怒。除公提舉南京鴻慶宫。公素愛金陵江山之勝，遂買宅居焉。除守婺，改亳州，尚待次。

建炎元年十月，召貳奉常，從車駕自睢陽至江都。是歲卜郊，宰相以出城可虞，築壇城中，公陳三不可，争之。不從。又每陳江都無險固，宜早渡江，以定基業。又不納。二年冬，大諫鄭㲄者論公緣李綱相有今命，見綱被黜，懷忿恚，❶神識如痴，無心職事，每食已，乃赴寺，數刻而出。有旨罷免。未兩月，女真輕軍來襲，而東南亦多故矣。公自是不復當世之念，歸老舊山，貧甚，故食祠禄，逮於終。

其爲人忠厚樂易，平居静默，喜怒不形，❷接人無衆寡小大一以莊謹，雖家人不見其惰容。自少至老且病，未嘗釋書不觀，道論古昔，博洽審緻，無少舛謬，鑒裁精遠，臧否泯然，而胸中是非如白黑也。語甚希簡，出必中理，不以己所不能者告人。女兄嘗以子屬公補官，公經郊祀恩，即以名上，而法不許也。或勸公改奏族黨者，公泫然曰：「亡姊之意切，姑行吾志焉。」守官四值旱饑，力舉荒政，皇皇然如在己，所活者不可勝計。在濟南日，山東多羣盜，公所部獨無之。每與僚屬論事，率以教化爲本，勤恤

❶「懷」上，明抄本、經鉏堂本有「輒」字。

❷「怒不」，明抄本、經鉏堂本作「愠弗」。

爲先，不汲汲於簿書期會。馭吏不嚴而畏，亦無敢欺侮者。志慕前修，期以所學及物。既稍用，會在位者以市爲朝，公冲泊自守，見謂連蹇，然弗屑也。梁師成提舉中秘書，凡文士希進者必稱門生，宰相且然，公未嘗一造其舍。師成數數致願見之意，公卒不往。或尤其太甚，公正色曰：「三館在大慶殿旁，乃國家書院也。臣璫雖貴，猶直事老兵耳。吾領袖羣英，而納交於彼，不懼辱天子之館乎？」少監蜀人韓其姓者，方以詞采受梁知，猶難於越公而進，乃以日食不奏出公。翌日，韓即召試知制誥。

公之文質而麗，體製多放古作者，凡十五卷。又有《皇宋昭姓録》十五卷，《忠義列傳》二卷，《唐史評》一卷，《鍾離子自敘》一卷。公嘗宰鍾離，故因以爲號。其著述之最刻意者，莫如《春秋》學。蓋纂特進公之遺業，而源流自安定先生以來，成書十二卷，有卓絶之論百餘條。嘗有客以荆國王文公圖像示公，❶求爲贊者，公筆之曰：「壯長圖書癖，老大禪寂痼。枉教黄閤開，竟把蒼生誤。」雖纔二十言，而王氏之平生亦概舉矣。惟公學術有本，取舍素定，不必進亦不必退。扁舟短棹，夷猶於横流之世，泛而不溺。既老且窮，所履益固。嗚呼！孔子稱尚德君子，詩歌老成人，子雲所謂「不作苟見，不治苟得」，非公其誰？

其葬以終之明年十二月丙寅。子揆，文林郎、密州司户曹事，及二女皆先卒，揆自有誌。孫男：紹

---

❶「圖」，明抄本、經鉏堂本作「畫」。

之，右迪功郎、湖州德清主簿。存之，登仕郎。蒙之，❶右迪功郎、衢州常山縣尉。❷孫女：長適右文林郎、福建茶司幹官佘祉，次即寅婦。寅既得公言行之詳，而屬比之如此，又係之以詩，曰：❸

士名一善，其中或偶。言純行懿，惟學斯有。學亦多門，各趨所安。孰泝其派，而窮其源。元豐作人，迪以新説。元祐之教，祖訓是式。渾渾翁公，亶其覺而。何去何從，善則吾師。潛思麟經，多所自得。發於云爲，正静温直。以其不競，因不見庸。以或泥之，德名乃崇。散逸之餘，裒載遂少。於稽厥心，亦既皎皎。白水之原，千古之藏。賚其後人，寔繁且昌。

左朝散郎江君墓誌銘

予嘗觀自古搶攘之會，上之人急於有濟，才知者乘時願奮以取世資，而狂譎夸妄之徒亦因得衒鬻而售己，蓋不如是者鮮矣。建炎己酉，聖潛年四十有九，由左朝散郎主管江州太平觀，遂請老。衣冠耆舊歌詠贊仰之，或未必知公之志也。後十二年，公子邦光爲零陵決曹掾，予適守是邦，嘗辱公手

❶「蒙」，原作「象」，據明抄本、經鉏堂本、《建炎以來繫年要録》卷一六一改。
❷「常」，原作「當」，據明抄本、經鉏堂本、《建炎以來繫年要録》卷一六一改。
❸「曰」上，明抄本、經鉏堂本有「詩」字。

書，❶詞意温重，而邦光飭躬恪次，❷予固諗其義方所自。又六年，邦光以婺州別駕吕忱中所狀公行治來謁銘。予熟復再三，恨不及識公，於是焉得公之爲人益審，乃序而銘之。

公江姓，名衮，聖濬字也，世爲衢州開化縣人。曾祖鎬，尚書屯田郎中，知處州，贈刑部侍郎。祖楫，尚書職方員外郎，知撫州，贈中大夫。父汝言，北京留守推官，潤州金壇縣令，贈左通奉大夫。母石氏，贈碩人。公幼知奮勵，稍長，操履不羣。補太學生，自立嶷然，好古尚友。連丁二親憂，執喪哀戚甚悼，廬於墓次。服除，再貢名禮籍，處太學十年，聲聞秀令。中大觀戊子進士第，授通州静海縣主簿。滿歲，遷磁州邯鄲縣令，發奸摘伏，惠愛兼流。部刺史才之，辟權保州教授。邯鄲民惜其去，遮道者衆且遠。用荐章改京秩，擬徐州彭城縣丞，未赴，除廣親北宅宗子博士。端靖居官，❸不事造請。言者劾公令邯鄲日，部築濬州城，斬官林爲板幹，罪也。黜送銓部，授平江府司兵曹事。方臘之亂，有商旅數十人入境惶遽，羣將疑其爲諜，將斬之。❹公力争非是，卒免之。後知杭州餘杭縣。一日，他邑有賈人訟僧竊其券者，官久不能決。郡將以委公，公捕賈之黨與，鞫得其情，乃負僧博金，無償，因瘞券

---

❶「辱」，原作「屬」，據明抄本、經鉏堂本、文津閣本改。
❷「恪」下，原有「守官」二字，據明抄本、經鉏堂本、文津閣本删。
❸「靖」，明抄本、經鉏堂本作「静」。
❹「斬」，明抄本、經鉏堂本作「殺」。

於寺而誣之。既得券，賈遂伏辜。一府皆驚，守歎曰：「江君可謂掘地決獄者矣。」苕水發源天目山，經六邑，入於具區。餘杭介乎二之下，三之上，地勢按衍，當水衝集，洪流歲必婁至，爲害甚廣。後漢熹平中陳渾宰是邑，始築南北西湖瀦水以殺其怒。所謂西函者，據王母港、苕興溪之會，疊石起埭，均節盈縮，雖霖溢不能冒，田旱則啟函灌輸，在餘杭爲千餘頃之利，惠及旁郡者又倍蓰焉。年寖久，函既虧疏，塘長貪賂，竊啟以過舟，水因大至，官吏又遽塞之，弭目前之患，於是恃函之田十歲九潦，殆成沮洳。公至，則詢父老，得利病甚詳，民知公之有心於興廢也，咸勸趨之，❶乃以農隙度功賦事。自西函及錢塘境凡二十餘堨，皆復堅壯。公躬親視役，皸瘃饑渴不少懈，民亦忘其勞。一日甚雪，約使霽而來，咸曰縣大夫猶在此，終莫肯去。既成，百姓歡舞，琢石刻詞，以章公惠。用年勞，賜五品服。尋請奉祠，遂謝病。嘗自述其平生曰：「吾少時挾策遊場屋，偶拾一官，行二十年，幸疏榮及親，有田二百畝，無向平之憂，❷吾分足矣。宦途風波，奚可蹈犯？人苦不知休，❸官愈進，心愈侈，祿愈多，用愈廣，氣愈驕，意愈鋭，機詐日生，佞邪日甚，危禍奄至，可爲長太息也。」既得謝，不入城郭，幅巾野服，蕭

❶「咸」，原作「或」，據明抄本、經鉏堂本改。

❷「向」，明抄本、經鉏堂本、文津閣本作「尚」。按《後漢書·逸民列傳》向長本傳記載「向長字子平」。李賢注：「《高士傳》『向』字作『尚』。」後世典籍中或稱「向平」，或稱「尚平」。

❸「苦」，原作「若」，據明抄本、經鉏堂本、文津閣本改。

散林泉。接物和易，稱人善如在己，賙贍困乏，勸勉惰游，鄉里愛而敬之。奉身甚薄，無聲色嗜好，淡如也。閨門之内，睦而有制，積俸餘及妻奩具，嫁孤女凡六人。病不服藥，曰：「吾素克踐修，命可逃乎？」盥櫛而坐，含笑如瞑。家人視之，已逝矣。享年六十有六，紹興十六年八月十六日也。

娶建安葉氏，鴻臚少卿大方之女，封安人。五男子：邦光，以世賞右從政郎、新臨安府昌化縣令。溥，登進士第，左迪功郎、新袁州州學教授。邦孚、邦翰、邦憲皆習科舉業。公從弟褎無子，公以邦翰爲之後。三女皆得所歸。孫男女各三人。公好讀書，至老手之不釋，時時作詩，多奇句。然爲文不喜留藳，今存者三卷。諸孤以是年十一月十八日奉公葬於開化縣之倉塢原先塋南。自侍郎至公，世取進士高等。處州之墓，江西李泰伯爲志焉。職方與通奉，則翰林王明叟爲志焉。聖濳又善守終，其身克有傳，爲人子孫，亦庶幾無愧。銘曰：

江以國氏，世爲兖人。永嘉之亂，統也南奔。奕葉江左，庸昌厥門。有世源者，宦遊信安。子孫家焉，寔君之先。世載其美，又集厥身。臾訢之際，以身爲尊。黜從小官，王事益勤。北風振海，大浸稽天。千帆争駕，一棹獨還。守約之仁，斂而弗宣。天且篤之，在其後昆。

左朝請大夫王公墓誌銘

公諱震，字東卿，姓王氏。四世祖仕江南，從其主歸命，遂爲開封人。曾祖密，不仕。祖昌，太子左司禦率府率。父澤，朝奉郎致仕，贈中奉大夫。母崔夫人，早世。繼母楊氏，封令人。公幼而慧，不嬉遊。年七歲，得歐陽公《五代史》，一讀輒成誦。既冠，遊太學，再舉禮部，登大觀三年上舍第，注均州司法參軍。提舉曾弼愛其才，荐爲教官。講訓不倦，豫賓興者歲率數人。每至旁郡校試文，多得鄉里知名士。❶政和四年，調太原陽曲丞。中貴傳命過境，得白石，遂以寶聞。有旨取五斛，且令充貢。府委公監採。公至其處，召父老究利病，既以狀白府曰：「石瑣瑣，烏足備方物？盡取寔難。政使得之，將久貽斯人患。願奏罷之。」尹曰：「丞不畏辜耶？」公曰：「便嬖以此病太原之民，丞安所逃辜？」尹賢之，乃上其事，遂寢。府有二婦同居而寡，家資累巨萬。長婦兩子，次婦一子，俱戲，二子墮井死。❷娣以冤告，訊其詞，則姒有謀焉。而府尹終疑，乃謂公曰：「母之愛子均也，何至自殺耶？」公曰：「庸有之。石碏之殺子，忠也。郭巨之瘞子，孝也。豈惟忠孝之人如是，貪而妬者亦然，獨不聞武昭儀斃兒衾下乎？」議遂決。兵官杖營卒致死，上下籍籍，逮繫十數人，命公讞之。公曰：「皆當用階級，不當以法繩之。」盡縱所繫兵官，❸亦不問。❹七年，改京秩，爲坊州教授。歲滿，除太學正，以貧丐外。宣和三年，爲京西轉運司主管文字。有吏乾没官錢十三萬緡，公發其事，當受賞而不言，同僚問

❶「里」，明抄本、經鉏堂本作「閭」。

❷「死」，原作「子」，據文津閣本改。

❸「兵」，原作「去」，據明抄本、經鉏堂本及上文改。

❹「亦」下，明抄本、經鉏堂本有「置」字。

之，公曰：「稽考，職也。」七年，改鄜延路經畧司主管機宜文字。時童貫檄五路勒兵，❶將襲夏人，取天德、雲内州。公力争於主帥曰：「燕山之役，國力竭矣，而士卒藥創未復，奈何輕以一尺之紙，摇十萬之衆？願審奏，受成算，未晚也。」不浹日，果詔罷役，戒生事者。除判西京國子監。靖康元年，有旨以一時之秀召赴闕。未赴。轉徙南渡，奉親隱約，雖薪水皆躬之，迄不求之人。❷紹興元年，應荆南鎮撫使辟，爲參謀。武人方專決，公導以義理，所全活甚衆。建議毋用便宜，請一切循成法，勿以將佐親民，招徠歸業之人，薄立租税。荆峽荒餘，陰受其賜。制置司與鎮撫使皆受命收復襄陽，荆南兵先入，制置司争功，朝廷命分析，軍情不安。公曰：「何以爲功？爲亦不可辨，❸當以表謝罪。」曰：「頃喜封疆之復，❹仰寬君父之憂。」❺朝廷善之。丁中奉公憂，❻哀毁過禮，負土甓，伍傭保，以克襄事。服除。六年，知沅州。有言者請如四川交子行之湖北，公曰：「以引權貨，惟鐵錢重難持也，是故可行。今亦壞矣，奈何復困此方哉？」乃論罷之。郡有學，廢而無生徒，公請以官田充學糧，養士子。南夷聞中國

❶「勒」，明抄本、經鉏堂本、文津閣本作「勤」。
❷「之」，明抄本、經鉏堂本作「諸」。
❸「辨」，明抄本、經鉏堂本作「辯」。
❹「頃」，明抄本、經鉏堂本作「願」，文津閣本作「顧」。
❺「仰」，原作「伏」，據明抄本、經鉏堂本改。
❻「中」，原作「忠」，據文津閣本及上文改。

方用兵，遣小行人來告，願獻馬二十匹趨行宮。公曰：「今天駟雲屯，充廐不駕，何假汝數乘耶？且馬直不至二百萬錢，而供億勞費，當不啻數倍，豈民所便乎？」即戒疆吏毋得内。繕城壘，❶疏溝瀆，命縣令勸農桑，墾田畝，❷百姓安之。八年，除湖南轉運判官，均節財用，除苛斂於民歲九十六萬。度支疑蠲減過多，公曰：「軍民食不給，漕臣當任其責，何敢要譽以敗軍事，自投憲網哉？」然襄漢營屯卒不乏事。以母老丐祠官歸養，主管台州崇道觀。十三年，再爲湖北轉運判官。朝廷移田晟軍自蜀來屯於荆南，令公專主餽餉。公得請，以常平經總錢穀支用，乃不加賦於民。代還，卜居武陵。營小圃，率子弟奉親，翛然自樂。十六年七月一日，無疾而終，享年六十有八。通亮純厚，不汲汲進取，廉潔自持，誠心好善。誦《前漢書》，寒暑不懈。爲文典麗，議論有經據，長於歌詩。孝友之志，老而彌篤。每侍親疾，寢食幾廢。對母婉愉燕粲，能兒子然。歷官至左朝請大夫。有文集二十卷。娶趙氏，封恭人。兩男：長若水，次若谷，皆右迪功郎。女三人，未嫁。以其年十月十日合恭人葬於武陵縣羅紋山之原。予於公三十年之舊，若谷以狀來，再拜而泣，請予銘公墓。乃次第爲敘，係之以銘。銘曰：

粵肇接公，西邑洛只。居鄰一牆，陪集數只。花塢竹溪，名園廓只。風月賞期，❸大雪漠漠

---

❶「繕」，明抄本、經鉏堂本作「脩」，文津閣本作「治」。

❷「墾」，原作「懇」，據明抄本、經鉏堂本、文津閣本改。

❸「賞期」，明抄本、經鉏堂本作「雪其」，上圖本作「爽其」，文津閣本作「爽厲」。

只。朝觀並轡，夜飲樂只。烹藜爨菽，間羔酪只。瓶缶屢罄，餘滓粕只。唱酬翻水，棋響雹落只。或激烈高歌，幽思以托只。歌及王風，發喟愕只。襟袂中分，吴楚各只。忽復相值，潭鼎郭只。我顔换朱，公髮如鶴只。曩遊不可嗣，懽不可作只。顧欽爲政，惻民瘼只。邦條式序，使華爍只。爲國固基，苛賦削只。源流西漢，既精且博只。孝乎惟孝，又能處約只。何仕路回環，進而復却只。何不羽儀，望臺閣只。羣飛薨薨，何遺一鶚只。蕭條楚南，媚蘭葯只。豫章翳雲，忽隕籜只。文既成編，子孝恪只。銘以永之，後於鑠只。

處士魏君墓誌銘

紹興十有六年秋，予過建陽，魏挺之以名來謁。既見，袖出書相屬，陳義甚高，不爲蕪詞，❶又出所論著一編。予熟復其評訂，馳騁上下，文采蔚然，無舉子態度。他日，又得其古律詩數十首，幽思感發，雖窮爲布衣，而邁往之氣軒翔乎筆墨之外，將有以自表於世者。問之伯氏，伯氏曰：「是建陽之秀也。」予私謂魏子能外擇所從，必其義方之訓良有素矣，然恨未與之欵語，益叩其所自到。越三年，乃以訃來，曰：「挺之罪大不天，先君於戊辰六月二十五日以疾終。日月有時，用季冬七日克就窀穸之事。惟先德潛晦，若無一言詒久遠，是挺之重不孝之負。今既得鄉丈人朝請丘公所次行録，敢緣一日

❶「蕪」，明抄本、經鉏堂本、文津閣本作「娬」。

昆季門闌之契，丐爲銘文，使先君自託以不朽，則挺之即死而無恨。」予乃取狀所載之大節，序而銘之。曰：君諱大名，字國賓。其先汴人，五季避地入閩，始居甌寧。至君高祖秘書少監又遷於建陽。曾大父文璉，粹然儒者也，有《春秋豁疑》六卷、《易説》五卷。大父穎，累預計偕，詞賦有能稱，藏書甚富，湛浸簡帙。❶父貢，大觀擢進士第，抗直違俗，淹回州縣，官止文林郎。君少讀書，博通而不事科舉文。倜儻輕施，重諾，里人急難，或凶歲族黨不給者，未嘗不量厚薄濟助之。手足惟女兄二人，蓋文林所鍾愛也，君遂以先業三分，各居一焉。中娶葉氏，有前夫一兒尚幼。會劇賊入境，葉以悸死，君携兒逃難，不在己子之後。人問其故，君曰：「使此兒不幸死，則陳氏不祀矣。」賊平，人返業，争營生理，君獨益務收書教子。嘗得美木，欲自爲櫬，❷命工度之，乃足四櫬，君欣然曰：「族人若某、若某者，可取於此矣。」故廬有書樓水閣，竹木蔽虧，十畝荷池，映帶左右。承平之際，日與親朋觴詠其中。自經喪亂，即不懷安，居處服用，取足而已。先娶饒氏，最後徐氏。四子：挺之長，曰存之、順之、貫之，皆業進士。三女：長適龔湜，故潮陽太守寬之子也。餘未嫁。孫曰繁、曰繼，皆幼。君享年五十有七，其葬在邑之招賢原。銘曰：

學不蘄聞也，庸美厥身。富不蘄壅也，樂周乎人。君子之過以厚，長者之風未泯。玩圖書而

---

❶「帙」，明抄本、經鉏堂本作「出」，文津閣本作「冊」。

❷「爲櫬」，明抄本、經鉏堂本作「送者」，文津閣本作「用者」。

卒歲，資嘯傲以陶真。❶克有嗣子，尚友親仁。搴華乎文苑之柢，奮鬣乎天池之濱。❷思顯親以稱願，猗何憾乎國賓。

王氏墓誌銘

紹興二十年六月晦日，湘南逸民彪虎臣之妻王氏卒，年六十有三。王氏齠齓即知學女事，於織紝組紃、酒醬脯修蓋藏備曉治。既歸虎臣，虎臣遊庠序，有才俊稱。及親老，不復求仕，以經術教授鄉里，而貧特甚。王氏能順承舅姑，燕其志氣。❸舅没，佐夫治喪事，蹈履誠信，斂手足形，還葬。姑益老，王氏於其衣服飲食藥餌必躬親之，凡二十年未嘗懈。生二子，曰居厚、居正，自孩提時即教以善道。他日，謂其夫曰：「聞客言於君者，皆謂讀書務記誦，爲章句，取利禄。我竊異其言，❹幸教二子勿同流俗。」一女適鄉人許君，許君早死，無子。王氏戒之曰：「婦氏大守節。而父言古有共姜能此道，父母欲嫁之，共姜作《柏舟》之詩，誓而弗許。爾宜取其詩讀之，毋貽吾羞。爾夫無嗣，若求諸宗族而善

❶「嘯」，明抄本、經鉏堂本作「咲」。
❷「池」，原作「地」，據明抄本、經鉏堂本、文津閣本改。
❸「氣」，文津閣本作「意」。
❹「異」，原脱，據明抄本、經鉏堂本補。

撫養之，未必不逾於己所生也。」故許氏婦以繁華時孀居靡他，能立許君嗣。嗚呼！王氏負識致如此，故相其夫，處陋巷，伏飢臘寒，而羞饋祀，待賓客，肅給無乏，上下讙喜，族黨鄰里莫有間言。臨終，戒勿用浮屠氏，曰：「妄誕不可信也。喪事稱家有無足矣。」子孫乃率古禮，以明年二月五日丙午葬於縣之易俗鄉白木芭蕉之原。彪氏與班氏出於鬭穀於菟，而彪氏自衛國彪傒之後，未有聞人。虎臣七世祖在李唐中季避山東亂南來，居於湘鄉。祖淑，好善樂施。父約，孝友渾厚，聞有言人過失者則掩耳去之。兄弟欲分財，不得已，於室屋取其庳陋者，田園取其僻瘠者。久之，兄弟悉破其分，又將鬩奪。公推而與之，誅茅而居，稱貸而食。其尤無良者，以公爲可欺，益不顧忌。公遂徙居湘潭，曰：「吾所以終保兄弟也。」虎臣又以學行爲鄉先生，而王氏爲内助，生才子。有男孫六：趐、翨、翔、⿰音羽、翶、⿱罒毛，❶女孫四人，多秀異可聞詩禮者。此積累之效，其寖興乎？居正從吾弟宏學，故宏知其家事尤詳，次第王氏懿授居正。❷居正求銘於予，予述而銘之，曰：

爲親不慈，爲子尚孝。慈而教之，仁義可傚。紖播淑令，不在斯文。力善以昌，緊其後昆。

❶「⿱罒毛」，原作「⿺毛羽」，據明抄本、經鉏堂本、文津閣本改。

❷「懿」下，文津閣本有「行」字。

太孺人李氏墓誌銘

太孺人姓李氏，桂林訾家洲人，故觀州富銀監主世則之女。太孺人年十四而孤，家窶甚，又無男兄弟，與諸妹深居奉母，黨巷人爲之憂，而能久處約也。年二十有一，始歸同邑人黄君表中。養不逮舅，以事母者事其姑，怡怡婉婉，承志服勞，無違忤。其姑每曰：「自此婦來賡饋職，黄氏之族愈睦，吾食旨而寢甘。」於是諸娣姒交願致養，而姑獨安於太孺人。太孺人事姑十六年如一日，不以久倦有間毁者。生子四人，夫君延師力教，太孺人悉心協相之，腆其禮幣，雖質劑服環，弗告貧也。子齊，既決科筮仕，未幾，丁外艱。後爲州别駕二千石，奉板輿從官，禄入向豐矣，而太孺人勤儉不汰，與昔無異。年益高，性益慈，周旋困乏，閔下勞勩，它人臧否，一不掛口，閫之内未嘗聞其詡也。❶諸孫初能言，即以《孝經》授之，篤老亦不忘。齊先攝符新興，甫二年，遂真拜。太孺人年七十有六，以疾終，寔紹興二十三年五月八日。齊弟庭、宬、育，皆修進士業。❷女二人：長元妃所出，太孺人撫猶己子，適靈川縣進士劉某。次適右從政郎鬱林州興業縣令秦籲。❸孫男十二人。齊通籍左奉議郎，遇郊祀赦令恩，追

❶「詡」，原作「語」，據明抄本、經鉏堂本、文津閣本改。

❷「修進」，原作「進修」，據明抄本、經鉏堂本、文津閣本改。

❸「郎」，原脱，據文津閣本補。

贈其父右承事郎，而封太孺人今號。喪行有日，齊以其門人南恩州司户黄執禮所次太孺人内行狀來，曰：「齊不孝，將以十二月丙午葬吾母於某縣東鄉福壽里蛟龍木山聖泉之原，請銘其藏。」予曰：「某也既非立言者，且末路摧頽，豈所託以傳信？」齊請彌確，乃不獲固辭，爲敘而銘之。銘曰：

幽閨静淑兮，有家則宜之。忱孝厥姑兮，神以福臑之。白屋而朱門兮，吾與我之子規之。藿然邦侯之壽母兮，金花誥爰寵綏之。蘭玉培其堦庭兮，慶流羡夫孰夷之。藏石於泉扃兮，琢詞顯以丕之。

明年，齊又以書來曰：「埋銘爲悠久計，然百世後，不幸出乎人間，曷若以昭乎今之人？更願碑碣立之墓前，可乎？」予惟齊欲顯揚其親，雖杜元凱峴首漢淵之謀，何以尚兹？乃不易初文，書以畀之，庶懿劭之不渝也。

承仕郎蔣君墓誌銘

新昌郡學教授蔣允濟既葬其父承事君五年，來見，謂曰：「先子之藏，右迪功郎權藤州岑溪縣令石安民雖寔銘之，❶更願爲墓碣，庶伸罔極之思。」且袖出石文，垂涕洟，再三請。予不得辭，乃約銘志所

❶「右」，明抄本、經鉏堂本作「左」。

載而著之曰：君八桂興安人，諱熙，字明遠。生七歲而孤，號慕如成人。長事母，躬親膳寢飫飢寒燠之適。❶母病，不解衣者累月。喪母，執喪哀毁。每遇父母諱日，輒哭泣不食。事叔父致其孝，嘗有間之者，叔父懟君，順承愈謹。叔父病，率諸子事奉，不少弛，叔父愛以感生。初，君服勤南畝，以供親養，恨不得從學。後居室苟合矣，乃俾二子業經史，求師友，曰：「吾爲其勞，女爲其逸，盍勉則吾志？」二子承訓自力，遂同登進士第。君稟賦剛直，不妄交際，見布衣韋帶之善者，則禮遇之。言不及財利，惟贊使勉懋修身揚名。周恤困窶，至於解衣節食。以貧且賤，故周知民間疾瘼，吏道疵病。其子居官，君必戒以廉敏公正，督責尤嚴於未仕時。或有稽緩，必曰：「民莫苦於是。」及曹無滯事，然後顔色怡然。故允濟善惡明白，表表有立，所至號循良吏。君三世隱約不耀，及君教子起家，而蔣氏有聞矣。蔣氏之在永、桂間者，大抵出於蜀相公琰。永、桂之蔣，儒衣仕版相望也。君長子允中，左迪功郎，卒於融州融水尉。允濟既升朝列，預紹興十九年冬祀南郊赦令，封君右承事郎致仕。君享年與卒葬月日，其賢妃孺人秦氏及女嫁孫名，則石文具之。惟次序其潛德必流羨於後者，使刻之墓道，❷而繫之以詞。其詞曰：

篤於親，嚴於子。言不及利，惟義與理。雖曰未學，是即學矣。嗟嗟士夫，身紆紫朱。言與行乖，何貴讀書？種之以德兮，百年之則兮。俾後有考兮，不在斯勒兮。

---

❶「親」，明抄本、經鉏堂本作「事」。

❷「之」，明抄本、經鉏堂本作「諸」。

斐然集卷二十七

宋胡寅撰

祭外舅張兵部

承奉郎新除起居郎胡某，謹以清酌庶羞之奠，致祭于故致政兵部丈人之靈。惟公受資敏哲，秉德夷粹，飭身修行，博學强記。妙齡發策，卑冗自試。不馳不競，❶悠然卒歲。擢爲御史，排擊蔡氏。即被汰斥，曾不少惴。還寘郎省，復要郡寄。❷文昌羽儀，太守豈弟。周旋出入，三已三仕。公時既老，守道克毖。笑色温如，一坐和氣。不義浮雲，棄若唾涕。蔡門招之，斂衽謹避。竟不得汙，以成其志。惟公宦遊，踰五十祀。其在京師，舉子奏技。疇咨衡鑑，惟公是畀。錙銖罔忒，妍醜莫蔽。一時公卿，多門下士。奮身寒遠，廩肉既繼。豐人約己，脱粟布被。平生嗜書，白首益勵。藏之萬籤，不以足意。抄之龜手，不以爲勩。掇其英華，拔其根柢。發之文章，奥雅精麗。不自表襮，狐裘反衣。誰之不如，

❶「馳」，原作「弛」，據明抄本、經鉏堂本改。

❷「要」，明抄本、經鉏堂本作「爲」。

雲路獨躡。訖無見知，奄忽違世。嗚呼哀哉！宣和辛丑，吾仕初筮。❶試於南宮，萬人來萃。公得其文，手之不置。擢于上科，見謂遠器。妻以季女，申篤情義。登門受教，盡發其秘。日聞格言，飽識奇字。别手都城，❷後會難冀。公守定陶，我官洛汭。公歸甌閩，我客淮泗。心與雲飛，跡若匏繫。祝公百齡，庶得欵侍。一疾何遽，電倏川逝。病不執手，奠不躬醊。斂不凴棺，葬不臨隧。死生永隔，有淚如雨。自公之歿，亂日益熾。胡塵暗天，❸流血滿地。中原衣冠，流落四裔。孰得耆老，晏晏休致。歸榮故鄉，順命委蜕。生雖不遇，死則無媿。如彼美玉，今古所貴。埋之佳城，韞匵何異。善積流衍，况有賢嗣。終大公門，亦復何喟。

祭亡室張氏

維紹興七年歲在丁巳九月某日，夫胡寅明仲謹遣香燭酒茗果饌衣服，歸祭亡室宜人張氏德馨四十三娘之靈。嗚呼哀哉！與君因緣，十有六年。逮事翁姑，最蒙撫憐。鞠養適庶，大小滿前。内外姻族，曾無間言。敬愛良人，禮節周旋。才雖不敏，志識多賢。我行四方，仕路回環。留君侍傍，❹以悦

❶「吾」，明抄本、經鉏堂本作「我」。
❷「手」，明抄本、經鉏堂本作「于」。
❸「胡」，原作「兵」，據明抄本、經鉏堂本改。
❹「傍」，明抄本、經鉏堂本作「旁」。

親顔。君稟弗强，爲疾所纏。數經危殆，復幸平痊。時不少須，氣血消殫。豈謂一疾，永訣終天。常時介來，書翰盈牋。今以訃聞，一語不傳。屬纊之際，念予在遠。想君此心，欲語誰展。孰不夫婦，義薄情專。義重于情，惟君則然。阿翁慟哭，白髮垂肩。兒女蹁蹁，呱泣漣漣。君去不顧，亦何忍焉。傷哉久貧，囊無留錢。養生治疾，藥餌不全。以貧準灾，庶幾少延。吾言既屢，君志亦堅。我夢不祥，❶歸心如湍。形不能馳，以危爲安。粥藥不親，衣食不見。❷雪涕西風，此懷千萬。山川悠悠，霜月苦寒。君何所歸，長夜漫漫。時服一襲，酒肴一盤。遥寫我悲，何以自寬？

祭陳運判夢兆

嗟夫！人不知心，中道而反。茍其知之，奚論歲晚？惟予不肖，寓居衡山。中列于朝，其職可言。利病之悉，得于民間。有二千石，虐及煢鰥。有部使者，營私畔官。相與奉承，一道永嘆。常以上聞，❸天討厥奸。其後來者，視予仇冤。首尾四人，先後三年。謗而傷之，欲禁其宣。平生善交，聽

---

❶「夢」，明抄本、經鉏堂本作「卜」，文津閣本作「知」。

❷「食」，明抄本、經鉏堂本作「服」。

❸「常」，明抄本、經鉏堂本、文津閣本作「嘗」。

之于遠。心爲我危，❶舌爲彼卷。卓哉惟公，素無半面。持節平楚，厚相慰荐。予方大憂，卧苫斬然。既旅其處，又營新阡。非公仁明，軫兹孤孱。使彼忌者，尚爾持權。雖有誠信，豈無悔焉。公才利決，刃無留難。❷百里所恬，千里所安。眷言三湘，❸邈于帝闗。劇盗之餘，比罹旱乾。饕吏牙之，益困于殘。自公下車，深鋤其患。脩白者舉，反此者按。曾未幾時，民瘼稍痊。而公病矣，弗佑于天。天不可期，曷禍于賢？聞公之訃，有涕漣漣。以德報德，以直報怨。先聖所許，人道所建。嗟公已矣，我報未展。姑酹一觴，❹千古之醆。

祭侯郎中思孺

古語有之，生若浮萍，死若逝水。顧所立之如何，曷耄期而後喜？公奮跡於寒鄉，飛英聲而跅弛。❺躐俊造之上游，決高科而鵲起。睇雲霄如咫尺，陋一息而千里。總泮水之弦歌，飫瀛洲之圖史。經握蘭于華省，尋仗節于使指。師作新之術業，稟紹承之道揆。宜所懷之亟展，誰使行而尼止？雲

❶「我」，明抄本、經鉏堂本作「吾」。
❷「刃」，原作「忍」，據明抄本、經鉏堂本、文津閣本改。
❸「湘」，原作「相」，據明抄本、經鉏堂本、文津閣本改。
❹「姑」，明抄本、經鉏堂本作「我」。
❺「弛」，原作「跐」，據明抄本、經鉏堂本、文津閣本改。

濤洶乎三峽，傲扁舟于屣履。笑委禽于德耀，豈夢雨之可擬？抗鐵冶以窮年，困鹽車而垂耳。倏蹭蹬于晚迹，❶撫壯心而未已。監武林之小城，刺炎陬之窮壘。復撼頓于師言，遂逍遥于岳趾。飯疏食而奚怨，衣緼袍而孰耻？吾先君之息駕，屏世紛而莫邇。❷公不倦於叩門，矧復齊于甲子。有若我之愚戇，嚴禮貌而弗鄙。貽冰柱之大篇，睨長須之雙鯉。越既久而益勤，不自尊于髮齒。擷南山之紫翠，酌北澗之清泚。稽宏論而茫洋，齊譎怪與恢詭。❸會予馬之遠適，來重話于離仳。❹曾轉首而幾何，遽驚心於哀誄。惟公才之放逸，若漲川之無涘。騰意氣于風雲，絢詞章于霞綺。逮憂患之霧蒙，投佛海而自洗。嘆白足之無人，領青衲之長跪。晚乃弄夫墳典，悟囊得之非髓。摩治忽于往聖，欲輪患於旒扆。❺諏諸生以衆説，默瞑聽而隱几。决去取於須臾，俾授辭而落紙。粲大義以盈編，閲日月而甫爾。仰精爽以翹翹，抗談端而靡靡。咸祝公於三老，何奄忽於一逝。❻云《春秋》與《易傳》，尚胸

❶「迹」，明抄本、經鉏堂本作「途」。
❷「邇」，明抄本、經鉏堂本作「迹」。
❸「恢」，原作「俶」，據明抄本、經鉏堂本、文津閣本改。
❹「話」，原作「諾」，據明抄本、經鉏堂本、文津閣本改。
❺「輪」，原作「論」，據明抄本、經鉏堂本、文津閣本改。
❻「逝」，明抄本、經鉏堂本作「痟」，文津閣本作「晷」。

次之盤峙。嗟後學之莫知，悵斯文之已矣。想殷勤之故情，慘悲風而涕委。魂兮來哉，歆此芳旨。❶

祭李待制似矩

惟公生禀異才，夙存遠志。佩鈎繩而帶規矩，推四重於士林；窺户牖而考淵源，會九流於皇極。譽髦昭代，振羽高衢。持橐從行，言必忠嘉之告；宣威作屏，治稱師帥之良。踐更内外而公望愈隆，經歷艱難而誠心益著。柄臣不能以非道屈致，天子嘗欲以大政倚毗。軒冕倘來，豈隨人而俯仰；山林獨往，聊卒歲以優游。濯纓紱於滄浪，結茅茨於紫翠。緤馬閬風之苑，騎鯨渤澥之波。厭雞虫得失于堦除，付鵬鷃逍遥于宇宙。方欲拉喬松而玩倒景，友期羨而游太清。屬聞讎虜之詭盟，深慮覆車之併轡。拜章極論，寧曰身謀；納禄告歸，庶幾王改。清議終期于岩石，耆年俄迫于逝川。縉紳歌不憖以興悲，邦國歎云亡而增瘁。永惟先子，早揖俊遊。道不逢時，嘗草歸田之賦；義深引重，俾彈掛壁之冠。逮兹梟楔之凡材，亦借丹青之妙手。雖薦賢舉類，公心自比於上臣；而被遇辱知，我意實同於國士。載念寢苦之日，方來侑奠之詞。歲月未幾，老成繼往。憫餘生而獨在，展新兆以無緣。愴懷倍切於尋常，哀誄莫陳於彷彿。英魂未泯，旨酒來歆。

❶「旨」，原作「醴」，據明抄本、經鉏堂本、文津閣本改。

祭陳少卿幾叟

人生孰不有知兮，惟無學之足患。束帶秉笏孰不慕君兮，能行義之爲難。昔先覺曰龜山丈人兮，實伊洛之回、騫。公服膺其左右兮，由緑髮而華顛。有諫大夫了翁兮，匪躬蹈難而不變。謂公爲吾賢孫兮，付志業之未宣。公受資既遠絶於人兮，天又玉之以百艱。偉發身於英妙兮，落組麗而雄健。中優柔以饜飫兮，求精粹而窮研。探閫奥發其秘兮，坦坦道而是踐。後來者雜沓横出兮，邁五十矣而青綸。沉伏百寮之下兮，突晝冷而蔬飯。羞折腰於五斗兮，亦何冀乎九遷？凛大冬萬木慄以標兮，獨長松鬱乎蒼芊。❶倘匠石欲成厦屋兮，無寧弃而弗挻。遂觀珍於玉海兮，遂佐御史而執憲。遂進預七人之列兮，遂掌禮樂而司存。皇清問訪古道兮，又前席於熉幄之筵。❷公以所受於師者兮，單厥心而薦聞；以所承於家者兮，祇乃事而辯論。何忽然而去國兮，曾坐席之未温。主施厚庸酬答兮，道不可枉以求安。知我者相期於國士兮，胡敢衆人而報恩。耿薄雲之乎太空兮，輕塵棲臯臯乎弱管。據鐘鼎豈不有命兮，還食薇於故山。强哉矯不變塞兮，亦得正而斃焉。予先君子器愛兮，逮晚歲而益敦。既論獻於冕旒兮，復重之以婚姻。公歸兮邈無緣一訣兮，寫繾綣陳以斯盤。想危坐抵掌而快談兮，難

---

❶「芊」，原作「翠」，據明抄本、經鉏堂本改。

❷「熉」，原作「講」，據明抄本、經鉏堂本改。

庶幾於復見。生晝明死夜悄兮，達者未怛而興嘆。惟善人之云亡兮，悵此道之何蹇。既清芳颺於罔極兮，紛券外其又奚言。❶

祭譚大夫煥之

惟公粹沖賦資，夙涉於艱。有才無地，❷徒奮空拳。隱約之脩，知者惟天。天實相之，苦勞必先。不滓之金，百火所燔。合抱之松，飽經歲寒。逮其有成，精幹高堅。猗與我公，豈不其然？初記姓名，寖窺簡編。遂至該洽，聞窮見殫。治道革因，事倫本根。剖分詣盡，如不能言。溢爲文字，下筆盈編。貫珠纍纍，倒峽源源。乃教厥子，夷途加鞭。詩禮發身，忠烈名存。乃立厥家，於門江干。高廩大囷，書樓飛騫。求志弗仕，甘守丘園。朱衣象笏，郎省通班。弟昆怡怡，❸曾玄蹁躚。目有圖史，❹耳無管弦。其處樂者，如處約焉。木訥惟仁，利口非賢。信行恂達，里閭欣嘆。千古共詞，無間無愪。❺李耳持寳，子輿達尊。旁稽幻説，鏡象忘詮。衆甫既具，五福又全。尚祝期頤，憲老恩宣。贊入

❶「券」，原作「身」，據明抄本、經鉏堂本、文津閣本改。

❷「才」，文津閣本作「錐」。明抄本、經鉏堂本誤作「雖」。

❸「怡怡」，明抄本、經鉏堂本作「怡愉」。

❹「圖」，原作「國」，據明抄本、經鉏堂本改。

❺「愪」，文津閣本作「隕」。

饋酳，折俎加籩。以乞箴誨，以昭化原。云何奄忽，逝矣如川。惟我與公，四世之間。爰始道義，迄於姻連。聞公考終，了不吟呻。委形弗怛，魂合於乾。生雖有既，性則無淪。公自無憾，吾何涕潸。惟以叙違，酹此肴筵。

祭劉待制彦脩

人生大倫，朋友居一。交非其道，鮮不中失。風俗盛時，市價久要。及其既澆，士夫或恌。惟吾與公，鄰里鄉黨。祖考而來，情好還往。識公王城，彼此壯年。杞國憂天，不逮周旋。厥後二載，相遇建業。繾綣初通，話言始接。我留震方，公行坤維。志各有在，寧嗟别離。騂騮騰驤，歷塊而躓。道出衡山，見尋蕭寺。時我先子，❶命啟新尊。我瀹園蔬，大白浮君。夜飲達晨，❷跨驢紲袢。舉扇障日，氣衝南雲。丙辰之秋，我爲嚴州。公守溫陵，過而肯留。千峰映臺，寒菊静悄。醉睨弓彎，呼和窈眇。❸同時侍臣，而參而商。朝不並席，燕不聯觴。豈無愛憎，事靡相及。豈無謀議，言靡相拾。而我

❶「我」，原作「吾」，據明抄本、經鉏堂本、宋劉學裘輯《劉氏傳忠録》（民國二十二年三餘書室鉛印本）卷二改。下文「我瀹園蔬」「我爲嚴州」中「我」字同例，不再出校。

❷「夜飲達晨」與「跨驢紲袢」二句原誤倒，據明抄本、經鉏堂本、文津閣本、《劉氏傳忠録》改。

❸「和」，原作「扣」，據明抄本、經鉏堂本、《劉氏傳忠録》改。

伯氏，養親衡茅。參乎羊棗，回也簞瓢。公曰惜哉，敬而禮之。悉力吹噓，振而起之。自情而論，本無睽疏。撫事而思，情既有餘。逮於庚申，我歸榆社。見公弟昆，屏山之下。引之升堂，拜母夫人。塵榻解懸，主意仍頻。水有湫源，山有岩巘。無高不臨，無勝不踐。無唱不酬，約我重來。送我交溪，別首重回。及公晚年，復此展訪。我懷坦爾，公語宣暢。因悟《南華》，凡溢皆妄。❶開吐衿抱，有加於前。我見脱略，公歡則全。甲第翬飛，名園繡錯。觥籌蝟磔，棋響雹落。作以絲管，紛羅麗研。艷動華屋，轄投深泉。三日不瞻，已辱誨戒。嘉肴我食，旨酒我待。頃獨怪公，形色凋謝。尻輪欲行，❷神馬弗駕。又復喜公，氣弱志强。憂在國家，病語忠莊。五十非夭，古人所稱。曷爲公悲，欲攘未膺。惟公英邁，受之間氣。篤於施仁，❸勇於爲義。聱牙大論，衆頸縮龜。公一奮髯，立決無疑。錯節盤根，衆所憚避。公一舉手，游刃餘地。其牧民也，所臨去思。其總戎也，畏而愛之。光射斗牛，十步千里。俾爲鉛刀，干越所恥。匣而藏之，痛惜已矣。書公志業，國有史官。有誄有銘，炳如青丹。莫寫我心，寓此鮭蔌。酌醴盈巵，公不舉覆。

❶「溢」，原作「有」，據明抄本、經鉏堂本、文津閣本、《劉氏傳忠録》改。
❷「尻」，原作「尻」，據明抄本、經鉏堂本、文津閣本、《劉氏傳忠録》改。
❸「仁」，原作「人」，據明抄本、經鉏堂本、《劉氏傳忠録》改。

祭外大舅翁殿撰

伏以合姓所先，爰係宗祊之主；悼亡滋久，莫尸蘋藻之羞。載擇宜家，審諧名裔。仰師資於庠序，瞻賢範於省臺。視先公爲道義之交，潛大業同《春秋》之志。通津一棹，夷猶誰見其疾徐；虚室萬籤，造詣孰窺其涯涘？夙以年家之子，進脩父執之恭。喜溢眉間，意冥語外。每幸攝齊而侍坐，未皇挾策而請疑。白玉精金，歎疵瑕之絶指；太羹元酒，知典則之尚存。回首八年，驚心一夢。有齊孫季，爰契我嬪。龜筮既同，川途弗礙。自始謀而迄事，咸率禮以無違。粤從靖節之廬，來訪子雲之宅。柏堂春静，空餘隔葉之音；蕙帳宵闌，尚或嗚臯之怨。❶光塵雖糸丙，❷愴悼曷忘。願惟鍾愛之有歸，欽想英靈之如在。謹率新婦某，具清酌庶羞之奠，陳於墓前，以故外大姑恭人余氏配。尚享！

祭季弟婦唐氏

維紹興十七年十二月二十六日，伯寅、姆姆翁氏同祭於三十四孀唐氏。惟靈生自名族，來嬪胡門。逮事尊章，祇肅晨昏。燕及娣姒，情同友昆。相其夫君，克有諸孫。室家令儀，外無間言。歷時

❶ 「或」，原作「感」，據明抄本、經鉏堂本、文津閣本改。

❷ 「糸丙」，原作「杳」，據明抄本、經鉏堂本、文津閣本改。

多難，翼翼辛勤。謂享晚福，以永其年。何期奄忽，命也難論。今當永歸，南山之原。酌此家醴，具此常餐。終天永訣，有淚盈巾。魂乎未泯，尚克有聞。

祭孫判監奇父

惟公敏健之才，可以躋膴仕；該洽之識，可以備訊究。雄詞本乎騷誦，逸學窮乎篆籀。所交慎篤，非仁而不與；所守勁介，非義而不受。是謂縉紳之老成，非特荆州之耆舊也。中歲念亂，孤憤心疢。支末雖廢，精神自富。流離困躓，以逮皓首。懷不忘於故丘，志尚切於戎醜。❶每臨長風，對觴酒，壯氣激烈以彌厲，唾壺已缺而重扣。❷蓋猶足以乞言問政，欲見則就，賜之几杖，加以籩豆。不使老至長飢，捉衿而肘見，突冷於永晝也。嗚呼哀哉！我先君早嘉英秀，及觀爲政，晚意逾厚。俾自拔於瘴鄉，來卜鄰于衡岫。人事好乖，斯願莫副。獨予兄弟，乃幸參候。聞前言與往行，常發蒙而啟覆。雖無謬。有固窮之義訓，遺諸子以筆授。卷釣絲於七澤，眇孤風於遐宙。讀先生之自傳，與斯文之奠大藥之乏資，在德人則宜壽。忽不瞻而幾日，俄斂藏於一匱。方公病革，陰陽交寇。了不怛化，出語侑。庶漱石之高情，克紹乎簡册之光；而斷蛇之陰德，燕翼於雲來之後也。

❶「尚」，明抄本、經鉏堂本作「常」。

❷「唾」，原作「吐」，據明抄本、經鉏堂本、文津閣本改。

祭妻兄張撫幹良臣

昔我冠年，羣試南宫。即以藝文，受知而翁。收置門闌，妻以愛女。獲交昆仲，竟歲遊處。効官洛杜，君在定陶。匹馬見過，意方逸豪。遺俗故家，尚有存者。弔古搜奇，歡不忍舍。戎塵坌來，相與契闊。乙卯會語，丈人已歿。曾未三年，予復悼亡。君之仲氏，丘木既長。庚申訪君，家山蕭寺。悲笑雜集，如夢中事。丙寅之秋，予還武夷。未及尋君，君喜而來。留止彌旬，情好逾厚。觀君氣骨，堅耐如舊。豈謂此别，遽隔死生。一朝訃至，驚呼失聲。篤實之資，朴茂之行。謹幹之才，樂易之性。青衫下僚，迄不一施。傒克厥家，而止於斯。君幸有子，仍有季弟。武部之澤，庶其在是。望君千里，遥遺此觴。疇昔之思，曷日而忘？

祭張給事子猷

昔在政和，學校賓興。❶青衿譽髦，鮮或不升。賢士之關，❷實始識兄。兄時遇厲，力弗自騰。日一溢米，有問莫膺。舍中諸生，春貢來盈。語誦嬉嘲，嘈嗷其聲。兄雖卧病，静默而聆。他日見謂，子

❶「學校」，明抄本、經鉏堂本作「校學」。

❷「關」，原作「聚」，據明抄本、經鉏堂本改。

獨爽靈。定交投分，相與以誠。予方冠年，憍氣矜騰。蕩潏詞江，湛酣酒觥。高視四海，孰爲公卿。兄獨温慎，期我有成。帘樓夜集，花市朝行。悠然雲淡，漻爾冰清。曰此紛華，罔堪寄情。與子出郊，曠美舒平。北望大河，西眺諸陵。東臨汴泗，南想羌衡。春風融洩，秋氣澄泠。短琴一弄，長笛時橫。尋幽弔古，治亂常評。心憂禾黍，耳厭簫笙。顧謂銅駝，將埋棘荆。歲在辛丑，雲海鶱鵬。❶龍門並透，❷雁塔同登。武部星郎，實司文程。於兄從祖，有女瓊瑛。遂以見妻，由兄推名。會迫告歸，分袂征營。後合之艱，先以凄凝。各効一官，啟明長庚。召寇者誰，中天欃槍。宗祏遂南，再立都京。紹興五禩，同篚王庭。回首舊遊，❸恍如夢驚。簡書是畏，讌語何曾。閲日未幾，又別江亭。十有四年，猶飯一蒸。書題雖數，心曲難形。但祝加飱，百禄具膺。豈謂小疾，奄嗟沉冥。惟兄之學，演迤深閎。涉乎諸史，貫乎羣經。怡怡外容，肅肅中扃。有類坦率，了無巇傾。沂水之詠，雖則未賡。荆舒之説，早歲已懲。孝養純篤，夙師閔曾。口體爲下，志意是承。故其爲文，以燁以榮。而見於用，以敏以精。撫字稱良，轉輸稱能。入時從槖，近列華明。出殿藩維，遠俗綏寧。上主所知，清議所憑。奚不黄耇，進班疑丞。俾究施爲，以詰戎兵。云亡之痛，豈惟親朋？我欲爲誄，述兄平生。傳之悠遠，不在斯

❶「鶱」，明抄本、經鉏堂本作「騰」。
❷「透」，原作「進」，據明抄本、經鉏堂本、文津閣本改。
❸「舊」，明抄本、經鉏堂本作「篤」。

銘。姑遺長鬚，往薦芳馨。莫寫予悲，有涕其零。

祭郭提舉子元

嗚呼！有道之後，其傳遠矣。賢如立之，志業可紀。予遊雒師，立之已死。蓋嘗徘徊，通德之里。聞公純厚，操行懿美。欲見未遂，人遠室邇。衣冠南渡，邂逅湘水。公越耆年，予亦艾齒。山陽岳縣，相望甫爾。每聆車音，歡笑倒屣。從咨往故，哀哀歷耳。粹氣薰然，德容静止。温恭是力，信順是履。皓首簞食，蕭齋隱几。玩意韋編，終而復始。謂言仁者，期頤乃已。何期奄忽，一疾不起。回首曩者，同數君子。到我碧溪，旬日遊徙。漾艇鏡中，舉觴竹裏。談笑清真，風度凝峙。似雲無心，如泉無滓。德星暫聚，高躅誰跂。諸人好在，公獨傾阤。盤有時蔬，尊有浮蟻。遺詞叙情，魂尚來只。

祭劉致中

嗚呼！天生百材，莫不有用。材之尤者，其用尤重。南金大貝，金玉明璣。惟或不好，好則德之。獨吾致中，乃異于此。百不一見，不壽而死。嗟嗟致中，早自貴珍。見賢必事，遇仁必親。學無定師，參以訂證。濬其明穎，礱其廉勁。事親篤孝，友於弟昆。政施厥家，肅雍閨門。其在友朋，忠益相告。其於鄉黨，善者所好。德義積躬，名聞於朝。公卿引重，弓旌是招。三揖而前，尚赴堂察。君以疾辭，歸馭遄發。縉紳趣榮，快往奔馳。❶豈有匹士，重己如斯。士負知能，鮮克遵養。歲不吾與，利有攸往。猗歟致中，術略疏通。若將終焉，一畝之宮。謂天艱之，式燕其晚。而迄艱之，惟理之反。文木良徐，❷仆於嶔巔。有嵬者樗，乃終天年。切玉之刀，以貴弗取。鉛胡能割，玩之在手。鄉里之分，❸姻婭之情。膠庠之舊，磨琢之誠。别去再期，期復來會。我今來矣，君往安在？旅酒弗旨，豆籩不嘉。獨有悲思，君其知耶？

祭楊珣

人之生兮浮萍，隨波濤兮無根。❹偶飄飖兮值遇，遂密比兮依因。吾初來兮新昌，睨爾居兮西鄰。不顧方念咎兮息交，俄數面兮成親。屈輪指兮逮兹，淹五冬兮四春。結茅屋兮南郭，爾來曾兮逾旬。我兮寂寥，匪附炎兮强臻。或狂風兮摇空，或清月兮掛旻。或夜雨兮蕭瑟，或春花兮氤氳。或高臺兮寫望，或野寺兮怡神。有好酒兮必同，班肴蔌兮錯陳。或商謳兮浩蕩，或齊諧兮紛綸。眷地角兮徘

❶「快往」，明抄本、經鉏堂本作「决性」。
❷「徐」，文津閣本作「幹」。
❸「里」，明抄本、經鉏堂本作「閭」。
❹「根」，原作「垠」，據明抄本、經鉏堂本改。

徊，忘天涯兮悲辛。予舊交兮日疏，爾既久兮彌寅。鼓爾篋兮未冠，嘗篋足兮成均。中慷慨兮投筆，脱儒服兮戎紳。餬其口兮一官，竟何得兮隕身。賦才諝兮可用，祇碌碌兮埃塵。四十四兮無兒，絶新昏兮室人。甫不覯兮七朝，被微恙兮永淪。耿昭昭兮就盡，視死生兮夜晨。歎逝者兮臨川，眇今古兮同津。吾慶弔兮久隳，乃酬爾兮芳醇。亦忘懷兮怛化，聊爲爾兮唏噸。

祭顔翼

嗟嗟顔生，曷隕其身耶？抑恃妙齡，忽衛生之經耶？晨出夜歸，冒犯瘴氛耶？酒焦水浴，寒侵而熱蒸耶？昧彼藥石，孰損益於吾身耶？延子外館，教我二孫。不縱不苛，訓飭甚勤。見子所業，❶干禄之文，爲蠅頭之細字，擬詞場之千軍。維時追隨人事，❷趨走頻煩，未克自貴。方將遲以歲月，感以誠意，勸使爲己而學，凡致遠在識器。❸天爽敏以賦汝，勿逐末而暴棄。何曄然之春花，遽隕霜而萎瘁。既殮殯爾，酹以薄祭。❹旅魂悠悠，豈能一至？

❶「業」，原作「著」，據明抄本、經鉏堂本、《永樂大典》卷一四〇五五改。

❷「維」，原作「我於爾」，據《永樂大典》改。明抄本、經鉏堂本闕，注曰「闕字」。

❸「器」，原作「趣」，據明抄本、經鉏堂本、《永樂大典》改。

❹「酹」，原作「酎」，據文津閣本、《永樂大典》改。

祭妻兄翁主簿子光

嗚呼子光，何爲夭折？方行萬里，登車軸折。錦山霅水，道里數千。聞君之訃，驚心慘顔。昔在少卿，有言有德。宜躋華近，終老岩側。司户秀傑，洵美令儀。不遐其騖，九品之卑。再世所鍾，謂在孫子。君亂而孤，克自峙嶷。既就師友，既敦詩書。孝弟祗祗，家庭愉愉。親仁篤義，疏才弃怨。處約則甘，趨俗則倦。載此粹懿，宜福於天。宜富宜貴，宜得永年。理有難推，君奚不淑？凡百交遊，咸爲君哭。而况北堂，鶴髮慈親。哀哀諸兒，曷辜于神？吁嗟斯人，命孰長短。貪惏無厭，❶谿壑寧滿。四福具矣，好德靡稱。展跖考終，亦曰苟生。誠能好德，而貧而賤。而不大耋，君子維燕。用是以商，子光奚尤？昔也若浮，今也若休。惟我摧頽，晚婿君娟。與君論心，百未十既。屬以罪垢，跕墮南雲。見君知難，何期永分？長號西風，侘傺鬱結。❷寓詞侑奠，聊以告别。

祭范大監元禮❸

惟公器質温良，材用膚敏，飭躬力學，服職靖共。門户盛時，不自驕汰，循途平進，厥聞甚休。晚

---

❶「惏」，原作「婪」，據文津閣本改。明抄本、經鉏堂本誤作「淋」。
❷「侘」，原作「佗」，據明抄本、經鉏堂本、文津閣本改。
❸「大」，原作「太」，據明抄本、經鉏堂本、文津閣本改。

守衡陽，承郡凋困，竭意摩拊，民獲少蘇。上官弗仁，詆爲慢事，退奉閒館，亦無怨尤。顧予迂疏，託契先代，書問勤縟，情義甚敦。中經瀏江，值公寓止，接語又欵，益窺所懷。每及時難，詞氣感慨，許國之意，不忘拳拳。尚期顯榮，以攄志業。有生遽盡，曷至於斯。聞訃失聲，天不可慮。方此哀制，往哭不能。遥持一觴，以寫悲抱。

祭龍王長老法讚

嗚呼！歲在己酉，東夷内侵。❶予先君子，航湖而南。小駐碧泉，莽野荒墅。冬鬱濕薪，急雪堆户。忽有僧至，草衣讚公。佛堂巍巍，步象音鐘。與之坐談，飯以乳湩。❷惜其遁身，公材利用。厥後慈雲，虚席生塵。魚鼓弗振，府州選人。遂以畀師，移錫來處。誰爲證明，予有請語。自兹還往，二十暑寒。每辯異同，❸拊掌大歡。維師行事，詳締穩實。公方無累，私語無失。梵宫之内，金碧煌煌。水雲明潤，山木葱蒼。心雖不朽，生則有盡。示病寂如，埋骨弗燼。念我先子，築丘宫前。樵牧不犯，師勤則然。誰其嗣之，感舊興愴。茗餌薦誠，目斷青嶂。

---

❶「東夷」，原作「强敵」，據明抄本、經鉏堂本改。
❷「湩」，原空格注「闕」，據明抄本、經鉏堂本補。
❸「辯」，原作「辨」，據明抄本、經鉏堂本、文津閣本改。

挽吴丞相

妙齡一目了羣書，未壯聲華衆已孚。器遠況曾師舊德，時來俄看獻嘉謨。親扶日轂升天路，不預金戎入帝都。❶大節已全名自永，詎同姦慝苟全軀。追念宣和國勢孤，上公元宰導人諛。妖氛已覺前星暗，皇澤寧論少海枯。誰謂玉華傳玉座，共知青瑣伏青蒲。讒言一發堪流涕，禍在同升有鄙夫。黄扉清啟帝之初，俊乂招徠念遠圖。桃李舒華方雨露，鴛鴻戢翼又江湖。當年舉國蒙休烈，至死無人雪厚誣。圓覺妙明何計此，獨疑遺恨遶蒼梧。

挽劉忠顯

念昔京都晝掩關，牛羊闖草即開顔。❷南城掃雪迎耶律，北道聞風拜禄山。不爲身謀心皎皎，已終臣事意閒閒。何人得與高名並，千古常山諒可班。

---

❶「預」，原作「許」，據明抄本、經鉏堂本、文津閣本改。「戎」，原作「戈」，據明抄本、經鉏堂本改。

❷「牛羊闖草即開顔」，原作「黑雲黄霧塞人寰」，據明抄本、經鉏堂本、文津閣本、《劉氏傳忠録》卷一改。

未識堂堂玉立姿，已傳薤露滿山悲。空餘父執修恭意，漫繼詞流紀德詩。諸子盡賢門益大，萬家餘地塚初纍。紛然盡奪三軍帥，誰識公心死不移。

挽陳幾叟

妙質曾揮匠石斤，久於其道更超羣。皂貂破敝頭蒙雪，黔突凄凉氣吐雲。忽上諫坡規帝德，又陪經殿勸皇墳。事功難必清名在，未辱先賢付記勤。❶

挽楊訓母荚氏

戚戚秋風颭旆旌，送車千輛咽佳城。令妻壽母名兼美，孝子慈孫禮備成。望士有詩歌紼紼，梵坊無侶獻鐃鉦。更慚朴語書銘石，萬一幽光久更明。

挽某氏

慈祥令淑稟于天，宗族閨門共仰賢。中饋克脩惟六二，義方能教亦三遷。藝萱無復忘憂日，種栢行看合抱年。舊欲升堂今已矣，大招成些重悽然。

❶「記」，原作「託」，據明抄本、經鉏堂本、文津閣本改。

挽李太孺人

桂水無情日夜東，空餘丹旐泝西風。一經不負門閭望，五鼎端宜饋祀豐。茂渥出綸觀有煒，芳徽勒石播何窮。遙知祖送詩千首，挽鐸聲悲大隊中。❶

挽端州黄大用大用喜讀書有志行數過予講討雖未詣宗本要自佳士可尚也心爲形役遂以病死作二詩哭之

每惜南冠懶讀書，欣逢之子富三餘。文章户牖雖頻闖，師友源流或未疏。底事箇中紛侘傺，坐教淫末費驅除。昭昭奄作冥冥去，悼爾能無一束芻。

鋸屑霏談涉往今，濡毫洒紙掞詞林。聽歌鹿野三章後，悵下龍門九曲深。十口西疇貧索莫，一官南選晚侵尋。早知大《易》無思慮，應悔生前未洗心。

挽黎承事

北正黎司地，南來得姓繁。清時能教子，餘潤必高門。珠蚌他年譽，金籯晚歲温。王師勤佐餽，鄉

---

❶「隊」，明抄本、經鉏堂本作「隧」。

鬬待平反。援手遺嫠難，酬心樂泮恩。凄凉投轄井，慨歎給孤園。蕻櫝平居近，攀松永慕敦。流年駒過隙，不辱付諸昆。

挽譚邦鑑

忠烈延康子，期頤致政孫。文詞金震蕩，行治玉純温。夢熟黄粱早，名餘絳旐騫。傷哉九京路，白日閟泉門。❶

契好聯三世，交情晚更深。宦遊乖握手，書到豈論心。歎失超騰願，愁聞相挽音。平生一尊酒，已矣不同斟。

挽楊子川

傾蓋小冠市，論文喬岳陽。一生能幾屐，兩鬢忽成霜。我尚棲南嶺，君俄赴北邙。無因澆絮酒，回首重呻傷。

❶「閟」，原作「悶」，據文津閣本改。

斐然集卷二十八

宋胡寅撰

跋高宗御筆

建炎三年夏四月，上移蹕建康，臣蒙賜對，爲尚書郎。未幾，擢司記註。是時，上鋭思致理，招徠賢俊，臣父安國以給事瑣闈，再被嚴召，六降敦促之命，申以使人。復因臣奏事坐旁，開借玉色，問及臣父造朝之期。宸翰寵頒，備形德意。而臣父抱痾寖久，艱于入覲。臣繼荷聖恩，曲從所請，退食祠館，俾就色養。仰惟急賢願治，多士傾心，孝愛之風，形於四海，豈臣父子獨受隆賜？謹以《雲漢》之章，寫之琬琰。四年夏四月，宣義郎、直龍圖閣、主管江州太平觀臣胡寅謹記。

跋唐十八學士畫像

昔孔子語冉有曰：「衛庶矣。」冉有曰：「又何加焉？」曰：「富之。」曰：「富矣，又何加焉？」曰：

「教之。」唐文皇，不世出之君也；房、杜，宗臣之魁也。❶相與圖治，至于斗米數錢，行旅不齎糧，則貞觀之功極矣。其禮樂道化無傳焉，千載一時，而所成就止此，可不深嗟而重惜哉！故予嘗論三代而後，獨漢光武明章之治，庶幾于教者，可一變而王也。因觀羅湜所藏唐十八學士畫像，遂書其卷末。

跋劉殿院帖

自新法禍民，天下塗炭，獨謀殺人者蒙首免之惠。至於令人習知夫按問欲舉之便也，其不忌之寖酷矣。方王氏秉國之時，闔闢雷風，動摇山岳，抗議而變之固難。覩禍敗之後，追賞盡言，而於弊法則未之有改，豈特首免一事而已哉！此公卿大夫之恥也。寄語公嗣孫，駸駸爲世用。❷尚克勉之。

跋唐質肅公詩卷

質肅公父子以忠直爲宋名臣，天下知之，不待贊譽也。嘗聞道鄉鄒公語先君子曰：春州送行詩，❸

---

❶「魁」，明抄本、經鉏堂本作「冠」。

❷「爲」，原作「萬」，據明抄本、經鉏堂本、文津閣本改。

❸「春州」，原作「子方」，據明抄本、經鉏堂本改。文津閣本誤作「某州」。據宋劉摯《唐質肅神道碑》（《忠肅集》卷一一，影印清文淵閣《四庫全書》本），仁宗皇祐中唐介以直言貶春州別駕，後改英州，天下士大夫聞風歎慕。唐介字子方。

惟王介甫爲最，獨記其一聯云：「薄俗易高名已重，壯圖難就學須强。」謂不止於歎詠而已。二公名節始終俱美，而介甫當權，面斥質肅公，使發憤而薨；竄逐諫院，使流落至死。介甫之學非不强也，其行事乃爾，果孔孟之學耶？今《臨川集》中此詩不存。然言不可以人廢，故書以附詩刻之末，抑以見工於語言者未必能踐，❶而重厚簡默之人，其所立必有大過人者，如質肅公父子，是可師也。

跋陳諫議書杜少陵哀江頭詩

諫議陳公所書，公外親臨江蕭君建功得而藏之，云公之絶筆也。公學行文章皆居第一流，而尤顯白聳動于天下後世者，則以知蔡京姦慝禍國于未用之前也。此書信其絶筆，是乃憂思至痛之情，言不見用，身且竄逐，視國家將危而無可奈何。後之覽者猶欲慟哭流涕，而况其身親之者乎？嗚呼，悲夫！

跋畢文簡與寇忠愍帖

古者人君將有事于四方，必使知者慮，義者行，仁者守。澶州之功，用此道也。夫應事于倉卒者，其難有甚於耳聞目見切身經慮之熟也。文簡諸公文昭武烈，乃當晏粲右文之旦。伏觀此帖，詞平意

❶ 「工」，原作「公」，據明抄本、經鉏堂本、文津閣本改。

和，不見淩遽，非有大過人者，必不能成天下之大事也。遐想其人，願爲之執鞭而不可得。

題畢西臺墓誌後

西臺公與師垣蔡氏爲布衣交，❶有同年之好。蔡既擅國，亟欲引公助已，公謝絶之，遂坐黨入籍。後猶數寄聲通殷勤，❷公終不答。以此坎壈，竟不得試。彼富貴熏天，忽與草木俱腐；而公德名義爵，皭然不緇。得喪榮辱，果安在哉？予晚生不及識，然高山仰止，心誠好之。與其子季我遊，獲見銘文，伏讀三歎，因書其後。

跋楊龜山李丞相送鄧成材詩卷

君臣之義與華夷之辨，❸在今日尤所當謹者。成材爲盱江幕，金人儌至，守以城降，成材争之不可，乃弃官歸。成材爲小官，所守已若是，是宜先覺名臣深嗟而重賞之，行且爲世用矣，願卒此志。昔在仁祖時，朝臣送唐子方詩，皆譽其直諫之美，王介甫詩獨曰「薄俗易高名已重，壯圖難就學須强」，識

❶「蔡」，原作「恭」，據明抄本、經鉏堂本、文津閣本、《永樂大典》卷二〇二〇五改。
❷「猶」，原作「又」，據明抄本、經鉏堂本、《永樂大典》改。
❸「華夷」，原作「節義」，據明抄本、經鉏堂本改。

者以爲得古人相勸勉之意。予於成材亦云。

跋胡待制詠古詩

前事之不忘，後世之師也。古人求多聞，將以建事；貴多識，所以畜德。至聖賢猶不敢不勉。而後世之士有寸長片善，則裕然若不啻足矣。以儒士爲無用，以古學爲迂僻，非史洪肇之倫，則原伯魯之流，反理冥行，身世兩敗，吁可憫矣。宗兄汝明有志當世，不以材能自高，又尚論古之人，形於詠歌。觀其所否，可以知其所不爲；味其所與，可以見其所景行。非特評史，蓋言志也。如不用則已，用則吾知其無率意而行揚己矜衆之事，于昔人建立必有所到矣。三復欽仰，題其卷末。

跋李尚書路樞密送張元裕主簿序

某識德餘十有六年，每見之口道古今，而未聞其論醫。觀李尚書、路樞密所與序跋，則知德餘兼通神農、岐、扁之術，而有家學，蓋恥以藝名耳。某曰：醫已人病，救人死，君子之心無足恥者。向使德餘既富且貴，而殃民害物，其可恥豈不甚乎？今仕而不偶，曷若已人病，救人死？如君平賣卜，稍可藥飢而止，斯亦賢於受禄居位而爲人病者遠矣。德餘試思鄙言。

跋葉君論語解

學者得一官，皇皇於進取若不及，忽焉老死，莫知自憐，滔滔皆是也。超然年將六十，方且從事於童習之書，忘其飢寒之困，可不謂賢乎？著書既難，釋聖人之言尤非易。要當多求博取，以會至當，驗之於心，體之於身，則考諸前言往行而不謬矣。斯道也，有志者殁身而後已。超然其懋哉！

跋石洞霄傳

死生之際，爲異學者名之曰一大事，至于刳心没齒而不能辨。而石虚一蹈履白刃，有守無惴，夫豈一日所能哉？觀其被召不留，得官不居，見林生而不屈，對人主之問而不諂，其胸中蓋有過人者，得非讀《南華》之書而深造者耶？使其早得所從，知孔孟之正，其所成就又豈止此哉！

示張醫

一切有爲法，不可以利存心。以利存心，雖善亦惡。務合於義，雖有小失，不害其爲善也。觀諸君譽張生者，謂其有活人之術，以濟物爲心，而無所取。信斯言也，可以爲良醫矣。雖然，術無盡而心易倦，利能動人而義難終也。惟不以譽己者自足，而思進吾所未足，❶則岐、和、扁、華亦將可及爾。尚勉

❶ 「所未足」，明抄本、經鉏堂本誤作「無未至」，疑當作「所未至」。

之哉！

題嚴子陵祠堂

嚴子陵不屈于漢光武，其襟度高遠，非世俗淺丈夫所知，姑置勿論。其告友人之詞曰：「懷仁抱義天下悦，阿諛順旨要領絶。」士大夫能奉此二言之戒，庶幾往來祠下，不點汙山水，它亦何足道！

示雲瑞

先祖父中大公隱約時，聚徒教授，長老元嗣方童丱，在衆中讀書最穎出。其後爲僧得法，名振禪林。有詩二十篇，寄先君。雖灰心槁形，非欲以言語自名，然奇氣秀發，溢於翰墨，終不可掩。先君感舊歎今，以兩絶句答之。嗣没將十年，門人雲瑞開堂於永之報恩，機緣密熟，意象恬遠，有師之遺風。乃録兩絶句，使刻之石。則未知讀之者以爲追隨香山之人歟？抑以爲不入蓮社之客歟？紹興十一年七月望日武夷胡某書。

題草衣寺松碧軒

此軒舊爲曲廊，趨惡濁之地。脩老斷其去路，闢南壁爲小牖，於是嶺谷蟠互，大木森映，盡在目中。軒雖小，蓋草衣之勝處也。林壑諸木，惟松尤盛。軒當樹半，秀色如潑，故以「松碧」名之。凡材雖多，不足數也。胡明仲書。

斐然集卷二十九

宋胡寅撰

中書門下省試館職策問

蓋聞士之處世，稱于家者，其德當周于一家；聞于鄉者，其賢當蓋於一鄉。今有以事舉言揚，達乎天子之聽，而咨詢之於禁省，則必其遠大之識，宏達之謀，固不可以小言片善取也。敢問今天下之吏員數衆多，流品雜出，有司無缺以處之。欲置而不恤歟，則下有失職之歎；將使人得其欲歟，則聞爲民設官，而不聞十羊九牧以殘之也。天下之兵分統既久，欲因而不革歟，則末大必折，古人之戒；欲有所變制歟，則乘塞者以力寡爲言，分閫者以不專爲患，固難于改作也。天下之材調度既廣，欲取于民歟，則利源已竭，民力已困，取之不已，露根可畏也；欲輕徭薄賦以休息百姓歟，❶則環數十萬之師，荷戈被甲，以捍寇敵，不可一日而無食，有功而不賞，不取於民，安所從出哉？是三者，皆當今之急務。學

❶「賦」，明抄本、經鉏堂本作「斂」。

士大夫究心於兩説之間，❶謀其利，不蹈其害，而未知其術，渴佇崇論，願茂明之，將以告于上焉。

零陵郡學策問

問：匠必以規矩爲法，射必以正鵠爲志，學必以聖人爲師。孟子非親見聖人者，其言曰：「乃所願則學孔子。」然則能以聖人爲師，不必親見聖人也。仲尼道大而德全，門弟子不能偏觀而盡識之，故曰「大哉孔子，博學而無所成名」，「固天縱之將聖，又多能也」。今學仲尼者，將由其一言一行乎，抑將從其大體乎？從其大體，非生知上智，必有所不能。由其一言一行，則枝流派別，何以會于有極？是皆學之所甚難也。敢問孟子學孔子之要安在？其所以爲亞聖，而於孔子有未及焉，何故？後之學者，其必循孟子所以學而學之歟？其亦謂入德之門不一，書紳請事，皆可以進於道歟？諸君師孔孟于千數百歲之上，當知規矩正鵠之所在，願與聞之，以警不敏。

問：聖人之道，必有傳受，然後不墜於世。堯之所以命舜者，舜亦以命禹。孟子泝流窮源，推其所傳受，以湯、文、孔子、太公、伊尹之流，或見而知之，或聞而知之，蓋以是爲在己也。敢問見聞而知之者果何事歟？由孟子而上，何爲而得其傳？由孟子而下，其有傳耶，其無傳耶？如失其傳，則自秦漢以來爲道者衆矣，其皆謬於聖人而無所折衷耶？若曰在則人，亡則書，求之經可也。彼親炙乎聖

❶「究」，明抄本、經鉏堂本作「疚」。

人者，猶有好勇、貨殖、短喪、學稼、聚斂、色莊之鄙，而况誦空言者耶？然則學聖人而不知其所傳之事，雖緝詞數萬，讀書五車，未免乎冥行也。諸君皆願學孔子者，于此豈無所志，竊幸聞之。

問：善學者必適時務，學而不適時務，是腐儒而已耳。今有人知盈虚，善斂散，取民而不害民，足國而不害國，可謂通財賦者矣，若冉求是也。其自言曰：「方六七十如五六十，求也爲之，可使足民。」今有人戰必克，攻必取，據城則人不敢犯，對陣則敵不敢遏，可謂曉軍事者矣，若季路是也。其自言曰：「千乘之國，加之以師旅，由也爲之，可使有勇。」嗚呼！其適時務者乎？彼曾點之言志，異此之撰，乃特在乎莫春之遊、詠歌之樂而已。此與撫時玩景，朋羣嬉遊者亦何辨？其視由、求功效之及物者，絶不侔矣，夫子乃喟然歎而許與之，陋彼二子者，無稱道焉。聖人生於周衰列國並争之時，其教人取才，固將以有用爲急也，而不適時務乃如此，無亦迂闊爲世笑耶？然仲尼所去取，萬世信之。求其説而不得，今舉以問。

問：儒衣冠者皆言學，學未易知也。孔子之自言曰：「十室之邑，必有忠信如丘者焉，不如丘之好學也。」其稱人曰：「有顔回者好學，今也則亡，未聞好學者也。」而未始言其所學者何事。後世之稱好學者或異於是。挾策讀書，博習乎詞藝之末務，以悦人之耳目而取世資，故論明經者以拾青紫爲志，稱稽古者以得車馬爲榮。自聖人觀之，必謂之未始學矣。今將捐記誦詞藝之習，而求聖賢之所學，則當得其門而入，必有事焉，豈非吾徒之急務乎？二三子蓋以聖人爲師，而好回也之所好者矣。請問其目。

問：論人物者，必以功烈著乎世，利澤加乎民，爲大丈夫之能事。雖居仁由義，有致君堯舜之術，而窮不得施，亦何用矣？昔者管夷吾相齊，尊戴宗周，攘斥夷狄，不以兵車之力而九合諸侯，威令加乎四海，使斯人無左衽之患，仲尼稱之曰：「如其仁！如其仁！」嗚呼盛哉！彼子路，一學者耳，好勇行行，無保身之智，率爾而對，無爲國之禮。爲季氏宰，取具臣之譏，不知以正名爲先，蒙「野哉」之誚。動輒得罪於聖人，其賢於管仲者未聞也。❶使今學者尚友千載而擇所從，必以管仲比身而仲父自許矣。然而曾西乃畏仲由而艴然陋管仲，孟子取其説以拒公孫丑曰：「管仲，曾西之所不爲也，而子爲我願之乎？」夫聖賢之志尚去取乃如此，敢問其所以然者。

問：學莫要於求仁，而仁之爲道難言也。孔門問此者衆矣，聖人亦語以爲仁之方而已，未嘗指名何者爲仁也。韓退之乃以博愛盡之，是特聖人所以答樊遲者，不足以盡也。然自是而後，言仁者舍愛則無以命仁，吾信其不知夫仁也。學而不知仁，豈非闕典之甚乎？諸君其歷考聖賢之心，❷以要其極，而陳其大略。

問：仁、知、勇，天下之達德也，缺一焉不可矣。孔門弟子有問仁而無問知、勇者，獨樊遲一問知而已。善問者如攻堅木，先其易者，後其節目。莫難知于仁而必問之，是何也？仁者不憂，而君子有終

---

❶「仲」，明抄本、經鉏堂本作「氏」。

❷「心」，明抄本、經鉏堂本作「言」。

身之憂；知者不惑，夫子生而知之矣，何待四十而後不惑；勇者不懼，子路勇矣，而告使臨事而懼，又何也？

問：世儒言伊尹之任，其弊多進而寡退，苟得而害義，故伯夷出而救之。伯夷之清，其弊多退而寡進，過廉而復刻，故柳下惠出而救之。惠之和，其弊多汙而寡潔，惡異而尚同，故孔子出而救之。至孔子之時，三聖人之弊各極于天下，故孔子集其行而大成萬世之法。使三聖人者當孔子之時，皆足以爲孔子矣。予有疑焉。蓋由湯至於文王，賢聖之君六七作，其成就人才之衆，至其衰世猶有存者。使伊尹有弊，當時君臣獨無以革之乎？由周至於戰國又百餘歲，文、武、周公之化不爲不深，使伯夷之弊猶在，則周之一道德以同風俗者殆無補於世，而獨俟一柳下惠耶？孔子去柳下惠未遠，若柳下惠能矯伯夷之清，使天下從之，其弊不應繼踵而作，而孔子救之，又何遽也？且孔子之時，荷蕢、荷蓧、接輿、沮溺之流必退者尚多也，則柳下惠所爲果何益乎？以孟子之言考之，三聖人所同者，得百里之地而君之，皆能以朝諸侯，一天下，❶行一不義、殺一不辜而得天下，皆不爲而已。彼爲任，爲清，爲和，一節之至於聖人者，其可以爲孔子乎？幸推明之。

問：師者，人之模範也。模範孰加於孔子矣？其作《春秋》，惡諸侯之僭王自立，於其薨也以大夫之禮卒之，不與其爲諸侯也，而已乃遊乎其間，爲之臣，是何也？惡世卿之僭君，自三家受氏之後，一

---

❶「一」，原作「有」，據明抄本、經鉏堂本、文津閣本改。

譏而不足，再三致貶焉，不與其爲大夫也，而已乃有見行可之仕，是何也？惡夷狄之猾夏，有能攘斥使不侵中國者，則與之。方是時，楚最强，窺周問鼎。管仲相齊，興召陵之師，楚自是帖服，聖人稱之曰：「微斯人，吾其左衽矣！」而既失魯司寇，遂之荆，先之以子夏，申之以冉有，有若謂是行爲不欲速貧，是何也？夫所行如此，而立言垂後，俾人不得爲爾，烏在其模範哉？吁其慎思而明辨之。❶

問：形寓數，不可逃也。後世有知命之術，以五行支幹納音推人之窮達壽夭，其精者十不失一，故知其不可逃也。治亂廢興之在世，不亦猶是乎？周卜世三十，卜年七百。❷漢之興也，五星聚東井；其衰也，當陽九之厄。其大致然矣。聖人作《易》，藏往而知來，其於治亂廢興如指諸掌，不待推占而後明也。自周衰至漢，然後天下平。其間蓋百有餘年，人力所必不能扶持者，而仲尼方且區區歷聘諸國，曰：「苟有用我者，期月而可，三年有成。」夫豈不知世無能用之者，不幾於不知命耶？荷蓧、耦耕之徒，浩然長往，其心殆亦非笑仲尼之所爲矣。在聖人夫豈苟然，是必有説，不可不知也。

問：鬼神之理，學者所當知也。樊遲問知，孔子語以敬鬼神。子路問事鬼神，孔子語以事人爲先，何也？或不問而語之，或問而不語，是可疑也。《中庸》曰：「鬼神之爲德，視之不可見，聽之不可聞。」而舜之作樂也，祖考來格。周之作樂也，天神降，地示出。何以知其格、其降、其出歟？是又可

❶「吁」，明抄本、經鉏堂本作「諸」，文津閣本作「子」。疑有脱字。

❷「七」，明抄本、經鉏堂本作「八」。

疑也。夫所謂視不見、聽不聞者，爲其無形聲可接也。而《易》曰：「精氣爲物，遊魂爲變，是故知鬼神之情狀。」既有情，又有狀，則非不可見、不可聞矣。而《中庸》云爾，是又可疑也。以天神地祇言之，❶其情與狀可得而言歟？孔子「祭如在，祭神如神在」，蓋亦誠心想其嗜欲貌象，以致之祖考可爾也。天神地祇若爲而想之，是又可疑也。今釋、老二教皆言鬼神，且又繪事之，土木偶之，果得其情狀乎？若以爲是，則世人所不識也，安知其爲是乎？若以爲非，則聖人所未及言也，又安知其爲非乎？是非有無，茫茫於吾心，以之事祖考，祖考必不格矣，又況於凡爲鬼神者乎？此學者所當精思而明辨之，不可以難知而遂止者也。

問：聖人能知人，而堯不知鯀之績用弗成，何也？仁人於弟，親愛之而已，而舜封象於有庳，庳距舜都在五服之外，親愛之固若是乎？啟之賢，必不若臯陶與伯益也，禹不爲堯舜之禪而與其子，何以知其非私也？桀可放則獨夫耳，不可放則事之，湯既放桀，而又有慚德，何也？無乃於心有未慊乎？大人者能格君心之非，仲尼則進乎大人矣，行乎魯、衛、陳、宋，不聞一君格其心者，何也？惟聖人爲無過行，孟子稱夷、惠曰聖人，而又議其隘與不恭。夫隘與不恭，君子不由也，而可爲百世師，又何也？尚論古人，學者之事，故舉以問。

問：荀卿氏有言，「學莫便乎近其人」。昔七十子身逢元聖，得所依歸，可謂近其人矣。其與生乎

❶「祇」，明抄本、經鉏堂本作「示」。下文同例不再出校。

百世之下，希慕企望而不得見者，豈不異哉！然子路好勇，子貢好貨，宰予晝寢，子張色莊，冉求爲季氏聚斂，是皆常人之行，曾不少革，則何貴於近其人乎？聖人教育丕變之功，又安在乎？伯夷、柳下惠清和之德，非若孔子集大成也。聞其風於百世之下，非若洙泗親炙之者也，而廉貪立懦、敦薄寬鄙之效，靡然甚速。何夷、惠能之而孔子不能，豈其興起者皆賢於由、賜之徒歟？二三子其茂明之。

問：自堯舜至孔子幾一千五百年間，何聖賢之多也。或君臣並立於朝，如唐虞之際；或父子同生於家，如姬周之盛；逮乎洙泗闕里弟子賢哲至六七十人。孟子而後，五季而上，亦幾千五百年，所謂聖人何其不復生也？方仲尼未修經之時，學者固無書可讀，若伊尹自畎畝而發，傅説自版築而發，膠鬲自魚鹽而發，百里奚自市井而發，爲聖爲賢，何從而致之？六經傳世既久，在七國則荀卿氏在，漢則毛、董、子雲在，隋唐則王通、韓愈皆號大儒，相望如晨星，然其孰爲知道者耶？夫以古之時未有經書，而聖賢接武於世，後世經書備具，而曠千百歲求一人如顔、閔而不可得。然則六經有益於世乎？其無益乎？

問：事莫大乎祀，祀莫重于天。周監於二代，其文備而可考矣。惟明堂之禮，學者疑焉。《孝經》載仲尼答曾子之言曰：「昔者周公宗祀文王於明堂，以配上帝。」而《周頌・我將》則其詩也。然以其禮屬之周公歟，是嚴父也。嚴父則武王所當爲。周公事武王時，未嘗攝政，胡爲而嚴父？以其禮在攝政之時歟，是攝成王也。攝成王則武王乃當祭，而文王爲祖矣。禮未聞嚴祖，其曰「周公其人也」。又考之《戴記》，則明堂者，乃周公負斧扆朝諸侯之地也。考之《孟子》，則明堂者乃王者之堂，行王政之所也。皆不及宗祀之事。是皆可疑者，幸辨明之。

問：文之爲用大矣，堯、舜、禹、文王之聖，咸以文稱，曰「文思」，曰「文命」。説者曰「經天緯地之謂文」，其用之大乃如此。仲尼曰：「文王既没，文不在兹乎？」蓋以斯文爲己任矣。自孟子而後，左氏、荀卿、太史公、司馬相如、揚雄、劉向、班固之流，各擅文章之譽，後世莫得班焉。如唐韓愈、柳宗元皆竭力希慕，僅成一家。夫此八九子者，其建立與古所謂文同耶？異耶？如其同，則經天緯地之效安在？如不謂之文，則末世執筆綴言之士皆師法於八九子者，自謂文之至矣，而未嘗知堯、舜、禹、湯、文王、仲尼之大業。❶有潛心於堯、舜、禹、湯、文王、仲尼之大業，❷則笑之曰：「是古學耳，安得爲文？」夸多鬭靡，至于支青配白，駢四儷六，極筆烟霞，流連光景，舉世好之，有司亦以是取士，爲日久矣。其得失是非，❸願從二三子聞之，且觀所志。

問：昌黎文公，唐之鉅儒也。著書立言，有《原道》之篇焉，其意欲扶皇極，尊帝王，明孔孟之教，而攘斥佛老也。嗚呼，亦可謂特立不羣之傑矣。即其《原道》之論曰：「博愛之謂仁，行而宜之之謂義，由是而之焉之謂道，足乎己無待於外之謂德。仁與義爲定名，道與德爲虚位。」是六言者，古未之有也，

---

❶「湯」，明抄本、經鉏堂本無此字。

❷「湯」，明抄本、經鉏堂本無此字。

❸「非」下，明抄本、經鉏堂本有「之決」二字。

而愈斷然筆之。敢問二三子，夫愈之爲六言，其盡善矣乎？其概諸仲尼、孟子所謂仁義道德者，同乎？異乎？佛老氏高談性命，自以爲至矣，是六言者，其足以破其術，服其心乎？

問：鳳皇來儀，虞史美焉。其不至也，仲尼嘆之。是爲太平之瑞，章章信矣。三代盛際，聖君繼出，治功之極，至於兵寢刑措。越裳氏以無疾風暴雨，占中國之有聖人也，重譯而獻白雉。於斯之時，鳳何爲隱乎？厥後漢孝宣乃獨蒙嘉應，或集於郡國，或降於京師，其數甚衆，孝宣何以得此？以其治考之，美政固多矣，而粃政亦豈少乎？大將軍以元勳而滅族，夏侯勝以正言而被囚，王成以虛僞而蒙賞，蓋、韓、楊三良臣死皆非其罪也，❶而魏相之奏子弟殺父兄、妻殺夫者，歲中且二百二十餘人。若夫日食、地震、雨雹、饑饉之變，史亦未嘗絶書，不可謂之太平決矣。然則鳳凰胡爲乎而來哉？夫休咎之証，有國大事也。尚論古之時，是非真僞，奚可以不辨？

問：揚子有云：「祭莫重於地，地莫重於天。」古者祭天，其名曰郊，百代之所不變也。而未聞祭地之禮，其名何謂也。考之《周官》，祭天於圜丘，祭地於方澤。❷考之《祭法》，燔柴於泰壇，瘞埋於泰折。考之《郊特牲》，郊所以明天之道也，社所以神地之道也。考之《中庸》，郊社之禮所以事上帝也。考之《昊天有成命》，郊祀天地也。然則《周官》、《祭法》、《郊特牲》分爲二祭，《中庸》及《周頌》舉天地

---

❶「三」，原作「二」，據明抄本、經鉏堂本、文津閣本改。

❷「澤」，明抄本、經鉏堂本、文津閣本作「丘」。

而合祫，而《禮記》、《毛詩》所載則社者祭祀之名耳。欲斷以社爲祭地之名乎，則古者之社，本以祀后土，后土者，共工氏之子也。又有亳社見于《禮》，夏社見於《書》，則社非祭地之名矣。周公成洛邑，用牲於郊，越翼日，社於新邑。舉郊舉社，則又類社以祭地，而天地不合祫者。故凡天地之祭，合歟？不合歟？祭地之名社歟？非社歟？若其社也，而《周官》、《祭法》不言，何也？若非社也，則祭地當何名也？後世以爲北郊者，是耶？非耶？既錯見于羣經，而未有折衷。願與諸君論之。

問：四科之目，非惟品次門弟子之爲人，抑謂人才無能外此而有品也歟。孔子以學爲貴，其言多矣，未有不須學以成之者。德行而無學，不亦質朴而少通乎？言語而無學，不亦口給而少稽乎？政事而無學，不亦莅政而牆面乎？然則三科者，皆當學以成之者也。而文學殊科，何也？世之言者以政事、文學爲兩途，其原蓋出於此。而古人之論，則皆不然，曰「聞學而後從政，未聞以政學也」。舉此一語，彼言語、德行何獨不然？而四科之别，乃吾聖門所設，敢問如前之所疑也。

問：宗廟之禮尚矣。禮樂庶事，尤備於周，則後世言禮樂者，舍周何以哉？然於宗廟之制，有未喻焉者。武王既宅鎬京，宗廟之建，必先宮室，無可疑矣。及周公營洛，又作清廟，朝諸侯，率以祀文王，而《書》曰：王在新邑，烝祭，歲文、武騂牛各一。是鎬京既立廟，洛邑又立廟，且廟必有主，其奉鎬廟之主而祀洛廟乎？抑别立主乎？故凡成周之廟制，分建于鎬、洛，一可疑也。或徙主，或作主，二可疑也。天子七廟，洛邑獨祀文、武，而舍王季而上，三可疑也。成王祀於洛，則鎬使誰祀之？四可疑也。周公豈欺我哉，其必合於禮矣。願推明之，以釋所疑。

問：道果一乎？而《易》有天道、地道、人道，於其中又有陰陽、剛柔、仁義之異名，而非一也。果二乎？孔子、孟子皆曰「道一而已」，何也？果不異乎？則仁與不仁之道二，君子之道三，聖人之道四，天下之達道五。後世又有黄老之道、西佛之道，學士大夫宗師，或以爲賢於仲尼。如其果二乎，則《損》之六三，其致一也。先聖後聖，其揆一也。三子不同，其趨一也。孟子排楊、墨，董氏絶申、韓，昌黎闢佛、老，周公誅奇言異行，惟恐道術之爲異端裂，又何也？幸茂明之。

問：留、武二侯，秦漢以來奇才策士之冠也。高祖與楚解，羽歸太公、吕后，引而東矣。良復請襲之，可謂信乎？先主羈旅公安，孔明勸使跨有荆、益，遂奪劉璋之國，可謂義乎？失信違義，鄉黨自好者不爲，而二子爲人建立邦家，厥功巍然，後世至許以三代之佐，而爲此，何也？荀彧爲曹操謀取天下，而沮其九錫，杜牧以盜方之，司馬文正稱其死節於漢。馮道歷事五代，歐陽氏譏其無恥，而臨川先生以知道許之。夫孰爲當？

問：揚子雲，漢儒之賢者也。富貴，人之所欲，彼不汲汲焉。貧賤，人之所惡，彼不戚戚焉。文采，人之所喜，彼悔詞賦之作焉。古道，人之所忽，彼好而樂之，有深沉之思焉。卒之著書立言，以自表見，至於今千有餘歲矣，而名不泯没，可不謂之賢矣乎！然以其言行考之，《法言》取模倣之譏，《太玄》有重屋之誚，所以發揮聖學，錯綜易數，必不可缺者，未聞君子與之也。方王莽盜漢時，或潔身去之，或守死不屈，蓋多有其人。雄號爲知數，豈不知死生之有命，奚至於惶怖投閣哉？且作美新之文，謂莽過於伊尹，是何言也？或曰：「亦遜言譏之耳。」莽之罪，族誅而不足，何譏之云乎？臨川王文公、温國司馬公議論未嘗同，獨於子雲則皆謂孟子之後一人而已，于雄果何取而云爾也？ 諸公其深考而詳著之。

斐然集卷三十

宋胡寅撰

陸棠傳

陸棠者，建州建安縣人。家素貧。棠長不滿五尺，堅刻精悍。既冠，負書遊學，至鄒魯間，入闕里拜孔子墓，盡恭。訪藏書舊宅，眷焉徘徊。遂登泰山，夜上天門，覩日初出，慨然有遠舉意。❶其鄉人異之，曰：「小陸故善角抵戲擊薄相，今乃折節如是耶？」棠乃入太學，一試中高等。聞有得道於河南夫子者曰楊公，駕説荆楚，則贏糧往從之，舍於逆旅，朝暮執弟子禮。過市不徒行，不忤目，衣冠甚莊，貌惟謹。居數月如一日。楊公使與諸兒處，家人每從屏户間聆其講讀，喜謂公曰：「陸秀才脩潔博習士也。」以次女妻之。棠既托身君子之門，見聞日增，聲稱籍籍然。有口才，善機巧術數，作嚴冷面，堅坐談説，原經證史，引物連類，考古據今，縱横擺闔，責數人過失，據道理袞袞無疑怍，❷聽者悚然。一

---

❶「然」，明抄本、經鉏堂本作「慨」。

❷「怍」，原作「誤」，據明抄本、經鉏堂本改。

時交遊多已通顯，而棠連蹇場屋。然出入公卿間，知識甚廣。亦以楊公有道而棠爲之婿，必有所謂耳。棠乃年逾四十，未得第，時時轉販以歸養且自給，識者非之。棠固安行，而楊公不知之也。

宣和末，罷三舍法，復科舉取士，棠自度遲暮，恐終蹉跎。會中官梁師成竊主文柄，網羅遺書，充御前文籍，置官設屬，有白衣試員，棠往預焉。居一歲，補迪功郎。未幾，孝慈皇帝履極，盡召遺賢，將革宿弊，興太平。中丞許公建白，請汰雜流冗濫者。棠既羞悔其前舉，又懼見奪，奔走權要自營，日不暇食。會王門耿南仲力沮言者，曰：「人主務施恩，行此必失人心。」事遂寢。棠又大喜，然終不敢就銓選。值國有戎事，起東南兵，棠念惟軍功可取賞持久，獻言當路，謂「福建槍杖手趫捷名天下，倘使爲奇翼正兵，何憂乎鐵騎哉」。權要人主之，得行。是冬，虜大入，東南勤王之師格不得進。明年五月，黄潛善等言虜已遠去，天下無事，可偃武，遂罷遣諸道入援之師。棠又不得志，還鄉部攝局資斗禄。

居久之，輦蹕駐錢塘，棠與時相范宗尹有一日之舊，得廣西提刑司屬官，未肯赴也。值范汝爲弄兵閩中，擁衆數十萬，屠郡邑，據城郭，勢揺吴越，官軍數不利。建人有詹時升提舉者，里居信厚士，嘗挺身説賊，使無動，朝廷必撫爾。賊然之，方少戢。棠默念此奇貨可居也。一日，歷見臺省諸君，輒蹙額慘然，若有大憂者。或問之，則曰：「閩越重不幸，詹公長者，以空言綏數十萬虓虎，寬朝廷南顧，今乃聞死矣，將奈何？」傳口喧喧，語達廊廟，無不震恐。間一二日，棠又見，徐曰：「此至難事，誰可繼詹公者？閩越地岩險，人素善鬬，兵精甚。況今羣兇大合，勢若烈火，恐討之未易得志，獨有説諭，使欣然離其巢穴，乃在我耳。有朝散郎謝嚮膽略過人，棠嘗與同部槍杖手，鄉人信服之。今欲不勞師，不害民，而坐彌連城旅拒之劇寇，❶莫若使嚮以朝命往，其賢於詹遠矣。誠使嚮，棠也父母之邦，不敢愛其死，請從而後。」會時相畏言兵，❷偷安尚姑息，俾嚮銜命以旂牓行，棠副之。詹實不死也。❸棠既入賊中，宣上旨，賊即日馴帖，凡事必稟而後行。掠得太守部使者儀物，盡以歸嚮、棠，且獻饋豐給，延日引月，而實無降意。棠遲留不忍釋手，嚮復以閩王潮故事導汝爲，自欲佐命，嚴兵拒險，以抗王旅，謂宰相甚庸，破其膽如觸浮漚耳。棠心亦難之，然終戀戀弗決也。閩中重官，好夸勝，快恩怨，棠假使者權，出入旌旂弓刀，前後甚盛可畏。堂皇幄衛，耽耽然附趨者盈塞賓次，謁入有時，以得見爲幸。平日一飯必酬，睚眦必報，擇良田美貨多自封殖。其父讀書謹厚，至是莫知其子之非。其妻舊閑圖史，安處貧約，既習化於棠，亦謂良人者如是，乃可仰望而終身也。親知素與厚者，雖疾惡之，又哀而危之，遺書譬曉，令乘間脱身去，棠不一答。賊勢益張，翦剽及旁郡。會朝廷罷宗尹，更用相臣，思振國威，乃發神武軍三萬捕擊斷斬。大將韓世忠介馬率衆，親冒矢石，僅乃克之。建之餘民追恨禍敗，惟嚮與棠之怨，痛刻骨髓。御史以聞，有旨命檻車致兩人者廷尉，皆瘐死圄中。出其尸道上，數日無收者。家財盡没入縣官。其父年垂八十，謂其子死無罪，爲文祭之而縊。其妻寡獨歸宗。

❶「彌」，明抄本、經鉏堂本、文津閣本作「弭」。
❷「畏」，原作「檜」，據明抄本、經鉏堂本改。時秦檜未爲相。
❸「不」，明抄本、經鉏堂本作「未」。

自棠由宦豎得官，以書白婦翁楊公，公三日寢食無味，他日不復向之解頤。楊公簡易奥默，學者非堅懇扣問，終不發言。至棠陷身，獨三書招之，苦言反復，棠竟不用。棠既坐檻車，度必死，乃從守者乞紙作書，復向所與書者，擣心自傷，欲存活爲建安布衣疏食不可得，投筆雨涕，其詞甚悲。或以咎楊公，是大不然。雖古聖人尚不能化其子弟，豈可必楊公能化棠？然棠薰炙仁義涉一世，乃不少變，又有甚焉，質亦太薄矣。迹其狡黠詭秘，將爲姦慝，兆于謁孔林，登泰山，摳衣問道之時，而破敗僇辱，乃在三十年後。匿情矯行以自立，厲色辯口以行之，士大夫爲所籠惑者比迹而是。不幸不早死，遂彰醜末路，人固不易知也。嗟乎！棠以譎健之才，無形勢之資，掉舌覓官，意欲乘軒車，紆緼綬，夸耀鄉里，以快意一時，卒於身誅族殞，爲士類笑，何也？力行詐諼，孳孳爲利故也。彼之才實有過人者，❶終猶如此，况又不逮者乎？夫聖至于舜，惡至於跖，霄壤絶矣，其發端殊趣，乃在善利一念之間。大哉問乎，君子之所甚謹也。不謹於是，而有毫釐之差，雖不爲龍斷穿窬，而謁孔林，登泰山，摳衣問道，終無救於毁則而爲賊也。如其不然，盍以棠鑒？作《陸棠傳》。

敘古千文

太和氤氲，二儀肇分。清濁奠位，乾坤爲門。品物流形，睿哲超羣。維河出圖，顯道之原。伏羲畫

---

❶「實」，明抄本、經鉏堂本、文津閣本作「一」。

卦，爰始斯文。儼垂衣裳，下臣上君。軒轅通變，成於華勳。意誠心正，萬化生身。神禹胼胝，疏濬汨堙。底別九州，拯拔墊昏。貢賦包篚，多寡適均。沐浴咏歌，逮今攸遵。棄稷厥初，夙震姜嫄。秬秠穈芑，弗種耕耘。暨益播食，燔烈饔飱。字育蒸黎，餘慶茂繁。契掌邦教，❶修叙彝倫。由己敬敷，丕革頑嚚。孝慈友弟，賤卑貴尊。寬弘悠久，帝風雍醇。臯陶矢謨，秋殺春温。欽恤象刑，信順協存。共鯀驩苗，討而弗論。蠻貊賓服，治俗愈敦。岳牧代工，洪造何言。三辰珠粲，四序環循。鳥獸咸若，草木殖蕃。簫韶鳳凰，焜燿典墳。夏承虞禪，咨稱儉勤。啟聽謳訟，付畀後昆。戰甘勦扈，威賞詎煩。洛汭荒畋，馳騁十旬。御母述戒，祖訓忍聞。羿射擅朝，寒浞又因。戡殲澆豷，少康興綸。癸墜令緒，鼎遷於殷。湯聘莘畝，伊尹戮力。征徂自葛，❷畏愛無敵。徯來其蘇，鳴條倒戟。俾后堯舜，匹夫必獲。速戾放桐，遂終允德。予弼夢賚，武丁恭默。營求郊野，築巖説得。對敭休聲，鬼方是克。總福

❶「契」，明抄本、經鉏堂本作「卨」，二字同。「契掌邦教」，《敘古千文》（宋黄灝注，清《粤雅堂叢書》本）作「卨實掌教」。據宋李昴英《書胡致堂敘古千文後》（《文溪集》卷四），此文「敘古字凡千不重」。因下文有「邦」字，故疑有誤，當從《敘古千文》。

❷「征徂」，《敘古千文》作「徂征」。

駿厖，賢主六七。悼監辛紂，凶矜驕溢。師箕囚奴，忠諫焚炙。邠岐積累，昌謨寖赫。❶重演爻繇，端本衽席。孚佑緝熙，西顧與宅。肆發觀政，旄鉞麾斥。盟津約誓，附國八百。釣渭非熊，皓首溷軾。殪戎漂杵，祝斷丑歷。嗣誦幼沖，旦豈履籍。植璧秉圭，金縢納策。管蔡挾庚，往差罪辟。斧斨卒完，繡衮赤舄。釗持既盈，囹圄闃寂。滿耄喜遊，遐騖轍跡。胡仍板蕩，静續憤惕。側躬厲行，俊髦任職。玁狁侵鎬，徐土騷繹。迅霆燀焞，虩虎繇翼。恢復疆境，雅頌諧激。宜臼徙居，俯就衰絀。❷宗廟黍離，過者閔惻。伯業紛更，周綱竟失。尼父將聖，體用皇極。❸魋圍莫害，陳餒那戹。❹删《詩》定《書》，繫辭黜索。晚潛奧思，筆削史册。姚姒以降，斟酌準的。日星炳焕，千古貽則。❺麟瑞應期，妙感孰測。樂育英才，升堂入室。伋蹈前軌，軻禀絶識。標示《中庸》，攘距楊墨。王澤息傳，獨賴遺編。

❶「昌謨寖赫」以下，底本凡遇周王名皆諱改，「昌」原作「文」，「發」原作「武」，「誦」原作「王」，「釗」原作「康」，「滿」原作「穆」，「胡」原作「厲」，「静」原作「宣」，「宜臼」原作「平王」，皆據明抄本、經鉏堂本、文津閣本、《敘古千文》改，不再一一出校。

❷「衰」，原作「裹」，據《敘古千文》改。

❸「體用」，原作「休明」，據明抄本、經鉏堂本、《敘古千文》改。

❹「那」，原作「蔡」，據明抄本、經鉏堂本、《敘古千文》改。

❺「貽」，原作「昭」，據明抄本、經鉏堂本、《敘古千文》改。「昭」字見於下文。

嬴秦訖赧，惆悵卜年。烹滅列侯，廢壞井田。雜燒簡牘，耽惑佺仙。良遇劉邦，❶嬰頸拘牽。再報仇讎，楚羽戕咽。炎漢開基，規模廣延。勃誅産禄，光擁昭宣。董相仲舒，儒術窮研。請罷僻邪，乃績巍焉。賊莽竊璽，冠佩猳豜。❷白水龍翔，榮取青毡。燮洽敉寧，吾奚間然。志宏朽馭，奄寺聯翩。黨錮縉紳，傕汜兵纏。許都曹操，鄂保孫權。亮兮翊備，❸據蜀當天。司馬欺孤，熾鄰連顛。導建江表，安摧苻堅。南北判裂，圻甸腥羶。隋暫混并，煬惡罔悛。世民雄視，❹資受勇智。除殘滌暴，慕仁勸義。斗米數錢，外户不閉。丞輔疇功，鑑亡一魏。玩瀆句驪，猶横壯氣。牝雞遽晨，枝幹披瘁。狄傑扶傾，唐統薦繼。霓曲喧轟，鼙鼓駭沸。臨淮汾陽，汎掃氛翳。贊斬篡泚，度梟叛濟。貂璫專命，霜凝冰至。藩鎮交拏，虐悖狂恣。魚爛絲棼，吁嗟五季。猗歟我宋，❺盡美全懿。坱圠難名，普率純被。喬崧孕秀，❻顔孟並轡。私淑諸人，追配洙泗。莊老虚談，佛釋空諦。申韓慘刻，朱翟偏蔽。璞輅考占，黥彭擊刺。篆籀末習，詞章小技。肯涉波瀾，致遠恐泥。探賾鈎隱，涵養精粹。達理制事，酬酢經緯。舉

❶「邦」，原作「祖」，據文津閣本、《敘古千文》改。明抄本、經鉏堂本誤作「那」。

❷「冠」，原作「寇」，據文津閣本、《敘古千文》改。

❸「備」，原作「漢」，據明抄本、經鉏堂本、文津閣本、《敘古千文》改。

❹「世民」，原作「秦王」，據明抄本、經鉏堂本、文津閣本、《敘古千文》改。

❺「歟」，原作「與」，據明抄本、經鉏堂本、《敘古千文》改。「與」字已見於上文。

❻「崧」，原作「松」，據《敘古千文》改。

此加彼，兼善博施。參乎覆載，可謂大器。

中興十事家君被召命子姪輩各述所見❶

一曰定都建康，以係民望。昨來未分鎮間，中原有可歸之理。今南北既分，事當從宜，必有國都，定基立本。東南都會，莫如建康。宜還六飛，龍蟠虎踞，立宗廟社稷。百官有司，貢賦有常程，朝覲有定所。江淮險阻，堅守不移，則天步無艱，而形勢成矣。

二曰選用賢德，以修民紀。昨來敗國，皆營私失節之人。今當登進忠良而黜退奸邪，表章廉恥而屏遠頑頓，推廣仁術而勿用掊克，崇獎端亮而斥去佞諛。君子漸多，各舉其類，小人無並進之幸，賢者無在野之遺，則天心自回，而否運革矣。

三曰改紀國政，以便民心。昨來欲復嘉祐之政事，有名無實。今專置一司，討論稽時之弊，參酌前制，勒成令甲，攽降行用。鹽利歸官，茶收其税，官務買撲，度牒住賣，科斂無名，一切蠲減。不數降赦，以幸小人。則仁心善政，皆由是出，而疲民致寇之端，不勞而自息矣。

四曰修明軍制，以爲民防。昨來婁經巡幸，軍心益驕。己酉錢塘迫脅乘輿，庚戌四明擊逐宰相。

❶「各」，原作「分」，據明抄本、經鉏堂本目録及正文、宋李幼武《宋名臣言行録別集上》（影印清文淵閣《四庫全書》本）卷八改。

今宜以樞密院併歸三省，宰相領使，量置屬官，敷求將帥，申嚴紀律。卒伍有功者賜以金帛，而不必轉資；見在尺籍者更加料簡，而不必招刺。信賞必罰，勿行姑息。討論府兵營屯之制，以省厚斂轉餉之勞。則武經漸修，而兵庶乎其可用矣。

五曰擊捕盜賊，以阜民生。昨來用招安之策，偷安目前，人習爲寇之利，故盜賊日滋，蒼生塗地。今宜司控制關中諸鎮，分屯淮泗，朝廷稍間，自可互遣諸將，申嚴號令，以殄滅爲期。擊賊者捕虜斬首爲功，❶則重加祿賞。其有革心願自新者，以肯渡河殺蕃賊爲約，❷則聽以衆行。講民團社兵之法，爲之綱目，以合兵民之判，而暗銷黠涅，使州縣自有備禦，則桴鼓可以不驚矣。

六曰增重上流，以存民基。昨來分畫湖北，歸之藩鎮，形勢不便。今宜仍遵舊制，歸之朝廷。襄陽、武昌皆宿重兵，荆南會府付之重臣，視諸路則加畀事權，比列鎮則不皆專制。上流之勢既固，則金陵之宅可安，而國祚有維新之命矣。

七曰薦舉縣令，以安民俗。昨來不擇親民之吏，貪虐恣行，民怨而寇興。今宜刻意縣令之選，委自從臣薦舉，人上兩名，監司、郡守，人上一名，資序至通判，官品至正郎，皆聽充舉，中書籍記差注。以流散歸業，盜賊不作，耕桑日衆，户口充溢爲殿最。有不如舉，重罰舉者；所舉稱職，舉者受賞。則

---

❶「虜」，原作「獲」，據明抄本、經鉏堂本改。

❷「蕃賊」，原作「强敵」，據明抄本、經鉏堂本改。

實才見用，而黎元受賜矣。

八曰久任守宰，以固民志。昨來二千石賢者不久任，久任非其人，流轉如織，坐困百姓。是以民無定志，所在不守。今宜考古守宰以六期爲斷，慎選於未用之先，勿輕罷遣於既任之後，以省送迎，以考功罪，使得盡其心。民主相安，尊重堅固，下難危也。有殊效者增秩賜金，亦不遽加移用，則郡縣可保，而國基無城復於隍之憂矣。

九曰開闢言路，以通民情。昨來數降求言之詔，未聞安邦禦敵，其事出於某人者，而鯁亮之臣屢聞賜罷。今宜棄故忘怨，招徠四方忠直敢言之士，充滿臺諫之員。其言之當，小加賞賚，大加擢用。其不當者，亦姑置之，以勸來者。時遣忠信使臣，分行諸路郡縣，問民疾苦，事有不便，立變易之，則關隔通達，上下交濟，而國平泰矣。❶

十曰網羅遺逸，以收民才。昨來訪求文武全才，又兩命從官舉其所知，而舉者非其人，故真才實能愈晦而不出。今宜以時開文武舉場，申明制策大科，又復元祐十科之目。州郡必置學校，選擇師儒，以育後學，購求圖書，闢册府以處英俊而待上之用。取才之路既廣而不壅，則智謀才略各思自奮。不得於此，必得於彼，無沉淪之嘆，息飛揚之心，而太平之基立矣。

右件十事，亦今日中興之大略也。竊謂天下之治以人才爲急，百官之衆以宰相爲先。治亂之變不

---

❶「國」下，明抄本、經鉏堂本有「體」字。

逃乎天時，興亡之幾全係乎人主。天之未喪斯文也，則啟帝之心，錫以賢輔，握機處要，人材皆會，國强師壯，政治日新，而成、康之俗可坐致矣，尚何膠擾之云乎？

賈寶學記顔贊

眉宇兮清揚，和氣兮至剛。無施兮不宜，紫霄兮褰翔。或欲係夫單于，而答夫中行。公抗疏兮忤姦，於表餌兮有光。比珠厓兮請棄之，兹孔武兮言更昌。服閒兮無悔，逍遥兮襄羊。塵外兮超然，壺中兮未央。會圖形兮凌烟，爲壽俊兮樂康。

賈誼請以五餌三表係單于而答中行説，後世譏其疏。賈捐之請棄珠厓專憂山東，君子與之。公昔使朔部，值權臣開燕山，嘗奏陳不可，坐此取怨，久奉祠館。所言雖不用，然當是時以軍法鉗士大夫之口，無敢言者，則公之奮然不顧，是爲難矣，豈不有光於西京二子耶？故贊中表而出之。

清寐記

吾每食已，必有欲寐之狀。比就枕而交睫，則皎皎未嘗寐也。雖未嘗寐，而向來欲寐之意，既已洒然爽然，若熟寐而初覺者。蓋至真完實，内外一如，其欲寐與人同，而終不寐與衆異。寐與不寐，相與爲適，是寐而不瞑，瞑而不寐。以昏藏覺，神不離形。以覺破昏，動不違静。其不寐而寐也，猶日之韜乎夜；其寐而不寐也，猶月之隱乎晝。開目閉目，幽顯混融。鼾息雷鳴，而本心澄默；靈臺焕照，而四體嗒然。殆進乎晦息之隨，而超乎晝寢之表矣。

硯銘四

猗仙李，墨筆紙。滃雲霧，走蛟虺。爲世珍，出自此。

下岩之珍，名聞四方。物貴有用，慎無匵藏。

石不自知緊人取，不幸或與噲等伍。噓雲滃霧走龍蛇，歸于劉子乃得所。

騏驥之肝，石色之正兮。活眼死眼，均石之病兮。燥潤悍柔，雖石之性兮。宜筆與墨，斯石之令兮。明窗淨几，四友相命兮。豐詞珍翰，於研爲稱兮。

嚴州祝文

岳

東方主生，岳司其權。今苗日槁，民將隕墜。雖吏之責，亦神之羞。爰遣官僚，奔走以告。盍佐上帝，大發陰機。起行西風，遏雷無動。一雨三日，歲尚有秋。當飾牲醪，虔修報事。

龍

惟龍舒卷二江，此邦所仰。用興祠宇，丕赫神功。方此亢陽，大命遂殄。潛臥不恤，豈非龍羞？謹陳芳馨，遣吏昭愬。蜿蜒御氣，霈澤四方。非龍所難，跂立而俟。

風

發達飛動，揚雲四施。惟神之功，萬物所仰。今旱已甚，雲興油然。風輒散之，反爲物病。起自東北，與雲西南。披拂沾濡，實在俄頃。反訟爲德，豈非神休？

雷

惟神所司，上帝號令。當與惠澤，俱及於民。雨未及施，大聲遽發。風雲披敗，民用怨咨。謹陳潔蠲，願闕車鼓。陰氣屯聚，❶商羊縱行。是則神休，永享明祀。

雨

旱既太甚，雲漢日高。嘉生焦然，閔雨如渴。神明自闕，❷不恤有生。用欵明壇，懇俟陰澤。御雲而播，不問邇遐。三日爲霖，萬物咸遂。民用歸德，何日忘之？

永州譙門上梁文

瀟江拱抱，永阜盤環。畫境爲州，西漢以來甚久；擇人分土，南邦之寄亦高。獨愧非才，屢膺此

❶「屯」，原作「騰」，據明抄本、經鉏堂本改。
❷「明」，明抄本、經鉏堂本作「胡」。

選。爰念兵民之輯，云胡土木之興。❶惟是侯門，嘗罹賊炬，因循既久，圮剥滋多。仰形勢於麗譙，茅茨僅存；❷屬往來於軌道，風雨莫除。當揆理以不然，顧勞民而非厲。聚財諸縣，鳩役彌旬。農畎告成，衆情胥勸。秋陽應候，素計罔愆。瞻輪奐以干霄，瞰閭閻而撲地。長州通浦，能消王粲之憂乎；平野浮雲，聊寫少陵之望耳。修梁乍舉，善祝斯陳。

抛梁東，高嶺翬飛有頖宮。莫學齊人知管晏，好追沂上舞雩風。

抛梁西，遥望連山接九溪。要使絃歌興雅俗，漸令忠信革雕題。

抛梁南，天下知名淡竹巖。應有高人潛板築，巨川何日駕雲帆。

抛梁北，兩江下合浯溪色。溪邊有石尚齊天，大業載歌還此刻。

抛梁上，岌岌崇墉兼大壯。天際烏蟾自曉昏，樓頭鼓角常清亮。

抛梁下，太守無才宣德化。但祈方域屢豐年，自葉流根固宗社。

伏願上梁以後，官方清正，人物泰通。常使斯樓，永爲壯觀。

---

❶「胡」，原作「何」，據明抄本、經鉏堂本改。

❷「存」，原作「在」，據明抄本、經鉏堂本、文津閣本改。

永州天申節功德疏四首

《生民》推尊，爰及誕彌之月；《天保》報上，共輸歸美之情。用集勝緣，恭陳多祝。皇帝陛下，伏願則天之大，如日之升，舞干羽以格苗，滅澆豷而祀夏。玉樓問寢，遠追文武之蹤；金匱紀年，更過商周之歷。仰祈十號，俯鑒一心。

盛德在火，欣逢震夙之期；❶至仁如天，宜享延鴻之算。❷誦西佛之無量，贊南山之不騫。臣子之誠，日月所照。皇帝陛下，德載恭儉，孝通神明。安樂延年，不用求仙之方士；勤勞享國，自占無逸之元龜。伏願如日方中，後天難老。復文武之境土，大會東都；垂堯舜之衣裳，永瞻北極。

盛德在火，載逢震夙之期；至仁如天，宜享延鴻之算。❸誦西佛之無量，贊南山之不騫。符《生民》推尊之詩，效《天保》報上之意。伏願皇帝陛下弛張文武，廣運聖神。黄鉞白旄，静掃神州之氛祲；金枝玉葉，永恢聖祖之基圖。端拱辨朝，仰侔穹覆。萬年是頌，八表所同。

---

❶「夙」，原作「風」，據明抄本、經鉏堂本、文津閣本改。

❷「鴻」，原作「洪」，據明抄本、經鉏堂本、文津閣本改。

❸「鴻」，原作「洪」，據明抄本、經鉏堂本、文津閣本改。

彌月應期，出撫中興之運；後天稱壽，共輸下報之誠。恭惟皇帝陛下躬秉聖資，❶紹隆寶祚。履風塵於初載，嘗極焦勞；變氛祲于太和，遂臻閒暇。惟神心之炳炳，照幾事之源源。治亂相因，安危倚伏。方且修明德政，寤想英才。放鄭聲而遠佞人，好善言而惡旨酒。不以一身之逸豫，而忘四海之困窮。必防後患於未然，思建元功于不世。文王赫怒，終駾昆夷；呂后遄歸，即梟項籍。際普天而丕冒，罄寰宇以榮懷。協氣無乖，詠歌有實。又豈待緇黄之誕祝，自然膺堯舜之遐齡。臣迹遠江湖，心存軒陛。縉紳蹌蹐，遡聞萬歲之呼；丹赤懇勤，願獻千秋之鑑。

永州天中節錫宴致語口號

律中蕤賓，爰記誕彌之月；卦通離氣，嗣開丕赫之祥。敷湛露於椅桐，拜需雲於觴豆。恭惟皇帝陛下聰明比舜，勇智如湯。中御至權，啟闢榛蕪之運；外分良牧，昭蘇疲瘵之民。精誠期格于高穹，治化欲躋于富壽。是以齋居決政，旰食儲思。放鄭聲而遠佞人，光昭孔訓；好善言而惡旨酒，茂建禹功。俯察輿情，不違故典。均鎬京之餘瀝，犒侯服之具僚。緑綺朱弦，播仁風而解愠；黄葵金盞，依化日以傾心。臣等謬忝伶倫，因知律吕，敢陳口號，上祝天齡。

門開閶闔曉霞鮮，劍佩稱觴玉座前。五福惠心敷下土，三呼稽首望層天。龍旂已盪淮濆祲，狼燧

---

❶「秉」，明抄本、經鉏堂本作「稟」。

行清朔塞烟。復會東都臨四海，衆星環拱萬斯年。

新州鹿鳴宴致語口號

聖主右文，師臣論道。繼虞夏商周之盛，揚詩書禮樂之風。賢關既本于行都，學校遂彌於率土。四方子佩，城闕同歸；千里諸侯，藻芹交采。韋布動簪紳之念，❶斧斤無棫樸之遺。乃眷新州，實惟古郡。❷自古地靈而氣淑，于今俗易以風移。聖賢之道滿門，弦誦之聲盈耳。屬膺科詔，大闡詞場。無譁羣戰士之銜枚，下筆響春蠶之食葉。填然一鼓，作者七人。賓興難駐于車徒，燕享式陳于觴豆。恭惟知府學士詞林大手，畫省名郎，崇儒繼常袞之規猷，興教有文翁之忠厚。坐觀薦送，喜溢顔容。元龜在前，同庭實之旅百；鳴鹿食野，聽工歌之拜三。某等叨習樂音，幸逢高會。槐花已過，無煩舉子之忙；菊蕊方新，宜盡賢侯之意。敢陳口號，上贊清歡。

秋氣清高肅雁行，賢侯勸駕會黃堂。❸賓朋滿坐曳珠履，鼓吹喧天飛羽觴。題柱棄繻俱有志，班

---

❶「簪」，原作「縉」，據明抄本、經鉏堂本、文津閣本改。

❷「惟」，明抄本、經鉏堂本作「爲」。

❸「黃」，明抄本、經鉏堂本作「華」。

荆折桂正相望。明年春色催行色，❶衣錦榮歸耀故鄉。

慈雲長老開堂疏

佛燈無盡，祖鉢有傳。必屬當仁，乃揚勝事。讚公長老全提心印，早擅法航。變草衣爲鷲嶺之雄，蹴湘楚以象王之步。水澄月現，草偃風行。眷流葉之名藍，久虚猊座；契拈花之密意，徯闡潮音。所集妙緣，仰祈皇算。

嚴州報恩長老開堂疏

浙江西部，嚴瀨名州。千嶂回環，宛是寶華之座；兩溪交會，無非舍筏之津。乃眷精廬，久虚法席。欲興廢墜，誰與流通？某人性海澄明，道機純熟。悟一花于微笑，付百念於寒灰。心在定中，人見慧光之起；❷名浮實表，衆求甘露之滋。當契因緣，勿勞撝挹。鐘鳴鼓震，大宏臨濟之家聲；花發鶯啼，同住報恩之佛地。

---

❶「色」，原作「李」，據明抄本、經鉏堂本、文津閣本改。

❷「光」，原作「花」，據明抄本、經鉏堂本改。

光孝長老請疏

拯後學之迷津，既資悟徹；贊先皇之覺路，尤賴精修。自非當仁，孰堪高座？某人徧參已罷，❶默契無餘。清風久播於三湘，甘露合沾於四衆。屬聞戾止，那尚隱淪。五葉開花，況接錦山之寶地；千燈續焰，幸提龍穴之宏綱。時節因緣，善來善往。

光孝抄題疏

循行乞食，本如來之素規；歡喜布金，由長者之餘裕。禪腹已萎於敗鼓，懇誠當叩於高門。或捐貫朽之青蚨，或施廩餘之白粲。但緊惻閔，何計少多。不拒細流，終成大浸。雖一鉢香飯，未能遍飽於河沙；而三時唄音，庶可少資於颰馭。俾盡報恩之職事，勿孤光孝之道場。❷仰冀深仁，慨垂芳號。

龍山長老請疏

人皆具足，無瘡何用於傷之；或乃冥迷，有路必資於指者。以是義故，爰求導師。某人心地澄圓，

---

❶「徧」，原作「編」，據明抄本、經鉏堂本、文津閣本改。

❷「孝」，原作「化」，據明抄本、經鉏堂本改。

信根純熟。不滯方所，如善財之遍參；迥超見聞，同迦葉之微笑。屬以國恩無主，大鑒疇依，允賴當仁，幸毋謙避。地無盡藏，爲西方東道之主人；拈一瓣香，祝北極南山之壽算。❶

龍山長老開堂疏

法無可説，誰爲師利之聲；❷人各開堂，何預龍山之事？欲知來處，可但默然。某人密印全提，❸機鋒不滯。雖屢膺於公選，或尚闕於師承。智閑無酧，乃臻擊竹之悟；希運有得，不知牧牛之歌。宗派所同，舉揚斯是。法筵龍象衆，看取令行時。

❶「壽」，明抄本作「睿」，經鉏堂本誤作「眷」。
❷「利」，明抄本、經鉏堂本脱，文津閣本作「吼」。
❸「密」，原作「家」，據明抄本、經鉏堂本改。

「《儒藏》精華編選刊」選目

經部

周易鄭注
漢魏二十一家易注
周易注
周易正義
周易口義（與《洪範口義》合册）*
温公易説（與《司馬氏書儀》《孝經注解》《家範》合册）
漢上易傳
誠齋先生易傳
易學啓蒙
周易本義
楊氏易傳
易學啓蒙通釋
周易本義附録纂注
周易啓蒙翼傳
周易本義通釋
易經蒙引
周易述
周易述補（江藩）（與李林松《周易述補》合册）
周易述補（李林松）
易漢學
御纂周易折中
周易虞氏義
雕菰樓易學
周易集解纂疏
周易姚氏學
鄭氏古文尚書
洪範口義
書傳（與《書疑》《尚書表注》合册）
書疑
尚書表注
書纂言
尚書全解（全二册）
尚書要義
讀書叢説
書傳大全（全二册）

古文尚書攷（與《九經古義》合册）
尚書集注音疏（全二册）
尚書後案
詩本義
吕氏家塾讀詩記
慈湖詩傳
詩經世本古義（全四册）
毛詩稽古編
毛詩説
毛詩後箋（全二册）
詩毛氏傳疏（全三册）
詩三家義集疏（全三册）
儀禮注疏
儀禮集釋（全二册）
儀禮圖
儀禮鄭註句讀

儀禮章句
儀禮正義
禮記正義
禮記集説（衛湜）
禮記集説（陳澔）（全二册）
禮記集解
禮書
五禮通考
禮經釋例
禮經學
司馬氏書儀
春秋左傳正義
左氏傳説
左氏傳續説
左傳杜解補正
春秋左氏傳賈服注輯述

春秋左氏傳舊注疏證（全四册）
春秋左傳讀（全二册）
公羊義疏
春秋穀梁傳注疏
春秋集傳纂例
春秋權衡（與《七經小傳》合册）
春秋集注
春秋經解
春秋尊王發微（與《孫明復先生小集》合册）
春秋本義
春秋集傳
春秋集傳大全（全三册）
孝經注解
孝經大全
白虎通德論

七經小傳
九經古義
經典釋文
群經平議（全二册）
論語集解（正平版）
論語義疏
論語注疏
論語全解
論語學案
孟子注疏
孟子正義（全二册）
四書集編（全二册）
四書纂疏（全三册）
四書集註大全
四書蒙引（全二册）
四書近指
四書訓義
四書賸言
四書改錯
四書説
爾雅義疏
廣雅疏證（全三册）
説文解字注

史部

逸周書
國語正義（全二册）
貞觀政要
歷代名臣奏議
御選明臣奏議（全二册）
孔子編年
孟子編年
陳文節公年譜
慈湖先生年譜
宋名臣言行録
伊洛淵源録
道命録
考亭淵源録
道南源委
聖學宗傳
元儒考略
四先生年譜
洛學編
儒林宗派
程子年譜
學統
伊洛淵源續録
豫章先賢九家年譜

閩中理學淵源考（全三册）
清儒學案
經義考
文史通義

子部

孔子家語（與《曾子注釋》合册）
曾子注釋
孔叢子
新書
鹽鐵論
新序
説苑
太玄經
龜山先生語録
胡子知言（與《五峰集》合册）

木鐘集
西山先生真文忠公讀書記
性理大全書（全四册）
居業録
思辨録輯要
家範
小學集註
曾文正公家訓
勸學篇
仁學
習學記言序目
日知録集釋（全三册）

集部

蔡中郎集
李文公集

孫明復先生小集
直講李先生文集
歐陽脩全集
伊川擊壤集
元公周先生濂溪集
張載全集
温國文正公文集
公是集（全二册）
游定夫先生集
和靖尹先生文集
豫章羅先生文集
梁溪先生文集
斐然集（全二册）
五峰集
文定集
渭南文集

誠齋集（全四册）
晦庵先生朱文公文集
東萊吕太史集
止齋先生文集
攻媿先生文集
象山先生全集
陳亮集（全二册）
絜齋集
文山先生文集
勉齋先生黄文肅公文集
北溪先生大全文集
西山先生真文忠公文集
鶴山先生大全文集
閑閑老人滏水文集
郝文忠公陵川文集
仁山金先生文集

静修劉先生文集
雲峰胡先生文集
許白雲先生文集
吴文正集（全三册）
道園學古録　道園遺稿
師山先生文集
曹月川先生遺書
康齋先生文集
敬齋集
涇野先生文集（全三册）
重鐫心齋王先生全集
雙江聶先生文集
歐陽南野先生文集
念菴羅先生文集（全二册）
正學堂稿
敬和堂集

涇皋藏稿
馮少墟集
高子遺書
劉蕺山先生集（全二册）
南雷文定
桴亭先生文集
西河文集（全六册）
曝書亭集
三魚堂文集外集
考槃集文録
復初齋文集
述學
揅經室集（全三册）
劉禮部集
籀廎述林
左盦集

出土文獻

郭店楚墓竹簡十二種校釋

上海博物館藏楚竹書十九種校釋（全二册）

秦漢簡帛木牘十種校釋

武威漢簡儀禮校釋

＊合册及分册信息僅限已出版文獻。